CHONGWENGUAN

读古人书　友天下士

百余年前，崇文书局于武昌正觉寺开馆刻书，成晚清四大书局之一。所刻经籍，镌工精雅，数量众多，流布甚广，影响巨大。为赓续前贤，昌明国学，弘扬文化，本社现致力于传统典籍的出版。既专事文献整理，效力学术，亦重文化普及，面向大众。或经学，或史论，或诸子，或诗词，各成系列，统一标识，名之为"崇文馆"。

崇文馆

中国古典诗词校注评丛书

韦应物诗全集 【汇校汇注汇评】

谢永芳　编著

长江出版传媒　崇文书局

中国古典诗词校注评丛书
编撰委员会

前　言

　　韦应物(735－792)，京兆万年(今陕西西安)人。唐玄宗天宝八年(749)，因门荫得补右千牛，为玄宗御前侍卫。后进入太学读书，又获得羽林仓曹的官职。安史乱起，在长安失陷的那一年，和元氏夫人结婚。约肃宗乾元、上元年间，曾任高陵县尉，又以大理评事佐河阳府。代宗广德年间，为洛阳县丞。永泰元年(765)，因惩办不法军士，被讼去官，闲居洛阳同德寺。大历四年(769)，南游扬州，北返后任河南府兵曹参军。八年，因病去官，复寄居洛阳同德精舍。九年，任京兆府功曹参军。十三年，任京兆府鄠县令。次年，京兆尹黎幹获罪，坐被黎幹所引荐改授栎阳令。旋即辞官，寓居长安西南郊澧水旁的善福精舍。德宗建中二年(781)，被召为尚书比部员外郎。三年秋，出任滁州刺史。兴元元年(784)，罢任，闲居滁州西涧。贞元元年(785)，起为江州刺史。三年，入朝为左司郎中。四年冬，复出为苏州刺史。六年末罢任，居于苏州永定寺，旋卒。现存《韦苏州集》十卷、《补遗》一卷。

　　韦应物曾在《答刘西曹》中表述过自己的创作倾向："诠文不独古，理妙即同流。"也正因为如此，才有了唐人对其诗歌创作成就的不同理解。对此，彭万隆在《唐五代诗考论》中是这样总结的：皎然是从"将恐风雅寝泯，辄欲商较以正其源"(《诗式序》)的角度称许韦诗。孟郊则出于对复古的关注，看到了谢灵运模式的重要性。与其相同，张为将韦应物与孟云卿放在一起，韦应物曾以"高文激颓波"(《广陵遇孟九云卿》)来赞美孟云卿的创作。白居易从韦应

1

物七言歌行中看到了他自己"新乐府"的先例；又从韦应物五言诗中看到了高雅闲适，自成一家。司空图则认为，韦应物与王维及其大历时期的追随者风格相类。最为独特的是刘太真的评价，就像卢藏用评价陈子昂一样，他毫不含糊地将韦应物看成一位"恢复"了失去的文学繁盛时代的"复古"诗人。然而，这一失去的文学高峰不是定于古代，而是定于宋齐时代。这与真正的复古诗人如孟郊的观点截然相反。无论如何，司空图的观点应该代表了最一般的观点。

正如文学史共识所揭明的那样，作为大历时期自成一家的著名诗人，韦应物诗歌创作的风格是与时俱变的。在他早期所写的一部分作品里，不乏开朗昂扬的人生意气，带有明朗刚健的盛唐余韵。韦应物的绝大部分诗歌，作于被迫辞去洛阳丞一职之后，尤以大历中出任京兆府功曹至罢滁州刺史的十余年间所作的"吏隐诗"见称于世。在他后期的作品里，慷慨为国的昂扬意气消失了，代之以看破世情的无奈和散淡。令人眷恋的盛世已然一去不返，一切有如梦境，诗人对从政已感失望，感情退回到个人生活的小天地里，欣赏山水之美和闲静乐趣，从中寻求慰藉。于是，向往隐逸的宁静，有意效法陶渊明的冲和平淡，成为韦应物诗歌创作的主导倾向。这其中，写得最好的是《滁州西涧》：

独怜幽草涧边生，上有黄鹂深树鸣。春潮带雨晚来急，野渡无人舟自横。

此诗作于建中、兴元中，主要描写春雨过后无人野渡的幽静之美，加上莺啼、水声的衬托，颇具画意、诗情与理趣。这也是历代公认的韦应物山水诗的代表作，风格平淡自然，在宁静的诗境中有一种寂寞冷落的情思氛围。或者以为该诗有所寓托，可备一说。后来，寇准《春日登楼怀归》中"野水无人渡，孤舟尽日横"，即点化自本篇后二句。宋宫廷画院更取"野渡无人舟自横"句作为画题，一时传为佳话。又如《寄李儋元锡》：

> 去年花里逢君别，今日花开已一年。世事茫茫难自料，春愁黯黯独成眠。身多疾病思田里，邑有流亡愧俸钱。闻道欲来相问讯，西楼望月几回圆。

此诗作于兴元元年(784)春。在刺滁的这一年时间里，长安发生了叛乱，滁州也有百姓流亡的现象，真可谓国乱民穷、令人忧虑。全篇以淡笔写深情，从怀友起，又以怀友之意作结，将对时事的深切感怀——即"身多"二句所表露的思想矛盾和苦闷心理——融入对友人的思念中，写来深情感人。又如《寒食寄京师诸弟》：

> 雨中禁火空斋冷，江上流莺独坐听。把酒看花想诸弟，杜陵寒食草青青。

此诗作于贞元二年(786)春。诗写思乡念亲，针线极其绵密。首句从近处着笔，实写客中寒食的景色。末句从远方落想，遥念故园寒食的景色。这一起一收，首尾呼应，紧扣诗题。中间两句，一暗示独在异乡，一明写想念诸弟，上下绾合，承接自然。两句中的"独"字、"想"字，对全篇有穿针引线的妙用，说明杜陵青草之思是由人及物，由想诸弟而联想及之。整篇看来，这首诗是句句相承、暗中钩连、一气流转、浑然成章的。(参陈邦炎《说诗百篇》)

韦应物所擅长的五言诗也是如此，并且也是备受推崇。苏轼《和孔周翰二绝·观净观堂效韦苏州诗》即云："乐天长短三千首，却爱韦郎五字诗。"诗中所谓白居易之"爱"的根源，就在于其《与元九书》中所评价的那样："其(指韦应物)五言诗又高雅闲淡，自成一家之体。今之秉笔者，谁能及之?"如《采玉行》：

> 官府征白丁，言采蓝溪玉。绝岭夜无家，深榛雨中宿。独妇饷粮还，哀哀舍南哭。

此诗，孙望《韦应物诗集系年校笺》认为作于大历十年(775)京兆府功曹任上，时使蓝田。诗写白丁在蓝田山采玉之苦况，简言叙事。

此处所谓"简",主要是指诗作未说明"饷粮还"的"独妇"何以"哀哀""哭",留不尽之意,令人思索。后来,李贺所作《老夫采玉歌》可与韦诗此意相映发。这类反映民间疾苦的现实主义作品,其实也是符合古代比兴体制与政教理想的。又如《寄全椒山中道士》:

> 今朝郡斋冷,忽念山中客。涧底束荆薪,归来煮白石。欲持一瓢酒,远慰风雨夕。落叶满空山,何处寻行迹。

此诗作于兴元元年(784)秋。诗写风雨之夜由自己在郡斋的寒冷之感联想到全椒山中道士此时此刻的情形,通过形象鲜明的山中生活图画,表达出对山中道士的忆念之情,也隐隐流露出对隐居生活闲适情趣的向往,诗境明净雅洁而意味深长。对友人的牵挂,使韦诗不同于王维诗歌的愈趋寂灭,而是带着温暖的人情味。这种尚未超脱的世俗之处,也恰恰是作者的"可亲之处"(马东瑶语)。又如《秋夜寄丘二十二员外》:

> 怀君属秋夜,散步咏凉天。山空松子落,幽人应未眠。

此诗约作于贞元五年(789)秋。刘学锴《唐诗选注评鉴》则认为,其时丘丹似已在临平山学道,因有"山空"之语。诗写怀想友人,颇具古雅闲淡之美。前半谓自己因思念丘丹而秋夜难寐,后半从对面着笔,设想丘丹此时也正因松子空落,搅动秋兴而未能成眠。

韦应物的著作,据丘丹《韦应物墓志》,有"诗赋、议论、铭颂、记序,凡六百余篇"。然今于十卷诗集外,仅见赋一篇,文一篇,散佚当不在少数。又,国家图书馆所藏乾道刻本的递修本《韦苏州集》,《补遗》一卷皆注明何诗为何时何本所补入,可见韦集递经刊刻,续有增辑的情况。后来者在编刊辑补韦应物诗作的过程中,存在着很可能是误补误录的十八种情况,兹一并交代如下:

其一,《冬夜宿司空曙野居因寄酬赠》(首句"南北与山邻",下同),一作卢纶《过司空曙村居》。司空曙有《喜外弟卢纶见宿》,疑此首当为卢纶作。其二,《经无锡县醉吟寄丘丹》("客过无名姓"),

诗当为赵嘏作,题《经无锡县醉后吟》,见《文苑英华》卷二九四。其三,《贡院锁宿闻员外使高丽赠送徐骑省》("圣化今无外"),曹汛以诗当为李沇作,文载《文史》第二十五集。其四,《寄答秘书王丞》("相看头白来城阙"),当为张籍作,见《全唐诗》卷三八五,题《酬秘书王丞见寄》。其五,《书怀寄顾处士》("自小难收疏懒性"),当为张籍作,题《书怀寄顾八处士》,见《张司业集》卷五。其六,《题龙潭》("激石悬流叠雪湾"),出《文苑英华》卷一六三。《全唐诗》卷七〇〇收韦庄诗,校云"一作僧应物诗"。《唐诗纪事》卷七四、《全唐诗》卷八二三收应物诗。归属难定。其七,《咏春雪》("春雪满空来"),《唐诗纪事》卷七、《全唐诗》卷一〇〇均作东方虬诗。其八,《上皇台》("不寐倦长更"),出《乐府诗集》卷七五,次韦应物《三台》后,未署作者名,当为无名氏作。王仲闻《南唐二主词校订》以明本《韦江州集》、毛氏汲古阁本《韦苏州集》未载,断为唐无名氏作。曾昭岷等编《全唐五代词》收入副编卷一,以为韦应物作。其九,《杜司空席上赠妓》("高髻云鬟宫样妆"),岑仲勉《唐史余沈》卷三"司空见惯"条谓:以为作韦应物诗者,乃宋人见《本议》《本事诗》等所载与史不合,遂加改造。其十,《突厥台》("雁门山上雁初飞"),出《乐府诗集》卷七五,与《上皇三台》同次韦应物《三台》后,未署作者名。当为无名氏作。其十一,《赠米嘉荣》("吹得凉州意外声"),为刘禹锡诗,见《刘宾客文集》卷二五,题《与歌者米嘉荣》。其十二,《浣纱女》("钱塘江畔是谁家"),为王昌龄诗,见明铜活字本《王昌龄集》卷下。其十三,《酬秦征君徐少府春日见寄》("终日愧无政"),当为戴叔伦作,见《文苑英华》卷三一五。其十四,《易言》("长风如刀剪枯叶"),见影印本《新编纂图增类群书类要事林广记》卷七。疑非韦应物作。其十五,《晓经荒村》("杪秋霜露重"),当为柳宗元诗,见《柳河东集》卷四三。其十六,《金陵怀古》("辇路江枫暗"),当为司空曙诗,见《文苑英华》卷二五四、席刻本《司空文明诗集》卷二。其十七,《送灵澈还云门》("我欢长在梦"),一作皎然诗,见《万首唐人绝句》卷二一,题《送灵澈》,首句作"我欲长生梦"。皎然本集不载,归属难定。其十八,《失题》("刺茎淡荡绿"),为温庭筠《芙蓉》前四句,见《温飞卿诗集》卷三。

本书为展示韦应物诗全貌,以最近由上海古籍出版社增订出版的陶敏、王友胜《韦应物集校注》为底本(该本以国家图书馆藏南宋刻书棚本《韦苏州集》十卷《补遗》一卷为底本,以乾道递修本、国图藏宋刻元修本、明刊铜活字本、《四部丛刊》影印明华云太华书院刻本、《全唐诗》为校本,另参校《文苑英华》《乐府诗集》《唐诗纪事》《万首唐人绝句》等书),参以《韦应物诗集系年校笺》及曾昭岷等编《全唐五代词》,分为正集十三编(以题材分类)诗作五百五十二首、拾遗八首与附录四首,以词作四首殿于卷末,总收诗词五百六十余首。注释主要参考《韦应物集校注》(增订本)、《韦应物诗集系年校笺》等,择善而从,以尽量排除阅读障碍。题解则注重兼采众长,以读解文本为基础,适度发挥,力求准确还原韦应物的诗史贡献和地位。

限于水平,书中恐难免存在不足,期望读者批评指正。必须说明的是,这本小书在编写过程中,对前修时彦的相关研究成果多有参考,除上文已经指出的以外,主要还有陈尚君、傅璇琮、葛晓音、葛兆光、霍松林、蒋寅、廖仲安、刘逸生、龙榆生、莫砺锋、邵明珍、沈文凡、施议对、施蛰存、唐圭璋、佟培基、万曼、王昆吾、夏承焘、郁贤皓、赵昌平、查屏球,及美国学者宇文所安,日本学者近藤元粹、赤井益久、松原朗等诸位先生。所有这些,都尽可能在正文中以随文作注的方式加以说明,以为读者提供方便。谨此一并致谢。

谢永芳

于广西科技师范学院

目　录

韦应物

诗

第一编　杂拟

拟古诗十二首①

　　辞君远行迈②,饮此长恨端。已谓道里远,如何中险艰。③
流水赴大壑④,孤云还暮山。无情尚有归,行子何独难。驱车
背乡园,朔风卷行迹。⑤严冬霜断肌,日入不遑息⑥。忧欢容发
变⑦,寒暑人事易。中心君讵知,冰玉徒贞白。

　　黄鸟何关关,幽兰亦靡靡。⑧此时深闺妇,日照纱窗里⑨。
娟娟双青娥,微微启玉齿。⑩自惜桃李年⑪,误身游侠子。无事
久离别⑫,不知今生死。

　　峨峨高山巅,浼浼青川流⑬。世人不自悟,驰谢如惊飍⑭。
百金非所重,厚意良难得。⑮旨酒亲与朋,芳年乐京国⑯。京城
繁华地,轩盖凌晨出⑰。垂杨十二衢,隐映金张室⑱。汉宫南北
对,飞观齐白日。⑲游泳属芳时⑳,平生自云毕。

　　绮楼何氛氲,朝日正杲杲㉑。四壁含清风,丹霞射其牖。
玉颜上哀啭,绝耳非世有㉒。但感离恨情,不知谁家妇。孤云
忽无色,边马为回首。曲绝碧天高,余声散秋草。徘徊帷中
意,独夜不堪守㉓。思逐朔风翔,一去千里道。

　　嘉树蔼初绿,靡芜叶幽芳㉔。君子不在赏,寄之云路长。
路长信难越,惜此芳时歇。孤鸟去不还,缄情向天末。

　　月满秋夜长,惊乌号北林㉕。天河横未落,斗柄当西南㉖。
寒蛩悲洞房,好鸟无遗音㉗。商飙一夕至,独宿怀重衾㉘。旧交
日千里,隔我浮与沉㉙。人生岂草木,寒暑移此心㉚。

酒星非所酌，月桂不为食。^㉛虚薄空有名^㉜，为君长叹息。兰蕙虽可怀，芳香与时息。岂如凌霜叶，岁暮蔼颜色^㉝。折柔将有赠，延意千里客。^㉞草木知贱微，所贵寒不易。

神州高爽地^㉟，遐瞩靡不通。寒月野无绿，寥寥天宇空。阴阳不停驭，贞脆各有终。^㊱汾沮何鄙俭，考槃何退穷。^㊲反志解牵踬^㊳，无为尚劳躬。美人夺南国，一笑开芙蓉。^㊴清镜理容发，褰帷出深重。^㊵艳曲呈皓齿，舞罗不堪风。慊慊情有待，赠芳为我容。^㊶可嗟青楼月^㊷，流影君帷中。

春至林木变，洞房夕含清。单居谁能裁^㊸，好鸟对我鸣。良人久燕赵^㊹，新爱移平生。别时双鸳绮^㊺，留此千恨情。碧草生旧迹，绿琴歇芳声。思将魂梦欢，反侧寐不成。^㊻揽衣迷所次，起望空前庭。^㊼孤影中自恻，不知双涕零^㊽。

秋天无留景，万物藏光辉。落叶随风起^㊾，愁人独何依。华月屡圆缺^㊿，君还浩无期。如何云雨绝，一去音问违。^㈤

有客天一方，寄我孤桐琴^㈣。迢迢万里隔，托此传幽音。冰霜中自结^㈢，龙凤相与吟。弦以明直道，漆以固交深。^㈤

白日淇上没^㈤，空闺生远愁。寸心不可限，淇水长悠悠。芳树自妍芳，春禽自相求。^㈤徘徊东西厢，孤妾谁与俦^㈤。年华逐丝泪，一落俱不收。^㈤

【题解】

此组诗创作时地未详。陈沆谓作于"壮少之年，沉沦丞尉"时，亦无确证。这十二首诗分别模拟的是《古诗十九首》其一（"行行重行行"）、其二（"青青河畔草"）、其三（"青青陵上柏"）、其五（"西北有高楼"）、其九（"庭中有奇树"）、其七（"明月皎夜光"）、其八（"冉冉孤生竹"）、其十二（"东城高且长"）、其十六（"凛凛岁云暮"）、其十七（"孟冬寒气至"）、其十八（"客从远方来")、其十九("明月何皎皎")。如第一首,跟原作一样,表现女子对远行异乡的情人的思念。"流水"四句用万物都有归宿反衬行子独不归,亦赋亦比。"驱车"四句写行子冒寒远行情状。末四句代女子表白内心的坚贞。拟作而能自出机杼,不求形似而得其神韵。第二首,命意也跟原作相同,抒写怨妇思夫之情。诗以"黄鸟""幽兰"起兴,接着写思妇年轻貌美,因嫁游侠儿,独守空闺,连对方的死生都无从知晓。全篇意深而语浅。第五首,也与原作命意相同,抒写思妇对游子的怀思之情。虽是常言常语,但语简意长,只用六句就概括了原诗的意思。末二句亦赋亦比,以一去不还的"孤鸟"比喻游子,结出新意。第九首,拟写思妇对游子的怀思之情。思妇怀疑游子不归,是得新人忘故人,所以想梦中从之,但久不能寐,只好揽衣而起,顾影徘徊,不觉泪下。语言流动自然,得古诗神髓。其余诗作,所写各不尽同。如第四首,写闺中少妇闻乐声而思夫婿,不觉神驰边塞。第六首,写秋夜天寒难寐,故人遥隔千里,此心不会因寒暑的交替而有所改易。第七首,谓酒星、月桂徒有其名,不可饮食;兰蕙虽有芬芳,却难长久。只有松柏之枝,凌寒不变,是以可贵,远在寻常草木之上。第八首,寓反讽之意,谓神州辽阔,道路无不通畅,坚贞脆弱,各有所终。隐遁不仕何其困顿,不如一反旧志,自有无限风光。第十首,写秋天日落风起,添人愁思,夫君归来无期,音讯眇然。第十一首,谓有客自远方寄我孤桐之琴,琴声优美,传达了冰雪之谊。第十二首,写离妇之愁,如洪水之悠长。春禽尚有伴可求,离妇独无,思之泪下。从另外的层面而言,这一组拟作中有相当数量的作品感慨时事,揭露社会矛盾,同情和关怀民间疾苦,如第三首中"京师繁华地,轩盖凌晨出",便是讽刺统治阶级只图享乐,可谓"才丽之外,颇近兴讽"(白居易《与元九书》)的佳篇。虽系拟作,也可以说是一种成功的再创造。同时,禅思禅境也为诗歌创作不同程度地拓展出了新的空间和意境,如第一首中的"驱车背乡园,朔风卷行迹",第六首中的"月满秋夜长,惊乌号北林",第九首中的"碧草生旧迹,绿琴歇芳声"等,代表了诗歌艺术发展史上的一种倾向。

【注释】

①诗题中"古诗",指东汉文人五言诗,萧统《文选》选入其中十九首,李善注:"并云古诗,盖不知作者。"后人统称为"古诗十九首"。内容可概括为

游子思妇的哀怨、朋友离群索居的苦闷、人生无常的感慨以及现世享乐的追求等四大类。

②行迈:行。《诗·王风·黍离》:"行迈靡靡,中心摇摇。"毛传:"迈,行也。"

③"已谓"二句:《穆天子传》卷三:"道里悠远,山川间之。"险艰,险阻艰难。杜甫《彭衙行》:"忆昔避贼初,北走经险艰。"

④大壑:大海。《庄子·天地》:"夫大壑之为物也,注焉而不满,酌焉而不竭。"郭象注:"大壑,东海也。"成玄英疏:"夫大海泓宏,深远难测,百川注之而不溢,尾闾泄之而不干。"

⑤"驱车"二句:园,活字本、高棅《唐诗品汇》卷一四作"国"。风,一作"吹"。行迹,经行的足迹。张协《杂诗》十首其一:"房栊无行迹,庭草萋以绿。"

⑥"日入"句:《艺文类聚》卷一一载《击壤歌》:"日出而作,日入而息。"不遑,不暇。《诗·召南·殷其雷》:"何斯违斯,莫敢遑息。"

⑦"忧欢"句:欢,一作"惧"。容发变,原作"客发变",此据《丛刊》本、《全唐诗》本校改,《唐诗品汇》本作"容发改"。

⑧"黄鸟"二句:黄鸟,即黄莺,一名黄鹂留,又名仓庚。《诗·周南·葛覃》:"葛之覃兮,施于中谷,维叶萋萋。黄鸟于飞,集于灌木,其鸣喈喈。"孔颖达疏引陆玑疏云:"黄鸟,黄鹂留也,或谓之黄栗留,幽州人谓之黄莺。……里语曰:'黄栗留,看我麦黄葚熟不。'亦是应节趋时之鸟也。"关关,鸟鸣声。《诗·周南·关雎》:"关关雎鸠,在河之洲。"毛传:"关关,和声也。"鲍照《代悲哉行》:"翩翩翔禽罗,关关鸣鸟列。"靡靡,草伏相依貌。宋玉《高唐赋》:"薄草靡靡,联延夭夭。"李善注:"靡靡,相依倚貌。"

⑨纱:一作"绮"。

⑩"娟娟"二句:娟娟,美好貌。鲍照《玩月城西门廨中》:"末映东北墀,娟娟似娥眉。"青娥,犹青蛾,青黑色眉毛。启玉齿,笑貌。郭璞《游仙诗》十四首其二:"灵妃顾我笑,粲然启玉齿。"

⑪桃李年:指青春年华。萧衍《咏笔》:"昔闻兰蕙月,独是桃李年。"

⑫离别:《唐诗品汇》卷一四作"别离",活字本作"离离"。

⑬浼(měi)浼:水盛貌。《诗·邶风·新台》:"新台有洒,河水浼浼。"高亨注:"浼浼,水盛貌。"

⑭"驰谢"句:驰谢,迅速消逝。飍(xiū),大风。

⑮"百金"二句:《晋书·谢安传》:"又于土山营墅,楼馆林竹甚盛,每携中外子侄往来游集,肴馔亦屡费百金。世颇以此讥焉,而安殊不以屑意。"

⑯"旨酒"二句:旨酒,美酒。《诗·小雅·鹿鸣》:"我有旨酒,以燕乐嘉宾之心。"芳年,美好的年华。刘铄《拟行行重行行》:"芳年有华月,佳人无还期。"京国,京城,国都。曹植《王仲宣诔》:"我公实嘉,表扬京国。"

⑰轩盖:代指车。轩,一种有帷的曲辕车,为卿大夫及诸侯夫人所乘之车。盖,车盖。鲍照《咏史》:"明星晨未稀,轩盖已云至。"

⑱"垂杨"二句:衢,四通八达的道路。鲍照《咏史》:"京城十二衢,飞甍各鳞次。"金张,指达官贵戚。西汉金日磾官侍中、驸马都尉、光禄大夫,封秺侯;张汤官御史大夫,数行丞相事,二人子孙皆累世贵盛,《汉书》有传。左思《咏史》八首其二:"金张籍旧业,七叶珥汉貂。"李善注:"《张汤传》赞曰:'……功臣之后,唯有金氏、张氏,亲近贵宠,比于外戚。'"

⑲"汉宫"二句:《永乐大典》本《河南志》:"后汉都城有南宫、北宫。"又"南宫南临洛水,去北宫七里。"观,宫门两边高耸的望楼。《尔雅·释宫》:"观谓之阙。"郭璞注:"宫门双阙。"

⑳"游泳"句:一作"游冶咏康时"。游泳,浮游水中,指自由游玩。《晏子春秋·问下》:"众人归之,如鱼有依,极其游泳之乐。"属,当。

㉑"绮楼"二句:绮楼,华美之楼,窗户皆镂刻花纹如绮缯。氛氲,盛貌。杲杲,日出光明貌。《诗·卫风·伯兮》:"其雨其雨,杲杲日出。"刘勰《文心雕龙·物色》:"杲杲为日出之容,瀌瀌拟雨雪之状。"

㉒"玉颜"二句:玉颜,美好容颜,指美女。宋玉《神女赋》:"貌丰盈以庄姝兮,苞温润之玉颜。"哀啭,悲歌。郦道元《水经注·江水》:"空谷传响,哀转久绝。"杨衒之《洛阳伽蓝记·高阳王寺》:"铙吹响发,笳声哀转。"绝耳,耳所未闻。

㉓"徘徊"二句:《古诗十九首》:"荡子行不归,空床难独守。"

㉔蘪芜:香草名,一名江蓠。

7

㉕"惊鸟"句:阮籍《咏怀》八十二首其一:"孤鸿号外野,翔鸟鸣北林。"

㉖"天河"二句:河落斗斜,谓夜将尽、天将明之时。《鹖冠子·环流》:"斗柄东指,天下皆春;斗柄南指,天下皆夏;斗柄西指,天下皆秋;斗柄北指,天下皆冬。"斗柄,北斗星斗杓。北斗七星,四星象斗,三星象杓。

㉗"寒蛩"二句:寒蛩,蟋蟀。崔豹《古今注》卷中:"蟋蟀,一名吟蛩,一名蛩,秋初生,得寒则鸣。"洞房,深邃的内室。《楚辞·招魂》:"姱容修态,絚洞房些。"《易·小过》:"飞鸟遗之音,不宜上,宜下。"王弼注:"飞鸟遗其音声,哀以求处。上,愈无所适,下则得安。"

㉘"商飙"二句:商飙,秋风。陆机《园葵》:"时逝柔风戢,岁暮商飙飞。"重衾,两层被子。张华《杂诗》三首其一:"重衾无暖气,挟纩如怀冰。"

㉙"旧交"二句:日,原作"目",此据递修本、《丛刊》本、《全唐诗》本校改。浮与沉,《唐诗品汇》卷一四作"如浮沉"。浮沉,喻盛衰穷达。王僧达《答颜延年》:"笃顾弃浮沉,寒荣共偃曝。"

㉚"人生"二句:《礼记·礼器》:"其在人也,如竹箭之有筠也,如松柏之有心也。二者居天下之大端矣,故贯四时而不改柯易叶。"诸葛亮《交论》:"士之相知,温不增华,寒不改叶。"

㉛"酒星"二句:酒星,酒旗星。《晋书·天文志》:"轩辕右角南三星曰酒旗,酒官之旗也,主宴飨饮食。"月桂,传说月中的桂树。段成式《酉阳杂俎》前集卷一:"旧言月中有桂,有蟾蜍,故异书言,月桂高五百丈,下有一人常斫之,树创随合。"《庄子·人间世》:"桂可食,故伐之。"

㉜虚薄:虚浮,不笃实。干宝《晋纪总论》:"风俗淫僻,耻尚失所,学者以庄老为宗而黜六经,谈者以虚薄为辩而贱名俭。"

㉝蔼颜色:色盛,谓不凋萎。

㉞"折柔"二句:柔,指枝条。延意,敷陈其意。《古诗十九首》:"庭中有奇树,绿叶发华滋。攀条折其荣,将以遗所思。馨香盈怀袖,路远莫致之。"

㉟神州:指京师。唐以京师所在县为赤县,故京师亦称神州,光宅元年九月五日改洛阳为神州都。

㊱"阴阳"二句:阴阳,指日月。驭,驾驭,此指运行。贞脆,坚贞与脆弱,如金石与草木。

㊲"汾沮"二句:汾沮,《诗经》篇名《汾沮洳》之省。鄙俭,节俭。《诗·魏风·汾沮洳》:"彼汾沮洳(rù),言采其莫。"沮洳,低湿之地。孔颖达疏:"汾是水名。沮洳,润泽之处。"毛诗序:"《汾沮洳》,刺俭也。其君俭以能勤,刺不得礼也。"考槃,《诗经》篇名。退穷,隐居穷处。《诗·卫风·考槃》:"考槃在涧,硕人之宽。"毛传:"考,成也。槃,乐也。"郑玄笺:"有穷处成乐在此者。"

㊳"反志"句:反志,改变志向。牵跼(jú),羁绊跼促。

㊴"美人"二句:南国,指江南。曹植《杂诗》:"南国有佳人,容华若桃李。"李善注:"南国,谓江南也。"芙蓉,荷花,喻女子美好容颜。

㊵"清镜"二句:容,一作"云"。褰,揭起。深重,深闺内室。

㊶"慊(qiàn)慊"二句:慊慊,心不满足貌。曹丕《燕歌行》:"慊慊思归恋故乡,何为淹留寄他方。"张铣注:"慊慊,心不足貌。"容,修饰打扮。《诗·卫风·伯兮》:"岂无膏沐,谁适为容。"

㊷青楼:涂饰青漆之楼,女子所居。曹植《美女篇》:"借问女安居,乃在城南端。青楼临大路,高门结重关。"

㊸裁:裁制,减损。此谓思念之情难以减损。谢朓《离夜》:"翻潮尚知恨,客思眇难裁。"

㊹"良人"句:良人,妇女对丈夫的称谓。《诗·秦风·小戎》:"厌厌良人,秩秩德音。"燕赵,战国时二国名,此泛指今河北、山西一带。

㊺双鸳绮:织有成对鸳鸯图案的锦缯。

㊻"思将"二句:思,一作"愿"。《诗·周南·关雎》:"窈窕淑女,寤寐求之。求之不得,寤寐思服。悠哉悠哉,辗转反侧。"

㊼"揽衣"二句:一作"揽衣迷处所,夕起望前庭"。

㊽涕零:流泪。诸葛亮《出师表》:"今当远离,临表涕零,不知所言。"

㊾起:一作"远"。

㊿华:一作"明"。

(51)"如何"二句:云雨绝,原作"雨绝天",此据活字本、《丛刊》本校改。绝,阻隔,分离。颜延之《和谢监灵运》:"人神幽明绝,朋好云雨乖。"问,一作"尘"。

㉜孤桐:孤生梧桐。

㉝冰霜:喻操守坚贞清白。《宋书·刘义庆传》:"业均井渫,志固冰霜。"

㊬"弦以"二句:明直道,《丛刊》本作"明清直",《唐诗品汇》卷一一作"勖直道"。《后汉书·雷义传》:雷义与陈重为同郡人,二人友好情笃,乡人谚云:"胶漆自谓坚,不如雷与陈。"固,一作"形"。

㊝淇:水名,在今河北南部,此处代指思妇所在之地。《诗·鄘风·桑中》:"期我乎桑中,要我乎上宫,送我乎淇之上矣。"

㊟"芳树"二句:"芳树"句,活字本、《丛刊》本、《全唐诗》本作"芳树正妍郁"。相求,互相寻求。《易·乾》:"同声相应,同气相求。"

㊠俦:伴侣。曹植《洛神赋》:"尔乃众灵杂遝,命俦啸侣。"

㊡"年华"二句:丝泪,微细如丝之泪。鲍照《代陆平原君子有所思行》:"蚁壤漏山河,丝泪毁金骨。"李善注:"丝泪,泪之微者。"不,一作"难"。

【汇评】

宋刘辰翁:(第一首"忧欢"四句)四句隐然有味外不可说之味,望之黯然。"辞君远行迈"倒一"辞"字。《古别离》多矣,此作更古者,以其有清洁自然意(一作有清净自然之美),如秋风旷野、自难为怀。("驱车"二句)此"卷"此"背",言之可伤。(第二首)柔肠欲无而有不可犯之色,吾旧评此诗云:意深而语浅(一作意深复深而语浅)。"此时深闺妇,日照纱窗里",谁不能道?而点缀搜索,自无以加。结语沉痛伤怀,而不为妖荡怨旷之态,如此而止。又,不必深切而辞情适可,人不能道。(第三首"旨酒"二句)十字具难并之盛,言不期丽而乐意得于言外。不无留连,淡而不厌。(第四首"四壁"二句)别是情(一作清)丽,超凡入圣,可望而不可即者。未极寻常,以古调胜。吾旧评此诗云:淡而绮,绮而不腴(一作烦)。(第五首)常言常语(一本作意),枯淡欲无。(第六首)"月满秋夜长",但摘一语,谁不知是苏州之妙,然得之全篇甚难。非尝遍阅,不知此篇巨眼,变化后来,姑发此例。(第八首)思愤变化,仍复骯脏,悯然一笑,亦古人所未道。(第九首)"单居谁能裁,好鸟对我鸣",两语流动自然,非复苦吟可及。末意耿耿,情性适然,不假外物而见。(第十二首)不言不笑(一作语),情意(一作景)甚真,但觉丽

情绮语,皆不足道。(张习本)

明桂天祥:(总评)出自风雅,然浓绮深浅,无不极至。(第十二首)入陶集中不可辨。(朱墨本)

明陆时雍《唐诗镜》:(第十二首)起四语淡而远,气味极佳。

明钟惺:(第八首"贞脆"句)至理。看"无为尚劳躬"之下即以"美人夺南国"一改接之,若断若不断,真是古人气脉,知之者少。(朱墨本)

明袁宏道:(第一首)拟《行行重行行》。此古《行路难》也,精雅典则,直驾"建安七子"而上。且"驱车"二句,写寒征情状,凄恻如画。(第三首)拟《结客少年场》,婉娈雅畅具有之。(第七首)拟《冉冉孤生竹》。字字非建安下。近于鳞辈自谓拟议以成变化,见此宁无愧颜。(第八首)拟《南国有佳人》。"阴阳不停驭,贞脆各有终"二句,至理名言。中间接出"美人"一段,清新雅丽,绝而不绝,所谓藕断丝连也。的是六朝声调,岂是拟议?(参评本)

明周珽《唐诗选脉会通评林》:(总评)读《拟古》诸篇,极简极纵,极古极新,杂《十九首》中,恐未易骤辨。觉渊明一灯于今不熄。

明邢昉《唐风定》:(第一首)陆士衡辈《拟古》,但步趋形貌。此独神骨泠然,另出机杼,千秋绝调也。

明顾璘:(总评)五言古诗先学韦应物,然后诸家可入。古意古语。(第六首)此诗绝胜《选》。(第十一首)古意古语。(朱墨本)又,韦古诗独步唐代,以其得汉魏之质也,下者亦在晋宋间。(《唐风定》)

明吴山民《唐诗选脉会通评林》:(第五首)语简意长,不妨枯淡。

明唐汝询《汇编唐诗十集》:(第五首)六句拟尽古诗,结出新意。

明王世贞《艺苑卮言》卷四:(总评)韦左司平淡和雅,为元和之冠。至于《拟古》,如"无事此离别,不知今生死"语,使枚、李诸公见之,不作呕耶?此不敢与文通同日,宋人乃欲令之配陶陵谢,岂知诗者?

清吴昌祺《删订唐诗解》:(第五首)清雅有余味。

清王夫之《唐诗评选》卷二:(第一首)亦异占裁,全以从容得其丰韵。(第九首)平雅。又,写春夕者不敢道"夕含清"三字,以"天朗气清"为昭明所删,实则不然,但于春夕体之。(第十二首)迎头二十字,宛折回互,笔力万钧。递下却用"芳树"二句兴语缓受,孤云蠢起,散为平霞,无心自奇,神者授之矣。

清沈德潜《唐诗别裁》卷三:(总评)诸咏胎源于《古诗十九首》,须领取意言之外。(第四首"孤云"二句)歌声所感也。连上首疑是逐臣恋主之词。(第五首)此怀友之词。(第六首)侵、覃同韵,本《燕燕》及《株林》诗。(第九首)疑其得新忘故,欲梦魂以相就,而梦既不成,则又披衣顾影,不觉泪之沾衣也,应亦寄托之词。(第十二首)与前首寄托相同。案:第四首评语中"上首"是指组诗的第一首。

清张谦宜《絸斋诗谈》卷五:《拟古》十二首,汁厚而不胶,锷敛而力透。缠绵忠厚,似《十九首》气味。

清陈沆《诗比兴笺》卷三:(总评)兹十二章,情词一贯,皆美人天末之思,褰修媒劳之志也。或谓韦公冲怀物外,寄情吏隐,本非用世匡主之辈,未必江湖魏阙之思,此非知韦者也。读其集中,如曰"直方难为进,守此微贱班",曰"坐感理乱迹,永怀经济言",曰"相敦在勤事,海内方劳师",又《滁城对雪》诗云"厕迹鸳行末,蹈舞丰年期。今朝覆山郡,寂寞复何为",又《始建射侯》诗云"昔曾邹鲁学,亦陪鸳鹭翔。一朝愿投笔,世难结中肠",则其情可略见矣。《拟古》《杂体》,性情寄焉,其壮少之年沉沦丞尉,忤时不合,感遇而作乎?可以意会,难尽言诠也。(第二首)此为丞尉忤时不合之语也。时方年少,故云"自惜桃李花",所事非人,故云"误身游侠子"。集中有《示从子河南尉班》诗序云:"永泰中,余任洛阳丞,以扑挟军骑。时从子河南尉班,亦以刚直为政,俱见讼于郡守。"云云。又有《洛阳丞请告》诗云:"方凿不受圆,直木不为轮。揆材各有用,反性生苦辛。折腰非吾事,饮水非吾贫。"皆误身事人,不如归去之旨也。不然,愤衷激肠,果何所取?(第三首)刺得时之人,但知身乐也。夫百金之赠,尚不可忘,矧酒醴笙簧,蒙君禄养,报称讵易,而荣华游宴,但耽欢娱,遂毕生平志事乎!(第四首)曲非世有,自命之高也,而知音之难遇,亦以此矣。(第六首)信彼路长,惜此芳歇,迟暮之惧也。心非草木,寒暑何移,"匪石"之诚也。岂徒沉沦之感,怨旷之嗟!(第七首)即上章心非草木、不移寒暑之意而申之。言人苟非此心,则君臣之交为虚器矣。如酒星、月桂,徒有其名,不能收其实用也。易悦者难久,孤贞者后凋。春华秋实,将何去取,岂可忽其贱微之品、忘其岁寒之志哉?(第八首)"贞脆各有终",领一章之旨。"汾沮""考槃"四句,赋也。"美人南国"以下,比也。"慊慊情有待",贞淑守礼之常。"流影君帷中",青楼自呈之态。一贞一脆,物性殊矣。然物各有终,贤愚同尽,我独何为守鄙俭,甘退穷,以徒自劳苦,曾不肯稍解其牵跼哉? 自悯自诧,反言若正也。(第十首)拟古诗多寄诸离旷之思、暌违之感,其下邑而忆羽林侍从之旧耶? 抑出守而怀鸳鹭亲近之班耶?(第十一首)直道不苟合,故合必深。使必曲如钩而后胶似漆焉,则君子不为矣。(第十二首)《诗》云:"淇水汤汤,渐车帷裳。"此用其意也。"春禽自相求""孤妾谁与俦",自非惜年华之逝水,胡为幽怨如斯哉!

清宋育仁《三唐诗品》:(总评)其源出于渊明,在当时已定论,唯其志洁神疏,故能淡言造古。《拟古》十二篇,虽未远迹陶公,亦得近裁白傅。乃如"画寝清香""郡斋夜雨",琅然疏秀,有杂仙心。至若"乔木生夏凉,流云吐华月",亦复自然佳妙,不假雕饰之功。唯气格未道,视古微疑涣散。

[日]近藤元粹评订《韦苏州集》:(第三首末数语)驰驱轻薄之状,写出如见。(第七首中间四句)所以君子贵有气节也。(第八首)有情有色,古意可掬。(第十一首)托物寓情,古意古调,甚妙。

杂体五首

沉沉匣中镜,为此尘垢蚀。辉光何所如,月在云中黑。[①]
南金既雕错,鋈带共辉饰。[②]空存鉴物名,坐使妍蚩惑。[③]美人竭肝胆,思照冰玉色。自非磨莹工[④],日日空叹息。

古宅集袄鸟[⑤],群号枯树枝。黄昏窥人室,鬼物相与期。[⑥]
居人不安寝,搏击思此时[⑦]。岂无鹰与鹯,饱肉不肯飞。[⑧]既乖逐鸟节[⑨],空养凌云姿。孤奉肉食恩,何异城上鸱。[⑩]

春罗双鸳鸯,出自寒夜女。[⑪]心精烟雾色,指历千万绪。[⑫]

长安贵豪家,妖艳不可数。⑬裁此百日功,唯将一朝舞。舞罢复裁新,岂思劳者苦⑭。

同声自相应,体质不必齐。⑮谁知贾人铎,能使大乐谐。⑯铿锵发宫徵,和乐变其哀。⑰人神既昭享,凤鸟亦下来⑱。岂非至贱物,一奏升天阶⑲。物情苟有合,莫问玉与泥。

碌碌荆山璞,卞和献君门。⑳荆璞非有求,和氏非有恩。所献知国宝,至公不待言㉑。是非吾欲默㉒,此道今岂存。

【题解】

此组诗创作时地未详。杂体,此五诗各有所讽喻,带有杂兴、杂感的性质。与萧统《文选》卷三一所载江淹名为杂体、实为杂拟的《杂体诗》三十首,以及皮日休《杂体诗序》中所谓回文、离合、双声、叠韵等带有游戏性质的"杂体诗",均不相同。诗题中"五首",原本无,此据元修本、递修本、活字本、《丛刊》本、《全唐诗》本校补。诸作现实性较强,充满着愤世忤时的情绪。如第一首,是借镜之不明讽刺有司之藻鉴不精,不能知人善任。第二首中"孤奉肉食恩,何异城上鸥"是对那些尸位素餐者的无情讽刺。第三首中"春罗双鸳鸯,出自寒夜女",则通过对比写出人间的不平,表现出对劳动妇女的深切同情。第四首以器喻人,谓"贾人铎"虽为贱器,却能与高贵的乐器一起合奏出优美的音乐,因而得出结论:只要功用佳,大可不必纠缠质地的贵贱。第五首,通过和氏璧的故事,说明宝物是客观存在的,最终能被人认识。末二句感叹此道不存,暗寓才智之士不被赏识之意。

【注释】

①"辉光"二句:辉光,光彩。曹植《登台赋》:"同天地之矩量兮,齐日月之辉光。"云中,《唐诗品汇》卷一四作"云间"。

②"南金"二句:南金,南方出产的优质铜。《诗·鲁颂·泮宫》:"元龟象齿,大赂南金。"毛传:"南谓荆扬也。"郑玄笺:"荆扬之州,贡金三品。"孔颖达疏:"金即铜也。"鞶(pán)带,大带,此指鞶组,镜上装饰的彩色丝带。

③"空存"二句:存,一作"有"。妍蚩惑,不辨美丑。陆机《文赋》:"混妍

14

蚩而成体,累良质而为瑕。"

④磨莹工:磨镜工人。磨莹,磨治光亮。《西京杂记》卷一:"高祖斩白蛇剑……十二年一加磨莹,刃上常若霜雪。"

⑤"古宅"句:宅,一作"宇"。祆鸟,怪鸟,恶鸟。祆,同"妖"。刘禹锡《秋萤引》:"撮蚊祆鸟亦夜飞,翅如车轮人不见。"

⑥"黄昏"二句:《汉书·扬雄传》:"高明之家,鬼瞰其室。"《易·谦卦·象辞》:"鬼神害盈而福谦。"

⑦搏击:惩处打击,弹劾。《汉书·翟方进传》:"徙方进为京兆尹,搏击豪强,京师畏之。"

⑧"岂无"二句:鹰、鹯,均为猛禽。《三国志·魏书·吕布传》:吕布因陈登求徐州牧,不得,怒,登徐谓之曰:"登见曹公,言:'待将军譬如养虎,当饱其肉,不饱则将噬人。'公曰:'不如卿言也,譬如养鹰,饥则为用,饱即扬去。'"

⑨逐鸟节:指秋天。《礼记·月令·孟秋之月》:"鹰乃祭鸟,用始行戮。"《汉书·孙宝传》:宝为京兆尹,以立秋日署侯文为东部督邮,敕曰:"今日鹰隼始击,当顺天气取奸恶,以成严霜之诛。"

⑩"孤奉"二句:孤奉,活字本、《丛刊》本、《全唐诗》本作"孤负"。鸥,鸢鸥,即鹘鹰,嗜腐肉之猛禽。

⑪"春罗"二句:罗,质地轻薄、经纬组织呈椒眼形的丝织品,此指绮缯。双鸳鸯,为绮缯上图案。寒夜女,织妇。萧衍《织妇词》:"调梭辍寒夜,鸣机罢秋日。"

⑫"心精"二句:烟雾,指云霞。江淹《拟班婕妤诗》:"画作秦王女,乘鸾向烟雾。"绪,丝头。

⑬"长安"二句:贵豪,活字本作"富贵"。家,一作"室"。妖艳,妖姬艳女。卢思道《美女篇》:"京洛多妖艳,余香爱物华。"

⑭岂:递修本校"一作宁"。

⑮"同声"二句:同声相应,谓共鸣。《易·乾》:"同声相应,同气相求。"体质,形体质地。

⑯"谁知"二句:贾人,商人。铎,大铃。大乐,指朝廷雅乐。大,一作

15

"音"。《晋书·荀勖传》:"初,勖于路逢赵贾人牛铎,识其声。及掌乐,音韵未调,乃曰:'得赵之牛铎则谐矣。'遂下郡国,悉送牛铎,果得谐者。"

⑰"铿锵"二句:宫、徵,五音之二,此代指乐声。《礼记·乐记》:"治世之音安以乐,其政和;乱世之音怨以怒,其政乖;亡国之音哀以思,其民困。"

⑱"凤鸟"句:鸟,一作"皇"。《书·益稷》:"箫韶九成,凤皇来仪。"

⑲天阶:犹天庭,指朝廷。张衡《西京赋》:"登圣皇于天阶,章汉祚之有秩。"

⑳"碌碌"二句:碌碌,多石貌。应劭《汉官仪》卷下引马第伯《封禅仪记》:"仰视岩石松树,郁郁苍苍,若在云中。俯视溪谷,碌碌不可见丈尺。"荆山,在今湖北南漳西。璞,未经治理的玉。卞和,春秋楚人,善相玉。曾得璞玉于楚山中,献于楚王。但厉王、成王均不识玉,断其双足。至文王即位,使玉人治之,得和氏宝玉。

㉑至公:极公正。《管子·形势解》:"风雨至公而无私,所行无常乡。"

㉒吾:一作"语"。

【汇评】

宋刘辰翁:(第一首)其意正平而朴素可尚,非无衍丽,静且不惨。(张习本)

明袁宏道:(第二首)此诗似有所指,岂为两军骑士而云然耶?(第三首)意未尝不新,只是体裁高古,所以为难。(参评本)

明邢昉《唐风定》:(第三首)柔婉欲绝,几不复若语言。

明高棅《唐诗品汇》卷一四:(第四首)此用人之度也。宛转发越,隐约可恨。

清陈沆《诗比兴笺》卷三:(第一首)以明哲望其君也。磨莹其尘垢,其必由进德乎。(第二首)思直臣以逐奸邪也。(第三首)悯民力,思节俭也。(第四首)讽求贤,歔侧陋也。(第五首)慨公道之不行也。下以求进,上以市恩,所献如此,其非国宝可知也。

[日]近藤元粹评订《韦苏州集》:(第一首)"空存"二句,寓意最深。(第四首)为人上者,宜晨昏吟诵,以为警戒。

与友生野饮效陶体

携酒花林下,前有千载坟。于时不共酌,奈此泉下人。^①始自玩芳物,行当念徂春。聊舒远世踪,坐望还山云。且遂一欢笑,焉知贱与贫。

【题解】

此诗创作时地未详。友生,友人。《诗·小雅·常棣》:"虽有兄弟,不如友生。"李华《云母泉诗》:"共恨川路永,无由会友生。"陶体,陶渊明诗体。诗作先写与友人野饮,见到千年古坟,就想到泉下人不能共酌,引起感慨。这与陶渊明见废居而起"终当归空无"(《归园田居》五首其四)的感叹,有相似之处。又,陶渊明看见飞鸟归山(《饮酒》二十首其五"飞鸟相与还"),就像自己无心出去做官又厌倦官场生活而归来(《归去来兮辞》"鸟倦飞而知还")一样。此诗又写"坐望还山云",跟陶渊明看到还山鸟有同样的心情,所以说"且遂一欢笑,焉知贱与贫",即忘掉贫贱。这些都说明,陶渊明诗中所表达的心情,韦应物确实是能够深入体会的。

【注释】

①"于时"二句:陶渊明《拟挽歌辞》三首其二:"在昔无酒饮,今但湛空觞。春醪生浮蚁,何时更能尝。"泉下人,谓坟墓中人。熊孺登《寒食野望》:"冢头莫种有花树,春色不关泉下人。"

【汇评】

宋刘辰翁:含章体素,默合自然。古诗多此意,无语便尽,中间款曲,正在后半。(张习本)

明高棅《唐诗正声》:明桂天祥曰:故轻重相当,只"坐望还山云",是何等意兴。(朱墨本)又,体质浑朴,着以芳艳字。

明邢昉《唐风定》:体质自与陶近,不拟肖而合矣。

效何水部二首

玉宇含清露，香笼散轻烟。^①应当结沉抱^②，难从兹夕眠。
夕漏起遥恨，虫响乱秋阴。^③反覆相思字^④，中有故人心。

【题解】

此二诗创作时地未详。孙望《韦应物诗集系年校笺》疑广德末、大历初
在洛阳丞任内作。蒋寅《大历诗人研究》认为与上一首及下一首均为诗人
早期的作品。何水部，何逊。梁天监中，兼尚书水部郎。《梁书·何逊传》
载范云评曰："顷观文人，质则过儒，丽则伤俗；其能含清浊，中今古，见之何
生矣。"诗题中"二首"，原本无此二字。此据递修本、元修本、活字本、《丛
刊》本、《全唐诗》本校补。诗作拟写其芳年情思。秋夜思故人，辗转难眠，
幽怀难解。

【注释】

①"玉宇"二句：清，一作"秋"。香笼，罩在香炉上的薰笼。

②沉抱：郁闷的心胸。

③"夕漏"二句：夕漏，指夜晚铜壶滴漏声。《宋书·乐志》："晨晷促，夕
漏延。太阴极，微阳宣。"虫响，《全唐诗》本校"一作鸿音"。

④相思字：指书信。

【汇评】

［日］近藤元粹评订《韦苏州集》：(第二首)寸铁杀人，古意可掬。

效陶彭泽

霜露悴百草，时菊独妍华。^①物性有如此^②，寒暑其奈何。

掇英泛浊醪③，日入会田家。尽醉茅檐下，一生岂在多④。

此诗创作时地未详。陶彭泽，陶渊明，义熙初为彭泽令，旋弃官归。彭泽，县名，汉置，今属江西。诗作效仿陶渊明诗意，平淡中见醇美。先写百草枯萎而菊独妍，是以对比之法颂赞菊花。再从"物性"写到品节。又将菊、酒与田家关合一处，描绘出一种高蹈情怀。最后感叹，如果能快意如此，人生的长久与短暂又有谁会在乎呢？

【注释】

①"霜露"二句：悴，使凋萎。曹植《朔风诗》："繁华将茂，秋霜悴之。"妍华，美艳，华丽。卢士深妻崔氏《靧面辞》："取白雪，取红花，与儿洗面作妍华。"

②物性：事物的本性。

③"掇英"句：掇英，摘花。泛，浸泡。浊醪，浊酒。《西京杂记》卷三："九月九日，佩茱萸，食蓬饵，饮菊花酒，令人长寿。菊花舒时，并采茎叶，杂黍米酿之，至来年九月九日始熟，就饮焉，故谓之菊花酒。"

④"一生"句：《晋书·毕卓传》："尝谓人曰：得酒满数百斛船，四时甘味置两头，右手持酒杯，左手持蟹螯，拍浮酒船中，便足了一生矣。"

【汇评】

宋刘辰翁："物性"两语，似达似怨，甚好。苏州诗去陶自近，至效陶体，复取王夷甫语用之，故知晋人无不有风致可爱也。（张习本）

明顾璘：只是真得陶意，故下此手。（朱墨本）

明郝敬《选批唐诗》：语淡而味永。

明陆时雍《唐诗镜》：陶淡而深，韦淡而浅。

清王夫之《唐诗评选》卷二：前七句一气推衍，敛精聚魂为末一句，而又以夷犹出之，杳渺之力千倍。又，题云"效陶"，则韦所效陶者此耳。韦诗多从二张来，乃心直在《十九首》间。少识者即以陶、韦并称，抹尽古今经纬。意谓五言为赪面戴髻之场，唯"突兀压神州"、"苍鼠窜古瓦"为正派，余皆别调。似此评唱,真令人肉颤。以其诬尽古今,莫知原委也。

清王尧衢《唐诗合解笺注》:不特其诗效陶,而其人亦陶也。(前四句)霜落而百草凋悴,唯菊乃吐其芳华,因物性之本然也。彼盖不以寒暑而移其性,寒暑其奈之何哉!(后四句)于是掇采菊花之英,以饮浊酒,日暮会田家于茅檐之下,为之尽醉极欢。一生适意之境足矣,又岂在多乎?此真达士之言。

第二编　燕集

大梁亭会李四栖梧作

梁王昔爱才,千古化不泯(平声)。^①至今蓬池上,远集八方宾。^②车马平明合,城郭满埃尘。逢君一相许,岂要平生亲^③。入仕三十载,如何独未伸。英声久籍籍^④,台阁多故人。置酒发清弹,相与乐佳辰。^⑤孤亭得长望,白日下广津。^⑥富贵良可取,朅来西入秦。^⑦秋风旦夕起,安得客梁陈。^⑧

【题解】

此诗作于大历四年(769)秋,时自京洛赴扬州经汴州。大梁,战国魏都,唐时为汴州浚仪县,今河南开封。李四栖梧,李栖梧,行四,余未详。钱起有诗《送李四擢第归滑省》。韦应物同时有御史大夫李栖筠,又有李栖桐(钱起又有诗《送李栖桐道举擢第还乡省侍》),栖梧或为其兄弟行。诗写在汴州与李栖梧欢会,一见如故,同情友人"独未伸"的遭遇,名高位卑,宦途坎坷,鼓励他努力进取,不要自弃,并对其西入长安的前途寄予良好祝愿。

【注释】

①"梁王"二句:梁王,西汉梁孝王刘武,汉文帝次子,封梁王,初都大梁,后以其地卑湿,东徙睢阳(今河南商丘)。邹阳、枚乘、司马相如均为其座上客。泯,消失。

②"至今"二句:蓬池,故址在今河南开封。《太平寰宇记》卷一:"蓬池在县北五里。按《述征记》曰,大梁西南九十里尉氏有蓬池。阮籍诗云'徘徊蓬池上,回首望大梁',即此是也。"唐时,蓬池为泛舟游宴之所。李巙《使至汴州喜逢宋之问》:"阮籍蓬池上,孤韵竹林才。"远集,从远方聚集。

③平生亲:游处日久的亲密友人。题苏武《诗四首》其一:"愿子留斟

21

酌，叙此平生亲。"

④"英声"句：英声，美名。司马相如《封禅文》："俾万世得激清流，扬微波，蜚英声，腾茂实。"籍籍，声名盛大貌。杜甫《赠蜀僧闾丘师兄》："大师铜梁秀，籍籍名家孙。"

⑤"置酒"二句：清弹，犹清奏，指动听的乐曲。陆云《为顾彦先赠妇四首》其四："西城善雅舞，总章饶清弹。"与，一作"将"。

⑥"孤亭"二句：长望，远望。萧统《饮马长城窟行》："迢迢不可见，长望涕如霰。"广津，大河的渡口。鲍照《行药至城东桥》："蔓草缘高隅，修杨夹广津。"

⑦"富贵"二句：取，一作"求"。朅（qiè）来，犹言去，来为语词。李白《送王屋山人魏万还王屋》："朅来游嵩峰，羽客何双双。"秦，指长安。

⑧"秋风"二句：旦夕，比喻短时间内。《古诗为焦仲卿妻作》："蒲苇一时纫，便作旦夕间。"梁陈，西汉二诸侯国名，此指今河南开封、淮阳及其附近地区。陆机《吴王郎中时从梁陈作》："凤驾寻清轨，远游越梁陈。"

燕李录事

与君十五侍皇闱，晓拂炉烟上赤墀。①花开汉苑经过处，雪下骊山沐浴时。②近臣零落今犹在，仙驾飘飘不可期。③此日相逢思旧日，一杯成喜亦成悲。④

【题解】

此诗当作于大历四年（769），时自京洛赴扬州途中。燕，通"宴"。李录事，未详。录事，官名。唐代各府州、东宫、王府及十六卫均有录事参军事，从八品上至正七品上不等，省称录事或司录。又，州府别有录事，从九品。诗写与挚友李录事乱后重逢，悲喜交加，今昔对照，感慨良深。唐人七言律诗即使是在定型以后，失粘者也往往有之。韦应物此诗，首联对句与颔联出句即失粘。

【注释】

①"与君"二句:谓自己与李录事均曾宿卫宫中。皇闱,皇宫,方回《瀛奎律髓》卷八作"皇舆"。闱,宫中小门。赤墀,宫中殿庭之台阶,涂以朱红色。唐制,亲卫、勋卫、翊卫,谓之"三卫"。又,诸卫翊卫及率府亲、勋卫,亦曰"三卫"。又有千牛及千牛备身,以高品官员子孙中"少壮、肩膊齐、仪容整美者"充任,每月轮番上直,担任皇宫警卫及朝会、巡幸时的仪仗队。丘丹《韦应物墓志》:"角之年,已有不易之操,以荫补右千牛。"韦应物为右千牛在天宝八年左右。

②"花开"二句:谓自己与李录事均曾经常扈驾出行。汉苑,指汉宜春苑,唐为曲江,在今陕西西安。骊山,在今陕西西安东。

③"近臣"二句:犹,一作"谁"。仙驾,仙人车驾。此处婉言唐玄宗之死。玄宗卒于宝应元年(762)建巳月(四月)。飘飖,缥缈貌。期,《文苑英华》卷二一五作"思"。

④"此日"二句:相逢,一作"逢君"。思,一作"非"。旧,《文苑英华》本作"曩"。亦,一作"又"。

【汇评】

元方回:前豪夸,后感慨。又,清纪昀:"夸"字未是。韦在白前。首句韵太借,通首平衍少力。苏州佳处在五古,不长于律诗,七律尤非所长。又,无名氏甲:毕竟不同,自有深韵。(《瀛奎律髓汇评》卷八)

清金圣叹《贯华堂选批唐才子诗》甲集七言律卷五:浅人读之,谓只两人追写旧事耳,不知通首皆是先生胸前一段服勤至死、方丧三年至情至谊,我读之,不觉声泪为之齐下也。三、四正指皇闱也。言凡或经过,或沐浴,则皆有我两人侍之,所谓拂炉上墀者,至今犹如昨日也。近臣不止韦、李,故曰"零落"。然"今犹在"乃对下句,非承二字也。"方喜已悲","方""已"字妙。言宴李诚喜,而思旧实悲,此喜固不能敌此悲矣。

清何焯《唐律偶评》:("近臣"句)"今"字呼起落句"旧"字。

清毛张健《唐体余编》:句句照应,笔笔圆转。

清黄叔灿《唐诗笺注》:诗质而味长。

淮上喜会梁川故人

江汉曾为客①，相逢每醉还。浮云一别后②，流水十年间。欢笑情如旧，萧疏鬓已斑③。何因北归去，淮上对秋山。④

【题解】

此诗作于大历四年(769)秋，时自京赴扬州经楚州。淮上，淮水畔，此指楚州，治所在今江苏淮安。《太平寰宇记》卷一二四："淮水在县西二百步。"梁川，未详，疑当从《唐诗品汇》卷一四作"州"。梁州，治所在今陕西汉中，德宗兴元元年改为兴元府。诗写与故人久别重逢于异地的悲喜交加之情。先追忆为客江汉往事，以引起淮上重聚。"每醉还"谓二人情谊笃厚，"浮云""流水"二句寄寓十年阔别的人生感慨。再承以今日相逢之乐，又慨叹往事如烟，"欢笑"的背后凝集人世沧桑的悲情。末二句以景作结，又织入一己思乡情，余味不尽。

【注释】

①江汉：长江、汉水流域，此偏指汉水。韦应物至德、乾元间曾避乱居扶风，其地与梁州相近，或曾客梁州。

②"浮云"句：题李陵《与苏武诗》三首其一："仰视浮云驰，奄忽互相逾。风波一失所，各在天一隅。"李善注："言浮云之驰，奄忽相逾，飘飘不定，……以喻人之客游，飞薄亦尔。"

③"萧疏"句：萧疏，稀少貌。唐彦谦《秋霁夜吟寄友人》："槐柳萧疏溽暑收，金商频伏火西流。"斑，头发花白。

④"何因"二句：北，一作"不"。对，一作"有"。

【汇评】

明谢榛《四溟诗话》：此篇多用虚字，辞达有味。

明周珽《唐诗选脉会通评林》：人如浮云易散。一别十年，又若流水去无还期,二语道尽别离情绪。他如"旧国应无业,他乡到是归",其悲慨之思可想。

清查慎行:五、六浅语,却气格高。又,清纪昀:清圆可诵。又,无名氏甲:大抵平淡诗非有深情者不能为,若一直平淡,竟如槁木死灰,曾何足取?此苏州三首,极有深情,所谓"看似寻常最奇崛,成如容易却艰难"也。

清沈德潜《唐诗别裁》卷一一:("淮上"句)语意好,然淮上实无山也。

清章燮《唐诗三百首注疏》:四句皆串。(五六句)亦暗串。从十年转下。论其欢笑,则风情慷慨,依然如旧。视其须发,则全然斑白,殊觉萧疏。(末)想君会后,即还梁川矣。余不知何因久滞于斯,不克旋归,日在淮上,愁对秋山,安能久耐寂寞耶?

清孙洙《唐诗三百首》:一气旋折,八句如一句。

清胡本渊《唐诗近体》:("浮云"二句)情景婉至。结意佳。

俞陛云《诗境浅说》:诗以言性情。唐贤最重友谊,于赠别寄怀,及离晤故人之作,屡见篇章。叔牙知我,生平能有几人?宜其语长心郑重也。此诗言当日同客楚江,少年气盛,放歌纵酒,不醉无归,是何等豪气。乃浮云踪迹,各走东西,抡指光阴,瞬逾十载。叹羁泊之无常,讶年光之迅逝,句法于蕴藉中见悲凉之意。五六句谓重拾堕欢,虽笑语风情,不殊曩日,而须鬓加苍,谁识为当时两年少耶?末句意谓青紫被体,尚且不如还乡,何为留滞天涯,使淮上秋山,移文腾笑也。《三百首》所选五律,尚有李益、司空曙二诗,与此作意境格局皆相似。李诗:"问姓惊初见,称名忆旧容。"司空诗:"乍见翻疑梦,相悲各问年。"情文相生,与韦诗同一真挚,令人增朋友之重,知声利驰逐之场,无君子交也。作投赠诗者,贵有真意相感,乃见交情,勿徒工藻饰。

喻守真《唐诗三百首详析》:此诗是写久别重逢之情,又自伤羁旅之感。此诗章法,是从相会之时,回忆到十年前的客中聚首,是一种回溯的写法。所以开首即说江汉相逢,以引起淮上重聚。"浮云"喻两人行止的不定,"流水"喻两人年华的逝去,颈联因即承以今日相见之乐,而各叹其老大;一种亲切的友谊,真所谓情见乎词了。结末则因故人的归去,而叹自己犹逗留淮上,愁对秋山,欲归无计之感。这种绵密的结构,曲折的抒写,不必假手于词藻,使人读了荡气回肠,是唐诗中极妙之作。

扬州偶会前洛阳卢耿主簿

应物顷贰洛阳,常有连骑之游

楚塞故人稀①,相逢本不期。犹存袖里字,忽怪鬓中丝。②
客舍盈樽酒,江行满箧诗。更能连骑出,还似洛桥时。③

【题解】

此诗作于大历四年(769)或五年(770),时在扬州。扬州,今属江苏。
洛阳,今属河南。主簿,县主簿,"掌付事勾稽,省署抄目,纠正非违,监印,
给纸笔、杂用之事"(张说、张九龄等《唐六典》卷三〇)。洛阳县为京县,主
簿二人,从八品上。卢耿,韦应物广德中为洛阳丞时,卢耿为洛阳主簿,余
未详。诗写在扬州偶遇友人,思前想后,不能无所感慨。友情深厚,书信犹
存,见面自当惊喜;但青春不再,又不免相对黯然。然而把酒话旧,赋诗抒
怀,也自有一番欢乐。以问句作结,更反衬出友情的深挚和会面的欢愉。

【注释】

①楚塞:楚国边境。据《史记·货殖列传》,扬州古为东楚之地。

②"犹存"二句:袖里字,指书信。《古诗十九首》:"置书怀袖中,三岁字
不灭。"李白《上三峡》:"三朝复三暮,不觉鬓成丝。"

③"更能"二句:连骑,并辔而行。洛桥,指洛阳洛水上天津桥。《元和
郡县图志》卷五:"天津桥在县北四里,隋炀帝大业元年初造此桥,以架洛
水,用大缆维舟,皆以铁锁钩连之。……然洛水溢,浮桥辄坏。贞观十四
年,更令石工累方石为脚。"

【汇评】

明袁宏道:真过盛唐高、岑得意笔也。(参评本)

清查慎行：起势超妙，通首折旋都有情致。好诗如弹丸脱手，良然。又，清纪昀：此却太薄，不见佳处。(《瀛奎律髓汇评》卷八)

贾常侍林亭燕集

高贤侍天阶①，迹显心独幽。朱轩骛关右，池馆在东周。②缭绕接都城，氤氲望嵩丘③。群公尽词客，方驾永日游④。朝旦气候佳，逍遥写烦忧。⑤绿林霭已布，华沼淡不流。凌露摘幽草⑥，涉烟玩轻舟。圆荷既出水，广厦可淹留⑦。放神遗所拘，觞罚屡见酬。⑧乐燕良未极，安知有沉浮。⑨醉罢各云散，何当复相求⑩。

【题解】

此诗作于大历六年(771)夏，时在洛阳。常侍，左、右散骑常侍，正三品下，分属门下、中书二省，掌规讽过失，侍从顾问。贾常侍，贾至。大历七年卒右散骑常侍任。据郁贤皓《唐刺史考》，大历五年九月，京兆尹贾至为杜济所代，改官散骑常侍。诗作奉赠贾至，乃寻常酬赠之什。陆时雍的评价却不低："气韵芬芳。'绿林霭已布，华沼淡不流'，重之有味，知诗者当自领之。"(《唐诗镜》卷三〇)作出高下判断的依据，就是诗之有韵与无韵。

【注释】

①天阶：指宫殿朝廷。阶，《全唐诗》本作"陛"。

②"朱轩"二句：朱轩，漆成红色的车子，高官所乘。骛，驰骋。关右，函谷关以西。时贾至在长安为官，故云。东周，指洛阳。公元前七七〇年，周平王自镐京迁都洛邑，史称东周，故以代指洛阳。贾至父贾曾宅在洛阳定鼎门东第三街恭安坊，"林亭"或即指此。

③"氤氲"句：氤氲，云烟弥漫貌。嵩丘，即嵩山。

④方驾：两车并驾。陆机《拟青青陵上柏》："方驾振飞辔，远游入

长安。"

⑤"朝旦"二句：朝旦，早晨。《南史·夷貊传·扶南国》："更缮国内，起观阁游戏之，朝旦中晡三四见客。"写，宣泄。《诗·邶风·泉水》："驾言出游，以写我忧。"毛传："写，除也。"

⑥凌露：凌，原作"没"，此据递修本、《丛刊》本校改。江淹《金灯草赋》："碧茎凌露，朱英升霜。"

⑦"广厦"句：《南史·陶弘景传》："性爱山水，每经涧谷，必坐卧其间，吟咏盘桓，不能已已。谓门人曰：'吾见朱门广厦，虽识其华乐，而无欲往之心。望高岩，瞰大泽，知此难立止，自恒欲就之。'"《楚辞·招隐士》："攀桂枝兮聊淹留。"

⑧"放神"二句：放神，驰骋心神。杜甫《写怀二首》其二："放神八极外，俯仰俱萧瑟。"觥罚，违酒令罚酒。觥，酒器。唐人称酒令为"觥令"，宴席上司酒令者为"觥使"或"觥录事"。

⑨"乐燕"二句：乐燕，即乐宴，宴饮享乐。高适《效古赠崔二》："周旋多燕乐，门馆列车骑。"沉浮，指人事的穷通、黜陟等。高适《古乐府飞龙曲留上陈左相》："折腰知宠辱，回首见沉浮。"

⑩"何当"句：何当，何时。相求，互相吸引聚合，指招邀聚会。

月夜会徐十一草堂

空斋无一事，岸帻故人期①。暂辍观书夜，还题玩月诗。②远钟高枕后③，清露卷帘时。暗觉新秋近，残河欲曙迟④。

【题解】

此诗作于大历九年至十二年（774—777），时在长安。徐十一，未详。诗写草堂月夜欢会。先写等候友人到来，以"空""无"突出其闲静。再写月夜欢会及赏月。又以"远钟""清露"衬托美好月色，谓爱月迟眠，意犹未尽，而不知不觉中晨钟已动，清露微凉，新秋近矣。乐极生哀，不无岁华流逝之叹。

【注释】

①岸帻:推起头巾,露出前额。形容态度洒脱,或衣着简率不拘。孔融《与韦端书》:"闲僻疾动,不得复与足下岸帻广坐,举杯相于,以为邑邑。"

②"暂辍"二句:辍,中止。《南史·江泌传》:"泌少贫,昼日斫屧为业。夜读书随月光,光斜则握卷升屋,睡极堕地则更登。"玩月,赏月。《文选》卷三〇载鲍照《玩月城西门廨中》,《艺文类聚》卷一引作《玩月诗》。

③高枕:枕着高枕头,谓无忧无虑。《战国策·齐策四》:"三窟已就,君姑高枕为乐矣。"

④残河:指拂晓前将隐没的银河。

【汇评】

宋刘辰翁:三、四旷达可想。五、六清景耳,不足为胜。(参评本)

元方回:苏州诗淡而自然,此三诗皆是也。又,清纪昀:此较洒脱,亚于《淮上》一篇。五、六好。结二句乃言彻夜未眠,而说来无迹,只似写景者。然若晚唐、宋人,必写作尽兴语矣。此盛唐身份也。(《瀛奎律髓汇评》卷八)案:方回所谓"三诗",是指此诗及《淮上喜遇梁川故人》《扬州偶会前洛阳卢耿主簿》。

[日]近藤元粹评订《韦苏州集》:(后半)凉意可掬。

移疾会诗客元生与释子法朗因贻诸曹

对此嘉树林,独有戚戚颜。抱疴知旷职,淹旬非乐闲。①释子来问讯,诗人亦扣关。②道同意暂遣③,客散疾徐还。园径自幽静,玄蝉噪其间④。高窗瞰远郊,暮色起秋山。英曹幸休暇,恨恨心所攀⑤。

【题解】

此诗作于大历九年至十二年(774—777),时在长安。移疾,移书称病,多用作官员求退的婉词。此处指因病告假。释子，僧徒。僧人出家从释迦牟尼之教，舍本姓从佛姓，故称。诸曹，原作"诸祠曹"，此据递修本、《唐诗品汇》卷一四校删。此指京兆府属下分科办事的同僚。据《新唐书·百官志》，京兆尹属官有功曹、仓曹、户曹、田曹、兵曹、法曹参军事各二人，皆正七品下，各有职司。时韦应物任京兆府功曹，同僚有田曹卢康、户曹韩质，以及令狐士曹、独孤兵曹等。元生、法朗，均未详。诗写因病告假，友人前来探视，一时为之心胸豁然；客去无聊，凭窗远望，思诸友不能相会，心甚伤感。诗作以日常生活现象之一种——"移疾会诗客""客散疾徐还"，展现诗人好客、爱诗的风范。其中"园径自幽静"四句，是以写景衬托以及试图冲淡因病而生的烦躁心理状态，并顺势引出下文，颇堪玩味。

【注释】

①"抱瘵(zhài)"二句：抱瘵，抱病。旷职，旷废公务。《汉书·元后传》："臣久病连年，数出在外，旷职素餐。"淹旬，满一旬。魏明帝《善哉行》："行行日远，西背京许。游弗淹旬，遂届扬土。"

②"释子"二句：讯，《唐诗品汇》本作"信"。扣关，扣门，来访。

③意：一作"适"。

④玄蝉：即蝉，呈青黑色，故云。

⑤"悢(liàng)悢"句：悢悢，一作"恨恨"，惆怅。题李陵《与苏武诗》三首其三："徘徊蹊路侧，悢悢不得辞。"攀，攀附追随，此指向往。

【汇评】

[日]近藤元粹评订《韦苏州集》：("园径"四句)有幽旷之气。

慈恩伽蓝清会

素友俱薄世①，屡招清景赏。鸣钟悟音闻②，宿昔心已往。重门相洞达，高宇亦迢朗。③岚岭晓城分，清阴夏条长④。氤氲芳台馥，萧散竹池广。⑤平荷随波泛，回飙激林响⑥。蔬食遵道侣,泊怀遗滞想。⑦何彼尘昏人,区区在天壤。⑧

此诗作于大历九年至十二年(774－777),时在长安。慈恩伽(qié)蓝,即慈恩寺,在长安晋昌坊。伽蓝,梵语僧伽蓝摩的省称,意译为众园,即僧众居住的园林,后因指佛寺。王溥《唐会要》卷四八:"慈恩寺,晋昌坊。隋无漏废寺。贞观二十二年十二月二十四日,高宗在春宫为文德皇后立为寺,故以慈恩为名。"诗写与友人聚会慈恩寺,入重门高宇,赏山光水色,不觉心神淡泊,产生出世之想。尤其是那钟磬梵呗的清和之音,与清幽之景一道,着实荡涤心胸,使人警醒觉悟。

【注释】

①"素友"句:素友,情谊真纯的朋友。王僧达《祭颜光禄文》:"清交素友,比景共波。"薄世,鄙薄世情。

②悟音:指钟磬梵呗之声,谓使人觉悟警醒。

③"重门"二句:重门,宫门。谢朓《观朝雨》:"平明振衣坐,重门犹未开。"洞达,畅通无阻。班固《东都赋》:"且夫僻界西戎,险阻四塞,修其防御,孰与处乎土中,平夷洞达,万方辐凑。"遝,一作"通"。

④"清阴"句:一作"清条夏阴长"。

⑤"氲氛"二句:氲氛,犹氛氲,盛貌。李白《观元丹丘坐巫山屏风》:"水石潺湲万壑分,烟光草色俱氲氛。"萧散,冷落离散。何逊《和司马博士咏雪》:"萧散忽如尽,徘徊已复新。"

⑥回飙:旋风。贾谊《惜誓》:"临中国之众人分,托回飙乎尚羊。"

⑦"蔬食"二句:蔬食,粗食。以草菜为食。杜甫《赠李白》:"野人对腥膻,蔬食常不饱。"泊怀,淡泊胸怀。滞想,郁积的思虑,凝聚心头的想念。符载《寄赠于尚书书》:"凝襟滞想,从兹泄露。"

⑧"何彼"二句:尘昏人,喻指泯灭灵智的尘俗之人。尘昏,尘积昏暗。朱庆余《题开元寺》:"长廊画剥僧形影,石壁尘昏客姓名。"区区,谓真情挚意。《古诗十九首》:"一心抱区区,惧君不识察。"天壤,天地长存,故以喻不朽之功业。《战国策·齐策六》:"故业与三王争流,而名与天壤相敝也。"

明袁宏道："蔬食"四言,此等旷达之句清,唯苏长公稍稍有之。白傅俚,雅不及也。(参评本)

清张谦宜《絸斋诗谈》卷五:凡敛华蓄味处,俱自《文选》淘汰而来,勿易视之。

夜偶诗客操公作

尘襟一潇洒,清夜得禅公①。远自鹤林寺②,了知人世空。惊禽翻暗叶,流水注幽丛。多谢非玄度,聊将诗兴同。③

【题解】

此诗作于大历九年至十二年(774—777)之间,时在长安。诗题,活字本作"夜遇诗僧操公因赠"。其中"偶",遇到。操公,润州鹤林寺僧,余未详。诗写清夜遇寺僧操公,与之吟诗唱和,写来情致悠远,淡而有味,体现的是诗人理想中的人生境界。在这里,参禅犹如一种底色,已经晕染在了诗作的字里行间。

【注释】

①禅公:犹禅师,对僧侣的尊称。

②鹤林寺:在润州(今江苏镇江)。《舆地纪胜》卷七:"鹤林寺,在黄鹤山,旧名竹林寺。《宋书》,高祖常游京口竹林寺,独卧讲堂前,上有五色龙章。即位,改名鹤林寺。今为报恩寺。"

③"多谢"二句:多谢,多惭。许询,字玄度。《晋书·孙绰传》:"绰与询一时名流,或爱询高迈,则鄙于绰;或爱绰才藻,而无取于询。沙门支遁试问绰:'君何如许?'答曰:'高情远致,弟子早已伏膺,然一咏一吟,许将北面矣。'"盖因操公诗中将作者比作玄度,故有此谦词。诗兴,作诗的兴致。杜甫《偶题》:"稼穑分诗兴,柴荆学土宜。"

［日］近藤元粹评订《韦苏州集》：("惊禽"句)"暗叶"字尤新。

与韩库部会王祠曹宅作

闲门荫堤柳①，秋渠含夕清。微风送荷气，坐客散尘缨。②
守默共无恡，抱冲俱寡营。③良时颇高会，琴酌共开情。④

【题解】

此诗作于大历十二年(777)早秋，时在长安。诗题，活字本作"与韩库部会王祠曹宅"。库部，尚书省所辖曹司，置郎中、员外郎各一人，掌戎器、卤簿仪仗。韩库部，韩协。林宝《元和姓纂》卷四："协，库部郎中。"祠曹，即祠部，属尚书省礼部，置祠部郎中、员外郎各一人，掌祠祀、享祭、天文、漏刻、国忌、庙讳、卜筮、医药、僧尼之事。王祠曹，当为王后己，见岑仲勉《郎官石柱题名新著录》祠部员外郎第七行，在钱起、元仲武后。据《旧唐书·元载传》，载子仲武为祠部员外郎，大历十二年三月赐死，王后己当系此年继元仲武为祠部员外郎。诗写与友人韩协到王祠曹宅中过访，堤柳荫门，风送荷香，环境幽美。客人多为情怀高雅、志同道合之士，弹琴酌酒，颇能尽兴。良友高会之作，通篇所写却几乎都是自然风景。

【注释】

①闲：一作"闭"。

②"微风"二句：荷气，荷花香气。孟浩然《夏日南亭怀辛大》："荷风送香气，竹露滴清响。"缨，系冠带。散尘缨，谓解开冠带，不受拘束。孔稚珪《北山移文》："昔闻投簪逸海岸，今见解兰缚尘缨。"李周翰注："尘缨，世事也。"白居易《长乐亭留别》："尘缨世网重重缚，回顾方知出得难。"

③"守默"二句：守默、抱冲，谓保持清静冲淡的胸襟。恡(lìn)，同"吝"，贪恋。寡营，无所营求。

33

④"良时"二句:良时,美好的时光。题苏武《诗四首》其三:"欢娱在今夕,嬿婉及良时。"高会,盛大宴会。《战国策·秦策三》:"于是使唐雎载音乐,予之五千金,居武安,高会相与饮。"琴酌,琴酒。酌,活字本作"酝"。谢朓《郡内高斋闲望答吕法曹》:"已有池上酌,复此风中琴。"

【汇评】

[日]近藤元粹评订《韦苏州集》:清新喜人。

晦日处士叔园林燕集

遽看蓂叶尽①,坐阙芳年赏。赖此林下期,清风涤烦想。②
始萌动新照③,佳禽发幽响。岚岭对高斋,春流灌蔬壤。樽酒
遗形迹,道言屡开奖④。幸蒙终夕欢,聊用税归鞅⑤。

【题解】

此诗作于大历九年至十二年(774—777)中,时在长安。晦日,旧历每月最后一日。唐时以正月晦日为三令节之一:"今方隅无事,烝庶小康,其正月晦日、三月三日、九月九日三节日,宜任文武官僚选胜地追赏为乐。"(《旧唐书·德宗纪》)故又特指正月晦日。唐德宗贞元五年始以中和节(二月一日)代晦日。处士,隐居不仕者。处士叔,韦应物父銮,兄弟五人,其中韦镕,史未载其官职,傅璇琮《唐代诗人丛考》疑即其人。诗写春日园林宴集,融合了初春景致的描写与雅士情怀的抒发,也流露出对官场生活的厌倦之情。诗作还从侧面展现出唐人晦日时的习俗风情。

【注释】

①蓂:传说中草名。蓂叶尽,即指月尽。《竹书纪年》卷二:尧在位七十年,"有草夹阶而生,月朔始生一荚,月半而生十五荚;十六日以后日落一荚,及晦而尽。月小,则焦而不落。名曰蓂荚,一曰历荚。"

②"赖此"二句:林下,指园林中,兼双关"竹林七贤"中阮籍、阮咸叔侄

34

故事。《晋书·阮咸传》:"咸任达不拘,与叔父籍为竹林之游,当世礼法者讥其所为。"烦想,杂念,俗虑。孙绰《游天台山赋》:"过灵溪而一濯,疏烦想于心胸。"

③照:递修本、活字本、《全唐诗》本作"煦"。

④开奖:开导奖励。颜之推《颜氏家训·勉学》:齐有宦者田鹏鸾,好学向善,"吾甚怜爱,倍加开奖。后被赏遇,赐名敬宣,位至侍中开府。"

⑤税(tuō)归鞅:卸下车马,谓宿于此。税,通"脱"。鞅,套在马头上用以负轭驾车的皮带,代指车。岑参《西蜀旅舍春叹》:"吾先税归鞅,旧国如咫尺。"

【汇评】

[日]近藤元粹评订《韦苏州集》:"始萌"二句奇警。

扈亭西陂燕赏

杲杲朝阳时,悠悠清陂望。嘉树始氤氲,春游方浩荡。①
况逢文翰侣,爱此孤舟漾。绿野际遥波,横云分叠嶂②。公堂
日为倦,幽襟自兹旷③。有酒今满盈,愿君尽弘量④。

【题解】

此诗作于大历十四年(779)春,时在鄠县令任上。扈亭,京兆府鄠县(今陕西户县)地名。《类编长安志》卷一:"扈亭乡,在县西北一十二里。"《太平寰宇记》卷二六:"本夏有扈国也。《书》谓启与有扈战于甘之野,即今县也。有扈乡,复有扈谷、扈亭,又有甘亭是也。"西陂,当即美陂,一作"渼陂"。陂,池塘湖泊。诗写春游设宴于扈亭西陂,嘉树葱茏,绿波荡漾,更兼同游者为文雅之士,在公事之余,有此嘉会,自当开怀畅饮。其中"公堂日为倦"二句,比较典型地反映出诗人思想上的矛盾:有体恤百姓之心,也愿意恪尽职守造福一方,同时却又倦于案牍、懒于簿书而勤于游乐,希望过一

种闲适逍遥的享乐生活。大历诗人中，韦应物在这一点上的表现是最为突出的。

【注释】

①"嘉树"二句：氤氲，烟雾弥漫貌。浩荡，广大旷远。屈原《九歌·河伯》："登昆仑兮四望，心飞扬兮浩荡。"杜甫《赠虞十五司马》："凄凉怜笔势，浩荡问词源。"仇兆鳌注："浩荡，旷远也。"

②横云：横浮于天空的云。韩愈《南山诗》："横云时平凝，点点露数岫。"

③"幽襟"句：幽襟，犹幽怀。杜甫《奉观严郑公厅事岷山沱江图画》："绘事功殊绝，幽襟兴激昂。"旷，开旷，舒展。

④弘量：大酒量。戴叔伦《感怀》："但当尽弘量，觞至无复辞。"

【汇评】

宋刘辰翁：("嘉树"二句)浅语流动称情。（张习本）

清张谦宜《絸斋诗谈》卷五：只是味厚，此须养深。

［日］近藤元粹评订《韦苏州集》：("绿野"二句)"际"字、"分"字，字眼。

西郊燕集

济济众君子，高宴及时光。①群山霭遐瞩，绿野布熙阳。②列坐遵曲岸③，披襟袭兰芳。野庖荐嘉鱼，激涧泛羽觞④。众鸟鸣茂林，绿草延高冈。盛时易徂谢，浩思坐飘飏。⑤眷言同心友⑥，兹游安可忘。

【题解】

此诗作于建中元年(780)春，时闲居长安西郊沣上之善福精舍。诗写与众多朋友在西郊外野宴。春光大好，山水明媚，依岸而坐，曲水流觞，更有诗朋谈友，此乐何极，令人遐想，也让人难忘。

①"济济"二句:济济,众多貌。《诗·大雅·旱麓》:"瞻彼旱麓,榛楛济济。"毛传:"济济,众多也。"卢纶《元日早朝呈故省诸公》:"济济延多士,跹跹舞百蛮。"时光,犹时物,谓当时的景物。

②"群山"二句:遐瞩,远眺,远望。赵冬曦《奉和张燕公早霁南楼》:"方曙跻南楼,凭轩肆遐瞩。"熙阳,和煦的阳光。潘岳《关中诗》:"惴惴寡弱,如熙春阳。"

③曲岸:曲水岸边。古人于三月三日禊饮于水滨,以祓除不祥,称其地为曲水,并无固定地点。王羲之《兰亭集序》:"又有清流激湍,映带左右,引以为流觞曲水,列坐其次。"

④羽觞:左右有耳、形如鸟翼的酒器。《楚辞·招魂》:"瑶浆蜜勺,实羽觞些。"王逸注:"羽,翠羽也。觞,觚也。"洪兴祖补注:"杯上缀羽,以速饮也。一云作生爵形,实曰觞,虚曰觯。"

⑤"盛时"二句:徂谢,何逊《临行公车》:"平生多意绪,怀抱皆徂谢。"浩思,犹遐想,畅想。飘飏,飘动飞扬。乐府古辞《伤歌行》:"微风吹闺闼,罗帷自飘飏。"

⑥眷言:眷顾。言,语助词。陆机《赠尚书郎顾彦先》二首其二:"眷言怀桑梓,无乃将为鱼。"

【汇评】

明顾璘:用字用意,皆在唐人中。(朱墨本)

春宵燕万年吉少府中孚南馆

始见斗柄回,复兹霜月霁。①河汉上纵横,春城夜迢递。宾筵接时彦,乐燕凌芳岁。②稍爱清觞满,仰叹高文丽。欲去返郊扉③,端为一欢滞。

【题解】

此诗作于建中三年(782)早春,时在长安。春宵,春夜。白居易《长恨歌》:"春宵苦短日高起,从此君王不早朝。"万年,京兆府属县。少府,唐人对县尉的称谓。万年京县,尉六人,从八品下。吉中孚,楚州人,"大历十才子"之一。诗写春夜于朋友府第聚会宴饮,主雅客贤,酒清文丽,以致乐而忘返。

【注释】

①"始见"二句:霜月,寒冷皎洁之月。谢朓《同羁夜禁》:"霜月始流砌,寒蜻早吟隙。"

②"宾筵"二句:时彦,一时之秀。《晋书·庾冰传》:"吹引时彦,询于政道,朝之得失必关圣听,人之情伪必达天聪。"芳岁,芳春,盛年。鲍照《绍古辞》七首其四:"芳岁犹自可,日夜望君归。"

③郊扉:犹郊居。谢朓《休沐重还道中》:"岁华春有酒,初服偃郊扉。"

【汇评】

宋刘辰翁:不独闲静,气概又阔,别□□样语(朱墨本无此五字)可讽。

(张习本)

滁州园池燕元氏亲属

日暮游清池,疏林罗高天①。余绿飘霜露,夕气变风烟②。水门架危阁,竹亭列广筵。一展私姻礼,屡叹芳樽前③。感往在兹会,伤离属颓年④。明晨复云去,且愿此留连。

【题解】

此诗作于建中三年(782)深秋,时在滁州。滁州,州治在今安徽滁县。元氏亲属,指韦应物妻子元蘋的亲属。韦应物《夫人河南元氏墓志铭》:"应物娶河南元氏,夫人讳蘋,字佛力。魏昭成皇帝之后,有尚舍奉御延祚,祚生简州别驾,赠太子宾客平叔,叔生尚书吏部员外郎挹。夫人吏部之长女。"《元和姓纂》卷四:"义端,魏州刺史。生延寿、延福、延景、延祚。延祚,司议郎;生平叔,绵州长史;生挹、㧑、持。挹,吏部员外郎,生注、洪、锡、铣。洪,饶州刺史,生晦。㧑,太常博士。持,都官郎中。"韦应物在滁州时,元锡曾来访,有诗赠之。元锡是元蘋的亲弟。诗写园中设宴招待元氏姻亲,描摹园中景色,重在抒发颓年惜别的伤感之情,却并未像惯用的写法那样欷歔不已,而是在情感表现上平心静气,写得极为平静轻淡,也不刻意表现"留连"的情形。

【注释】

①罗:一作"笼"。

②风烟:风与烟,风与尘。谢朓《和王著作融八公山诗》:"风烟四时犯,霜雨朝夜沐。"

③"一展"二句:私姻,有婚姻关系的亲戚。叹,活字本作"款"。

④颓年:犹言衰老之年。陆机《愍思赋》:"乐来日之有继,伤颓年之莫纂。"

郡楼春燕

众乐杂军鞞①,高楼邀上客。思逐花光乱②,赏余山景夕。为郡访凋瘵,守程难损益。③聊假一杯欢,暂忘终日迫。

【题解】

此诗作于建中四年(783)春,时在滁州。这是一首"郡斋诗"(蒋寅《大历诗人研究》)。诗写招客饮宴,鼓乐齐奏,面对美景,想的却是黎民的疾苦、公事的难为,且借杯酒暂时忘却公事的煎迫。安史乱后,民生凋敝,自己又不能改变法规适应现状,职务压力非常大。本来很是苦恼的诗人,却借助与幕中文士的宴饮游乐,似乎轻松地消解了这种压力,也就是在吏隐中超越了这一矛盾,仕与隐达成了统一。

【注释】

①鞞:同"鼙",军中乐鼓。

②花光:花的色彩。陈后主《梅花落》二首其一:"映日花光动,迎风香气来。"

③"为郡"二句:凋瘵,指困穷之民或衰败之象。白居易《忠州刺史谢上表》:"下安凋瘵,上副忧勤,未死之间,斯展微效。"守程,遵守法度。陈琳《饮马长城窟行》:"官作自有程,举筑谐汝声。"

【汇评】

明袁宏道:起语便是郡宴,写怀淡然简素。(参评本)

南塘泛舟会元六昆季

端居倦时燠①,轻舟泛回塘。微风飘襟散,横吹绕林长。云淡水容夕②,雨微荷气凉。一写悁勤意,宁用诉华觞。③

【题解】

此诗作于建中四年(783)夏,时在滁州。元六昆季,疑即元玩、元锡兄弟。诗写作者的姻亲元氏兄弟来访时一起宴游的情景,谓夏日暑热,令人倦烦,泛舟南塘,微风徐来,小雨忽至,荷气生凉,不用饮酒,亦可拂去烦忧。其中,"云淡水容夕"二句的写景清丽可喜。

【注释】

①端居:谓平常居处。孟浩然《临洞庭赠张丞相》:"欲济无舟楫,端居耻圣明。"

②水容:水流之态势。裴次元《律中应钟》:"密叶翻霜彩,轻冰敛水容。"

③"一写"二句:悁(yuān)勤意,一云"川上意",忧虑之意。悁勤,犹忧

勤,忧愁。《诗·陈风·泽陂》:"寤寐无为,中心悁悁。"毛传:"悁悁,犹悒悒也。"诉,《丛刊》本作"计"。

【汇评】

明顾璘:天趣高逸。(朱墨本)

[日]近藤元粹评订《韦苏州集》:古诗之近律体者。又,凉意袭人。

郡斋雨中与诸文士燕集

兵卫森画戟,宴寝凝清香。①海上风雨至,逍遥池阁凉。烦疴近消散,嘉宾复满堂。②自惭居处崇,未睹斯民康。理会是非遣③,性达形迹忘。鲜肥属时禁④,蔬果幸见尝。俯饮一杯酒,仰聆金玉章⑤。神欢体自轻,意欲凌风翔⑥。吴中盛文史,群彦今汪洋。⑦方知大藩地,岂曰财赋疆。⑧

【题解】

此诗作于贞元五年(789)夏,时在苏州刺史任上。诗题,姚铉《唐文粹》卷一五作"郡中与诸文士燕集"。诗作主要写与诸文人宴饮交流事,同时也流露出无力使百姓安康的自责,如"自惭居处崇"二句所云。诗中"鲜肥属时禁"句以下述欢宴情景,其中"吴中盛文史"四句,明确提出文化对于一个地方发展的重要性,即张文荪所谓"文士胜于财赋"(《唐贤清雅集》),颇为值得注意。

【注释】

①"兵卫"二句:森,森然罗列。画戟,有彩饰的木戟。唐时用为仪仗,列于官署及高级官员宅第门前,数量视其品级而定。苏州上州,据《唐会要》卷三二,州署门当列十二戟。宴寝,即燕寝。周制,王有六寝,正寝之外五寝,通名燕寝。此但指内室。

②"烦疴"二句:近,一作"王",递修本、《文苑英华》卷二一五、《全唐诗》

校"一作正",《唐文粹》本作"正"。嘉宾,贵客,活字本作"宾客"。《诗·小雅·鹿鸣》:"我有嘉宾,鼓瑟吹笙。"

③理会:道理相合。何逊《穷鸟赋》:"虽有知于理会,终失悟于心机。"

④"鲜肥"句:鲜肥,指鱼肉之类食物。时禁,当时的政令、禁令。《唐会要》卷四:"建中元年五月敕:自今以后,每年五月,宣令天下县禁采捕弋猎,仍令所在断屠宰,永为常式。"

⑤金玉:喻珍贵、美好。《诗·小雅·白驹》:"毋金玉尔音,而有遐心。"葛洪《抱朴子·钧世》:"是以古书虽质朴,而俗儒谓之堕于天也。今文虽金玉,而常人同之于瓦砾也。"

⑥"意欲"句:欲,《文苑英华》本校"《集》作'气'"。风,一作"云"。

⑦"吴中"二句:吴中,指苏州,春秋时为吴都,东汉置吴郡。群彦,众英才。蔡邕《答元式》:"济济群彦,如云如龙。"

⑧"方知"二句:藩,诸侯国,因其可以屏藩王室,故称藩国。此借指州郡。地,一作"盛"。疆,一作"彊",《文苑英华》本作"强",疆界。此指地域。唐开元时,制以户四万户以上州为上州,苏州户口殷盛,物产丰富,元和时已有十万户。

【汇评】

宋王直方《王直方诗话》:刘太真《与韦苏州书》云,……则知苏州诗为当时所贵如此。《燕集》所作,乃"兵卫森剑戟,燕寝凝清香"也。

宋曾季狸《艇斋诗话》:老杜"灯影照无睡,心清闻妙香",韦苏州"兵卫森画戟,燕寝凝清香",皆曲尽其妙。不问诗题,杜诗知其宿僧房,韦诗知其为邦君之居也。此为写物之妙。案:"灯影"二句出自杜甫《大云寺赞公房四首》其三。

宋刘辰翁:起处十字,清绮绝伦,为富丽诗句之冠。中段会心语,亦可玩。

明杨慎《升庵诗话》卷八:诗话称韦苏州《郡斋燕集》首句"兵卫森画戟,燕寝凝清香。海上风雨至,逍遥池阁凉"为一代绝唱。余读其全篇,每恨其结句云:"吴中盛文史,群彦今汪洋。方知大藩地,岂曰财赋疆",乃类张打油、胡钉铰之语,虽村教督食死牛肉烧酒,亦不至是缪戾也。后见宋人《丽泽编》无后四句,又阅韦集,此诗止十六句,附顾况和篇亦止十六句。乃知后四句乃吴中浅学所增,以美其风土,而不知释迦佛脚下不可着粪也。三十年之疑,一旦释之。是日中秋,与弘山杨从龙饮,读之以为千古之一快,几欲如贯休之撞钟矣。

明陆时雍《唐诗镜》:都雅雍裕。每读韦诗,觉其如兰之喷。"海上风雨至,逍遥池阁凉",意境何其清旷!

清王夫之《姜斋诗话》卷四:"采采芣苢",意在言先,亦在言后,以容涵泳,自然生其气象。即五言中十九首,犹有得此意者。陶令差能仿佛,下此绝矣。"采菊东篱下,悠然见南山","众鸟欣有托,吾亦爱吾庐",非韦应物"兵森卫画戟,燕寝凝清香"所得而问津也。

清焦袁熹《此木轩论诗汇编》:居然有唐第一手。起"兵卫"云云,谁知公意在"自惭居处"之"崇"。

清张谦宜《䌙斋诗谈》卷五:莽苍中森秀郁郁,便近汉魏。"兵卫森画戟,宴寝凝清香"二语,起法高古。

清乔亿《剑溪说诗》又编:薛文清居官,每诵韦"自惭居处崇,未睹斯民康"之句,以为惕然有警于心。又"所愿酌贪泉,心不为磷缁",谓可以为守身之戒。余谓左司此等句,数不可更仆,如"身多疾病思田里,邑有流亡愧俸钱",固见称于紫阳也。然则韦公足当良吏之目,而后世徒重其诗,谓之知言可乎?

清张文荪《唐贤清雅集》:兴起大方,逐渐叙次,情词蔼然,可谓雅人深致。末以文士胜于财赋,成为深识至言,是通首归宿处。

清章燮《唐诗三百首注疏》:一解,先叙夜雨。二解,与文士述怀。三解,正写宴集。四解,言郡中文史之盛也。

[日]近藤元粹评订《韦苏州集》:古诗之似排律者。

军中冬燕

沧海已云晏①,皇恩犹念勤。式燕遍恒秩,柔远及斯人。②

兹邦实大藩，伐鼓军乐陈。③是时冬服成，戎士气益振④。虎竹谬朝寄，英贤降上宾。⑤旋馨周旋礼，愧无海陆珍。⑥庭中丸剑阗⑦，堂上歌吹新。光景不知晚，觥酌岂言频⑧。单醪昔所感，大醆况同欣。⑨顾谓军中士，仰答何由申。

【题解】

此诗作于贞元五年(789)或六年(790)冬，时在苏州。韦应物时为苏州刺史，例兼苏州团练使，管领地方武装。诗写冬日军中大宴，军乐齐奏，军容齐整，士气高昂，虽无海陆之珍招待上宾，但席上气氛热烈。末谓感念皇恩浩荡，但觉无由报答。据《旧唐书·德宗纪》，至贞元元年，诸镇叛乱相继平定，故诗中所写筵宴热闹情景，充满了欢悦之情。相关情形，《太平广记》卷一九二所载亦可参："唐乾符中，绵竹王俳优者，有巨力。每遇府中犒军宴客，先呈百戏，王生腰背一船，船中载十二人，舞《河传》一曲，略无困乏。"

【注释】

①"沧海"句：晏，安。海晏河清，象征天下太平。薛逢《九日曲池游眺》："正当海晏河清日，便是修文偃武时。"

②"式燕"二句：式燕，宴会，《文苑英华》卷二一五作"宴论"。式，语词。《诗·小雅·鹿鸣》："我有旨酒，嘉宾式燕以敖！"恒秩，常秩，指常设的、编制内的正员官。柔远，安抚远方。远，《文苑英华》本作"迩"。白居易《新罗贺正使金良忠授官归国制》："朕以文明御时，以仁信柔远。"斯人，犹斯民，谓百姓。避唐太宗李世民讳而改。

③"兹邦"二句：兹邦，谓苏州。伐鼓，击鼓，原作"代鼓"，此据递修本、活字本、《丛刊》本、《全唐诗》本校改。岑参《轮台歌奉送封大夫出师西征》："四边伐鼓雪海涌，三军大呼阴山动。"

④戎士：将士，兵士。《史记·卫将军骠骑列传》："大将军青躬率戎士，师大捷。"

⑤"虎竹"二句：虎竹，刺史信符。汉代有铜虎符、竹使符，为刺史的信物，唐代改用铜鱼符。李白《出自蓟北门行》："虎竹救边急，戎车森已行。"

英贤,德才杰出者。杜甫《喜晴》:"英贤遇轗轲,远引蟠泥沙。"上宾,贵客,佳宾。《国语·鲁语》:"祭养尸,饗养上宾。"

⑥"旋馨"二句:周旋,此指宴会上进退揖让的动作。《孟子·尽心下》:"动容周旋中礼者,盛德之至也。"海陆珍,山珍海味。《洛阳伽蓝记·高阳王寺》:"雍嗜口味,厚自奉养,一食必以数万钱为限,海陆珍羞,方丈于前。"

⑦"庭中"句:丸剑,一种在绳索上舞弄铃、剑的杂技。元稹《西凉伎》:"前头百戏竞撩乱,丸剑跳踯霜雪浮。"剑阑,《文苑英华》本作"剑烂"。

⑧"觥酌"句:觥酌,饮酒。酌,《文苑英华》本作"杓"。言,《文苑英华》本作"能"。

⑨"单醪"二句:单醪,犹言一尊酒。单,《文苑英华》本作"箪"。张协《七命》:"箪醪投川,可使三军告捷。"大釂(jù),大饮。釂,会聚饮食。《史记·货殖列传》:"进釂饮食。"同欣,同乐。

司空主簿琴席

烟华方散薄①,蕙气犹含露。淡景发清琴,幽期默玄悟②。留连白雪意,断续回风度。③掩抑虽已终,忡忡在幽素。④

【题解】

此诗作于大历九年(774)左右,时在长安。主簿,官名,地方各县、中央御史台及各卿寺监均有主簿,品级自从九品上至从七品上不等。司空主簿,疑为司空曙。由于魏晋玄风的熏陶,本来只是寻常乐器的琴,在作为意象进入诗歌时,便会多少带上文人闲雅超逸的精神追求,并且常常和他们宁静闲逸的生活情趣联系在一起。韦应物写友人席上听琴的这首诗作也是如此,而更显清幽闲雅,如末二句"掩抑虽已终,忡忡在幽素"所云,及至曲终还在回味曲中的幽远之意。

【注释】

①散薄:递修本作"散簿"。薄,林薄,草木丛生处。屈原《九章·涉

江》:"露申辛夷,死林薄兮。"王逸注:"丛木曰林,草木交错曰薄。"

②"幽期"句:幽期,隐秘或幽雅的约会。此指琴声中暗寓的旨意。谢灵运《撰征赋》:"石幽期而知贤,张揣景而示信。"玄悟,深刻领会。玄,一作"云"。孙绰《丞相王导碑》:"公见机而作,超然玄悟。"

③"留连"二句:留连,指琴声回荡。白雪意,乐曲中高雅情意。宋玉《对楚王问》:"客有歌于郢中者,其始曰《下里》《巴人》,国人属而和者数千人;其为《阳阿》《薤露》,国中属而和者数百人;其为《阳春》《白雪》,国中属而和者不过数十人。……是其曲弥高,其和弥寡。"回风,旋风。《古诗十九首》:"回风动地起,秋草萋已绿。"

④"掩抑"二句:掩抑,低沉。此指琴声。白居易《琵琶行》:"弦弦掩抑声声思,似诉平生不得意。"忡忡,忧愁貌。《诗·召南·草虫》:"未见君子,忧心忡忡。"幽素,恬淡的情怀。张九龄《答陈拾遗赠竹簪》:"幽素宜相重,雕华岂所任。"

【汇评】

宋刘辰翁:古调古心,迥无俗韵。(张习本)

明袁宏道:淡婉处似何、沈律祖。(参评本)

清张谦宜《絸斋诗谈》卷五:弦外有音。

[日]近藤元粹评订《韦苏州集》:"幽素"字可以评此诗也。

与村老对饮

鬓眉雪色犹嗜酒,言辞淳朴古人风。乡村年少生离乱,见话先朝如梦中。①

【题解】

此诗当作于代宗朝。诗写与村老共饮,听其讲述前朝遗事,闻所未闻,如入梦中。诗作暗寓今不如昔之慨。

【注释】

①"乡村"二句:离乱,变乱。常指战乱。李益《喜见外弟又言别》:"十年离乱后,长大一相逢。"见话,听说。

【汇评】

清傅山《霜红龛杂记》:苏州《与村老对饮》:"鬓眉雪色犹嗜酒……"《寄刘尊师》:"世间荏苒蒙此身……"亦是信口率意,读之不觉其俚,直有其高。后人为之,几何不至鼓儿词!

第三编　寄赠

城中卧疾知阎薛二子屡从邑令饮因以赠之

车马日萧萧，胡不枉我庐。[1]方来从令饮，卧病独何如。秋风起汉皋，开户望平芜。[2]即此悋音素[3]，焉知中密疏。渴者不思火，寒者不求水。[4]人生羁寓时，去就当如此。[5]犹希心异迹，眷眷存终始。[6]

【题解】

此诗当作于早年。阎、薛二子，韦应物友人，余未详。诗题，计有功《唐诗纪事》卷二六作“城中卧疾和阎薛二子屡从邑令饮”，但误阎、薛二人为阎防、薛据。诗写长安卧病，听闻阎、薛二友近来屡次与邑令同饮，因以诗相邀。诗作表达孤寂之人的眷眷求友之心，语淡情深。

【注释】

①“车马”二句：车，一作“良”。萧萧，马鸣声。杜甫《兵车行》：“车辚辚，马萧萧，行人弓箭各在腰。”枉，一作“在”。

②“秋风”二句：汉皋，山名，在今湖北襄阳西。汉，一作“江”。韦应物行踪与襄阳无涉，似以“江”为是。平芜，草木丛生的平旷原野。江淹《去故乡赋》：“穷阴匝海，平芜带天。”

③“即此”句：悋，《唐诗品汇》卷一四作“稀”。音素，犹音情，指音问往来。素，一作“表”。

④“渴者”二句：谓渴者当求水，寒者当求火，喻自己于羁寓卧病孤独之际，尤需友情。

⑤“人生”二句：羁寓，寄居，旅居。《北史·萧宝夤传》：“虽少羁寓，而志性雅重，过期犹绝酒肉。”寓，《丛刊》本作“旅”。去就，去留，进退。《荀

子·乐论》:"唱和有应,善恶相象,故君子慎其所去就也。"

⑥"犹希"二句:"犹希"句,一作"从利心迹异"。心异,思想与行为。韩愈《寄崔二十六立之》:"西城员外丞,心迹两屈奇。"终始,始终如一。《书·咸有一德》:"终始如一,时乃日新。"

【汇评】

宋刘辰翁:贞素悃款,亦令人所羞道。或者,更发之为恨耳。(张习本)

明钟惺:非不和平,说到世情逼人处,亦自慷慨不觉。"卧病"句婉而丽。又,明谭元春:"心异迹"三字妙,交道畅然。(朱墨本)

[日]近藤元粹评订《韦苏州集》:("渴者"二句)奇语惊人。

听嘉陵江水声寄深上人

凿崖泄奔湍,称古神禹迹。①夜喧山门店,独宿不安席②。水性自云静③,石中本无声。如何两相激,雷转空山惊。④贻之道门旧⑤,了此物我情。

【题解】

此诗疑作于早年。嘉陵江,源出陕西凤县,流经今四川,注入长江。韦应物入蜀之事不详。上人,对僧人的敬称。深上人,未详。诗写夜宿江边,听江水声而有所感,因向深上人寄诗请教,读来颇具禅趣。水性、石性本为静穆,然而两者相激则成惊天动地之声。这既说明有生于无,动生于静;又说明无论动还是静,"喧静两皆禅"。禅的宗旨正在于内心的空寂,而不为外境的喧静所动。(参姚南强《禅与唐宋作家》)

【注释】

①"凿崖"二句:奔湍,急速的水流。杜甫《营屋》:"萧萧见白日,汹汹开奔湍。"神禹迹,大禹治水的遗迹。《大明一统志》:"禹迹山,在南部县东三十里,旧传禹治水经此,故名。"

②安席：犹安睡。《战国策·楚策一》："寡人卧不安席，食不甘味，心摇摇如悬旌。"曹植《求自试表》："而寝不安席，食不遑味，伏以二方未剋为念。"

③云：一作"为"。

④"如何"二句：《淮南子·齐俗训》："故水激则波兴，气乱则智昏。"元结《小回中》："水石相冲激，于中为小回。"李白《蜀道难》："飞湍瀑流争喧豗，砯崖转石万壑雷。"

⑤"贻之"句：道门，修道之门，此指佛门。旧，《全唐诗》校"一作友"。

【汇评】

宋黄彻《碧溪诗话》：老杜《刘少府画山水歌》云："反思前夜风雨急，乃是蒲城鬼神入。元气淋漓障犹湿，真宰上诉天应泣。"……此皆穷本探妙，超出准绳处，不特状写景物也。

明袁宏道：苏长公得意处不能出此。（参评本）

明谭元春：水何尝"自云"？妙，妙！又，明钟惺：胸中无领会，如何吐得此语。（朱墨本）

清沈德潜《唐诗别裁》卷三：两静相遇则动生，天地化机，忽然写出。

清宋宗元《网师园唐诗笺》：（"水性"句）笔饶化机。

高陵书情寄三原卢少府

直方难为进，守此微贱班。①开卷不及顾，沉埋案牍间②。兵凶久相践，徭赋岂得闲。③促戚下可哀，宽政身致患。④日夕思自退，出门望故山。君心傥如此，携手相与还。

【题解】

此诗当作于肃宗朝，时在高陵尉任上。高陵，唐京兆府属县名，今属陕西。韦应物代宗广德、永泰中为洛阳丞，其任高陵尉当在肃宗至德、乾元中。三原，唐京兆府属县名，故治在今陕西三原东北。卢少府，未详。少

50

府,唐时对县尉的通称。诗写向朋友诉说衷曲:因性情耿直,仕途不能得意,身任微官,案牍劳形,兵荒马乱,徭赋事繁,如果严加逼迫则百姓堪怜,宽以待之又不利于仕途,遂生归隐之思。诗中所说直道难进、沉沦下僚的困顿,吏务冗杂、执政两难的苦恼,确实是一位循吏于世无补、于己无益的真切感受。

【注释】

①"直方"二句:直方,公正端方。微贱班,谓官职品秩低微。微贱,卑微,低贱。《诗·小雅·绵蛮》毛诗序:"大臣不用仁心,遗忘微贱。"高陵为畿县,县尉正九品下。

②案牍:官府文书。刘禹锡《陋室铭》:"无丝竹之乱耳,无案牍之劳形。"

③"兵凶"二句:兵凶,战争与天灾。《后汉书·伏湛传》:"遭时反覆,不离兵凶。"践,践踏、蹂躏。久,《丛刊》本作"互"。徭,原为墨钉,元修本作"诗",此据递修本、活字本、《丛刊》本、《唐诗品汇》卷一四、《全唐诗》本校补。徭赋,徭役与赋税。

④"促戚"二句:促戚,即戚促,迫促。李白《空城雀》:"嗷嗷空城雀,身计何戚促。"宽政,为政宽大,不苛刻。此谓轻徭役、薄赋敛等。韩愈《寒食日出游》:"自嗟孤贱足瑕疵,特见放纵荷宽政。"

【汇评】

宋刘辰翁:无限黯侧。(参评本)

清刘熙载《艺概·诗概》:韦苏州忧民之意如元道州,试观《高陵书情》云:"兵凶久相践,徭赋岂得闲。促戚下可哀,宽政身致患。日夕思自退,出门望故山。"此可与《舂陵行》《贼退示官吏》作并读,但气别婉劲耳。

[日]近藤元粹评订《韦苏州集》:使高士有归与之叹,世自有任其责者。

假中对雨呈县中僚友

却足甘为笑,闲居梦杜陵。^①残莺知夏浅,社雨报年登。^②

流麦非关忘，收书独不能。③自然忧旷职，缄此谢良朋④。

【题解】

此诗当作于肃宗朝，时在高陵尉任上。诗写假中对雨，既为丰年之兆而庆幸，又为了安心读书，写诗辞谢僚友的邀请。作者虽然异地为下僚，且不时心系故里，却仍然胸怀职事。写来句句扣题。

【注释】

①"却(xì)足"二句：却足，谓跛足，此亦双关仕途偃蹇。甘，一作"堪"。却，指却克，春秋晋人。《左传·宣公十七年》："晋侯使却克征会于齐，齐顷公帷妇人使观之。却子登，妇人笑于房。"孔颖达疏：沈氏引《穀梁传》云：曾行父秃，晋却克跛，卫孙良夫眇，曹公子首偻，故妇人笑之。是以知却克跛也。杜陵，在今陕西西安东南。唐时杜陵樊川为韦、杜二族聚居之地。

②"残莺"二句：残莺，稀疏的莺声。李颀《送人尉闽中》："阊门折垂柳，御苑听残莺。"夏浅，入夏不久。社，一作"时"。社雨，社日所降之雨。《岁时广记》卷一四引《提要录》："社公、社母不食旧水，故社日必雨，谓之社翁雨。"年登，谷物丰收。《新唐书·吕元泰传》："水旱为灾，不谓年登；仓廪未实，不谓国富。"

③"流麦"二句：《后汉书·高凤传》："少为书生，家以务农为业，而专精诵经，昼夜不息。妻曾下田，曝麦于庭，令凤护鸡。时天暴雨，而凤持竿诵经，不觉潦水流麦。妻还责问，凤方悟之。"萧绎《与学生书》："抑又闻曰：'汉人流麦，晋人聚萤。'"

④良朋：好友。《诗·小雅·常棣》："每有良朋，况也永叹。"

赠萧河南

厌剧辞京县①，褒贤待诏书。郦侯方继业，潘令且闲居。②霁后三川冷，秋深万木疏。③对琴无一事，新兴复何如。

【题解】

此诗作于永泰中,时在洛阳。河南,县名,唐属河南府,今河南洛阳。萧河南,萧姓河南县令,时罢任闲居,余未详。诗作酬答仕途暂遇挫折的萧河南,兼有同情、劝勉之意。从"霁后三川冷"二句来看,一向重视并擅长创造冷寂意境的韦诗,词句锤炼功夫其实也甚是了得。

【注释】

①"厌剧"句:剧,谓公务繁杂。京县,京都所在之县。唐代以京兆之万年、长安,东都之河南、洛阳,北都之太原、晋阳等六县为京县。

②"酂(cuó)侯"二句:酂侯,指萧何。《史记·萧相国世家》:"汉五年,既杀项羽,定天下,论功行封。……高祖以萧何功最盛,封为酂侯。"潘令,潘岳。曾为河阳、怀县、长安令。《晋书·潘岳传》:"既仕宦不达,乃作《闲居赋》曰:'岳……逮事世祖武皇帝,为河阳、怀令、尚书郎,廷尉评。……除长安令,选博士,未召拜,亲疾,辄去官免。……乃作《闲居赋》以歌事遂情焉。'"

③"霁后"二句:三川,秦郡,治今河南洛阳。深,一作"余"。

【汇评】

明袁宏道:全首俱称,后一联更似盛唐佳句。(参评本)

[日]近藤元粹评订《韦苏州集》:"新兴"字新。

示从子河南尉班

并序

永泰中,余任洛阳丞,以扑挟军骑,时从子河南尉班,亦以刚直为政,俱见讼于居守,因诗示意。府县好我者,岂旷斯文。

拙直余恒守,公方尔所存。①同占朱鸟觭,俱起小人言。②立政思悬棒,谋身类触藩。③不能林下去,只恋府廷恩。④

此诗作于永泰元年(765),时在洛阳丞任上。孙望《韦应物诗集系年校笺》认为约作于永泰二年(766)改元之前。从子,兄弟之子。河南,县名,今河南洛阳。河南京县,县尉六人,从八品下。据徐松《唐两京城坊考》卷五:洛阳县廨在洛阳东城之东第五南北街,从南第三坊"毓德坊"。班,韦班。杜甫尝有《涪江泛舟送韦班归京》诗。班为后周逍遥公韦敻七世孙,韦应物为韦敻六世孙。序中"永泰",唐代宗年号,仅一年,次年十一月,改元大历。丞,县丞,县令佐贰。洛阳京县,县丞二人,从七品上。扑挞(chì),鞭打。见讼,被控告。居守,留守。此指东都留守。开元十一年,太原亦置尹及少尹,以尹为留守,少尹为副留守,与京兆、河南合称"三都留守"。诗是写给侄儿韦班的,谓你我都因为为政刚直,在仕途上遭受了一定的挫折,想有所作为而又无能为力,处境尴尬,但出于对朝廷、君主所怀有的深切依恋,不会轻易归隐。

【注释】

①"拙直"二句:拙直,愚直。《三国志·蜀书·诸葛亮传》:"臣赋性拙直,遭时艰难。"公方,公正方直。《汉书·杜周传》:"近谄谀之人而远公方,信谗贼之臣以诛忠良。"

②"同占"二句:谓自己与韦班同犯小人口舌。朱鸟,朱雀。《史记·天官书》:"南宫朱鸟,……柳为鸟注。"《索隐》引孙炎曰:"喙,朱鸟之口,柳其星聚也。"故星相家以犯口舌为占朱鸟喙。

③"立政"二句:立政,临政,处理政务。《史记·范雎蔡泽列传》:"臣闻明主立政,有功者不得不赏。"悬棒,在门上悬挂五色棒,表示法令严明,言出法随。《三国志·魏书·武帝纪》裴松之注引《曹瞒传》:"太祖初入尉廨,缮治四门。造五色棒,县门左右各十余枚,有犯禁者,不避豪强,皆棒杀之。后数月,灵帝爱幸小黄门蹇硕叔父夜行,即杀之。京师敛迹,莫敢犯者。"藩,篱笆,《丛刊》本作"藩"。郭璞《游仙诗》十四首其一:"进则保龙见,退则触藩羝。"

④"不能"二句:林下去,谓归隐田园。灵澈《东林寺酬韦丹刺史》:"相逢尽道休官好,林下何曾见一人。"府廷,同"府庭"。封演《封氏闻见记·公

牙》："近代通谓府廷为公衙,公衙即古之公朝也。"

【汇评】

[日]近藤元粹评订《韦苏州集》:满腹不平,流露于四十字中。

趋府候晓呈两县僚友

趋府不遑安,中宵出户看①。满天星尚在,近壁烛仍残②。立马频惊曙,垂帘却避寒。可怜同宦者,应悟下流难③。

【题解】

此诗作于永泰元年(765),时在洛阳丞任上。趋府,趋赴公府参见长官。趋,疾行。府,此指河南府尹公廨。两县,指河南府所辖河南、洛阳两京县。诗作用白描之法写与僚友趋府候晓,表达沉沦下僚的同感与无奈,浅语、实景与真情三位一体,相得益彰。

【注释】

①中宵:半夜。陆机《赠尚书郎顾彦先》二首其二:"迅雷中宵激,惊电光夜舒。"陆贽《贞元九年大赦制》:"中宵屡兴,终食累叹。"

②仍:递修本作"犹"。

③"应悟"句:应,一作"始"。下流,谓地位或职务卑微。张九龄《高斋闲望言怀》:"取路无高足,随波适下流。"

【汇评】

元方回:仕宦而居下流,所以趋府候晓,不得已之役。"应"当作"始"。又,清冯舒:文理不通。又,清纪昀:"应"字自妥,"始"字反不顺适。又,语意颇浅,结亦太尽。(《瀛奎律髓汇评》卷一四)

明袁宏道:以三、四为警策者浅。(参评本)

[日]近藤元粹评订《韦苏州集》:("可怜"二句)已知其难,何不去林下而就其安?

赠李儋

丝桐本异质,音响合自然。^①吾观造化意,二物相因缘。^②误触龙凤啸,静闻寒夜泉。^③心神自安宅,烦虑顿可捐。^④何因知久要,丝白漆亦坚。^⑤

【题解】

此诗当作于永泰中或大历初。李儋,韦应物密友。据韦诗,儋曾官殿中侍御史,建中中,参太原马燧幕府,余未详。诗写自己和李儋的友谊,落笔却是从高雅古朴的琴声所引发的一番妙悟写起,不同凡响。诗人由琴的构造与发声悟出,不同的事物(桐木与丝)按照一定的规律就能组合成奇妙的新事物(琴),并由此推知,自己和李儋二人虽然个性不同,却能结成亲密的友情。全篇如此着笔,既显示出友谊的坚贞与纯洁,又寄寓了深刻的人生哲理,读之发人深省。

【注释】

①"丝桐"二句:丝桐,丝线与桐木。古代以桐木制琴,练丝为弦,故常以丝桐代琴。王粲《七哀诗》:"独夜不能寐,摄衣起抚琴。丝桐感人情,为我发悲音。"合,一作"今"。

②"吾观"二句:造化,大自然,创造化育万物的主宰。张协《七命》:"功与造化争流,德与二仪比大。"因缘,梵语尼陀那的意译,指产生某种结果的直接原因以及促成这种结果的条件。《四十二章经》:"沙门问佛,以何因缘,得知宿命,会其至道。"

③"误触"二句:龙凤啸,犹龙凤吟,谓声音清越高亢如龙吟凤啸。寒夜泉,亦喻琴声。

④"心神"二句:安宅,犹安居、安所,此谓心神安定。《诗·小雅·鸿雁》:"虽则劬劳,其究安宅。"捐,舍弃。

⑤"何因"二句：久要，平生的期约。《论语·宪问》："久要不忘平生之言。"何晏《集解》引孔安国曰："久要，旧约也。平生，犹少时。"邢昺疏："言与人少时有旧约，虽年长贵达，不忘其言。"丝白，喻志行高洁。漆坚，喻交谊深厚牢固。

【汇评】

宋葛立方《韵语阳秋》卷一三：韦应物《听嘉陵江声》云："水性自云静，石中本无声。如何两相激，雷转空山鸣。"《赠李儋》云："丝桐本异质，音响合自然。吾观造化意，二物相因缘。"二诗意颇相类，然应物未晓所谓非因非缘，亦非自然者。

明钟惺：清深近古。（朱墨本）

赠卢嵩

百川注东海，东海无虚盈。①泥滓不能浊，澄波非益清。②恬然自安流③，日照万里晴。云物不隐象，三山共分明④。奈何疾风怒，忽若基柱倾⑤。海水虽无心，洪涛亦相惊。怒号在倏忽⑥，谁识变化情。

【题解】

此诗作于永泰中，时在洛阳。卢嵩，未详。诗谓百川倾注，不能影响它的盈虚、清浊，然而疾风一来，波浪顿起。盖以自然物象隐喻政治风波，或者人之喜怒无常，即日本学者近藤元粹所谓"人海之险"。其中，"海水虽无心"末四句描述流体运动致声的现象，十分形象，表达出的疑问和思考，也不乏意趣。

【注释】

①"百川"二句：《庄子·秋水》："秋水时至，百川灌河""天下之水，莫大于海。万川归之，不知何时止而不盈；尾闾泄之，不知何时已而不虚"。

②"泥淖"二句:《后汉书·黄宪传》:"黄宪字叔度,汝南慎阳人也。……郭林宗少游汝南,先过袁闳,不宿而退,进往从宪,累日方还。或以问林宗。林宗曰:'奉高之器,譬诸汧滥,虽清而易挹。叔度汪汪若千顷陂,澄之不清,淆之不浊,不可量也。'"

③恬然:安然。《荀子·强国》:"观其朝廷,其朝闲,听决百事不留,恬然如无治者,古之朝也。"

④三山:相传海中有蓬莱、方丈、瀛洲三神山。见《史记·封禅书》。

⑤"忽若"句:基柱,屋基与承梁柱。基,《全唐诗》作"砥"。卢照邻《五悲文·悲昔游》:"松架森沉兮户内掩,石楼摧折兮柱将倾。"

⑥倏忽:指极短的时间。

【汇评】

[日]近藤元粹评订《韦苏州集》:叙来如画。(结四句)涉人海之险,宜作如此观。

寄冯著

春雷起萌蛰①,土壤日已疏。胡能遭盛明,才俊伏里闾。②
偃仰遂真性,所求唯斗储③。披衣出茅屋,盥漱临清渠④。吾
道亦自适,退身保玄虚⑤。幸无职事牵,且览案上书。亲友各
驰骛⑥,谁当访敝庐。思君在何夕,明月照广除⑦。

【题解】

此诗在永泰二年(766)春作于洛阳,时已罢洛阳丞闲居。冯著,韦应物密友。《元和姓纂》卷一:"监察御史冯师古,孙著、鲁。著,左补阙。"冯著贞元四年为广州录事参军,约八年官左补阙。诗写思念隐逸以求遂真性的友人冯著,盼其来访退身闲适之人。诗作既对冯著的不遇于时表示同情,也写出自己对隐逸生活的兴趣。与《赠冯著》的着重写对方不同,此首侧重写

自己,两相对读,更能见出彼此的情真意长。

【注释】

①萌蛰:草木萌发,蛰虫苏醒。《礼记·月令·仲春之月》:"是月也,日夜分。雷乃发声,始电,蛰虫咸动,启户始出。"

②"胡能"二句:盛明,指昌明之世。杜甫《奉同郭给事汤东灵湫作》:"百祥奔盛明,古先莫能俦。"里闾,里巷,乡里。《古诗十九首》:"思还故里闾,欲归道无因。"

③斗储:指极少量的储粮。古辞《东门行》:"盎中无斗储,还视桁上无悬衣。"

④盥漱:泛指盥洗。孙楚《井赋》:"枕玄石以盥漱,喜遨怡以缓带。"

⑤玄虚:谓神志清闲,性情沉静。《三国志·魏书·管宁传》:"太中大夫管宁应二仪之中和,总九德之纯懿……玄虚淡泊,与道逍遥。"

⑥驰骛:奔走。独孤及《送张泳赴举入关序》:"彼驰骛乎士林者,鲜不争九流之胜负,徇三川之声利。"

⑦除:阶庭。谢惠连《七月七日夜咏牛女诗》:"蹀足循广除,瞬目曘曾穹。"

【汇评】

宋刘辰翁:旷怀近陶,岂是旨趣相拟。(参评本)

[日]近藤元粹评订《韦苏州集》:("吾道"数句)淡怀可想。

早春对雪寄前殿中元侍御

扫雪开幽径,端居望故人。犹残腊月酒①,更值早梅春。几日东城陌,何时曲水滨。闻闲且共赏,莫待绣衣新②。

【题解】

此诗作于大历初,时在洛阳闲居。殿中侍御,即殿中侍御史,属御史台。《新唐书·百官志》:"殿中侍御史九人,从七品下,掌殿庭供奉之仪,京畿诸州兵皆隶焉。"元侍御,未详。据诗意,盖时已罢职。又,大历初,元侍御与韦应物同在洛阳。诗写初春时节,家居无事,身适心闲,又值雪中梅开,此时此地,拥炉饮酒,对雪赏梅,自是乐事一桩。但一人独酌自饮,未免兴味索然,故即作诗给友人,请他前来。末句"莫待绣衣新",含有祝愿对方早日高升之意,也是说一旦升官,便无此游乐的清闲时光。

【注释】

①腊月酒:农历十二月所酿之酒。

②绣衣:汉代侍御史官服。《汉书·百官公卿表》:"侍御史有绣衣直指,出讨奸猾,治大狱,武帝所制,不常置。"颜师古注:"衣以绣者,尊宠之也。"绣衣新,谓得到新的任命。

赠王侍御

心同野鹤与尘远①,诗似冰壶见底清。府县同趋昨日事②,升沉不改故人情。上阳秋晚萧萧雨③,洛水寒来夜夜声。自叹犹为折腰吏,可怜骢马路傍行。④

【题解】

此诗作于广德中在洛阳丞或大历中河南府兵曹参军任上。王侍御,未详。侍御,唐人对殿中侍御史、观察御史的通称。赵璘《因话录》卷五:"御史台三院:一曰台院,其僚曰侍御史,众呼曰端公;……二曰殿院,其僚曰殿中侍御史,众呼为侍御;……三曰察院,其僚曰监察御史,众呼亦曰侍御。"诗作送别王侍御,首二句谓其行高诗清,也是作者的自我写照;对友人升官而不忘旧交表达感激之情,同时感叹自己久居下僚,既愧且怨且伤。

此首,嘉靖刊《张司业诗集》卷四、《全唐诗》卷三八五均作张籍诗。佟培基《全唐诗重出误收考》以为张籍作。然张籍仕履无诗中所云与王建同在洛阳"府县同趋"之经历,且此诗今传之宋元旧椠均载,故未可遽断为张籍作。

【注释】

①"心同"句:野鹤,鹤性孤高,性爱林野,故多以喻隐士。刘长卿《送方外上人》:"孤云将野鹤,岂向人间住。"

②"府县"句:盖指自己为洛阳丞事,时王侍御当为其同官。

③上阳:洛阳宫名。

④"自叹"二句:吏,一作"客"。折腰吏,屈身事人的小吏。《晋书·陶潜传》:"以为彭泽令。……郡遣督邮至,县吏白应束带见之,潜叹曰:'吾不能为五斗米折腰,拳拳事乡里小人邪!'义熙二年,解印去县,乃赋《归去来兮辞》。"可怜,可爱。《古诗为焦仲卿妻作》:"可怜体无比,阿母为汝求。"

【汇评】

宋曾季狸《艇斋诗话》:东湖喜韦苏州《赠王侍御》诗"心如野鹤与尘远,诗似冰壶见底清"一篇,真佳句也。

明袁宏道:三、四似杜凄感沉着者,五、六自是中唐绝调。(参评本)

将往江淮寄李十九儋

余自西京至,李又发河洛,同道不遇

燕燕东向来,文鸹亦西飞。①如何不相见,羽翼有高卑②。徘徊到河洛,华屋未及窥。③秋风飘我行,远与淮海期④。回首隔烟雾,遥遥两相思。阳春自当返,短翮欲追随⑤。

【题解】

此诗作于大历四年(769)秋,时自京洛赴扬州途中。江淮,长江、淮水。时韦应物取道洛阳,渡淮水,赴扬州。诗写"遥遥两相思"的别情,与友人失之交臂，感慨万分，相约来春再见。通篇用比体，以燕燕自喻，文鹓喻李儋，谓因不能高飞，所以未能与高贵的文鹓相遇。

【注释】

①"燕燕"二句：燕燕，即燕子。此以自喻。《诗·邶风·燕燕》："燕燕于飞，参差其羽。"文鹓，即鹓雏，鸾凤之属。《庄子·秋水》："南方有鸟，其名鹓雏。"凤凰五彩成文，故称，此以喻李儋，时儋自洛阳赴长安，故云"西飞"。

②羽翼：飞翔。

③"徘徊"二句：河洛，指洛阳，为黄河、洛水交会处。华屋，有画饰之房屋。此指李儋在洛阳之宅第。李白《秋浦感主人归燕寄内》："岂不恋华屋，终然谢珠帘。"

④淮海：指扬州。《书·禹贡》："淮海惟扬州。"

⑤短翮(hé)：短羽，指小鸟。此以自喻。翮，鸟翅大翎。鲍照《赠傅都曹别》："短翮不能翔，徘徊烟雾里。"

【汇评】

[日]近藤元粹评订《韦苏州集》：(首二句)比喻甚妙。(末句)短翮与起句燕相应，巧手巧手。

自巩洛舟行入黄河即事寄府县僚友

夹水苍山路向东①，东南山豁大河通。寒树依微远天外，夕阳明灭乱流中。②孤村几岁临伊岸，一雁初晴下朔风。③为报洛桥游宦侣，扁舟不系与心同。④

【题解】

此诗，陶敏、王友胜《韦应物集校注》认为作于大历四年(769)秋，时赴扬州途中。巩洛，巩县与洛水。府县僚友，指河南府及河南、洛阳两县同僚。诗作首联叙述行程，气势高远。中间两联为舟行体验及所见所思，写景层次分明,又兼具声色动静,极尽描摹之态。尾联就题生发感慨,谓舟行水上,不系于岸,正像此心无所牵恋,言其无可奈何之下的远离尘嚣之志,以报昔日同僚。

【注释】

①夹水:《唐诗品汇》卷八六作"绿水"。

②"寒树"二句:依微,隐约,不清晰貌。刘禹锡《游桃源一百韵》:"依微闻鸡犬,豁达值阡陌。"明灭,忽隐忽现。沈约《奉和竟陵王药名诗》:"玉泉亟周流,云华乍明灭。"乱流,指众多水流,时韦应物经洛水入黄河处,故云。鲍照《日落望江赠荀丞》:"乱流灇大壑,长雾匝高林。"

③"孤村"二句:伊岸,伊水畔。鲍照《日落望江赠荀丞》:"惟见独飞鸟,千里一扬音。推其感物情,则知游子心。"

④"为报"二句:洛桥,洛阳洛水上之天津桥。扁舟,小船。《庄子·列御寇》:"巧者劳而智者忧,无能者无所求,饱食而遨游,泛若不系之舟,虚而遨游者也。"贾谊《鵩鸟赋》:"淡乎若深渊止之静,泛乎若不系之舟。"

【汇评】

明高棅《唐诗正声》:明郭濬曰:景与兴会,绝似盛唐,只"孤村"自露本色。

明凌宏宪《唐诗广选》:("寒树"二句)饶有幽致。("孤村"二句)造意辛苦,写景入微,然亦不做作。又《唐诗训解》:潇洒不乏法度。案:《汇编唐诗十解》此评引作蒋汉纪。

明袁宏道:"一雁初晴"语,入画。(《韦孟全集》)

明唐汝询《唐诗解》卷四四:此客中寄友也。前二联纪舟行之景,因念我与诸君离群,居孤村而临伊岸者数岁矣。今日而始通一书,且告之曰:君欲知我心绪何如,但如扁舟不系耳。

明邢昉《唐风定》:韦诗别有一种至处,真色外色、味外味也。

清金圣叹《贯华堂选批唐才子诗》:(前四句)读一、二,如读《水经注》相似,便将自洛入河一路心眼都写出来。又如读《庄子》外篇《秋水》相似,便将出于涯涘,乃知尔丑,向不至于子之门,实见笑于大方之家一段惭愧快活,都写出来也。三、四"寒树""远天""夕阳""乱流",言山豁河通后,有如许眼界也。(后四句)五、六正双写末句"不系"之"心"也。"伊岸""孤村",为时已久,"朔风""一雁",现见初下,然而今日扁舟适来相遇,我直以为村亦不故,雁亦不新。何则?若言村故,则我今寓目,本自斩新;若言雁新,则顷刻舟移,又成故迹,此真将何所系心于其间也乎!

清赵臣瑗《山满楼笺注唐诗七言律》:一写自巩县之洛水,迤逦而来,不知几许道路,但俯而观水,水则绿也,仰而观山,山则苍也;及志其所向之路,路皆东也,一何潇洒乃尔!二忽然向南,忽然山豁,忽然河通,遂换出一极苍茫浩荡之境界来,只此二语已不是寻常笔墨。三、四但见远天之外有景依微,非寒树乎?乱流之中有光明灭,非夕阳乎?此真是乍出口时光景,固不得写向后边也。五、六久之而后乃遇孤村,又久之而后又见一雁,此真是岸转风回时光景,固不得写向前边也。要之皆从"扁舟不系"中,匆匆领略其一、二者,如此而亦何尝有所沾滞眷恋于其间哉!七、八为报与游宦诸公,使之猛省,而却借扁舟之不系,轻轻带出"心"字,立言之妙,一至于此。

清王尧衢《唐诗合解笺注》:从巩洛行,见两岸苍山相对,而舟行路出其中。路,谓舟行水路也。先则见山夹水,似乎无路可通,乃忽然而东南山豁,似为河流通一线者,已入黄河矣。此从大河所见,寒树枯淡,故依微远天之外。从河流奔乱中,见夕阳明灭不定的是舟中景。言我居于孤村、临伊水之上者,几岁与君离索矣。今日而一雁临风,谓雁书南寄也。即雁书中所报之语也。此即府县僚友及现在仕宦者。贾谊赋云:"泛乎若不系之舟。"心绪飘零,如舟之不系。因在舟行,故即扁舟以自况,是报语也。前解,写自巩舟行入河。后半写寄僚友。案:"泛乎"句出自贾谊《鵩鸟赋》。

清吴昌祺《删订唐诗解》:"寒树"句可画,"夕阳"句非画所传矣。

清何焯《唐诗偶评》:(首联)直叙由巩洛入河,非常笔力。

清吴修坞《唐诗续评》卷三:首二联俱写舟行之景。"孤村""临伊岸""一雁下朔风",乃舟中所见,横插"几岁""初晴"成句。末联还题中"寄府县僚友",玩末句,盖有心急于行,不及而别意,结句言此心与扁舟同不系也,特错综成句。"夹"字俗本作"绿",非,惟其"夹"也,所以"豁"也,紧相唤。

清屈复《唐诗成法》:起亦高亮。三、四写景颇称。五、六又写景,皆成

64

呆句,若将五、六写情,则与下"与心同"三字相应矣。然外貌可观。

清沈德潜《重订唐诗别裁集》卷一四:("寒树"句)画本。("夕阳"句)画亦难到。"鹭鸶飞破夕阳烟""水面回风聚落花""菱荷翻雨泼鸳鸯",同是名句,然皆作意求工,少天然之致矣。山水云霞,皆成图绘,指点顾盼,自然得之,才是古人佳处。

清范大士《历代诗发》:潇洒之中,范围自在。

清宋宗元《网师园唐诗笺》:写景出于自然,此为天籁。

清纪昀《瀛奎律髓刊误》:三、四名句,归愚所谓上句画句,下句画亦画不出也。

清许印芳:第六句亦佳。次联与首联不粘。(《瀛奎律髓汇评》卷三四)

清张世炜《唐七律隽》:左司古体得柴桑之胜,七律亦具萧散之致,与侇染、嘻悦者不同。

清方东树《昭昧詹言》卷一八:起叙行程破题,历历分明。中二联写景如画。五、六切地切时,其妙远似文房。

清潘德舆《养一斋诗话》卷二:七律如"寒树依微远天外,夕阳明灭乱流中"、"身多疾病思田里,邑有流亡愧俸钱",假使陶元亮执笔为七律,又何以过此!

清王寿昌《小清华园诗谈》卷下:唐人之诗,有清和纯粹可诵而可法者,如韦应物之"夹水苍山路向东……"

[日]近藤元粹评订《韦苏州集》:居然盛唐格调。

寄卢庚

悠悠远离别,分此欢会难①。如何两相近,反使心不安。乱发思一栉,垢衣思一浣协韵。②岂如望友生,对酒起长叹。时节异京洛③,孟冬天未寒。广陵多车马,日夕自游盘。④独我何耿耿⑤,非君谁为欢。

此诗作于大历四年(769)十月,时在扬州。卢庚,韦应物友人,时与韦应物同在扬州,生平事迹未详。《文苑英华》卷八六载其《梓潼神鼎赋》一篇。傅璇琮《唐才子传校笺》疑与同时的卢庚为同一人。诗写与友人卢庚同在扬州,因不能相见而郁郁不欢。这是一种咫尺天涯的"睽隔感"(蒋寅《大历诗人研究》),不是起于空间的距离而是起于心理的距离。原因在于,当年两人分别时,都以为欢会难继,而今忽在一城,如何能够按捺得住晤言的渴望? 此刻对诗人来说,不能相见,哪怕比屋而居也似邈若胡越。

【注释】

①分:《唐诗品汇》卷一四作"念"。

②"乱发"二句:栉发,梳理头发。《淮南子·兵略训》:"故圣人之用兵也,若栉发耨苗,所去者少,而所利者多。"浣,《丛刊》本作"浼"。卢文弨《群书拾补》:"浼,讹。"

③京洛:此指洛阳,唐时为东都。

④"广陵"二句:广陵,即扬州,今属江苏。游盘,犹游乐。《书·五子之歌》:"乃盘游无度。"孔安国传:"盘乐游逸无法度。"

⑤耿耿:烦躁不安貌。《诗·邶风·柏舟》:"耿耿不寐,如有隐忧。"

【汇评】

明陆时雍《唐诗镜》:情深,有不见著情之妙。

发广陵留上家兄兼寄上长沙

将违安可怀,宿恋复一方。①家贫无旧业,薄宦各飘飏②。执板身有属,淹时心恐惶。③拜言不得留,声结泪满裳。漾漾动行舫,亭亭远相望。④离晨苦须臾,独往道路长。萧条风雨过,得此海气凉。感秋意已违,况自结中肠⑤。推道固当遣⑥,及情岂所忘。何时共还归,举翼鸣春阳。

【题解】

此诗作于大历五年(770),时自扬州北归洛阳。广陵,即扬州。家兄,未详。长沙,即潭州,天宝元年改为长沙郡,乾元元年复旧。诗盖为留别其兄兼寄长沙亲友而作,意甚恋恋。诗中感叹官身不自由,也描写了分手后于路感伤的情景。"推道固当遣"二句,谓虽知应自我排遣,但情之所至,不能自已。陆时雍《唐诗镜》对此诗的评价不低:"意取于汉,声高于唐。缠绵恳款。"

【注释】

①"将违"二句:违,乖违,离别。此指扬州之"家兄"。宿恋,久怀思念。此指长沙之亲友。在长沙者似亦韦应物之兄弟行。《后汉书·襄楷传》:"浮屠不三宿桑下,不欲久生恩爱,精之至也。"李贤注:"言浮屠之人寄桑下者,不经三宿便即移去,示无爱恋之心也。"

②薄宦:卑微的官职。高适《钜鹿赠李少府》:"李侯虽薄宦,时誉何籍籍。"

③"执板"二句:执板,为官。板,手板,即笏,官员朝见皇帝或参见上级时所执,用以书事备忘。淹时,留滞日久。谢灵运《酬从弟惠连》:"洲渚既淹时,风波子行迟。"

④"漾漾"二句:漾漾,水摇荡貌。宋之问《宿云门寺》:"漾漾潭际月,飘飘杉上风。"行舫,行舟。舫,有舱室的船。亭亭,遥远貌。陶渊明《饮酒》二十首其十八:"冉冉星气流,亭亭复一纪。"

⑤结中肠:内心郁结。阮籍《咏怀》八十二首其二:"倾城迷下蔡,情好结中肠。"中肠,犹内心。

⑥推道:推说。

【汇评】

明钟惺:悲厚。("萧条"二句)"得此"二字妙。(朱墨本)

[日]近藤元粹评订《韦苏州集》:善叙别时之状,自这里经来者乃知之。

初发扬子寄元大校书

凄凄去亲爱,泛泛入烟雾。归棹洛阳人,残钟广陵树。今朝此为别,何处还相遇。世事波上舟,沿洄安得住。

【题解】

此诗作于大历五年(770),时自扬州赴洛阳。扬子,扬子津,在扬州扬子县(今江苏扬州市邗江区南)。由此南渡长江至京口(今江苏镇江),北经运河至淮、河,为南北交通要津。今去江已远。元大,活字本无"大"字。校书,唐秘书省、著作局、弘文馆及东宫崇文馆均有校书郎,品级自九品下至正九品上不等,掌雠校典籍,刊正文章。元大校书,疑为元伯和。伯和为元载长子,元载得罪在大历十二年,伯和为校书郎当在大历前期。诗作抒写别情,以口头语描摹眼前景,将"归人"的形象交织在"残钟广陵树"的迷茫意境中,表达内心的矛盾,感慨人生的无奈,如"世事波上舟"末二句所谓,世事如舟在水中,往还无停时。全篇内蕴深厚,而表面平淡,颇能代表韦应物诗的风格。

【汇评】

宋刘辰翁:便是苏州笔意,至浓至淡。("沿洄"句)"沿洄"即"往来","往来"无足取。(张习本)

明顾璘:("凄凄"句)悟出此关,方脱缠绕。(朱墨本)

明唐汝询《汇编唐诗十集》:浅浅说出,自然超凡。

清王尧衢《唐诗合解笺注》:元校书,疑是广陵人。韦公别之而去洛阳,故言今日凄恻而离所亲爱,泛舟入烟雾之中,归棹初发,犹闻广陵树中之残钟也。今朝之别,视此钟声,他日之期,相遇无定。正以世事纷纷,有如波上之舟,或顺流,或回旋,安得有一定之处?

清陆次云《唐诗善鸣集》:韦诗醇古之内又复坚深,用笔甚微。如此诗,令选者似可舍却,终不可舍却,细咏之,自得其味。

清吴瑞荣《唐诗笺要》:数字内无数逗露,无数包含,了却情人多少公案。元明间才人为一"情"字作传奇千百出,不敌这首。

清沈德潜《唐诗别裁》卷三:写离情不可过于凄惋,含蓄不尽,愈见情深,此种可以为法。

清章燮《唐诗三百首注疏》:一解,以初发扬子起,暗寓寄字;二解,寄元大校书,难期后会也。波上舟,不定也。盖言聚散不常,世事变换,却如波上之舟,泛滥无定,安得于沿洄之间妄图住止哉!

[日]近藤元粹评订《韦苏州集》:绝调可诵。又,谓之仄律亦可。

淮上即事寄广陵亲故

前舟已眇眇^①,欲渡谁相待。秋山起暮钟,楚雨连沧海^②。风波离思满,宿昔容鬓改。^③独鸟下东南,广陵何处在。

【题解】

此诗作于大历五年(770),时自扬州北归途中。亲故,亲戚故旧。诗写前舟已远,欲渡无船。天色已暮,秋雨连江。离愁改变了容颜,备感孤寂,而广陵亲友又在何处?诗作摄取眼前之景,通过淡墨点染,形成一种凄楚的氛围,借以烘托出执著的思亲念远之情。诗中有凄迷的景物,暗淡的色彩,哀远的钟声,但凄怆别情"触之不能及,味之又宛在"(赖汉屏语),读来韵致深沉。

【注释】

①眇眇:微末。曹植《仲雍哀辞》:"彼孤兰之眇眇,亮成榦其毕荣。"

②沧海:大海。董仲舒《春秋繁露·观德》:"故受命而海内顺之,犹众星之共北辰,流之宗沧海也。"

③"风波"二句:满,《丛刊》本作"远"。宿昔,犹旦夕。比喻短时间之内。曹丕《于清河见挽船士新婚与妻别》:"与君结新婚,宿昔当别离。"

【汇评】

宋刘辰翁：（"楚雨"句）好句。（"风波"二句）两语足以极初别之怀。"独鸟下东南"，偶然景，偶然语，亦不容再得。（朱墨本）

明桂天祥：（"广陵"句）用"在"字韵尤妙。（朱墨本）

明周珽《唐诗选脉会通评林》：苏州酬寄诸诗，洗尽铅华，独标丰骨，有深山兰菊、花发不知之况。

王闿运《手批唐诗选》：（"前舟"四句）此韦诗惯语，每见益新，不嫌空。

寄洪州幕府卢二十一侍御

自南昌令拜，顷同官洛阳

忽报南昌令，乘骢入郡城①。同时趋府客，此日望尘迎②。文苑台中妙，冰壶幕下清。③洛阳相去远，犹使故林荣④。

【题解】

此诗约作于大历六年(771)，时在洛阳。洪州，州治在今江西南昌。幕府，唐代节度、观察等使可自行辟署僚佐，其衙署称幕府。此指江西观察使衙署。二十一，活字本作"二十二"。侍御，殿中侍御史及监察御史的通称。此为卢二十一在江西幕中所加宪衔。卢二十一，疑为卢耿。耿前为洛阳主簿，时韦应物为洛阳丞，二人同在洛阳。诗作祝贺友人卢二十一高升，赞赏其为官清正廉明，末句"犹使故林荣"即与有荣焉之谓，同时也对自己的境遇表露出些许的失落之意。

【注释】

①乘骢：用东汉桓典事，以切其御史身份。

②望尘：犹言望尘而拜。王昌龄《长歌行》："望尘非吾事，入赋且迟留。"

③"文苑"二句：文苑，犹文坛，文人荟萃之处。《台中，官署中。《晋书

·卫瓘传》："瓘学问深博,明习文艺,与尚书郎敦煌索靖俱善草书,时人号为'一台二妙'。""冰壶"句,言卢为官清正。

④故林:犹言故园,故乡。杜甫《江亭》："故林归未得,排闷强裁诗。"

经少林精舍寄都邑亲友

息驾依松岭,高阁一攀缘。①前瞻路已穷,既诣喜更延②。出巘听万籁③,入林濯幽泉。鸣钟生道心,暮磬空云烟④。独往虽暂适,多累终见牵。⑤方思结茅地,归息期暮年。⑥

【题解】

此诗约作于大历六年(771),时在河南府兵曹参军任,因事出使登封。少林精舍,即少林寺。精舍,僧徒修炼之所。《大明一统志》卷二九:"少林寺,在登封县西少室山北麓,后魏时建,梁时达摩居此,面壁九年。"诗写途经少林寺,攀高阁,听万籁、濯幽泉、闻钟磬,颇生道心,却又为世事所累,只好把结茅归隐的愿望期之将来。韦应物的山水诗,有相当一部分与大历诗人的审美趣味近似,风格趋向冷寂淡静,善于以悠扬的声情表现惆怅的意绪。韦应物爱到野寺的暮鼓晨钟中去体会萧疏凄清的境界,如此诗中"鸣钟生道心"二句所表现的那样。从初唐到盛唐,佛寺道观的宝气灵光在山水诗里逐渐黯淡,韦应物又从王、孟、常建的诗中发现了钟声里的诗韵,并大力渲染,遂使山水诗中的禅境愈趋空冷。

【注释】

①"息驾"二句:息驾,停车。曹植《美女篇》:"行徒用息驾,休者以忘餐。"松岭,即崧岭,谓高山。攀缘,援引他物而上,攀拉援引。

②更:反倒,却。杜甫《戏赠阌乡秦少公短歌》:"昨夜邀欢乐更无,多才依旧能潦倒。"

③"出巘(yǎn)"句:巘,山。万籁,自然界各种音响。常建《题破山寺后

禅院》:"万籁此都寂,但余钟磬音。"

④磬:《丛刊》本作"鹤"。

⑤"独往"二句:盖韦应物乃因出使暂来嵩山,故有此二句。多累,谓多俗务拘牵。嵇康《卜疑》:"动者多累,静者鲜患。"

⑥"方思"二句:结茅,谓建造简陋的屋舍。鲍照《观圃人艺植》:"抱锸垄上餐,结茅野中宿。"归息,归隐。《诗·曹风·蜉蝣》:"心之忧矣,于我归息。"

【汇评】

［日］近藤元粹评订《韦苏州集》:淡淡有致。

同长源归南徐寄子西子烈有道

东洛何萧条,相思邈遐路。①策驾复谁游,入门无与晤②。还因送归客,达此缄中素③。屡睽心所欢④,岂得颜如故。所欢不可睽,严霜晨凄凄⑤。如彼万里行,孤妾守空闺。临觞一长叹,素欲何时谐⑥。

【题解】

此诗约作于大历六年(771),时在洛阳。长源,郑长源,韦应物有送郑诗。南徐,即润州,州治在今江苏镇江。子西,字卢康。子烈,未详。有道,韩质子。据诗意,三人为韦应物在洛阳同官,时均在润州,故因送人而作诗寄之。诗写远离故友,无人与之交游晤谈,托归客寄书表达思念之情。此情可与丈夫远离、独守闺中的女子相比。"如彼万里行"二句,也是以怜惜所送之人的情形来譬喻一己之苦况,可见拳拳恋友之意。

【注释】

①"东洛"二句:东洛,东都洛阳,因在长安东,故称。遐路,远路,长途。皎然《奉送袁高使君诏征赴行在效曹刘体》:"遐路渺天末,繁笳思河边。"

②"入门"句:一作"出入亦无晤"。

③缄中素:书信。蔡邕《饮马长城窟行》:"客从远方来,遗我双鲤鱼。呼儿烹鲤鱼,中有尺素书。"

④睽:睽违,乖违,分离。白居易《伤友》:"曩者胶漆契,迩来云雨睽。"

⑤凄凄:寒凉貌。《诗·郑风·风雨》:"风雨凄凄,鸡鸣喈喈。"

⑥素欲:夙愿。

【汇评】

宋刘辰翁:俱古诗句中物,一入韦手,别有怜恨。(参评本)

雪中闻李儋过门不访聊以寄赠

度门能不访,冒雪屡西东。已想人如玉,遥怜马似骢。①
乍迷金谷路,稍变上阳宫。②还比相思意,纷纷正满空。

【题解】

此诗约作于大历六年(771)冬,时在洛阳。李儋,据诗意,时当官御史,亦在洛阳。诗写友人过门未访因而寄之以诗,聊表相思之意,可见与作者平日过从之密及交谊之深。

【注释】

①"已想"二句:人如玉,谓仪容俊爽。《晋书·裴楷传》:"楷风神高迈,容仪俊爽,博涉群书,特精理义,时人谓之'玉人',又称'见裴叔则如近玉山,映照人也'。"马似骢,用东汉桓典事,以切李儋御史身份。

②"乍迷"二句:金谷,地名,在洛阳西。上阳宫,洛阳宫名。

【汇评】

宋刘辰翁:("乍迷"句):自是韦体耳。(张习本)

明袁宏道:一结骀荡,惜欠炼。(参评本)

同德精舍养疾寄河南兵曹东厅掾

逍遥东城隅,双树寒葱蒨^①。广庭流华月,高阁凝余霭。杜门非养素^②,抱疾阻良宴。孰谓无他人,思君岁云变。官曹亮先忝,陈躅惭俊彦。^③岂知晨与夜,相代不相见。缄书问所如,酬藻当芬绚。^④

【题解】

此诗约作于大历八年(773)春,时在洛阳同德寺闲居。同德精舍,即同德寺,在洛阳东城。景行坊在洛阳东城之东第三南北街。河南,府名,府治在今河南洛阳,长官为河南尹。兵曹,兵曹参军事之省称。河南府有兵曹参军事二人,正七品下,掌武官选、兵甲、器仗、门禁、管钥、军防、烽堠、传驿、畋猎。掾,当指河南府兵曹参军。据诗中"官曹亮先忝,陈躅惭俊彦"等句之意,韦应物初为河南府兵曹参军,后因病免,遂作诗寄继任河南兵曹者。诗谓虽然"相代不相见",但还是希望读到继任者出色的酬答之作,心态相当平和。

【注释】

①"双树"句:双树,相传释迦牟尼寂灭于娑罗双树间,此借以泛指寺院中树木。葱蒨,青翠茂盛貌。江淹《池上酬刘记室》:"葱蒨亘华堂,葐蒀杂绮树。"

②"杜门"句:杜门,闭门。《史记·陈丞相世家》:"陵怒,谢疾免,杜门竟不朝请。"养素,修养并保持其本性。嵇康《幽愤诗》:"志在守朴,养素全真。"张铣注:"养素全真,谓养其质以全真性。"

③"官曹"二句:官曹,指河南府兵曹官署。亮,诚。《古诗十九首》:"君亮执高节,贱妾亦何为。"陈躅,陈迹。指前此已在兵曹任上之作为。俊彦,杰出之士,贤才。《书·太甲上》:"旁求俊彦,启迪后人。"

④"缄书"二句:所如,《丛刊》本作"所知"。酬藻,酬答之诗。芬绚,芬
芳绚丽。

【汇评】

明袁宏道:"不相见"用事最切。(参评本)

同德寺雨后寄元侍御李博士

川上风雨来,须臾满城阙。岩峣青莲界,萧条孤兴发。①
前山遽已净,阴霭夜来歇。乔木生夏凉,流云吐华月。严城
自有限,一水非难越。②相望曙河远,高斋坐超忽。③

【题解】

此诗约作于大历八年(773)夏,时在洛阳同德寺闲居。同德寺,在洛
阳。侍御,监察御史或殿中侍御史。元侍御,未详。博士,唐代国子监国子
学、太学、广文馆、律学、书学、算学等均置博士,品秩自正五品上至从九品
下不等;太常寺置博士四人,从七品上。据诗,疑李博士时为国子博士,在
东都。诗作夏夜忆友,以雨后山寺景色转换,在怀想中寄寓抑郁之思。先
写风雨遽来,引发孤兴。再写雨雾天净,云空气清。最后因势导入怀友,向
往曙后交游。"孤兴"是一篇之眼,颇能反映作者前期的心境,写来境界开
朗,景象亦较多动感,而与后期的微带凄迷怅惘不同。

【注释】

①"岩峣(tiáo yáo)"二句:岩峣,山高峻貌。曹植《九愁赋》:"践蹊隧之
危阻,登岩峣之高岑。"青莲界,指佛寺。莲花清净无染,佛经中常以青莲花
比喻佛眼,故亦常称佛寺为青莲界、青莲宇、青莲宫。界,一作"宇"。朱宿
《宿慧山寺》:"悠然青莲界,此地尘境绝。"孤兴,孤独无伴时的心绪。宋之
问《见南山夕阳召监师不至》:"孤兴欲待谁,待此湖上月。"

②"严城"二句:严城,戒严之城。唐代都城夜晚实行宵禁。何逊《临行

75

公车》："禁门俨犹闭，严城方警夜。"一水，唐时伊水、洛水、通济渠等交会于洛阳城中。此当指洛水。

③"相望"二句：河，一作"何"。超忽，远貌。骆宾王《久戍边城有怀京邑》："关山暂超忽，形影叹艰虞。"

【汇评】

明袁宏道："流云吐华月"，酷似魏人语。（参评本）

清王夫之《唐诗评选》卷二：胸中有此，腕下适尔得之，则知其本富而力强也。以此读"前山遽已净"四句，方得不负作者。又，"乔木生凉"语几再用，岂不能别构？恶滥故也。

清贺裳《载酒园诗话》又编：韦应物冰玉之姿，蕙兰之质，粹如蔼如，警目不足，而沁心有余。然虽以淡漠为宗，至若"乔木生夏凉，流云吐华月""日落群山阴，天秋百泉响""落叶满空山，何处寻行迹""高梧一叶下，空斋归思多""一为风水便，但见山川驰""何因知久要，丝白漆亦坚"，正如嵇叔夜土木形骸，不加修饰，而龙章凤姿，天质自然特秀。

清张谦宜《絸斋诗谈》卷五：凝而不涩，是精于《选》体者。

清宋宗元《网师园唐诗笺》：（"乔木"二句）眼前语，却极生新。

清施补华《岘佣说诗》：韦公亦能作秀语，如"乔木生夏凉，流云吐华月""南亭草心绿，春塘泉脉动""绿阴生昼静，孤花表春余""日落群山阴，天秋百泉响"，亦足敌王、孟也。

清朱克敬《雨窗消意录》：秋崖曰："韦苏州'流云吐华月'句，兴象天然。觉张子野'云破月来花弄影'句，过于着力。"谷村未答，忽暗中人语曰："岂独着力不着力，意境迥殊；一是诗语，一是词语，格调亦迥殊也。"案："云破"句出自张先《天仙子》（水调数声持酒听）。

同德阁期元侍御李博士不至各投赠二首

庭树忽已暗，故人那不来。① 只因厌烦暑，永日坐霜台②。
官荣多所系，闲居亦愆期。③ 高阁犹相望，青山欲暮时。

【题解】

【题解】

此诗约作于大历八年(773)夏,时在洛阳同德寺闲居。同德阁,同德寺阁。诗其一赠元侍御,其二赠李博士。诗写期友不至,略有失望之意。"只因厌烦暑"二句,可以理解为坐等终日,权当避暑,在自我开解中稍带一点调侃的味道。"官荣多所系"二句,一是对元氏公务缠身表示理解,二是说闲居的李氏愆期不至,情无可原。

【注释】

①"庭树"二句:江淹《杂体》三十首其三十《休上人别怨》:"日暮碧云合,佳人殊未来。"那,活字本作"何"。

②霜台:御史台,掌纠举百官,以刑法典章纠正其罪恶,为风霜搏击之任,故称。李白《安陆白兆山桃花岩寄刘侍御绾》:"永辞霜台客,千载方来旋。"

③"官荣"二句:官荣,官爵荣誉。徐陵《答诸求官人书》:"假以官荣,代于钱绢,义在抚绥,无计多少。"愆期,误期,失约。《诗·卫风·氓》:"匪我愆期,子无良媒。"

【汇评】

[日]近藤元粹评订《韦苏州集》:(第一首)谆谆如口语。

使云阳寄府曹

夙驾祗府命①,冒炎不遑息。百里次云阳,闾阎问漂溺。②上天屡愆气,胡不均寸泽。③仰瞻乔树颠,见此洪流迹④。良苗免湮没⑤,蔓草生宿昔。颓墉满故墟,返喜将安宅。⑥周旋涉涂潦,侧峭缘沟脉。⑦仁贤忧斯民,贱子甘所役。⑧公堂众君子,言笑思与觌。

此诗约作于大历十二年(777)秋,时在京兆府功曹任,因视察灾情奉使云阳。云阳,京兆府属县,故治在今陕西泾阳县北云阳镇。府曹,指京兆府同僚。时韦应物为功曹参军。诗写赶赴云阳视察当地遭受水灾的情况,千辛万苦但毫无怨言,表现出对治下百姓生活的关心与同情。

【注释】

①"凤驾"句:凤驾,早起驾车出行。陆机《赠斥丘令冯文黑》:"凤驾出东城,送子临江曲。"祇命,奉命。韩愈《早赴街西行香赠卢李二中舍人》:"天街东西异,祇命遂成游。"

②"百里"二句:次,至。闾阎,此处泛指乡村民居。漂溺,漂没沉溺,指遭受水灾百姓。

③"上天"二句:愆(qiān)气,谓阴阳之气不调,遂有灾沴。寸泽,指雨水。

④洪流:巨大的水流。

⑤湮没:消灭。

⑥"颓墉"二句:故墟,荒芜的田地。贾思勰《齐民要术·种麻》:"麻欲得良田,不用故墟。"石声汉注:"本书所谓'故墟',是指种植过而现在休闲的地。"返喜,《全唐诗》本作"喜返"。

⑦"周旋"二句:周旋,辗转,往复经行。谢灵运《登江中孤屿》:"江南倦历览,江北旷周旋。"涂潦,道中积水。侧峭,同"崸峭",山高峻貌。沟脉,水流。

⑧"仁贤"二句:仁贤,谓时任京兆尹之黎幹。贱子,谦称自己。杜甫《奉赠韦左丞丈二十二韵》:"丈人试静听,贱子请具陈。"

过扶风精舍旧居简朝宗巨川兄弟

佛刹出高树,晨光间井中。①年深念陈迹,追此独忡忡。零落逢故老②,寂寥悲草虫。旧宇多改构,幽篁延本丛③。栖止事如昨④,芳时去已空。佳人亦携手,再往今不同。新文聊感旧,想子意无穷。

【题解】

此诗约作于大历十二年(777),时在京兆府功曹任上。扶风,凤翔府属县,今属陕西。韦应物寄居扶风佛寺,疑在安史乱中。朝宗巨川兄弟,元注、元洪兄弟之字。《新唐书·宰相世系》:挹,吏部员外,生注、洪、锡、铣。韦应物妻元蘋系挹长女,故洪、锡、铣都是其内弟。诗写过扶风精舍故居而忆旧感伤。作者所念"陈迹"与"栖止"之事,当指避安史之乱时的经历。

【注释】

①"佛刹"二句:佛刹,佛教称佛陀居住之地,后为佛寺的一般称呼。广宣《红楼下联句》:"佛刹接重城,红楼切太清。"闾井,此泛指村落。古代以二十五家为闾,又以八家为井。王维《淇上田园即事》:"日隐桑柘外,河明闾井间。"

②零落:凋零,丧亡。孔融《论盛孝章书》:"海内知识,零落殆尽。"张铣注:"零落,死也。"

③幽篁:幽深茂密的竹林。篁,竹林,也泛指竹子。屈原《九歌·山鬼》:"余处幽篁兮终不见天,路险难兮独后来。"

④栖止:寄居,停留。李频《辞夏口崔尚书》:"同来栖止地,独去塞鸿前。"

【汇评】

宋刘辰翁:起得闲淡称情,末段凄侧处却复自然。(参评本)

赠令狐士曹

自八月朔旦同使蓝田，淹留涉季，事先半日而不相待，故有戏赠

秋檐滴滴对床寝①，山路迢迢联骑行。到家俱及东篱菊②，何事先归半日程。

【题解】

此诗约作于大历十二年(777)秋，时在京兆府功曹任上。令狐士曹，未详。士曹，即士曹参军事，州府属官，掌津梁、舟车、舍宅、工艺之事。京兆府士曹参军，正七品下。涉季，到月底。诗写与令狐一同出使，同卧同行，及至重阳归家，令狐先行半日，故写诗戏问。

【注释】

①檐：一作"霜"。
②东篱菊：陶渊明《饮酒》二十首其五："采菊东篱下，悠然见南山。"

【汇评】

[日]近藤元粹评订《韦苏州集》：平平不足观。

赠冯著

契阔仕两京，念子亦飘蓬。①方来属追往，十载事不同。岁晏乃云至，微褐还未充②。惨凄游子情，风雪自关东。③华觞发欢颜，嘉藻播清风④。始此盈抱恨，旷然一夕中。⑤善蕴岂轻售，怀才希国工。⑥谁当念素士，零落岁华空。⑦

此诗约作于大历十二年(777)冬,时韦应物在长安为官,冯著自关东西来,遂以诗赠之。诗写与友人冯著十年后重逢的感慨,略显沉重、凄凉。谓与冯著两地为官,同一命运,十年之后,两人聚首,杯酒欢颜,互赠诗篇,满腔愁苦,一夕而解。诗人称颂对方怀才不肯轻售,又提醒他光阴易逝,要及早努力。诗作既感伤友人的坎坷际遇,也抒发了自己沉沦下僚的悲哀。其中"契阔仕两京"句,指大历六年作者为河南府兵曹参军,在洛阳;至此又为京兆府功曹参军,在长安。又"十载事不同"句,举其成数,谓作者自广德中为洛阳丞,至此已十年有余。

【注释】

①"契阔"二句:契阔,离合,聚散,偏指离散。《诗·邶风·击鼓》:"死生契阔,与子成说。"两京,西都长安与东都洛阳。飘蓬,如蓬草之漂泊无定。刘孝绰《答何记室》:"游子倦飘蓬,瞻途杳未穷。"

②"微褐"句:微褐,指基本生活资料。未充,不足。

③"惨凄"二句:惨凄,悲惨凄凉。宋玉《九辩》:"心闵怜之惨凄兮,愿一见而有明。"关东,函谷关以东之地。

④"嘉藻"句:嘉藻,对他人诗文、书札的美称。孟浩然《与张折冲游耆阇寺》:"因君振嘉藻,江楚气雄哉!"《诗·大雅·烝民》:"吉甫作诵,穆如清风。"

⑤"始此"二句:谓满怀愁恨于一夕中一扫而空。盈抱,满怀。旷然,空虚貌。

⑥"善蕴"二句:《论语·子罕》:"子贡曰:'有美玉于斯,韫椟而藏诸,求善贾而沽诸?'子曰:'沽之哉!沽之哉!我待贾者也。'"邢昺疏:"此章言孔子藏德待用也。"国工,一国中技艺超群者,此指当政者。

⑦"谁当"二句:素士,贞素之士,犹言布衣之士。岁华,时光,年华。沈约《却东西门行》:"岁华委徂貌,年霜移暮发。"

对雨寄韩库部协

飒至池馆凉①,霭然和晓雾。萧条集新荷,氛氲散高树②。
闲居兴方淡,默想心已屡。暂出仍湿衣,况君东城住③。

【题解】

此诗作于大历十三年(778)初夏。库部,尚书省兵部所属官曹之一。
《新唐书·百官志》:"库部郎中、员外郎,各一人,掌戎器、卤簿仪仗。"韩协,
《元和姓纂》卷四:"协,驾部郎中。"柳宗元《故温县主簿韩君(慎)墓志》:"尚
书库部郎中、万州刺史讳某,嗣以文行大其家业。君,万州长子也。"据岑仲
勉《元和姓纂四校记》,韩慎即协之子。诗写闲居时思念友人,虽然同住一
城,却因微雨不能成行。

【注释】

①飒:风声。

②氛氲:盛貌,《全唐诗》本作"氲氛"。李峤《宝剑篇》:"淬绿水,鉴红
云,五采焰起光氛氲。"

③东城:指长安城东部。柳宗元《故温县主簿韩君墓志》:"暴病,卒于
长安永崇里先人之庐。"知韩协居于长安朱雀街东第三街从北第九坊永
崇坊。

【汇评】

明袁宏道:("萧条"二句)酷似何逊。(参评本)

[日]近藤元粹评订《韦苏州集》:冲淡。

寄子西

夏景已难度,怀贤思方续。乔树落疏阴,微风散烦燠。

伤离枉芳札,忻遂见心曲。①蓝上舍已成②,田家雨新足。托邻素多欲,残秩犹见束。③日夕上高斋,但望东原绿。

【题解】

此诗作于大历十三年(778)夏,时在长安。子西,卢康字,曾为京兆府田曹参军。时卢康卜居蓝水滨,余未详。诗写对友人卢康的怀想之情。"托邻素多欲"四句,谓欲与友结邻而居既不可得,惟有日夕怅望而已。

【注释】

①"伤离"二句:芳札,对来书的美称。忻遂,高兴夙愿得遂。心曲,内心深处。《诗·秦风·小戎》:"言念君子,温其如玉。在其板屋,乱我心曲。"

②蓝上:蓝谷水畔,水在京兆府蓝田县。

③"托邻"二句:托邻,相托为邻,犹结邻。欲,《丛刊》本作"愿"。残秩,残余之官秩,指自己任期未满。

县内闲居赠温公

满郭春色岚已昏,鸦栖散吏掩重门。①虽居世网常清净②,夜对高僧无一言。

【题解】

此诗作于大历十四年(779)春,时在鄠县令任上。温公,僧人名,余未详。诗写与高僧交往,居尘世而心静,不待语言而灵犀已通。诗作表现作者所体验到的一种静境。坐禅的高僧已是静寂的象征,更何况在宁静的夜里相对又无一言。这种至静的境界,与喧嚣的尘世形成了鲜明的对照,使作者感到格外的清静。可见,静境不仅是外在的、客观的物境,更是悠闲自得的心境。

【注释】

①"满郭"二句:色,《丛刊》本、《万首唐人绝句》卷四、《唐诗品汇》卷四九作"风"。散吏,《万首唐人绝句》本作"吏散"。

②"虽居"句:世网,尘世牵缠如罗网,喻世俗法律、礼教、风俗等对人的束缚。嵇康《答难养生论》:"奉法循理,不绁世网。"清净,亦佛教语。《俱舍论》卷一六:"暂永离一切恶行烦恼垢,故名为清净。"

对雪赠徐秀才

靡靡寒欲收,霭霭阴还结。①晨起望南端②,千林散春雪。妍光属瑶阶,乱绪凌新节。③无为掩扉卧,独守袁生辙④。

【题解】

此诗作于大历十四年(779)春,时在鄠县令任上。徐秀才,未详。秀才,唐初科举名目之一,后用为对读书人的通称。诗写春雪。末二句"无为掩扉卧,独守袁生辙"用典,将逢雪居家的徐秀才比作袁安,赞赏其处贫困而坚操守的高风亮节。

【注释】

①"靡靡"二句:靡靡,零落貌。陆机《叹逝赋》:"亲落落而日晞,友靡靡而愈索。"霭霭,云雾弥漫貌。陶渊明《停云》:"霭霭停云,濛濛时雨。"

②南端:南方,南天。王逸《九思·守志》:"绕曲阿兮北次,造我车兮南端。"

③"妍光"二句:瑶阶,积雪的石阶。谢惠连《雪赋》:"庭列瑶阶,林挺琼树。"新节,新的季节,新的时令。潘岳《在怀县作》二首其一:"初伏启新节,隆暑方赫羲。"

④袁生:袁安。《后汉书·袁安传》李贤注引《汝南先贤传》:"时大雪积地丈余,洛阳令自出案行,见人家皆除雪出,有乞食者。至袁安门,无有行

路。谓安已死,令人除雪入户,见安僵卧。问何以不出?安曰:'大雪人皆饿,不宜干人。'令以为贤,举为孝廉。"

【汇评】

明袁宏道:陶、谢情怀,齐、梁雅调,兼得之矣。(参评本)

西郊游宴寄赠邑僚李巽

升阳暖春物①,置酒临芳席。高宴阙英僚,众宾寡欢怿。②是时尚多垒,板筑兴颓壁。③羁旅念越疆,领徒方祗役。④如何嘉会日,当子忧勤夕。⑤西郊郁已茂,春岚重如积。何当返徂两,杂英纷可惜。⑥

【题解】

此诗作于大历十四年(779)春,时在鄠县令任上。李巽,字令叔,赵郡人。少以明经调补华州参军,拔萃登科,授鄠县尉。后累迁至湖南江西二观察使、兵吏二部尚书。元和四年卒。时盖在鄠县尉任,因公出使邻县。诗写西郊游宴,因"阙英僚"而"众宾寡欢怿",盼望僚友李巽速归。

【注释】

①"升阳"句:升阳,春日上升之阳气。《晋书·郭璞传》:"升阳未布,隆阴仍积。"暖,温暖,温润。王俭《褚渊碑文》:"暖有余晖,遥然留想。"李善注:"暖,温貌。《庄子》曰:'暖然似春,遥然留想,所虑者深矣。'"

②"高宴"二句:《晋书·车胤传》:"时惟胤与吴隐之以寒素博学知名于世,又善于赏会,当时每有盛坐而胤不在,皆云无车公不乐。"英僚,贤能的僚友。此指李巽。王昌龄《送郑判官》:"英僚携出新丰酒,半道遥看骢马归。"欢怿,喜悦。杨修《神女赋》:"微讽说而宣谕,色欢怿而我从。"

③"是时"二句:多垒,营垒众多。喻寇乱频繁。《礼记·曲礼上》:"四郊多垒,此卿大夫之辱也。"孔颖达疏:"寇戎充斥,数战郊坰,故多军垒。"板

筑,筑墙用具。板,夹板;筑,杵。筑墙时,以两板相夹,填土于其中,用杵捣实。

④"羁旅"二句:越疆,越过疆界。此指使往相邻州县。徒,徒众,官府中供使役的人。祗役,奉命任职。谢灵运《邻里相送方山》:"祗役出皇邑,相期憩瓯越。"

⑤"如何"二句:嘉会,欢乐的聚会。多指美好的宴集。曹植《送应氏》二首其二:"清时难屡得,嘉会不可常。"忧勤,为公事而忧虑勤劳。白居易《贺雨》:"忧勤不遑宁,夙夜心忡忡。"

⑥"何当"二句:何当,何时。徐陵《玉台新咏》卷一〇《古绝句四首》其一:"何当大刀头,破镜飞上天。"徂两,犹去车。两,车辆。各本原均误作"徂雨"。谢朓《京路夜发》:"扰扰整夜装,肃肃戒徂两。"吕向注:"徂,往也。两,车也。"杂英,各色花卉。此指落英。谢朓《晚登三山还望京邑》:"喧鸟覆春洲,杂英满芳甸。"

对雨赠李主簿高秀才

逦迤曙云薄,散漫东风来。①青山满春野,微雨洒轻埃。吏局劳佳士,宾筵得上才。②终朝狎文墨,高兴共徘徊。③

【题解】

此诗作于大历十四年(779)春,时在鄠县。李主簿,时当为鄠县主簿,余未详。主簿,此指县主簿,掌付事勾稽,省署抄目,纠正非违,监印,给纸笔、杂用之事。高秀才,未详。诗写春日微雨,令人心旷神怡,更有李主簿、高秀才这样难得的人才一同诗酒逍遥,乐何如哉。

【注释】

①"逦迤"二句:逦迤,曲折连绵貌。白居易《长恨歌》:"揽衣推枕起徘回,珠箔银屏迤逦开。"散漫,弥漫四散。谢惠连《雪赋》:"其为状也,散漫

交错。"

②"吏局"二句：吏局，犹言官署。《礼记·曲礼》："左右有局，各司其局。"孔颖达疏："军之在左右，各有部分，不相滥也。"佳士，美士，才德兼备者。《三国志·魏书·杨俊传》："同郡审固、陈留卫恂，本皆出自兵伍，俊资拔奖致，咸作佳士。"此指李主簿。上才，有杰出才华者，多指优秀文士。此指徐秀才。沈约《应王中丞思远咏月》："高楼切思妇，西园游上才。"

③"终朝"二句：狎文墨，谓吟诗作赋。狎，亲近。高兴，高雅的兴致。殷仲文《南州桓公九井作》："独有清秋日，能使高兴尽。"

休沐东还胄贵里示端

宦游三十载①，田野久已疏。休沐遂兹日，一来还故墟。山明宿雨霁，风暖百卉舒。泓泓野泉洁，熠熠林光初。②竹木稍摧翳，园场亦荒芜。③俯惊鬓已衰，周览昔所娱④。存没恻私怀，迁变伤里闾。⑤欲言少留心，中复畏简书。⑥世道良自退，荣名亦空虚。⑦与子终携手，岁晏当来居。

【题解】

此诗作于大历十四年(779)春。休沐，休假。唐制十日一休沐，称为旬休。胄贵里，坊里名，在京兆府万年县杜陵韦曲。端，韦应物从弟韦端。诗写春日休假还乡，正是春暖花开时节，但曾经的家园却荒芜冷落，亲友凋零。伤感之余，认为荣名也是空虚的，不如收拾故园，退居林下为好。全篇表现诗人饱经世故，厌倦仕宦生涯，甘处林下的感慨。

【注释】

①"宦游"句：韦应物约天宝八载为右千牛，备宿卫，至此已三十年。三，《丛刊》本作"二"。

②"泓泓"二句：泓泓，水清澈貌。熠熠，鲜明貌。阮籍《清思赋》："色熠

熠以流烂兮,纷杂错以葳蕤。"

③"竹木"二句:稍,已经。摧翳,摧折荫蔽。园场,园圃和场院。

④周览:遍览。

⑤"存没"二句:存没,生死,此偏指死者。宋之问《鲁忠王挽词》三首其二:"邦家锡宠光,存没贵忠良。"里闾,泛指邻里。

⑥"欲言"二句:留心,关注,关心。畏,《丛刊》本作"长"。简书,指官府文书。畏简书,唯恐旷废公务。《诗·小雅·出车》:"王事多难,不遑启居。岂不怀归,畏此简书。"毛传:"简书,戒命也。邻国有急,以简书相告,则奔命救之。"

⑦"世道"二句:世道,人世之道,社会状况。李白《赠崔咨议》:"世道有翻覆,前期难豫图。"荣名,美名。阮籍《咏怀》八十二首其四十一:"荣名非己宝,声色焉足娱。"

【汇评】

明袁宏道:入陶神髓,非数读默会,不能知其妙。("世道"二句)悟彻之言。(参评本)

[日]近藤元粹评订《韦苏州集》:("山明"一节)佳句层出,咀嚼不尽。

朝请后还邑寄诸友生

宰邑分甸服,凤驾朝上京。①是时当暮春,休沐集友生。抗志青云表,俱践高世名。②樽酒且欢乐,文翰亦纵横。良游昔所希,累宴夜复明。晨露含瑶琴,夕风殒素英。③一旦遵归路,伏轼出京城④。谁言再念别,忽若千里行⑤。闲阁寡喧讼⑥,端居结幽情。况兹昼方永,展转何由平⑦。

【题解】

此诗作于大历十四年(779)初夏,时自长安归鄠县。朝请,朝见皇帝。

诗写借朝请之机与亲友京城高会的情景,以及随之还邑后的念别之感与岑寂心情。

【注释】

①"宰邑"二句:甸服,古代以五百里为一等,将王畿外围国土,按距京都距离远近,划分为甸、侯、绥、要、荒五服。此但指京师近郊。上京,京师。班固《幽通赋》:"皇十纪而鸿渐兮,有羽仪于上京。"

②"抗志"二句:抗志,高尚其志。《六韬·上贤》:"士有抗志高节以为气势,外交诸侯,不重其主者,伤王之威。"青云表,犹青云上,喻仕途显达。

③"晨露"二句:瑶琴,用玉装饰的琴。鲍照《拟古》十八首其七:"明镜尘匣中,瑶琴生网罗。"素英,白花。李绅《橘园》:"朱实摘时天路近,素英飘处海云深。"

④伏轼:俯身靠在车前的横木上。《庄子·渔父》:"孔子伏轼而叹曰:'甚矣,由之难化也!'"

⑤忽若:如同,好像。曹植《七启》:"于是逍遥暇豫,忽若忘归。"

⑥闲:《丛刊》本作"闭"。

⑦展转:即辗转,翻身貌,多形容忧思难寐,卧不安席。李咸用《山中夜坐寄故里友生》:"展转檐前睡不成,一床山月竹风清。"

【汇评】

[日]近藤元粹评订《韦苏州集》:此等诗不可以工拙论也。

澧上西斋寄诸友

七月中,善福之西斋作

绝岸临西野,旷然尘事遥。清川下逦迤,茅栋上岧峣①。玩月爱佳夕②,望山属清朝。俯砌视归翼,开襟纳远飙。③等陶辞小秩,效朱方负樵。④闲游忽无累,心迹随景超⑤。明世重才彦,雨露降丹霄。⑥群公正云集,独予欣寂寥。

【题解】

此诗作于大历十四年(779)七月,时在沣上善福精舍闲居。沣上,丰水畔。由于身世境遇的变化以及仕途的不得意,韦应物多次唱出与陶渊明深切共鸣的心曲,如此诗中的"等陶辞小秩,效朱方负樵"。所以,他不仅有拟陶之作,而且有不少深得陶诗精神风味的诗篇。即如此首写归隐生活清趣和幽怀之作,沣上风物何尝寂寥,但诗人冷眼禅心,等陶务农,效朱负薪,倒真是"心远地自偏"了。

【注释】

①茅栋:茅屋。沈约《宿东园》:"茅栋啸愁鸱,平冈走寒兔。"

②佳夕:良夜。裴次元《降诞日进物状》:"摇光之祥贯月于佳夕,绕枢之感降圣于良辰。"

③"俯砌"二句:归翼,归鸟。谢朓《望三湖》:"积水照赪霞,高台望归翼。"开襟,敞开衣襟。王粲《登楼赋》:"凭轩槛以遥望兮,向北风而开襟。"

④"等陶"二句:陶,指陶渊明。小秩,官职卑微。朱,指朱买臣。《汉书·朱买臣传》:"字翁子,吴人也。家贫,好读书,不治产业,常艾薪樵,卖以给食,担束薪,行且诵书。其妻亦负戴相随,数止买臣毋歌呕道中。买臣愈益疾歌。"

⑤心迹:思想与行为。韩愈《寄崔二十六立之》:"西城员外丞,心迹两屈奇。"

⑥"明世"二句:明世,政治清明的时代。才彦,才子贤士。沈约《奉和竟陵王郡县名》:"西都富轩冕,南宫溢才彦。"雨露,比喻皇帝恩泽。丹霄,天空。李白《门有车马客行》:"谓从丹霄落,乃是故乡亲。"此当指帝王居处,京都。荀悦《汉纪·成帝纪》:"故愿一登文石之阶,陟丹霄之途。"

【汇评】

宋刘辰翁:("等陶"二句)何等洁语。(张习本)

[日]近藤元粹评订《韦苏州集》:叙西斋景物,详而有幽致。

独游西斋寄崔主簿

　　同心忽已别，昨事方成昔。幽径还独寻，绿苔见行迹①。秋斋正萧散，烟水易昏夕②。忧来结几重，非君不可释。

【题解】

　　此诗作于大历十四年(779)秋，时在澧上善福精舍闲居。西斋，善福寺之西斋。崔主簿，崔倬，韦应物堂妹婿。诗写独游西斋，落寞寂寥，于是忧从中来，感怀旧事，感念知交聚散。如此情怀，若非崔主簿这样的同心挚友，是难以排解的。

【注释】

①"绿苔"句：李白《长干行》："门前迟行迹，一一生绿苔。"
②昏夕：昏暗。

【汇评】

宋刘辰翁：("幽径"句)萧然今昔之感。(张习本)
[日]近藤元粹评订《韦苏州集》：("烟水"句)佳句有味。

紫阁东林居士叔缄赐松英丸捧对欣喜盖非尘侣之所当服辄献诗代启

　　碧涧苍松五粒稀①，侵云采去露沾衣。夜启群仙合灵药，朝思俗侣寄将归。道场斋戒今初服，人事荤膻已觉非。②一望岚峰拜还使，腰间铜印与心违③。

【题解】

此诗作于大历十三、十四年(778—779)中,时在鄠县令任上。紫阁,终南山之一峰,在今陕西户县东南。东林,庐山有东林寺,为慧远所创,此但指紫阁山之东林。居士,此指在家不仕之人。松英丸,以松花炼制成德药丸。道家认为服食松脂、松叶可以延年长生。尘侣,世俗之人。诗作酬答一位居士赠送丹药,反映出一种矛盾的处世态度或心情。

【注释】

①五粒:松之一种,一穗五股。《太平御览》卷九五三引周景式《庐山记》:"石门岩,即松林也。……叶五粒者,名五粒松,服之长生。"

②"道场"二句:道场道士或僧徒诵经礼拜举行法事的场所。荤膻,腥臊的肉食。此处兼喻世俗的污秽不洁。白居易《招韬光禅师》:"白屋炊香饭,荤膻不入家。"

③铜印:指县令印信。

【汇评】

[日]近藤元粹评订《韦苏州集》:高贤而喜仙药如此,迂愚可怪。

秋集罢还途中作谨献寿春公黎公

束带自衡门,奉命宰王畿。①君侯枉高鉴,举善掩瑕疵。②斯民本已安,工拙两无施。③何以酬明德,岁晏不磷缁。④时节乃来集,欣怀方载驰⑤。平明大府开,一得拜光辉⑥。温如春风至,肃若严霜威⑦。群属所载瞻,而忘倦与饥。公堂燕华筵,礼罢复言辞。将从平门道,憩车澧水湄⑧。山川降嘉岁,草木蒙润滋。孰云还本邑,怀恋独迟迟⑨。

此诗作于大历十三年(778)秋,时在鄠县令任上。秋集,此指京兆府属县官员的集会。黎公,黎幹(716－779),字贞固,寿春人。代宗朝,累迁至谏议大夫,京兆尹、兼御史大夫,封寿春县开过男。大历十四年贬端州,卒。据郁贤皓《唐刺史考》,黎幹永泰元年至大历二年,大历九年至十三年两为京兆尹。诗写感激黎幹引荐为畿辅县令。"将从平门道"二句,写明作者宴集后返回鄠县的路径。

【注释】

①"束带"二句:束带,整饰衣冠。此指为官。《论语·公冶长》:"束带立于朝,可使与宾客言也。"衡门,横木为门,指简陋居室。《诗·陈风·衡门》:"衡门之下,可以栖迟。"王畿,古指王城周围千里的地域。此指京兆府属县。

②"君侯"二句:君侯,古代以称列侯,唐时用以称州郡长官等尊贵者。此指黎幹。李白《与韩荆州书》:"所以龙盘凤逸之士,皆欲收名定价于君侯。"举善,推荐德才兼优的人。此处泛指举荐。李颀《龙门送裴侍御监五岭选》:"举善必称最,持奸当去尤。"韦应物为京兆府功曹参军及鄠县令,均当为黎幹所举荐。

③"斯民"二句:工拙,犹言巧拙,此偏指拙以自谓。无施,无所施展,没有用武之地。

④"何以"二句:明德,光明之德,美德。《史记·五帝本纪》:"天下明德皆自虞帝始。"磷缁,喻指受环境影响而改变。《论语·阳货》:"不曰坚乎,磨而不磷。不曰白乎,涅而不缁。"

⑤载驰:即驰。曹丕《善哉行》二首其一:"载驰载驱,聊以忘忧。"

⑥光辉:对他人仪容的敬称。张九龄《送杨府李功曹》:"平生属良友,结绶望光辉。"

⑦严霜:喻严厉。《汉书·孙宝传》:"今日鹰隼始击,当顺天气,取奸恶,以成严霜之诛。"

⑧"将从"二句:平门,《丛刊》本作"平明"。延平门,唐代长安西面三门之南门。鄠县在长安西南,故出此门。澧水,流经鄠县。

⑨迟迟:徐行貌。《诗·邶风·谷风》:"行道迟迟,中心有违。"

【汇评】

明钟惺:自处处人,谦厚真率。又,明谭元春:("工拙"句)善于立言。(朱墨本)

[日]近藤元粹评订《韦苏州集》:("温如"四句)形容佳,虽然,恐过奖。

闲居赠友

补吏多下迁,罢归聊自度。①园庐既芜没,烟景空淡泊。②闲居养疴瘵,守素甘葵藿。③颜鬓日衰耗,冠带亦寥落。④青苔已生路⑤,绿筱始分箨。夕气下遥阴,微风动疏薄⑥。草玄良见诮,杜门无请托。⑦非君好事者,谁来顾寂寞⑧。

【题解】

此诗作于建中元年(780)春。诗谓辞官闲居,门庭冷落,路生青苔,只有这位好友前来看顾,因有所感。诗写孤寂无聊的闲居生活,透露出落寞情怀。起首"补吏多下迁"二句,是理解这一段心路历程的关键所在。陶敏、王友胜《韦应物集校注》谓,韦应物大历十四年秋罢职前,已由鄠县令改授栎阳令。虽同为京兆府属下畿县,但栎阳面积较小,离长安较远。故云。又,据《旧唐书·代宗纪》,大历十四年三月,京兆尹黎幹被代,改官兵部侍郎;五月,黎幹除名长流,赐死。韦应物系黎幹所举荐,故"下迁",且旋即辞官。然日本学者松原朗《韦应物诗考——兼论澧上退居与"变风"的形成》一文认为,韦应物在写这首诗时,已从京兆府功曹参军兼摄高陵县令,转任了鄠县令,实际上他已二次担任了畿县的县令。因此,再转为同级的栎阳令并不是他所期望的,因而他才可能把这次转任称之为"下迁"。

【注释】

①"补吏"二句:补吏,据《新唐书·选举志》,唐代中下级官吏任期届满

94

后,由吏部考核选用。下迁,谓降职。自度,自忖。

②"园庐"二句:芜没,谓淹没于荒草间,湮灭。沈约《愍衰草赋》:"园庭渐芜没,霜露日霑衣。"淡泊,《唐诗品汇》卷一四作"淡薄"。

③"闲居"二句:痀瘵,泛指痼疾。守素,保持素志。卢纶《纶与吉侍郎中孚司空郎中曙苗员外发……》:"百年甘守素,一顾乃拾青。"葵藿,野菜名。甘葵藿,甘于贫困的生活。鲍照《代东武吟》:"少壮辞家去,穷老还入门。腰镰刈葵藿,倚杖牧鸡豚。"

④"颜鬓"二句:衰耗,衰弱亏损。寥落,《唐诗品汇》本作"寒落"。

⑤生路:《唐诗品汇》本作"生径"。

⑥疏薄:疏帘。

⑦"草玄"二句:《汉书·扬雄传》:"哀帝时,丁、傅、董贤用事,诸附离之者或起家至二千石。时雄方草《太玄》,有以自守泊如也。或嘲雄以玄尚白,而雄解之,号曰《解嘲》。"后以"草玄"指淡泊名利潜心著述。杜门,犹闭门,堵门。

⑧谁来:《丛刊》本、《唐诗品汇》本作"谁能"。

【汇评】

宋刘辰翁:浅浅处自淑气清入。(参评本)

明袁宏道:("夕气"二句)淡景悠然。(参评本)

四禅精舍登览悲旧寄朝宗巨川兄弟

萧散人事忧,迢递古原行。①春风日已暄,百草亦复生。跻阁谒金像,攀云造禅扃。②新景林际曙,杂花川上明。徂岁方缅邈,陈事尚纵横。③温泉有佳气,驰道指京城④。携手思故日,山河留恨情。存者邈难见,去者已冥冥。⑤临风一长恸,谁畏行路惊。⑥

【题解】

此诗作于建中元年(780)春。孙望《韦应物诗集系年校笺》认为可能作于广德二年(764)初由京赴洛途中经骊山时。四禅精舍,四禅寺。据诗中"驰道"等语,或在昭应县骊山华清宫附近。佛教有观炼薰修四种禅,又修四种禅定所生之色界四天称为四禅天,故以名寺。朝宗、巨川兄弟,当即元注、元洪兄弟。诗写春日登古原,思及山河无改,而人事已非,朋友生者难见,死者永别,不觉临风长恸,心悲世路坎坷难行。诗作登览悲旧,尤以其中"携手思故日"四句为能紧扣并见出此意。

【注释】

①"萧散"二句:萧散,萧条冷落。迢递,遥远貌。杜甫《送樊二十三侍御赴汉中判官》:"居人莽牢落,游子方迢递。"

②"跻(jī)阁"二句:跻,攀登。金像,佛像。佛教谓如来之身,金色微妙,故其像以金饰之。禅扃,佛寺之门。独孤及《题思禅寺上方》:"攀云到金界,合掌开禅扃。"

③"徂岁"二句:徂岁,往岁。韩愈《陪杜侍御游湘西两寺献杨常侍》:"旅程愧淹留,徂岁嗟荏苒。"缅邈,遥远。张说《游洞庭湖湘》:"缅邈洞庭岫,葱蒙水雾色。"陈事,往事。纵横,交错貌。此谓往事纷至沓来,历历在目。

④驰道:古代供君王行驶车马的道路。

⑤"存者"二句:邈,遥远。冥冥,渺茫貌。沈千运《感怀弟妹》:"兄弟可存半,空为亡者惜。冥冥无再期,哀哀望松柏。"存者,指元洪、元注兄弟。生者,当指韦应物妻元蘋。天宝十年在昭应与韦应物结婚,大历十一年去世。

⑥"临风"二句:长恸,极度悲痛,大哭。畏,一作"谓"。行路,行路之人。《后汉书·范滂传》:"行路闻之,莫不流涕。"

【汇评】

明袁宏道:("萧散"四句)只此四句,便是渊明。("杂花"句)齐梁句,却近陶。(参评本)

善福阁对雨寄李儋幼遐

　　飞阁凌太虚①,晨跻郁峥嵘。惊飙触悬槛,白云冒层甍。②
太阴布其地,密雨垂八纮。③仰观固不测④,俯视但冥冥。感此
穷秋气,沉郁命友生⑤。及时策高步⑥,羁旅游帝京。圣朝无
隐才,品物俱昭形。⑦国士秉绳墨⑧,何以表坚贞。寸心东北
驰,思与一会并。我车夙已驾,将逐晨风征⑨。郊途往成淹,
默默阻中情。

【题解】

　　此诗作于大历十四年(779)秋,时在澧上善福精舍闲居。善福阁,善福
寺阁。幼遐,李儋。时儋旅居长安,韦应物欲往访,阻雨,感友人命运之多
舛,遂作诗寄之。

【注释】

　　①"飞阁"句:飞阁,高阁。曹植《赠丁仪》:"凝霜依玉除,清风飘飞阁。"
太虚,天,天空。孙绰《游天台山赋》:"太虚辽廓而无阂,运自然之妙有。"李
善注:"太虚,谓天也。"

　　②"惊飙"二句:惊飙,狂风。曹植《吁嗟篇》:"卒遇回风起,吹我入云间
……惊飙接我出,故归彼中田。"悬槛,高处之栏杆。冒,覆盖。甍,屋脊。
郦道元《水经注·浙江水》:"山中有五精舍,高甍凌虚,垂帘带空。"

　　③"太阴"二句:太阴,极盛的阴气,此指雨云。蔡邕《独断》卷上:"冬为
太阴,盛寒为水,祀之于行。"八纮,八方极远之地。刘桢《赠徐干》:"兼烛八
纮内,物类无偏颇。"

　　④不测:不可计数,不可测量。

　　⑤沉郁:沉闷忧郁,积滞而不通畅。李益《城西竹园送裴佶王达》:"怆
怀非外至,沉郁自中肠。"

⑥"及时"句：及时，当时。高步，犹高足。汉代驿传设三等马匹，有高足、中足、下足之别，高足为上等快马。未高步，未登高位。未，《丛刊》本作"策"。《古诗十九首》："何不策高足，先据要路津。"

⑦"圣朝"二句：隐才，隐埋的人才。羊祜《让开府表》："假令有遗德于板筑之下，有隐才于屠钓之间。"品物，万物。《易·乾》："云行雨施，品物流形。"昭形，彰显。

⑧"国士"句：国士，一国中杰出之士。陶敏、王友胜《韦应物集校注》疑士当作"工"。指一国中技艺特别高超的人。绳墨，木工画线用的工具。鲍照《论国制启》："袤丈之木，绳墨左焉。"喻指法度。《管子·法法》："引之以绳墨，绳之以诛僇。"

⑨晨风：鸟名。《诗·秦风·晨风》："鴥彼晨风，郁彼北林。"毛传："晨风，鹯也。"

【汇评】

[日]近藤元粹评订《韦苏州集》：一起气格雄浑，足追盛唐人之口吻。

寺居独夜寄崔主簿

幽人寂不寐①，木叶纷纷落。寒雨暗深更，流萤度高阁。坐使青灯晓②，还伤夏衣薄。宁知岁方晏，离居更萧索。

【题解】

此诗作于大历十四年(779)九月，时在沣上善福精舍闲居。崔主簿，崔倬。诗作极写闲居生活的寂寞冷落，反映出一种悲愁的情绪。这种情绪，比闲适情绪更能代表作者当时的心态。此诗曾被王国维应用于其词学批评。王国维在其《人间词话》中论境界，主张并强调深长意味，因此将冯延巳置于韦应物、孟浩然之上："正中词除《鹊踏枝》《菩萨蛮》十数阕最煊赫外，如《醉花间》之'高树鹊衔巢，斜月明寒草'，余谓韦苏州之'流萤度高阁'，孟襄阳之'疏雨滴梧桐'，不能过也。"具体说来，韦诗中"寒雨暗深更"二句，颇能渲染寂寞凄清气氛。只是，所写景象毕竟尚未超越于寺门之外，因此让人想象的余地较为有限。孟浩然断句所写也仅仅是外界物景，虽可使人产生联想，给人一种清绝的感受，却没有更为深厚的意思在其中。（参施议对《人间词话译注》）

【注释】

①不：一作"无"。

②青灯：光线青荧的油灯，昏暗的灯光。

【汇评】

宋刘辰翁：发自幽情，遂入凄境，公诗往往如此。（参评本）

清潘德舆《养一斋诗话》卷二：韦左司"寒雨暗深更，流萤度高阁"，范德机"雨止修竹间，流萤夜至"，王贻上"萤火出深碧，池荷闻暗香"，巧朴之分也，而时代之远近寓焉矣。案："雨止"二句出自范梈《苍山感秋》，"萤火"二句出自王士禛《息斋夜宿即事怀故园》。

九日澧上作寄崔主簿倬二季端系

凄凄感时节，望望临澧涘①。翠岭明华秋，高天澄遥滓②。川寒流愈迅，霜交物初委③。林叶索已空，晨禽迎飙起。④时菊乃盈泛，浊醪自为美。⑤良游虽可娱，殷念在之子⑥。人生不自省，营欲无终已⑦。孰能同一酌，陶然冥斯理⑧。

【题解】

此诗作于大历十四年（779）九月，时在澧上善福精舍闲居。崔主簿倬，《因话录》卷六："都水使者崔倬少年豪侠，不拘小节。天宝中，有方士过其家，崔倾财奉之，亦无所望。……元和初犹在，年九十余卒。苏州刺史韦公（余之祖舅）集中所赠崔都水诗者，是也。……崔即苏州之常妹婿也。"岑仲勉《唐史余渖》卷二谓其中"倬作绰,当传写之误"。端、系,韦应物从弟。二季,各本均作"二李",据亦知李为季之讹。诗写重阳之日,登高远眺,菊酒独酌,美景自赏,恨无良朋在侧,虽有超然的人生感悟,却无人可与论说。

【注释】

①"望望"句:望望,惘惘。孟浩然《秋宵月下有怀》:"佳期旷何许,望望空伫立。"涘,水边。

②淬:渣滓。此处指空中云雾。

③委:通"萎",委顿,衰败。

④"林叶"二句:索,索然,空乏貌。飙,泛指风。

⑤"时菊"二句:盈泛,泛满酒杯。宋之问《奉和九日幸临渭亭登高应制得欢字》:"仙杯还泛菊,宝馔且调兰。"浊醪,浊酒,味薄者。

⑥"殷念"句:殷念,深切的思念。之子,指崔倬及韦端兄弟。《诗·周南·桃夭》:"之子于归,宜其室家。"

⑦营欲:谋求功名富贵的欲望。白居易《宿溪翁》:"于中甚安适,此外无营欲。"

⑧"陶然"句:陶然,醉乐貌。白居易《与梦得沽酒闲饮且约后期》:"更待菊黄家酝熟,共君一醉一陶然。"冥,暗合,默契。高允《征士颂》:"神与理冥,形随流浪,虽屈王侯,莫废其尚。"

【汇评】

明袁宏道:末四句闲雅自然,此意阮、陶而后,惟白傅、玉局稍稍有之。

(参评本)

西郊养疾闻畅校书有新什见
赠久伫不至先寄此诗

养病惬清夏,郊园敷卉木。①窗夕含涧凉②,雨余爱筿绿。

披怀始高咏,对琴转幽独。③仰子游群英,吐词如兰馥④。还闻枉嘉藻,伫望延昏旭⑤。唯见草青青,闭门澧水曲⑥。

【题解】

此诗作于建中元年(780)初夏,时在澧上善福精舍闲居。畅校书,畅当,中唐著名诗人。大历七年进士,授校书郎。历任河中府参军、太常博士、果州刺史。约贞元末卒。诗写病中望友见赠新诗而不至,遂先作此诗酬寄,表达出对友情的渴望与珍惜。

【注释】

①"养病"二句:清夏,初夏。谢朓《奉和随王殿下》十六首其四:"时惟清夏始,云景暖含芳。"敷,生长。卉木,草木。《诗·小雅·出车》:"春日迟迟,卉木萋萋。"毛传:"卉,草也。"

②夕:一作"户"。

③"披怀"二句:披怀,畅怀。幽独,静寂孤独。杜甫《久雨期王将军不至》:"天雨萧萧滞茅庐,空山无以慰幽独。"

④如兰馥:《易·系辞》:"二人同心,其臭如兰。"孔颖达疏:"谓二人同齐其心,吐发言语,氤氲臭气,香馥如兰也。"骆宾王《咏怀》:"一言芬若桂,四海臭如兰。"

⑤昏旭:黄昏和清晨。李绅《逾岭峤荒陬抵高要》:"百处溪滩异雨晴,四时雷电迷昏旭。"

⑥门:《全唐诗》本作"户"。

【汇评】

明袁宏道:结句清佳,唐人妙境。(参评本)

澧上寄幼遐

寂寞到城阙,惆怅返柴荆。①端居无所为,念子远徂征。

夏昼人已息,我怀独未宁。忽从东斋起,兀兀寻涧行②。胃罥丛榛密,披玩孤花明。③旷然西南望,一极山水情。周览同游处,逾恨阻音形。壮图非旦夕,君子勤令名。④勿复久留燕,蹉跎在北京⑤。

【题解】

此诗作于建中元年(780)夏,时在沣上善福精舍闲居。幼遐,李儋,时旅游太原。诗写端居念友,独自到昔日悠游盘桓之地寻觅旧踪。寄诗给朋友,实现"壮图"非朝夕之事,不要淹留太久。

【注释】

①"寂寞"二句:城阙,指长安。王勃《送杜少府之任蜀川》:"城阙辅三秦,风烟望五津。"柴荆,柴门,指简陋房屋。谢灵运《初去郡》:"恭承古人意,促装反柴荆。"

②兀兀:昏沉貌。此谓行走时下意识或无意识。白居易《对酒》:"所以刘阮辈,终年醉兀兀。"

③"胃罥(guà)"二句:胃罥,缠绕悬挂。元稹《蜘蛛》三首其二:"因依方托绪,挂胃遂容身。"披玩,拨开观赏。

④"壮图"二句:壮图,壮志宏图。陆机《吊魏武帝文》:"雄心摧于弱情,壮图终于哀志。"非旦夕,非旦夕之间可成就。令名,美名。鲍照《行京口至竹里》:"君子树令名,细人效命力。不见长河水,清浊俱不息。"

⑤"蹉跎"句:蹉跎,失时,虚掷光阴。阮籍《咏怀》八十二首其五:"娱乐未终极,白日忽蹉跎。"北京,太原府,今属山西。

【汇评】

明袁宏道:致绝欲胜康乐。(参评本)

善福精舍示诸生

湛湛嘉树阴①,清露夜景沉。悄然群物寂,高阁似阴岑②。

102

方以玄默处,岂为名迹侵。③法妙不知归,独此抱冲襟。④斋舍无余物,陶器与单衾。诸生时列坐,共爱风满林。

【题解】

此诗作于建中元年(780)夏,时在沣上善福精舍闲居。诸生,指韦应物外甥赵伉、崔播等。诗写在佛寺中从事心灵的修炼,忘情于名利物欲。末二句"诸生时列坐,共爱风满林",代表着一种精神上的会心与感悟。

【注释】

①"湛湛"句:谓树荫重重。湛湛,厚重貌。屈原《九章·哀郢》:"忠湛湛而愿进兮,妒被离而鄣之。"王逸注:"湛湛,重厚貌。"

②阴岑:深邃貌。杜甫《虎牙行》:"巫峡阴岑朔漠气,峰峦窈窕溪谷黑。"

③"方以"二句:玄默,沉静无为。名迹,声名与业绩。元结《漫问相里黄州》:"志业岂不同,今已殊名迹。"

④"法妙"二句:法妙,一作"泛如"。冲襟,亦作"冲衿",旷淡的胸怀。王勃《七夕赋》:"衿雅范而霜厉,穆冲襟而烟眇。"

【汇评】

宋傅自得《朱韦斋先生文集序》:故吏部员外郎韦斋先生朱公,建炎、绍兴间,诗声满天下,一时名公巨卿,交口称荐,词人墨客传写讽诵,如不及。予少时学诗,尝以作诗之要扣公,公不以辈晚遇我,而许从游。同宿于闽部宪台从事官舍之东轩,夜对榻语,蝉联不休。比晨起,则积雨初霁,西风凄然,公因为予举简斋"开门知有雨,老树半身湿",及韦苏州"诸生时列坐,共爱风满林"之句,且言古之诗人贵冲口直致,盖与彭泽"采菊东篱下,悠然见南山"同一关键。三人者出处穷达,虽不同诵此诗,则可见其人之萧散清远,此殆太史公所谓难与俗人言者。案:"开门"二句出自陈与义《休日早起》。

宋刘辰翁:甚有佳致可诵。(朱墨本)

明钟惺:收得悠然飒然。(朱墨本)

晚出沣上赠崔都水

临流一舒啸,望山意转延。①隔林分落景,余霞明远川。②
首起趣东作③,已看耘夏田。一从民里居,岁月再徂迁。昧质
得全性④,世名良自牵。行欣携手归,聊复饮酒眠。

【题解】

此诗作于建中元年(780)夏,时在沣上善福精舍闲居。都水,都水监,
使者二人,正五品上,掌川泽、津梁、渠堰、陂池之政,总河渠、诸津监署。崔
都水,崔倬,时为都水使者。诗作吟咏归隐生活,愿与友人崔倬共享这种不
为世名所牵、可以全性保真的生活。

【注释】

①"临流"二句:舒啸,犹长啸,放声歌啸。储光羲《题崔山人别业》:"东
岭或舒啸,北窗时讨论。"延,远,长。

②"隔林"二句:落景,夕阳。《北堂书钞》卷一〇六引隋黄闵《武陵记》:
"土人为之歌曰……朝日丽兮阳岩,落景梁兮阴阿。"余霞,残霞。谢朓《晚
登三山还望京邑》:"余霞散成绮,澄江静如练。"

③"首起"句:趣(cù),催促。《说文》:"趣,疾也。从走,取声。"《汉书·
周勃传》:"趣为我语。"东作,谓春耕。李白《赠从弟冽》:"日出布谷鸣,田家
拥锄犁。顾余乏尺土,东作谁相携。"

④全性:保全天性。《淮南子·览冥训》:"全性保真,不亏其身;遭急迫
难,精通于天。"

寓居沣上精舍寄于张二舍人

万木丛云出香阁①,西连碧涧竹林园。高斋犹宿远山

曙②,微霰下庭寒雀喧。道心淡泊对流水,生事萧疏空掩门③。
时忆故交那得见,晓排阊阖奉明恩④。

【题解】

此诗作于建中元年(780)冬,时在澧上善福精舍闲居。舍人,中书舍人。唐制,中书省舍人六人,正五品上,掌侍进奏,参议表章。凡诏旨制敕、玺书册命,皆起草进画;既下,即署行。于舍人,于邵。《宝刻丛编》卷八:"唐《复县记》,唐中书舍人于邵撰,……碑以建中二年立。"张舍人,张荩。道光《赣州府志》卷六五《赠钟绍京太子太傅诰》:"建中元年庚申十一月五日……司封郎中、知制诰臣张荩寅施行。"唐代,以他官知制诰者,亦可称舍人。诗写隐居澧上,道心淡泊如水。诗人想到故人在京为官,此时正朝见天子,不胜感慨。

【注释】

①"万木"句:丛云,聚集的云。李峤《奉和天枢成宴夷夏群僚应制》:"山类丛云起,珠疑大火县。"香阁,佛阁。王勃《游梵宇三觉寺》:"香阁披青磴,琱台控紫岑。"

②犹:《丛刊》本、《唐诗品汇》卷八六作"独"。

③"生事"句:生事,世事。萧疏,《唐诗品汇》本作"萧条"。

④"晓排"句:排,推开。阊阖,宫之正门,泛指宫门。丘迟《侍宴乐游苑送张徐州应诏》:"诘旦阊阖开,驰道闻风吹。"

【汇评】

宋刘辰翁:("生事"句)寂寥有沉着意,更胜上。(参评本)

清王夫之《唐诗评选》:笔至意至。与《寄李元》作,俱以陶五言为七言律,皮相人不知。别以律,原不别以诗,谁为鸿沟生分楚汉?

清金圣叹《贯华堂批唐才子诗》甲集卷五:此不止是妙诗,直是妙画,且不止是妙画,直是禅家所谓妙境,乃至所谓妙理者也。看他"万木"下便画"丛云"字,只谓是眼注万木耳,却不悟其乃是欲写"出香阁"之三字。"出"字妙妙。此自是当境人,一时适然下得之字,我今亦不知其如何谓之"出"

也。二忽然转笔,又写一碧涧,又写一竹园,有意无意,不必比兴。三、四"高斋独宿",即是宿此阁中;"微霰下庭",便是下此阁前之庭也。"远山曙"妙,写尽独宿人心头旷然无事;"寒雀喧"妙,写尽微霰中众人生理涸瘁也。"淡泊"字,须知不是矜。"萧条"字,须知不是怨。"对流水"字,须知不为"淡泊""空掩门"字,须知不为"萧条"。总是学道人晚年有悟,一片旷然无事境界也。"时",不解作时时,是正当对水掩门之时。言此时,则正二舍人得君行志之时。夫行藏既已各判,忙闲自不相及,又安得而相见乎哉!

开元观怀旧寄李二韩二裴四兼呈崔郎中严家令

宿昔清都燕①,分散各西东。车马行迹在,霜雪竹林空②。
方轸故物念③,谁复一樽同。聊披道书暇,还此听松风。④

【题解】

此诗建中元年(780)夏寓居沣上善福精舍时至长安作。开元观,道观名,在长安道德坊。《唐两京城坊考》卷四:"本隋秦王浩宅。武后朝置永昌县。神龙元年县废,遂为长宁公主宅。景云元年置道士观。开元五年,金仙公主居之,改为女冠观。十年,改为开元观。"郎中,尚书省六部各曹司长官,正五品上或从五品上不等。家令,太子家令,东宫属官。《新唐书·百官志》:"家令寺,家令一人,从四品上,掌饮膳、仓储。"李二、韩二、裴四、崔郎中、严家令,均未详。诗作怀友,如"方轸故物念"二句所云:悲伤地想到故友,谁还能与我一同交游?

【注释】

①"宿昔"句:宿昔,从前,往日。张九龄《照镜见白发》:"宿昔青云志,蹉跎白发年。"清都,道教谓天帝居住的宫阙,此指道观开元观。《楚辞·远游》:"集重阳入帝宫兮,造旬始而观清都。"

②竹林：《晋书·嵇康传》："所与神交者惟阮籍、山涛，豫其流者向秀、刘伶、籍兄子咸、王戎，遂为竹林之游，世所谓'竹林七贤'也。"

③"方轸"句：轸，轸念，深切怀念。沈约《郊居赋》："思幽人而轸念，望东皋而长想。"《古诗十九首》："所遇无故物，焉得不速老。"

④"聊披"二句：道书，道经。松风，松林之风。颜延之《拜陵庙作》："松风遵路急，山烟冒垅生。"

春日郊居寄万年吉少府中孚三原卢少府伟夏侯校书审

谷鸟时一啭，田园春雨余。光风动林早①，高窗照日初。独饮涧中水，吟咏老氏书②。城阙应多事，谁忆此闲居。

【题解】

此诗作于建中二年(781)春，时在沣上善福精舍闲居。万年、三原，据《元和郡县图志》卷一，均京兆府属县名。二县故治分别在今陕西西安及陕西三原东北。少府，唐人对县尉的通称。万年京县，县尉六人，从八品下；三原畿县，县尉二人，正九品下。卢伟，未详。夏侯审，"大历十才子"之一，历官参军、宁国丞、校书，贞元初为侍御，终官祠部郎中。卢少府，"卢"字原无，此据《唐诗品汇》卷一四校补。诗写独在林下隐居，饮涧水，读《老子》，悠然自得。故友在京城忙于公务，谁还会想到我？

【注释】

①光风：风和日丽。权德舆《古乐府》："光风淡荡百花吐，楼上朝朝学歌舞。"

②老氏书：即老子《道德经》。

澧上醉题寄涤武

芳园知夕燕,西郊已独还。①谁言不同赏,俱是醉花间。

【题解】

此诗作于建中二年(781)春,时在澧上善福精舍闲居。涤、武,韦涤、韦武,韦应物从弟。据《元和姓纂》卷一,韦武乃韦应物叔父韦镒之子,韦涤则是韦应物伯曾祖父韦兴宗之曾孙,从伯父韦叔卿之子。丘丹《韦应物墓志》:"堂弟武,绛州刺史,以文学从政。"作者寄诗二从弟,说我们虽然不在一处赏花,但都醉在了花间。这样跨越时空的写法,似能稍稍消解心中的不平之意。

【注释】

①"芳园"二句:燕,通"宴"。方园夕宴者,指韦涤、韦武。据韦武墓碑,建中四年,韦武自太常博士授殿中侍御史,建中二年当在万年尉或长安丞任。西郊,指澧上。时韦应物在长安西郊澧水畔善福精舍闲居,故云。

【汇评】

宋刘辰翁:本是恨意,写得放怀可尚,然皆有情。(张习本)

西郊期涤武不至书示

山高鸣过雨,涧树落残花①。非关春不待,当由期自赊②。

【题解】

此诗作于建中二年(781)春,时在澧上善福精舍闲居。涤、武,韦应物从弟韦涤、韦武。诗写二从弟违约,错过了赏春季节。在似怨非怨的调侃语气里,隐藏着惜春、伤春的情绪。

【注释】

①涧树:一作"林涧"。

②赊:迟缓、遥远。王勃《滕王阁序》:"北海虽赊,扶摇可接。"

【汇评】

宋刘辰翁:两绝皆极钟情,而语更达(一作"更切")。(张习本)案:"两绝"指此首及上一首。

澧上对月寄孔谏议

思怀在云阙,泊素守中林。①出处虽殊迹②,明月两知心。

【题解】

此诗作于建中二年(781)春,时在澧上善福精舍闲居。谏议,谏议大夫,正四品下,左右各四人,分别隶属门下省和中书省,掌谏谕得失,侍从赞相。孔谏议,孔述睿,越州人。少隐嵩山。大历中,以协律郎征,转国子博士,历迁司勋员外郎,寻即辞疾归旧隐。德宗即位,征为谏议大夫,兼皇太子侍读,辞不获,乃就职,后历秘书少监,以太子宾客致仕。贞元十六年卒。诗写自己与友人孔述睿友情笃厚:一个做官,一个隐居,出处相异,但两心相同,明月可以作证。

【注释】

①"思怀"二句:云阙,宫门前高耸的观阙,此指宫殿。鲍照《代陆平原君子有所思行》:"西上登雀台,东下望云阙。"泊素,谓胸怀淡泊。此自谓。中林,林野。指隐居之境。《诗·周南·兔罝》:"肃肃兔罝,施于中林。"毛传:"中林,林中。"

②"出处"句:出处,谓出仕和隐退。蔡邕《荐皇甫规表》:"修身力行,忠亮阐著,出处抱义,皭然不污。"殊迹,行事不同,此谓孔出仕而自己隐居。

宋刘辰翁:道人语,不辛苦,悟者自悟。(张习本)

将往滁城恋新竹简崔都水示端

停车欲去绕丛竹,偏爱新筠十数竿①。莫遣儿童触琼粉,留待幽人回日看。②

【题解】

此诗作于建中三年(782)夏秋间,时赴滁州刺史任。滁城,即滁州,州治在今安徽滁县,唐时属淮南道。崔都水,崔倬。端,韦应物从弟韦端。诗写离家赴任,却对宅边的十数竿新竹恋恋不舍,于是嘱咐道:不要让儿童到那里玩耍,以致碰掉新竹上的白粉,等我回来时还要欣赏的。以此来表达对京都深深的留恋。

【注释】

①新筠:新竹。筠,竹上青皮。

②"莫遣"二句:琼粉,竹节上的白色粉末。琼,美玉,比喻竹粉的晶莹透明。幽人,幽居之人。此处自指。

还阙首途寄精舍亲友

休沐日云满,冲然将罢观①。严车候门侧,晨起正朝冠。②山泽含余雨,川涧注惊湍③。揽辔遵东路④,回首一长叹。居人已不见⑤,高阁在林端。

此诗作于建中二年(781)四月后,时在比部员外郎任上。首途,上路。沈约《齐故安陆昭王碑文》:"威令首涂,仁风载路。"李善注:"首涂,犹首路也。"杜甫《敬寄族弟唐十八使君》:"登陆将首途,笔札枉所申。"精舍,指澧上善福精舍。诗作长叹寄别,表现出诗人对故乡、亲人所满怀的一片深情。

【注释】

①"冲然"句:冲然,冲淡貌。罢观,停止游赏。观,《丛刊》本作"官"。

②"严车"二句:严车,谓整备车辆。鲍照《行药至城东桥》:"严车临回陌,延眺历城闉。"正,《丛刊》本作"整"。

③惊湍:急流。潘岳《河阳县作》:"山气冒山岭,惊湍激严阿。"韩愈《龊龊》:"河堤决东郡,老弱随惊湍。"

④"揽辔"句:揽辔,挽住马缰。曹植《赠白马王彪》:"欲还绝无蹊,揽辔止踟蹰。"遵东路,一作"登前路"。遵路,犹出发。释辩机《大唐西域记赞》:"以贞观三年仲秋朔旦,褰裳遵路,杖锡遐征。"

⑤居人:家居的人。罗邺《早发宜陵即事》:"居人犹自掩关在,行客已愁驱马迟。"

【汇评】

宋刘辰翁:(末二句)有此景意。(张习本)

[日]近藤元粹评订《韦苏州集》:一幅秋晓离别图。

秋夜南宫寄澧上弟及诸生

暝色起烟阁,沉抱积离忧①。况兹风雨夜,萧条梧叶秋。空宇感凉至,颓颜惊岁周②。日夕游阙下,山水忆同游。

【题解】

此诗作于建中二年(781)秋,时在比部员外郎任上。南宫,尚书省。

《太平御览》卷二一五:"《汉书》曰:南宫二十五星,应台郎位。故明帝云'郎官上应列宿',即此也。"诸生,即诸甥。诗写南宫秋夜忆旧思亲。

【注释】

①离忧:离别的忧思,离人的忧伤。杜甫《长沙送李十一》:"李杜齐名真忝窃,朔云寒菊倍离忧。"仇兆鳌注:"离忧,离别生忧也。"

②颓颜:衰老的容貌。骆宾王《于紫云观赠道士》:"只应倾玉醴,时许寄颓颜。"

【汇评】

[日]近藤元粹评订《韦苏州集》:有王孟遗韵。又,"空宇"、"颓颜"字奇。

途中书情寄澧上两弟因送二甥却还

华簪岂足恋①,幽林徒自违。遥知别后意,寂寞掩郊扉。回首昆池上②,更羡尔同归。

【题解】

此诗作于建中二年(781)四月后,时在比部员外郎任上。途中,当指自澧上还京途中。两弟,为韦端、韦系。二甥,谓赵伉、崔播。却还,返回。诗作首二句"华簪岂足恋,幽林徒自违",是在仕隐问题上明显心口不一的表现。自从陶渊明之后,我们就已经习惯了这种现象。因为隐逸虽然从观念上说很符合中国文人追求精神自由的理想,但在实际生活中却不免与他们现实的功利态度相悖。尤其在大历那样一个物质匮乏的时代,辞官归隐其实是不太现实的。

【注释】

①华簪:华贵的冠簪,用以代指显贵的官职。陶渊明《和郭主簿》二首其一:"此事真复乐,聊用忘华簪。"

②昆池:昆明池,汉武帝于长安近郊所凿。此处似借指澧上善福精舍附近之陂池。江总《秋日侍宴娄苑湖应诏诗》:"玉轴昆池浪,金舟太液张。"

【汇评】

[日]近藤元粹评订《韦苏州集》:苟如此,何不速赋归来乎?

雪夜下朝呈省中一绝

南望青山满禁闱,晓陪鸳鹭正差池。①共爱朝来何处雪,蓬莱宫里拂松枝。②

【题解】

此诗作于建中二年(781)冬,时在比部员外郎任上。省中,指尚书省同僚。比部员外郎属尚书省刑部。以绝句咏雪,比较常见的姿势,是将与雪有关的情景和拟人、比喻、用典等技巧综合起来运用。当然,许多作品都不只是单纯咏雪,而是以抒写作者面对雪景的感受和联想为主,此诗即为一显例。在这里,作者所产生的联想应该是与仕途亨通有关。

【注释】

①"南望"二句:青山,指终南山,一名南山。皇帝受朝贡在大明宫含元殿。王谠《唐语林》卷七:"含元殿凿龙首岗以为址,彤墀扣砌,高五十余尺,左右立栖凤、翔鸾二阙,龙尾道出于阙前。……倚栏下视,南山如在掌中。"杜甫《秋兴八首》其五:"蓬莱宫阙对南山,承露金茎霄汉间。"鸳鹭,字或作"鸂鷘"。喻指朝官班行。钱起《陪南省诸公宴殿中李监宅》:"壶觞开雅宴,鸳鹭眷相随。"差(cī)池,参差不齐貌。杜预注:"差池,不齐一。"杜甫《白沙渡》:"差池上舟楫,杳窕入云汉。"

②"共爱"二句:朝来,《文苑英华》卷一五四作"来朝"。蓬莱宫,即大明宫。

【汇评】

宋刘辰翁:(末二句)却似览俗。(张习本)

113

寄柳州韩司户郎中

达识与昧机①,智殊迹同静。于焉得携手,屡赏清夜景。潇洒陪高咏,从容羡华省②。一逐风波迁,南登桂阳岭。③旧里门空掩,欢游事皆屏④。怅望城阙遥,幽居时序永。春风吹百卉,和煦变闾井⑤。独闷终日眠,篇书不复省。唯当望雨露,沾子荒遐境。⑥

【题解】

此诗作于建中四年(783)春,时在滁州。诗题中"柳州",当为"郴州"之误。诗云"南登桂阳岭",郴州桂阳郡,柳州州治在今广西柳州,与桂阳无涉。司户,户曹司户参军事,州府属官,掌户籍、计账、道路、过所、蠲符、杂徭、逋负、良贱、芻藁、逆旅、婚姻、田讼、旌别孝悌。郴州中州,司户正八品下。郎中,尚书省所属各曹司长官。韩司户郎中,韩质,昌黎人,天宝中京兆尹韩朝宗子。时自郎中贬郴州司户参军。其贬前任何曹郎中未详。诗写对友人韩质的别后思念之情,同情与祝愿之意兼而有之。

【注释】

①"达识"句:达识,见识通达,指韩质。达,一作"远"。昧机,不明时势。

②华省:近密贵显的官署,此处指尚书省。潘岳《秋兴赋》:"宵耿介而不寐兮,独辗转于华省。"

③"一逐"二句:风波,喻动荡不定。桂阳,郡名,即郴州(今属湖南),南依五岭。《元和郡县图志》卷二九:"本汉长沙国地,汉分长沙南境立桂阳郡,理郴县,领十一县。隋平陈改为郴州,大业中复为桂阳郡。武德四年为郴州。"

④欢:一作"新"。

⑤和煦：温暖。

⑥"唯当"二句：雨露，喻帝王恩泽。高适《送李少府贬峡中王少府贬长沙》："圣代即今多雨露，暂时分手莫踌躇。"荒遐，荒远。

【汇评】

宋刘辰翁：（"达识"二句）十字道尽物理，至理至言。（参评本）

明钟惺：（起二句）齐物至理，难在十字说尽。（朱墨本）

寄令狐侍郎

　　三山有琼树①，霜雪色逾新。始自风尘交，中结绸缪姻。②西掖方掌诰，南宫复司春。③夕燕华池月，朝奉玉阶尘。众宝归和氏④，吹嘘多俊人。群公共然诺，声问迈时伦。⑤孤鸿既高举，燕雀在荆榛。⑥翔集且不同⑦，岂不欲殷勤。一旦迁南郡，江湖渺无垠。⑧宠辱良未定，君子岂缁磷⑨。寒暑已推斥⑩，别离生苦辛。非将会面目⑪，书札何由申。

【题解】

　　此诗约作于建中元年（780）冬，时在长安。令狐侍郎，令狐峘，令狐德棻曾孙。两《唐书》均有传。据诗中"一旦迁南郡，江湖渺无垠"、"寒暑已推斥，别离生苦辛"云云，时令狐氏当贬在衡州。诗写对贬谪南郡的友人令狐峘的勉慰之意。

【注释】

　　①"三山"句：三山，传说中的蓬莱、方丈、瀛洲等海上三神山。琼树，即玉树，传说中仙树，古人常用以比喻美好人品。此处喻指令狐峘。江淹《古离别》："愿一见颜色，不异琼树枝。"

　　②"始自"二句：风尘交，患难之交。风尘，此处当指安史之乱。杜甫《杜甫寄张十二山人彪三十韵》："谢氏寻山屐，陶公漉酒巾。群凶弥宇

宙,此物在风尘。"绸缪姻,情意深厚的姻亲,此指与令狐峘结为儿女亲家。绸缪,情意殷切。题李陵《与苏武诗》三首其二:"独有盈觞酒,与子结绸缪。"

③"西掖"二句:西掖,中书省。徐坚《初学记》卷一一引应劭《汉官仪》:"左右曹受尚书事。前世文士以中书在右,因谓中书为右曹,亦称西掖。"掌诰,掌中书省文诰起草等事。令狐峘知制诰在大历末年。南宫,唐时尚书省在大明宫南,故称南省或南宫。司春,谓为礼部侍郎。《新唐书·令狐峘传》:"建中初,峘为礼部侍郎。"

④和氏:春秋楚国玉工,善识宝玉。

⑤"群公"二句:然诺,言而有信。张谓《题长安壁主人》:"纵令然诺暂相许,终是悠悠行路心。"声问,声誉。《荀子·大略》:"德至者色泽洽,行尽而声问远。"迈时伦,超越同时流辈。卢纶《新移北厅因贻同院诸公兼呈畅博士》:"华轩迻台座,顾影忝时伦。"

⑥"孤鸿"二句:鸿、燕雀,此处分别喻指令狐峘和韦应物自己。燕雀,原作"燕省",此据元修本、递修本、活字本、《丛刊》本、《全唐诗》本校改。《史记·陈涉世家》:"陈涉少时,尝与人佣耕,辍耕之垄上,怅恨久之,曰:'苟富贵,无相忘。'佣者笑而应曰:'若为佣耕,何富贵也?'陈涉太息曰:'嗟乎! 燕雀安知鸿鹄之志哉!'"荆榛,比喻艰危,困难。

⑦翔集:众鸟飞翔而后群集于一处。《论语·乡党》:"色斯举矣,翔而后集。"

⑧"一旦"二句:南郡,南方州郡,此处指衡州。《旧唐书·德宗纪》:(建中元年二月)"甲寅,贬史馆修撰、礼部侍郎令狐峘郴州司马。"无垠,无边际。王该《日烛》:"周太虚以游眺,究漭荡而无垠。"

⑨缁磷:喻操守不坚贞。谢灵运《过始宁墅》:"缁磷谢清旷,疲薾惭贞坚。"

⑩推斥:推移。刘桢《赠五官中郎将》四首其三:"四节相推斥,岁月忽欲殚。"

⑪面目:递修本作"面日"。

116

闲居寄端及重阳

山明野寺曙钟微①,雪满幽林人迹稀。闲居寥落生高兴,
无事风尘独不归。

【题解】

此诗作于建中元年(780)冬,时在沣上善福精舍闲居。端,韦应物堂弟
韦端。重阳,韦应物甥崔播。诗写闲居之趣,野寺曙钟,幽林雪满,风尘独
行,充溢着一股凄清幽冷之气。

【注释】

①曙:《万首唐人绝句》卷四、《唐诗品汇》卷四九作"晓"。

园林晏起寄昭应韩明府卢主簿

田家已耕作,井屋起晨烟①。园林鸣好鸟,闲居犹独眠。
不觉朝已晏,起来望青天。四体一舒散,情性亦忻然。还复
茅檐下,对酒思数贤。束带理官府,简牍盈目前。当念中林
赏,览物遍山川。上非遇明世②,庶以道自全。

【题解】

此诗作于建中初,时在沣上善福精舍闲居。昭应,京兆府属县名,今陕
西临潼。本新丰县,天宝三载,析万年、新丰置会昌县,七载,省新丰,更会

昌县曰昭应。明府，唐人对县令的称谓。韩明府，韩质。卢主簿，当系昭应县主簿，余未详。这首诗是作者厌倦仕宦生活的写照。通过对比园林晏起舒散的真趣与束带官府、简牍堆案的生活，表示所遇又非明世，只好以道自存的心情，写来意绪冲淡。

【注释】

①井屋：农舍，村落。杜甫《奉送王信州崟北归》："井屋有烟起，疮痍无血流。"

②上：《唐诗品汇》卷一四作"士"。

【汇评】

明袁宏道：体裁情韵，俱逼渊明。（参评本）

清沈德潜《唐诗别裁》卷三：（"不觉"二句）真朴处最近陶公。

［日］近藤元粹评订《韦苏州集》：柴桑正派。

寄大梁诸友

分竹守南谯，弭节过梁池。①雄都众君子，出饯拥河湄。②燕谑始云洽，方舟已解维。③一为风水便④，但见山川驰。昨日次睢阳，今夕宿符离。⑤云树忴重叠，烟波念还期。相敦在勤事，海内方劳师。⑥

【题解】

此诗作于建中三年(782)夏秋间赴滁州刺史任途中。大梁，战国魏都，即唐之汴州，今河南开封。当时作者经过汴州，沿汴河东南行，到达徐州符离，故作诗怀念在汴州为他饯行的友人，并表达对时局的忧虑。如诗末二句"相敦在勤事，海内方劳师"所云，国家局部的战乱尚未平息，所以与友人相互敦促勤劳公事。

【注释】

①"分竹"二句：分竹，即分符，指被任命为刺史。南谯，即滁州。《太平

寰宇记》卷一二八:"梁大同二年,割北徐州之新昌、南豫州之南谯、豫州之北谯凡三郡立为南谯州,居桑根山之西,今州南八十里全椒县界南谯故城是也。"弭节,指驻节,停车。屈原《离骚》:"吾令羲和弭节兮,望崦嵫而勿迫。"王逸注:"弭,按也。按节,徐步也。"洪兴祖补注:"弭,止也。"梁池,指汴州之蓬池。

②"雄都"二句:雄都,指汴州,唐时为六雄州之一,汴宋节度使治所。中唐时,汴州为防御河北诸藩镇叛乱的军事重镇。拥,簇拥,聚集。河湄,河边。河,指汴河。《诗·秦风·蒹葭》:"所谓伊人,在水之湄。"

③"燕谑"二句:燕谑,宴饮戏谑。洽,融洽,欢洽。方舟,两舟相并。《庄子·山木》:"方舟而济于河,有虚船来触舟,虽有惼心之人,不怒。"成玄英疏:"两舟相并曰方舟。"解维,解缆,开船。黄滔《送君南浦赋》:"采蕨山前,忍看解维之桂楫。"

④风水:风和水。《宋书·武帝纪》:"公中流蹙之,因风水之势,贼舰悉泊西岸。"

⑤"昨日"二句:睢阳,即宋州,今河南商丘。符离,今安徽宿县,时属徐州,元和中改置宿州。

⑥"相敦"二句:敦,劝勉。勤事,勤劳王事。劳师,谓士卒劳苦,战争不息。《左传·僖公三十二年》:"蹇叔曰:'劳师以袭远,非所闻也。师劳力竭,远主备之,无乃不可乎?'"时魏博田悦,成德李惟岳、王武俊,幽州朱滔,淄青李纳等相继叛乱,官军征讨,战乱连年不绝。

新秋夜寄诸弟

　　两地俱秋夕,相望共星河①。高梧一叶下②,空斋归思多。方用忧人瘼③,况自抱微痾。无将别来近,颜鬓已蹉跎。④

【题解】

　　此诗作于建中三年(782)七月,时在滁州。诗写秋夜星河,高梧落叶,景物触发所及,由思弟至忧民,由家事至国事,情绪沉重凄惋。首二句"两地俱秋夕,相望共星河"堪称怀乡怀人名句,可与张九龄"故乡临桂水,今夜渺星河"(《旅宿淮阳亭口号》),以及孟浩然"我家襄水曲,遥隔楚云端"(《早寒江上有怀》)并美。

【注释】

①共:一作"在"。

②"高梧"句:《淮南子·说山训》:"见一叶落而知岁之将暮,睹瓶中之冰而知天下之寒。"

③人瘼:即民瘼,人民的疾苦。钱起《送张中丞赴桂州》:"出守求人瘼,推贤动圣情。"

④"无将"二句:将,谓,以为。韦应物《示全真元常》:"无将一会易,岁月坐推迁。"蹉跎,虚度光阴。谢朓《和王长史卧病》:"日与岁眇邈,归恨积蹉跎。"

【汇评】

宋刘辰翁:公佳处偏于此境得之。(参评本)

清喻文鏊《考田诗话》卷一:其《新秋夜寄诸弟》云:"两地俱秋夕,相望隔星河。"不待言之毕而已令人凄绝。左司之诗纯以淡处见腴,至其兄弟之情见于集中者尤多。

郊园闻蝉寄诸弟

去岁郊园别,闻蝉在兰省①。今岁卧南谯②,蝉鸣归路永。夕响依山郭,余悲散秋景③。缄书报此时④,此心方耿耿。

【题解】

此诗作于建中三年(782)秋,时在滁州。诗写秋园中闻蝉鸣而起思乡念亲之情。

【注释】

①兰省:指尚书省。《汉官仪》卷下:"尚书郎……握兰含香,趋走丹墀奏事。"郑谷《次韵和礼部卢侍郎江上秋夕寓怀》:"梦归兰省寒星动,吟向莎洲宿鹭惊。"韦应物建中二年四月授尚书省比部员外郎。

②南谯:即滁州。

③"余悲"句:一作"余声发秋岭"。

④此时:一作"远景"。

【汇评】

明袁宏道:公五言简远,而短调更蕴藉,其味较长。(参评本)

[日]近藤元粹评订《韦苏州集》:"夕响"二句,秋日鸣蝉真景。"夕响"、"余悲"字最警绝。

寄中书刘舍人

云霄路竟别①,中年迹暂同。比翼趋丹陛,连骑下南宫。②佳咏邀清月,幽赏滞芳丛。迨予一出守③,与子限西东。晨露方怆怆,离抱更忡忡。④忽睹九天诏,秉纶归国工。⑤玉座浮香气⑥,秋禁散凉风。应向横门度,环佩杳玲珑。⑦光辉恨未瞩,归思坐难通。苍苍松桂姿,想在掖垣中⑧。

【题解】

此诗作于建中三年(782)秋,时在滁州。舍人,中书舍人。刘舍人,刘太真,宣州(今属安徽)人。两《唐书》有传。裴度《刘府君(太真)神道碑铭》:"迁驾部郎中、知制诰。……建中四年夏,正授中书舍人。"盖建中三年秋刘太真迁驾部郎中知制诰。唐俗,以他官知制诰者亦可称舍人。诗写忆旧伤别。清人廉兆纶尝评此诗曰:"不自寓升沉之感,乃见身分。否则不悲寥落,必求汲引。"(清汪立名刊《韦苏州诗集》卷上)此论指出韦应物胸襟之

121

恬和更胜于陶渊明,实在是极有眼光。陶诗的冲和是经过激烈的感情冲突和心灵折磨后方才获得的,而韦诗却仿佛与生俱来,天然成就。

【注释】

①云霄:喻指高位。杜甫《奉赠鲜于京兆》:"云霄今已逼,台衮更谁亲?"

②"比翼"二句:比翼,犹比肩,并肩而行。丹陛,宫中漆成朱红的台阶。岑参《寄左省杜拾遗》:"联步趋丹陛,分曹限紫薇。"连骑,坐骑相连。韦应物为比部员外郎时,刘太真在司勋、吏部员外郎任,故曰"连骑"。

③出守:汉由京官出为太守。杜甫《宴忠州使君侄宅》:"出守吾家侄,殊方此日欢。"此谓自己出为滁州刺史。

④"晨露"二句:怆怆,忧伤悲痛貌,一作"苍苍"。鲍照《秋日示休上人》:"怆怆箪上寒,凄凄帐里清。"离抱,离人的怀抱。

⑤"忽睹"二句:九天,九重天,极言其高远,比喻皇宫。王维《和贾舍人早朝大明宫之作》:"九天阊阖开宫殿,万国衣冠拜冕旒。"秉纶,掌起草制诰。纶,粗于丝者。《礼记·缁衣》:"王言如丝,其出如纶;王言如纶,其出如綍。"孔颖达疏:"王言初出,微细如丝,及其出行于外,言更渐大,如似纶也。"后因称制诰为丝纶或纶綍。国工,一国中技艺高超者。

⑥玉座:帝王的御座。谢朓《同谢咨议铜雀台》:"玉座犹寂寞,况乃妾身轻。"刘良注:"玉座,玉床也……言君王玉座尚自虚无若此,况群妾身至轻微,何以为久长也。"

⑦"应向"二句:横门,犹衡门,指自己在长安的宅第。度,一作"旁"。玲珑,玉声。

⑧掖垣:《丛刊》本作"一垣",皇宫两侧的墙垣,代指门下、中书二省。因其分别在禁中左右掖,故称。杜甫《春宿左省》:"花隐掖垣暮,啾啾栖鸟过。"仇兆鳌注:"掖垣,禁墙也。"

【汇评】

[日]近藤元粹评订《韦苏州集》:津津如谈话。古人云,诗以抒性情而已,洵然。

郡斋感秋寄诸弟

首夏辞旧国,穷秋卧滁城。^①方如昨日别,忽觉徂岁惊^②。高阁收烟雾,池水晚澄清^③。户牖已凄爽^④,晨夜感深情。昔游郎署间,是月天气晴。^⑤授衣还西郊,晓露田中行。^⑥采菊投酒中,昆弟自同倾。簪组聊挂壁^⑦,焉知有世荣。一旦居远郡,山川间音形^⑧。大道庶无累^⑨,及兹念已盈。

【题解】

此诗作于建中三年(782)九月,时在滁州。诸弟,指韦端、韦系、韦涤、韦武等。诗写怀念家乡、想念诸弟的情思。诗作回忆与诸弟当年秋游的情景,大家有酒同斟,一切人世荣名都置之度外。如今山川阻隔,相见不易,令人感伤。此诗的时间跨度、跳跃性较大,将本不相联的场景或事情交汇起来写,鲜明的对比使得诗篇更具感染力。

【注释】

①"首夏"二句:首夏,初夏。谢灵运《游赤石进帆海》:"首夏犹清和,芳草亦未歇。"穷秋,深秋,指九月。韩愈《鸣雁》:"嗷嗷鸣雁鸣且飞,穷秋南去春北归。"卧,困厄。权彻《题沈黎城》:"苏子卧北海,马翁渡南洲。"滁城,即滁州,今安徽滁县。

②徂岁:逝去的岁月。

③清:一作"明"。

④凄爽:凉爽。王筠《与长沙王别书》:"高秋凄爽,体中何如?"

⑤"昔游"二句:郎署,谓尚书省官署。建中二年九月时,韦应物尚在尚书省比部员外郎任。晴,一作"清"。

⑥"授衣"二句:授衣,谓制备冬衣。《诗·豳风·七月》:"七月流火,九月授衣。"毛传:"九月霜始降,妇功成,可以授冬衣矣。"又谓官家分发冬衣。

孔颖达疏："可授冬衣者,谓衣成而授之。"西郊,谓长安西郊澧上善福精舍。韦应物建中二年秋休沐归澧上。田中,一作"田野"。

⑦"簪组"句:簪组,此处代指官服。簪,发簪,用以束发加冠。组,系印绶带。王维《留别丘为》:"亲劳簪组送,欲趁莺花还。"

⑧音形:话音与形貌。颜延之《秋胡》:"年往诚思劳,路远阔音形。"

⑨无累:不为外物所累。贾谊《鵩鸟赋》:"德人无累,知命不忧。"李善注引《庄子》:"圣人循天之理,故无天灾,故无物累。"

【汇评】

[日]近藤元粹评订《韦苏州集》:真情实事,不经客境者不能解此味。

郡中对雨赠元锡兼简杨凌

宿雨冒空山①,空城响秋叶。沉沉暮色至,凄凄凉气入。萧条林表散,的砾荷上集②。夜雾着衣重,新苔侵履湿。遇兹端忧日③,赖与嘉宾接。

【题解】

此诗作于建中三年(782)秋,时在滁州。元锡,河南(今河南洛阳)人,字君贶,元挹之子,韦应物妻元蘋之弟。贞元十一年,为协律郎、山南西道节度推官。元和中,历衢、苏二州刺史,福建、宣歙观察使,授秘书监分司,以赃贬壁州。杨凌,虢州弘农(今河南灵宝)人,字恭履,韦应物女婿。凌与兄杨凭、杨凝齐名,时号"三杨",凌最善文。大历十一年登进士第,官协律郎,贞元初,历大理评事。卒,有文集若干卷,柳宗元为之序。诗写秋雨恼人,幸有嘉宾在座,共度此宵。诗作写的是对友人元锡、杨凌的怀想之情,但全力摹写雨景,以制造凄冷的氛围。虽无一句言情,而自我心绪的悲凉,已然表露于字句间。

【注释】

①"宿雨"句:宿雨,经夜的雨。江总《诒孔中丞奂》:"初晴原野开,宿雨

润条枚。"冒,覆盖,笼罩。《诗·邶风·日月》:"日居月诸,下土是冒。"

②的砾:即的皪(lì),光彩鲜明貌。《汉书·司马相如传》:"明月珠子,的皪江靡。"

③端忧:深忧。杜甫《遣闷》:"余力浮于海,端忧问彼苍。"

【汇评】

明袁宏道:小谢体裁,老杜情景。(参评本)

[日]近藤元粹评订《韦苏州集》:开后人咏物法门。

冬至夜寄京师诸弟兼怀崔都水

理郡无异政,所忧在素餐。①徒令去京国,羁旅当岁寒。子月生一气,阳景极南端。②已怀时节感,更抱别离酸。私燕席云罢③,还斋夜方阑。遥幕沉空宇④,孤烛照床单。应同兹夕念,宁忘故岁欢。川途恍悠邈,涕下一阑干。⑤

【题解】

此诗作于建中三年(782)十一月,时在滁州。京师,帝王的都城。此指长安。诸弟,指端、系、滌、武等。崔都水,崔倬。诗写冬至日节气更换,使作者感怀诸弟和友人,却又为自己政绩平平、受禄无功而担忧。全篇触景而生勤勉治政之情,尸位素餐之忧,寄托深重,风格凄清。

【注释】

①"理郡"二句:异政,优异的政绩。《孔丛子·执节》:"贤者所在,必兴化致治。今子相卫,未闻异政。"异,一作"美"。素餐,不劳而食,此谓无功受禄。《诗·魏风·伐檀》:"彼君子兮,不素餐兮。"

②"子月"二句:子月,即十一月,子,《丛刊》本作"玄"。周正建子,以十一月为岁首。庾信《寒园即目》:"子月泉心动,阳爻地气舒。"一气,谓阳气。冬至后昼渐长,夜渐短,古人以为阳气渐生。阳景,日光。曹植《情诗》:"微

阴翳阳景,清风飘我衣。"南端,南方。《左传·僖公五年》:"春,王正月,辛亥朔,日南至。"杜预注:"周正月今十一月。冬至之日,日南极。"

③席:一作"夕"。

④宇:一作"月"。

⑤"川途"二句:川途,道路,路途。谢灵运《九日从宋公戏马台集送孔令》:"岂伊川途念,宿心愧将别。"也指水路。刘长卿《越江西湖上赠皇甫曾之宣州》:"莫恨扁舟去,川途我更遥。"悠邈,遥远。枣据《杂诗》:"千里既悠邈,路次限关梁。"阑干,纵横交错貌。岑参《白雪歌送武判官归京》:"瀚海阑干百丈冰,愁云惨淡万里凝。"

元日寄诸弟兼呈崔都水

一从守兹郡,两鬓生素发①。新正加我年,故岁去超忽。②淮滨异时候,了似仲秋月。③川谷风景温,城池草木发。高斋属多暇,惆怅临芳物。日月昧还期,念君何时歇。

【题解】

此诗作于建中四年(783)元日,时在滁州。元日,正月初一。崔都水,崔倬。诗写独守远郡,又逢佳节,感叹流光易逝,又见春日来临。归期遥遥,倍思亲友,令人惆怅。

【注释】

①素发:白发。钱起《省中春暮酬嵩阳焦道士见招》:"流年催素发,不觉映华簪。"

②"新正"二句:新正,新年元旦。据《唐六典》卷三,唐制,元日大陈设,诸道朝集使朝贺,陈其贡筐于殿庭。超忽,旷远貌,引申为迅急。

③"淮滨"二句:淮滨,指滁州,唐时隶属淮南道。异,原作"益",此据《丛刊》本校改。了似,绝似。

寄职方刘郎中

相闻二十载，不得展平生。①一夕南宫遇，聊用写中情。②端服光朝次，群列慕英声。③归来坐粉闱④，挥笔乃纵横。始陪文翰游，欢燕难久并。予因谬忝出，君为沉疾婴。⑤别离寒暑过，荏苒春草生。故园兹日隔，新禽池上鸣。⑥郡中永无事，归思徒自盈。

【题解】

此诗作于建中四年（783）春，时在滁州。职方，尚书省兵部所属曹司名。《新唐书·百官志》："职方郎中、员外郎，各一人，掌地图、城隍、镇成、烽候、防人道路之远近及四夷归化之事。"刘郎中，刘湾，字灵源，西蜀人，郡望彭城。天宝中登进士第。能诗，与元结友善。永泰元年，以侍御史为湖南观察使僚佐。大历六年，官秘书郎，后历吏部员外郎、职方郎中，卒。诗写壮志未酬，老之将至，思乡难归的悲凉。其中揭示出与刘湾的交往情形，有助于了解中唐诗史演进轨迹。此诗写作之际，韦出为外官而刘疾病缠身。二人的友谊是同在尚书省为官之时才开始的，则结交之始为建中二年韦任尚书比部员外郎时。在此之前，韦对刘已经闻名二十年，可惜没有机会结交。而自建中初追溯至二十年前，正是元结、孟云卿、刘湾等倡言复古、最为活跃的时代。

【注释】

①"相闻"二句：自建中四年上溯二十载为代宗广德、永泰间。其时刘湾已以诗驰名，但其行踪多在江南，故韦应物无缘与之相识，一展平生之怀。

②"一夕"二句：夕，一作"旦"。写中情，谓倾吐内心倾慕之情。《诗·小雅·蓼萧》："既见君子，我心写分。"

③"端服"二句:端服,整饰衣裳,以示恭敬。朝次,犹朝列,谓朝官班行。《后汉书·刘平传》:"臣窃见琅邪王望、楚国刘旷、东莱王扶,皆年七十,执性恬淡,所居之处,邑里化之,修身行义,应在朝次。"慕,一作"器"。

④粉闱:指尚书省。闱,宫中小门。《汉官仪》卷上:"尚书郎,……省皆胡粉涂画古贤人烈女。"故尚书省又称粉署或粉闱。杜甫《秋日夔府咏怀奉寄郑监李宾客一百韵》:"雾雨银章涩,馨香粉署妍。"

⑤"予因"二句:谬忝,自谦之词。武平一《奉和幸新丰温泉宫应制》:"谬忝王枚列,多惭雨露恩。"出,出仕,谓出守滁州。李颀《送刘四赴夏县》:"一朝出宰汾河间,明府下车人吏闲。"沉疾,积久难治的疾病。刘桢《赠五官中郎将四首》其二:"余婴沉痼疾,窜身清漳滨。"

⑥"别离"四句:谢灵运《登池上楼》:"池塘生春草,园柳变鸣禽。"

【汇评】

明袁宏道:三谢逸诗。(参评本)案:谢灵运、谢惠连与谢朓合称"三谢"。

社日寄崔都水及诸弟群属

山郡多暇日,社时放吏归。坐阁独成闷,行塘阅清辉。春风动高柳,芳园掩夕扉。遥思里中会,心绪怅微微。

【题解】

此诗作于建中四年(783)二月,时在滁州。社日,古时乡俗,通常在立春、立秋后第五个戊日祭土地神,称社日,多在二月、八月。此指春社。群属,指诸僚属。唐红卫《二晏研究》误以此首为晏殊作,题《社日》,盖承《全宋诗》卷一七二所录之误而来。诗写郡斋社日休闲观景。从诗末"遥思里中会"二句略可见出,韦诗的入世情怀往往表现为忧民,以及具有儒家所主张的孝悌亲友等情感。

【汇评】

[日]近藤元粹评订《韦苏州集》:"行塘"字甚生。又,"春风"二句佳。

寒食日寄诸弟

禁火暖佳辰①,念离独伤抱。见此野田花,心思杜陵道。联骑定何时②,予今颜已老。

【题解】

此诗作于建中四年(783)春,时在滁州。寒食,《荆楚岁时记》:"去冬节一百五日,即有疾风甚雨,谓之寒食,禁火三日,造饧大麦粥。"诗写佳节伤离念亲之感。末二句"联骑定何时,予今颜已老",展望来日又感慨老迈,心绪颇为复杂。

【注释】

①"禁火"句:《后汉书·周举传》李贤注:"《新序》曰:'晋文公反国,介子推无爵,遂去而之介山之上。文公求之不得,乃焚其山,推遂不出而焚死。'事具《耿恭传》。龙,星,木之位也,春见东方。心为大火,惧火之盛,故为之禁火。俗传云子推以此日被焚而禁火。"暖,昏暗。陶渊明《归园田居》五首其一:"暖暖远人村,依依墟里烟。"佳辰,良辰。此指寒食节。王勃《越州秋日宴山亭序》:"岂非琴樽远契,必兆朕于佳辰;风月高情,每留连于胜地。"

②联骑:连骑,并乘。刘孝标《广绝交论》:"出平原而联骑,居里闬而鸣钟。"

三月三日寄诸弟兼怀崔都水

暮节看已谢,兹晨愈可惜。风淡意伤春,池寒花敛夕①。对酒始依依,怀人还的的。②谁当曲水行③,相思寻旧迹。

此诗作于建中四年(783)三月,时在滁州。三月三日,上巳节。上巳,指农历三月的第一个巳日。作为节日,在汉代以前定为三月上旬的巳日,后来固定在三月初三日。《晋书·礼志》:"汉仪,季春上巳,官及百姓皆禊于东流水上,洗濯祓除,去宿垢。而自魏以后,但用三日,不以上巳也。"作者上年曾与亲友游曲江,故末句谓"相思寻旧迹"。诗写对亲友的深切、浓郁之情。

【注释】

①夕:一作"色"。

②"对酒"二句:依依,依稀,隐约。陶渊明《归园田居》五首其一:"暧暧远人村,依依墟里烟。"的的,分明貌。《乐府诗集》卷四六《读曲歌》:"闺阁断信使,的的两相忆。"

③曲水:古称三月上巳禊饮水滨之地。此指曲江池,故址在今陕西西安东南隅。秦为宜春苑,汉为乐游原,有河水水流曲折,故称。隋文帝以曲名不正,更名芙蓉园。唐复名曲江。

【汇评】

明袁宏道评:风调大似齐梁,而齐梁无此雅洁。(参评本)

[日]近藤元粹评订《韦苏州集》:近乎仄律。

赠李儋侍御

风光山郡少,来看广陵春①。残花犹待客,莫问意中人②。

【题解】

此诗作于建中四年(783)暮春。陶敏、王友胜《韦应物集校注》认为,时李儋来滁州访问韦应物。然若此,则"来看广陵春"句颇为费解。或者,应该是韦应物往广陵访友人李儋。诗中"残花犹待客"句,也就可以顺理成章地理解成,广陵暮春之花都好似主人李儋一样有情有意,知悉二人心意相知。

【注释】

①广陵:郡名,即扬州。滁州属淮南道,节度使治所在扬州。李白《送孟浩然之广陵》:"故人西辞黄鹤楼,烟花三月下扬州。"

②意中人:心意相知的友人。陶渊明《示周祖谢三郎》:"药石有时闲,念我意中人。"

寄杨协律

吏散门阁掩,鸟鸣山郡中。远念长江别,俯觉座隅空^①。舟泊南池雨,簟卷北楼风。并罢芳樽燕,为怆昨时同。

【题解】

此诗作于建中四年(783)夏,时在滁州。杨协律,即杨凌。柳宗元尝为之作《杨评事文集后序》。协律,官名。《新唐书·百官志》:"协律郎二人,正八品上,掌和律吕。"诗写与友人杨凌别离后的酸楚之情。在寻求解脱的中唐文人中,韦应物得力于独处,也即诗中首句"吏散门阁掩"所云,公事了,便是独处中的自我。与僧人交往以及游山玩水,是诗人与社会拉开距离的手段。借助独处,往往可以使心态获得某种平衡,诗作也呈现出一种冲淡之美。杨凌尝访韦应物于滁州,后复别去,故诗中云"俯觉座隅空"。杨凌所作和诗《奉酬滁州寄示》亦可为证:"淮阳为郡暇,坐惜流芳歇。散怀累榭风,清暑澄潭月。陪燕辞三楚,戒途绵百越。非当远别离,雅奏何由发。"杨作淡雅颇与韦诗相近,意尽即止,不多著一字。

【注释】

①"俯觉"句:《后汉书·孔融传》:"及退闲职,宾客日盈其门。常叹曰:'坐上客恒满,尊中酒不空,吾无忧矣。'"

郡斋赠王卿

无术谬称简①,素餐空自嗟。秋斋雨成滞,山药寒始华②。
濩落人皆笑③,幽独岁逾赊。唯君出尘意,赏爱似山家。④

【题解】

此诗作于建中四年(783)秋,时在滁州。王卿,当是被贬至滁州者,未
详何名。陶敏、王友胜《韦应物校注》谓:未知是否大历、建中间太常少卿、
王维之弟王纮。刘学锴《唐诗选注评鉴》认为,当与《登楼寄王卿》为同时赠
同人之作。诗作首叹自己为官无术,政绩平平,又叹山斋清冷,孤独寂寞。
最后说唯有朋友的赏识,还是对自己的安慰。首二句"无术谬称简,素餐空
自嗟"尤其值得注意。建中后期海内多事,韦应物在民生一派凋敝的情况
下,虽然做了巨大的努力,结果仍然没有多少改观。这使诗人渐渐无心为
政,知难而退,换来了公门多暇,但也加重了他的精神负担,使他感到有愧
于心,所以才一再这么说。

【注释】

①称简:为政简约有政声。

②山药:圆柱形地下块茎作物,食用或药用。韩愈《送文畅师北游》:
"僧还相访来,山药煮可掘。"

③濩(hù)落:同"瓠落",原谓廓落,引申为沦落失意。《庄子·逍遥
游》:"惠子谓庄子曰:'魏王贻我大瓠之种,我树之成而实五石,以盛水浆,
其坚不能自举也。剖之以为瓢,则瓠落无所容。非不呺然大也,吾为其无
用而掊之。'"王昌龄《赠宇文中丞》:"仆本濩落人,辱当州郡使。"

④"唯君"二句:出尘,超出世俗。山家,山野人家,一作"僧家"。杜甫
《从驿次草堂复至东屯茅屋》二首其二:"山家蒸栗暖,野饭射麋新。"

【汇评】

宋刘辰翁:("无术"句)其诗多此等,极似水米。(张习本)

132

明袁宏道评:至语不在多。(参评本)

[日]近藤元粹评订《韦苏州集》:清新温密。

简恒璨

室虚多凉气①,天高属秋时。空庭夜风雨,草木晓离披②。简书日云旷,文墨谁复持。③聊因遇澄静,一与道人期。④

【题解】

此诗作于建中四年(783)秋,时在滁州。恒璨,即韦应物《宿永阳寄璨律师》中之"璨律师",滁州僧人,余未详。诗作以声衬静,以静显空,借空静之境,吟唱清柔的怀人小曲。

【注释】

①"室虚"句:虚,一作"台"。气,一作"风"。

②离披:凋零散乱貌。宋玉《九辩》:"白露既下百草兮,奄离披此梧楸。"洪兴祖《补注》:"离披,分散貌。"

③"简书"二句:简书,《文苑英华》卷二二〇作"简牒"。旷,荒废。文墨,犹文翰。此指公文案牍。刘桢《杂诗》:"职事相填委,文墨纷消散。"张铣注:"文墨谓案牍,纷乱而多。"

④"聊因"二句:遇澄,澄静,平静,《文苑英华》本作"心近"。《韩诗外传》卷七:"血脉澄静,娉内以定之。"道人,有道之人。此指僧人。

【汇评】

[日]近藤元粹评订《韦苏州集》:前半冲淡绵邈。

闲居寄诸弟

秋草生庭白露时,故园诸弟益相思①。尽日高斋无一事,芭蕉叶上独题诗②。

【题解】

此诗作于建中四年(783)秋,时在滁州。诸弟,指韦端、韦系、韦涤、韦武等。佳节易思亲,闲时亦易思亲。诗写高斋无事而思念诸弟,百无聊赖时则于芭蕉叶上题诗。相思之状溢于言表。

【注释】

①益:《唐诗品汇拾遗》卷四作"忆"。

②"芭蕉"句:芭蕉,多年生草本植物。《说郛》卷六一《清异录》:"怀素居零陵庵,东郊植芭蕉,亘带数母,取叶代纸而书,号其所曰'绿天',庵曰'种纸'。"独,《唐诗品汇》本作"自"。

【汇评】

宋刘辰翁:使妇人自咏团扇偶题,岂不凄绝。识此才得为最。(张习本)

登楼寄王卿

踏阁攀林恨不同,楚云沧海思无穷①。数家砧杵秋山下,一郡荆榛寒雨中。②

【题解】

此诗作于建中四年(783)秋,时在滁州。诗作采用虚实相生的写法,前两句用虚笔直抒,后两句用实笔写景。虚笔概括对友人的无尽思念,并为全诗定下抒写离情的调子。在这两句的映照下,后面以景寓情的句子的景中之情虽然含蓄,却也因此而并不显得隐晦。实笔具体写出对友人的思念,使前两句泛写的感情得以落实并得到加强。

【注释】

①楚云沧海:滁州属淮南道,古为东楚之地,滨海,故云。《史记·货殖列传》:"自淮北、沛、陈、汝南、南郡,此西楚也。彭城以东,东海、吴、广陵,此东楚也。衡山、九江、江南、豫章、长沙,是南楚也。"

②"数家"二句:砧杵,指捣衣石和棒槌。亦指捣衣。鲍令晖《题书后寄行人》:"砧杵夜不发,高门昼常关。"荆榛,泛指丛生灌木,多用以形容荒芜情景。李白《古风》五十九首其一:"王风委蔓草,战国多荆榛。"

【汇评】

宋刘辰翁:("数家"二句)高视城邑,真复如此。开合野兴甚浓,正是绝意。复增两联,即情味不复如此。(张习本)

明高棅《唐诗正声》:明桂天祥曰:"绝处"二句,正是闻见萧瑟时寄王卿本意。刘评谓"野兴正浓",盖不识景象语。

明顾璘:登楼愁思,宛然下泪。(朱墨本)

明杨慎《升庵诗话》卷五:绝句四句皆对,杜工部"两个黄鹂"一首是也,然不相连属,即是律中四句也。唐绝万首,唯韦苏州"踏阁攀林恨不同"及刘长卿"寥寥孤莺啼杏园"两首绝妙,盖字句虽对而意则一贯也。案:"寥寥"句出自刘长卿《过郑山人所居》。

明唐汝询《唐诗解》:此诗先叙情,后布景,是绝中后对法。

清黄生《唐诗摘钞》:章法倒叙,以三、四为一、二。……山长水远,悠悠我思,亦与俱无穷耳。

清宋宗元《网师园唐诗笺》:("数家"二句)凄凉欲绝。

清宋顾乐《唐人万首绝句选评》:先叙情,后布景,而情正在景中,愈难为怀。

寄畅当

闻以子弟被召从军

寇贼起东山①，英俊方未闲。闻君新应募，籍籍动京关。②
出身文翰场，高步不可攀。③青袍未及解，白羽插腰间。④昔为
琼树枝⑤，今有风霜颜。秋郊细柳道，走马一夕还。⑥丈夫当为
国，破敌如摧山。何必事州府⑦，坐使鬓毛斑。

【题解】

此诗作于建中四年（783）秋，时在滁州。朋友被召从军，作者写诗相
寄，鼓励他"丈夫当为国，破敌如摧山"，认为这比坐为州府小吏、空度岁月
要强得多。诗作赞扬畅当投笔从戎、报效国家的壮举。在国家危难之际，
誉满京师的文士能够投笔从戎，无疑是值得称道的。诗人满怀激情的赞赏
和激励，写来酣畅淋漓。

【注释】

①"寇贼"句：寇贼，《文苑英华》卷二五五作"寇盗"。时华山以东河北
诸镇相继叛乱，争战不息。畅当父畅璀尝为河中尹，故亦以子弟从军。

②"闻君"二句：应募，响应招募。籍籍，声名盛大貌。京关，京都。江
淹《横吹赋》："故函夏以为宝饰，京关以为戎储。"

③"出身"二句：文翰场，犹文坛。《新唐书·艺文志》："畅当诗二卷。"
《唐诗纪事》卷二七："当诗平淡多佳句。"高步，超群出众。颜真卿、皇甫曾
等《七言重联句》："顷持宪简推高步，独占诗流横素波。（颜真卿）"

④"青袍"二句：青袍，青色之袍，谓官职卑微。唐制，八九品服青。建
中初，畅当为校书，官仅九品，故云。白羽，箭。李白《胡无人》："流星白羽
腰间插，剑花秋莲光出匣。"

⑤枝：《丛刊》本作"姿"。

⑥"秋郊"二句:细柳,在今陕西咸阳西,汉周亚夫屯军处。后遂以之代指纪律严明之军营。夕,《文苑英华》本校云:"一作'日'。"

⑦事州府:指为州县等地方小吏。

【汇评】

[日]近藤元粹评订《韦苏州集》:快语作结。

赠崔员外

一别十年事,相逢淮海滨。还思洛阳日,更话府中人。且对清觞满,宁知白发新①。匆匆何处去,车马冒风尘②。

【题解】

此诗约作于建中四年(783)末或兴元元年(784)初,时在滁州。员外,尚书省各曹司之副长官。崔员外,当系韦应物任河南兵曹参军时同僚,未详其何人及为尚书省何曹员外郎。诗写送别志趣相投的友人崔员外,十年重逢——韦应物大历七、八年间为河南兵曹参军,至建中四年已十一年,忆旧伤今,诗酒欢愉,别情无极。

【注释】

①白发新:《史记·鲁仲连邹阳列传》:"谚曰:'有白头如新,倾盖如故。'何则?知与不知也。"

②冒风尘:谓行旅艰辛。《玉台新咏》卷九范靖妻沈氏《晨风行》:"念君劬劳冒风尘,临路挥袂泪沾巾。"

寄李儋元锡

去年花里逢君别,今日花开已一年①。世事茫茫难自料,

137

春愁黯黯独成眠。^②身多疾病思田里,邑有流亡愧俸钱^③。闻道欲来相问讯,西楼望月几回圆。

【题解】

此诗作于兴元元年(784)春,时在滁州。李儋、元锡,二人曾分别于建中三年秋及四年春来滁州访问韦应物。在刺滁的这一年时间里,长安发生了叛乱,滁州也有百姓流亡的现象,真可谓国乱民穷,令人忧虑。诗写与朋友相别一年,又逢花开之日。身多疾病,政绩不佳,唯有朋友欲来的消息,给自己带来无限安慰,已悬盼数月。全篇以淡笔写深情,从怀友起,又以怀友之意作结,将对时事的深切感怀——即"身多疾病思田里,邑有流亡愧俸钱"二句所表露的思想矛盾和苦闷心理——融入对友人的思念中,写来情深感人。

【注释】

①已:《唐诗品汇》卷八六作"又"。

②"世事"二句:"世事"句,谓朱泚称帝长安,德宗出奔奉天事。茫茫,纷繁,纷杂。李白《古风》五十九首其十九:"俯视洛阳川,茫茫走胡兵。"黯黯,昏暗貌,一作"忽忽"。此指情绪低落。陈琳《游览》二首其一:"萧萧山谷风,黯黯天路阴。"

③"邑有"句:邑,都邑。此泛指自己管辖的滁州境内。流亡,逃亡,流落。此指因无法生活而流亡的百姓。《诗·大雅·召旻》:"瘨我饥馑,民卒流亡。"郑玄笺:"病国中以饥馑,令民尽流移。"

【汇评】

宋黄彻《䂬溪诗话》卷二:韦苏州《赠李儋》云:"身多疾病思田里,邑有流亡愧俸钱。"《郡中燕集》云:"自惭居处崇,未睹在民康。"余谓有官君子当切切作此语。彼有一意供祖,专事土木,而视民如仇者,得无愧此诗乎?

元方回:朱文公盛称此诗五、六好,以唐人仕宦多夸美州宅风土,此独谓"身多疾病"、"邑有流亡",贤矣。又卷六:清冯舒:圆熟却轻蓓。又,清查慎行:村学小儿皆能读此诗,不可因习见而废也。又,清纪昀:上四句竟是

138

闺情语,殊为疵累。五、六亦是淡语,然出香山辈手便俗浅,此于意境辨之。七律虽非苏州所长,然气韵不俗,胸次本高故也。又,清许印芳:晓岚讥前半为闺情语,虽是刻核太过,然亦可见诗人措词各有体裁,下笔时检点偶疏,便有不伦不类之病,作者不自知其非,观者亦不觉其谬,病在诗外故也。

(《瀛奎律髓汇评》卷八)

明王世贞《艺苑卮言》卷四:韦左司"身多疾病思田里,邑有流亡愧俸钱",虽格调非正而语意亦佳。于鳞乃深恶之,未敢从也。

明袁宏道:简淡之怀,百世犹为兴慨。(参评本)

明胡震亨《唐音统签》卷二五:韦左司"身多疾病思田里,邑有流亡愧俸钱",仁者之言也。刘辰翁谓其居官自愧,闵闵有恤人之心,正味此两语得之。若高常侍"拜迎官长心欲碎,鞭挞黎庶令人悲",亦似厌作官者,但语微带傲,未必真有退心如左司之一向淡耳。案:"拜迎"二句出自高适《封丘作》。

明谢榛《四溟诗话》卷二:诗有简而妙者,若……张九龄"谬忝为邦寄,多惭理人术",不如韦应物"邑有流亡愧俸钱"。案:"谬忝"二句出自张九龄《登郡城南楼》。

清金圣叹《贯华堂选批唐才子诗》甲集七言律卷五:一、二,在他人便是恨别,在先生只是感时。何以辨之?盖他人恨别,皆以花纪别,今先生感时,乃以别纪花。以花纪别者,皆云已一年,今以别纪花,故云又一年也。三、四,世事即花事也,春愁即愁花也。花有何事?如去年开,今年又开,即花事也。花何用愁?见开是去年,见开又是今年,即花愁也。盖先生除花以外,已更无事,更无愁也。世上学道人,除"无常"二字以外,亦更无事,更无愁也。五、六别无他意,只是以实奉告李,元二子,言欲来即须早来,不然我且欲去也。相其七八,情知此二予自是不怕花开人,看他分明欲来,而又愆期连月。此便是兄生说无常偈。

清毛张健《唐体肤诠》:中四句自述近况,寄怀意唯于起结作呼应。然次句击动三、四,七句暗承五、六,又未尝不关照也。

清焦袁熹《此木轩论诗汇编》:"邑有流亡"句,高在闲放在第六句,只与上下文一般随口说,不是特地说。如云我之用心如此如此也。此不作诗者说法,乃是看诗之法,闻其乐而知其德也。

清张世炜《唐七律隽》:此等诗只家常话、烂熟调耳,然少时读之,白首而不厌者,何也? 与老杜《寄曼上人》之作,可称伯仲。

清章燮《唐诗三百首注疏》:("身多"句)有退老归田之志。("邑有"句)无德及民,愧食君禄。范文正公叹为仁人之言。

高步瀛《唐宋诗举要》:吴曰:("世事"二句)情景交融。("邑有"句)蔼然仁者之言。又,方曰:本言今日思寄,却追述前此,益见情真,亦是补法。三句承"一年",放空一句,四句兜回自己。五、六接写自己怀抱,末始入今日寄意。

京师叛乱寄诸弟

弱冠遭世难,二纪犹未平。[①]羁离官远郡,虎豹满西京。[②]上怀犬马恋,下有骨肉情。[③]归去在何时,流泪忽沾缨[④]。忧来上北楼,左右但军营。函谷行人绝,淮南春草生。[⑤]鸟鸣野田间,思忆故园行[⑥]。何当四海晏,甘与齐民耕[⑦]。

【题解】

此诗作于兴元元年(784)春,时在滁州。京师叛乱,指朱泚盗据长安事。诗写身世坎坷,国家不幸,遭逢战乱,更加思亲。作者安史之乱时已经受够了乱离之苦,今日灾难再一次降临,自己却远在滁州,安危系心,可又王命在身,身不由己。更何况到处是乱军,函谷关也不通。好不容易等到形势稳定了一些,再次引发"思忆故园行"的念头。最后希望和平安定的环境早日到来,归耕故园。

【注释】

①"弱冠"二句:弱冠,古时男子二十举行冠礼,初加冠,以示成年。世难,指天宝十四年发生的安史之乱。二纪,二十四年,古人以为岁星(木星)

运行十二年绕天一周为一纪。自天宝十四年至兴元元年已三十年,此盖举成数。

②"羁离"二句:羁离,犹羁栖、羁旅,谓寄居作客。高适《东平赠狄司马》:"耿介抱三事,羁离从一官。"官,《丛刊》本作"守"。远郡,指滁州。据《旧唐书·地理志》,滁州在长安东南二千五百六十四里。虎豹,喻指残暴之人。此喻指朱泚叛军。西京,长安。王粲《七哀诗》:"西京乱无象。"

③"上怀"二句:犬马恋,喻指臣下对君主的依恋。鲍照《从临海王上荆初发新渚》:"狐涂怀窟志,犬马恋主情。"骨肉情,至亲之情。曹植《赠白马王彪》:"仓卒骨肉情,能不怀苦辛。"

④"流泪"句:缨,系冠带。

⑤"函谷"二句:函谷,关名,故关在今河南灵宝东北,新关在今河南新安东,为自河北、河东、河南、江南、淮南等道赴长安必经之地。淮南,唐时十道之一,节度使治所在扬州。滁州属淮南道。

⑥园:一作"里"。

⑦齐民:平民。《汉书·食货志》:"乱齐民。"颜师古注引如淳曰:"齐,等也。无有贵贱,谓之齐民,若今言平民矣。"

【汇评】

明袁宏道:"忧来"四语,写离乱之景,惨恻欲泪。(参评本)

明陆时雍《唐诗镜》:忧而不悴。不必垂涕悲伤,意已至矣,所谓雅者。

赠琼公

山僧一相访,吏案正盈前①。出处似殊致,喧静两皆禅。②
暮春华池宴③,清夜高斋眠。此道本无得,宁复有忘筌。④

【题解】

此诗作于兴元元年(784)春,时在滁州。琼公,滁州僧人,余未详。诗作开篇欲扬反抑，制造出强烈的不协调：山僧相访时，主人正忙于公务。看下文就此进行的解释，既然喧、静皆禅，似乎是有意修道了。末联却又反跌一笔，说既然佛道无处不在，也就无所谓有，也无所谓无，所以也就无筌可忘，更深刻地表现出诗人习禅之真、悟道之透。全篇写来一波三折，看似平淡却意味深长。

【注释】

①吏案：官府文牍。

②"出处"二句：出处，谓出仕和隐退。蔡邕《荐皇甫规表》："修身力行，忠亮阐著，出处抱义，皦然不污。"殊致，异样，不一致。袁宏《三国名臣序赞》："存亡殊致，始终不同。"皆，一作"依"。禅，梵语禅那的省称，意译为静思之意。

③华池：景色佳丽的池沼。何逊《九日侍宴》："禁外终宴晚，华池物色曛。"

④"此道"二句：无得，陶敏、王友胜《韦应物集校注》疑当作"无碍"，即无阂，自在通达而无滞碍。筌，捕鱼的竹器。渔者得鱼后忘却捕鱼工具，比喻事成达到目的后忘记原来的凭借。《庄子·外物》："筌者所以在鱼，得鱼而忘筌。言者所以在意，得意而忘言。"

寄诸弟

建中四年十月三日，京师兵乱，自滁州间道遣使。明年兴元甲子岁五月九日使还作

岁暮兵戈乱京国，帛书间道访存亡①。还信忽从天上落，唯知彼此泪千行。

【题解】

此诗作于兴元元年（784）春，时在滁州。诗写对乱离中生死未卜的诸

弟的牵挂,以及忽然得到消息时的激动心情。"还信忽从天上落"句用夸张的字眼,极写当时无比惊喜的心理感受。"唯知彼此泪千行"句一笔两到,从双方落墨,十分自然地写出亲人隔绝时的真实情感,千言万语由此托出,极沉痛而又含蓄之至。

【注释】

①"帛书"句:帛书,书写在缯帛上的书信,取其轻便坚牢,便于携带。间道,偏僻小道。

寄恒璨

　　心绝去来缘,迹顺人间事。①独寻秋草径,夜宿寒山寺。今日郡斋闲,思问楞伽字②。

【题解】

　　此诗作于兴元元年(784)秋,时在滁州。作者性格冲淡,常常悠游于山水之间,抒写其清修静思的禅心。诗写恒璨的人生态度与行止,自己身处闲斋,欲向对方请教佛经奥义。这也是一首思佛向禅的说理诗。前二句说明诗人笔下的清修生活,并不是摈弃人间烟火的苦行僧生活,刻意追求一种境幽人寂的外在环境,而是随缘度日,适性明心。末二句谓思善求经,实际上也是表达求悟真如的信心,心与佛理相通,不求而悟。

【注释】

①"心绝"二句:去来缘,谓过去未来之因缘。《魏书·释老志》:"凡其经旨,人抵三口生生之类,跨囚行盘而起。有过去、当今、未来,历三世,识神常不灭。"迹,一作"踵"。顺,《丛刊》本作"断"。

②楞伽字:谓佛经文字。佛经有《楞伽阿跋多罗宝经》,简称《楞伽经》,相传为佛在师子国楞伽山所说,故名。

【汇评】

　　[日]近藤元粹评订《韦苏州集》:闲婉。

143

简郡中诸生

守郡卧秋阁，四面尽荒山。此时听夜雨，孤灯照窗间。药园日芜漫，书帷长自闲。①惟当上客至，论诗一解颜②。

【题解】

此诗作于兴元元年(784)秋，时在滁州。诸生，即诸甥。时韦应物甥卢陟、卢巡、卢建、沈全真等在滁州。诗写邀约郡中诸生谈诗论文，以消寂寞。原因之一，在于面对滁州山水，作者看到的似乎只有凄清、荒凉与静寂，他始终没法把自己融入这一方水土。

【注释】

①"药园"二句：芜漫，荒凉，谓草木凋零。

②"论诗"句：论诗，原作"诸诗"，此据元修本、递修本、活字本、《丛刊》本、《全唐诗》本校改。解颜，笑。

寄全椒山中道士

今朝郡斋冷，忽念山中客。涧底束荆薪，归来煮白石。①欲持一瓢酒，远慰风雨夕。②落叶满空山③，何处寻行迹。

【题解】

此诗作于兴元元年(784)秋，时在滁州。全椒，滁州属县名，今属安徽。诗写风雨之夜由自己在郡斋的寒冷之感联想到全椒山中道士此时此刻的情形，通过形象鲜明的山中生活图画，表达出对山中道士的忆念之情，也隐隐流露出对隐居生活闲适情趣的向往。

【注释】

①"涧底"二句：束，一作"采"。煮白石，相传道家服食有"煮五石英法"等。《真诰》卷五："断谷入山，当煮食白石。昔白石子者，以石为粮，故世号曰白石生。"

②"欲持"二句：陶渊明《饮酒》二十首其一："忽与一觞酒，日夕欢相持。"瓢，《唐诗品汇》卷一四作"樽"。慰，《文苑英华》卷二二八作"寄"。

③满：《文苑英华》本、《唐文粹》卷一七作"遍"。

【汇评】

宋许顗《许彦周诗话》："落叶满空山，何处寻行迹。"东坡用其韵曰："寄语庵中人，飞空本无迹。"此非才不逮，盖绝唱不当和也。

宋洪迈《容斋随笔》卷一四：韦应物在滁州，以酒寄全椒山中道士，作诗云云。其为高妙超诣，固不容夸说，而结尾两句，非复语句思索可到。

宋刘辰翁：其诗自多此景意，及得意如此亦少。妙语佳言，非人意想所及。（《韦孟全集》）

明王世贞《艺苑卮言》卷四：韦左司"今朝郡斋冷"，是唐选佳境。

明桂天祥：全首无一字不佳，语似冲泊，而意兴独至，此所谓"良工心独苦"也。（朱墨本）案："良工"句出自杜甫《题李尊师松树障子歌》，原作"更觉良工心独苦"。

明钟惺：此等诗妙处在工拙之外。（朱墨本）

明唐汝询《唐诗解》卷一〇：此言道士炼药山中，我欲载酒以访之，唯恐莫能寻其行迹。盖状其所居之幽僻也。

明袁宏道：妙人妙语，非人意想所及。（张习本）

明周敬《唐诗选脉会通评林》：通篇点染，情趣恬古。一结出自天然，若有神助。

明邢昉《唐风定》：语语神境。作者不知其所以然，后人欲和之，知其拙矣。

清吴乔《围炉诗话》卷三：语贵和缓优柔，而忌率直迫切……韦苏州《寄全椒道士》及《暮相思》亦止八句六句，而词殊不迫切，力量有余也。

清张谦宜《𥳑斋诗谈》卷五：无烟火气，亦无云雾光，一片空明，中涵

145

万象。

清沈德潜《唐诗别裁》卷三：化工笔，与渊明"采菊东篱下，悠然见南山"，妙处不关语言意思。

清王尧衢《唐诗合解笺注》：韦公是学道人，胸中全无执滞，全椒山中道士，当亦非等闲泪质，故当寒斋无事，忽然而念及山中，亦属不经意事。束薪煮石，此是仙家行径。《神仙传》载：白石先生煮石为粮。道士不食烟火，我欲持酒以访之，以慰风雨相思之夕，而空山杳然，落叶满径，道士之踪迹何在？是又寻不成矣！忽然而念，忽然而已，只写得胸中有一道士，所以寄也。

清宋宗元《网师园唐诗笺》：妙夺化工。

清张文荪《唐贤清雅集》：东坡所谓"发纤秾于简古，寄至味于淡泊"，正指此种。案："发纤秾"二句出自苏轼《书黄子思诗集后》。

清章燮《唐诗三百首注疏》：一解，以寂静中忆道士起；二解，结出欲访之意，又恐不遇，是以寄也。

清方南堂《辍锻录》：所谓"语不惊人死不休"者，非奇险怪诞之谓也。或至理名言，或真情实景，应手称心，得未曾有，便可震惊一世……韦应物之"欲持一瓢酒，远慰风雨夕。落叶满空山，何处寻行迹"，高简妙远，大音希声。所谓舍利子是诸法空相，非惊人语乎？若李长吉，必藉瑰辞险语以惊人。此魔道伎俩，正仙佛所不取也。案："语不惊人"句出自杜甫《江上值水如海势聊短述》。

清施补华《岘佣说诗》：《寄全椒山中道士》一作，东坡刻意学之而终不似。盖东坡用力，韦公不用力；东坡尚意，韦公不尚意，微妙之谓也。

清王闿运《手批唐诗选》：超妙极矣，不必有深意。然不能数见，以其通首空灵，不可多得也。

高步瀛《唐宋诗举要》卷一：一片神行。

寄释子良史酒

秋山僧冷病,聊寄三五杯^①。应泻山瓢里,还寄此瓢来。

【题解】

此诗作于兴元元年(784),时在滁州。释子,释迦弟子,即僧人。良史,滁州僧,余未详。诗写僧友病疾,为表友情,聊寄杯酒,对方以礼寄瓢而来。

【注释】

①三五:《万首唐人绝句》卷七作"五三"。

重寄

复寄满瓢去,定见空瓢来。若不打瓢破,终当费酒材^①。

【题解】

此诗作于兴元元年(784)秋,时在滁州。诗写作者又将瓢酒寄去,且预想此瓢定会空来。因顿生奇念(也是开玩笑),若不将瓢打破,酿酒的原料便要告缺了。也就是说,往复寄酒的烦琐就无法中止。

【注释】

①酒材:米、曲蘖等酿酒的原料。

答释子良史送酒瓢

此瓢今已到,山瓢知已空^①。且饮寒塘水,遥将回也同^②。

此诗作于兴元元年(784)秋,时在滁州。诗作复写酒瓢又到,且知已空,终于视酒瓢若无瓢,寒塘自饮,自由自在。后两句,其实也可以这样来理解:又没酒喝了吧!那么,这寒塘中的水也可饮用。你还是以那位孔子的弟子为榜样吧!

总的来看,诙谐并不是韦应物诗歌的本色。如果把以上三首合并起来理解,作者与僧友往复寄酒的过程,也可以看成是一个体悟一切虚空的参禅悟道的过程。第一首,点出寄酒一事,写其"有",暗隐心中有无数俗尘杂事,无限妄念。第二首,写作者初悟"空无"。"定见空瓢来"一句初露端倪,而"若不打瓢破,终当费酒材"两句则点出悟空的捷径。这里"瓢酒"已经不是实际意义上的现有之物,而是一种从有归空的界限。"酒材"则喻指尘世的烦恼。只有丢开有无的意念,冲破实有与虚空的界限,才能排除一切俗尘的杂念,归入空门,超然解脱。而第三首,则写作者体悟空无之后的解脱境界。一切皆空,自饮寒塘,不正是佛性的显发自我本身的复归吗?(参高文、曾广开主编《禅诗鉴赏辞典》)

【注释】

①山瓢:山野中人所用的瓢。泛指粗陋的盛器或饮器。

②"遥将"句:一作"遥知回也风"。回,颜回,孔子弟子。《论语·雍也》:"子曰:'贤哉回也。一箪食,一瓢饮,在陋巷,人不堪其忧,回也不改其乐。贤哉回也!'"

简陟巡建三甥

卢氏生

忽羡后生连榻话①,独依寒烛一斋空。时流欢笑事从别,把酒吟诗待尔同。②

此诗作于兴元元年(784)秋,时在滁州。陟巡建,即卢陟、卢巡、卢建,韦应物外甥。《新唐书·宰相世系》有常州刺史卢建,未知是否与此有关。诗写独坐空斋,又不欲随俗,所以简招三外甥来把酒吟诗,连榻夜话。

【注释】

①"忽羡"句:后生,后辈。连榻,并坐。

②"时流"二句:时流,犹时人。从,任凭。把酒,手执酒杯。谓饮酒。孟浩然《过故人庄》:"开轩面场圃,把酒话桑麻。"

览褒子卧病一绝聊以题示
沈氏生全真

念子抱沉疾,霜露变滁城。独此高窗下,自然无世情①。

【题解】

此诗作于兴元元年(784)秋,时在滁州。褒子,为韦应物外甥沈全真小名。诗写读外甥病中所作诗篇,不能无所系念。

【注释】

①世情:世俗之情。陶渊明《辛丑岁七月赴假还江陵》:"诗书敦宿好,林园无世情。"

寄璨师

林院生夜色,西廊上纱灯①。时忆长松下,独坐一山僧。

此诗作于兴元元年(784)秋,时在滁州。璨师,滁州僧恒璨。诗写对清幽之境中清幽之人的怀想之情。

【注释】

①纱灯:用纱罩笼住的灯,亦称纱笼。刘禹锡《和牛相公雨后》:"晓看纨扇恩情薄,夜觉纱灯刻数长。"

【汇评】

宋刘辰翁:极意自然,又有如此不足画者,存此为证。(张习本)

[日]近藤元粹评订《韦苏州集》:清气袭人。

寄卢陟

柳叶遍寒塘,晓霜凝高阁。累日此留连①,别来成寂寞。

【题解】

此诗作于兴元元年(784)秋,时在滁州。卢陟,韦应物甥。诗写多日流连,别后而生寂寞之情,只为留恋那柳叶晓霜,高阁寒塘。

【注释】

①累日:连日;多日。

【汇评】

宋刘辰翁:题寄卢陟,如是此种风气,亦复可诵。(朱墨本)

途中寄杨邈裴绪示褒子

永阳县馆中作

上宰领淮右,下国属星驰。①雾野腾晓骑,霜竿裂冻旗。萧萧陟连冈,莽莽望空陂。②风截雁嘹唳,云惨树参差。③高斋明月夜,中庭松桂姿④。当瞑一酌恨⑤,况此两旬期。

【题解】

此诗作于兴元元年(784)冬,时在滁州永阳。杨邈,未详。《新唐书·宰相世系》中杨氏越公房有杨邈,杨成规子,杨凌从兄弟,或即其人。裴绪,未详。《新唐书·艺文志》有裴绪,撰《裴子新令》二卷,未审是否一人。褒子,韦应物甥沈全真。永阳,滁州属县。褒子,韦应物甥沈全真。时淮西李希烈叛乱,淮南成了战争前线,局势十分紧张,故途中冬景的描摹充满着动荡不安的气氛。

【注释】

①"上宰"二句:上宰,即上相,对宰相的敬称。枣据《杂诗》:"吴寇未殄灭,乱象侵边疆,天子命上宰,作藩于汉阳。"淮右,淮水以西之地。至德元年,始置淮南西道节度使,治蔡州。下国,诸侯国,此指州郡。滁州属淮南道,节度使治所在扬州,颇疑"淮右"当为淮左,指淮南道。

②"萧萧"二句:萧萧,马鸣声。《诗·小雅·车攻》:"萧萧马鸣,悠悠旆旌。"陟,登上。莽莽,无际涯貌。杜甫《秦州杂诗》二十首其七:"莽莽万重山,孤城山谷间。"空陂,旷野。陂,山坡。

③"风截"二句:截,切断。嘹唳,形容声音响亮凄清。谢朓《从戎曲》:"嘹唳清笳转,萧条边马烦。"云参,《四库全书》本韦集作"云惨",疑是,暗淡貌。

④中庭:庭院,庭院之中。鲍照《梅花落》:"中庭杂树多,偏为梅咨嗟。"

151

⑤一酌：饮一杯酒，形容时间短暂。

宿永阳寄璨律师

遥知郡斋夜，冻雪封松竹。时有山僧来，悬灯独自宿。

【题解】

此诗作于兴元元年(784)冬，时在滁州永阳。永阳，滁州属县。律师，佛教称通晓并善于解说戒律的僧人。璨律师，恒璨。诗作从对面着笔，描写郡斋冷寂与璨律师的孤独。虽无一句描写自己周遭的情景，但内心的感受已由悬想的虚象——以"遥知"直贯篇末，并点明郡斋之夜，大雪纷飞，山僧时来，悬灯独宿的景象是虚拟的——中轻轻透出。

【汇评】

宋黄彻《䂬溪诗话》：苏州《寄璨师》云：……尝谓暑月读之，亦有霜气。

宋刘辰翁：苏州用意常在此等，故精炼特胜，触处自然。（张习本）

明顾璘：清语古调。后二句作，应起前意。（朱墨本）

俞陛云《诗境浅说续编》：怀友之作，遣词命意，须因人而施。韦苏州尚有《秋夜寄丘员外》诗，……与此作皆意境清绝。一则在客中却寄方外璨师，一则寄山居友人，故皆写寒夜萧寥之景。

雪行寄裦子

淅沥覆寒骑①，飘飖暗川容。行子郡城晓，披云看杉松。②

【题解】

此诗作于兴元元年(784)冬，时在滁州。裦子，韦应物甥沈全真。诗写自晚至晓雪行惨淡之状,末句"披云看杉松"显出亮色。

【注释】

①淅沥:风雪声。谢惠连《雪赋》:"霰淅沥而先集,雪纷糅而遂多。"

②"行子"二句:行子,出行的人。鲍照《代东门行》:"野风吹草木,行子心肠断。"披云,拨开云层。嵇康《琴赋》:"天吴踊跃于重渊,王乔披云而下坠。"

【汇评】

宋刘辰翁:乍看上去,久觉惨淡善画,故知作者苦心。(张习本)

寄裴处士

春风驻游骑,晚景淡山晖。一问清泠子①,独掩荒园扉。草木雨来长,里闾人到稀。方从广陵宴,花落未言归。

【题解】

此诗作于贞元元年(785)暮春,时在滁州。处士,家居不仕者。裴处士,未详。时盖在扬州。诗写暮春访友人裴处士不遇,略显失落之感。

【注释】

①清泠子:高士,指裴处士。

【汇评】

明袁宏道:("草木"句)中唐本色。(参评本)

[日]近藤元粹评订《韦苏州集》:浑雅。

偶入西斋院示释子恒璨

僧斋地虽密,忘子迹要赊。①一来非问讯②,自是看山花。

153

此诗作于贞元元年(785)春,时在滁州。诗写偶入西斋院会友人恒璨,本是甚为有情之举,却偏要作无情语,正所谓道是无情却有情。

【注释】

①"僧斋"二句:密,近密,距离近。迹,形迹,活动。赊,远,疏远。

②"一来"句:一来,来一趟。白居易《赠昙禅师》:"五年不入慈恩寺,今日寻师始一来。"问讯,问候,僧尼的合掌致敬。释道原《景德传灯录》卷一:"尊者将至石窟,复有一老人素服而出,合掌问讯。"

【汇评】

宋刘辰翁:每以有情作无情语,自是得意。(张习本)

示全真元常

元常,赵氏生

余辞郡符去,尔为外事牵。^①宁知风雪夜^②,复此对床眠。始话南池饮,更咏西楼篇。^③无将一会易,岁月坐推迁。^④

【题解】

此诗作于贞元元年(785),时在滁州罢郡闲居。全真,沈全真,韦应物甥。元常,韦应物甥赵元常。疑元常即赵优字。优登进士第,佐盐铁府,官至监察御史里行。诗写辞官而去,念念不忘两个外甥。不知何时舅甥才能再相聚在一起,对床夜话,吟诗论文。末二句"无将一会易,岁月坐推迁",谓因为岁月流逝,所以珍惜每一次与亲人会面的机会,深切之情溢于言表。

【注释】

①"余辞"二句:辞,《文苑英华》卷二五五作"解"。辞郡符,谓罢刺史

任。外事,世事,指个人及家庭以外的事。牵,牵累,纠缠。

②宁知:岂料,岂知。李延年《北方有佳人》:"宁不知倾城与倾国,佳人难再得。"

③"始话"二句:回忆一年前在滁州会面饮酒论诗的情景。滁州有南池、西楼。

④"无将"二句:无将,不要以为。推迁,推移。骆宾王《萤火赋》:"委性命兮幽玄,任物理兮推迁。"

【汇评】

宋黄彻《䂬溪诗话》:苏州《赠赵氏》:"宁知风雨夜,复此对床眠。"《简卢氏生》云:"忽羡后生连榻话,独依寒烛一斋空。"又《赠令狐士曹》云:"秋霖滴滴对床寝,山路迢迢聊骑行。"坡有"夜雨何时听萧瑟""对床欲作连夜语""误喜对床寻旧约""对床老兄弟,夜雨鸣竹屋"。案:"夜雨"句、"对床"句、"对床"二句分别出自苏轼《辛丑十一月十九日既与子由别于郑州西门之外马上赋诗一篇寄之》《将至筠先寄迟适远三犹子》《过建昌李野夫公择故居》,"误喜"句实出自苏辙《逍遥堂会宿二首》其一。

明袁宏道:"风雪""对床",此二句坡公三、四见之于诗,其爱恋可知。(参评本)

[日]近藤元粹评订《韦苏州集》:情韵不尽。

寄刘尊师

世间荏苒萦此身,长望碧山到无因。①白鹤徘徊看不去,遥知下有清都人。②

【题解】

此诗作于贞元元年(785),时在江州刺史任上。刘尊师,刘玄和,庐山道士。尊师,对道士的敬称。诗作以王子乔比刘尊师,以清都人桓良自比,谓正是因为有了像刘尊师这样的友人,俗务缠身的自己因而还能够葆有一线因缘。

【注释】

①"世间"二句:荏苒,蹉跎,拖延时间。此指纷至沓来的世俗事务。无因,无所凭借,没有机缘。谢惠连《雪赋》:"怨年岁之易暮,伤后会之无因。"

②"白鹤"二句:白鹤,仙人有骑鹤或化鹤事,刘玄和居于庐山之白鹤观,此语意双关。清都人,名列仙班之人。清都,相传为天帝所居。

寄庐山棕衣居士

　　兀兀山行无处归,山中猛虎识棕衣。^①俗客欲寻应不遇,云溪道士见犹稀。^②

【题解】

此诗作于贞元元年(785),时在江州。庐山,在今江西九江。居士,在家修道者。慧远《维摩义记》:"在家修道,居家道士,名为居士。"棕衣居士,未详,当是因为常着棕榈衣而得名。诗以慧远比棕衣居士,写其一意修行,不仅俗客难遇,即便高人亦少见。

【注释】

①"兀兀"二句:兀兀,昏沉貌。此谓行走漫无目的。猛虎,庐山有虎溪。《舆地纪胜》卷三〇:"虎溪,在德化东林寺。晋慧远法师送客过此,虎辄号鸣,故名曰虎溪。"

②"俗客"二句:俗客,指尘世间人。张籍《招周居士》:"闭门秋雨湿墙莎,俗客来稀野思多。"犹,亦。杜甫《古柏行》:"君臣已与时际会,树木犹为人爱惜。"

因省风俗与从侄成绪游山水中道先归寄示

累宵同燕酌,十舍携征骑①。始造双林寂,遐搜洞府秘。②群峰绕盘郁,悬泉仰特异。③阴壑云松埋,阳崖烟花媚。④每虑观省牵,中乖游践志。⑤我尚山水行,子归栖息地⑥。一操临流袂,上耸干云蹬。⑦独往倦危途,怀冲寡幽致。⑧赖尔还都期,方将登楼迟⑨。

【题解】

此诗作于贞元二年(786)春,时在江州刺史任上游庐山。省风俗,体察民间习俗,此谓行春。《后汉书·郑弘传》:"太守第五伦行春。"李贤注:"太守常以春行所主县,劝人农桑,振救乏绝。"韦成绪时居庐山西林寺,余未详。出去观览风俗,是地方官的职责,同时顺便游赏山水,称为"独往"。诗写与从侄成绪同游庐山,因为疲倦而在"独往"途中就归来了。

【注释】

①"十舍"句:十舍,谓多次休息,行程甚缓。《淮南子·齐俗训》:"骐骥千里,一日而通;驽马十舍,旬亦至之。"骑,原作"魅",此据元修本、递修本、活字本、《丛刊》本、《全唐诗》本校改。

②"始造"二句:双林,指佛寺。庐山有东林、西林二寺,亦合称"二林"。遐搜,犹穷究。

③"群峰"二句:盘郁,曲折幽深。《太平寰宇记》卷一一一:"庐山,在(德化)县南,高二千三百六十丈,周回二百五十里。其山九叠,川亦九派。《郡国志》云:庐山叠嶂九层,崇岩万仞。"悬泉,谓瀑布。《水经注·庐江水》:"山东有石镜,……又有二泉,常悬注,若白云带山。《庐山记》曰:'白水在黄龙南,即瀑布也。水出山腹,飞漱林表,望若悬素。'"特,《丛刊》本作"时"。

④"阴壑"二句:阴壑,阳光照不到的幽深山谷。宋之问《太平公主池山赋》:"阳崖夺景,阴壑生风。"埋,覆盖。烟花,雾霭中的花朵。

⑤"每虑"二句:观省,察看。此指察看农民备耕等政务。牵,拘牵,纠缠。游践,游历。虞世南《奉和至寿春应令》:"眷言昔游践,迴驾且淹留。"

⑥栖息地:此谓庐山西林寺,韦成绪寄居于此。

⑦"一操"二句:操,握持。袂,衣袖。操临流袂,谓在水滨握持衣袖以话别。陶渊明《辛丑岁七月赴假还江陵夜行涂口》:"叩枻新秋月,临流别友生。"钱起《送李四擢第归觐省》:"离筵不尽醉,操袂一何早。""上耸"句,谓踏上登山之路。干云,上干云霄,谓庐山。辔,马缰,代指坐骑。

⑧"独往"二句:独往,引申为任职期间出门游览山水。冲,一作"州",递修本作"忡"。

⑨迟:等待。

寒食寄京师诸弟

雨中禁火空斋冷,江上流莺独坐听。把酒看花想诸弟,杜陵寒食草青青。

【题解】

此诗作于贞元二年(786)春,时在江州。诗写思乡念亲,针线极其绵密。首句从近处着笔,实写客中寒食的景色。末句从远方落想,遥念故园寒食的景色。这一起一收,首尾呼应,紧扣诗题。中间两句,一暗示独在异乡,一明写想念诸弟,上下绾合,承接自然。两句中的"独"字、"想"字,对全篇有穿针引线的妙用,说明杜陵青草之思是由人及物,由想诸弟而联想及之。整篇看来,这首诗是句句相承、暗中钩联、一气流转、浑然成章的。(参陈邦炎《说诗百篇》)

【汇评】

宋刘辰翁:字字是情是景,不待安排,故以为工。(张习本)

明谢榛《四溟诗话》卷四:孔文谷曰:绝句如……韦应物"雨中禁火空斋冷……"皆风人之绝响也。

清王尧衢《唐诗合解笺注》:韦本杜陵人,想故乡芳草,寒食倍青,而恨己之不得游其地也。

岁日寄京师诸季端武等

献岁抱深恻,侨居念归缘。①常患亲爱离,始觉世务牵。少事河阳府,晚守淮南壖。②平生几会散,已及蹉跎年③。昨日罢符竹④,家贫遂留连。部曲多已去⑤,车马不复全。闲将酒为偶,默以道自诠⑥。听松南岩寺,见月西涧泉⑦。为政无异术,当责岂望迁。终理来时装,归凿杜陵田⑧。

【题解】

此诗作于贞元元年(785)元日,时在滁州。岁日,正月元日。端武,韦应物从弟韦端、韦武。诗写退居西涧后的生活、志向和情怀。自"昨日罢符竹"句以下,说明未能及时归京,滞留滁州的原因,以及以淡定的心态和自然的举止对待免职后的生活起居,最后点明自己的归宿。

【注释】

①"献岁"二句:献岁,一年开始。《楚辞·招魂》:"献岁发春兮,汩吾南征。"王逸注:"献,进;征,行也。言岁始来进,春气奋扬,万物皆感气而生。"侨,寄居他乡。

②"少事"二句:河阳,河南府属县,今河南孟州市。疑韦应物曾以廷评(大理评事)佐河阳府幕。其为洛阳丞在广德、永泰中,诗云"少事河阳府",其事恐当在乾元、上元中。淮南壖,指滁州,属淮南道。壖,水边。淮南滨海,故云。

③蹉跎:光阴虚度,此谓渐入老境。阮籍《咏怀》八十二首其五:"白日

忽蹉跎,驱马复来归。"

④罢符竹:谓罢刺史任。

⑤部曲:古代军队的编制单位。《汉书·李广传》:"及出击胡,而广行无部曲行阵。"颜师古注引《续汉书百官志》云:"将军领军皆有部曲,大将军营五部,部有校尉一人;部下有曲,曲有军候一人。"此但指部下属吏。

⑥诠:解释,说明。自诠,此谓自我宽解。释玄应《一切经音义》十引《淮南子注》:"诠言者,谓譬类人事相解喻也。"

⑦西涧:《大明一统志》卷一八:"西涧,在(滁州)城西,俗名乌土河。"韦应物有《滁州西涧》诗。

⑧归凿:犹归耕。

【汇评】

明袁宏道:陶、韦情语,真不堪终诵。(参评本)

明高棅《唐诗正声》:明桂天祥曰:寄兴闲远,绝句尤有风。

清黄叔灿《唐诗笺注》:此诗情味不减"遍插茱萸少一人"也。王诗粘,韦诗脱,各极其致。案:"遍插"句出自王维《九月九日忆山东兄弟》。

简卢陟

可怜白雪曲,未遇知音人。①栖惶戎旅下②,蹉跎淮海滨。涧树含朝雨,山鸟哢余春③。我有一瓢酒,可以慰风尘。

【题解】

此诗作于贞元元年(785)暮春,时在滁州。卢陟,韦应物外甥,时在淮南军旅中效命。诗作先写卢陟曲高和寡,未遇知音,再写林下美景,并示召饮之意。舅甥二人同病相怜,遂以诗酒、春色相慰藉。

【注释】

①"可怜"二句:白雪,《阳春白雪》,谓高雅的曲调。此指高雅的诗词。

160

知音,谓知己。

②"恓(xī)惶"句:恓惶,《文苑英华》卷二五五作"栖遑",烦恼不安貌。高适《同群公题郑少府田家》:"郑侯应恓惶,五十头尽白。"戎旅,军旅,兵事。时淮南用兵。元稹《观兵部马射赋》:"我有笔阵与词锋,可以偃干戈而息戎旅。"

③哢(lòng):鸟鸣声。陶渊明《癸卯岁始春怀古田舍》二首其一:"鸟哢欢新节,泠风送余善。"

西涧即事示卢陟

寝扉临碧涧,晨起淡忘情。空林细雨至,圆文遍水生。永日无余事①,山中伐木声。知子尘喧久,暂可散烦缨②。

【题解】

此诗作于贞元元年(785)春夏间,时在滁州闲居。西涧,在滁州。诗写西涧幽静景色,请外甥为避尘世烦恼来此一游,与上一首主题类似。不过,从末句中"暂可"二字也可以看出,美景也难消心头烦忧。

【注释】

①永日:长日,漫长的白天。《诗·唐风·山有枢》:"且以喜乐,且以永日。"孔颖达疏:"言永日者,人而无事,则长日难度。若饮食作乐,则忘忧愁,可以永长此日。"

②散烦缨:谓摆脱世事的烦扰。缨,系冠带。散缨,解开冠带,不受拘束之意。

【汇评】

明袁宏道:幽寂之境可掬。(参评本)

[日]近藤元粹评订《韦苏州集》:叙写入微,"遍水"字甚新。

登郡楼寄京师诸季淮南子弟

始罢永阳守,复卧浔阳楼。①悬槛飘寒雨,危堞侵江流。②
迨兹闻雁夜③,重忆别离秋。徒有盈樽酒,镇此百端忧。④

【题解】

此诗作于贞元元年(785)秋,时在江州。诗题中"楼"字原阙,此据元修本、递修本、活字本、《丛刊》本、《文苑英华》卷三一二、《全唐诗》本校补。诸季,谓韦端、韦武等。淮南,道名,节度使治所在扬州。淮南子弟,谓外甥卢陟等。诗写夜登江州郡楼,闻雁而忆往思亲情状。

【注释】

①"始罢"二句:始,《文苑英华》本作"初"。永阳,郡名,即滁州。浔阳,郡名,即江州。韦应物贞元元年在滁州闲居,其年秋起为江州刺史。浔阳楼,在江州浔阳江畔。

②"悬槛"二句:悬槛,郡楼上高耸的栏杆。寒,《文苑英华》本作"岑"。危堞,高城。堞,城上呈齿形的矮墙。侵,递修本作"浸"。

③迨:《文苑英华》本作"逮",校云"《集》作'及'"。

④"徒有"二句:樽酒,《文苑英华》本作"亏隔"。"镇此"句,《文苑英华》本作"百端镇此忧"。镇,压抑。百端忧,各种各样的忧愁。

寄黄尊师

结茅种杏在云端,扫雪焚香宿石坛。①灵祇不许世人到,
忽作雷风登岭难。②

此诗作于贞元初,时在江州。尊师,对道士的敬称。黄尊师,黄洞元,茅山道第十五代宗师。据符载《黄仙师瞿童记》,知黄洞元贞元初在庐山。诗写登岭往访黄尊师而不得。

【注释】

①"结茅"二句:结茅,结庐。种杏,据《神仙传》,三国人董奉,居庐山,咒水治病,不取钱物,使人重病愈者栽杏五株,轻者一株。如此数年,计得七万余株,郁然成林。石坛,石头筑的高台。古代多用于祭祀。《汉书·郊祀志》:"紫坛伪饰女乐、鸾路、骍驹、龙马、石坛之属,宜皆勿修。"庾信《周陇右总管长史豆卢公神道碑铭》:"石坛承祀,丰碑颂灵。"

②"灵祇(qí)"二句:灵祇,天地之神。亦泛指神明。张衡《南都赋》:"圣皇之所逍遥,灵祇之所保绥。"李善注:"灵祇,天地之神也。"雷风,雷和风。韩愈《贞女峡》:"江盘峡束春湍豪,雷风战斗鱼龙逃。"

寄黄刘二尊师

庐山两道士,各在一峰居。①矫掌白云表,晞发阳和初。②清夜降真侣,焚香满空虚。③中有无为乐④,自然与世疏。道尊不可屈,符守岂暇余。⑤高斋遥致敬,愿示一编书。⑥

【题解】

此诗作于贞元初,时在江州。黄、刘二尊师,黄洞元、刘玄和。诗作反映出诗人精神生活的一个侧面。先言黄、刘二人各居庐山一峰,潜心修炼、与世隔绝的清静生活,再由对二人的钦羡之情,顺势表达出对道教的崇敬和向往。

【注释】

①"庐山"二句:黄洞元居庐山香炉峰,刘玄和居庐山五老峰,故云。

②"矫掌"二句：矫掌，举手。江淹《杂体》三十首其十七《郭弘农璞游仙》："眇然万里游，矫掌望烟客。"晞发，披发使干。屈原《九歌·少司命》："与女沐兮咸池，晞女发兮阳之阿。"阳和，春日和暖之气。《史记·秦始皇本纪》："时在中春，阳和方至。"

③"清夜"二句：真侣，仙人。虚，一作"庐"。

④无为乐：道家以为顺应自然，无为而无不为，是为天下之至乐。

⑤"道尊"二句：道尊，对道士的敬称。符守，指自己的刺史身份。暇余，空闲时间。

⑥"高斋"二句：高斋，敬称他人的房舍。孟浩然《宴张别驾新斋》："高斋征学问，虚薄滥先登。"一编书，此指道书秘籍。《史记·留侯世家》：张良遇圯上父老，父老出一编书，曰："读此则为王者师矣。后十年兴。十三年孺子见我济北，谷城山下黄石即我矣。"

【汇评】

明袁宏道：起得韵。（参评本）

秋夜寄丘二十二员外

怀君属秋夜，散步咏凉天。山空松子落，幽人应未眠。

【题解】

此诗约作于贞元五年(789)秋，时在苏州刺史任上。刘学锴《唐诗选注评鉴》则认为，其时丘丹似已在临平山学道，因有"山空"之语，诗当作于《送丘员外还山》《重送丘二十二还临平山居》二首之后。丘二十二员外，丘丹。苏州嘉兴(今浙江嘉兴)人，诗人丘为之弟。诗作怀想友人，前半写自己因思念丘丹而秋夜难寐，后半从对面着笔，设想丘丹此时也正因松子空落，搅动秋兴而未能成眠。丘丹随之奉和一首《奉酬寄示》(一作《和韦使君秋夜见寄》)，录以对读："露滴梧叶鸣，秋风桂花发。中有学仙侣，吹箫弄山(一作秋)月。"

【汇评】

宋刘辰翁:寄丘丹如此,丹答云:(诗略)更觉句句着力。(张习本)

明顾璘:此篇后二句佳。(朱墨本)

明袁宏道:幽情淡景,触处成诗,苏州用意闲妙若此。(《韦孟全集》)

明凌宏宪《唐诗广选》:明蒋一葵曰:浅而远,自是苏州本色。

明唐汝询《唐诗解》卷二三:凉天散步,叙己之离怀;松子夜零,想彼之幽兴。又,《汇编唐诗十集》:以我揣彼,无限情致。

清杨逢春《唐诗绎》:中唐五言绝,苏州最古。寄邱员外作,悠然有盛唐风格。三、四思邱之思己,应念我未眠,妙在含蓄不尽。

清徐增《而庵说唐诗》卷九:怀君适在秋夜,天凉可爱,惟散步庭际,以咏怀君之诗。于是趁笔写员外身上去,曰:君今在空山,人境两寂之际,松子间落,林中有声,幽人亦应散步未眠也。幽人,正指员外。员外若非幽人,则苏州亦不必寄怀矣。

清朱之荆《增订唐诗摘钞》:妙在第三句宛是幽人,故末句脱口而出。

清宋宗元《网师园唐诗笺》:悠然神往。

清吴烶《唐诗选胜直解》:孤怀寂寞,谁与唱酬,忽忆良朋,正当秋夜,散步庭除之际,吟诗寄远,因念幽居,想亦未眠,以吟咏为乐,书去恍如觌面也。情致委曲,句调雅淡。

清王士禛《唐人万首绝句选》:第三句将写景一衬,落句便有情味。

清施补华《岘佣说诗》:韦公"怀君属秋夜"一首,清幽不改摩诘,皆五绝之正法眼藏也。

清王尧衢《唐诗合解笺注》:木落则山空矣。松子落,山中夜静时也。"应"是遥想之词,遥想其未眠时,当亦有幽兴怀秋也。

清沈德潜《唐诗别裁》卷一九:(末二句)幽绝。

清章燮《唐诗三百首注疏》:"应未眠",料其逢秋触景,亦有所怀也。

赠丘员外二首

　　高词弃浮靡，贞行表乡间。①未真南宫拜，聊偃东山居。②大藩本多事，日与文章疏。每一睹之子，高咏遂起予③。宵昼方连燕，烦恼亦顿祛④。格言雅海阙，善谑矜数余。⑤久蹋思游旷，穷惨遇阳舒⑥。虎丘惬登眺，吴门怅踌躇。⑦方此恋携手，岂云还旧墟。告诸吴子弟，文学为何如。

　　迹与孤云远，心将野鹤俱。那同石氏子，每到府门趋。⑧

【题解】

　　此诗约作于贞元六年(790)春，时在苏州刺史任上。丘员外，丘丹。诗题中"二首"二字原无，此据元修本、递修本增补。诗作赞美友人丘丹，其第一首首二句"高词弃浮靡，贞行表乡间"表明，作者反对诗歌堆砌藻饰的态度是十分明确的。同时也说明，韦诗的流丽文字是出于感情的自然流露，而非刻意雕镂错彩，秀句警句也是和全诗自然融化为一体的。丘丹答诗为《奉酬韦苏州使君》，承第二首之意而作，分别表明了双方的情志，可以对读参阅："久作烟霞侣，暂将簪组亲。还同褚伯玉，入馆忝州人(一作民)。"

【注释】

　　①"高词"二句：浮靡，虚饰浮夸。《新唐书·杜甫传》："唐兴，诗人承陈隋风流，浮靡相矜。"贞行，高洁的品行。表乡间，刻石于乡里之门，旌表其德行。

　　②"未真"二句：丘丹《经湛长史草堂诗序》自署"贞元六年，岁在庚午，检校尚书户部员外郎兼侍御史丘丹志"，据知丘丹在苏州与韦应物唱和前仅在佐幕时任检校尚书郎，实未莅中央尚书省员外郎一职。东山，在今浙江上虞县西南，东晋谢安隐居于此。后以代指隐居之所。《唐诗纪事》卷四七："丹隐临平山，与韦苏州往还。"

③起予:指得到他人启发教益。《论语·八佾》:"子曰:'起予者商也,始可与言《诗》已矣。'"

④烦悁:烦恼鄙吝之情。

⑤"格言"二句:雅诲,雅正的教诲。善谑,善于戏言,亦指笑谈的资料。《诗·卫风·淇奥》:"善戏谑兮,不为虐兮。"

⑥"穷惨"句:谓冬去春来。张衡《西京赋》:"夫人在阳时则舒,在阴时则惨,此牵乎天者也。"薛综注:"阳谓春夏,阴谓秋冬。"

⑦"虎丘"二句:虎丘,山名,在苏州西北阊门外。登眺,登高远望。李白《寻高凤石门山中元丹丘》:"峰峦秀中天,登眺不可尽。"吴门,古吴县城(今苏州)的别称。

⑧"那同"二句:石氏子,谓西晋石崇,趋奉于权贵贾谧之门,每逢谧出,望尘而拜。

【汇评】

宋黄彻《䂬溪诗话》:老杜《赠李秘书》:"触目非论故,新文尚起予。"太白《酬窦公衡》云:"曾有好事来相访,赖尔高文一起予。"韦苏州:"每一睹之子,高咏尚起予。"昌黎《酬张韶州》:"将经贵郡烦留客,先惠高文谢启予。"岂非用事偶合,数公非蹈袭者。

赠李判官

良玉定为宝,长材时所稀①。佐幕方巡郡,奏命布恩威②。食蔬程独守,饮冰节靡违。③决狱兴邦颂④,高文禀天机。宾馆在林表⑤,望山启西扉。下有千亩田,泆潒吴土肥⑥。始耕已见获,衫绤今授衣⑦。政拙劳详省⑧,淹留未得归。虽惭且欣愿,日夕睹光辉。

【题解】

此诗约作于贞元六年(790)初夏,时在苏州。判官,节度、观察等使僚佐有判官。苏州属浙西观察使管辖,此李判官当是浙西观察使判官,疑为李士举。据李观《浙西观察判官厅壁记》,知李士举大历末至贞元中均在浙西幕中。诗作勉励为仕途忧虑的友人抱才厉节,等待时机,以施展雄才。励人自励,也寄托了自己怀才酬志的良好愿望。

【注释】

①长材:比喻才能出众的人。

②恩威:恩惠与威力。多指仁政与刑治。崔璞《蒙恩除替将还京洛偶叙所怀》:"务繁多簿籍,才短乏恩威。"

③"食蔬"二句:食蔬,以蔬食为食,指生活俭朴。程,法度。饮冰,比喻惶恐忧心。此指为公务忧心。《庄子·人间世》:"吾朝受命而夕饮冰,我其内热欤。"节,节候,亦双关志节。

④决狱:断狱。邦颂,州中百姓歌颂。

⑤"宾馆"句:宾馆,州中接待宾客的馆舍。林表,林外或林梢。谢朓《休沐重还丹阳道中》:"云端楚山见,林表吴岫微。"李善注:"表,犹外也。"

⑥泱漭(yāng mǎng):广大貌。

⑦"袗绤(zhěn chī)"句:袗绤,单衣。《论语·乡党》:"当暑,袗绤绤,必表而出之。"邢昺疏:"袗,单也。绤绤,葛也。"授衣,此谓换夏衣。

⑧"政拙"句:拙,犹言不善,自谦之词。详省,仔细考察。

【汇评】

明袁宏道:起得高健。(参评本)

[日]近藤元粹评订《韦苏州集》:一望阔大之景,叙来在眼。

寄皎然上人

吴兴老释子,野雪盖精庐。①诗名徒自振,道心长晏如②。想兹栖禅夜③,见月东峰初。鸣钟惊岩壑④,焚香满空虚。叨慕端成旧⑤,未识岂为疏。愿以碧云思,方君怨别余。⑥茂苑文华地,流水古僧居。⑦何当一游咏,倚阁吟踟蹰。⑧

【题解】

此诗约作于贞元五年(789)冬,时在苏州。贾晋华《皎然年谱》定为贞元四年冬所作。皎然上人,中唐著名诗僧,俗姓谢,字清昼,湖州长城(今浙江长兴)人。有《昼上人文集》十卷、《诗式》五卷。《因话录》卷三:"吴兴僧昼,字皎然,工律诗。尝谒韦苏州恐诗体不合,乃于舟中抒思,作古体十数篇为贽韦公全不称赏,昼极失望。明日,写其旧制献之韦公吟讽,大加叹咏。因语昼云师几失声名,何不但以所工见投,而猥希老夫之意人各有得,非卒能致。'昼大伏其鉴别之精。"诗写读皎然诗歌的感受,也表达了强烈的思念之情。皎然答诗为《答苏州韦应物郎中》,称颂韦氏的诗名和功业,表达同样强烈的思念:"诗教殆沦缺,庸音互相倾。忽观风骚韵,会我夙昔情。荡漾学海资,郁为诗人英。格将寒松高,气与秋江清。何必邺中作,可为千载程。受辞分虎竹,万里临江城。到日扫烦政,况今休黩兵。应怜禅家子,林下寂无营。迹隳世上华,心得道中精。脱略文字累,免为外物撄。书衣流埃积,砚石驳藓生。恨未识君子,空传手中琼。安可诱我性,始愿愆素诚。为无鸑鷟音,继公云和笙。吟之向禅数,反愧幽松声。"据韦诗之"叨慕端成旧,未识岂为殊",皎然诗之"恨未识君子,空传手中琼",知二人是时尚未谋面,仅在苏、湖二地遥相唱和。尽管如此,从韦诗中仍可看出皎然的生活情怀,以及韦应物和他之间某种情趣的契合。

【注释】

①"吴兴"二句:吴兴,郡名,即湖州。释子,释迦牟尼弟子,为僧徒通称。精庐,精舍,指佛寺,《文苑英华》卷二二〇作"青庐"。

②"道心"句:长,《文苑英华》本作"常"。晏如,安然,恬适貌。嵇康《幽愤诗》:"与世无营,神气晏如。"

③栖禅:犹坐禅。黄滔《壶公山》:"井通鳅吐脉,僧隔虎栖禅。"

④钟:一作"磬"。

⑤叨慕:《文苑英华》本作"夙暮"。

⑥"愿以"二句:此将皎然比于南朝著名诗僧汤惠休。碧云思,高逸的

诗思。戴叔伦《夏日登鹤岩偶成》:"愿借老僧双白鹤,碧云深处共翱翔。"

⑦"茂苑"二句:茂苑,指苏州之长洲县,春秋时为吴王之长洲苑。流水,指湖州之苕溪,皎然居于此。其《诗式·中序》:"贞元初,予与二三子居东溪草堂。"

⑧"何当"二句:游咏,游乐歌咏。李乂《兴庆池侍宴应制》:"潭鱼在藻供游咏,谷鸟含樱人赋歌。"吟,《文苑英华》本作"今"。

【汇评】

宋刘辰翁:("野雪"句)奇句。后世诗僧,宁无愧此。(参评本)

赠旧识

少年游太学①,负气蔑诸生。蹉跎三十载,今日海隅行②。

【题解】

此诗约作于贞元五年(789),时在苏州。旧识,未详。诗作回顾自己三十年来的求学、仕宦经历,不无怨艾之情。

【注释】

①太学:即国学。汉武帝时始置太学,立五经博士。唐时太学为国子监七学之一,学生限年十四以上,十九以下。韦应物入太学,约在玄宗天宝十二年左右。

②海隅:海边,指苏州。自天宝末韦应物为羽林仓曹至贞元五年已三十八年,此盖举其成数。

【汇评】

[日]近藤元粹评订《韦苏州集》:这等诗咄嗟作此,在苏州,竹头木屑耳。

复理西斋寄丘员外

前岁理西斋,得与君子同。迨兹已一周,怅望临春风。始自疏林竹,还复长榛丛。端正良难久,芜秽易为功。援斧开众郁,如师启群蒙。庭宇还清旷,烦抱亦舒通。海隅雨雪霁,春序风景融①。时物方如故,怀贤思无穷。

【题解】

此诗约作于贞元六年(790)春,时在苏州。丘员外,丘丹。诗写思贤若渴的情怀,目的自然是欲使"斯民康"。诗中以绝大篇幅所述之复理西斋事,据"端正良难久"等句所云,与治政理事似乎存在着一定的内在关联性。

【注释】

①春序:春季,也指春光。江淹《拜正员外郎表》:"滥蒙恩幸,屡度经冬,亟移春序。"隋炀帝《与禅阁寺僧书》:"春序将谢,道体如何?"

【汇评】

[日]近藤元粹评订《韦苏州集》:一结归正意,悠然不尽。

和张舍人夜直中书寄吏部刘员外

西垣草诏罢,南宫忆上才。①月临兰殿出,凉自凤池来。②松桂生丹禁,鸳鹭集云台。③托身各有所④,相望徒徘徊。

【题解】

此诗作于建中二年(781)或三年(782)夏,时在长安比部员外郎任上。舍人,中书舍人。张舍人,张彧,建中中为中书舍人。原唱恐已散佚。吏部,尚书省所属二十四曹司之一。刘员外,刘太真。裴度《刘太真神道碑》:"德宗皇帝即位,征拜起居郎。……改尚书司勋员外郎,寻转吏部员外郎。"这是一首文人夜直时的酬答唱和诗,与一般消磨时间之作稍稍不同的是末二句的感慨,略有失落之意。

【注释】

①"西垣"二句:西垣,即西掖,谓中书省。南宫,指尚书省。此指刘太真。

②"月临"二句:兰殿,宫殿的美称。王褒《明君词》:"兰殿辞新宠,椒房余故情。"凤池,凤凰池,禁苑中池沼,魏晋南北朝设中书省于禁苑,故借以指中书省。谢朓《直中书省》:"兹言翔凤池,鸣佩多清响。"

③"松桂"二句:松桂,喻指张茝。丹禁,帝王所居禁城。中书省在禁中,故云。鸳鹭,喻指刘太真。云台,东汉洛阳南宫中台名。此借以指尚书省。

④托身:寄身,安身。刘长卿《小鸟篇上裴尹》:"衔花纵有报恩时,择木谁容托身处。"

和李二主簿寄淮上綦毋三

满城怜傲吏①,终日赋新诗。请报淮阴客②,春帆浪作音佐期。

【题解】

此诗约作于永泰中,时在洛阳。李二主簿,李澣,永泰元年为洛阳主簿,与韦应物同在洛阳。李澣原唱恐已佚。岑仲勉《唐人行第录》认为是李颀。綦毋三,未详。或以为即綦毋潜,然其年辈长于韦应物,恐非是。诗作赞赏綦毋三的人品诗才,表达造访晤谈的愿望和期待。

【注释】

①傲吏:高傲不随俗的官吏。此指李澣。郭璞《游仙诗》十四首其一:

172

"漆园有傲吏,莱氏有逸妻。"

②淮阴:郡名,即楚州。《旧唐书·地理志》:"天宝元年改为淮阴郡,乾元元年复为楚州。"淮阴客,此指綦毋三。

寄二严

士良婺牧,士元郴牧

丝竹久已懒,今日遇君饮。^①打破蜘蛛千道网,总为鹡鸰两个严。^②

【题解】

此诗约作于贞元四年(788),时在长安左司郎中任上。诗题中"二严",严士元、严士良兄弟。士元任婺州(今浙江金华)刺史、士良任郴州(今属湖南)刺史在贞元初,据知其罢官与韦应物相遇当在贞元四年左右之长安。诗写二严兄弟能够摆脱羁绊,毅然去官,如"打破蜘蛛千道网"二句所云。

【注释】

①"丝竹"二句:丝竹,代指乐器。忺(xiān),高兴,适意。

②"打破"二句:《太平御览》卷九四八引《金楼子》:"楚国龚舍,初随楚王朝,宿未央宫,见蜘蛛焉。有赤蜘蛛大如栗,四面紫罗网,有虫触之而死者,退而不能得出焉。舍乃叹曰:'吾生亦如是矣,仕宦者人之罗网也。岂可淹岁?'于是挂冠而退。"鹡鸰,水鸟名。《诗·小雅·常棣》:"脊令在原,兄弟急难。"后因以代指兄弟。

【汇评】

宋刘辰翁:何等杂剧语,却可引用为戏。(张习本)

第四编　送别

李五席送李主簿归西台

请告严程尽^①，西归道路寒。欲陪鹰隼集，犹恋鹡鸰单。^②
洛邑人全少，嵩高雪尚残。^③满台谁不故，报我在微官。^④

【题解】

　　此诗约作于广德中，时在洛阳。西台，指长安御史台，相对于东都洛阳
御史东台而言。李主簿，当为御史台主簿。陶敏《全唐诗人名考证》认为是
李澣。李主簿与李五当为兄弟行，余未详。诗作如题，"欲陪鹰隼集"二句，
表现出行者李主簿与饯行者李五之间的兄弟惜别之情。末二句"满台谁不
故，报我在微官"，似乎是自嘲的语气中不无闷闷之感。

【注释】

　　①"请告"句：请告，请假。严，紧迫，急迫。《孟子·公孙丑下》："事严，
虞不敢请。"程，期限。唐制，职事官请假满百日，即合停官。

　　②"欲陪"二句：鹰、隼，均猛禽，隼即鹗。鹰隼搏击凡鸟，故以比喻负责
弹劾工作的御史台官员。鹡鸰，水鸟名，比喻兄弟。单，《唐诗品汇》卷六四
作"欢"。

　　③"洛邑"二句：洛邑，即洛阳。周成王时，周公营造洛邑，在今洛阳洛
水北岸及瀍水两岸。嵩高，山名，即嵩山。全，甚，非常。杜甫《南郊》："锦
里先生乌角巾，园收芋粟不全贫。"

　　④"满台"二句：台，指御史台。故，故交，老友。微官，卑微的官职。时
韦应物在从七品上之洛阳丞任，故云。欧阳建《临终诗》："咨余冲且暗，抱
责守微官。"

送崔押衙赴相州

项任内黄令

礼乐儒家子，英豪燕赵风。①驱鸡尝理邑②，走马却从戎。白刃千夫辟，黄金四海同。③嫖姚恩顾下④，诸将指挥中。别路怜芳草，归心伴塞鸿⑤。邺城新骑满，魏帝旧台空。⑥望阙应怀恋，遭时贵立功⑦。万方如已静，何处欲输忠。

【题解】

此诗约作于广德中，时在洛阳。押衙，军中负责仪仗侍卫的官吏。崔押衙曾为相州内黄县（今属河南）令，余未详。赴，原无，此据《唐诗品汇》卷七八校补。相州，州治在今河南安阳。广德元年，置相卫节度使，以史朝义部下降将相州刺史薛嵩兼领。诗送好友崔押衙，末二句"万方如已静，何处欲输忠"，暗示友人安史之乱虽已平定，但天下并非太平，希望友人能对刚刚归降的河北诸镇叛将保持警惕。

【注释】

①"礼乐"二句：礼乐，指儒家经典。《汉书·礼乐志》："六经之道同归，而礼乐之用为急。"英豪，英雄豪杰。燕赵，指今河北省及山西北部，战国时期为燕、赵二国之地。

②"驱鸡"句：驱鸡，比喻管理百姓。荀悦《申鉴》卷一："睹孺子之驱鸡也，而见御民之方。孺子驱鸡者，急则惊，缓则滞。……迫则飞；疏则放。志闲则比之，流缓而不安则食之。不驱之驱，驱之至者也。志安则循路而入门。"理邑，治邑，谓为县令。

③"白刃"二句："白刃"句，谓崔押衙勇武过人。千夫，言人数众多。辟，辟易，惊退。"黄金"句，谓崔押衙一诺千金。

④嫖姚：嫖姚校尉，西汉武官名，霍去病曾官此职。此借指军中主将薛嵩。

175

⑤塞鸿:塞外的鸿雁。鲍照《代陈思王京洛篇》:"春吹回白日,霜歌落塞鸿。"

⑥"邺城"二句:邺,春秋齐邑,故城在今河北临漳西南邺镇。魏帝,指魏武帝曹操。旧台,谓铜雀台。《水经注·浊漳水》:"(邺)城之西北有三台,皆因城为之基,巍然崇举,其高若山,建安十五年魏武所起。……中曰铜雀台,高十丈,有屋百一十间。"

⑦遭时:谓遇到好时势。

【汇评】

宋刘辰翁:("驱鸡"四句)甚有气味。("望阙"四句)赠人语如此有味。(朱墨本)

送宣城路录事

江上宣城郡,孤舟远到时。云林谢家宅,山水敬亭祠。①纲纪多闲日,观游得赋诗。②都门且尽醉,此别数年期。

【题解】

此诗约作于广德中,时在洛阳。宣城,郡名,即宣州,州治在今安徽宣州。录事,录事参军事或录事,州府属官。路录事,当为宣州录事参军事,余未详。这是一首从盛唐到大历时期"最典型"的送别诗,它以官场社交场所为主要舞台而创作,因而"完美"地具备了这样三个构成要件:采用五言律诗的形式,有赴任时沿路的叙景,对赴任者的鼓励之词。不过,也正因为如此,这种虽然"毫无缺陷"的诗,同时却也是没有个性的作品。(参〔日〕松原朗《韦应物诗考》)

【注释】

①"云林"二句:云林,隐居之所。王维《桃源行》:"当时只记入山深,青溪几度到云林。"谢家宅,谢朓宅。《太平寰宇记》卷一〇二:"理当涂县,本

宣州当涂。谢公山在县东三十五里。齐宣城太守谢朓筑室及池于山南，其宅阶址见存。"敬亭，山名。《元和郡县图志》卷二八："敬亭山，州北十二里，即谢朓赋诗之所。"

②"纲纪"二句：纲纪，指政务。《诗·大雅·棫朴》："勉勉我王，纲纪四方。"郑玄笺："以纲罟喻为政，张之为纲，理之为纪。"唐代州郡录事品秩较诸曹参军为高，掌正违失，莅符印，故唐人呼之为"纪纲掾"。观游，观赏游览。

送李十四山人东游

圣朝有遗逸，披胆谒至尊。^①岂是贸荣宠，誓将救元元。^②权豪非所便，书奏寝禁门^③。高歌长安酒，忠愤不可吞。欻来客河洛，日与静者论。^④济世翻小事，丹砂驻精魂^⑤。东游无复系，梁楚多大蕃^⑥。高论动侯伯，疏怀脱尘喧。送君都门野，饮我林中樽。立马望东道，白云满梁园^⑦。踟蹰欲何赠^⑧，空是平生言。

【题解】

此诗作于永泰中或大历初，时在洛阳。诗题，原作"送李十四山东游"，此据《丛刊》本校补。山人，隐居不仕者。李十四山人，未详。赵昌平《唐诗三百首全解》疑即李胄。或误以之为李白，白行十二，天宝后行踪未至洛阳。诗写为一位怀才不遇的隐者送行。其中"圣朝有遗逸"数句，虽然是说友人，为其遭际而愤慨，但"誓将救元元"也是作者的志向所在。

【注释】

①"圣朝"二句：遗逸，指隐逸不仕的才俊之士。披胆，披肝沥胆，谓竭诚相见，尽所欲言。至尊，地位最为尊贵者，指皇帝。

②"岂是"二句：贸荣宠，换取功名富贵。元元，百姓。

③"书奏"句:寝,止息。此谓书奏被扣押未上呈。禁门,宫禁之门。

④"欻(xū)来"二句:欻,忽然。河洛,黄河、洛水流域,此指洛阳。静者,性情平和安静者,多指隐者。谢灵运《过始宁墅》:"拙疾相倚薄,还得静者便。"

⑤丹砂:朱砂,矿物质,为方士炼丹的主要原料。

⑥"梁楚"句:梁楚,指汴、徐诸州,西汉时为诸侯王国梁、楚之地。大蕃,即大藩,大诸侯国。此指大郡。

⑦梁园:梁孝王园。故址在今河南开封。

⑧踟蹰:徘徊不前貌。《诗·邶风·静女》:"爱而不见,搔首踟蹰。"

【汇评】

宋黄彻《䂬溪诗话》卷一:韦应物《送李山人》云:"圣朝有遗逸,披胆谒至尊。岂是贸荣宠,誓将救元元。"……皆急于得君,非为利禄记也。卷六:坡有"欲吐狂言喙三尺,怕君嗔我却须吞",尝疑其语太怪。及观杜集,亦有"临风欲恸哭,声出已复吞"。韦苏州云:"高秋惨啦酒,中愤不可吞。"案:"欲吐"二句出自苏轼《次韵答邦直子由五首》其一,"临风"二句出自杜甫《阆州东楼筵奉送十一舅往青城县得昏字》。

宋刘辰翁:岂非太白耶?太白,李十二。("高歌"四句)善道人意高处。("济世"二句)此非太白不能当。(朱墨本)

明桂天祥:气相(一作韵)真朴,如吴丝白纻,服之便体。(朱墨本)

明顾璘:("立马"二句)此便与渊明《荆轲篇》相敌。(朱墨本)

清沈德潜《唐诗别裁》卷三:即李太白。("权豪"句)高力士之类。("济世"二句)已学道,济世又小事矣。太白学仙,原在不遇之后。左司在开元时已为侍卫,至德宗时犹存,而集中有送太白诗,无与少陵赠答,岂两人本不相识耶?

送李二归楚州

时李季弟牧楚州,被讼赴急

情人南楚别,复咏在原诗。^①忽此嗟岐路,还令泣素丝。^②风波朝夕远^③,音信往来迟。好去扁舟客,青云何处期。^④

【题解】

此诗约作于大历初,时在洛阳。楚州,治所在今江苏淮安。李二,疑为李瀚,时为洛阳主簿,与韦应物同在洛阳。永泰中楚州刺史有李汤,郡望与李瀚同出顿丘,后贬郴州司马,疑汤为瀚之从弟,即此诗中之"季弟"。友人因兄弟急难而归楚州,诗写临歧之际的依依别情。

【注释】

①"情人"二句:情人,感情深厚的友人。鲍照《玩月城西门廨中》:"回轩驻轻盖,留酌待情人。"南楚,指今安徽南部、江西北部、湖南东部地区。在原诗,指《诗·小雅·常棣》,中有"脊令在原,兄弟急难",咏"在原"句即思念兄弟。

②"忽此"二句:谓忽嗟远别。歧路,也是喻指官场中复杂多变的仕宦前途。还,又,复,又复。李白《古风》五十九首其五十九:"恻恻泣路岐,哀哀悲素丝。路岐有南北,素丝易变移。万事固如此,人生无定期。"

③风波:《庄子·人间世》:"言者,风波也。"

④"好去"二句:扁舟,小舟。《史记·货殖列传》:"范蠡既雪会稽之耻……乃乘扁舟浮于江湖。"故后常以"扁舟客"指隐逸之士。青云,喻隐逸。《南史·萧钧传》:"身处朱门而情游江海,形入紫闼而意在青云。"

【汇评】

[日]近藤元粹评订《韦苏州集》:平稳而清厚。

送阎宷赴东川辟

冰炭俱可怀①,孰云热与寒。何如结发友②,不得携手欢。
晨登严霜野,送子天一端。只承简书命,俯仰豸角冠。③上陟
白云峤,下冥玄壑湍④。离群自有托⑤,历险得所安。当念反
穷巷⑥,登朝成慨叹。

【题解】

此诗约作于大历初,时在洛阳。阎宷(725－791),河南(今河南洛阳)
人。望出天水。广德中,以监察御史领高陵令,永泰初辞职,大历中,再为
御史,三领大郡。德宗朝,官申、汝、澧、吉四州刺史。贞元七年,表求入道,
许之。旋卒。东川,剑南东川,唐方镇名。至德二年置,领梓、遂、绵、剑等
十二州,治梓州(今四川三台),广德二年废,大历元年复置,二年又废,寻复
置。时阎宷当以御史参东川幕府。诗写送别阎宷赴任的矛盾心情,良好祝
愿之余,也有难舍之情与关切之意。

【注释】

①冰炭:谓寒热交战,喻内心矛盾。陶渊明《杂诗十二首》其四:"孰若
当世士,冰炭满怀抱。"

②结发友:谓青少年时代的友人。古代男子自成童时开始束发,称为
结发。阎宷约长于韦应物十岁。

③"只承"二句:简书,信札,文书。此指东川节度使辟书。豸角冠,即
獬豸冠,御史台官员所着冠。獬豸,传说中神兽。阎宷时当以监察御史或
殿中侍御史佐东川幕,故服此冠。

④"下冥"句:冥,通"瞑",闭上眼睛,此谓不敢俯视。玄壑,幽深山谷。
湍,急流。

⑤离群:离开人群,指阎宷告别洛阳友人。皇甫曾《送元侍御充使湖

南》："离群复多病,岁晚忆沧州。"

⑥穷巷:陋巷,偏僻小巷。岑参《西蜀旅舍春叹寄朝中故人呈狄评事》:"穷巷草转深,闲门日将夕。"时韦应物已罢洛阳丞,闲居洛阳,故云。

【汇评】

[日]近藤元粹评订《韦苏州集》:长律巧稳,有盛唐遗韵。

送令狐岫宰恩阳

大雪天地闭,群山夜来晴。居家犹苦寒,子有千里行。行行安得辞,荷此蒲璧荣①。贤豪争追攀,饮饯出西京。②樽酒岂不欢,暮春自有程。离人起视日,仆御促前征③。逶迟岁已穷,当造巴子城。④和风被草木⑤,江水日夜清。从来知善政⑥,离别慰友生。

【题解】

此诗约作于大历三年(768)冬,时在长安。令狐岫,时出为恩阳县令,余未详。韦应物与令狐岫有姻亲。疑令狐岫为令狐峘兄弟行。恩阳,巴州属县,在今四川巴中东南。诗作层次清晰,先写腊尽雪飞之时,尚有艰苦的千里远行,这是怜友之心;再写奉命赴宰是极其光荣之事,饯别赴任是令人钦羡之举,按期到任是恪尽职守之责,这是慰友之情;最后写到任之后有风和江清、草木向荣的春日景色,并勉励友人推行善政,做出新的成绩,这是励友之志。

【注释】

①蒲璧:刻有蒲纹的玉璧。《周礼·春官·大宗伯》:"以玉作六瑞,以等邦国。……男执蒲璧。"县令为最小的一方行政长官,约相当于周代封建的男国。

②"贤豪"二句:追攀,追随牵挽。形容惜别。王粲《七哀诗》三首其一:

181

"亲戚对我悲,朋友相追攀。"饮饯,以酒饯行。《诗·邶风·泉水》:"出宿于泲,饮饯于祢。"

③仆御:驾车马者。也泛指奴仆。石崇《王明君词》:"仆御涕流离,辕马悲且鸣。"

④"逶迟"二句:逶迟,颓靡衰弱貌。迟,《唐诗品汇》卷一四作"蛇"。巴子城,即谓恩阳。古有巴子国,即巴国,在今湖北西部、四川东部一带。武王克殷,封为子国。

⑤和风:温和的风。多指春风。杜甫《上巳日徐司录林园宴集》:"薄衣临积水,吹面受和风。"

⑥善政:清明的政治,良好的政令。

【汇评】

宋刘辰翁:("居家"二句)情意恳至。真至之语,自不类。(参评本)

明钟惺:("大雪"四句)情至。(朱墨本)

[日]近藤元粹评订《韦苏州集》:起得伟丽。又,旨意在安民,是苏州忠厚处。

送冯著受李广州署为录事

郁郁杨柳枝①,萧萧征马悲。送君灞陵岸,纠郡南海湄。②名在翰墨场,群公正追随。如何从此去,千里万里期。大海吞东南,横岭隔地维③。建邦临日域,温燠御四时。④百国共臻奏⑤,珍奇献京师。富豪虞兴戎,绳墨不易持⑥。州伯荷天宠,还当翊丹墀。⑦子为门下生,终始岂见遗⑧。所愿酌贪泉,心不为磷缁⑨。上将酬国士,下以报渴饥⑩。

【题解】

此诗作于贞元四年(788)春末夏初,时在长安。广州,今属广东,唐时

182

为岭南节度使治所。李广州，李复，贞元三年五月自容管经略使迁广州刺史、岭南节度使。录事，录事参军事，州府属官。广州中都督府，录事参军一人，正七品下，掌正违失，莅印。诗作先写送别，再叙广州地理条件、气候特征和社会情势，表示关切，最后表达期望与祝愿。其中，首二句以连珠对渲染气氛，也是以春光之明媚反衬失意友人冯著人生之潦倒，以浅显之语句道出时人共有的体会。难怪前人赞曰："不能诗者，亦知是好。"（高棅《唐诗品汇》卷一四）

【注释】

①郁郁：茂盛貌。《古诗十九首》："清清河畔草，郁郁园中柳。"

②"送君"二句：灞陵，即霸陵，在长安东霸水上。王粲《七哀诗》："南登霸陵岸，回首望长安。"纠郡，谓掌州郡中纠弹之事。南海湄，南海滨。

③"横岭"句：横岭，谓五岭，横亘今湘、赣二省与粤、桂二省交界处，为古南越国北界。地维，指极远处。古人以为地为方形，四角有绳维系，故称地维。《列子·汤问》："折天柱，绝地维。"

④"建邦"二句：日域，日出处。此指南方近日处。卢照邻《病梨树赋》："挺芳挂于月轮，横扶桑于日域。"温燠，温暖炎热。岭南无冬季，故诗云。白居易《溢浦竹》："浔阳十月天，天气仍温燠。"

⑤"百国"句：臻，至。奏，通"凑"，聚集，会合，《唐诗品汇》卷一四作"泰"。柳宗元《岭南节度使飨军堂记》："唐制，岭南为五府，府部州以十数。其大小之戎，号令之用，则听于节度使焉。其外大海多蛮夷，……环水而国以百数，则统于押藩舶使焉。……合二使之重以治于广州。"

⑥绳墨：匠人濡墨画线的工具，喻指法度。录事掌纠弹违失，故云。

⑦"州伯"二句：州伯，原指一方诸侯之长，此借指节度使李复。天宠，一作"龙选"。翊，辅佐。丹墀，宫殿前漆成朱红色的石阶，代指朝廷。

⑧"终始"句：终始，谓有始有终。

⑨"所愿"二句：贪泉，在广州。《世说新语·德行》刘孝标注引《晋安帝纪》：吴隐之"为广州刺史。去州二十里有贪泉，世传饮之者，其心无厌。隐之乃至水上酌而饮之，因赋诗曰：'石门有贪泉，一歠重千金。试使夷、齐饮，终当不易心。'"磷缁，改变。

⑩"上将"二句:酬,原作"玩",此据《唐诗品汇》本校改。渴饥,指处于困境中的百姓。

【汇评】

[日]近藤元粹评订《韦苏州集》:缕缕叙述,有多少精采! 以训戒语为结,何等忠厚。

送元仓曹归广陵

官闲得去住,告别恋音徽。①旧国应无业,他乡到是归。②
楚山明月满,淮甸夜钟微。何处孤舟泊? 遥遥心曲违。

【题解】

此诗作于大历三年(768)左右。元仓曹,未详。仓曹,仓曹参军,州府属官,掌租调、公廨、庖厨、仓库、市肆等。诗作先写送别,再叙友人元仓曹的漂泊之情,最后抒发别后相思,以问句作结,尤见情长。

【注释】

①"官闲"二句:去住,犹去留。题蔡琰《胡笳十八拍》:"十有二拍兮哀乐均,去住两情兮难具陈。"音徽,音声。此指音容风貌。徽,琴面上音位标志,一作"辉"。陆机《拟行行重行行》:"音徽日夜离,缅邈若飞沉。"

②"旧国"二句:旧国,故乡。《庄子·则阳》:"旧国旧都,望之畅然。"成玄英疏:"少失本邦,流离他邑,归望桑梓,畅然喜欢。"业,产业。到,却。

【汇评】

宋刘辰翁:("旧国"二句)可悲。他人几许造次能道?(朱墨本)

吴瑞荣《唐诗笺要》:蔼然情与辞化,句清奇,堪与二谢争席。

清沈德潜《唐诗别裁》卷一一:("旧国"二句)苦句。

[日]近藤元粹评订《韦苏州集》:后半情调俱丽。

送唐明府赴溧水

三任县事

三为百里宰^①，已过十余年。只叹官如旧，旋闻邑屡迁。鱼盐滨海利，姜蔗傍湖田。^②到此安氓俗，琴堂又晏然。^③

【题解】

此诗约作于大历三年(768)。诗题，周弼编《三体唐诗》作"送溧水唐明府"。唐明府，时为溧水县令，余未详。溧水，宣州属县，今属江苏。这首送别诗主要抒写对唐明府困顿境遇的同情，字里行间流露出一种深深的无奈。诗中"鱼盐滨海利"二句所谓赴任地溧水的优势和好处，为的是宽慰友人宦途失落的心情。

【注释】

①百里宰：县令。古代一县之地约百里。

②"鱼盐"二句：《元和郡县图志》卷二八："固城湖，在(溧水)县南一百里。周回九十里，多蒲鱼之利。"姜蔗，《三体唐诗》作"桑柘"。

③"到此"二句：氓俗，《三体唐诗》作"民俗"。琴堂，州、府、县署。晏然，安逸，安适，安闲。

【汇评】

元方回：苏州五言古体最佳，律诗亦雅洁如此。又，清何焯：落句推其贤，叹其屈，勉其终，无不包蕴风雅之旨。又，清纪昀：语殊平俗，以为雅洁，非是。(《瀛奎律髓汇评》卷八)

喜于广陵拜觐家兄奉送发还池州

青青连枝树，苒苒久别离。^①客游广陵中，俱到若有期。

俯仰叙存殁,哀肠发酸悲②。收情且为欢,累日不知饥。凤驾多所迫,复当还归池。长安三千里,岁晏独何为。南出登阊门③,惊飙左右吹。所别谅非远,要令心不怡④。

【题解】

此诗作于大历四年(769)冬,时在扬州。拜觐,拜见长者。薛用弱《集异记·王四郎》:"向居王屋山下洞,今将往峨嵋山,知叔到此,故候拜觐。"家兄,未详。池州,州治在今安徽贵池。诗写于扬州拜见家兄,"俯仰叙存殁"四句极写兄弟相逢后悲喜交集之状。旋复送其还归池州,于难舍难分中透出孤独、凄凉之感。

【注释】

①"青青"二句:连枝树,比喻极为亲密的关系。此指兄弟。题苏武《诗四首》其一:"况我连枝树,与子同一身。"苒苒,犹渐渐。梁宣帝《樱桃赋》:"既离离而春就,乍苒苒而冬迎。"

②酸悲:悲伤,悲痛。

③阊门:扬州城西门。

④"要令"句:要,却,但是。不怡,不乐。曹植《洛神赋》:"余情悦其淑美兮,心振荡而不怡。"

【汇评】

[日]近藤元粹评订《韦苏州集》:("俯仰"四句)天真烂漫,溢于楮表矣。

送章八元秀才擢第往上都应制

决胜文场战已酣,行应辟命复才堪。①旅食不辞游阙下②,春衣未换报江南。天边宿鸟生归思,关外晴山满夕岚③。立马欲从何处别,都门杨柳正毵毵④。

【题解】

此诗作于大历六年(771)春末夏初,时在洛阳。章八元,睦州桐庐(今属浙江)人,本年进士,官正字。上都,长安。应制,应制科举。唐代宗永泰元年始置两都贡举。章八元当是本年于东都洛阳应进士举及第(唐之秀才科罢于高宗永徽间,据徐松《登科记考·凡例》,中叶以后,则以秀才为进士之通称),旋赴长安应制举。诗作兼具及第诗和赴举诗内容,更多抒发的是对奔波旅食之友人的依依别情,当然也有良好祝愿。可惜章八元此次制科落榜,至贞元中始调句容主簿。

【注释】

①"决胜"二句:文场,指科举考场。白居易《醉后走笔酬刘五主簿长句之赠兼简张大贾二十四先辈昆季》:"齐人文场同苦战,五人十载九登科。"酣,形容事情发展到异常激烈的程度。辟命,征召,任命。李颀《赠别高三十五》:"忽然辟命下,众谓趋丹墀。"

②"旅食"句:旅食,寄食。江孝嗣《北戍琅琊城》:"薄暮苦羁愁,终朝伤旅食。"阙下,借指京城。贾岛《送韦琼校书》:"别离从阙下,道路向山阴。"

③夕岚:暮霭。王维《崔濮阳兄季重前山兴》:"残雨斜日照,夕岚飞鸟还。"

④毵(sān)毵:长条披散貌。《诗·陈风·宛丘》"值其鹭羽"陆玑《诗义疏》:"(白鹭)青脚,高尺七八寸。尾如鹰尾,喙长三寸。头上有毛十数枚,长尺余,毵毵然与众鸟异好。"

【汇评】

明袁宏道:如此结句,风趣盎然。(参评本)

送张侍御秘书江左觐省

莫叹都门路,归无驷马车。^①绣衣犹在箧,芸阁已观书。^②
沃野收红稻,长江钓白鱼^③。晨餐亦可荐^④,名利欲何如。

此诗约作于大历六年(771),时在洛阳。侍御,唐人对监察御史或殿中侍御史的称呼。秘书,秘书郎,属秘书省,从六品上,掌四部图籍。江左,江东,指长江下游江南地区,今江苏南部一带。觐省,探望双亲。张秘书时自御史迁秘书郎,归江东觐省,余未详。诗作送别张秘书,感叹其官职卑微,回乡省亲时情景冷清寂寞,更谓如果能有机会侍奉双亲,名利又算什么呢?

【注释】

①"莫叹"二句:都门,此指洛城而言。驷马车,四匹马驾的车,高官所乘。

②"绣衣"二句:绣衣,御史官服。箧,原作"篋",此据递修本、活字本、《丛刊》本、《唐诗品汇》拾遗卷六、《全唐诗》本校改。芸,一作"蓬"。芸阁,指秘书省,为皇家藏书之所。置芸香于书籍中可防蛀虫,故称秘书省为芸署、芸台或芸阁。

③"长江"句:《后汉书·姜诗妻传》:诗奉母至孝,其妻奉顺尤笃,诗母好饮江水,又嗜鱼鲙,夫妇远汲力作以供之。后舍侧忽有涌泉,味如江水,每旦辄出双鲤鱼,以供其母之膳。

④"晨餐"句:晨餐,早餐。此指父母用膳。钱起《送外甥怀素上人归乡侍奉》:"寿酒还尝药,晨餐不荐鱼。"荐,一作"洁"。

【汇评】

明杨慎《升庵诗话》卷四:杜子美《送人迎养》:"青青竹笋迎船出,白白江鱼入馔来。"用孟宗姜诗事。韦苏州《送人省觐》亦云:"沃野收红稻,长江钓白鱼。"又云:"洞庭摘朱果,松江献白鳞。"然杜不如韦多矣。"青青"虽好,"白白"近俗,有似儿童"白白一群鹅,被人赶下河"之谣也,岂大家语哉?

清纪昀《瀛奎律髓刊误》:纯是讽其归隐,当日必有为而发。

[日]近藤元粹评订《韦苏州集》:七、八差强人意。

赋得鼎门送卢耿赴任

名因定鼎地,门对凿龙山。①水北楼台近,城南车马还。稍开芳野静,欲掩暮钟闲。②去此无嗟屈,前贤尚抱关③。

【题解】

此诗约作于大历六年(771)春,时在洛阳。赋得,唐人集会赋诗,以某物或前人某诗句为题,即称"赋得某某"。鼎门,即定鼎门,洛阳城正南门。卢耿,永泰中曾官洛阳主簿,后为南昌令,参谋江西幕府。此赴何官未详。诗作先写送别之地鼎门的由来、位置和形势,再写鼎门附近的景色。最后照应题面,抚慰此行调赴他方的友人,不必以位卑兴嗟,生怀才不遇之叹。

【注释】

①"名因"二句:定鼎,即定都。相传铸九鼎以象九州,商、周均以为传国重器,置于国都,故后称王朝建国或定都为定鼎。凿龙山,即伊阙龙门。

②"稍开"二句:稍开芳,《唐诗品汇》卷六四作"晓开春"。欲掩暮,《唐诗品汇》本作"暮掩寺"。

③"前贤"句:前贤,谓侯嬴,战国时魏国隐士。抱关,谓为门吏。关,门闩。据《史记·魏公子列传》,侯嬴年七十,为大梁夷门监者。大梁唐之汴州,疑卢耿时赴汴州。

赋得浮云起离色送郑述诚

游子欲言去,浮云那得知。偏能见行色①,自是独伤离。晚带城遥暗,秋生峰尚奇②。还因朔吹断③,匹马与相随。

此诗约作于大历六年(771)秋。浮云起离色,出自旧题苏武《诗四首》其四:"俯观江汉流,仰视浮云翔。良友远别离,各在天一方。"李善注:"江汉流不息,浮云去靡依,以喻良友各在一方,播迁而无所托。"郑述诚,《全唐诗》卷七九四有其联句二句,又卷七八二无考诗卷有其《华林园早梅》一首,余未详。孙望《韦应物诗集系年校笺》认为:据后者知郑氏当曾寓洛,本诗疑为韦应物任洛阳丞时送郑之作。诗作通篇以浮云喻游子,表达伤离之绪,而于首四句中以嵌字方式点醒题面,亦是"赋得"体之一法。

【注释】

①行色:出行时的神态。杜甫《客堂》:"形骸今若是,进退委行色。"

②峰:指云峰。顾恺之《神情诗》:"春水满四泽,夏云多奇峰。"

③朔吹:北风。张正见《寒树晚蝉疏》:"寒蝉噪杨柳,朔吹犯梧桐。"

饯雍聿之潞州谒李中丞

郁郁两相遇①,出门草青青。酒酣拔剑舞,慷慨送子行②。驱马涉大河,日暮怀洛京。前登太行路③,志士亦未平。薄游五府都④,高步振英声。主人才且贤⑤,重士百金轻。丝竹促飞觞,夜宴达晨星。娱乐易淹暮,谅在执高情。⑥

【题解】

此诗约作于大历七年(772)春,时在洛阳。雍聿之,当即雍裕之,蜀人,能诗。潞州,州治在今山西长治,时为泽潞节度使治所。李中丞,李抱真,李抱玉从父弟。大历四年,为泽潞观察留后,兼御史中丞,凡八年。大历诗人大多经历过盛唐时代,对开、天盛世留存着美好的记忆,也受到了盛唐文化的深刻影响。因此,他们也曾有过盛唐诗人那样的功业理想和人生追求,写过一些具有唐盛气象的作品,如韦应物的这首诗就是如此。诗作先写慷慨饯行的情景,再悬揣行路情形,最后谓李中丞轻财重贤,接之以高筵。全篇气势颇豪迈,这与诗人青少年时期在玄宗宫廷中的那段令人难忘的生活经历不无关系。

【注释】

①两:原作"雨",此据递修本、活字本、《丛刊》本、《文苑英华》卷二七二、《唐诗品汇》卷一四、《全唐诗》本校改。

②子:《文苑英华》本校"一作君"。

③太行:山名,绵亘于今晋、冀、豫三省交界处,自洛阳赴潞州经此。太行路以险恶著称,诗文中常以喻世情险恶,人生坎坷。曹操《苦寒行》:"北上太行山,艰哉何巍巍。羊肠坂诘屈,车轮为之摧。"

④五府:唐置大都督府五,即潞、扬、益、荆、幽五州。

⑤主人:指李抱真。《旧唐书》本传:"抱真沉断多智计,尝欲招致天下贤俊,闻人之善,必令持货币数千里邀致之。"

⑥"娱乐"二句:淹暮,犹迟暮,指年老。执,坚守,保持。

【汇评】

宋刘辰翁:意殊优壮,语却毫不冗突。(参评本)

[日]近藤元粹评订《韦苏州集》:("酒酣"二句)悲愤之状如见。("薄游"数句)快语。

上东门会送李幼举南游徐方

离弦既罢弹①,樽酒亦已阑。听我歌一曲,南徐在云端②。云端虽云邈,行路本非难。诸侯皆爱才,公子远结欢。济济都门宴,将去复盘桓。③令姿何昂昂,良马远游冠。④意气且为别⑤,由来非所叹。

【题解】

此诗约作于大历七年(772),时在洛阳。上东门,唐洛阳之东北门。李幼举,未详。徐方,指徐州,今属江苏。这首送别诗跟很多相同题材的作品一样,重点突出的是惜别、祝愿之意。如前十句所写,即将一种难舍难抑的凄婉之情跃然纸上。

【注释】

①弦:《丛刊》本作"筵"。

②南徐:指徐州,在洛阳东南,故称。

③"济济"二句:济济,众多貌。《诗·大雅·文王》:"济济多士,文王以宁。"盘桓,徘徊,逗留。刘希夷《捣衣篇》:"揽红袖兮愁徙倚,盼青砧兮怅盘桓。"

④"令姿"二句:昂昂,器宇轩昂,气度不凡的样子。远游冠,皇太子及诸王后所着冠。《晋书·舆服志》:"远游冠,傅玄云秦冠也。似通天而前无山述,有展筩横于冠前。……惟皇太子及王者后常冠焉。"疑李幼举为李唐宗室诸王之后。

⑤且:《唐诗品汇》卷一四作"相"。

【汇评】

[日]近藤元粹评订《韦苏州集》:("离弦"句)离弦字奇。("令姿"四句)远游人不可无此意气。

送洛阳韩丞东游

仙鸟何飘飖,绿衣翠为襟。①顾我差池羽,咬咬怀好音。②徘徊洛阳中,游戏清川浔③。神交不在结④,欢爱自中心。驾言忽徂征⑤,云路邈且深。朝游尚同啄,夕息当异林。出饯宿东郊,列筵属城阴。举酒欲为乐,忧怀方沉沉。

【题解】

此诗约作于大历八年(773),时在洛阳。洛阳韩丞,韩姓洛阳县丞,余未详。诗作以鹦鹉喻韩丞,而以燕子自喻,抒写送、行者双方的离愁别恨。

【注释】

①"仙鸟"二句:仙鸟,即灵鸟。此指鹦鹉。衣襟,指鹦鹉羽毛。祢衡《鹦鹉赋》:"绀趾丹觜,绿衣翠衿。"

②"顾我"二句:差池羽,谓燕子。差池,燕尾长短不齐貌。《诗·邶风·燕燕》:"燕燕于飞,差池其羽。"咬(jiāo)咬,鸟鸣声。祢衡《鹦鹉赋》:"采采丽容,咬咬好音。"

③游戏:遨游。

④神交:凭神灵交结。

⑤"驾言"句:驾言,出行。驾,乘车,言,语助词。徂,往;征,行也。"李嘉祐《送从侄端之东都》:"故关逢落叶,寒日逐徂征。"

【汇评】

[日]近藤元粹评订《韦苏州集》:句句承起手"仙鸟"字样作线索。

送郑长源

少年一相见,飞辔河洛间。①欢游不知罢,中路忽言还。②泠泠鹍弦哀,悄悄冬夜闲。③丈夫虽耿介④,远别多苦颜。君行拜高堂,速驾难久攀。鸡鸣俦侣发⑤,朔雪满河关。须臾在今夕,樽酌且循环⑥。

【题解】

此诗约作于大历八年(773)冬,时在洛阳。郑长源,未详。诗写惜别友人。故友同游河洛,中途却要归还省亲,并且急于就道,天明将去。张乐夜饮,虽耿介之人亦不能无悲。于是举觞相劝,聊尽今夕须臾之欢。

【注释】

①"少年"二句:见,一作"得"。河洛,此指河南府(今河南洛阳),境内

有河、洛、伊三水,秦昭襄王时立为三川郡。

②"欢游"二句:罢,通"疲"。曹植《公宴》:"公子敬爱客,终宴不知疲。"中路,半路。阮籍《咏怀》八十二首其八:"黄鹄游四海,中路将安归。"

③"泠泠"二句:泠泠,此状琵琶声音清脆悠扬。陆机《招隐》二首其二:"山溜何泠泠,飞泉漱鸣玉。"鹍弦,用鹍鸡筋做的琵琶弦,此指琵琶。《酉阳杂俎》卷六:"古琵琶弦用鹍鸡筋。"闲,《唐诗品汇》卷一四作"阑"。

④耿介:正直有操守。

⑤俦侣:伴侣,朋辈。嵇康《兄秀才公穆入军赠诗》十九首其一:"徘徊恋俦侣,慷慨高山陂。"

⑥"樽酌"句:樽酌,酒器。循环,谓轮流饮酒,周而复始。

【汇评】

明袁宏道:置之建安、黄初,不复可辨。(参评本)

明唐汝询《唐诗解》卷一〇:左司尝为洛阳丞,长源乃其故友,同游于洛,故诗有惜别意。言我与子少相善,遂有河洛之游,欢甚无厌。今中路言归,张乐夜饮,不大凄怆乎?丈夫虽耿介,离别不能无悲,况君将省亲,急于就道,天明则涉雪而去。今夕之欢须臾耳,能不举觞相劝耶?

清王夫之《唐诗评选》卷二:韦于五言古,汉晋之大宗也。俯视诸子,要当以儿孙畜之,不足以充其衙官之位。其安顿位置,有所吝留,有所挥斥。其吝留者,必流俗之挥斥;其挥斥者,必流俗之吝留,岂其以摆脱自异哉!吟咏家唯于此千锻百炼,如《考工记》所称"五气俱尽,金锡融浃"者,方可望作者肩背。非此则钻心作窍,其心愈为血所模糊。拣择去取,莫知端涘,亦无望其仿佛也。又,即如"须臾在今夕"一句,安顿追写,岂不令鬼为夜哭邪?

[日]近藤元粹评订《韦苏州集》:写离别,情状逼真。("飞辔"句)"飞辔"字奇。

送李儋

别离何从生，乃在亲爱中。反念行路子，拂衣自西东①。日昃不留宴，严车出崇墉。②行游非所乐，端忧道未通。③春野百卉发，清川思无穷。芳时坐离散，世事谁可同。归当掩重关，默默想音容。④

【题解】

此诗约作于大历七、八年（772、773），时在洛阳。全诗夹叙夹议，反复深入地抒发离别的感慨。密友李儋为了寻求施展抱负的机会，不得不忍受路途的劳顿以及这种别离的痛苦。作者当然能够理解挚友，只是在芳菲时节送别知音，未免太煞风景。所以，别后只有通过回忆友人的音容笑貌，才能缓解深深的思念。

【注释】

①"拂衣"句：拂衣，提起或撩起衣襟。西东，离去。白居易《朱陈村》："东西不暂住，来往若浮云。"

②"日昃(zè)"二句：日昃，日西斜。严车，整备车马。崇墉，高墙，谓城垣。杜甫《剑门》："两崖崇墉倚，刻画城郭状。"

③"行游"二句：行游，出行。游，一作"投"。曹植《杂诗》六首其五："仆夫早严驾，吾将远行游。""端忧"句，一作"端处道未丰"。

④"归当"二句：重关，两道闭门的横木。曹植《美女篇》："青楼临大路，高门结重关。"音容，声音容貌。白居易《长恨歌》："含情凝睇谢君王，一别音容两渺茫。"

【汇评】

宋刘辰翁：起十字自好。（朱墨本）

明顾璘：近情。（朱墨本）

赋得暮雨送李胄

　　楚江微雨里,建业暮钟时^①。漠漠帆来重,冥冥鸟去迟。^②海门深不见^③,浦树远含滋。相送情无限,沾襟比散丝^④。

【题解】

　　此诗约作于大历七、八年(772、773),时在洛阳。李胄,字恭国,赵郡人,大历三年著作郎李昂之子。贞元中,官鲁山县令、户部员外郎,终官比部郎中。胄,原作胃,校云"一作渭",《唐诗品汇》卷六四作"曹",此据元修本、递修本、活字本、《丛刊》本、《全唐诗》本校改。赋得,是当时科举题目中语,相当于"咏"。赋得体,唐代科举考试所用诗体形式,受"帖经""试帖"影响而来,以古人诗句或成语为题,冠以"赋得",并限以韵脚,多为五言六韵或八韵排律,内容大都直接或间接歌颂封建王朝及皇帝,也有文人平日以此体作诗。此诗即通过吟咏暮雨,抒发与友人李胄离别时的黯然神伤之情,如喻守真《唐诗三百首详析》所评:"虽是送别之诗,而重在暮雨,虽是写景,而离情亦隐见。"

【注释】

　　①建业:今江苏南京。

　　②"漠漠"二句:漠漠,弥漫广布貌。谢朓《游东田》:"远树暖阡阡,生烟纷漠漠。"冥冥,深远貌。《法言·问明》:"鸿飞冥冥,弋人何篡焉。"

　　③海门:指长江入海处,润州(今江苏镇江)附近长江中有海门山。

　　④沾襟:双关雨与泪。张协《杂诗》十首其三:"腾云似涌烟,密雨如散丝。"

【汇评】

　　宋曾季狸《艇斋诗话》:唐人诗用"迟"字皆得意。……韦苏州《细雨》诗"漠漠帆来重,冥冥鸟去迟",亦佳句。

宋胡仔《苕溪渔隐丛话》前集卷一五引苏庠《后湖集》：余每读苏州"漠漠帆来重，冥冥鸟去迟"之语，未尝不茫然而思，喟然而叹。嗟乎，此余晚泊江西十五年前梦耳！自余奔窜南北，山行水宿，所历佳处固多，欲求此梦，了不可得。岂蒹葭莽苍，无三湘七泽之壮，雪蓬烟艇，无风樯阵马之奇乎？抑吾且老矣，壮怀销落，尘土坌没，而无少日烟霞之想也？庆长笔端丘壑，固自不凡，当为余图苏州之句于壁，使余隐几静对，神游八极之表耳。

宋刘辰翁：题古，赠别分题如此亦可观。（张习本）

元方回：三、四绝妙，天下诵之。又，清查慎行：三、四与老杜"湛湛长江去，冥冥细雨来"各尽其妙。又，清纪昀：净细。案："湛湛"二句出自杜甫《梅雨》。（《瀛奎律髓汇评》卷一七）

明谢榛《四溟诗话》：梁简文曰："湿花枝觉重，宿鸟羽飞迟。"韦苏州曰："漠漠帆来重，冥冥鸟去迟"……虽有所祖，然青愈于蓝矣。案："湿花"二句出自梁简文帝《赋得入阶雨》，原作"渍花枝觉重，湿鸟羽飞迟"。

明顾璘：咏物更无此篇。（朱墨本）

明袁宏道：起甚佳，余复称是。（参评本）

清吴瑞荣《唐诗笺要》：通首无一语松放"暮雨"，此又以细切见精神者，韦苏州之不可方物如此。

清李因培《唐诗观澜集》：冲淡夷犹，读之令人神往。

清宋宗元《网师园唐诗笺》：(首二句)双起点题。

清章燮《唐诗三百首注疏》：(起二句)对起。("漠漠"句)承"雨"字。("冥冥"句)承暮字。先言雨，次言暮，再以送别言之，叙法井然。("海门"句)顶"暮"字。海门有山，及暮辨之不见。("浦树"句)顶"雨"字。浦树被春雨沾濡，远处更见其含滋挺秀。(结二句)结出"送"字。

留别洛京亲友

握手出都门，驾言适京师。岂不怀旧庐，惆怅与子辞。

丽日坐高阁,清筋宴华池。昨游倏已过^①,后遇良未知。念结路方永,岁阴野无晖^②。单车我当前^③,暮雪子独归。临流一相望,零泪忽沾衣。^④

【题解】

此诗作于大历八年(773)冬,时自洛阳赴长安。诗写与洛阳亲友相别,回想往日的悠游,感慨今后难以相见,不觉涕泪沾衣。留别与送别不同,留别为别者所写,多恋恋之意;送别是送者所作,每多勉慰之语。

【注释】

①过:《唐诗品汇》卷一四作"周"。

②岁阴:犹岁暮。庾信《岁晚出横门》:"年华改岁阴,游客喜登临。"

③前:一作"去"。

④"临流"二句:临流,一作"渐遥"。零泪,流泪。

【汇评】

明袁宏道:伤离重别,宛然苏、李之间。(参评本)

清王夫之《唐诗评选》卷二:一气中句句作对。

[日]近藤元粹评订《韦苏州集》:真情蔼然。("单车"二句)名句,与"连天风雨一行人"相颉颃。案:"连天"句出自黄滔《下第东归留辞刑部郑郎中诚》。

赋得沙际路送从叔象

独树沙边人迹稀,欲行愁远暮钟时。野泉几处侵应尽,不遇山僧知问谁。

【题解】

此诗作于大历九年(774)左右。从叔象,未详。据《新唐书·宰相世系》,韦氏逍遥公房有韦象先,为应物从叔。傅璇琮《唐代诗人丛考》疑即此人。诗作以日暮送别从叔象于沙际路的特定时间、地点与事件,流露出了心中郁结的愁思。这尽管本非禅境,但烦恼即菩提,烦恼泯处乃生智慧莲花。诗人在迷途上对"山僧"——既熟悉世间路,也熟悉出世路;既能指点迷津,也能指点迷人的选择,即是解悟的契机。

送榆次林明府

无嗟千里远,亦是宰王畿^①。策马雨中去,逢人关外稀。邑传榆石在^②,路绕晋山微。别思方萧索,新秋一叶飞。

【题解】

此诗作于大历九年(774)左右。孙望《韦应物诗集系年校笺》认为作于大历十三年(778)秋,时在鄠县令任上。榆次,太原府属县名,今属山西。明府,唐人对县令的称谓。林明府,林明。其从叔林洋天宝中为润州刺史,从侄林宝元和中为太常博士。诗写送别林明远赴榆次县令任,最称本色。诗人精于古体,故五律时有六朝骨脉,如起二句"无嗟千里远,亦是宰王畿",劝慰语中已含别意,即非唐人五律所常见。结二语"别思方萧索,新秋一叶飞",怅惘失落,韵境高远,与其《新秋夜寄诸弟》"高梧一叶下,空斋归思多"同饶思致。全篇淡而有味,非一意雕琢者所能到。

【注释】

①王畿:古代称王城附近周围千里的地域。唐以太原为北都,其所辖县均为畿县。

②榆石:相传榆次有能言之石。《左传·昭公八年》:"春,石言于晋魏榆。"

【汇评】

宋刘辰翁:("策马"二句)此等亦味外味。无一句不合。"路绕晋山微"

句尤极清润,作者可仰。(张习本)

明顾璘:(策马"二句)至浅至难。(《万有文库》本)

明朱孟震《续玉笥诗谈》:"别思方萧索,新秋一叶飞","禁钟春雨细,宫树野烟和",……皆玩之而有余色,咀之而有余味。

明周敬《唐诗选脉会通评林》:章法句律,清雅匀称而一局。

明邢昉《唐风定》卷一四:不求工而自工,真为至浅至难。

清范大士《历代诗发》卷二〇:淡处多味,兴会偶然,最不易得。

清顾安《唐律消夏录》卷五:(一二)"亦是"句,一折;(三四)"逢人"句,一折;(五六)先说"邑",后说"路",又一折;(七八)宕,亦结得住。随手顿折而下,是高、岑佳处,较之平平写去者有间矣。

清屈复《唐诗成法》卷三:七"方"字结上六句,八"一叶"宕,顿折而下。情景兼写,高、岑之法也。

清何文焕《唐律消夏录增评》卷五:唐诗之儵闲澄淡,韦公为独。至五言古、律二体,读之每令人作登仙入佛想。律之篇章虽少于古,何录之如此寂寥?

杂言送黎六郎
寿春公之子

冰壶见底未为清,少年如玉有诗名①。闲话嵩峰多野寺,不嫌黄绶向阳城。②朱门严训朝辞去③,骑出东郊满飞絮。河南庭下拜府君④,阳城归路山氛氲。山氛氲,长不见。钓台水渌荷已生,少姨庙寒花始遍。⑤县闲吏傲与尘隔,移竹疏泉常岸帻⑥。莫言去作折腰官⑦,岂似长安折腰客。

【题解】

此诗作于大历九年(774)春,时在长安。黎六郎,黎煴,黎幹之子,行六。寿春公,即黎幹,各本均作"寿阳公",此据《元和姓纂》卷三、拓本黎幹墓志铭校改。熠时当赴阳翟县尉任。诗作赞赏黎熠,说这位贵族少年少受庭训,又有诗名,不以富贵自恃,不嫌屈就,是位难得的敖吏,故以诗送之。起句"冰壶见底未为清",谓冰壶不如少年之冰清玉洁,与其《赠王侍御》中"心同野鹤与尘远"二句以冰壶喻诗之清澈不同。这种同一譬喻褒贬好恶的异用现象,称为喻之二柄。

【注释】

①"少年"句:《晋书·卫玠传》:"总角乘羊车入市,见者皆以为玉人。"

②"闲话"二句:野,《唐诗品汇》卷三三作"禅"。黄绶,黄色印绶。此代指卑官。阳城,山名。

③严训:父训,父命。欧阳詹《出门赋》:"严训诫予以勿久,指蒲柳以伤秋。"

④府君:汉魏时对太守的称呼。此指河南府尹。阳翟属河南府,故当拜谒府尹。

⑤"钓台"二句:钓台,未详。陶敏、王友胜《韦应物集校注》疑当作"钩台"。钩台,在阳翟县南十五里。少姨庙,在嵩山少室山。《大明一统志》卷二九:"少姨庙,在府城东南。又偃师、巩、登封县俱有。世传神启母之妹,故名少姨。"

⑥岸帻:推起头巾,露出前额,谓脱略不拘形迹。

⑦折腰官:县吏,指黎熠。下"折腰客",韦应物自指。

【汇评】

宋刘辰翁:"钓台水渌"二句佳甚。(参评本)

[日]近藤元粹评订《韦苏州集》:(结处)冷语结,妙。

天长寺上方别子西有道

时任京兆府功曹、摄高陵宰,别田曹卢康、户曹韩质,因而有作

假邑非拙素①,况乃别伊人。聊登释氏居,携手恋兹晨②。

高旷出尘表,逍遥涤心神。③青山对芳苑,列树绕通津④。车马无时绝,行子倦风尘。今当遵往路,伫立欲何申。唯持贞白志⑤,以慰心所亲。

【题解】

此诗约作于大历十年(775),时在长安。天长寺,寺当在长安,其地未详。天宝七年八月,改玄宗降诞日千秋节为天长节,改长安待贤坊之千秋观为天长观,天长寺当亦因此而得名。上方,指僧寺中方丈或住持僧所居之处。子西,卢康字。康时任京兆府田曹,余未详。有道,韩质字,时任京兆府户曹,余未详。诗作留别诸友,其中"高旷出尘表"二句值得玩味。诗人希望表达的是一种超脱尘俗的体验,但它只能说是一种逃避,而绝不是超脱。韦应物显然并没有真正地超脱,只是努力在超脱。他的功名之心、世俗之念一直不曾冷淡,只看他的隐逸一次次地被入仕所取代,就可以清楚地知道这一点。(参蒋寅《大历诗人研究》)

【注释】

①"假邑"句:假邑,即假摄县令。时韦应物以京兆府功曹参军假摄京兆府高陵县令。拙素,谓夙愿。

②恋:《丛刊》本作"念"。

③"高旷"二句:《史记·屈原列传》:"濯淖污泥之中,蝉蜕于浊秽,以浮游尘埃之外,不获世之滋垢。"尘表,出尘物之外。《南史·阮孝绪传》:"挂冠人世,栖心尘表。"

④绕:一作"盈"。

⑤贞白:正直清廉。《后汉书·第五伦传》:"性质悫,少文采,在位以贞白称。"

【汇评】

[日]近藤元粹评订《韦苏州集》:("高旷"四句)"高旷"字可以评此一段也。

送黎六郎赴阳翟少府

试吏向嵩阳,春山踯躅芳。①腰垂新绶色,衣满旧芸香。②乔树别时绿,客程关外长③。只因传善政,日夕慰高堂。

【题解】

此诗约作于大历十年(775)春,时在长安。黎六郎,黎煟,黎幹之子,时赴阳翟尉任。阳翟,河南府属县名,今河南禹县。诗作送别黎煟,与《杂言送黎六郎》侧重于赏誉不同,重在临别祝愿而非感伤,篇中景物描写,也就相应地表现出较为明亮的色彩。

【注释】

①"试吏"二句:嵩阳,嵩山之南。阳翟县在嵩山东南。踯躅,山踯躅、羊踯躅的省称,即杜鹃花。

②"腰垂"二句:绶,系印绶带。芸香,芸草,其香可防书中蛀虫。唐时称秘书省为芸阁,盖黎煟曾任秘书省校书郎,故云。

③客程:旅程。岑参《送许子擢第归江宁拜亲因寄王大昌龄》:"楚云引归帆,淮水浮客程。"

【汇评】

明袁宏道:此等结语平淡,正自佳。(参评本)

送别覃孝廉

思亲自当去①,不第未蹉跎。家住青山下,门前芳草多②。秭归通远徼,巫峡注惊波。③州举年年事④,还期复几何。

此诗约作于大历十年(775)。覃孝廉,未详。孝廉,汉代选举官吏科目名,郡国所举孝顺廉洁之人亦称孝廉。唐代有孝廉科,不常置。诗写送覃孝廉不第还乡,多所慰勉。首联谓覃孝廉思亲还乡,虽未第也不便蹉跎岁月,说得极为得体;颔联写覃孝廉家乡风光之美,其思乡情切不言而喻;颈联写覃孝廉家乡遥远,隐含旅途之劳顿,写得颇为含蓄;尾联劝勉友人要经受住挫折,明年科场再战。

【注释】

①自当:《唐诗品汇》卷六四作"当自"。

②芳草:一作"流水"。

③"秭归"二句:秭归,归州属县名,今属湖北。徼(jiào),边界。元稹《酬乐天东南行》:"迢递投遐徼,苍黄出奥区。"巫峡,长江三峡之一,水流湍急。

④州举:州县荐举。《唐摭言》卷一:"始自武德辛巳岁四月一日,敕诸州学士及早有明经及秀才、俊士、进士,明于理体,为乡里所称者,委本县考试,州长重覆,取其合格,每年十月随物入贡。斯我唐贡士之始也。"

【汇评】

宋刘辰翁:("家住"二句)自以为幽致,不觉可笑,谁家门前无此?("秭归"句)却自浑浑。(朱墨本)

明袁宏道:青山芳草,何处无之,却自有致。(参评本)

清黄生《唐诗摘钞》:三、四笔致甚佳。

清陆次云《唐诗善鸣集》:起法相应,章法紧严。

清邢昉《唐风定》:初不经思,正非苦思可得。

清沈德潜《唐诗别裁》卷一一:说得心平气和。送不第人,自应如是。

清吴瑞荣《唐诗笺要》:眼前物,意中事,只争说得亲切蕴藉耳。颔联宛然六朝乐府中佳句。

送开封卢少府

雄藩车马地①,作尉有光辉。满席宾常侍,阛街烛夜归。关河征旆远②,烟树夕阳微。到处无留滞,梁园花欲稀。③

【题解】

此诗约作于大历十一年(776)春,时在长安。开封,汴州属县名,今属河南。卢少府,时赴开封县尉任,余未详。诗写为卢少府赴开封任送行,望其早日到任。

【注释】

①雄藩:地位重要之州郡。汴州扼运河,南抵江淮,北通河洛,为南北交通要冲,时驻有重兵,以防河北诸镇。

②征旆:古代官吏远行所持的旗帜。陈子昂《征东至淇门答宋十一参军之问》:"西林改微月,征旆空自持。"

③"到处"二句:留滞,停留。王建《荆门行》:"壮年留滞尚思家,况复白头在天涯。"梁园,梁孝王园,在汴州开封。

【汇评】

宋刘辰翁:("阛街"句)"阛街",俗甚。(转引自孙望《韦应物诗集系年校笺》)

[日]近藤元粹评订《韦苏州集》:("烟树"句)佳句冲淡。

送魏广落第归扬州

下第常称屈,少年心独轻。拜亲归海畔,似舅得诗名。①晚对青山别,遥寻芳草行。还期应不远,寒露湿芜城②。

此诗约作于大历十一年(776)秋,时在长安。魏广,未详。卢纶、李端分别有《送魏广下第归扬州》《送魏广下第归扬州宁亲》,一作于春日,一作于秋日,盖其应举非止一次,这是大历时期最为常见的送别诗。作为一首仪礼上的应酬诗,它按沿路的光景来写,壮行的语言点缀其中也表现得非常清楚,只是惜别之思反而并没有表现得十分圆满。(参[日]松原朗《韦应物诗考》)

【注释】

①"拜亲"二句:海畔,海边。柳宗元《与浩初上人同看山寄京华亲故》:"海畔尖山似剑铓,秋来处处割愁肠。"似舅,《晋书·何无忌传》载桓玄语:"何无忌,刘牢之甥,酷似其舅。"

②芜城:指扬州,西汉时吴王曾都于此,后鲍照作《芜城赋》。

【汇评】

明袁宏道:("下第"二句)二语非老成人不知。(参评本)

明钟惺:此语又非老人不知。又,明谭元春:无聊中写出闲适。(朱墨本)

[日]近藤元粹评订《韦苏州集》:七、八有无限情趣。

送汾城王主簿

少年初带印,汾上又经过。^①芳草归时遍,情人故郡多。禁钟春雨细,宫树野烟和。相望东桥别,微风起夕波。

【题解】

此诗约作于大历十一年(776)春,时在长安。汾城,未详。唐有汾邑、汾西等县,无汾城县。王主簿,未详。主簿,此指县主簿。诗写相送王主簿,依恋难舍,满怀惆怅,心潮难平。友人以前曾经到过汾城,现在是旧地重游又分别。

【注释】

①"少年"二句:少年,古称青年男子。高适《邯郸少年行》:"且与少年饮美酒,往来射猎西山头。"汾上,谓汾水,源出山西宁武县管涔山,南流至河津县,注入黄河。

【汇评】

宋刘辰翁:("芳草"句)闲情婉约可爱。("宫树"句)妙。极浓丽而不脂粉,情理入微。(参评本)

明顾璘:韦公独步。(朱墨本)

清黄生《唐诗摘钞》:凡写得意,则字句之间跃跃欲飞;写失意,便字句之间觉惨惨不乐。此唐人神境也。

清沈德潜《唐诗别裁》卷一一:意主簿必向往汾城,故有三、四语。雨中听钟,其声自细,粗心人未必知之。

清王尧衢《唐诗合解笺注》:前解言主簿重过汾上,后解言相送之情。(首二句)言主簿少年初仕,昔曾过汾城,今复带印而重经旧游之地,乐何如之!(三四句)春来芳草萋萋遍地,正有忆王孙而不归之叹。今却到此故郡,与昔日之情人相聚,不以他乡作故乡矣。(五六句)此后写"送"字。言此时相送,因春雨而禁钟声细,对野烟而宫树萋迷。君从此去,我独何以为情哉!(末二句)自此东桥握别,相望多时,但见微风起夕水之波,对之黯然惆怅而已。

送渑池崔主簿

邑带洛阳道,年年应此行。当时匹马客,今日县人迎。暮雨投关郡①,春风别帝城。东西殊不远,朝夕待佳声。

此诗约作于大历十一年(776)春,时在长安。渑池,河南府属县名,今属河南。崔主簿,时赴渑池县主簿任,余未详。诗写送别崔主簿赴任渑池。其中,"年年应此行"句是指赴洛阳考绩,"今日县人迎"句则是想象友人归去赴任的情景。"春风别帝城"句既是实写,也暗示出地位变化的春风得意之情。末句"朝夕待佳声",是说希望能够早日听到友人升迁的好消息,借以表达良好祝愿和期许。

【注释】

①关郡:形势险要设有关隘的州郡。自长安赴渑池经华州,有潼关,又经陕州,有汉函谷关。

【汇评】

宋刘辰翁:("当时"二句)如此世态尚可。(张习本)

元方回《瀛奎律髓》卷二四:二诗皆整净。

[日]近藤元粹评订《韦苏州集》:颈联唐人本色。

送颜司议使蜀访图书

辂驾一封急,蜀门千岭曛。①讵分江转字②,但见路缘云。山馆夜听雨,秋猿独叫群。无为久留滞,圣主待遗文。

【题解】

此诗约作于大历十一年(776)秋,时在长安。司议,太子司议郎,东宫属官。《新唐书·百官志》:"司议郎二人,正六品上,掌侍从规谏,驳正启奏。"颜司议,未详。耿湋,大历十一年以拾遗充括图书使使江淮,颜司议当与之同时衔命出使。诗写希望友人克服困难,完成圣命,早日归来。

【注释】

①"辂驾"二句:辂驾,辂车,一马驾之轻便车。急,一作"传"。蜀门,指

208

入蜀之路。据《元和郡县图志》卷三三,剑州有剑门山、剑门县、剑阁道,"峭壁千丈,飞阁以通行旅",为入蜀必经之路。曛,昏暗。

②江转字:谓蜀中江流曲折如"巴"字。《太平寰宇记》卷一三六:"《三巴记》云:阆、白二水东南流,曲折三回如'巴'字,故谓三巴。"

【汇评】

明袁宏道:("山馆"二句)二语王、孟集中佳句。(参评本)

奉送从兄宰晋陵

东郊春草歇①,千里夏云生。立马愁将夕,看山独送行。
依微吴苑树②,迢递晋陵城。慰此断行别③,邑人多颂声。

【题解】

此诗约作于大历十一年(776)夏,时在长安。从兄,时赴晋陵县令任,余未详。晋陵,常州属县,今江苏常州。诗写送别从兄远行千里之外赴任,分手之际,山水亦含情。尾联勉励从兄为官清廉,期待他因此而受到百姓的拥戴。这样一来,便稍稍化解了离别时的愁绪与感伤,更于宽慰中见出兄弟情谊之深切。

【注释】

①春草:各本均作"暮草",此据《唐诗品汇》卷六四校改。

②吴苑:晋陵春秋时为吴地,吴王有长洲苑,是其游猎之所,在今苏州西南。

③断行:指大雁在飞行中失群。断行别,喻指兄弟离别。唐太宗《春日望海》:"照岸在分彩,迷云雁断行。"

【汇评】

宋刘辰翁:妙。(参评本)

明顾璘:作家老手。(朱墨本)

赠别河南李功曹

宏辞登科拜官

　　耿耿抱私戚，寥寥独掩扉。^①临觞自不饮，况与故人违。故人方琢磨，瑰朗代所稀。^②宪礼更右职^③，文翰洒天机。聿来自东山^④，群彦仰余辉。谈笑取高第，绾绶即言归。^⑤洛都游燕地，千里及芳菲。今朝章台别，杨柳亦依依。^⑥云霞未改色，山川犹夕晖。忽复不相见，心思乱霏霏^⑦。

【题解】

　　此诗作于大历十二、十三年(777、778)中，时在长安。河南，河南府，府治在今河南洛阳。功曹，功曹参军，州府属官。河南府功曹，正七品下，掌考课、假使、祭祀、礼乐、学校、表疏、书启、禄食、祥异、医药、卜筮、陈设、丧葬。李功曹，曾在御史台、太常寺任职，后应博学宏辞科及第，授河南府功曹参军，余未详。诗送科举得官的李功曹。诗中称赞李氏的才学如久经琢磨的宝玉，"谈笑取高第"的态度也颇为潇洒。一首一尾则抒写了作者的惜别之情。

【注释】

　　①"耿耿"二句：耿耿，忧伤貌。私戚，即隐忧。寥寥，寂寞，孤单。宋之问《温泉庄卧疾寄杨七炯》："移疾卧兹岭，寥寥倦幽独。"

　　②"故人"二句：琢磨，雕琢打磨。原指玉工治玉，后常用来比喻修养品行或修饰诗文，研讨义理。瑰朗，珍奇美异。

　　③"宪礼"句：宪礼，此指执宪及司礼乐的官署。更，历任。右职，高位。古代以右为尊。

　　④"聿来"句：聿，语词，一作"遹"。东山，东晋谢安隐居之所。

　　⑤"谈笑"二句：高第，指科举中式。贾岛《送陈商》："联翩曾数举，昨登

高第名。"绾绶,犹结绶,绾结系官印的丝带,谓被授与官职。

⑥"今朝"二句:章台,汉代长安中街名。韩翃《寄柳氏》:"章台柳,章台柳,颜色青青今在否。纵使长条似旧垂,也应攀折他人手。"

⑦霏霏:纷乱貌。王粲《羽猎赋》:"鹰犬竞逐,奕奕霏霏。"

【汇评】

明袁宏道:末段深情,凄淡可味。(参评本)

送五经赵随登科授广德尉

明经有清秩,当在石渠中。①独往宣城郡,高斋谒谢公。②寒原正芜漫,夕鸟自西东。③秋日不堪别,凄凄多朔风。④

【题解】

此诗约作于大历十三年(778)秋。五经,唐代明经考试科目之一。《新唐书·选举志》:"凡《礼记》《春秋左氏传》为大经,《诗》《周礼》《仪礼》为中经,《易》《尚书》《春秋公羊传》《穀梁传》为小经。……通五经者,大经皆通,余经各一,《孝经》《论语》皆兼通之。"赵随,天水(今属甘肃)人,赵益幼子,余未详。广德,宣州属县名,今属安徽。诗送友人。首二句"明经有清秩,当在石渠中"实含讥刺意,是认为明经登第者应用之于经学研究,斥赵随登科而授广德尉之失当,似可视为给全篇定下了情感的基调。

【注释】

①"明经"二句:明经,唐代考试科目之一。《新唐书·选举志》:"凡明经,先帖文,然后口试,经问大义十条,答时务策三道,亦为四等。"清秩,即清班,谓清要之官。唐代职事官,清浊分流,以次补授。石渠,西汉皇家藏书之处。此代指秘书省,谓赵随当官校书郎等清秩。

②"独往"二句:宣城郡,唐之宣州,今属安徽。谢公,谢朓,作有《郡内高斋闲居答吕法曹》等。此借指当时的宣州刺史。

③"寒原"二句：漫，《唐诗品汇》卷六四作"没"。何逊《夕望江桥示萧咨议杨建康江主簿》："夕鸟已西度，残霞亦半消。"

④"秋日"二句：《诗·小雅·四月》："秋日凄凄，百卉具腓。"王瓒《杂诗》："朔风动秋草，边马有归心。"

【汇评】

明袁宏道："设"字胜。（参评本）

[日]近藤元粹评订《韦苏州集》：是盖古诗之近律诗者。

宴别幼遐与君贶兄弟

乖阙意方弭①，安知忽来翔。累日重欢宴，一旦复离伤。置酒慰兹夕，秉烛坐华堂。契阔未及展，晨星出东方。②征人惨已辞，车马俨成装③。我怀自无欢，原野满春光④。群水含时泽⑤，野雉鸣朝阳。平生有壮志，不觉泪沾裳。况自守空宇，日夕但彷徨⑥。

【题解】

此诗约作于大历十三年(778)春。幼遐，李儋。君贶，元锡。诗作宴别重又相逢、旋复作别的友人，双方自然都难免伤感。不过，诗末四句"平生有壮志，不觉泪沾裳。况自守空宇，日夕但彷徨"表明，此时的韦应物尽管彷徨四顾心茫然，却依然是壮志在胸、关心国事的。

【注释】

①"乖阙"句：乖阙，即乖违，离别，一作"乖阔"。弭，止息。《诗·小雅·沔水》："心之忧矣，不可弭忘。"

②"契阔"二句：契阔，离散，此指别后之情。方，一作"云"。

③成：一作"来"。

④光：一作"方"。

⑤时泽:犹时雨。

⑥彷徨:徘徊。

【汇评】

宋刘辰翁:(末联)曲折,情景甚至。(张习本)

明顾璘:如此诗,亦近晋、宋。(朱墨本)

送宣州周录事

清时重儒士,纠郡属伊人。①薄游长安中,始得一交亲。英豪若云集,饯别塞城闉②。高驾临长路③,日夕起风尘。方念清宵宴,已度芳林春。从兹一分手,缅邈吴与秦。但睹年运驶④,安知后会因。唯当存令德⑤,可以解悁勤。

【题解】

此诗作于大历十三年(778)左右,时在长安。宣州,今属安徽。周录事,未详。诗作送别周录事。其中"安知后会因"句,从后会无期中表达不舍之情。末二句"唯当存令德,可以解悁勤"是对友人的劝诫,颇见忠厚之意,为一般送别诗所少见。

【注释】

①"清时"二句:清时,清平之时。岑参《虢中酬陕西甄判官赠》:"微才弃散地,拙宦惬清时。"纠郡,录事司纠弹州郡属吏之职。伊人,此人,这个人。《诗·秦风·蒹葭》:"所谓伊人,在水一方。"高亨注:"伊人,是人,意中所指的人。"

②城闉(yīn):城门。

③长路:远路。曹植《赠白马王彪》:"收泪即长路,援笔从此辞。"

④年运:谓不停地运行的岁月。颜延之《秋胡》:"超遥行人远,宛转年运徂。"

⑤令德:美德。

【汇评】
［日］近藤元粹评订《韦苏州集》:委曲缕述,足见忠厚之意。

谢栎阳令归西郊赠别诸友生

结发仕州县,蹉跎在文墨。①徒有排云心,何由生羽翼。②幸遭明盛日,万物蒙生植。③独此抱微痾,颓然谢斯职。大历十四年六月二十三日自鄂县制除栎阳令,以疾辞归善福精舍。世道方荏苒,郊园思偃息。④为欢日已延,君子情未极。驰觞忽云晏⑤,高论良难测。游步清都宫⑥,迎风嘉树侧。晨起西郊道,原野分黍稷⑦。自乐陶唐人,服勤在微力。⑧伫君列丹陛,出处两为得。⑨

【题解】
此诗作于大历十四年(779)七月,时在善福精舍闲居。栎阳,京兆府属县,故城在今陕西临潼。诗作回顾入仕以来的经历,略有蹉跎之憾,也为归隐欢欣。末二句“伫君列丹陛,出处两为得”,期许友人显达而无失意之感,显出各得其所的恬适。

【注释】
①“结发”二句:结发,束发。古代男子自成童开始束发,故以指初成年。陈子昂《感遇诗》三十八首其三十四:“自言幽燕客,结发事远游。”仕,《丛刊》本作“事”。蹉跎,失意,虚度光阴。文墨,文案笔墨之事,指处理政务。

②“徒有”二句:排云心,指向道之心,双关跻身高位的青云之志。郭璞《游仙诗》十四首其六:“神仙排云出,但见金银台。”生羽翼,谓羽化登仙,双关仕途飞黄腾达。曹丕《折杨柳行》:“服药四五日,身轻生羽翼。”

③“幸遭”二句:明盛,昌明兴盛。亦指盛世。高适《留别郑三韦九兼洛

下诸公》："幸逢明盛多招隐,高山大泽徵求尽。"生植,生长繁殖。

④"世道"二句:荏苒,渐进,推移变化。陶渊明《杂诗》十二首其五:"荏苒岁月颓,此心稍已去。"偃息,偃卧休息,谓收敛敛退藏。

⑤驰觞:一作"驱驰"。

⑥清都宫:相传为天帝所居,此指道观。

⑦黍稷:黍和稷。亦泛指五谷。

⑧"自乐"二句:陶唐人,帝尧时的百姓。相传尧初居于陶,后封于唐,故号陶唐氏。服勤,服事勤劳。

⑨"仁君"二句:丹陛,宫殿的红色台阶,代指朝廷。侍丹陛,即登朝为官。出处,出仕和隐居。

【汇评】

明袁宏道:悠然闲旷,无一字不似陶。(参评本)

[日]近藤元粹评订《韦苏州集》:平平如话,近人徒辑缀艰涩之字以为得意,何不读等诗以为模范。

送端东行

世承清白遗,躬服古人言。①从宦俱守道,归来共闭门。②驱车何处去,暮雪满平原。

【题解】

此诗作于大历十四年(779)或建中元年(780),时在澧上闲居。端,韦应物从弟韦端。诗送从弟东行,末二句谓为官要清清白白,堂堂正正,勤于自省自警。虽然委婉,但话虽如此,难怪汪薇昧其诗旨,谓"似不满端之行"(《诗伦》卷上)。

【注释】

①"世承"二句:"世承"句,一作"世事留清白"。

②"从宦"二句:宦,《丛刊》本作"官"。闭门,闭门不仕。也指闭门思过。

【汇评】

明袁宏道:世有如此异人不?(参评本)

[日]近藤元粹评订《韦苏州集》:一结高绝。

送姚係还河中

上国旅游罢,故园生事微。① 风尘满路起,行人何处归。留思芳树饮②,惜别暮春晖。几日投关郡,河山对掩扉。

【题解】

此诗作于建中元年(780)左右,时在澧上闲居。姚係,陕州硖石(今河南三门峡市东)人,久居河中。贞元元年进士,官至门下省典仪。其中"係",原作"孙",此据《唐诗纪事》卷二七校改。河中,府名,即蒲州,府治在今山西永济。诗作送别姚係,故意摆脱过去的诗型,来恳切地抒发与友人的惜别之思。如对友人出发地点的想象,不包含叙景,代之出现于眼前的是"风尘满路起"的孤独景象。既有实景,也有离别空间荒凉的"精神风景"。其中的殷殷之语,即是惜别之思。(参[日]松原朗《韦应物诗考》)

【注释】

①"上国"二句:上国,诸侯对皇室的称呼。此指京师长安。沈佺期《春闺》:"边愁离上国,春梦失阳关。"旅游,羁旅和游乐。沈约《悲哉行》:"旅游媚年春,年春媚游人。"生事,产业。

②"留思"句:《唐诗纪事》本作"留意芳树敛"。

【汇评】

明袁宏道:起句堪怜,真情实事。(参评本)

216

始除尚书郎别善福精舍

建中二年四月十九日，自前栎阳令除尚书比部员外郎

简略非世器①，委身同草木。逍遥精舍居，饮酒自为足②。累日曾一栉，对书常懒读。社腊会高年③，山川恣游瞩。明世方选士，中朝悬美禄。除书忽到门④，冠带便拘束。愧忝郎署迹，谬蒙君子录。俯仰垂华缨⑤，飘飖翔轻毂。行将亲爱别，恋此西涧曲。远峰明夕川⑥，夏雨生众绿。迅风飘野路⑦，回首不遑宿。明晨下烟阁⑧，白云在幽谷。

【题解】

此诗作于建中二年(781)四月，时在长安。尚书郎，尚书省诸曹司长官郎中、员外郎的统称。韦应物时授比部员外郎。善福精舍，善福寺，在长安西郊沣水畔。诗作叙写除尚书郎别善福精舍事，包括闲居的逍遥生活，得到任命后喜忧参半的心情，出发赴任时的留恋和怅惘，写来平易自然。

【注释】

①"简略"句：简略，处事随便不认真。世器，治国的才具，经世之才。

②酒：《唐文粹》卷一七作"水"。

③"社腊"句：社腊，社日和腊日。古于春、秋二季祭土地神，于岁末祭百神，分别称为社祭和腊祭，其日亦分别称社日和腊日。高年，老人。

④除书：任命官吏的诏书，除即授。

⑤俯仰：举动，举止。

⑥明夕：《唐文粹》本作"照夕"。

⑦飘野路：一作"吹往路"，《唐文粹》本作"飘往路"。

⑧烟阁：《唐文粹》本作"烟阙"。高阁，此当指朝廷官署。唐代宫中有凌烟阁，为图画功臣之所。

明袁宏道:此诗此怀,何逊渊明?世独以高达称陶者,未深读韦集耳。(参评本)

清黄周星《唐诗快》:天下人皆要做官,然自有一种做不得官之人,如嵇叔夜、陶渊明是也,得韦左司则三矣。

[日]近藤元粹评订《韦苏州集》:(起八句)善写放逸之状。("行将"数句)与起手相映,词采伟丽。(末二句)烟云相映成章,甚妙。

送常侍御鲁却使西蕃

归奏圣朝行万里,却衔天诏报蕃臣。①本是诸生守文墨,今将匹马静烟尘。②旅宿关河逢暮雨,春耕亭鄣识遗民。③此去多应收故地,宁辞沙塞往来频。④

【题解】

此诗作于建中二年(781)冬,时在长安。常鲁,京兆渭南(今陕西临潼)人常衮从弟。鲁,各本均无此字,此据递修本目录校补。侍御,唐人对监察御史及殿中侍御史的称呼。西蕃,古代对西域一带及西部边境地区的泛称,特指隋唐时期藏族在西藏所建政权吐蕃。时常鲁归朝奏请后再使吐蕃,故诗题云"却使"。又,此诗《全唐诗》卷四九二误重收作殷尧藩诗。殷氏元和中进士,与常鲁不相及。

此次出使,常鲁为副使,崔汉衡是正使,为的是商讨边界问题,实乃清水会盟的预备会议。作者对此寄予厚望。"此去多应收故地",是希望使者能够争回故地。又因常鲁频频出使,有缘亲历旧土,对边地情况熟悉,诗乃特别点出"旅宿关河逢暮雨,春耕亭鄣识遗民",对故土、遗民系念之殷切和内心的痛苦,表现得非常深沉。

【注释】

①天诏:皇帝的诏命。李嘉祐《送袁员外宣慰劝农毕赴洪州使院》:"气

迎天诏喜,恩发土膏春。"

②"本是"二句:诸生,众儒生。文墨,文书辞章。守文墨,指从事文字工作。烟尘,代指战争。张随《河中献捷》:"落日烟尘静,寒郊壁垒空。"

③"旅宿"二句:旅宿,旅途夜宿。皇甫冉《酬李司兵直夜见寄》:"江城闻鼓角,旅宿复何如。"亭鄣(zhāng),亦作"亭障",边塞堡垒。庾信《拟咏怀》二十七首其二十六:"萧条亭障远,凄怆风尘多。"

④"此去"二句:故地,谓河、湟之地,安史乱中尽陷吐蕃。沙塞,沙漠边塞。

【汇评】

[日]近藤元粹评订《韦苏州集》:案是拗体,不足怪也。

送郗詹事

圣朝列群彦,穆穆佐休明。①君子独知止,悬车守国程。②忠良信旧德,文学播英声③。既获天爵美,况将齿位并。④书奏蒙省察,命驾乃东征。⑤皇恩赐印绶,归为田里荣。⑥朝野同称叹,园绮郁齐名⑦。长衢轩盖集,饮饯出西京。时属春阳节⑧,草木已含英。洛川当盛宴,斯焉为达生。⑨

【题解】

此诗作于建中三年(782)春,时在长安。郗詹事,郗昂,字高卿,初名纯,高平金乡(今属山东)人。詹事,太子詹事,东宫属官。《新唐书·百官志》:"太子詹事一人,正三品;少詹事一人,正四品上。掌统三寺、十率府之政,少詹事为之贰。"诗送郗昂致仕东归,平平叙去,不无赞誉之意。尤其是末句"斯焉为达生",谓友人通达命之情,不追求分外之物,在肯定之中也表露出了自己的观点。

【注释】

①"圣朝"二句:群彦,诸多才俊之士。穆穆,庄敬貌。《诗·大雅·文

王》："穆穆文王,于缉熙敬止。"毛传："穆穆,美也。"休明,美盛,此称皇朝盛德。

②"君子"二句:知止,言适可而止。《老子》:"知足不辱,知止不殆,可以长久。"悬车,悬挂其车,示不复出,即退休致仕。国程,国家法令制度。

③"文学"句:《旧唐书·郗士美传》:"父纯,字高卿,为李邕、张九龄等知遇,尤以词学见推,与颜真卿、萧颖士、李华皆相友善。"

④"既获"二句:天爵,自然的爵位。"况将"句,谓郗昂既有高尚的品德,又享有高寿和高位。齿位,年龄与官职。此处特指长寿与高位。

⑤"书奏"二句:省察,审察,仔细考察。屈原《九章·惜往日》:"弗省察而按实兮,听谗人之虚辞。"命驾,谓立即动身。

⑥"书奏"四句:书奏,指辞官奏章。《旧唐书·郗士美传》:"及德宗即位,崔祐甫作相,召拜左庶子、集贤学士。到京,以年老乞身,表三上。除太子詹事致仕,东归洛阳。德宗召见,屡加褒叹,赐以金紫。公卿大夫皆赋诗祖送于都门,搢绅以为美谈。"

⑦园绮:秦末汉初隐士"商山四皓"中的东园公、绮里季。郗昂以太子詹事致仕,故比之于"四皓"。

⑧春阳:阳春。焦赣《易林·井之巽》:"春阳生草,夏长条枝。"

⑨"洛川"二句:洛川,即洛水,代指洛阳。盛宴,用汉疏广事。《汉书·疏广传》:"广既归乡里,日令家共具设酒食,请族人故旧宾客,与相娱乐。数问其家金余尚有几所,趣买以共具。居岁余,广子孙窃谓其昆弟老人广所爱信者曰:'子孙几及君时颇立产业基阯,今日饮食费且尽。宜从丈人所,劝说君买田宅。'老人即以闲暇时为广言此计,广曰:'吾岂老悖不念子孙哉?顾自有旧田庐,令子孙勤力其中,足以共衣食,与凡人齐。今复增益之以为赢余,但教子孙怠惰耳。贤而多财,则损其志;愚而多财,则益其过。且夫富者,众人之怨也;吾既亡以教化子孙,不欲益其过而生怨。又此金者,圣主所以惠养老臣也,故乐与乡党宗族共飨其赐,以尽吾余日,不亦可乎!'于是族人说服。"《庄子·达生》:"达生之情者,不务生之所无以为。"郭象注:"生之所无以为者,分外物也。"

送苏评事

季弟仕谯都，元兄坐兰省。①言访始欣欣，念离当耿耿。嵯峨夏云起②，迢递山川永。登高望去尘，纷思终难整③。

【题解】

此诗作于建中三年(782)夏，时在长安。苏评事，未详。评事，大理评事，大理寺属官。《新唐书·百官志》："评事八人，从八品下。掌出使推按。凡承制推讯长吏，当停务禁锢者，请鱼书以往。"诗写送别苏评事，登高望远，心潮难平。

【注释】

①"季弟"二句：季弟，幼弟。谯都，即亳州，今河南亳县。元兄，长兄。

②嵯峨：山势高峻貌。杜甫《江梅》："故园不可见，巫岫郁嵯峨。"

③整：一作"罄"。

【汇评】

［日］近藤元粹评订《韦苏州集》：可以入仄律门。

送李侍御益赴幽州幕

二十挥篇翰，三十穷典坟。①辟书五府至②，名为四海闻。始从车骑幕，今赴嫖姚军。③契阔晚相遇，草戚遽离群④。悠悠行子远，眇眇川途分。登高望燕代⑤，日夕生夏云。司徒拥精甲，誓将除国氛。⑥儒生幸持斧，可以佐功勋。⑦无言羽书急，坐

221

阙相思文。⑧

【题解】

此诗作于建中三年(782)夏,时在长安。时李益赴幽州朱滔幕,但朱滔旋即叛乱,益实未入其幕。后李益复入幽州刘济幕,韩愈作序送之,与此非一事。侍御,唐人对监察御史或殿中侍御史的称谓。李益(746—829),字君虞,陇西狄道(今甘肃临洮)人。大历四年进士。建中中,参朔方节度使崔宁幕,后屡佐戎幕,官至御史中丞。幽州,州治在今北京,时为幽州卢龙节度使治所。诗作送别李益入幕,遗憾不舍中满含期待,而赞誉之意溢于言表,如"辟书五府至"二句所云。由此可见,方镇设幕开府,吸引了大批文士,文士也以入幕为荣。如果几个方镇同时征辟某人,更是要被人称道的。方镇和文士两方面一起促进了幕府兴盛的局面,甚至在一定程度上超过了战国的"养士"之风。

【注释】

①"二十"二句:篇翰,犹篇章,此指诗歌。鲍照《拟古八首》其二:"十五讽诗书,篇翰靡不通。"典坟,三坟、五典,泛指古代文化典籍。《左传·昭公十二年》:"是能读《三坟》《五典》《八索》《九丘》。"杜预注:"皆古书名。"

②"辟书"句:辟书,征召的文书。五府,东汉称太傅、太尉、司徒、司空、大将军为五府。此指各藩镇节度使府。

③"始从"二句:车骑,东汉大将窦宪曾为车骑将军,此指崔宁。嫖姚,西汉大将霍去病曾为嫖姚校尉。此借指朱滔。

④草戚:又作"草蹙",仓猝,匆忙。《文苑英华》卷二七二作"卒蹙"。

⑤燕代:古代二国名。燕为周初召公奭所建,都蓟(在今北京城西南隅)。代国在今河北蔚县。幽州州治即古燕国国都所在。

⑥"司徒"二句:司徒,唐时为三公之一,正一品。安史乱后,常授藩镇检校官以示尊崇,此即谓幽州卢龙节度使朱滔,时检校司徒。精甲,精兵。国氛,国家的祸乱。此指当时叛乱的藩镇田悦、王武俊等。氛,预示灾祸的凶气。

⑦"儒生"二句:持斧,谓为御史。《武帝纪》颜师古注:"杖斧,持斧也,

谓建持之以为威也。"功勋,泛指为国家建立的功绩勋劳。杜甫《前出塞》九首其五:"我始为奴仆,几时树功勋。"

⑧"无言"二句:羽书,插有鸟羽以示紧急的军事文书。相思文,此指书信。鲍令晖《拟客从远方来》:"客从远方来,赠我漆鸣琴。木有相思文,弦有别离音。"

【汇评】

明袁宏道:一结殊为佳话。(参评本)

清乔亿《剑溪说诗》又编:左司有《送李侍御益赴幽州幕》诗,李少于韦十余岁,题则书爵复书名,诗称"儒生"。韩侍郎《李端公序》,即益也。以所执之事与其地考之,正同时之作,乃称爵曰"端公",李盖长于韩二十岁。顾韦之诗,韩之文,指意则同,皆讽其佐刘靖国氛、书竹帛也。诗文岂异轨哉?

自尚书郎出为滁州刺史

留别朋友兼示诸弟

少年不远仕,秉笏东西京①。中岁守淮郡②,奉命乃征行。素惭省阁姿,况忝符竹荣。③效愚方此始④,顾私岂获并。徘徊亲交恋,怆恨昆友情⑤。日暮风雪起⑥,我去子还城。登途建隼旟,勒驾望承明。⑦云台焕中天,龙阙郁上征。⑧晨兴奉早朝⑨,玉露沾华缨。一朝从此去,服膺理庶氓⑩。皇恩傥岁月,归服厕群英。

【题解】

此诗作于建中三年(782)夏秋间,时在长安。滁州,州治在今安徽滁县。题下注,《丛刊》本阑入题中。诗写出为滁州刺史,向送行的亲友表明,既然身受皇恩,自当极思报效,尽忠职守。此时,作者并不认为"顾私",即满足自己退隐归田的私愿是合适的,也完全没有这方面的打算。所以才会在出发之前就想到,如果以后皇恩浩荡,将回到朝廷与朋友们共事,如诗末二句"皇恩傥岁月,归服厕群英"所云。

【注释】

①"秉笏"句:秉笏,秉持手版,即为官。笏,官员上朝或参见上级时所持手版,有事即书于其上,以备遗忘。东西京,东京洛阳、西京长安。

②淮郡:谓滁州,唐时属淮南道。

③"素惭"二句:省阁,犹台阁,指尚书省等中央官署。尚书省郎中、员外郎为清要之官,故云自惭。符竹,指出为刺史。

④效愚:效忠、效力。祢衡《鹦鹉赋》:"期守死以报德,甘尽辞以效愚。"

⑤"怆恨"句:怆恨,悲伤。班彪《北征赋》:"游子悲其故乡兮,心怆恨以伤怀。"昆友,兄弟和朋友。

⑥风雪:韦应物于夏秋间赴滁州,陶敏、王友胜《韦应物集校注》疑为"风云"之误。

⑦"登途"二句:隼旟(yú),画有隼鸟的旗帜。古代为州郡长官所建。后代遂用以指刺史出行时的旗幡。刘禹锡《泰娘歌》:"风流太守韦尚书,路傍忽见停隼旟。"承明,西汉未央宫中殿名。此代指长安宫阙。

⑧"云台"二句:云台,指宫中高耸入云的台阁。东汉洛阳南宫中有云台广德殿,汉明帝曾图画中兴功臣于此。龙阙,指宫门前高耸的观阙。西汉初,萧何于长安建未央宫,立东阙苍龙、北阙玄武。上征,上行,此指高高耸起。

⑨晨兴:早起。陶渊明《归园田居》五首其三:"晨兴理荒秽,带月荷锄归。"

⑩服膺:铭记在心,衷心信奉。

【汇评】

[日]近藤元粹评订《韦苏州集》:("日暮"二句)惯家语,愈出愈好。("服膺"句)常留意民政,不与寻常逐利禄人同。

送元锡杨凌

荒林翳山郭①,积水成秋晦。端居意自违,况别亲与爱。欢筵慊未足,离灯悄已对。还当掩郡阁,仁君方此会。

【题解】

此诗作于建中三年(782)秋,时在滁州。元锡,韦应物妻弟。杨凌,韦应物女婿。这是一首具有"古体韵律"的作品,与此相应的是,诗作模仿齐梁离别诗,包括寻求夜间的离别场所,使用"离灯"这一名词性的离别用语,抒发别后寂寞之思、表达再会的趣向等,都具有齐梁离别诗的特征。韦应物这种摆脱近体诗的尝试,使其作品从当时固定化送别诗的样式中解放了出来,而且在其他题材作品中也有所涉及。(参[日]松原朗《韦应物诗考》)

【注释】

①山郭:山城。杜甫《秋兴八首》其三:"千家山郭静朝晖,日日江楼坐翠微。"

送杨氏女

永日方戚戚①,出门复悠悠。女子今有行,大江溯轻舟。尔辈况无恃,抚念益慈柔。②幼为长所育③,两别泣不休。对此结中肠,义往难复留。自小阙内训,事姑贻我忧。④赖兹托令门,仁恤庶无尤。⑤贫俭诚所尚,资从岂待周。⑥孝恭遵妇道,容止顺其猷。⑦别离在今晨,见尔当何秋。居闲始自遣,临感忽难收。归来视幼女,零泪缘缨流。

此诗作于建中三年(782)或四年(783),时在滁州。杨氏女,韦应物长女,出适杨凌,故云。丘丹《韦应物墓志》:"长女适大理评事杨凌。"这首送女出嫁诗取材于日常家事,语言质朴无华,但在反复感叹——包括自幼丧母的难舍,闺门教养缺失的担忧以及小妹何堪的悲戚——中,告诫叮咛,意切情真,读来感人至深。

【注释】

①戚戚:忧伤貌。《论语·述而》:"君子坦荡荡,小人长戚戚。"

②"尔辈"二句:无恃,失去母亲。《诗·小雅·蓼莪》:"无父何怙,无母何恃。"韦应物大历十一年丧妻。慈柔,仁慈温和。

③幼:幼女。韦应物妻元蘋去世时年仅五岁。贞元六年,与韦应物同月而逝。丘丹《韦应物墓志》:"次女未笄,因父之丧,同月而逝。"

④"自小"二句:内训,封建时代对女子的教育。事姑,侍奉婆母。

⑤"赖兹"二句:谓庆幸杨氏女子嫁了一个好人家。令,美好。仁,元蘋本作"无"。

⑥"贫俭"二句:贫俭,贫穷俭约。资从,嫁妆。待,一作"在"。周,完备。

⑦"孝恭"二句:孝恭,孝顺恭谨。妇道,指妇女应遵守的道德规范。容止,仪容举止。猷,谋划。此指杨氏能顺从其婆婆的意旨。《书·盘庚上》:"各长于厥居,勉出乃力,听予一人之作猷。"

【汇评】

明袁宏道:读此诗,公慈爱满眼,可想可掬。山谷尝谓渊明《责子诗》亦类此,良然。(参评本)

清章燮《唐诗三百首注疏》:一解,四句总起。二解,言女子自幼失怙,临别更可伤也。三解,恐其闺训未娴,冀赖诸姑仁恤也。四解,言虽出寒门,犹幸有柔顺之德。五解,言送别后自叙伤感之情。(结四句)言未送女之始,闲居在家,无所感触,聊可自遣。忽逢送别,临歧伤感,潸潸掉泪,殊觉难收。直待归来,凄恻之情,或可缓矣。乃独相遇膝下幼女,迎笑于前,触动离情,不禁两泪更绕颈缨流矣。以为他日长成,亦如杨氏女也,不且为之伤极乎？

[日]近藤元粹评订《韦苏州集》：平话中有无限情趣，可知作诗不必险艰也。

送中弟

秋风入疏户，离人起晨朝。^①山郡多风雨，西楼更萧条。嗟予淮海老^②，送子关河遥。同来不同去，沉忧宁复消^③。

【题解】

此诗作于建中二年(781)秋，时在滁州。诗题，《文苑英华》卷二七二作"送崔肃懿"，崔氏未详。中弟，即仲弟，未详。据诗中"同来不同去"句，韦应物中弟送其赴滁州刺史任，后别去，韦作诗送之。诗作在叙事中抒情，以山郡萧条之景渲染沉重离忧。

【注释】

①"秋风"二句：风，《丛刊》本、《文苑英华》本作"气"。疏户，雕刻花纹的窗户。晨朝，清晨。杜甫《与任城许主簿游南池》："晨朝降白露，遥忆旧青毡。"

②淮海：即淮南，滨海。

③"沉忧"句：沉忧，深忧。曹植《杂诗》六首其二："去去莫复道，沉忧令人老。"宁，《文苑英华》本作"能"。

【汇评】

宋刘辰翁：此公本色佳处，虽屡见，故自不厌。（参评本）

寄别李儋

首戴惠文冠，心有决胜筹。^①翩翩四五骑，结束向并州。^②

名在相公幕③,丘山恩未酬。妻子不及顾,亲友安得留。宿昔同文翰,交分共绸缪④。忽枉别离札,涕泪一交流⑤。远郡卧残疾⑥,凉气满西楼。想子临长路,时当淮海秋⑦。

【题解】

此诗作于建中四年(783)秋,时在滁州。李儋,时赴河东节度使马燧幕府。诗作寄别友人李儋,回顾往日的深厚交谊,不禁涕泪交流,百感交集。

【注释】

①"首戴"二句:惠文冠,武冠。《后汉书·舆服志》:"武冠,一曰武弁大冠,诸武官冠之。侍中、中常侍加黄金珰,附蝉为文,貂尾为饰,谓之赵惠文冠。"决胜筹,决战决胜的谋略。

②"翩翩"二句:翩翩,行动轻疾貌。曹植《芙蓉池》:"逍遥芙蓉池,翩翩戏轻舟。"结束,整治行装。褚翔《雁门太守行》:"便闻雁门戍,结束事戎车。"并州,即太原府(今属山西),时为河东节度使治所。

③"名在"句:相公,对宰相的称谓。唐代官员加同中书门下平章事者,即为宰相。此指河东节度使马燧,建中三年五月,以击破田悦功,加同中书门下平章事。幕,一作"府"。

④交分:交情。

⑤交流:犹齐流。

⑥疾:一作"雨"。

⑦淮海:指淮南道。

【汇评】

[日]近藤元粹评订《韦苏州集》:情致凄婉而真挚。

送仓部萧员外院长存

襆被蹉跎老江国,情人邂逅此相逢。①不随鸳鹭朝天去,遥想蓬莱台阁重。②

【题解】

此诗约作于贞元二年(786),时在江州刺史任上。仓部,尚书省户部所属曹司。院长,员外郎、御史、拾遗、补阙等官员相互间的称谓。萧存(739－800),字伯诚,一云字成性。颖士之子。建中初,迁殿中侍御史,再为侍御史,历仓部、金部等曹员外郎,迁比部郎中。诗作送别萧存,对友人仕途不顺深表同情。

【注释】

①"襆(fú)被"二句:襆被,用包袱裹束衣被,铺盖卷。宋之问《桂阳三日述怀》:"载笔儒林多岁月,襆被文昌事吴越。"江国,犹江乡。韦应物建中三年自尚书郎出为滁州刺史,复为江州刺史,至贞元二年,已历五年。邂逅,不期而遇。《诗·郑风·野有蔓草》:"邂逅相遇,适我愿兮。"

②"不随"二句:鸳鹭,喻指朝官班行。蓬莱,传说中海上三神山之一,长安大明宫原名蓬莱宫,此指长安宫殿。

送王校书

同宿高斋换时节①,共看移石复栽杉。送君江浦已惆怅②,更上西楼望远帆。

【题解】

此诗作于贞元二年(786)左右,时在江州。王校书,未详。校书,官名。唐代秘书省置校书郎十人,掌校雠书籍。诗写与王校书的相聚之谊,并抒发送别之情。后二句"送君江浦已惆怅,更上西楼望远帆",从现在写到未来,尚未分手就已经开始想象以后盼友归来的情景,尤能见出二人友情之深厚、真挚。

【注释】

①宿:洪迈《万首唐人绝句》卷四作"坐"。

②江浦:江滨。岑参《题金城临河驿楼》:"忽如江浦上,忆作捕鱼郎。"

【汇评】

[日]近藤元粹评订《韦苏州集》:不求巧而却有味。

送丘员外还山

长栖白云表,暂访高斋宿。还辞郡邑喧,归泛松江渌①。结茅隐苍岭②,伐薪响深谷。同是山中人,不知往来躅③。灵芝非庭草,辽鹤委池鹜。④终当署里门,一表高阳族。⑤

【题解】

此诗作于贞元六年(790)夏秋间,时在苏州刺史任上。丘员外,丘丹,贞元六年自隐所访韦应物于苏州。诗写送丘丹还山,拟想友人结茅山间、伐薪自给的归隐生活;坚信高才不会久被埋没,不屑与家鸡池鹜为伍的友人,将来定能升腾,光耀门楣。丘丹酬答之作为《奉酬韦使君送归山之作》,可以参读:"侧闻郡守至,偶乘黄犊出。不别桃源人,一见经累日。蝉鸣念秋稼,兰酌动离瑟。临水降麾幢,野艇才容膝。参差碧山路,目送江帆疾。涉海得骊珠,栖梧惭凤质。愧非郑公里,归扫蒙笼室。"

【注释】

①松江:吴淞江的古称。一名笠泽,又名松陵江,为太湖三江之一,东北流,经吴淞口入海。

②茅:《文苑英华》卷二七二校"一作临"。

③躅:足迹。孔稚珪《北山移文》:"尘游躅于蕙路。"

④"灵芝"二句:灵芝,菌类植物,古人认为服之可延年得道。嵇康《忧愤诗》:"煌煌灵芝,一年三秀。"吕延济注:"灵芝草药,一年三开花秀,服之

长生。"辽鹤,辽东鹤,仙人所化之鹤。《搜神后记》卷一:"丁令威,本辽东人,学道于灵虚山。后化鹤归辽,集城门华表柱。时有少年,举弓欲射之。鹤乃飞,徘徊空中而言曰:'有鸟有鸟丁令威,去家千年今始归。城郭如故人民非,何不学仙冢累累。'遂高上冲天。"委,《丛刊》本作"匪"。委池鹜,谓不屑与家鸡池鹜为伍。

⑤"终当"二句:里门,所居里巷之门。高阳族,才子甚多之名门望族。丘氏世居吴兴(今浙江湖州),丘为、丘丹兄弟俱擅诗名,故云。高阳氏,即传说中上古帝王颛顼。

重送丘二十二还临平山居

岁中始再觌,方来又解携。① 才留野艇语,已忆故山栖。幽涧人夜汲,深林鸟长啼。还持郡斋酒,慰子霜露凄②。

【题解】

此诗作于贞元六年(790)初秋,时在苏州。丘二十二,丘丹。诗写于郡斋置酒重送丘丹还临平山居,有不舍,更有安慰友人感时念亲之意。丘丹酬答之作为《奉酬重送归山》,可以参读:"卖药有时至,自知往来疏。遽辞池上酌,新得山中书。步出芙蓉府,归乘觳觫车。猥蒙招隐作,岂愧班生庐。"

【注释】

①"岁中"二句:始,《文苑英华》卷二七二作"欣"。觌,《文苑英华》本作"睹"。看见,会面。解携,分手,离别。杜甫《水宿遣兴奉呈群公》:"异县惊虚往,同人惜解携。"

②"慰子"句:子,《丛刊》本作"此"。霜露凄,谓其思念孝养父母之情。盖丘丹时丧亲不久。

送郑端公弟移院常州

时瞻宪臣重，礼为内兄全。①公程傥见责②，私爱信不愆。况昔陪朝列，今兹俱海壖。③清觞方对酌，天书忽告迁。④岂徒咫尺地⑤，使我心思绵。应当自此始，归拜云台前⑥。

【题解】

此诗约作于贞元六年(790)，时在苏州。郑端公，韦应物妹丈，余未详。端公，唐人对侍御史的称呼。《因话录》卷五："御使台三院，一曰台院，其僚曰侍御使，众呼为端公。"院，陶敏、王友胜《韦应物集校注》疑指盐铁转运使院，在江南各州常设有派出机构，亦称院。诗写送别妹丈郑端公移院常州，依依难舍之情从平素交接间的亲身感受中写出，诗末致以良好祝愿。

【注释】

①"时瞻"二句：宪臣，执法官员。《新唐书·百官志》：御史台长官"掌以刑法典章纠正百官之罪恶"，"龙朔二年，改御史台曰宪台，大夫曰大司宪，中丞曰司宪大夫"。故台中官员均可称宪臣。内兄，妻子的哥哥。

②公程：公务的期限。张籍《使回留别襄阳李司空》："迟迟恋恩德，役役限公程。"

③"况昔"二句：朝列，犹朝班。泛指朝廷官员。孟浩然《仲夏归南园寄京邑旧游》："因声谢朝列，吾慕颍阳真。"海壖(ruán)，海边地。亦泛指沿海地区。柳宗元《南省转牒欲具江国图令尽通风俗故事》："圣代提封尽海壖，狼荒犹得纪山川。"

④"清觞"二句：对酌，一作"笑燕"，元修本、递修本作"共酌"。天书，皇帝诏敕。王勃《为原州赵长史请为亡父度人表》："天书屡降，手敕仍存。"

⑤咫尺：形容距离近。徐干《答刘公干》："虽路在咫尺，难涉如九关。"

⑥云台：指宫殿。

送房杭州

孺复

专城未四十①，暂谪岂蹉跎。风雨吴门夜，恻怆别情多。②

【题解】

此诗作于贞元六年(790)，时在苏州。房杭州，名孺复(756－797)，房琯之子。贞元四、五年在杭州刺史任，见郁贤皓《唐刺史考》。时孺复自杭州刺史贬连州，途经苏州，故韦应物以诗送之。房氏贬谪之由，据《旧唐书·房孺复传》，孺复先娶郑氏，及为杭州刺史，又娶台州刺史崔昭女。崔氏妒悍之甚，一夕杖杀侍儿二人，埋雪中。事发，遂坐贬连州司马。诗写送别房孺复，谓房氏不到四十岁就肩负"专城"之任，虽遭贬谪，也不能算是蹉跎不幸。恻怆别情外，颇有劝慰之意。

【注释】

①"专城"句：专城，主宰一城之事，指为太守、刺史等地方长官。《陌上桑》："三十侍中郎，四十专城居。"

②"风雨"二句：吴门，故吴县城(今苏州)别称。恻怆，哀伤。李白《古风》五十九首其二十二："挥涕且复去，恻怆何时平。"

送陆侍御还越

居藩久不乐①，遇子聊一欣。英声颇籍甚，交辟乃时珍。②绣衣过旧里，骢马辉四邻。③敬恭尊郡守，笺简具州民。④谬忝诚所愧，思怀方见申。置榻宿清夜，加笾宴良辰⑤。遵途还盛府⑥，行舫绕长津。自有贤方伯⑦，得此文翰宾。

此诗作于贞元六年(790)左右,时在苏州。陆侍御,陆俦(748－802),字公佐,吴郡(今江苏苏州)人。越,越州,今浙江绍兴,时为浙东观察使治所。陆俦以殿中侍御史佐越州,过苏州,故韦应物以诗赠之。诗写饯送陆侍御还越,赞赏友人,并流露出颇为珍视二人相得之情意。

【注释】

①居藩:为州郡等地方长官。藩,篱笆,指封建王朝的诸侯国,属国或领地,以其为中央王朝的屏藩。

②"英声"二句:籍甚,盛大,盛多。交辟,交相征辟。时珍,当代名人。

③"绣衣"二句:绣衣,御史官服。"骢马"句,一作"辉光耀四邻"。骢马,御史桓典所乘。

④"敬恭"二句:敬恭,恭敬奉事,敬慎处事。《诗·大雅·云汉》:"敬恭明神,宜无悔怒。"笺简,代称文书。州民,当州百姓。陆俦苏州人,故于名刺上具衔为当州百姓,以示对一州之长的尊重。刘禹锡《送湘阳熊判官孺登府罢归钟陵因寄呈江西裴中丞二十三兄》:"复持州民刺,归谒专城居。"

⑤加笾(biān):添加肴馔。笾,古代祭祀和宴会时盛果品等的竹器。

⑥遵途:亦作"遵涂",谓遵循道路前进。

⑦方伯:古称一方诸侯之长,后泛指太守、刺史等州郡地方长官。据郁贤皓《唐刺史考》,时越州刺史、浙东观察使为皇甫政。

听江笛送陆侍御

同丘员外赋题

远听江上笛,临觞一送君。①还愁独宿夜,更向郡斋闻。

【题解】

此诗作于贞元六年(790)左右,时在苏州。诗写送别友人陆侍御,后二句"还愁独宿夜,更向郡斋闻",推想别后郡斋独宿时的孤独凄凉,有如再闻江笛,尤能表现出诗人的凄恻别情。丘丹奉和之作为《和韦使君听笛送陈侍御》,可以参读:"离尊闻夜笛,寥亮入寒城。月落车马散,凄恻主人情。"

【注释】

①"远听"二句:听,《文苑英华》卷二八五作"以"。临觞,犹言面对着酒。阮籍《咏怀》八十二首其三十四:"临觞多哀楚,思我故时人。对酒不能言,凄怆怀酸辛。"

【汇评】

明凌宏宪《唐诗广选》:明蒋春甫曰:就中生意。案:春甫为蒋一葵兄。

清张揔《唐风怀》:震青曰:无中生有,设想关情,悠然独至。

清王尧衢《唐诗合解笺注》:笛声固哀,远听尤哀,在江上远听,则其声尤哀。临杯觞而送别,听笛声而助我哀怨矣。更就笛声开一笔,言别后还有愁者,不堪独宿夜时。那笛声更向郡斋,使离人一听,尤堪肠断矣。

送丘员外归山居

郡阁始嘉宴①,青山忆旧居。为君量革履,且愿住蓝舆。②

【题解】

此诗作于贞元六年(790)左右,时在苏州。丘员外,丘丹。山居,杭州临平山居。诗写送友人丘丹还山居,表达钦羡之意。

【注释】

①嘉宴:盛宴。骆宾王《初秋登司马楼宴》:"展骥端居暇,登龙嘉宴同。"

②"为君"二句:《晋书·陶潜传》:"刺史王弘以元熙中临州,甚钦迟之,后自造焉。潜称疾不见。……弘每令人候之,密知当往庐山,乃遣其故人庞通之等赍酒,先于半道要之。潜既遇酒,便引酌野亭,欣然忘进。弘乃出

与相见,遂欢宴穷日。潜无履,弘顾左右为之造履。左右请履度,潜便于坐申脚令度焉。弘要之还州,问其所乘,答云:'素有脚疾,向乘篮舆,亦足自反。'乃令一门生二儿共轝之至州,而言笑赏适,不觉其有羡于华轩也。"革履,皮革制成的鞋。蓝舆,即篮舆,竹轿。

送崔叔清游越

忘兹适越意①,爱我郡斋幽。野情岂好谒,诗兴一相留②。远水带寒树,阊门望去舟。③方伯怜文士,无为成滞游④。

【题解】

此诗作于贞元六年(790)左右,时在苏州。崔叔清,名翰(743－799)。据韩愈《崔评事墓志铭》,贞元八年,受辟以右卫胄曹参军佐王栖曜幕,后佐陆长源幕,授大理评事。十二年,为汴州观察巡官。诗写送别崔翰游越,期待怀才不遇的友人能一帆风顺,早日得偿所愿。说自己为崔翰送行,由于郡斋幽雅,友情感人,崔氏几乎忘记要远行。又谓越地的长官爱才,友人此去,很可能会被留用,不无怀恋之意。

【注释】

①适越意:怀才不遇之意。张协《杂诗》十首其五:"昔我资章甫,聊以适诸越。"李善注引《庄子》:"宋人资章甫而适诸越,越人断发文身,无所用之。"

②"诗兴"句:《唐国史补》卷中:"杜太保(佑)在淮南,进崔叔清诗百篇。德宗谓使者曰:'此恶诗,焉用进?'时呼为'准敕恶诗'。"

③"远水"二句:远,《文苑英华》卷二七二作"楚"。寒树,寒天的树木,冷清凋残的树林。诗文中常以衬托冷落与萧条的环境气氛。江淹《杂体》三十首其十五《刘太尉琨伤乱》:"千里何萧条,白日隐寒树。"阊门,苏州城西门。

④滞游:久游未归,久游未归之人。

【汇评】

明袁宏道:("野情"二句)韵语佳句。(参评本)

[日]近藤元粹评订《韦苏州集》:韵响淡冲。

送云阳邹儒立少府侍奉还京师

　　建中即藩守,天宝为侍臣。①历观两都士,多阅诸侯人。邹生乃后来②,英俊亦罕伦。为文颇瑰丽,禀度自贞醇③。甲科推令名,延阁播芳尘。④再命趋王畿,请告奉慈亲。一钟信荣禄⑤,可以展欢欣。昆弟俱时秀,长衢当自伸⑥。聊从郡阁暇,美此时景新。方将极娱宴,已复及离晨⑦。省署惭再入,江海绵十春。⑧今日阊门路,握手子归秦。

【题解】

　　此诗约作于贞元六年(790)春,时在苏州。云阳,京兆府属县名,故治在今陕西泾阳北云阳镇。邹儒立,南阳新野人。尝为云阳尉,历殿中侍御史、武功县令,官至衡州刺史。少府,唐人对县尉的称呼。诗写送别邹儒立自苏州迎养其亲赴任所,颇多赞誉之辞,也饱含依依不舍之情。

【注释】

　　①"建中"二句:建中,唐德宗的第一个年号(780－783)。藩守,指刺史。天宝,唐玄宗的第三个年号(742－755)。为侍臣,为备皇帝宿卫的右千牛之属。

　　②后来:《史记·汲郑列传》:"陛下用群臣,如积薪耳,后来者居上。"

　　③"禀度"句:禀度,秉性,犹受教。贞醇,纯正厚道。

　　④"甲科"二句:甲科,高科。唐进士有甲、乙两科,明经有甲、乙、丙、丁四科。《唐会要》卷七六:贞元四年,邹儒立登贤良方正能极言直谏科。延

237

阁,汉代宫廷藏书之所。芳尘,传扬美名。据知,邹儒立登制科后似曾授校书郎或太子校书职,故下云"再命"。

⑤"一钟"句:一钟,俸禄微薄。钟,古代容量单位,受六斛四斗。荣禄,功名利禄。

⑥"长衢"句:长衢,大道,喻仕途。杜甫《草堂》:"谈笑行杀戮,溅血满长衢。"自伸,施展才能。据《元和姓纂》卷五,邹儒立父邹象先乃萧颖士同年,象先有弟绍先、彦先,彦先子颖,官至漳州刺史。余未详。

⑦"已复"句:一云"芜后乃离辰",一作"燕后"。

⑧"省署"二句:省署,尚书省。韦应物建中二年为比部员外郎,贞元三年复入为左司郎中,故谓"再入"。十春,自建中三年出守滁州,至贞元七年,前后已十年。

送豆卢策秀才

岁交冰未泮,地卑海气昏。①子有京师游,始发吴阊门②。新黄含远林,微绿生陈根。诗人感时节,行道当忧烦。古来濩落者,俱不事田园。文如金石韵③,岂乏知音言。方辞郡斋榻,为酌离亭尊。④无为倦羁旅,一去高飞翻。⑤

【题解】

此诗约作于贞元七年(791)早春,时在苏州。豆卢策,吕渭婿,贞元十六年官淮南节度掌书记,试太常寺协律郎。诗写为远游京师的豆卢策秀才送行,诗风相对明朗,一来是出于对行者品行、才能的肯定,二来也有助于消解行者旅途的感伤。

【注释】

①"岁交"二句:岁交,新岁与旧岁交替之际。冰未泮(pàn),一作"冰始泮",又作"冰水泮"。泮,冰雪融解。《诗·邶风·匏有苦叶》:"士如归妻,

迨冰未泮。"海气,海面上或江面上的雾气。张子容《永嘉即事寄赣县袁少府瓘》:"海气朝成雨,江天晚作霞。"

②吴:苏州,春秋吴郡。

③金石韵:犹金石声。张籍《哭于鹄》:"徒保金石韵,千载人所闻。"

④"方辞"二句:郡斋榻,表示豆卢策途经本郡受到作者的礼遇。《后汉书·徐稺传》:"陈蕃为太守,以礼请署官曹。稺不就之,既谒而退。蕃在郡,不接宾客,惟稺来,特设一榻,去则悬之。"为,《丛刊》本作"已"。

⑤"无为"二句:羁旅,寄居异乡。飞翻,飞翔翻腾。曹唐《长安客舍叙邵陵归宴寄永州萧使君》五首其二:"不知何路却飞翻,虚受贤侯郑重恩。"

【汇评】

宋刘辰翁:名语堪怜。(参评本)

[日]近藤元粹评订《韦苏州集》:("新黄"二句)警句未经人道,近时作家特好这样字面,而欠此自然,故徒表其丑耳。

送王卿

别酌春林啼鸟稀,双旌背日晚风吹①。却忆回来花已尽,东郊立马望城池。

【题解】

此诗约作于贞元七年(791)春,时在苏州。诗写饯别王卿。前半的气氛烘托,已令人不堪;后二句"却忆回来花已尽,东郊立马望城池",设想未来情景,愈见此刻的绵绵离怀。

【注释】

①双旌:唐代节度领刺史者出行时的仪仗。

送刘评事

声华满京洛,藻翰发阳春。①未遂鹓鸿举②,尚为江海宾。吴中高宴罢,西上一游秦。已想函关道③,游子冒风尘。笼禽羡归翼,远守怀交亲。④况复岁云暮⑤,凛凛冰霜辰。旭霁开郡阁,宠饯集文人。洞庭摘朱实,松江献白鳞。⑥丈夫岂恨别,一酌且欢欣。

【题解】

此诗约作于贞元六年(790)冬,时在苏州。刘评事,未详。评事,大理评事。诗写饯别"西上一游秦"的友人刘评事,诗中呈现出赞赏、同情与鼓励等多种情绪。

【注释】

①"声华"二句:声华,犹言声誉荣耀。白居易《晏坐闲吟》:"昔为京洛声华客,今作江湖老倒翁。"藻翰,华丽的文辞,文章。

②鹓鸿举:谓仕途顺遂,如鹓雏、鸿鹄之高飞远举。

③函关:函谷关的省称。杨素《赠薛播州》九首其二:"函关绝无路,京洛化为丘。"

④"笼禽"二句:笼禽,笼中之鸟。喻一己不自由之身。归翼,归鸟。喻游秦之刘评事。交亲,相互亲近,友好交往,谓亲朋好友。

⑤岁云暮:即岁暮。云,语词。《古诗十九首》:"凛凛岁云暮,蝼蛄夕鸣悲。"

⑥"洞庭"二句:洞庭,苏州太湖中山名。朱实,橘。白居易《拣贡橘书情》:"洞庭贡橘拣宜精,太守勤王请自行。"白鳞,当指鲈鱼。《后汉书·左慈传》:"尝在司空曹操座。操从容顾宾客曰:'今日高会,珍馐略备,所少吴松江鲈鱼耳。'"李贤注:"松江在今苏州南,首受太湖。《神仙传》云:'松江

出好鲈鱼,味异它处。'"

送雷监赴阙庭

才大无不备,出入为时须。雄藩精理行,秘府擢文儒。①
诏书忽已至,焉得久踟蹰。方舟趁朝谒,观者盈路衢。②广筵
列众宾,送爵无停迂③。攀饯诚怆恨④,贺荣且欢娱。长陪柏
梁宴⑤,日向丹墀趋。时方重右职⑥,蹉跎独海隅。

【题解】

此诗约作于贞元六年(790),时在苏州。雷监,雷咸。据《唐会要》卷七
七,贞元八年八月,河北镇、冀等州有水灾,雷咸以秘书少监为宣慰使。阙
庭,也作阙廷,朝廷。亦借指京城。雷咸自福建泉州刺史入朝为秘书少监,
经苏州,韦应物以诗送之。诗作在衷心祝贺友人荣升之余,也对自己当时
的处境稍稍表露出了失落之意。

【注释】

①"雄藩"二句:雄藩,大州。秘府,即秘书省。古代称禁中藏图书秘记
之所。

②"方舟"二句:方舟,并行的船。趁,《文苑英华》卷二七二作"赴"。路
衢,四通八达的道路。杜甫《后出塞》五首其四:"边人不敢议,议者死
路衢。"

③停迂:停歇或迟缓。

④恨:递修本校"一作恨",《丛刊》本作"恨"。

⑤柏梁宴:泛指君臣宴饮赋诗之会。柏梁,汉长安宫中台名。

⑥右职:高官。此指近密机要的官职。右,《文苑英华》本作"文"。《后

汉书·蔡邕传》："宜擢文右职，以劝忠謇。"李贤注："右，用事之便，谓枢要之官。"

送秦系赴润州

近作新婚镊白髯，长怀旧卷映蓝衫。①更欲携君虎丘寺，不知方伯望征帆。②

【题解】

此诗作于贞元六年(790)，时在苏州。秦系，字公绪，号东海钓客，越州会稽(今浙江绍兴)人。大历中，薛嵩奏为右卫率府仓曹参军，不就。后因与妻离异，流寓睦州、泉州，后复归越州。贞元七年，张建封辟为从事，授校书郎。建封卒，归吴。年八十余卒。润州，州治在今江苏镇江。诗写送秦系赴润州，在些许遗憾中不无欣慰之意。

【注释】

①"近作"二句："近作"句，谓秦系年老娶妻。据刘长卿《见秦系离婚后出山居作》、《夜中对雪赠秦系时秦初与谢氏离婚谢氏在越》等作，秦氏大历中与其妻谢氏离异。旧卷，盖用以投赠之诗卷。蓝衫，旧时八品、九品小官吏服色。

②"更欲"二句：虎丘寺，在苏州西虎丘山上。方伯，一方诸侯之长。此指徐州节度使张建封。秦系有《张建封大夫奏系为校书郎因寄此作》。寿阳大夫公，即张建封。德宗初，曾为寿州刺史、濠、寿、庐三州都团练观察使，兼御史大夫。南徐州，即润州。

【汇评】

宋刘辰翁：每用"方伯"字，亦以俗见。(张习本)

[日]近藤元粹评订《韦苏州集》：艰涩，不足以为后人模范。

第五编　酬答

期卢嵩枉书称日暮无马不赴以诗答

　　佳期不可失,终愿枉衡门。^①南陌人犹度,西林日未昏。庭前空倚杖,花里独留樽。^②莫道无来驾,知君有短辕^③。

【题解】

　　此诗作于永泰中,时在洛阳丞任上。卢嵩,永泰中与韦应物同在洛阳为官,韦有诗如《赠卢嵩》等赠之,余未详。枉,屈就,用于别人,含敬意。无马,《唐诗品汇》卷六四作"无车马"。诗写期盼友人不至的怅惘之情。末二句"莫道无来驾,知君有短辕",以古事翻今案,抑扬其语,而意度自远。由此亦可知,韦诗之风格并非止于平淡。

【注释】

　　①"佳期"二句:佳期,美好的时光。多指同亲友重晤或故地重游之期。谢朓《晚登三山还望京邑》:"佳期怅何许,泪下如流霰。"衡门,指自己的简陋居室。

　　②"庭前"二句:倚杖,拄杖,谓等待期盼。王维《辋川闲居赠裴秀才迪》:"倚杖柴门外,临风听暮蝉。"留樽,留下酒樽待客。

　　③短辕:指驽缓之牛车。

【汇评】

　　[日]近藤元粹评订《韦苏州集》:笔端有舌,比之面晤更有韵致。

任洛阳丞答前长安田少府问

相逢且对酒,相问欲何如。数岁犹卑吏,家人笑著书。①
告归应未得②,荣宦又知疏。日日生春草,空令忆旧居。

【题解】

此诗作于永泰中,时在洛阳丞任上。孙望《韦应物诗集系年校笺》疑其
作于大历二年(767)春,且应物辞洛阳丞非一次,此盖初辞而未准也。田少
府,前此任长安县尉,余未详。周煇《清波杂志》卷一〇:"古治百里之邑,令
附其俗,尉督其奸,故令曰明府,尉曰少府。"韦应物表达内心的情感,往往
会采用如话家常般的叙述方式,这首诗便是如此。首二句描写相逢的场
面,以下皆为诗人的答语,一五一十地向田少府陈述自己的境况,语调平
淡,节奏舒缓。

【注释】

①"数岁"二句:卑吏,旧时下级官吏面对上级官长时的自谦之称。《南
史·王韶之传》:"家贫好学,尝三日绝粮而执卷不辍,家人诮之曰:'困穷如
此,何不耕?'答曰:'我常自耕耳。'"

②应:一作"今"。

【汇评】

宋刘辰翁评末联:无甚紧促,怀抱毕陈。(张习本)

明袁宏道:一结,唐人风味如此。(参评本)

假中枉卢二十二书亦称卧疾兼讶李二久 不访问以诗答书因亦戏李二

微官何事劳趋走,服药闲眠养不才①。花里棋盘憎鸟污,枕边书卷讶风开。故人问讯缘同病,芳月相思阻一杯。应笑王戎成俗物,遥持麈尾独徘徊。②

【题解】

此诗约作于广德元年(763)春,时在洛阳。卢二十二,名未详。或为卢嵩。其人永泰、广德中与韦应物同在洛阳为官,交游甚密。又或为卢耽,为洛阳主簿,与韦应物同在洛阳。未审究为何人。亦戏,《丛刊》本作"以戏"。李二,李瀚。诗作借答书友人表达寂养心性之志。末二句"应笑王戎成俗物,遥持麈尾独徘徊",乃是借王戎故事戏嘲久不相访的李瀚。

【注释】

①不才:对自己的谦称。

②"应笑"二句:王戎,此以之戏指李瀚。《晋书·王戎传》:"戎每与籍为竹林之游,戎尝后至。籍曰:'俗物已复来败人意。'戎笑曰:'卿辈意亦复易败耳。'"麈尾,拂尘,以驼鹿尾为之,故称。古人常执于手中以助谈兴。白居易《斋居偶作》:"老翁持麈尾,坐拂半张床。"

酬卢嵩秋夜见寄五韵

乔木生夜凉,月华满前墀①。去君咫尺地,劳君千万思②。素秉栖遁志,况贻招隐诗③。坐见林木荣,愿赴沧洲期④。何能待岁晏,携手当此时。犹卢诗云"岁晏以为期"之句。

此诗约作于永泰元年(765)秋,时在洛阳。卢嵩赠诗全首已佚,仅存诗末注中"岁晏以为期"一断句。诗写月夜答谢卢嵩见招。谓归隐本是自己的夙愿,何况友人以诗见招,不要等到年末,现在就想归去。末二句"何能待岁晏,携手当此时",尤能于心情急迫中突出诗人所"素秉"之"栖遁志"。

【注释】

①月华:月光。张若虚《春江花月夜》:"此时相望不相闻,愿逐月华流照君。"

②万:原作"里",此据原校校改。

③"素秉"二句:栖遁,避世隐居。招隐诗,西晋时,以"招隐"为题作诗蔚然成风。《文选》录存"招隐诗"与"反招隐诗"十一首,其中左思二首,陆机一首。

④"坐见"二句:"坐见"句,一作"坐损经济策"。沧洲,滨水处,多指隐者所居。杜甫《曲江对酒》:"吏情更觉沧洲远,老大悲伤未拂衣。"

【汇评】

清王夫之《唐诗评选》卷二:自爱其字,一出一入,非千金不售。有唐一代能尔者,唯公一人。郊寒岛瘦,其寒瘦者皆粪土也。

酬郑户曹骊山感怀

苍山何郁盘,飞阁凌上清。①先帝昔好道,下元朝百灵。②白云已萧条,麋鹿但纵横。③泉水今尚暖,旧林亦青青。我念绮襦岁,扈从当太平。④小臣职前驱,驰道出灞亭。⑤翻翻日月旗,殷殷鼙鼓声。⑥万马自腾骧,八骏按辔行。⑦日出烟峤绿,氛氲丽层甍。⑧登临起遐想,沐浴欢圣情⑨。朝燕咏无事,时丰贺国祯⑩。日和弦管音,下使万室听。⑪海内凑朝贡,贤愚共欢荣⑫。合沓车马喧⑬,西闻长安城。事往世如寄,感深迹所经。
申章报兰藻⑭,一望双涕零。

【题解】

此诗作于永泰、广德中,时在洛阳。户曹,户曹参军事,州府属官。郑
户曹,未详。其为何州府户曹,亦未详。骊山,在今陕西西安东南,其地有
华清宫、温泉汤池,为唐玄宗游幸之所。诗作主要通过描写安史乱后骊山
的萧条凋残景象,以及回忆昔日扈从华清宫的情形,表达对大唐盛世的追
怀,以及不胜俯仰今昔之感。与作者另外的《骊山行》《温泉行》《逢杨开府》
《燕李录事》等一系列作品一道,构成了大历诗一个最令人伤感的主题。

【注释】

①“苍山”二句:郁盘,曲折盘结。李白《历阳壮士勤思齐歌》:“江山犹
郁盘,龙虎秘光彩。”飞阁,高阁。上清,道家所谓天人二界之外的三清境之
一。《云笈七签》卷三:“其三清境者,玉清、上清、太清是也。亦名三天,其
三天者,清微天、禹余天、大赤天是也……灵宝君治在上清境,即禹余天
也。”《类编长安志》卷三:“朝元阁,在华清宫南骊山上。《明皇杂录》:‘天宝
二载,起朝元阁。’”天宝七年十二月,传老子玄元皇帝见于朝元阁,因改名
降圣阁。

②“先帝”二句:先帝,指唐玄宗,崇尚道教,尊奉老子为太圣祖玄元皇
帝,两京及诸郡各置宫,又置崇玄学,令习《道德》(《老子》)、《南华》(《庄
子》)、《通玄》(《文子》)、《冲虚》(《列子》)诸经,列为科举考试科目。下元,
唐人以上元、中元、下元为三元。下元为农历十月十五日。道教徒于此日
斋醮祈酿。谢维新《古今合璧事类备要》前集卷一八引《正一旨要》:“下元
日,九江水帝、十二河源溪谷大神,与旸谷神王、水府灵官同下人间校籍,定
生人祸福。”百灵,百神。班固《东都赋》:“礼神祇,朝百灵。”

③“白云”二句:“白云”句,象征玄宗之死。杜甫《同诸公登慈恩寺塔》:
“回首叫虞舜,苍梧云正愁。”“麋鹿”句,言宫苑荒废。

④“我念”二句:绮襦,绮制的短袄。绮,素地织有花纹的丝织品。绮襦
岁,指青少年。韦应物天宝中为三卫,扈从温泉。扈从,随从皇帝出巡。宋

之问《扈从登封途中作》："扈从良可赋,终乏揽天才。"

⑤"小臣"二句:前驱,前导。《诗·卫风·伯兮》："伯也执殳,为王前驱。"驰道,帝王巡幸时经行的道路。灞亭,当在长安东灞水上,自长安东行赴骊山经此。岑参《送祁乐归河东》："置酒灞亭别,高歌披心胸。"

⑥"翩翩"二句:翩翩,飘扬貌。日月旗,帝王仪仗中绘有日月图像之旗。戎昱《辰州闻大驾还宫》："自惭出守辰州畔,不得舰随日月旗。"殷殷,象声词。司马相如《长门赋》："雷殷殷而响起兮,声象君之车音。"鼙鼓,军中小鼓。

⑦"万马"二句:腾骧,腾跃奔驰。八骏,相传周穆王西游时所驾八匹骏马。此指唐玄宗驾车的御马。《穆天子传》卷一:"天子之骏,赤骥、盗骊、白义、逾轮、山子、渠黄、骅骝、绿耳。"按辔,勒紧马缰,使马徐行。

⑧"日出"二句:烟峤,雾气笼罩的山岭。氤氲,盛貌。层甍,多层屋脊,指骊山上宫殿。谢朓《晚登三山还望京邑》："白日丽飞甍,参差皆可见。"

⑨"沐浴"句:郑嵎《津阳门》诗自注:"(华清)宫中除供奉两汤池外,更有汤十六所,长汤每赐诸嫔御。"杜甫《自奉先县咏怀五百字》："与宴皆长缨,赐浴非短褐。"

⑩国祯:国家的祯祥。

⑪"日和"二句:叶廷珪《海录碎事》卷一六引《明皇杂录》:"六月一日,上幸华清宫,是贵妃生日,上命小部音乐,于长生殿奏新乐。"白居易《长恨歌》："骊山高处入青云,仙乐风飘处处闻。"

⑫欢荣:欢乐荣华。

⑬合沓:重叠。谢朓《游敬亭山》："兹山亘百里,合沓与云齐。"此指车马众多。

⑭"申章"句:申,元修本作中。兰藻,文辞芳馥如兰,指《郑户曹骊山感怀》原诗。谢灵运《拟魏太子邺中集平原侯植》："众宾悉精妙,清辞洒兰藻。"

【汇评】

[日]近藤元粹评订《韦苏州集》:(首八句)自今景想到往日之景。("我念"一段)写出盛况,幻出于读者眼中矣。(结处)结得感慨。

答李澣三首

孤客逢春暮,缄情寄旧游。海隅人使远^①,书到洛阳秋。
马卿犹有壁,渔父自无家。^②想子今何处,扁舟隐荻花。^③
林中观易罢,溪上对鸥闲。^④楚俗饶辞客^⑤,何人最往还。

【题解】

此组诗约作于大历初秋日,时在洛阳。据诗,时李澣已罢洛阳主簿归楚州。这是一组从容平淡、遥想幽深的赠答诗。第一首对人世中遥遥相隔、音书难通的体会极深,用最平淡的写法写出了最深刻的感触。第二首是怀想友人"扁舟隐荻式"的隐士生活。第三首以简淡之语告知自己的生活状况,蕴含独居无友的淡淡寂寞之情,又流露出对友人的关心和思念。

【注释】

①人使:使者。

②"马卿"二句:马卿,司马相如,字长卿。《史记·司马相如列传》:相如归成都,"家贫,无以自业",后至临邛,于卓王孙宴席上以琴挑其女文君,"文君夜亡奔相如,相如乃与驰归成都,家居徒四壁立"。壁,墙壁,指房屋。渔父,指隐于渔钓间者。《楚辞》有《渔父》篇,《南史·隐逸传》上有《渔父传》,均为隐士。

③"想子"二句:今,《唐诗品汇》拾遗卷四作"念"。荻花,芦荻之花。荻与芦同科而异种,叶较芦稍阔而韧。

④"林中"二句:易,即《周易》,儒家经典之一,今人多以为古代卜筮之书。鸥,大鸟。《列子·黄帝》:"海上之人有好沤鸟者,每旦之海上,从沤鸟游,沤鸟之至者百住而不止。"

⑤辞客:指诗人。杜牧《初春雨中舟次和州横江裴使君见迎李赵二秀才同来因书四韵兼寄江南许浑先辈》:"辞客倚风吟暗淡,使君回马湿

旌旗。"

【汇评】

明袁宏道:(第三首)闲趣可掬。(转引自《韦应物诗集系年校笺》)

清王尧衢《唐诗合解笺注》:(第一首)孤客,指李澣。缄,封也。春暮怀友,故缄书而以情寄旧日交游也。澣在海隅,使来颇甚遥远。韦时为洛阳令,书自海隅发于春暮,而到时已秋。道远情长,于兹可见矣。

酬柳郎中春日归扬州南郭见别之作

广陵三月花正开,花里逢君醉一回。南北相过殊不远,暮潮从去早潮来。①

【题解】

此诗作于大历五年(770)春,时在扬州。柳郎中,疑为柳识。字方明,襄州(今湖北襄阳)人,柳浑之兄。有重名于天宝间,官左拾遗。安史乱中,居洪州建昌。大历中,在润州茅山。诗写与柳郎中同居一城,早晚相过从。本属无甚可写,但诗人以"花里逢君醉一回"为抓手,巧妙运用潮水朝涨暮落的自然现象作比,传达出彼此情好日密、百聚不厌的深挚情谊。诗题中明标"扬州",孙望《韦应物诗集系年校笺》认为只是作者从作客角度落笔而已。

【注释】

①"南北"二句:相过,互相往来。韩愈《长安交游者赠孟郊》:"亲朋相过时,亦各有以娱。"不,《万首唐人绝句》卷四作"未"。"暮潮"句,从《唐诗品汇》拾遗卷四作"归"。古称早潮为潮,暮潮为汐,潮水涨落有定时,故又称潮信。

【汇评】

明袁宏道:韦时刺滁而送柳,因追思花发之时曾与柳共醉广陵。广陵

去滁不远,可因旦暮潮以相访也。(日本嵩山堂本《韦苏州集》注引)

酬豆卢仓曹题库壁见示

　　掾局劳才子,新诗动洛川。^①运筹知决胜,聚米似论边。^②宴罢常分骑,晨趋又比肩。莫嗟年鬓改,郎署定推先^③。

【题解】

　　此诗约作于大历七年(772),时在洛阳。仓曹,州府属官。豆卢仓曹,时当为河南府仓曹参军,名未详。河南府廨在洛阳南城定鼎门街东第三街之宣范坊(《唐两京城坊考》卷五)。豆卢"见示"之题库诗恐已散佚。诗作首联感叹豆卢仓曹才华富赡,却屈居下僚;额联强调仓曹工作的重要意义;颈联描述诗人与他的密切交往;尾联以安慰之语与首联相呼应。全篇反映仓曹的工作与生活,可与杜甫《吾宗(卫仓曹崇简)》对读:"吾宗老孙子,质朴古人风。耕凿安时论,衣冠与世同。在家常早起,忧国愿年丰。语及君臣际,经书满腹中。"

【注释】

　　①"掾局"二句:掾局,犹史局,指官署。才子,德才兼备的人。后多指有才华的人。潘岳《西征赋》:"终童山东之英妙,贾生洛阳之才子。"洛川,洛水,指洛阳。

　　②"运筹"二句:运筹,以筹计数,又指谋划战事。决胜,取得胜利。运筹、聚米,仓曹参军之公务,此均语意双关。聚米,屯聚粮食,亦指谋划军事。《后汉书·马援传》:光武帝西征隗嚣,诸将意见不一,召马援,具以群议质之。"援因说隗嚣将帅有土崩之势,兵进有必破之状,又于帝前聚米为山谷,指画形势,开示众军所从道径往来,分析曲折,昭然可晓。"论边,讨论边防之事。岑参《青龙招提归一上人远游吴楚别诗》:"说法开藏经,论边穷阵图。"

251

③"郎署"句:豆卢仓曹定当先己入尚书省为郎官。郎署,指尚书省。

酬李儋

开门临广陌,旭旦车驾喧。不见同心友,徘徊忧且烦。都城二十里,居在艮与坤①。人生所各务,乖阔累朝昏。湛湛樽中酒②,青青芳树园。缄情未及发,先此枉玙璠③。迈世超高躅,寻流得真源。④明当策疲马,与子同笑言。

【题解】

此诗约作于大历七年(772),时在洛阳。李儋来诗恐已散佚。诗写与李儋这位"同心友"交谊之深,虽然平素交往未必如期待或想象中的那么密。"迈世超高躅"二句,评人亦即自评。

【注释】

①艮坤:均《周易》卦名,分别代指东北与西南。《易·说卦》:"艮,东北之卦也。"《易·坤》:"西南得朋,东北丧朋。"王弼注:"西南致养之地,与坤同道者也。"

②湛湛:清貌。陆机《大暮赋》:"肴馔馔其不毁,酒湛湛而每盈。"

③玙璠(yú fán):美玉名,此指李儋的来诗。杜甫《贻华阳柳少府》:"吾衰卧江汉,但愧识玙璠。"

④"迈世"二句:迈世,超越世俗。超,一作"蹑"。高躅,品德高尚的人。真源,水流的源头,双关事理的本源。刘潜《和昭明太子钟山解讲》:"回舆下重阁,降道访真源。"

【汇评】

宋刘辰翁:高韵偏在句外。(参评本)

酬元伟过洛阳夜燕

三载寄关东[1]，所欢皆远违。思怀方耿耿，忽得观容辉。[2]亲燕在良夜，欢携辟中闱。问我犹杜门[3]，不能奋高飞。明灯照四隅，炎炭正可依。清觞虽云酌，所愧乏珍肥。晨装复当行[4]，寥落星已稀。何以慰心曲，亻子西还归。

【题解】

此诗约作于大历八年(773)冬，时在洛阳。孙望《韦应物诗集系年校笺》认为作于大历元年(766)冬或大历二年岁初。元伟，韦应物妻元蘋之从叔。诗写与妻叔夜宴。似乎不经意间插入的"问我犹杜门"二句，鲜明地表露了为官以后的思想性格和从政态度。

【注释】

①关东：此指东都洛阳，在函谷关以东。大历六年，韦应物在洛阳，有《贾常侍林亭宴集》诗，至此已三年。

②"思怀"二句：耿耿，心事重重，烦躁不安。观，《丛刊》本作"觏"。

③杜门：塞门，闭门不出。大历七年韦应物罢河南府兵曹参军，闲居于洛阳同德寺，故云。

④晨装：清晨整治行装。刘长卿《送顾长》："晨装林月在，野饭浦沙寒。"

酬韩质舟行阻冻

晨坐枉嘉藻，持此慰寝兴[1]。中获辛苦奏，长河结阴冰。皓曜群玉发，凄清孤景凝。[2]至柔反成坚，造化安可恒。[3]方舟未得行,凿饮空兢兢④。苦寒弥时节,待泮岂所能⑤。何必涉广川,荒衢且升腾。⑥殷勤宣中意⑦,庶用达吾朋。

【题解】

此诗作于大历八年(773)冬,时在洛阳。诗写友人舟行阻冻,酬答其所惠赠佳作,不能无所感慨,如"至柔反成坚"二句与"何必涉广川"二句,均就事进行延伸、发挥。

【注释】

①寝兴:睡眠与起床。潘岳《悼亡诗》三首其二:"寝兴目存形,遗音犹在耳。"

②"皓曜"二句:皓曜,明亮的阳光。陆机《羽扇赋》:"垂皓曜之奕奕,含鲜风之微微。"凝,一作"澄"。

③"至柔"二句:至柔,指水。成坚,结冰。《老子》:"天下莫柔弱于水,而攻坚强者莫之能胜,其无以易之。""天下之至柔,驰骋天下之至坚。"造化,自然界的创造者,此指自然。恒,常,永恒不变。

④"凿饮"句:凿饮,凿冰而饮。《初学记》卷七引谢灵运《苦寒行》:"樵苏无夙饮,凿冰煮朝餐。"兢兢,小心谨慎貌。《诗·小雅·小旻》:"战战兢兢,如临深渊,如履薄冰。"

⑤待泮:冰雪未融化。魏庆之《诗人玉屑》卷六引《西清诗话》:"王君玉谓人曰:诗家不妨间用俗语,尤见工夫。雪止未消者,俗谓之待伴。尝有雪诗:'待伴不禁鸳瓦冷,羞明常怯玉钩斜。'待伴、羞明皆俗语,而采拾入句,了无痕额,此点瓦砾为黄金手也。"泮,融化解散。

⑥"何必"二句:广川,大河。升,递修本作"并"。

⑦中意:内心之意。韦应物《广陵遇孟九云卿》:"新知虽满堂,中意颇未宣。"

李博士弟以余罢官居同德精舍共有伊陆名山之期久而未去枉诗见问中云宋生昔登览末云那能顾蓬荜直寄鄙怀聊以为答

初夏息众缘,双林对禅客。①枉兹芳兰藻,促我幽人策②。冥搜企前哲,逸句陈往迹。③仿佛陆浑南,迢递千峰碧。从来迟高驾,自顾无物役。④山水心所娱,如何更朝夕。晨兴涉清洛,访子高阳宅⑤。莫言往来疏,驽马知阡陌⑥。

【题解】

此诗约作于大历八年(773)四月,时在洛阳。李博士,未详,疑时为国子博士分司东都。伊陆,伊川、陆浑。宋生,疑指宋之问,曾居嵩山陆浑,有《初到陆浑山庄》诸诗。蓬荜,蓬门荜户,贫者所居。此乃李博士来诗谦称其住宅。诗写李博士以作者未赴前约而寄诗相问,遂作此篇以稍作解释,并表达向往之意。

【注释】

①"初夏"二句:息众缘,犹言息众务。缘,佛教语,此指与世俗的各种联系。时韦应物罢河南府兵曹参军卧疾同德精舍,故云。双林,即双树,指佛寺。禅客,即僧徒。

②幽人:幽隐之人。《易·履》:"履道坦坦,幽人贞吉。"孔颖达疏:"在幽隐之人守正得吉。"

③"冥搜"二句:冥搜,搜求幽远之处。前哲,前贤。疑指宋之问。逸句,高逸诗句。宋之问《游陆浑南山自歇马岭到枫香林以诗代书答李舍人适》:"晨登歇马岭,遥望伏牛山。孤出群峰首,熊熊元气间。太和亦崔嵬,石扇横闪倏。细岑互攒倚,浮巆竞奔蹙。白云遥入怀,青霭近可掬。徒寻灵异迹,周顾惬心目。"

④"从来"二句:迟,等待。高驾,高车,此指李博士车驾。沈佺期《拟古别离》:"离居久迟暮,高驾何淹留。"物役,为名利等外物所役使。时韦应物已罢官闲居,故云。《荀子·正名》:"故向万物之美而盛忧,兼万物之利而盛害……夫是之谓以己为物役矣。"杨倞注:"己为物之役使。"谢瞻《答灵运》:"独夜无物役,寝者亦云宁。"

⑤高阳宅:指李博士家族聚居之宅。高阳,上古帝王高阳氏,有才子八人,世称"八恺"。

⑥"驽马"句:驽马,资质较差、不出众的马。《周礼·夏官·马质》:"马量三物,一曰戎马,二曰田马,三曰驽马。"阡陌,泛指田间小路。陶渊明《桃花源记》:"阡陌交通,鸡犬相闻。"

寄酬李博士永宁主簿叔厅见待

解鞍先几日,款曲见新诗。①定向公堂醉②,遥怜独去时。叶沾寒雨落,钟度远山迟。晨策已云整,当同林下期。③

【题解】

此诗约作于大历八年(773)秋,时在洛阳。李博士,未详。唐制,京兆、河南、太原等府及大都督府各置经学博士一人,从八品上。中、下都督府及上州之经学博士,从八品下。中州,正九品上。下州,正九品下。诸县均置博士一人,不见品秩,盖视州府又下矣。李博士究竟为何县博士,不可知。永宁主簿叔,李博士叔,时任永宁县主簿,余未详。永宁,河南府属县,在今河南渑池南。见待,犹待见,很好的招待。诗写对李博士叔的拳拳离别之意,其中"叶沾寒雨落"二句,尤能感受到诗人晶莹的心灵境界。

【注释】

①"解鞍"二句:解鞍,卸去车马,喻罢职闲居。鞅,套于马颈用以负轭

的皮带。款曲,衷情。此指诉说衷情。秦嘉《赠妇诗》三首其二:"念当远离别,思念叙款曲。"

②公堂:官署之厅堂,指永宁主簿叔之公堂。

③"晨策"二句:晨策,犹晨驾,谓早行之车马。策,马鞭。谢灵运《登石门最高顶》:"晨策寻绝壁,夕息在山栖。"整,整备。林下期,指归隐之期约,兼用阮籍、嵇康叔侄为林下之游事。

【汇评】

明袁宏道:中唐雅语。(参评本)

[日]近藤元粹评订《韦苏州集》:温雅绝俗。

答令狐士曹独孤兵曹联骑暮归望山见寄

共爱青山住近南,行牵吏役背双骖①。枉书独宿对流水,遥羡归时满夕岚。

【题解】

此诗约作于大历九年(774),时在长安。士曹、兵曹,均为州府属官。令狐士曹、独孤兵曹,韦应物在京兆府的同僚,余未详。诗作酬答见寄,在对比中表达出对同僚联骑暮归的羡慕之情。

【注释】

①"行牵"句:牵,拘束。吏役,公务。白居易《病假中南亭闲望》:"始知吏役身,不病不得闲。"背,谓与令狐、独孤之行程相背。双骖(cān),双骑。骖,原指驾车时居于两侧的马,此但指马。《诗·郑风·大叔于田》:"执辔如组,两骖如舞。"

答李博士

　　休沐去人远,高斋出林杪。晴山多碧峰,颢气疑秋晓①。端居喜良友,枉使千里路。缄书当夏时,开缄时已度。檐雏已飘飏,荷露方萧飒。②梦远竹窗幽,行稀兰径合。旧居共南北,往来只如昨。问君今为谁,日夕度清洛。

【题解】

　　此诗约作于大历九年(774)秋,时在长安。诗云"清洛",又云"枉使千里路",盖当时李在洛阳而韦在长安。诗写自己离群索居,忽得千里外朋友之书,十分欣喜。又感慨朋友夏日寄书,收到时已是秋天。回想当年交往,如在昨日,转问朋友今日与谁往还。诗作在酬答中回顾往昔,表露出思念之情。

【注释】

　　①"颢气"句:颢气,洁白清鲜之气。疑,递修本作"凝"。
　　②"檐雏"二句:檐雏,檐下的雏燕。飘飏,轻举高飞。元稹《献荥阳公诗五十韵》:"浩汗神弥王,飘飏兴欲仙。"萧飒,萧条冷落。杜甫《歌赠严二别驾》:"成都乱罢气萧飒,浣花草堂亦何有。"

【汇评】

　　明袁宏道:灵运得意句,无字不合。(参评本)
　　[日]近藤元粹评订《韦苏州集》:韵度超然,使人心神清楚。

答刘西曹

时为京兆功曹

　　公馆夜云寂,微凉群树秋。西曹得时彦,华月共淹留。

258

长啸举清觞,志气谁与俦。千龄事虽邈,俯念忽已周。篇翰如云兴①,京洛颇优游。诠文不独古②,理妙即同流。浅劣见推许,恐为识者尤。③空惭文璧赠,日夕不能酬。④

【题解】

此诗约作于大历九年(774)秋,时在长安。西曹,即功曹。唐制,京兆府功曹参军二人。刘西曹,未详。盖刘氏与韦应物时同为京兆府功曹,故有唱和,然其诗恐已散佚。诗答刘西曹,感情基调昂扬,气概壮大,近乎独立于韦应物所追求的自然清雅的总体风格倾向之外,这是盛唐诗歌的影响使然。

诗中"诠文不独古,理妙即同流"二句,表明了韦应物在创作上的倾向,也正因为如此,才有了唐人对他的不同理解。正如有学者总结的那样:皎然是从"将恐风雅寝泯,辄欲商较以正其源"(《诗式序》)的角度称许韦诗。孟郊则出于对复古的关注,看到了谢灵运模式的重要性。与其相同,张为将韦应物与孟云卿放在一起,韦应物曾以"高文激颓波"(《广陵遇孟九云卿》)来赞美孟云卿的创作。白居易从韦应物七言歌行中看到了他自己"新乐府"的先例;又从韦应物五言诗中看到了高雅闲适,自成一家。司空图则认为韦应物与王维及其大历时期的追随者风格相类。最为独特的是刘太真的评价,就像卢藏用评价陈子昂一样,他毫不含糊地将韦应物看成一位"恢复"了失去的文学繁盛时代的"复古"诗人。然而,这一失去的文学高峰不是定于古代,而是定于宋齐时代。这与真正的复古诗人如孟郊的观点截然相反。无论如何,司空图的观点应该代表了最一般的观点。(参彭万隆《唐五代诗考论》)

【注释】

①云兴:云起。《晋书·顾恺之传》载顾氏状会稽山川云:"千岩竞秀,万壑争流,草木蒙笼其上,若云兴霞蔚。"

②古:原作"占",此据元修本、递修本、活字本、《全唐诗》校改。

③"浅劣"二句:浅劣,浅薄,低下。此自谓。推许,推崇许可。尤,责

259

备,怪罪。

④"空惭"二句：文璧，有文理的玉璧。比喻刘西曹原诗。夕，一作"交"。

答贡士黎逢

时任京兆功曹

茂才方上达①,诸生安可希。栖神淡物表,涣汗布令词。②如彼昆山玉③,本自有光辉。鄙人徒区区,称叹亦何为。弥月旷不接,公门但驱驰。④兰章忽有赠,持用慰所思。不见心尚密⑤,况当相见时。

【题解】

此诗约作于大历十年(775)秋,时在长安。贡士,乡贡进士。黎逢,大历十二年登进士第,为状元。是年,试《通天台赋》,以"洪台独存,浮景在下"为韵。礼部侍郎常衮知贡举。建中元年,复登经学深优科。礼部侍郎令狐峘知贡举。《全唐诗》卷二八八收其诗二首,《全唐文》卷四八二收其文。这是一首科举诗,委婉表达不愿做贡士黎逢的引荐者的意思。

值得注意的是,此诗明显表现出议论化倾向。这个特点的形成,是建立在其强烈的读者意识之上。因为干谒诗所传达的是一种现实的要求,而不是文学家凭想象营造出来的浪漫情怀,其间容不得半点含糊、歧义,因此,作者直接发言就成为必然的选择。虽然可能造成审美上的缺陷,但却更容易达成诗人与读者之间的沟通,现实意义巨大。(参郑晓霞《唐代科举诗研究》)后来,宋诗之所以好发议论,如钱锺书先生所言,主要得自理学之力、宋人普遍的学者气息以及强烈的革新意识,其缘由与此大为不同,尽管宋诗之好议论,自然也还有包括韦应物此类诗在内的中晚唐诗歌的影响。

【注释】

①"茂才"句:茂才,即秀才,汉代举用人才的一种科目,后避光武帝刘

秀讳而改。此指黎逢。才,原作"等",此据《丛刊》本校改。上达,上进,指获得举送。

②"栖神"二句:栖神,凝神专一。吴筠《游仙》二十四首其三:"栖神合虚无,洞览周恍惚。"涣汗,谓文词如汗之出,不可复止。

③昆山:即昆仑山,产美玉。

④"弥月"二句:弥月,整月。公门,官署,衙门。但,一作"役"。

⑤尚密:一作"微密"。密,靠近,亲近。

答韩库部

协

良玉表贞度,丽藻颇为工。①名列金闺籍②,心与素士同。日晏下朝来,车马自生风。清宵有佳兴,皓月直南宫。矫翮方上征,顾我邈忡忡。③岂不愿攀举,执事府庭中。④智乖时亦蹇,才大命有通⑤。还当以道推,解组守蒿蓬⑥。

【题解】

此诗约作于大历十二年(777),时在长安。韩库部,韩协,时为库部郎中。诗作酬答友人韩协,在人我对照中强烈表达了智乖才薄,只得退隐林下之意。唐人有依命、造命二说,天命内在于人,性成命定,故只要是人,就得依命,得失宠辱,不必强求。然而,天命是成就人的,倘或真正肯努力,天亦无理由一定要扼杀你的发展。诗中"智乖时亦蹇"二句,正表现了这种天人交应的情形,即通过自己的奋斗,天命亦得以完成。(参龚鹏程《唐代思潮》)

【注释】

①"良玉"二句:贞度,正度,符合正道的法度。丽藻,华丽的辞藻,华丽的诗文。王勃《为人与蜀城父老书》:"丽藻华文,代有云泉之气。"

②"名列"句：金闺，金门，即金马门。后以代指宫门。谢朓《始出尚书省》："既通金闺籍，复酌琼筵醴。"

③"矫翮(hé)"二句：矫翮，举翼，振翅。韩愈《送诸葛觉往随州读书》："入海观龙鱼，矫翮逐黄鹄。"上征，上行，谓高飞。邈，远。忡忡，忧愁貌。

④"岂不"二句：攀举，相随高飞。执事，担任工作。府庭，谓京兆府，时韦应物为京兆府功曹参军，故云。

⑤有：《丛刊》本作"为"。

⑥"解组"句：解组，犹解绶，辞官。组，丝带，古代佩印用组，故用以代指印。蒿蓬，蓬蒿之居。

【汇评】

明袁宏道：（"心与"句）此皆公自有，故能道。（参评本）

[日]近藤元粹评订《韦苏州集》：善写权门威势。

答崔主簿倬

朗月分林霭，遥管动离声。①故欢良已阻，空宇淡无情。窈窕云雁没，苍茫河汉横。兰章不可答，冲襟徒自盈。

【题解】

此诗约作于大历末年，时在鄠县令任上。崔倬，韦应物堂妹丈。诗写朋友远去，从此山河阻隔，书信难寄，自己旷淡的胸怀，何处觅知音？诗作抒发与崔倬的离别之情，写来颇为清丽。

【注释】

①"朗月"二句：林霭，林中的云气。陆海《题龙门寺》："窗灯林霭里，闻磬水声中。"管，《唐诗品汇》卷一四作"歌"。

【汇评】

宋刘辰翁：字字齐梁。唐三百年，惟公一人能为此纤丽语。温、李词

手,故不足道。(参评本)

答徐秀才

铅钝谢贞器,时秀猥见称。^①岂如白玉仙^②,方与紫霞升。清诗舞艳雪,孤抱莹玄冰^③。一枝非所贵,怀书思武陵。^④

【题解】

此诗约作于大历末年,时在长安或鄠县。徐秀才,未详。秀才,唐时对举子的通称。诗作赞誉徐秀才人品、诗作之高洁清丽,充满敬慕之情。特别是其中"清诗舞艳雪"句,谓雪而称其"艳"而非"素",是由于诗人的审美情思融入到了诗歌意象中,从而呈现出雅丽之美。

【注释】

①"铅钝"二句:铅钝,即铅刀,不锋利。此以自比资质愚鲁。元稹《答姨兄胡灵之见寄五十韵》:"铅钝丁宁淬,芜荒展转耕。"贞器,谓玉。指徐秀才。猥,谦词,等于说"辱",指降低身分,用于他人对自己的行动。

②白玉仙:一作"仙山鹤"。

③"孤抱"句:孤抱,无人理解的志向。玄冰,厚冰。韦应物《冰赋》:"何积阴之胜纯阳兮,惟此玄冰;居炎天之赫赫兮,独严厉乎棱棱。"

④"一枝"二句:一枝,谓桂林之一枝,指科举及第。思,一作"且"。"怀书"句,一作"怀书且茂陵"。武陵,汉郡名,唐为朗州,州治在今湖南常德。因陶渊明《桃花源记》而以桃源或武陵代指仙境或隐者所居。

【汇评】

明杨慎《升庵诗话》卷一四:韦应物《答徐秀才》诗云:"清诗舞艳雪,孤抱莹玄冰。"极其工致,而"艳雪"二字尤新。又《五弦行》云:"如伴流风萦艳雪,更逐落花飘御园。"又《乐燕行》云:"艳雪凌空散,舞罗起徘徊。"屡用"艳雪"字,而不厌其复也。或问予:雪可言艳乎?予曰:曹子建《洛神赋》以"流风回雪"比美人之飘摇,雪固自有艳也。然雪之艳非韦不能道,柳花之香非太白不能道,竹之香非子美不能道也。

[日]近藤元粹评订《韦苏州集》:("清诗"二句)形容奇丽。

答东林道士

紫阁西边第几峰,茅斋夜雪虎行踪①。遥看黛色知何处,欲出山门寻暮钟②。

【题解】

此诗作于大历十三、四年(778、779),时在鄠县。东林道士,或即居士叔。诗作以问、答形式显出所欲寻访之道士隐逸之地的神秘、高远,写来淡远清幽。对理想自由境界的向往,反映出作者当时对尘世的厌倦。

【注释】

①茅斋:茅盖的屋舍。孟浩然《西山寻辛谔》:"竹屿见垂钓,茅斋闻读书。"

②"欲出"句:一作"欲向西山寻暮钟"。

【汇评】

清黄生《唐诗评》卷四:章法错叙。以二句为四句,折看是章法错叙,顺看是分起分承。若直言畏虎不出,有何趣致,看他用章法错综,使本意吞吐于之句之外,如此方可称"浑""雅"二字。

答长宁令杨辙

皓月升林表,公堂满清辉。嘉宾自远至,觞饮夜何其①。宰邑视京县,归来无寸资。②瑰文溢众宝,雅正得吾师。③广川含澄澜,茂树擢华滋。④短才何足数⑤,枉赠愧妍词。欢昒良见属,素怀亦已披。⑥何意云栖翰,不嫌蓬艾卑。⑦但恐河汉没,回车首路岐。⑧

【题解】

此诗作于大历十三、四年(778、779),时在鄠县。长宁,荆州属县,今湖北江陵。杨辙,约大历三至六年为长宁令。罢长宁令后浪迹江湘,与当时诗人交往甚多。诗作赞赏杨辙廉洁清贫,如"宰邑视京县"二句所云;对其所作诗歌的清美流丽风格亦颇为欣赏,如"瑰文溢众宝"二句所云。

【注释】

①"觞饮"句:觞饮,畅饮。夜何其,夜如何。《诗·小雅·庭燎》:"夜如何其,夜未央。"郑玄笺:"夜如何其,问早晚之词。"

②"宰邑"二句:京县,京都所在之县。亲京县,即与长安、万年等京县相比坿。据《新唐书·地理志》,肃宗上元元年改荆州为江陵府,号南都,故其郭下县江陵、长宁均为赤县。寸资,极少的资产。

③"瑰文"二句:瑰文,华美之文。雅正,典雅纯正。

④"广川"二句:澄澜,清波。虞世基《奉和幸江都应诏》:"澄澜浮晓色,遥林卷宿烟。"茂,《丛刊》本作"芳"。擢,耸出。华滋,茂盛。《古诗十九首》:"庭中有奇树,绿叶发华滋。"

⑤"短才"句:短才,无才或少才。数,称说。

⑥"欢昒(miǎn)"二句:昒,《丛刊》本作"盻"。素怀,平素的怀抱。王维《瓜园》:"素怀在青山,若值白云屯。"

⑦"何意"二句:云栖翰,高飞之鸟。此喻指杨辙。翰,鸟羽,代指鸟。谢朓《直中书省》:"安得凌风翰,聊恣山泉赏。"蓬艾,蓬蒿,蓬草、艾蒿。

⑧"但恐"二句:河汉,银河。《古诗十九首》:"迢迢牵牛星,皎皎河汉女。""河汉清且浅,相去复几许。"河汉没,谓天明。首路,上路出发。颜真卿《项王碑阴述》:"刬期首路,竟陵是谂。"

答冯鲁秀才

晨坐枉琼藻①，知子返中林。淡然山景晏，泉谷响幽禽②。仿佛谢尘迹，逍遥舒道心。顾我腰间绶，端为华发侵③。簿书劳应对，篇翰旷不寻。薄田失锄耨④，生苗安可任。徒令惭所问，想望东山岑⑤。

【题解】

此诗作于大历十三年(778)，时在鄠县。冯鲁，冯著之弟。贞元五年进士，元和中官至监察御史。诗写思隐心绪。

【注释】

①琼藻：犹琼章，华美的文辞。指冯鲁来诗。

②响：递修本作"向"。

③端：定。鲍照《行乐至城东桥》："容华坐销歇，端为谁苦辛。"

④锄耨(nòu)：锄土薅草。

⑤东山岑：谢安曾隐居东山。此指冯鲁所居。王维《送韦大夫东京留守》："然后解金组，拂衣东山岑。"

【汇评】

[日]近藤元粹评订《韦苏州集》：这翁喜用"枉"字。亦一癖也。

答崔主簿问兼简温上人

缘情生众累，晚悟依道流。①诸境一已寂，了将身世浮②。闲居淡无味，忽复四时周。靡靡芳草积，稍稍新篁抽。即此抱余素，块然诚寡俦③。自适一欣意，愧蒙君子忧。

据"闲居淡无味,忽复四时周",盖罢栎阳令闲居已近一年,此诗当作于建中元年(780)春末夏初,时在善福精舍。崔主簿,崔倬。未详其时为何曹司主簿。上人,对僧人的敬称。温上人,未详。诗写禅悟,认为禅的宗旨在于自心的空寂,而不为外界的喧静所动,即使"吏案正盈前",也可"诸境一已寂"。也就是说,士大夫通过学习佛教,取得佛教的世界观、人生观、方法论和认识论,用这个修养功夫,另眼看待和评价自身及周围的一切,摆脱现世的烦恼,获得恬适和满足,达到思想的解脱。

【注释】

①"缘情"二句:众累,谓人生各种烦恼。佛教以眼耳鼻舌身意为六根,或六情,又以由六根所得色香声味触发为六尘或六贼,因其会尘垢净心,劫掠功能法财。悟,《丛刊》本作"晤"。道流,学道之人。

②浮:飘浮无定,空虚。

③"块然"句:块然,孤独貌。寡俦,缺少同伴。俦,伴侣。孟郊《投赠张端公》:"鸾步独无侣,鹤音仍寡俦。"

【汇评】

明袁宏道:直逼渊明,岂是语句间仿佛。(参评本)

[日]近藤元粹评订《韦苏州集》:"抱余素"字甚奇。

清都观答幼遐

逍遥仙家子,日夕朝玉皇。①兴高清露没,渴饮琼华浆。②解组一来款,披衣拂天香。③粲然顾我笑,绿简发新章。④泠泠如玉音,馥馥若兰芳。⑤浩意坐盈此,月华殊未央。⑥却念喧哗日,何由得清凉。疏松抗高殿⑦,密竹阴长廊。荣名等粪土,携手随风翔。

此诗约作于建中元年(780),时罢栎阳令闲居长安清都观。清都观,道观名。幼遐,李儋。诗作主要写闲居清都观期间,向道教天地求清静、寻自在的情形。其中自然包括了与女冠的交流,如"粲然顾我笑"二句所云。

【注释】

①"逍遥"二句:仙家子,指观中道士。玉皇,玉皇大帝,道教诸神中的天帝。李白《赠别舍人弟台卿之江南》:"入洞过天地,登真朝玉皇。"

②琼华浆:琼浆玉液,仙液。《楚辞·招魂》:"华酌既陈,有琼浆些。"

③"解组"二句:来款,来访。款,扣。天香,敬神佛的香烟。

④"粲然"二句:粲然,露齿而笑貌。绿简,即绿章,道士祈祷时用青藤纸朱砂所写的表章。又称作青词。章,道士上奏天帝的表章。

⑤"泠泠"二句:泠泠,声音清越。此处形容钟磬的声音。音,一作"响"。馥馥,香气浓郁。题苏武《诗四首》其四:"烛烛晨明月,馥馥秋兰芳。"

⑥"浩意"二句:浩意,广远的思绪。盈,充满。月华,月亮。殊,尚。未央,未平。

⑦抗:一作"枕"。

【汇评】

[日]近藤元粹评订《韦苏州集》:一结高绝。

善福精舍答韩司录清都观会宴见忆

弱志厌众纷,抱素寄精庐。①矫矫仰时彦,闷闷^{平声}独为愚。②之子亦辞秩,高踪罢驰驱③。忽因西飞禽,赠我以琼琚④。始表仙都集⑤,复言欢乐殊。人生各有因,契阔不获俱。一来田野中,日与人事疏。水木澄秋景,逍遥清赏余。枉驾怀前诺,引领岂斯须。⑥无为便高翔,邈矣不可迁⑦。

【题解】

此诗作于建中元年(780)左右,时在沣上善福精舍闲居。司录,司录参
军事。韩司录,当为京兆府司录,余未详。会宴,相聚宴饮。诗作主要回忆
之前与韩司录的交往经历。其中"水木澄秋景"二句,借助自然景致微妙的
生机动态,表现当下清闲的生活与心理状态。

【注释】

①"弱志"二句:弱志,谓寡欲。《老子》:"是以圣人之治,虚其心,实其
腹,弱其志,强其骨。"抱素,保持淳朴本质。精庐,即精舍,佛寺。

②"皦(jiǎo)皦"二句:皦皦,光明洁白貌。闷闷,愚昧、浑噩貌。

③驰驱:奔走,效力。

④琼琚(jū):美玉。此指韩司录所寄诗。《诗·卫风·木瓜》:"投之以
木瓜,报之以琼琚。"

⑤仙都:仙人所居。此指清都道观。

⑥"枉驾"二句:前诺,谓枉驾来访的承诺。引领,延颈远眺,谓企盼殷
切。斯须,片刻,一作"须臾"。

⑦"邈矣"句:邈,高远。迁,用同"遇",会合。

【汇评】

明袁宏道:公述答诗篇,清微简淡,真使人人自远。(参评本)

[日]近藤元粹评订《韦苏州集》:("水木"二句)自水木湛清华化出,亦
自清新闲婉。

答长安丞裴税

出身忝时士①,于世本无机。爰以林壑趣,遂成顽钝姿②。
临流意已凄,采菊露未稀。举头见秋山,万事都若遗。独践

幽人踪,邈将亲友违。髦士佐京邑,怀念枉贞词。^③久雨积幽抱,清樽宴良知^④。从容操剧务^⑤,文翰方见推。安能戢羽翼,顾此林栖时。^⑥

【题解】

此诗作于建中元年(780)秋,时在澧上善福精舍闲居。长安,京兆府属县,为京师所在地,领长安城朱雀街西五十四坊。长安京县,县丞二人,从七品上。裴税,疑当从《全唐诗》卷一九〇作裴说。诗作较为清楚地表达个人的闲居世界(参[日]赤井益久《"王孟韦柳"评考——从"王孟"到"韦柳"》),前半首即明显脱化自陶渊明《饮酒》二十首其五。这是因为韦应物把陶渊明作为弃官归隐的高士来认同,当生活中遇到重大挫折时,便想到了陶渊明的境遇和处世,对陶渊明的归隐产生共鸣,并由共鸣而心生景仰,由景仰而生效仿。

【注释】

①时士:犹世士,世俗之士。

②顽钝:愚呆。

③"髦(máo)士"二句:髦士,英俊之士。江淹《杂体》三十首其十二《陆平原机羁宦》:"朱黻咸髦士,长缨皆俊民。"京邑,京师所在县。贞词,亦作"贞辞",醇正有价值的文章。

④良知:好友,知己。谢灵运《游南亭》:"我志谁与亮,赏心惟良知。"

⑤剧务:繁重的公务。

⑥"安能"二句:戢(jí)羽翼,收敛翅膀,谓辞官归田。陶渊明《归鸟》:"翼翼归鸟,戢羽寒条。"林栖,栖息林下。此处自指。张九龄《感遇》二首其一:"谁知林栖者,闻风坐相悦。"

【汇评】

宋葛立方《韵语阳秋》卷四:韦应物诗,拟陶渊明而作者甚多,然终不近也。《答长安丞裴税》诗云:"临流意已凄,采菊露未晞。举头见秋山,万事都若遗。"盖效渊明"采菊东篱下,悠然见南山。此怀有真意,欲辨已忘言"

之句也。然渊明落世纷深入理窟,但见万象森罗,莫非真境,故因见南山而真意具焉。应物乃因意凄而采菊,因见秋山而遗万事,其与陶所得异矣。

[日]近藤元粹评订《韦苏州集》:自靖节化出,得其神者。

奉酬处士叔见示

挂缨守贫贱①,积雪卧郊园。叔父亲降趾,壶觞携到门。②高斋乐燕罢,清夜道心存。即此同疏氏,可以一忘言。③

【题解】

此诗作于建中元年(780)冬,时在沣上善福精舍闲居。处士叔,陶敏、王友胜《韦应物集校注》疑为韦象先。傅璇琮《唐代诗人丛考·韦应物系年考证》则认为,与《晦日处士叔园林燕集》《紫阁东林居士叔缄赐松英丸……》等诗中提到的"处士叔""居士叔"可能都是指韦镕。诗作以袁安自比,表达固穷之志。这说明,即使是比以往任何社会中都更热衷于功名的唐代士人,守道安贫也仍然是他们所推崇的一种人格修养。

【注释】

①挂缨:即挂冠。缨,冠缨,系冠带。

②"叔父"二句:降趾,对客人来访的敬词。李充《嘲友人》:"愿尔降玉趾,一顾重千金。"壶觞,酒器。陶渊明《归去来辞》:"引壶觞以自酌,眄庭柯以怡颜。"

③"即此"二句:疏氏,指疏广、疏受叔侄。忘言,谓二人相互默契,莫逆于心,毋需语言交流。陶渊明《饮酒》二十首其五:"此中有真意,欲辨已忘言。"

答库部韩郎中

高士不羁世,颇将荣辱齐。①适委华冕去②,欲还幽林栖。虽怀承明恋③,欣与物累睽。逍遥观运流,谁复识端倪。④而我登高致,偃息平门西。⑤愚者世所遗,沮溺共耕犁⑥。风雪积深夜,园田掩荒蹊。幸蒙相思札,款曲期见携。

【题解】
此诗作于建中元年(780)冬,时在澧上善福精舍闲居。库部韩郎中,韩协。诗作赠答韩协,赞赏其操行卓绝,并期待有携手同游的机会,如末二句"幸蒙相思札,款曲期见携"所云。

【注释】
①"高士"二句:羁世,为世务所羁绊。王粲《七释》:"均同死生,混齐荣辱。"

②华冕:华贵的冕服。冕服,古代礼服。唐代皇帝礼服有大裘冕等十四种,群臣之服有二十一种,其中一品至五品之服分别为衮冕、鷩冕、毳冕、絺冕、玄冕。委华冕,弃官。

③承明恋:对皇帝、朝廷的依恋。

④"逍遥"二句:运流,大自然的运动流转。陆机《凌霄赋》:"吴苍焕而运流,日月翻其代序。"端倪,边际,头绪。

⑤"而我"二句:高,一作"能"。平门,延平门,长安西南门。

⑥沮溺:长沮、桀溺,春秋时隐士。

【汇评】
[日]近藤元粹评订《韦苏州集》:似有卓绝之操者。又,自叙处,每篇淡雅可诵。

答畅校书当

偶然弃官去,投迹在田中①。日出照茅屋,园林养愚蒙②。虽云无一资,樽酌会不空。且欣百谷成,仰叹造化功。出入与民伍,作事靡不同。时伐南涧竹,夜还澧水东。贫寒自成退,岂为高人踪。览君金玉篇,彩色发我容③。日月欲为报,方春已徂冬④。

【题解】

此诗作于建中元年(780)冬,时在澧上善福精舍闲居。畅当,时为校书郎。诗作答友自述,写来意绪冲淡。先言自己弃官归田,与民为伍,过着自食其力、樽酒不空的生活。再谓归隐是不得已之事,并非自命高尚。最后说友人的赠诗令自己欣悦,早想奉答,却由春拖延至冬。

【注释】

①投迹:投身。《庄子·天地》:"且若是,则其自为处危,其观台多物,将往投迹者众。"

②"园林"句:园林,一作"种园"。养愚蒙,谓韬光隐退以进修道德。《易·蒙》:"蒙以养正,圣功也。"孔颖达疏:"能以蒙昧隐默自养正道,乃成至圣之功。"

③容:一作"蒙"。

④方:一作"历"。

【汇评】

明袁宏道:官惟偶弃,退亦自成,公怀旷远,非他隐流可拟。(参评本)

明钟惺:亦以其气韵淳古处似陶,不在效其清响(一本作音)。厚。(朱墨本)

明邢昉《唐风定》:至淡至浓,求之声色之外则遇之。

［日］近藤元粹评订《韦苏州集》：自然淡泊，隐沦家风致。

答崔都水

深夜竹亭雪，孤灯案上书。不遇无为化①，谁复得闲居。

【题解】

此诗作于建中元年（780）冬，时在沣上善福精舍闲居。崔都水，崔倬。诗写闲居所悟，谓如果顺应自然，不求有所为，往往反而能够成就无所不为之功。这种反语和诘句，更加重了退隐之后的痛楚情绪。

【注释】

①"不遇"句：不遇，不得志。李白《书怀赠南陵常赞府》："大圣犹不遇，小儒安足悲。"无为化，化，一作"法"。《老子》："是故圣人处无为之事。行不言之教。"又"常使民无知无欲。使夫智者不敢为也。为无为则无不治。"

【汇评】

明袁宏道：叙致俱不失大雅，词人斗靡，岂易识此。（参评本）

［日］近藤元粹评订《韦苏州集》：寸铁杀人。

酬令狐司录善福精舍见赠

野寺望山雪，空斋对竹林。我以养愚地①，生君道者心。

【题解】

此诗作于建中元年（780）冬，时在沣上善福精舍闲居。令狐司录，未详。司录，司录参军事。诗作酬答令狐司录，所谓"我以养愚地"二句，也可以说是作者自省之言，与友人共勉。

①养愚:犹养蒙,养拙。

【汇评】

[日]近藤元粹评订《韦苏州集》:其愚不可及。

澧上精舍答赵氏外生伉

远迹出尘表,寓身双树林①。如何小子伉,亦有超世心。②担书从我游,携手广川阴。云开夏郊绿,景晏青山沉。对榻遇清夜,献诗合雅音③。所推苟礼数,于性道岂深。隐拙在冲默,经世昧古今。④无为率尔言,可以致华簪。⑤

【题解】

此诗作于建中二年(781)四月,时在澧上善福精舍。赵伉,韦应物外甥。诗作借酬答外甥赵伉,述说了这样一个客观事实:在充满苦难又缺乏生气的大历时代,人们普遍不满现实,却又缺乏改变的愿望和信心,于是只能转而寻求逃避和超越。而韦应物也就在对寺院这一理想场所的一次次吟咏中,塑造出了一个自我的高士形象。

【注释】

①双树林:即双树或双林,佛寺。此指善福精舍。

②"如何"二句:伉,一作"弟"。超世,超出世人。此犹言出世。

③合:一作"全"。

④"隐拙"二句:隐拙,犹藏拙。冲默,谦和沉默。经世,治世。昧古今,不明古今之事,意谓不妄论古今。

⑤"无为"二句:率尔言,轻率之言。率尔,轻遽貌。《论语·先进》:孔子命弟子各言其志,"子路率尔而对。"华簪,华美的发簪,代指高官。

宋刘辰翁:("云开"句)好。

[日]近藤元粹评订《韦苏州集》:("云开"二句)自然节奏。

答赵氏生伉

暂与云林别,忽陪鸳鹭翔①。看山不得去,知尔独相望。

【题解】

此诗作于建中二年(781)夏,时在尚书比部员外郎任上。赵伉,韦应物外甥。诗写对外甥赵伉的思念之情。末句"知尔独相望"是从对面着笔的写法,从对方对自己的相望相思中,写出自己的一片深情。

【注释】

①鸳鹭:喻指朝中官员。建中二年四月韦应物起为比部员外郎。

答　端

郊园夏雨歇,闲院绿阴生。职事方无效①,幽赏独违情。
物色坐如见,离抱怅多盈。况感夕凉气,闻此乱蝉鸣。

【题解】

此诗作于建中二年(781)夏,时在尚书比部员外郎任上。端,韦应物从弟端。诗作感时伤离,谓雨后独坐小院,思及做官无政绩,又远离亲人,独违性情,怀抱惆怅,何况在这夕凉飒来、暮蝉乱鸣的时节。诗中抒写对故园和从弟端等亲人的思念之情,是以"乱蝉鸣"等物色相映衬。又前半首中"职事方无效"二句,说的是韦应物总也难以解决的仕与隐的矛盾。这一点,与柳宗元总是带着仕途的创伤投入山水的怀抱,倒的确有所不同。

【注释】

①"职事"句:职事,官署公务。效,绩效,成绩。

【汇评】

明袁宏道:微词短幅,情抱味之无尽。(参评本)

答史馆张学士同柳庶子学士集
贤院看花见寄兼呈柳学士

班杨秉文史,对院自为邻。①余香掩阁去,迟日看花频②。
似雪飘闾阖,从风点近臣。③南宫有芳树,不并禁垣春④。

【题解】

此诗作于建中三年(782)春,时在尚书比部员外郎任上。史馆,官署名,属集贤殿书院。张学士,张荐。庶子,太子东宫官名。左庶子二人,属左春坊,正四品上,掌侍从赞相,驳正启奏;右庶子二人,正四品下,掌侍从、献纳、启奏。柳庶子,柳浑,初名载。诗题中"同",原作"段",此据《丛刊》本校改。盖张荐以《同柳庶子学士集贤院看花》诗寄韦应物,故韦作此诗答张兼呈柳浑。韦应物此类与史馆集贤诸学士的礼仪性还诗作,主要目的是为了巩固并发展彼此间的友谊,不必以寻常抒情或言志作品待之。

【注释】

①"班杨"二句:班杨,班固、扬雄。杜甫《哭台州郑司户苏少监》:"班扬名甚盛,嵇阮逸相须。"秉,主持。对院,谓史馆、集贤院东西相对。邻,《丛刊》本作"怜"。

②迟日:春日。《诗·豳风·七月》:"春日迟迟,采蘩祁祁。"

③"似雪"二句:似雪,与"从风"均指花。何逊《范广州宅联句》:"洛阳城东西,长作经年别。昔去雪如花,今来花似雪。"从风,随风。张衡《南都

赋》:"芙蓉含华,从风发荣。"

④禁垣:宫墙之内。此指张、柳二人所在之史馆。据《新唐书·百官志》,开元中,谏议大夫、史馆修撰尹愔奏移史馆于中书省,故在禁垣中。

答王郎中

卧阁枉芳藻①,览旨怅秋晨。守郡犹羁寓,无以慰嘉宾。野旷归云尽,天清晓露新。池荷凉已至,窗梧落渐频。风物殊京国,邑里但荒榛②。赋繁属军兴,政拙愧斯人。③髦士久台阁,中路一漂沦。④归当列盛朝,岂念卧淮滨。⑤

【题解】

此诗作于建中三年(782)秋,时在滁州。王郎中,曾为尚书省郎中。王钦若等《册府元龟》卷一三九:"(兴元元年)十二月,以前祠部郎中王础为比部郎中。"疑即其人。诗作酬答王郎中,在对同病相怜的友人的勉励中,表露出体恤民瘼之心。

【注释】

①芳藻:芳香的文辞。对来诗的美称。

②荒榛:荒芜,杂乱丛生的草木。榛,丛生的灌木。

③"赋繁"二句:军兴,征集财物以供军用。斯人,即斯民,老百姓。此避唐太宗讳而改。

④"髦士"二句:髦士,才俊之士。台阁,指尚书省。漂沦,漂荡沦溺。此喻指迁谪。白居易《江南遇天宝乐叟》:"从此漂沦落南土,万人死尽一身存。"

⑤"归当"二句:朝,一作"明"。卧淮滨,指自己在淮南为刺史。《史记·汲黯传》:"会更立五铢钱,民多盗铸钱者,楚地尤甚。上以为淮阳,楚地之郊也,召黯,拜为淮阳太守。黯伏谢不受印绶……上曰:'君薄淮阳邪?

吾今召君矣,顾淮阳吏民不相得,吾徒得君重,卧而治之。'"

【汇评】

［日］近藤元粹评订《韦苏州集》:叙来风致特胜,这翁惯家手段。

答崔都水

亭亭心中人,迢迢居秦关。①常缄素札去②,适枉华章还。忆在澧郊时③,携手望秋山。久嫌官府劳,初喜罢秩闲④。终年不事业,寝食长慵顽。不知为时来,名籍挂郎间。⑤摄衣辞田里⑥,华簪耀颓颜。卜居又依仁⑦,日夕正追攀。牧人本无术⑧,命至苟复迁。离念积岁序⑨,归途眇山川。郡斋有佳月,园林含清泉。同心不在宴⑩,樽酒徒盈前。览君陈迹游⑪,词意俱凄妍。忽忽已终日,将酬不能宣。氓税况重叠⑫,公门极熬煎。责逋甘首免⑬,岁晏当归田。勿厌守穷辙,慎为名所牵。⑭

【题解】

此诗约作于建中三年(782)秋冬间,时在滁州。崔都水,崔倬,韦应物堂妹婿。诗作先回忆几年前与崔倬在澧水畔情投意合的交往情形,接着自述此后担任比部员外郎和滁州刺史的经历和感受,最后叙说对崔倬的思念之情以及为官困顿的复杂感情。

【注释】

①"亭亭"二句:亭亭,孤峻高洁貌。心中人,所思之人。徐幹《室思》:"安得鸿鸾羽,观此心中人。"秦关,指长安及其附近地区。

②去:一作"间"。

③澧郊:指长安西郊澧水畔善福精舍。韦应物闲居于此时,崔倬曾

过访。

④罢秩：罢官。秩，官员品级。此指罢栎阳令事。

⑤"不知"二句：为时来，一作"何为来"。"名籍"句，指建中二年韦应物入为尚书比部员外郎事。名籍，纪官员姓名、年貌、物色等之竹牒。

⑥摄衣：整理衣服，以示恭敬。

⑦"卜居"句：卜居，占卜以选择居住之地。依仁，依倚于仁者。《论语·述而》："依于人，游于艺。"此谓自己在长安与崔倬居里相邻。

⑧牧人：即牧民，治理百姓。此指出守滁州事。

⑨岁序：犹时序，此指岁月。王僧达《答颜延年》："聿来岁序暄，轻云出东岑。"

⑩同心：指崔倬。《古诗十九首》："同心而离居，忧伤以终老。"

⑪陈迹游：游览长安及澧上的旧游之地。此指崔倬旧地重游所写的诗篇。

⑫"氓税"句：氓税，农民的赋税。重叠，言其多。

⑬"责逋"句：责逋，责以农户逃亡之事。首免，第一个被免官。首，原作"者"，此据元修本、递修本、《丛刊》本、《全唐诗》本校改。免，一作"退"。

⑭"勿厌"二句："勿厌"句，一作"勿厌守穷贱"。穷辙，喻困窘处境。《庄子·外物》："周昨来，有中道而呼者，周顾视车辙中，有鲋鱼焉。""慎为"句，意谓切莫被名利所羁绊，出来做官。

【汇评】

［日］近藤元粹评订《韦苏州集》："亭亭"二句十字皆平声，为异例。要之，不可以为模范。又，"园林"句又五平。

答王卿送别

去马嘶春草，归人立夕阳。元知数日别，要使两情伤①。

此诗作于建中四年(783)春,时在滁州。王卿,未详。与韦应物《郡斋赠王卿》诗中"王卿"当系一人。诗作以陶渊明的古淡构筑王维的空悟境界,写出与友人依依惜别的深情厚谊,即后二句所谓与朋友只数日之别,犹难免伤情,写来平易自然。其情境、格调,与何逊《与胡兴安夜别》一诗前四句极其相似:"居人行转轼,客子暂维舟。念此一筵笑,分为两地愁。"又,明人程嘉燧所作《赠别图》(今藏美国虚白斋),上款全录韦应物此诗以阐发画意,尾署:"天启七年三月,连叔兄来,暂会辄别去,作图赠之,并书此诗。偈庵老人程嘉燧。"真可谓"诗中有画,画中有诗"。

【注释】

①两情:双方的情意。权德舆《古离别》:"两情不得已,念此留何为。"

【汇评】

[日]近藤元粹评订《韦苏州集》:一幅春郊送别图。

答裴丞说归京所献

执事颇勤久,行去亦伤乖①。家贫无僮仆,吏卒升寝斋。衣服藏内箧,药草曝前阶。谁复知次第,漫落且安排。还期在岁晏②,何以慰吾怀。

【题解】

据孙望《韦应物诗集系年校笺》,此诗创作时地无考。陶敏、王友胜《韦应物集校注》以为作于建中四年(783),裴说时当在滁州,为韦应物属吏,因事使京。然据《旧唐书·职官志》,长安丞为从七品上,滁州为中州,有丞一人,正九品下。如按《校注》所说的写作时间来看,所居官职由高到低,似有误。或此裴丞非彼裴丞(指韦应物《答长安丞税》中"长安丞税",《校笺》、《校注》皆疑"税"应为"说"),可存疑再考。又,裴丞说,刘速《韦应物交友考补正》(载《中国学研究》第十二辑)谓"说"当为"涚"之误,其人建中年间为长安丞,贞元年间官礼部员外郎,入韦皋幕府,且与《千唐志斋新藏专辑》中《唐故大理评事摄监察御史裴府君(涚)墓志铭并序》所载之"裴涚"不同。诗中写自己的穷愁潦倒,满含叹息无奈之情。如"家贫无僮仆"二句,谓因为没有僮仆传话,以至于吏卒竟直接闯进卧室里来禀报。

【注释】

①伤乖:伤别。鲍照《代悲哉行》:"览物怀同志,如何复乖别。"

②岁晏:一年将尽时。白居易《观刈麦》:"吏禄三百石,岁晏有余粮。"

【汇评】

[日]近藤元粹评订《韦苏州集》:贫家情状,写出如见。

答裴处士

遗民爱精舍①,乘犊入青山。来署高阳里,不遇白衣还。礼贤方化俗,闻风自款关。②况子逸群士③,栖息蓬蒿间。

【题解】

此诗作于建中四年(783),时在滁州。处士,隐居不仕者。裴处士,未详。诗中"白衣",为未仕者所穿者,故以之代指裴处士。诗作赞赏裴处士的高风亮节,并对其寄予期望,字里行间不无溢美之辞。

【注释】

①遗民:改朝换代后不仕新朝者。

②"礼贤"二句:化俗,风俗受德教而发生变化。款关,叩门。元稹《春月》:"款关一问讯,为我披衣裳。"

③逸群:出众。蔡邕《太尉桥公碑》:"岐嶷而超等,总角而逸群。"

【汇评】

[日]近藤元粹评订《韦苏州集》:寻常之作,未足以为妙。

答杨奉礼

多病守山郡，自得接嘉宾。不见三四日，旷若十余旬^①。临舸独无味，对榻已生尘。一咏舟中作，洒雪忽惊新^②。烟波见栖旅，景物具昭陈。^③秋塘唯落叶，野寺不逢人^④。白事廷吏简^⑤，闲居文墨亲。高天池阁静^⑥，寒菊霜露频。应当整孤棹，归来展殷勤^⑦。

【题解】

此诗作于建中三年(782)或四年秋，时在滁州。奉礼，奉礼郎，太常寺属官。《新唐书·百官志》："奉礼郎二人，从九品上。掌君臣版位，以奉朝会、祭祀之礼。"杨奉礼，未详。陶敏、王友胜《韦应物集校注》疑是韦应物女婿杨凌。凌官太常寺协律郎，与奉礼郎同属太常寺，正八品上。疑杨凌任协律郎前曾任奉礼郎一职。诗写入山养病，仍然希望与友人往来。

【注释】

①若:李昉等《文苑英华》卷二四四作"居"。

②洒雪:犹飘雪，形容诗歌优美高雅。

③"烟波"二句:栖旅，旅居之处。具，同"俱"，都。《诗·郑风·大叔于田》:"叔在薮，火烈具举。"

④不逢人:释普济《五灯会元》卷一三:"问:'如何是西来意?'师曰:'古路不逢人。'"

⑤白事:言事，说事。

⑥静:《文苑英华》本作"净"。

⑦殷勤:情意恳切深厚。

【汇评】

宋刘辰翁:"秋塘"二句,荒寒如画。(参评本)

［日］近藤元粹评订《韦苏州集》：（"洒雪"句）妙句喜人。（"秋塘"句）天趣超然。

答　端

坐忆故园人已老,宁知远郡雁还来①。长瞻西北是归路,独上城楼日几回。

【题解】

此诗作于建中四年(783)秋,时在滁州。诗题,《万首唐人绝句》卷四作"答端弟"。端弟,韦应物从弟韦端。诗写远望当归,抒发思乡念亲之情。

【注释】

①"宁知"句:远郡,远方之郡。雁还来,指韦端来信。《汉书·苏武传》:"昭帝即位,数年,匈奴与汉和亲。汉求武等,匈奴诡言武死。后汉使复至匈奴,常惠请其守者与俱,得夜见汉使,具自陈道。教使者谓单于,言天子射上林中,得雁,足有系帛书,言武等在某泽中。使者大喜,如惠语以让单于。单于视左右而惊,谢汉使曰:'武等实在。'"后因以雁或雁足等称书信。宋之问《登逍遥楼》:"北去衡阳二千里,无因雁足系书还。"

答偰奴重阳二甥

偰奴,赵氏甥伉。重阳,崔氏甥播

弃职曾守拙①,玩幽遂忘喧。山涧依硗堨②,竹树荫清源。贫居烟火湿③,岁熟梨枣繁。风雨飘茅屋,蒿草没瓜园。群属相欢悦,不觉过朝昏。有时看禾黍,落日上秋原。饮酒任真性,挥笔肆狂言。一朝忝兰省,三载居远藩。④复与诸弟子,篇翰每相敦⑤。西园休习射⑥,南池对芳樽。山药经雨碧,海榴凌霜翻。⑦念尔不同此,怅然复一论。重阳守故家,僩子旅湘沅⑧。俱有缄中藻,恻恻动离魂。⑨不知何日见,衣上泪空存。

【题解】

此诗作于兴元元年(784),时在滁州。僩(xiàn)奴,赵伉。重阳,崔播,疑即韦应物妹婿崔俌之子。诗作述说对僩奴、重阳二外甥的思念之情。尤其是前半首,对数年来愉快的共同生活经历的美好回忆,堪称陶渊明所谓"悦亲戚之情话"(《归去来兮辞》)。

【注释】

①"弃职"句:弃职,指罢栎阳令归澧上事。守拙,安于愚拙,即不争名利于朝市。陶渊明《归园田居》五首其二:"开荒南野际,守拙归园田。"

②硗埆(qiāo jí):坚硬瘠薄之地。

③湿:一作"绝"。

④"一朝"二句:忝兰省,谓入尚书省为比部员外郎事。远藩,远郡,指滁州。韦应物建中三年出守滁州,至兴元元年为三年。

⑤"篇翰"句:篇翰,指往来书信与诗歌。敦,劝勉。

⑥习射:学习射箭。《仪礼》有《乡射礼》。

⑦"山药"二句:药,一作"苃"。海榴,即石榴。《古今合璧事类备要》别集卷三四:"榴花非国中所产也,其始来自安石国,故名曰石榴,或曰安榴。亦有来从海外新罗国者,或又以海榴名之也。"

⑧湘沅:湘水与沅水,均经流今湖南境,注入洞庭湖。

⑨"俱有"二句:缄中藻,指书信中寄来的诗歌。藻,《唐诗品汇》卷一四作"素"。恻恻,悲痛,凄凉。杜甫《梦李白》二首其一:"死别已吞声,生别常恻恻。"

【汇评】

[日]近藤元粹评订《韦苏州集》:叙来韵响淡冲,近世诗人不能梦见。

又，"群属"二句，渊明所谓"悦亲戚之情话"是也，写出千真万真。

答重阳

省札陈往事，怆忆数年中。一身朝北阙，家累守田农。①
望山亦临水，暇日每来同。性情一疏散，园林多清风。忽复
隔淮海，梦想在澧东。②病来经时节，起见秋塘空。城郭连榛
岭，鸟雀噪沟丛。坐使惊霜鬓，撩乱已如蓬③。

【题解】

此诗作于兴元元年(784)秋，时在滁州。重阳，韦应物甥崔播。诗作借
酬答外甥崔播，回顾与反思数年来的往事，抒发幽微之怀抱。

【注释】

①"一身"二句：北阙，据《史记·高祖本纪》，萧何于长安营建未央宫，
立东阙、北阙。后以代指朝廷。朝北阙，指自己为尚书比部员外郎事。家
累，家属，家眷。

②"忽复"二句：隔淮海，谓自己出守滁州。滁州属淮南道，节度使治所
在扬州。澧东，澧水之东，指澧上善福精舍。

③撩乱：纷乱，杂乱。

【汇评】

明袁宏道：唐人惟储、王多逸韵，较之苏州，觉幽怀殊浅。（参评本）

[日]近藤元粹评订《韦苏州集》："园林"句五平。

酬刘侍郎使君

琼树凌霜雪，葱蒨如芳春。①英贤虽出守，本自玉阶人②。

宿昔陪郎署,出入仰清尘。③绋云俱列郡,比德岂为邻。④风雨飘海气,清凉悦心神。重门深夏昼,赋诗延众宾。方以岁月旧,每蒙君子亲。继作郡斋什,远赠荆山珍。⑤高闲庶务理⑥,游眺景物新。朋友亦远集,燕酌在佳辰。始唱已惭拙⑦,将酬益难伸。濡毫意黾勉⑧,一用写悁勤。

【题解】

此诗作于贞元六年(790),时在苏州。诗题,《文苑英华》卷一四四作"答刘信州侍郎"。其中"刘侍郎",刘太真。《唐诗纪事》卷二八:"太真刺信州,时顾十二左迁,过上饶,出韦苏州、房杭州、韦睦州三使君诗,太真继焉。"顾十二,顾况。刘太真之作为《顾十二况左迁过韦苏州房杭州韦睦州三使君皆有郡中燕集诗辞章高丽鄙夫之所仰慕顾生既至留连笑语因以成篇以继三君子之风焉》:"宠至乃不惊,罪及非无由。奔进历畏途,缅邈赴遐陬。牧此凋弊氓,属当赋敛秋。夙兴谅无补,旬暇焉敢休。前日怀友生,独登城上楼。迢迢西北望,远思不可收。今日车骑来,旷然销人忧。晨迎东斋饭,晚度南溪游。以我碧流水,泊君青翰舟。莫将迁客程,不为胜境留。飞札谢三守,斯篇希见酬。"结合韦诗中"继作郡斋什"来看,这种郡斋宴集之什作为一种新兴的诗歌类型,于贞元初已经开始兴盛。多年过后,白居易在《吴郡诗石记》中仍以此为诗坛盛事,刻石宣扬并仿效。其时,地方长官的郡斋俨然已成为新的创作中心,它取代了开元、天宝时期的王公府第,也代替了大历京城中元、王的豪宴,这表明,诗坛的主体也由前期的才人歌手转变到了科场出身的才士官僚中。这种角色的转换应是从江南诗坛开始的。(参查屏球《由高仲武与皎然诗论的比较看贞元初江南诗风之变》)

【注释】

①"琼树"二句:琼树,玉树,传说中树名,古诗文中常以形容人风姿之美。葱蒨,青翠繁茂貌。

②玉阶:宫殿石阶的美称,代指朝廷。岑参《和贾至舍人早朝大明宫》:

"金阙晓钟开万户,玉阶仙仗拥千官。"

③"宿昔"二句:郎署,指尚书省。韦应物为比部员外郎时,刘太真官司勋、吏部员外郎。清尘,对人的敬称。卢谌《赠刘琨一首并书》:"尝自思维,因缘运会,得蒙接事,自奉清尘,于今五稔。"李善注:"《楚辞》曰:'闻赤松之清尘。'然行必尘起,不敢指斥尊者,故假尘以言之。言清,尊之也。"

④"孰云"二句:谓虽同为刺史,但自己的才德不及刘太真远甚。列郡,指为刺史。《论语·里仁》:"德不孤,必有邻。"

⑤"继作"二句:郡斋什,指刘太真继韦应物《郡斋雨中与诸文士宴集》所作诗。赠,《文苑英华》本作"贻"。荆山珍,宝玉。此喻刘太真原诗。荆山在今湖北南漳西,相传春秋时楚人卞和得玉璞于此。

⑥"高闲"句:高闲,清高闲适,一作"山城"。庶务,各种政务。

⑦始唱:谓自己的原唱,即《郡斋雨中与诸文士宴集》。

⑧"濡毫"句:濡毫,濡笔,写作。意,《文苑英华》本作"竟"。黾(mǐn)勉,勉励,尽力。《诗·邶风·谷风》:"黾勉同心,不宜有怒。"

答令狐侍郎

一凶乃一吉,一是复一非。①孰能逃斯理,亮在识其微。②三黜故无愠,高贤当庶几。③但以亲交恋,音容邈难希④。况惜别离久,俱欣藩守归。⑤朝宴方陪厕⑥,山川又乖违。吴门冒海雾,峡路凌连矶。⑦同会在京国⑧,相望涕沾衣。明时重英才,当复列彤闱⑨。白玉虽尘垢,拂拭还光辉。

【题解】

此诗约作于贞元五年(789)或六年(790)秋,时在苏州。令狐侍郎,令狐峘。《旧唐书·令狐峘传》:"贬衡州别驾。迁衡州刺史。贞元中,李泌辅政,召拜右庶子、史馆修撰。性既僻异,动失人和。在史馆,与同职孔述睿等争忿细故,数侵述睿。述睿长者,让而不争。无何,泌卒,窦参秉政,恶其为人,贬吉州别驾。久之,授吉州刺史。"李泌卒于贞元五年,令狐峘之贬当与之同时。韦诗云"峡路凌连矶",令狐诗题云《硖州旅社》,陶敏、王友胜《韦应物集校注》据以疑令狐峘初贬峡州(今湖北宜昌),后方移吉州。诗作劝慰贬官的令狐峘,勉励友人抱才厉节,等待时机,以展雄才,如末二句"白玉虽尘垢,拂拭还光辉"所云。令狐峘之作为《硖州旅舍奉怀苏州韦郎中(公频有尺书颇积离乡之思)》,录以对读:"儒服学从政,遂为尘事婴。衔命东复西,孰堪异乡情。怀禄且怀恩,策名敢逃名。羡彼农亩人,白首亲友并。江山入秋气,草木凋晚荣。方塘寒露凝,旅管凉飙生。懿交守东吴,梦想闻颂声。云水方浩浩,离忧何平时。"从"怀禄且怀恩"句看来,令狐峘也并未打算归隐林下。

【注释】

①"一凶"二句:《老子》:"祸兮福所倚,福兮祸所伏。"《庄子·齐物论》:"彼亦一是非,此亦一是非。"

②"孰能"二句:斯理,谓吉凶祸福相互为因果,是非对立而又同时并存的道理。亮,同"谅",诚,确实。微,细微,指事物的萌芽状态。

③"三黜"二句:三黜,多次贬官。故,仍然,仍旧。当,《文苑英华》卷二四四作"尚"。

④希:同"晞",望。

⑤"况惜"二句:惜,《文苑英华》本作"昔"。藩守归,建中中,韦应物出为滁、江二州刺史,时令狐峘亦被贬,后为衡州刺史;贞元初,令狐峘归朝,韦应物亦入为左司郎中。

⑥陪厕:谓随从和置身于帝王左右。

⑦"吴门"二句:吴门,古吴县城的别称,即指苏州。贞元五年,韦应物在苏州刺史任。峡路,出入三峡之路。连矶,相连的石滩。矶,水边石滩。

⑧会:《文苑英华》本作"念"。

⑨彤闱:宫中漆朱红色的旁门,代指宫殿。谢朓《酬王晋安》:"拂雾朝清阁,日旰坐彤闱。"

[日]近藤元粹评订《韦苏州集》:起手与平常之作全别。比喻结收,应篇首。

酬张协律

昔人翳春地①,今人复一贤。属余藩守日②,方君卧病年。丽思阻文宴③,芳踪阙宾筵。经时岂不怀,欲往事屡牵。公府适烦倦,开缄莹新篇④。非将握中宝⑤,何以比其妍。感兹栖寓词,想复疴瘵缠。⑥空宇风霜交,幽居情思绵。当以贫非病,孰云白未玄。⑦邑中有其人,憔悴即我愆。⑧由来牧守重,英俊得荐延⑨。匪人等鸿毛,斯道何由宣。⑩遭时无早晚,蕴器俟良缘⑪。观文心未衰,勿药疾当痊⑫。晨期简牍罢,驰慰子忡然。⑬

【题解】

此诗约作于贞元五年(789),时在苏州。诗题,《文苑英华》卷二四四题下有"赴"字,或为张协律之名。其中"协律",协律郎。张协律,未详。诗写张协律卧病苏州,以诗投献,作者答以此诗,表述思贤若渴的情怀和荐引人才的愿望。

【注释】

①"昔人"句:昔人,指梁鸿。人,《文苑英华》本作"日"。翳春,为人佣工舂米。

②属:正值。

③文:一作"交"。

④开缄:开封。李白《久别离》:"况有锦字书,开缄使人嗟。"

⑤握中宝:谓珠宝。曹操《与杨德祖书》:"昔仲宣独步于汉南,孔璋鹰

扬于河朔,伟长擅名于青土,公幹振藻于海隅,德琏发迹于此魏,足下高视于上京。当此之时,人人自谓握灵蛇之珠,家家自谓抱荆山之玉。"李善注引《淮南子》高诱注:"隋侯见大蛇伤断,以药傅而涂之,后蛇于大江中衔珠以报之,因曰隋侯之珠,盖明月珠也。"

⑥"感兹"二句:栖寓,犹寄居,暂住。姚鹄《书情献知己》:"一为栖寓客,二见北归鸿。"复:《文苑英华》本作"彼"。

⑦"当以"二句:《史记·仲尼弟子列传》:"宪摄敝衣冠见子贡。子贡耻之,曰:'夫子岂病乎?'原宪曰:'吾闻之,无财者谓之贫,学道而不能行者谓之病。若宪,贫也,非病也。'子贡惭,不怿而去,终身耻其言之过也。"玄,黑色。扬雄默默草《太玄》,人言其玄尚白。

⑧"邑中"二句:其人,谓原宪、扬雄一类的人。憔悴,困顿。杜甫《梦李白》:"斯人独憔悴。"愆,过错。

⑨"英俊"句:英俊,才俊之士。此指张协律。荐延,举荐延请。

⑩"匪人"二句:匪人,非其人,谓自己是不称职的刺史。匪,《文苑英华》本作"非"。鸿毛,极言其轻。司马迁《报任安书》:"死或重于泰山,或轻于鸿毛。"此言自己失职,使郡中有张协律这样窘困的贤者。斯道,指荐延贤士之道。宣,宣扬。此指施行。

⑪"蕴器"句:蕴器,怀抱才能。苏颋《授陈正观将作少监制》:"蕴器沈敏,怀才雅实。"俟,《文苑英华》本作"候"。良缘,好机遇。

⑫"勿药"句:一作"勿药当自痊"。勿药,不服药。

⑬"晨期"二句:简牍,竹简木牍,书写工具。此谓官府文书。简牍罢,处理完公务。忡然,忧伤貌。忡,《丛刊》本作"冲"。

答秦十四校书

知掩山扉三十秋,鱼须翠碧弃床头。^①莫道谢公方在郡,五言今日为君休。^②

此诗作于贞元五年(789),时在苏州。秦十四校书,秦系,字公绪,贞元五年为张建封奏授校书郎。诗作酬答秦系,高度评价其不慕荣利的高洁情志,以及五言诗高妙的创作成就。首句"知掩山扉三十秋"属于第五字宜仄而平的拗救句型,在不违背调律规则的情况下,灵活地在诗中进行汉字声调的调整,可使之更契合于自我情感的表达。在这里,宜仄而用平,造成了平声字的突出与强烈。秦系之作为《即事奉呈郎中韦使君(时系试秘书省校书郎)》,可录以参读:"久卧云间已息机,青袍忽著狎鸥飞。诗兴到来无一事,郡中今有谢玄晖。"

【注释】

①"知掩"二句:《新唐书·秦系传》:"天宝末,避乱剡溪。"秦系大历五年作《献薛仆射》诗序云:"系家于剡山,向盈一纪。"自大历五年上推十一年,为上元元年,至本年首尾正三十年。鱼须,古代大夫所执朝笏。据《旧唐书·舆服志》,唐代文武之官皆执笏,五品以上以象牙为之,六品以下用竹木。翠碧,指玉佩。据《旧唐书·舆服志》,唐代官员服饰有玉佩,为五品以上官员所服。

②"莫道"二句:谢公,谢朓,字玄晖,曾为宣城太守,有《在郡卧病呈沈尚书》。秦系原诗有"郡中今有谢玄晖"之句,故以自比。五言,五言诗。秦系长于五言诗。

答　宾

斜月才鉴帷①,凝霜偏冷枕。持情须耿耿②,故作单床寝。

【题解】

此诗作于贞元五年(789)或六年(790),时在苏州。诗写与挚友分别后无法排遣的愁思。

①鉴帷:映照帷幔。阮籍《咏怀》八十二首其一:"薄帷鉴明月,清风吹我襟。"

②耿耿:持久,专一。刘向《九叹·惜贤》:"进雄鸠之耿耿兮,谗介介而蔽之。"

答郑骑曹青橘绝句

怜君卧病思新橘,试摘犹酸亦未黄。书后欲题三百颗,洞庭须待满林霜①。

【题解】

此诗作于贞元五年(789)或六年(790),时在苏州。诗题,一作"故人重九日求橘书中戏赠",《丛刊》本作"答郑骑曹重九日求橘",《万首唐人绝句》卷四作"故人重九日求橘"。其中"骑曹",骑曹参军事,十六卫属官。《新唐书·百官志》:"骑曹参军事各一人,掌外府杂畜簿帐、牧养。"郑骑曹,其人及原唱均未详。诗写郑骑曹卧病,致绝句于韦应物以求橘。然橘犹未熟,只能待霜降后再行奉上,韦遂以诗答之。用典贴切,颇见文趣。

【注释】

①"洞庭"句:谓须待霜降后橘始黄熟。洞庭,山名,在太湖中,产橘。白居易《拣贡橘书情》:"洞庭贡橘拣宜精,太守勤王请自行。珠颗形容随日长,琼浆气味得霜成。"

【汇评】

题宋陈师道《后山诗话》:韦苏州诗云:"书后欲题三百颗,洞庭须待满林霜。"余往以为盖用右军帖中"赠子黄甘三百"者。比见右军一帖云:"奉橘三百枚。霜未降,未可多得。"苏州盖取诸此。

清管世铭《读雪山房唐诗序例》:韦苏州《和人求橘》一章,潇洒独绝,匪特世所称"门对寒流""春潮带雨"而已。

奉和圣制重阳日赐宴

圣心忧万国,端居在穆清。①玄功致海晏,锡燕表文明。②
恩属重阳节,雨应此时晴。寒菊生池苑,高树出宫城。捧藻
千官处,垂戒百王程。③复睹开元日④,臣愚献颂声。

【题解】

此诗作于贞元四年(788)九月,时在长安。诗题中"和",《丛刊》本作
"贺"。《唐诗纪事》卷二:"贞元四年九月,赐宴曲江亭。帝为诗……因诏
曰:'卿等重阳宴会,朕想欢洽,欣慰良多,情发于中,因制诗序,令赐卿等一
本,可中书门下简定文词士三五十人应制,同用清字。明日内于延英门进
来。'宰臣李泌等虽奉诏简择,难于取舍。由是百僚皆和。上自考其诗,以
刘太真及李纾等四人为上等,鲍防、于绍等四人为次等,张蒙、殷亮等二十
三人为下等。而李晟、马燧、李泌三宰相之诗,不加考第。"唐德宗御制诗为
《重阳日赐宴曲江亭赋六韵诗用清字并序》,序曰:"朕在位仅将十载,实赖
忠贤左右,克致小康。是以择三令节,锡兹宴赏,俾大夫卿士,得同欢洽也。
夫共其戚者同其休,有其初者贵其终。咨尔群僚,顺朕不暇,乐而能节,职
思其忧,成若时则,庶乎理矣。因重阳之会,聊示所怀。"诗云:"早衣对庭
燎,时此万机暇,曲池洁寒流,乾坤爽气满,朝野庆年丰,永怀无荒戒,躬化
勤意诚。适与佳节并。芳菊舒金英。台殿秋光清。高会多欢声。良士同
斯情。"节日之际的觥筹交错,不仅提供君臣相欢的契机,更可用以表现社
会小康,民生安乐,故而成为德宗中兴时期乐于采用的形式。这种追慕盛
世的心理,在韦应物此首重阳和诗中亦有所反应,所谓"复睹开元日,臣愚
献颂声"。贞元朝的诗人们怀着对开元往昔的依恋,重构盛世梦想,节日诗
会正是重建梦想的外在表现之一。

①"圣心"二句:圣心,帝王的心意。杜甫《北征》:"圣心颇虚伫,时议气欲夺。"穆清,指天。

②"玄功"二句:玄功,影响深远的功业。海晏,河清海晏,天下太平。锡,赏赐。文明,文采光辉。

③"捧藻"二句:藻,文藻。此谓德宗御制诗。垂戒,垂示训戒。百王,历代帝王。程,法式。

④开元:唐玄宗第二个年号,共二十九年(712—741)。

和吴舍人早春归沐西亭言志

晓漏戒中禁①,清香肃朝衣。一门双掌诰,伯侍仲言归。②亭高性情旷,职密交游稀③。赋诗乐无事,解带偃南扉。阳春美时泽,旭雾望山晖。幽禽响未转④,东原绿犹微。名虽列仙爵,心已遣尘机。⑤即事同岩隐,圣渥良难违。⑥

【题解】

此诗作于贞元四年(788)或五年(789)正月,时在长安。舍人,中书舍人。吴舍人,吴通微,海州(今江苏连云港)人,与兄通玄俱博学善属文,建中四年,自寿安县令入为金部员外,召充翰林学士,寻改职方郎中、知制诰,历礼部郎中、中书舍人,贞元十四年后卒官。归沐,归家休假。唐制,官员十日一休沐。时通微与兄并为翰林学士,诗云"伯侍仲言归",知归休者为弟通微,时为职方郎中、知制诰,故亦可称舍人。这首休沐宴赏诗效法初盛唐士人,表现的是虽居官而有隐逸之高情的主题,也即既向往归隐又留恋圣恩的矛盾心态,自然毫无新意可言。也因此,诗中写景不再闲远冲淡,反而每多华丽雍容之词,显然是与诗人此时的身份极为相配的。

【注释】

①"晓漏"句:漏,古代计时用的漏壶。中禁,宫中。《三辅黄图》卷六:

"汉宫中谓之禁中,谓宫中门阁有禁,非侍卫通籍之臣不得妄入。"唐翰林学士院在大明宫中右银台门北。

②"一门"二句:掌诰,掌起草制诰。《新唐书·吴通玄传》:"德宗立,兄弟踵召焉翰林擘士。顷之,通微迁职方郎中,通玄起居舍人,并知制诰。"据释赞宁《宋高僧传》卷一五,贞元四年,吴通微已加知制诰。"伯侍"句,《文苑英华》卷三一五作"伯仲侍言归"。

③职密:官居近帝之地。翰林学士负责重要政令的起草,故慎交游,以免泄露机密。

④"幽禽"句:一作"好鸟幽未转"。

⑤"名虽"二句:仙爵,犹仙官,对官职的美称。仙,《文苑英华》本作"朝"。遣,《丛刊》本、《文苑英华》本作"遗"。

⑥"即事"二句:岩隐,隐于山野岩穴。左思《招隐》二首其一:"杖策招隐士,荒涂横古今。岩穴无结构,丘中有鸣琴。"圣渥,皇帝恩泽。渥,沾润。王勃《七夕赋》:"皇慈雾洽,圣渥天浮。"

【汇评】

明袁宏道:写早春景色,清妍闲婉。(参评本)

奉和张大夫戏示青山郎

天生逸世姿,竹马不曾骑。①览卷冰将释,援毫露欲垂。②金貂传几叶,玉树长新枝。③荣禄何妨早,甘罗亦小儿④。

【题解】

此诗当作于贞元中。张大夫,其人及原唱均未详。大夫,御史大夫,御史台首长。《新唐书·百官志》:"大夫一人,正三品……掌以刑法典章纠正百官之罪恶。"青山郎,当为张大夫之子。诗写对友人之后的爱重之意,也未必都是谀辞。比如,唐人即常用对竹马游戏的喜好与否,来衡量儿童是

296

否智慧超群。

【注释】

①"天生"二句：竹马，儿童游戏时所骑竹竿。李白《长干行》："妾发初覆额，折花门前剧。郎骑竹马来，绕床弄青梅。"

②"览卷"二句："览卷"句，谓读书将没有疑难之处。《老子》："涣兮若冰之将释。""援毫"句，谓书法将亦可观。字体有垂露书。《初学记》卷二一："垂露书，如悬针而势不遒劲，阿那若浓露之重，故谓之垂露。"

③"金貂"二句：金貂，金蝉貂尾，汉代侍中、中常侍的冠饰。玉树，传说中的仙树，比喻姿质美好、才能优异的人。《世说新语·言语》："谢太傅问诸子侄：'子弟亦何预人事，而正欲使其佳？'诸人莫有言者，车骑答曰：'譬如芝兰玉树，欲使其生于阶庭耳。'"

④甘罗：《史记·甘茂列传》："甘罗者，甘茂孙也。茂既死后，甘罗年十二，事秦相文信侯吕不韦"，"始皇召见，使甘罗于赵。赵襄王郊迎甘罗。甘罗说赵王曰……赵王立自割五城以广河间。秦归燕太子。赵攻燕，得上谷三十城，令秦有十一。甘罗还报秦，乃封甘罗以为上卿，复以始甘茂田宅赐之"。故常用为咏幼有才能致通显之典。

答河南李士巽题香山寺

洛都游宦日①，少年携手行。投杯起芳席，总辔振华缨②。关塞有佳气，岩开伊水清。③攀林憩佛寺，登高望都城。蹉跎二十载④，世务各所营。兹赏长在梦⑤，故人安得并。前岁守九江，恩召赴咸京。⑥因途再登历，山河属晴明。⑦寂寞僧侣少，苍茫林木成。墙宇或崩剥⑧，不见旧题名。旧游况存殁，独此泪交横⑨。交横谁与同，书壁贻友生。今兹守吴郡⑩，绵思方未平。子复经陈迹，一感我深情。远蒙恻怆篇，中有金玉声⑪。反覆终难答，金玉尚为轻。

　　此诗作于贞元五、六年(789、790)间,时在苏州。河南,府名,府治在今河南洛阳。李士巽,未详。香山寺,在洛阳南龙门香山上。诗中"兹赏长在梦"二句中的"梦",最能体现韦应物的独特心态,它充分表达出诗人先历盛世,后遭战乱衰世巨变的沧桑感、理想的幻灭感和现实的虚幻感。它本质上是富于理想光芒的盛唐气象的折光,然而,现实的无望把大历诗人一次次逼上重返精神故园的回乡之路,幽怨疏离现实,心态黯淡孤寂。

【注释】

　　①洛都:即洛阳,唐时为东都。韦应物广德、永泰中为洛阳丞。大历中复为河南府兵曹参军。

　　②总辔:控制缰绳。僧鸾《苦热行》:"烟岛抟鹏弹双翅,羲和赫怒强总辔。"

　　③"关塞"二句:关塞,指阙塞山,即龙门。伊水,流经龙门。

　　④二十载:自永泰元年韦应物为洛阳丞至贞元六年已二十六年,自大历八年为河南兵曹参军至此则仅十八年,此约举成数戏言之。

　　⑤长:《文苑英华》卷二三六作"常"。

　　⑥"前岁"二句:九江,郡名,即江州,州治在今江西九江。韦应物贞元元年为江州刺史。咸京,秦都咸阳,此代指长安。韦应物贞元三年自江州刺史召为左司郎中。

　　⑦"因途"二句:登历,登临游历。王维《蓝田山石门精舍》:"再寻畏迷误,明发更登历。"晴明,晴朗,明朗。宋之问《雨从箕山来》:"晴明西峰日,绿缛南溪树。"

　　⑧崩剥:倒塌,剥落。

　　⑨交横:纵横交错。鲍照《舞鹤赋》:"轻迹凌乱,浮影交横。"

　　⑩吴郡:即苏州。

　　⑪金玉声:指书信中的相思之情。《诗·小雅·白驹》:"毋金玉尔音,而有遐心。"

答故人见谕

素寡名利心,自非周圆器①。徒以岁月资,屡蒙藩条寄。②时风重书札,物情敦货遗。③机杼十缣单,慵疏百函愧。④常负交亲责,且为一官累。况本薄落人,归无置锥地。⑤省己已知非,枉书见深致⑥。虽欲效区区,何由枉其志。

【题解】

此诗作于贞元六年(790)左右,时在苏州。诗借答友而抒发感慨。这些感慨,并不能证明这位"世俗"的诗人并非果真"素寡名利心",而只表明他内心深处存在着"省己已知非""归无置锥地"的矛盾冲突,表明他在观念上志尚清虚,追慕淡泊宁静的隐士生活,而在实际生活中却留恋爵禄,耽于物质享受。(参蒋寅《大历诗人研究》)

【注释】

①周圆器:谓有智慧、有才干的人。

②"徒以"二句:岁月资,官吏的年资,谓自己为官年久资深。藩条寄,托付以刺史重任。藩条,指刺史。汉制,刺史颁行六条以考察官吏。后因以藩条代称刺史。

③"时风"二句:谓时尚风气看重书信请托和礼品馈赠。物情,物理人情,此指人情。敦,厚,重视。货遗,馈赠的礼物。

④"机杼"二句:机杼,织布机于织布梭,代指布帛。缣,双丝织成的微带黄色的细绢,此用作量词,犹匹。单,言礼薄。慵疏,慵惰懒散。百函愧,惭愧不能写作大批书信。

⑤"况本"二句:薄落,空廓无用。置锥地,极言地方狭窄。《庄子·盗跖》:"尧、舜有天下,子孙无置锥之地。"

⑥深致:深意。《晋书·谢道韫传》:"叔父安尝问'毛诗何句最佳',道

韫称'吉甫作颂,穆如清风。仲山甫永怀,以慰其心',安谓有雅人深致。"

【汇评】

明袁宏道:都是陶诗。(参评本)

[日]近藤元粹评订《韦苏州集》:此故人恐名利徒,推诗意可知也。

酬阎员外陟

寒夜阻良觌^①,丛竹想幽居。虎符予已误,金丹子何如。^②
宴集观农暇,笙歌听讼余。虽蒙一言教,自愧道情疏^③。

【题解】

此诗作于贞元六年(790)左右,时在苏州。阎员外陟,陟,《文苑英华》卷二四四校云"一作'涉'"。荥阳(今河南郑州)人,阎钦爱子,官至邓州刺史。诗借酬答阎陟表达内心的仕隐矛盾。从"虽蒙一言教"句可知,友人原诗的部分内容当关涉"道情"不"疏"之意。

【注释】

①良觌(dí):良晤。谢灵运《南楼中望所迟客》:"搔首访行人,引领冀良觌。"

②"虎符"二句:虎符,铜虎符,汉代授予州郡调兵遣将的信物。此指自己为刺史事。予,原作"子",此据递修本、活字本、《丛刊》本、《文苑英华》本、《全唐诗》本校改。误,误金丹之事。金丹,古代方士所炼丹药,谓服之可以长生。

③道情:修道者超凡脱俗的情操。杨巨源《送李舍人归兰陵里》:"惟有道情常自足,启期天地易知恩。"

第六编　逢遇

长安遇冯著

客从东方来，衣上灞陵雨。问客何为来，采山因买斧。^①
冥冥花正开，飏飏燕新乳。^②昨别今已春，鬓丝生几缕。

【题解】

此诗作于大历初，时在长安。冯著，《文苑英华》卷二一八作"冯著作"。诗写在长安遇到隐居的好友，当此花开燕来之日，想到别来光景，不胜感慨。诗中既有对不期而遇的失意友人冯著的理解同情、体贴勉励，又有一种老大无成的哀情溢于字里行间。诗作采用活泼自由的古体形式，又吸收乐府歌行的结构、手法和语言，在叙事中抒情写景，以问答方式渲染气氛，借写景以婉转寄托寓意，用风趣诙谐来激励友人。读来似乎一览无余，实则回味不尽。

【注释】

①"问客"二句：何为来，《丛刊》本作"来何为"，《文苑英华》本作"何谓来"。"采山"句是打趣语，言冯著来长安是为采铜铸钱以谋发财的，却只得到一片荆棘，还得买斧斫除。寓意即谓谋仕不遇，心中不快。

②"冥冥"二句：冥冥，昏暗貌，此状花之浓密。杜甫《醉歌行》："风吹客衣日杲杲，树搅离思花冥冥。"开，一作"满"。飏飏，飞扬貌。元稹《月临花》："凌风飏飏花，透影胧胧月。"

【汇评】

宋刘辰翁：但不能诗者亦知是好。（张习本）案：嵩山堂本引此语作："但不好诗者不知是好。"

清章燮《唐诗三百首注疏》：一解，写冯著，迹其所来也。二解，写遇冯著正当春日也。盖以昔年逢君,正见冥冥之花开满春园,飐飐之燕,学飞新乳,当时一别,犹如昨也。今又逢君,已是春矣,虽时光风态,依然无恙,而君之鬓丝,较昔年多生几缕白发矣,伤何如哉。

将发楚州经宝应县访李二忽于
州馆相遇月夜书事因简李宝应

孤舟欲夜发,只为访情人。此地忽相遇,留连意更新。
停杯嗟别久,对月言家贫。一问临邛令①,如何待上宾。

【题解】

此诗作于大历四年(769)秋,时自京洛赴扬州途经楚州。楚州,州治在今江苏淮安。宝应县,今属江苏。李二,李澣,罢洛阳主簿后归楚州。李宝应,李姓宝应县令,疑为李澣之兄弟行。诗写在旅途中忽遇故人,知其贫困,于是写诗给宝应县令,请他善待这位朋友。

【注释】

①临邛:县名,汉属蜀郡,唐属邛州,今四川邛崃市。《史记·司马相如列传》:"会梁孝王卒,相如归,而家贫,无以自业。素与临邛令王吉相善,吉曰:'长卿久宦游不遂,而来过我。'于是相如往,舍都亭。临邛令缪为恭敬,日往朝相如。相如初尚见之,后称病,使从者谢吉,吉愈益谨肃。临邛中多富人,而卓王孙家僮八百人,程郑亦数百人,二人乃相谓曰:'令有贵客,为具召之。'并召令。令既至,卓氏客以百数。至日中,谒司马长卿,长卿谢病不能往,临邛令不敢尝食,自往迎相如。相如不得已。强往,一坐尽倾。"

广陵遇孟九云卿

雄藩本帝都①,游士多俊贤。夹河树郁郁②,华馆千里连。

新知虽满堂③,中意颇未宣。忽逢翰林友④,欢乐斗酒前。高文激颓波,四海靡不传。⑤西施且一笑,众女安得妍。⑥明月满淮海,哀鸿逝长天。⑦所念京国远,我来君欲还⑧。

【题解】

　　此诗作于大历四年(769)秋,时在扬州。广陵,郡名,即扬州。孟云卿(约725－?),平昌(今山东商河)人,曾居嵩阳,与元结、杜甫、薛据等为友。永泰二年,自校书郎赴南海幕。大历二年,在荆州。元结曾将其诗编入《箧中集》。诗写对孟云卿的推崇之意。其中"高文激颓波"二句,也可以拿来评价韦应物真实反映当时社会生活的诗作的影响。所谓"高文",指的是孟云卿高古的五古。张为《诗人主客图》以孟云卿为"高古奥逸主",擅长五古的韦应物被列为"上入室",盖以此。

【注释】

　　①"雄藩"句:雄藩大郡,指扬州。帝都,高祖曾封兄子吴王刘濞于广陵,景帝时改为江都国。隋炀帝于扬州大治宫室,实以之为陪都。

　　②河:指大运河,两岸多种杨柳。

　　③新:《文苑英华》卷二一八作"亲"。

　　④翰林:翰墨之林,犹文苑。《晋书·陆云传》:"辞迈翰林,言敷其藻。"

　　⑤"高文"二句:李白《古风》五十九首其一:"正声何微茫,哀怨起骚人。扬马激颓波,开流荡无垠。"孟云卿以诗名。高仲武《中兴间气集》评曰:"祖述沈千运,渔猎陈拾遗,词意伤怨。……当今古调,无出其右,一时之英也。"

　　⑥"西施"二句:命意略似白居易《长恨歌》:"回眸一笑百媚生,六宫粉黛无颜色。"西施,春秋时越国美女,此以比喻孟之文才出众。

　　⑦"明月"二句:淮海,指扬州。逝,《文苑英华》本作"游"。

　　⑧欲还(xuán):一作"独还",《文苑英华》本作"又旋"。

淮上遇洛阳李主簿

结茅临古渡，卧见长淮流。窗里人将老，门前树已秋。寒山独过雁，暮雨远来舟。日夕逢归客，那能忘旧游。

【题解】

此诗作于大历五年(770)秋，时自扬州北归途经楚州。李主簿，李澣，曾为洛阳主簿，后归楚州。诗作全从客位描绘抒写，所突出的是居于客位的李主簿的形象与感受，而将主观感受融化在客体之中。至于主客会面以后的情景，全都留在诗外，由读者自己去想象。值得注意的是其中"窗里人将老"二句，人与树相互映衬——树已逢秋，人焉得不老？窗里将老之人，面对着门前已衰之树，想起岁月不居，壮志蹉跎，将何以为怀？不仅极其传神地描摹了李主簿衰颓的形象与凄凉的心境，也寄寓着诗人自己怅然若失的情怀。

【汇评】

宋刘辰翁：深情语，不堪再读。（"窗里"句）此不嫌俚。（张习本）

明谢榛《四溟诗话》卷一：韦苏州曰："窗里人将老，门前树已秋。"白乐天曰："树初黄叶日，人欲白头时。"司空曙曰："雨中黄叶树，灯下白头人。"三诗同一机杼，司空为优，善状目前之景，无限凄感，见乎言表。案："树初"二句出自白居易《途中感秋》，"雨中"二句出司空曙《喜外弟卢纶见宿》。

清谭宗《近体秋阳》：第八句养气以出"遇李"题，作法老清，高贵矜重。

清顾安《唐律消夏录》：时迁运往，寓绸缪于十字者。杜少陵则云"衣裳判白露，门巷落丹枫"，韦苏州则云"窗里人将老，门前树已秋"，香山则云"树初黄叶候，人欲白头时"。其触物关心，初无小异，而吐辞成句，且各极其致。案："衣裳"二句出自杜甫《秋峡》，前一句原作"衣裳垂素发"。

［日］近藤元粹评订《韦苏州集》：（"寒山"二句）稳雅。

路逢崔元二侍御避马见招以诗戏赠

一台称二妙,归路望行尘。俱是攀龙客,空为避马人。^①见招翻踢踏^②,相问良殷勤。日日吟趋府,弹冠岂有因。^③

【题解】

此诗作于大历九年(774)至十二年(777)中,时在长安京兆府功曹任上。崔、元二侍御,未详。诗写路逢二侍御回避见招事,虽有调侃之意,却并未失却下僚的身份。

【注释】

①"俱是"二句:攀龙客,谓追随帝王以期建功立业者。《后汉书·光武帝纪》:诸将固请刘秀即帝位,秀以天下未平不从,耿纯曰:"天下士大夫,捐亲戚,弃土壤,从大王于矢石之间者,其计固望其攀龙鳞,附凤翼,以成其所志耳。"避马人,韦应物自谓,用桓典事。

②踢踏(jí):局促不安貌。谢朓《京路夜发》:"敕躬每踢踏,瞻恩唯震荡。"

③"日日"二句:趋府,趋侍府衙,指自己为京兆府功曹参军。弹冠,整洁其冠,此言无暇前往祝贺其升迁。《汉书·王吉传》:"吉与贡禹为友,世称'王阳在位,贡公弹冠',言其取合同也。"

逢杨开府

少事武皇帝,无赖恃恩私。^①身作里中横,家藏亡命儿。朝持樗蒲局^②,暮窃东邻姬。司隶不敢捕,立在白玉墀。^③骊山风雪夜,长杨羽猎时。^④一字都不识,饮酒肆顽痴。武皇升仙去,憔悴被人欺。⑤读书事已晚,把笔学题诗。两府始收迹,南宫谬见推。⑥非才果不容,出守抚惸嫠。⑦忽逢杨开府,论旧涕俱垂。坐客何由识,唯有故人知。

【题解】

此诗作于建中三年(782),时出守滁州。杨开府,当曾为十六卫中军将,余未详。开府,原为开建府署,辟置官属之意。汉制,惟三宫可开府,汉末,董承等以将军开府,魏晋以后开府者益多。诗人因为遇到了知道他少年时情况的老朋友杨开府,慨念当年的浪漫生活而写下此诗。章法结构是四句一绝。前面三绝总叙自己年少时服事明皇,倚仗皇帝的恩私,成为一个无赖子弟。以下二绝说自从玄宗皇帝死后,落魄得被人欺侮;要改行读书已经太晚,只好抓起笔来学作诗。作诗有了些成就,居然被选拔去做京官,也做了地方官。最后一绝是结束语。大概是在一个宴会上遇到杨开府,彼此谈起旧事,不胜感慨。满座的客人都不会知道这些事,现在能知道的只有这位老朋友了。这首诗可以看成是韦应物的"自传"(施蛰存《唐诗百话》)。

【注释】

①"少事"二句:武皇帝,本指汉武帝,唐人多借指唐玄宗。杜甫《兵车行》:"边庭流血成海水,武皇开边意未已。"无赖,谓行事强横奸狡。恩私,恩宠。私,恩。杜甫《北征》:"顾惭恩私被,诏许归蓬荜。"

②"朝持"句:持,《丛刊》本作"提",《文苑英华》卷二一八作"栉"。樗(chū)蒲,古代的一种博戏,以掷骰所得骰色决胜负,其采有卢、雉、犊、白等。和凝《宫词》:"锦褥花明满殿铺,宫娥分坐学樗蒲。

③"司隶"二句:司隶,司隶校尉,汉官名。此借指负责京师治安的官员。在,一作"登"。白玉墀,指宫殿的台阶。天宝时,韦应物为右千牛,侍从宿卫,故云。

④"骊山"二句:"骊山"句,言自己扈从玄宗冬幸华清宫事。雪,《文苑英华》本作"雨"。"长杨"句,言自己扈从玄宗狩猎事。长杨,汉宫名。扬雄

有《长杨赋》《羽猎赋》，均铺陈汉成帝游猎盛况。

⑤"武皇"二句：升仙，婉言玄宗之死。憔悴，蹭蹬，失意。

⑥"两府"二句：两府，指河南、京兆二府，代宗朝韦应物曾为河南兵曹参军、京兆功曹参军。收迹，收敛行为。"南宫"句，指自己建中二年为尚书比部员外郎事。

⑦"非才"二句：不，《文苑英华》本作"未"。出守，指自己建中三年自尚书郎出守滁州事。惸嫠（qióng lí），无兄弟与无丈夫者，泛指孤苦无依之人。岑参《过梁州奉赠张尚书大夫公》："百堵创里闾，千家恤惸嫠。"

【汇评】

宋葛立方《韵语阳秋》卷四：或云韦应物乃韦后之族，恁恃恩私作里中横。故韦集载《逢杨开府诗》云："少事武皇帝，无赖恃恩私。身作里中横，家藏亡命儿。武皇升仙去，把笔学题诗，两府始收迹，南宫谬见推。"夫武皇平内乱，杀韦后，不应后之族取于武皇之时豪横若此，正恐非后族尔。李肇《国史补》言应物性高洁，鲜食寡欲，所居焚香扫地而坐。与杨开府诗所述不同，岂非武皇仙去之后，折节悔过之时邪？

宋刘辰翁：（首四句）缕缕如不自惜，写得使气动荡，见者偏怜。太白亦云："托身白刃里，杀人红尘中。"（"南宫"句）杂出于果（一作未）然，正是狡狯。收拾惨怆，自不在多。古今如此创意传奇极是有数。妙在语实，使人自喻。写得奇怪，队伏逼真。旧见诗话，至以为不类苏州平生，不知其沉着转换，正在"武皇升仙"起兴，能令读者堕泪。（朱墨本）案："托身"二句出自李白《赠从兄襄阳少府皓》。

元吴师道《吴礼部诗话》：此盖韦公因见当时三卫恣横，身在其列，故托以自言，亦古人之意。论者遂谓韦少豪纵不羁，晚始折节，所谓对痴人谈梦也。使真为自言，则窃姬之丑，不识字之愚，何至如此历举乎。

明王世贞《章给事诗集序》：陶、韦之言，潇洒物外，若与世事复相左者。然陶之壮志不能酬，发之于《咏荆轲》；韦之壮迹不能掩，纪之于《逢杨开府》。

明顾璘：（结处）何自诡乃尔！（转引自孙望《韦应物诗集系年校笺》）

清乔亿《剑溪说诗》又编：韦诗五百七十余篇，多安分语，无一诗干进。

307

且志切忧勤,往往自溢于宴游赠答间,而淫荡之思、丽情之句,亦无有焉。至若"身作里中横,家藏亡命儿。朝持樗蒲局,暮窃东邻姬"等句,乃建中初遇故人,凄然而论旧,自道其盛时气概,于今为可悲耳。独是折节问学以来,更仕途起伏数十年,所居未尝不焚香扫地,又多与文学高士释子相往还。以恒情论之,少年无赖作横之事,有怩怩不欲为他人道者,而韦不讳言之,且历历为著于篇,可谓不自文其过之君子矣。

休假日访王侍御不遇

　　九日驱驰一日闲①,寻君不遇又空还。怪来诗思清人骨②,门对寒流雪满山。

【题解】

　　此诗作于建中中、贞元初。诗题中"假",递修本、活字本、《丛刊》本、《全唐诗》本作"暇"。王侍御,未详,递修本校"一本访李廓",《又玄集》卷中作"访李廓不遇"。据《新唐书》本传,廓大和初方仕为鄠县尉,大中中镇徐州,为乱兵所逐。诗作前半点题。三句写惆怅归来的感慨,以"怪来"加强语气,突出"诗思清入骨",由文及人,想见王侍御的高洁清雅。末句以不遇时所见之景补足上句的感慨,又点出诗品人品之所自来,满溢钦羡之情于笔端。

【注释】

　　①"九日"句:唐制十日一休沐。《唐会要》卷八二:"(开元)二十五年正月七日敕:自今已后,百官每旬节休假,不入曹司。"

　　②"怪来"句:怪来,难怪。人,《又玄集》本作"入"。

【汇评】

　　宋范晞文《对床夜语》卷四:唐人绝句,有意相袭者,有句相袭者。……韦应物《访人》云:"怪来诗思清入骨,门对寒流雪满山。"王涯《宫词》云:"共怪满衣珠翠冷，黄花瓦上有新霜。"……此皆意相袭者。若定优劣，品高下，则亦昭然矣。

明周敬《唐诗选脉会通评林》：拟想妙，真形容。

清王士禛《带经堂诗话》卷一二：或问余：古人雪诗，何句最佳？余曰：莫逾羊孚赞云："资清以化，乘气以霏。值象能鲜，即洁成辉。"陶渊明诗云："倾耳无希声，在目皓已洁。"王摩诘云："隔牖风惊竹，开门雪满山。"……韦苏州云："怪来诗思清入骨，门对寒流雪满山。"此为上乘。案："倾耳"二句出自陶渊明《癸卯岁十二月中作与从弟敬远》，"隔牖"二句出自王维《冬晚对雪忆胡居士家》。

清李锳《诗法易简录》：三、四句但写某人所居门前之景，而其人之幽雅，并自己之性情，俱流露于笔墨之间。

清张文荪《唐贤清雅集》：其清入骨，而谓苏州自品其诗可也。

朱宝莹《诗式》：首句做休沐日，二句做不遇，所谓起承二句，平直叙起也。三句上二字有访王侍御不遇之神，下五字起四句，所谓第三句宛转变化也。四句言寒流、言雪，俱应上"清"字，而门对于寒流，雪满于山，则是不遇王侍御，但一临其门，而写出一种景象，所谓第四句如顺流之舟也。苏州诗闲淡简远，人比之陶潜，读此益信然。（品曰）清奇。

俞陛云《诗境浅说续编》：此诗首句自述，次句言不遇空还，意已说尽。后二句写景而不言情，但言其友所居之地，曰"寒流"，曰"雪满"，皆加倍写法，宜清味之沁人诗骨矣。

因省风俗访道士侄不见题壁

去年涧水今亦流，去年杏花今又拆^①。山人归来问是谁，还是去年行春客。^②

【题解】

此诗作于贞元三年（787）春，时在江州。道士侄，当即韦成绪，贞元二年与韦应物同游山水。道士,《文苑英华》卷二三〇作"处士",观诗中"山人"语,似是。这是访人不遇的留言,题壁给特定个人读的一首诗,谓造访折花者,仍是去年踏青之客。"行春"语的双关,为作品平添了不少情趣。

【注释】

①拆:《丛刊》本作"折"。

②"山人"二句:山人,山居之人,隐士。王勃《赠李十四》四首其一:"野客思茅宇,山人爱竹林。"归来问是,《文苑英华》本作"却归来问"。行春,太守春日巡行属县,督促农事,省察风俗。

第七编　怀思

有所思

借问堤上柳^①，青青为谁春。空游昨日地，不见昨日人。缭绕万家井^②，往来车马尘。莫道无相识，要非心所亲^③。

【题解】

此诗创作时地未详。有所思，乐府旧题，汉铙歌十八曲之一。诗谓人家千万，车马如云，其中固然不乏相识者，只可惜不是我要寻觅的挚友。诗写某种怅惘之情，但不必限于未能与"情人"相会。孙望《韦应物诗集系年校笺》疑作于大历十四年（779）春，作者以事到长安，偶游曲江堤，遂怀往事。盖触景伤逝之作。

【注释】

①堤:《文苑英华》卷二〇二、《乐府诗集》卷一七作"江"。

②"缭绕"句:缭绕，烟尘回旋、纷乱貌。孟郊《古离别》:"松山云缭绕，萍路水分离。"万家井，犹千村万落。相传古制以八家为一井，引申指乡里、人口聚居地。陈子昂《谢赐冬衣表》:"三军叶庆，万井相欢。"

③要非:犹言总不是。

【汇评】

宋刘辰翁:逢春感兴，此等语不会绝，但淡味又别也。（张习本）

明邢昉《唐风定》:孟东野亦得此意，而无此夷犹自在，有攒眉之苦。

清陆次云《唐诗善鸣集》:此章闲静中另有轻倩之气，风姿濯濯，一似张绪当年。

清沈德潜《唐诗别裁》卷三:（"空游"二句）黯然消魂。

暮相思

　　朝出自不还,暮归花尽发。岂无终日会,惜此花间月。空馆忽相思,微钟坐来歇^①。

【题解】

　　此诗创作时地未详。诗作怀人,言早出晚归,辜负了良宵花月,在这空旷寂寞的馆舍中,惟有坐听远处隐约传来的钟声,却是令人更加愁肠百结。写来含蓄而真挚。

【注释】

　　①来:或作"未"。

【汇评】

　　宋刘辰翁:("暮归"句)此五字亦未易喻。(末二句)有情之语,有无情之色。只结句十字,神意悄(一作峭)然,得于实境,故题曰《暮相思》。彼安知作者用心苦耶?寻其上四语,则凄然不能为怀(一本作则顷刻不能待)。(张习本)

　　明钟惺:觉多一字不得。又明谭元春:俱在言外。(朱墨本)

　　明唐汝询《唐诗解》:此怀友之诗。言惜此花月而念切怀人,坐听钟声之尽,此时此景,盖有甚难为情者在。

　　清刘邦彦《唐诗归折衷》:唐士雅云:语出天成,非有养者不能作此。又,明吴敬夫云:读此乃知卢仝"当时我醉美人家"真《下里》之音也。案:"当时"句出自卢仝《有所思》。

　　清陆次云《唐诗善鸣集》:耐人百思。

夏夜忆卢嵩

霭霭高馆暮,开轩涤烦襟①。不知湘雨来,潇洒在幽林。②
炎月得凉夜③,芳樽谁与斟。故人南北居,累月间徽音④。人
生无闲日,欢会当在今。反侧候天旦,层城苦沉沉。⑤

【题解】

此诗疑作于永泰中或大历初,时在洛阳。卢嵩,未详。诗写夏夜忆友,
充分表现对挚友卢嵩的眷恋之意。夏日溽热,忽来夜雨。炎夏中得此凉
夜,却无人与之饮酒。想到与朋友南北远隔,音信难通,辗转反侧,难以
入睡。

【注释】

①烦襟:胸中烦闷。王勃《游梵宇三觉寺》:"遽欣陪妙躅,延赏涤
烦襟。"

②"不知"二句:一作"不知微潇洒,山鸟鸣幽林"。潇洒,雨落貌。权德
舆《和李大夫西山祈雨因感张曲江故事十韵》:"潇洒四冥合,空濛万顷连。"

③炎月:暑月。孟浩然《晚春题远上人南亭》:"炎月北窗下,清风期
再过。"

④"累月"句:累月,接连几月。杜甫《送人从军》:"今君渡沙碛,累月断
人烟。"间,阻隔。徽音,美音。此指音讯。谢灵运《登临海峤与从弟惠连》:
"傥遇浮丘公,长绝子徽音。"

⑤"反侧"二句:反侧,翻来覆去,难以入睡。层城,即增城,神话中城。
此指京师多重之城阙。陆机《赠尚书郎顾彦先》:"朝游游层城,夕息旋直
庐。"沉沉,深邃貌。

【汇评】

宋刘辰翁:苦语不自觉。(朱墨本)

清王夫之《唐诗评选》卷二：神行非迹。

［日］近藤元粹评订《韦苏州集》：（"不知"二句）读者亦烦襟一洗。

春 思

野花如雪绕江城,坐见年芳忆帝京①。阊阖晓开凝碧树,
曾陪鸳鹭听流莺②。

【题解】

此诗当作于贞元二年(786)或三年(787)春,时在江州。诗写触景生
情,由眼前美不胜收的春景,引发对京城春日景色的回想,也是对往昔长安
生活的追忆。诗有尽而意难止,意图表达的是对盛唐气象的追慕之怀。

【注释】

①年芳:指美好的春色。沈约《三月三日率尔成篇》:"丽日属元巳,年
芳具在斯。"

②"曾陪"句:鸳鹭,喻指朝官。流莺,黄莺。流,谓其鸣声流利婉转。

【汇评】

宋刘辰翁:鸳鹭,似"方伯"屡见。(张习本)

春中忆元二

雨歇万井春①,柔条已含绿。徘徊洛阳陌,惆怅杜陵曲。
游丝正高下②,啼鸟还断续。有酒今不同,思君莹如玉。

【题解】

此诗创作时地未详。元二,未详。诗写因春日里对友人的忆念而独自

徘徊，惆怅不已。这种特定的心情，也是诗人心中挥之难去的缕缕轻愁，由于与空中飘忽不定的游丝，以及时断时续传来的鸟啼等自然景象相互应和，从而取得了极佳的表现效果，是谓情景交融。

【注释】

①万井：千家万户。相传古制以八家为井，引申为人口聚集地。

②游丝：飘荡在空中的蜘蛛丝。沈约《八咏·会圃临春风》："游丝暖如网，落花雾似雾。"

【汇评】

宋刘辰翁：读苏州诗如读道书。（张习本）

怀素友子西

广陌并游骑，公堂接华襟。方欢遽见别，永日独沉吟。①阶暝流暗驶，气疏露已侵。层城湛深夜②，片月生幽林。往款良未遂③，来覜旷无音。恒当清觞宴，思子玉山岑④。耿耿何以写，密言空委心。⑤

【题解】

此诗作于大历十年(775)左右，时在高陵令任上。素友，情谊真纯的朋友。子西，卢康。大历十年为京兆府田曹参军，与韦应物同在长安。诗写与友人卢康别后的怀念之情。

【注释】

①"方欢"二句：见别，指自己权摄高陵令离开长安事。别，原作"明"，此据元修本、递修本、《丛刊》本、《全唐诗》本校改。沉吟，深深思念。曹操《短歌行》："但为君故，沉吟至今。"

②层城：指京师。

③往款：犹言往晤。款，款颜、款襟，谓晤而欢款。

④玉山:喻人品质风姿之美。

⑤"耿耿"二句:耿耿,烦躁不安貌。此指内心郁闷。密言,知心之言。委心,犹积心,委积于心中。

【汇评】

[日]近藤元粹评订《韦苏州集》:("层城"二句)夜气袭人。

对韩少尹所赠砚有怀

故人谪遐远,留砚宠斯文。^①白水浮香墨,清池满夏云^②。念离心已永,感物思徒纷^③。未有桂阳使,裁书一报君^④。

【题解】

此诗疑作于贞元四年(788)左右,时在长安。少尹,府的副长官,此指京兆府少尹。韩少尹,韩质。诗作表达对友人留赠砚台之情的感怀之意。

【注释】

①"故人"二句:遐远,遥远,遥远的地方。张华《情诗》:"佳人处遐远,兰室无容光。"斯文,指文人。杜甫《壮游》:"斯文崔魏徒,以我似班扬。"

②夏云:喻山峰。唐时石砚常凿成山状。

③"感物"句:陆机《文赋》:"遵四时以叹逝,瞻万物而思纷。"

④裁书:裁笺作书。孟浩然《人日登南阳驿门亭子怀汉川诸友》:"未有南飞雁,裁书欲寄谁。"

月晦忆去年与亲友曲水游宴

晦赏念前岁,京国结良俦^①。骑出宣平里^②,饮对曲池流。今朝隔天末,空园伤独游。雨歇林光变,塘绿鸟声幽。凋氓积逋税③,华鬓集新秋。谁言恋虎符,终当还旧丘。④

【题解】

此诗作于建中四年(783)三月晦日,时在滁州。月晦,旧历每月最后一日。曲水,古人三月上巳祓褉之处,此指长安东南之曲江池。诗写忆旧有感。据其中"凋氓积道税"四句可知,诗人刺滁期间的自愧与自责始终萦绕于怀,挥之难去。

【注释】

①良俦:好友。赵至《与嵇茂齐书》:"良俦交其左,声名驰其右。"

②宣平里:唐长安城中坊里名,在朱雀门街东第四街,东市南第二坊。建中中韦应物在长安为比部员外郎时,当居此。

③"凋氓"句:凋氓,犹疲民,谓困顿贫穷的百姓。逋税,欠税。

④"谁言"二句:虎符,代指自己的刺史官职。旧丘,旧居。鲍照《结客少年场行》:"去乡三十载,复得还旧丘。"李善注引《广雅》:"丘,居也。"

【汇评】

宋刘辰翁:("华鬓"句)可感。(张习本)

清明日忆诸弟

冷食方多病①,开襟一欣然。终令思故郡,烟火满晴川。杏粥犹堪食,榆羹已稍煎。②唯恨乖亲燕③,坐度此芳年。

【题解】

此诗作于建中四年(783)三月,时在滁州。诗写清明时节大病初愈后思乡念亲,独自体味与亲人别离的愁苦,语淡情浓。

【注释】

①冷食:因寒食节禁火而冷食。寒食节在清明前一至二日,俗禁烟火。

②"杏粥"二句:杏粥,杏仁粥,寒食节所食。《太平御览》卷三○:"陆翙《邺中记》:'寒食三日作醴酪。又煮粳米及麦为酪,捣杏仁煮作粥。'案《玉烛宝典》曰:'今人悉为大麦粥,研杏仁为酪,别饧沃之。'"榆羹,即榆粥。汪灏等《广群芳谱》卷七四:"榆皮去上皱涩干枯者,取嫩白皮剉干磨粉,可作粥备荒。"

③乖亲燕:不能参加亲人的宴集。乖,乖违。

【汇评】

明袁宏道:此首当与苏长公《寒食》七律并读。(参评本)

池上怀王卿

幽居捐世事,佳雨散园芳。入门霭已绿,水禽鸣春塘。重云始成夕,忽霁尚残阳①。轻舟因风泛,郡阁望苍苍。私燕阻外好②,临欢一停觞。兹游无时尽,旭日愿相将③。

【题解】

此诗作于建中四年(783)春,时在滁州。王卿,当系自卿寺贬官来滁州者,余未详。诗写池上游观,兼怀王卿,希望来日能够与其同游园池,共赏美景。

【注释】

①残:《唐诗品汇》卷一四作"微"。

②外好:与外界交往。

③"旭日"句:旭日,初升的太阳。《诗·邶风·匏有苦叶》:"雍雍鸣雁,旭日始旦。"

【汇评】

明袁宏道:不患无妙篇,正患无此佳怀胜情耳。(参评本)

[日]近藤元粹评订《韦苏州集》:"佳雨"字奇,"散园芳"字更奇。

立夏日忆京师诸弟

改序念芳辰,烦襟倦日永。①夏木已成阴,公门昼恒静。
长风始飘阁,叠云才吐岭。坐想离居人,还当惜徂景。②

【题解】

此诗作于建中四年(783)四月,时在滁州。诸弟,谓端、系、涤、武等。
诗写当人们还在留恋过去了的春光时,夏景已经展现在眼前,令人赏心悦
目。诗末顺势而出的"坐想离居人"二句点题,又借写惜春之意表达出对昔
日与京师诸弟欢处时光的怀念。

【注释】

①"改序"二句:改序,季节改变。日永,夏天白昼长。又指夏至。

②"坐想"二句:离居人,指京师诸弟。离居,散处,分居。宋之问《江南
曲》:"妾住越城南,离居不自堪。"徂景,一作"光景"。

【汇评】

［日］近藤元粹评订《韦苏州集》:宛然夏初之景。

晓至园中忆诸弟崔都水

山郭恒悄悄,林月亦娟娟。①景清神已澄②,事简虑绝牵。
秋塘遍衰草,晓露洗红莲。不见心所爱,兹赏岂为妍。

【题解】

此诗作于建中四年(783)秋,时在滁州。诸弟,谓端、系、涤、武等。崔
都水,崔倬。诗写秋日晓园景致迷人,但不能与诸兄弟好友同赏,景色虽美

319

也是徒然。

【注释】

【注释】

①"山郭"二句：山郭，犹山城。此指滁州。岑参《凤翔府行军送程使君赴成州》："江楼黑寒雨，山郭冷秋云。"悄悄，寂静貌。娟娟，美好貌。

②澄：一作"谧"。

【汇评】

[日]近藤元粹评订《韦苏州集》：新意奇语，愈出愈妙。

怀琅琊深标二释子

白云埋大壑，阴崖滴夜泉。应居西石室，月照山苍然。

【题解】

此诗作于建中四年（783）左右，时在滁州。琅琊，山名，在滁州西南。释子，释迦牟尼种子，对僧人的通称。深，滁州僧法深。《大明一统志》卷一八："琅琊寺，在琅琊山，旧名开化寺，唐大历中刺史李幼卿与山僧法琛建。"标，滁州僧道标。诗作描写山水景色，又句句从对面落笔，寄托怀友之情，并且蕴含深刻的禅意。尤其是末句"月照山苍然"，开拓出更加高远的境界：这光明美好的世界，超然尘寰之外，是属于二位释子的世界，也是诗人心目中艳美的世界。

【汇评】

清赵彦传《唐绝诗钞注略》：司空图论诗云：右丞、苏州，趣味澄复。按此两诗二"应"字，淡远有神。案："此两诗"，是指此诗与《秋夜寄丘二十二员外》。

[日]近藤元粹评订《韦苏州集》：蔼然之情在言外。

俞陛云《诗境浅说续编》：空山夜月，景已清幽，"云埋""泉滴"二句，尤为隽永。

雨夜感怀

微雨洒高林,尘埃自萧散①。耿耿心未平,沉沉夜方半。独惊长簟冷,遽觉愁鬓换。谁能当此夕,不有盈襟叹。

【题解】

此诗疑作于建中末,时在滁州。诗写雨洒林间,长夜难眠,穷愁难耐。雨夜的静思,让人别有一番感慨在心头。

【注释】

①尘埃:飞扬的灰土。杜甫《兵车行》:"爷娘妻子走相送,尘埃不见咸阳桥。"又犹言尘俗。

【汇评】

明袁宏道:只是情深,非关语妙。(参评本)

[日]近藤元粹评订《韦苏州集》:似仄律。("独惊"二句)衰年之人,往往有是感,少壮者不能解。

云阳馆怀谷口

清泚阶下流①,云自谷口源。念昔白衣士,结庐在石门。②道高杳无累,景静得忘言。山夕绿阴满,世移清赏存。吏役岂遑暇,幽怀复朝昏。③云泉非所灌,萝月不可援④。长往遂真性,暂游恨卑喧。⑤出身既事世,高躅难等论。⑥

【题解】

此诗作于大历十二年(777)秋,时奉使云阳。馆,馆驿。云阳馆当即在京兆府云阳县。谷口,汉县名。诗写奉使途中忆往思今,不无感慨与无奈。诗末"出身既事世"二句,更明言既然出身"事世",想要"高蹑"、出世归隐,自然就是不可能的了。

【注释】

①清泚:清澈水流。此指泾水。

②"念昔"二句:白衣士,即平民。此指郑子真。《汉书·王贡两龚鲍传》:"其后谷口有郑子真,蜀有严君平,皆修身自保,非其服弗服,非其食弗食。"又载扬雄书曰:"谷口郑子真,不诎其志,耕于岩石之下,名震于京师。"石门,疑指寒门。

③"吏役"二句:吏役,官府中的胥吏和差役,此指为官。遑暇,空闲。"幽怀"句,谓自己内心无时无刻不向往着谷口。幽怀,内心深处的情感。朝昏,早晚。

④萝月:藤萝间的明月。李白《秋夕抒怀》:"萝月掩空幕,松霜结前楹。"

⑤"长往"二句:长往,谓长期隐居。潘岳《西征赋》:"悟山潜之逸士,卓长往而不反。"真性,真率自然之性。"暂游"句,谓偶尔一游会搅扰谷口宁静的氛围。卑喧,卑微喧闹。

⑥"出身"二句:出身,为官。事世,从事世俗之事。高蹑,高尚之事迹。等论,相提并论。

忆沣上幽居

　　一来当复去,犹此厌樊笼①。况我林栖子②,朝服坐南宫。唯独问啼鸟,还如沣水东③。

【题解】

　　此诗作于建中二年(781)左右,时在尚书比部员外郎任上。沣上,沣水

322

畔,大历十四年韦应物辞栎阳令后曾闲居沣水东之善福精舍。诗作表达内心的仕隐矛盾。跟陶渊明一样,把出仕看入"樊笼",是说在朝廷任职也有许多的羁绊,也要以失去自由清闲为代价,实在令人难以忍受。

【注释】

①樊笼:篱笆竹笼,喻官职等世俗之事的羁绊。陶渊明《归园田居》五首其一:"久在樊笼里,复得返自然。"

②林栖子:栖隐山林者。曹毗《对儒》:"不追林栖之迹,不希抱麟之龙。"

③如:去,往。

重九登滁城楼忆前岁九日归沣上
赴崔都水及诸弟燕集凄然怀旧

今日重九宴,去岁在京师。聊回出省步,一赴郊园期。嘉节始云迈,周辰已及兹①。秋山满清景,当赏属乖离②。凋散民里阔③,摧翳众木衰。楼中一长啸,恻怆起凉飔④。

【题解】

此诗作于建中三年(782)九月,时在滁州。重九,《文苑英华》卷三一二作"重阳"。滁城,《文苑英华》本作"滁州城"。沣上,《文苑英华》本作"沣城上"。崔都水,崔倬。及诸弟,《文苑英华》本作"并诸弟子"。诸弟,指端、系、涤、武等。韦应物于上年四月入尚书省为郎,本年夏出守滁州。诗写重九忆旧。尤其值得注意的是,其中"凋散民里阔"二句,通过客观描写表现出深深的忧民之心。

【注释】

①"周辰"句:周辰,谓一周年。及兹,《文苑英华》本作"逮"。

②"当赏"句:赏,《文苑英华》本作"贵"。乖离,离别,分离。孙楚《征西官属送于陟阳侯作诗》:"乖离即长衢,惆怅盈怀抱。"

③凋散:零落分散。散,《文苑英华》本作"残"。周弘正《还草堂寻处士弟》:"故老多零落,山僧尽凋散。"

④凉飔:凉风。许敬宗《奉和入潼关》:"是节岁穷纪,关树荡凉飔。"

始夏南园思旧里

夏首云物变①,雨余草木繁。池荷初帖水,林花已扫园。萦丛蝶尚乱,依阁鸟犹喧。对此残芳月,忆在汉陵原②。

【题解】

此诗约作于建中末,时在滁州。诗作前六句写南园夏景。先总写"变""繁",抓住入夏以后的景物变化,以及夏季独有的"草木繁"的特征,再由此进行生发,具体描绘南园的景致。其中"池荷初帖水"二句,深得雨后景物之妙。末二句落笔于月,十分自然地推出"忆"字,扣合诗题,涌出浓烈的思乡之情。

【注释】

①云物:景物,景色。

②汉陵原:指杜陵。

【汇评】

宋刘辰翁:小小景,趣致自足。(参评本)

[日]近藤元粹评订《韦苏州集》:古诗之似律者。又,句句有春尾夏头之情致。

发蒲塘驿沿路见泉谷村墅
忽想京师旧居追怀昔年

青山导骑绕，春风行旆舒。①均徭视属城②，问疾躬里闾。烟水依泉谷，川陆散樵渔。忽念故园日，复忆骊山居③。荏苒斑鬓及，梦寝婚宦初④。不觉平生事，咄嗟二纪余⑤。存没阔已永⑥，悲多欢自疏。高秩非为美，阑干泪盈裾⑦。

【题解】

此诗作于贞元二年(786)春,时在江州出巡属县。蒲塘驿,在今江西德安。诗写出巡"问疾"途中,沿路看见泉谷村墅,忽然想到京师旧居,追怀往昔,有感而作。诗作时间跨度大,包蕴丰富,从一个侧面反映了诗人的人生遭际。

【注释】

①"青山"二句:导骑,引路的骑者。旆,旗幡。唐代刺史出行以双旌为前导。

②"均徭"句:均徭,调整徭役负担,使之合理。属城,属县。

③骊山:韦应物天宝末居昭应县骊山。

④婚宦初:刚结婚并入仕为官。韦应物天宝末始为羽林仓曹,天宝十五年在昭应与元蘋结婚。

⑤"咄嗟"句:咄嗟,霎时。左思《咏史》八首其八:"俯仰生荣华,咄嗟复雕枯。"二纪,二十四年。古人以岁星(木星)运行一周为一纪。韦应物《元蘋墓志》:"次以天宝丙申八月廿二日配我于京兆之昭应。"

⑥"存没"句:谓自己与元蘋已生死永隔。存没,生者与死者。阔,背离。

⑦"阑干"句:阑干,纵横貌。裾,衣的前后襟。

【汇评】

宋刘辰翁:("青山"句)此在《选》后,未易多见。(张习本)

[日]近藤元粹评订《韦苏州集》:溪村风致,写出如见。

第八编　行旅

经函谷关

洪河绝山根,单轨出其侧。①万古为要枢,往来何时息。秦皇既恃险②,海内被吞食。及嗣同覆颠,咽喉莫能塞。③炎灵诅西驾,娄子非经国。④徒欲扼诸侯,不知恢至德。⑤圣朝及天宝,豺虎起东北。⑥下沉战死魂,上结穷冤色。古今虽共守,成败良可识。藩屏无俊贤,金汤独何力。⑦驰车一登眺,感慨中自恻。

【题解】

此诗疑作于肃宗朝从事河阳或赴洛阳丞任经函谷关时。函谷关,故关在今河南灵宝东北。诗写驱车经过此关的感慨。诗中通过叙写秦皇恃险、汉室守兵、刘敬上策等史实,意在说明治国之要在于"恢至德"而非"塞""咽喉"的道理,认为"恢至德"才是真正的"金汤""要枢",是江山永固的基础。全篇吊古伤今,自然也是基于作者清醒地认识到了"安史之乱"给国家和社会带来的巨大破坏,尤其是乱后"藩屏无俊贤,金汤独何力"的严峻形势。

【注释】

①"洪河"二句:洪河,大河,指黄河。绝,截断。山根,山脚。单轨,仅容单车通过的窄路。

②秦皇:秦始皇,凭借地形的险要,削平六国,统一天下。

③"及嗣"二句:嗣,后嗣,继承者,谓秦二世胡亥及公子婴。秦二世时,赵高为相,迫二世自杀,立二世兄公子婴为秦王。及刘邦引兵入关,子婴奉天子玺符,降于轵道旁。咽喉,比喻函谷关地形险要,为往来必经之要道。塞,堵塞,守住。

④"炎灵"二句:炎灵,指汉高祖。谢朓《和伏武昌登孙权故城》:"炎灵遗剑玺,当涂骇龙战。"李善注:"炎灵,谓汉也。"讵,曾经。西驾,自洛阳西迁长安。娄子,娄敬,因劝汉高祖定都关中赐姓刘。经国,此言治国之才。

⑤"徒欲"二句:扼诸侯,镇制诸侯。贾谊《过秦论》:"秦并兼诸侯山东三十余郡,缮津关,据险塞,修甲兵而守之。"恢,广大,此犹言发扬。

⑥"圣朝"二句:天宝,唐玄宗的第三个年号,共十五年(742-756)。"豺虎"句,指安史之乱。据《旧唐书·玄宗纪》,天宝十四年十一月,安禄山据范阳反。

⑦"藩屏"二句:藩屏,篱笆、屏风,院子封建诸侯,以其可屏藩王室,后因以喻指节度使等地方长吏。金汤,金城汤池,喻防守坚固之城邑。

【汇评】

清乔亿《剑溪说诗》又编:("下沉"二句)何尝不警动。篇中步步扼"关"字。韦公遇此等题,亦以议论笔力胜。此叹西京失守,谓徒险之不足恃也。起得雄杰称题,具见形势。次举秦汉,为时事立张本,议论正大,可为经国至言,亦绝好诗篇。而自来选家,专取韦淡远之作,概置此不录,殆所谓"见其表,不见其里"者耶!

[日]近藤元粹评订《韦苏州集》:("不知"句)一篇论旨,在"至德"二字。("古今"数句)议论着实,慷慨淋漓,有寓词托讽之意。

经武功旧宅

兹邑昔所游,嘉会常在目。历载俄二九①,始往今来复。戚戚居人少,茫茫野田绿。②风雨经旧墟,毁垣迷往躅③。门临川流驶,树有羁雌宿④。多累恒悲往,长年觉时速⑤。欲去中复留,徘徊结心曲⑥。

【题解】

此诗作于大历九年(774)或稍后,时为京兆府功曹参军。武功,京兆府属县,今属陕西。大历十二年前后,韦应物在京兆府功曹参军任时,常出使属县。旧宅,韦应物《登宝意寺上方旧游》自注:"寺在武功,曾居此寺。"诗写经武功旧宅所见,今昔盛衰对比之下,不禁令人心生悲感。

【注释】

①二九:十八年。自大历九年逆推十八年,为至德元年,韦应物居武功当在至德、乾元中,盖因安史之乱而避地居于此。

②"戚戚"二句:戚戚,忧伤。茫茫,茂盛。刘长卿《经漂母墓》:"春草茫茫绿,王孙旧此游。"

③往躅:犹遗迹。

④羁雌:失偶的雌鸟。谢灵运《晚出西射堂》:"羁雌恋旧侣,迷鸟怀故林。"刘良注:"羁雌,无耦也。"

⑤长年:老年人。

⑥徘徊:一作"彷徨"。

【汇评】

明袁宏道:白傅佳处,往往有此。(参评本)

[日]近藤元粹评订《韦苏州集》:善写凄凉之状。("树有"句)"羁雌"字甚奇。

往云门郊居途经回流作

兹晨乃休暇,适往田家庐。原谷径途涩,春阳草木敷。才遵板桥曲,复此清涧纡。崩壑方见射,回流忽已舒。明灭泛孤景,杳霭含夕虚①。无将为邑志,一酌澄波余②。

此诗当作于大历末,时在鄠县令任上。云门,其地未详。孙望《韦应物诗集系年校笺》谓在渑池县北,并引乾隆刊本《河南府志》卷七曰:"韶山南为云门山。《名胜志》:'渑池县北有云门山,其寺曰云门寺。'按:韶山,即云门山。《名胜志》列韶山,复列云门山,盖别韶山前峰为云门耳。"诗中颇具雍和包容之度的"含"意象,值得留意。

【注释】

①杳霭:深远幽暗貌。

②酌澄波:酌水而饮,以励清廉之节。

【汇评】

[日]近藤元粹评订《韦苏州集》:("原谷"句)"途涩"字奇。("明灭"二句)淡雅。

乘月过西郊渡

远山含紫氛,春野霭云暮①。值此归时月,留连西涧渡。谬当文墨会,得与群英遇。赏逐乱流翻,心将清景悟。行车俨未转,芳草空盈步。已举候亭火②,犹爱村原树。还当守故扃,恨恨乖幽素③。

【题解】

此诗作于大历末,时在鄠县令任上。诗写月夜过西郊渡所感。其中"赏逐乱流翻"二句带有禅悟性质,所谓凝情取象,意旨不在象,而在象外之妙理。

【注释】

①云:《唐诗品汇》卷一五作"雲"。

②候亭:驿路旁迎送往来者的亭子。

③乖幽素:谓与栖隐山林的宿愿乖违。乖,原作"乘",《全唐诗》本作"秉",此据活字本、《丛刊》本校改。

【汇评】

[日]近藤元粹评订《韦苏州集》:所谓暮山紫者写出,画亦不如。("赏逐"二句)警句出人意表。"翻"字、"悟"字,字眼。

晚归澧川

凌雾朝闾阖,落日返清川。簪组方暂解,临水一翛然①。昆弟欣来集,童稚满眼前。适意在无事,携手望秋田。南岭横爽气②,高林绕遥阡。野庐不锄理,翳翳起荒烟③。名秩斯逾分,廉退愧不全。④已想平门路⑤,晨骑复言旋。

【题解】

此诗作于建中二年(781)秋,时在比部员外郎任上。澧川,即澧水,一作丰水。韦应物大历末罢栎阳令居澧上。诗写晚归澧上之乐,这是一种"暂解""簪组"后发自心底的逍遥与快乐。

【注释】

①翛(xiāo)然:无拘无束貌。王维《冬晚对雪忆胡居士家》:"借问袁安舍,翛然尚闭关。"

②南岭:此指终南山。

③翳翳:晦暗不明貌。陶渊明《癸卯岁十二月中作与从弟敬远》:"凄凄岁暮风,翳翳经日雪。"

④"名秩"二句:名秩,声名与官职。韩愈《题张十八所居》:"名秩后千品,诗文齐六经。"逾分,超过己所应得。廉退,廉洁谦退。陶渊明《感士不遇赋序》:"自真风告逝,大伪斯兴,闾阎懈廉退之节,市朝驱易进之心。"

⑤平门:延平门。

[日]近藤元粹评订《韦苏州集》:善写田家真乐,有陶家遗音。

授衣还田里

公门悬甲令,浣濯遂其私。^①晨起怀怆恨,野田寒露时。气收天地广,风凄草木衰。山明始重叠,川浅更逶迤。烟火生闾里,禾黍积东菑。^②终然可乐业^③,时节一来斯。

【题解】

此诗作于建中二年(781)九月,时在比部员外郎任上。授衣,谓制备冬衣。诗为假期中归乡所作,诗中描写秋日田野略显凄衰的景象,又触景生怀,表达对归隐生活的向往。

【注释】

①"公门"二句:甲令,朝廷颁布的重要法令。《易·蛊》:"先甲三日,后甲三日。"孔颖达疏:"甲者创制之令者,甲为十日之首,创造之令,为在后诸令之首,故以创造之令谓之甲。故汉时谓令之重者,谓之甲令,则此义也。"浣濯,洗涤。《诗·周南·葛覃》:"薄污我私,薄浣我衣。"

②"烟火"二句:闾里,里巷,平民聚居之处。白居易《自蜀江至洞庭湖口有感而作》:"龙宫变闾里,水府生禾麦。"东菑(zī),东边田地。储光羲《田家即事》:"迎晨起饭牛,双驾耕东菑。"

③"终然"句:终然,纵然。杜甫《郑典设自施州归》:"终然备外饰,驾驭何所益。"乐业,愉快地从事本业。

【汇评】

明袁宏道:("烟火"二句)此等句语,人人知为陶诗,不知直从汉、魏中来。(参评本)

夕次盱眙县

　　落帆逗淮镇^①，停舫临孤驿。浩浩风起波^②，冥冥日沉夕。人归山郭暗，雁下芦洲白。独夜忆秦关，听钟未眠客。

【题解】

　　此诗作于建中三年(782)，时在出守滁州途中。盱眙(xūyí)，县名，今属江苏。韦应物自长安赴滁州经此。诗写旅途见闻感受。那浓得化不开的羁旅乡愁，以物喻之，借景抒之。篇中"落帆""冥冥""山郭暗""芦洲白"等，以看似"淡然无意"(沈德潜《唐诗别裁》卷三)之笔，处处写"夕"，可谓极尽描写盱眙夜色之能事。

【注释】

①"落帆"句：逗，一作"透"。淮镇，即指盱眙县。
②浩浩：广大无际貌。

【汇评】

明桂天祥：("雁下"句)"白"字入妙，正见夕暗之意。（朱墨本）

清章燮《唐诗三百首注疏》：一解，以夕次时正遇风波起。二解，因秋夕起客愁也。人归雁下，承"夕"字。

[日]近藤元粹评订《韦苏州集》：宛然江上日暮真景。

春月观省属城始憩东西林精舍

　　因时省风俗，布惠洽高年^①。建隼出浔阳，整驾游山川。^②白云敛晴壑，群峰列遥天。嶔崎石门状，杳霭香炉烟。^③榛荒屡罥罣，逼侧殆覆颠。^④方臻释氏庐^⑤，时物屡华妍。县远昔经始,于兹阅幽玄。⑥东西竹林寺,灌注寒涧泉。⑦人事既云泯,岁月复已绵。殿宇余丹绀,磴阁峭欹悬。⑧佳士亦栖息,善身绝尘缘⑨。今我蒙朝寄,教化敷里鄽。⑩道妙苟为得,出处理无偏。心当同所尚,迹岂辞缠牵。⑪

【题解】

此诗作于贞元二年(786)春,时在江州。属城,属县。春月观省属城,即行春。东西林精舍,谓庐山东林寺与西林寺。本诗不是炫俗逞奇,也不用曲折回环、跌宕开阖的结构模式,而是如实道来,显得平易自然。这便是韦应物诗之平淡自然在行文与布局方面的突出表现。

【注释】

①"布惠"句:布惠,布施恩惠。迨高年,及于老人。

②"建隼"二句:建隼,树起旗幡出行。隼,隼旗。浔阳,郡名,即江州。整驾,备好车马,准备出发。

③"嶔崎"二句:嶔崎,山高峻貌。石门,在庐山。香炉,庐山香炉峰。李白《望庐山瀑布》:"日照香炉生紫烟,遥看瀑布挂前川。"

④"榛荒"二句:榛荒,丛生的荒草。罥罣(juàn guà),悬挂缠绕。遍,原作"遥",《全唐诗》本作"偪",此据《丛刊》本校改。偪侧,迫近。覆颠,颠覆,跌倒。

⑤释氏庐:佛寺,指东林、西林二寺。

⑥"昙远"二句:昙、远,指东晋僧人昙翼、慧远。据释慧皎《高僧传》卷五及卷六,昙翼,俗姓姚,年十六事道安为师,后南来总领长沙寺。慧远,俗姓贾,年二十一从道安落发。后至浔阳,见庐峰清静,足以息心,遂住龙泉精舍。时同门慧永居西林寺,要远同止,刺史桓伊乃为远于山东更建东林寺。经始,开始营建。《诗·大雅·灵台》:"经始灵台,经之营之。"幽玄,玄虚的释道哲理。骆宾王《代女道士王灵妃赠道士李荣》:"自言少小慕幽玄,只言容易得神仙。"

⑦"东西"二句:竹林寺,在润州丹徒县黄鹤山下,晋大兴四年建,刘宋

时改名鹤林寺。此东西竹林寺即指东林寺与西林寺。

⑧"殿宇"二句：丹绀，红色。绀，一种深青带红的颜色。磴阁，有磴道可通的高阁。欹悬，欹侧高悬。

⑨"善身"句：善身，独善其身。绝尘缘，摆脱世间俗事的纠缠。尘缘，佛教语，谓以心攀缘六尘并为之所累。

⑩"今我"二句：蒙朝寄，受朝廷的委托，指担任官职。教化，政教风化。敷，施行。里鄽(chán)，民居。

⑪"心当"二句：谓内心应当遵崇向慕(佛教)，而行事却无妨仍被俗务牵缠。迹，踪迹，指行为。缠牵，指为官。

【汇评】

[日]近藤元粹评订《韦苏州集》：李义山以花间喝道为杀风景之一，今苏州建隼整驾而涉山川，岂无杀风景乎？(结四句)是时韦或年未老，故不以官途为缠牵乎？虽然，论则公平可喜也。

自蒲塘驿回驾经历山水

馆宿风雨滞，始晴行盖转。①浔阳山水多，草木俱纷衍。②崎岖缘碧涧③，苍翠践苔藓。高树夹潺湲④，崩石横阴巘。野杏依寒拆⑤，余云冒岚浅。性惬形岂劳，境殊路遗缅。⑥忆昔终南下⑦，佳游亦屡展。时禽下流暮，纷思何由遣⑧。

【题解】

此诗作于贞元二年(786)春，时在江州。蒲塘驿，在江州德安县。诗写自蒲塘驿回江州所经历的山水风光，末四句由描画山水之胜、云树之美转入回忆往昔终南山佳游，而心生感慨。

【注释】

①"馆宿"二句：记自己的行程。馆，驿馆。滞，滞留。指为风雨所阻。

行盖转,谓车子移动,走上归途。行盖,车盖。范晔《乐游应诏诗》:"流云起行盖,晨风引銮音。"

②"浔阳"二句:浔阳,郡名,即江州。纷衍,繁茂。

③崎岖:地势或道路高低不平。元结《宿无为观》:"九疑山深几千里,峰谷崎岖人不到。"

④湲:《文苑英华》卷二九八作"流"。

⑤拆:同"坼",裂开。

⑥"性惬"二句:性惬,心情舒畅。路遗缅,不觉道路之遥远。遗,忘记。

⑦终南:山名,在长安南。韦应物家居杜陵,即在终南山下。

⑧纷思:纷飞的思绪。

【汇评】

宋刘辰翁:此在《选》后,未厌多见。(转引自孙望《韦应物诗集系年校笺》)

清张谦宜《䌹斋诗谈》卷五:经历山水,音头带涩为妙。"涩"字难言。

[日]近藤元粹评订《韦苏州集》:"夹"字、"拆"字、"浅"字,皆奇警惊人。

山行积雨归途始霁

揽辔穷登降①,阴雨遘二旬。但见白云合,不睹岩中春。急涧岂易揭②,峻途良难遵。深林猿声冷,沮洳虎迹新。始霁升阳景,山水阅清晨③。杂花积如雾,百卉萋已陈。鸣驺屡骧首④,归路自欣欣。

【题解】

此诗作于贞元二年(786)春,时在江州巡行属县归途中。诗作情随景转,在山行景色的前后对比中,写出往、返途中的不同心情,非身临其境者不能为。

【注释】

①登降:上上下下。

②揭(qì):揭衣涉水。《诗·邶风·匏有苦叶》:"匏有苦叶,济有深涉,深则厉,浅则揭。"毛传:"以衣涉水为厉。……揭,褰衣也。"

③阅:经受,承受,领受。

④"鸣驹"句:鸣驹,长嘶的马。孔稚珪《北山移文》:"鸣驹入谷,鹤书赴陇。"骧首,昂首,此指马昂首嘶鸣。杜甫《赠别贺兰铦》:"老骥倦骧首,苍鹰愁易驯。"

【汇评】

明袁宏道:似大谢。题亦似之。(参评本)

[日]近藤元粹评订《韦苏州集》:("深林"二句)"冷"字、"新"字亦奇警。("山水"句)"阅"字亦奇。(结二句)稍有"春风得意马蹄疾"之状。案:"春风"句出自孟郊《登科后》。

第九编　感叹

伤逝

此后十九首,尽同德精舍旧居伤怀时所作

　　染白一为黑,焚木尽成灰。念我室中人①,逝去亦不回。结发二十载,宾敬如始来。②提携属时屯③,契阔忧患灾。柔素亮为表,礼章夙所该。④仕公不及私,百事委令才⑤。一旦入闺门⑥,四壁满尘埃。斯人既已矣,触物但伤摧⑦。单居移时节,泣涕抚婴孩。知妄谓当遣,临感要难裁。梦想忽如睹,惊起复徘徊。⑧此心良无已,绕屋生蒿莱。

【题解】

　　此诗作于大历十一年(776)九月。诗作分为伤逝、忆旧、抚今、托梦四个部分。忆旧包含着对亡妻才德的赞美,抚今则倾诉了失去爱妻的痛苦。诗人的深悲切痛显然无法排遣,故尔夜半梦回,往事历历,徘徊不眠。较之潘岳的悼亡之作,韦应物此诗注入了更多个人化的内容,包括"提携属时屯,契阔忧患灾"这种特定时代背景下的婚姻,公务繁剧而"百事委令才"的日常家庭生活,以及妻亡后"泣涕抚婴孩"的悲伤状态。这些情节改变了悼亡诗的写作范式,使诗歌表现的重心"由悼亡主体向悼亡对象转移",从而奠定了韦应物在悼亡诗史上的重要地位。(参蒋寅《镜与灯:古典文学与华夏民族精神》)

【注释】

　　①室中人:谓妻子。
　　②"结发"二句:结发,指结为夫妇。古俗,于成婚之夕,男女左右共髻

束发。曹植《种葛篇》："与君初婚时,结发恩义重。"元蘋天宝十五载成婚,至大历十一载去世,整二十年。宾敬,谓夫妇相敬如宾。

③"提携"句:提携,牵扶,相互扶持。时屯,时难。《易·屯》:"象曰:屯,刚柔始交而难生。"韦、元结婚正当安史之乱时。

④"柔素"二句:柔素,谓性情柔顺朴实。亮,诚。表,表率。礼章,礼仪法度。该,该备,具备。

⑤令才:美才,长才。《古诗为焦仲卿妻作》:"年始十八九,便言多令才。"

⑥闺门:内室之门。

⑦伤摧:悲伤。潘岳《寡妇赋》:"顾影兮伤摧,听响兮增哀。"

⑧"梦想"二句:潘岳《悼亡诗》三首其一:"怅恍如或存,回遑忡惊惕。"

【汇评】

宋刘克庄《后村诗话》后集卷二:悼亡之作,前有潘骑省,后有韦苏州,又有李雁湖(璧),不可以复加矣。案:李璧悼亡之作恐已无存。

宋刘辰翁:("染白"二句)苦语更不可堪。(张习本)

明袁宏道:读之增伉俪之重,安仁诗讵能胜此。(参评本)

清乔亿《剑溪说诗》又编:古今悼亡之作,惟韦公应物十数篇,淡缓凄楚,真切动人,不必语语沉痛,而幽忧郁埋之气灌输其中,诚绝调也。潘安仁气自苍浑,是汉京余烈,而此题精蕴,实自韦发之。

往富平伤怀

晨起凌严霜,恸哭临素帏①。驾言百里途②,恻怆复何为。昨者仕公府,属城常载驰。出门无所忧,返室亦熙熙③。今者掩筠扉,但闻童稚悲。丈夫须出入,顾尔内无依。④衔恨已酸骨⑤,何况苦寒时。单车路萧条,回首长逶迟。飘风忽截野,嘹唳雁起飞。昔时同往路⑥,独往今讵知。

【题解】

此诗作于大历十一年(776)冬。富平,京兆府属县,今属陕西。时韦应物新丧偶,当已停京兆府功曹参军任。因何事往富平,未详。诗写时值严冬,天地苦寒,风霜肆虐,自然界的肃杀景致与诗人悲苦的心境浑然融为一体。但作者似乎并不是刻意写景,特定的心境使得外界的景物在他内心投下的就是这样的影像,所以自然而然地便从笔端流淌出来。

【注释】

①素帷:白色帷幕,此指其妻之灵帐。

②百里途:《元和郡县图志》卷一:"西南至(京兆)府一百五十里。"

③熙熙:和乐貌。《老子》:"众人熙熙,如享太牢,如登春台。"

④"丈夫"二句:出入,偏指出,谓外出谋生。尔,指童稚。

⑤酸骨:酸痛刺骨,形容悲伤。

⑥同往路:疑指赴高陵令事。韦应物在京兆府功曹参军任时,曾权摄高陵令。高陵、富平二县同在长安东北。

【汇评】

宋刘辰翁:唐人诗气短,苏州诗气平,短与平甚悬绝。及其悼亡,自不能不短耳。短者,使人不欲再读。(张习本)

出　还

昔出喜还家,今还独伤意。入室掩无光,衔哀写虚位①。凄凄动幽幔,寂寂惊寒吹②。幼女复何知,时来庭下戏。咨嗟日复老,错莫身如寄。③家人劝我餐,对案空垂泪。

【题解】

此诗当作于大历十一年(776)冬,时自富平归家。诗作今昔对比,触物动情,抓住衔哀写虚位、幼女庭下戏、对案不忍食等生活细节,以淡笔描述内心悲情,催人泪下。稍后,元稹的悼亡诗述旧事,睹旧物,抒今情,当由此受到启发。

【注释】

①虚位:空的座位。此指韦妻灵位。

②寒吹:冷风。鲍照《蒜山被始兴王命作》:"参差出寒吹,飗戾江上讴。"

③"咨嗟"二句:咨嗟,叹息。吴兢《乐府古题要解·雁门太守行》:"(王涣)病卒,老少咨嗟,奠酬以千数。"错莫,一作"错漠",神思恍惚纷乱。鲍照《拟行路难》十八首其九:"今日见我颜色衰,意中错漠与先异。"如寄,如在旅舍。曹丕《善哉行》:"人生如寄,多忧何为。"

【汇评】

明顾璘:("时来"句)此语受累。(朱墨本)

清沈德潜《唐诗别裁》卷三:("幼女"二句)因幼女之戏而己之哀倍深。比安仁《悼亡》较真。

清施补华《岘佣说诗》:悼亡必极写悲痛,韦公"幼女复何知,时来庭下戏",亦以淡笔写之,而悲痛更甚。

冬 夜

杳杳日云夕,郁结谁为开。①单衾自不暖,霜霰已皑皑②。晚岁沦夙志③,惊鸿感深哀。深哀当何为,桃李忽凋摧④。帷帐徒自设,冥寞岂复来⑤。平生虽恩重,迁去托穷埃。抱此女曹恨⑥,顾非高世才。振衣中夜起,河汉尚徘徊。⑦

【题解】

此诗于大历十一年(776)冬为哀悼亡妻作。诗人至此尚未从丧妻之痛中解脱出来,所以,眼前满是阴霾密布、惊鸿哀鸣、草木凋摧之景。灰暗至极的景物色调,又何尝不是作者颓丧、自苦心境的一种折射。

【注释】

①"杳杳"二句:杳杳,深远幽暗貌。郁结,郁积盘结。指愁。

②皑皑:雪白貌。

③夙志:平素的志愿。

④桃李:桃花与李花。喻指妻子美好的容颜。《诗·召南·何彼襛矣》:"何彼襛矣,华如桃李。"

⑤冥寞:幽暗寂静。指地下。

⑥女曹:女曹儿,儿女辈。

⑦"振衣"二句:中夜,半夜。曹植《美女行》:"盛年处房室,中夜起长叹。"河汉,银河。河汉徘徊,谓天未明。

送　终

奄忽逾时节,日月获其良。①萧萧车马悲,祖载发中堂②。生平同此居,一旦异存亡。斯须亦何益③,终复委山冈。行出国南门④,南望郁苍苍。日入乃云造⑤,恸哭宿风霜。晨迁俯玄庐,临诀但遑遑。⑥方当永潜翳⑦,仰视白日光。俯仰遽终毕,封树已荒凉。⑧独留不得还,欲去结中肠。童稚知所失,啼号捉我裳。即事犹苍卒,岁月始难忘。⑨

【题解】

此诗于大历十一年(776)十一月为送妻子元蘋下葬而作。韦应物《元蘋墓志》:"永以即岁十一月祖载终于太平坊之假第,明日庚申巽时窆于万年县义善乡少陵原先茔外东之直南三百六十余步。"严格来讲,此首可能已经超出悼亡的范围而近于挽歌。诗作主要是对天人永诀凄惨场面的事后追忆,从卜日得吉写起,细述亡妻灵柩出葬之际祖祭于中堂,然后出长安南门,日暮抵万年县少陵原,露宿至翌日下葬的经过。其中,伴有自己和孩童悲伤情态的细腻描写。挽歌一体后世作者渐稀,有关挽葬的内容大体融入悼亡中。因此,从悼亡诗的发展来看,韦应物此诗堪称导夫先路。

【注释】

①"奄忽"二句:奄忽,疾速。"日月"句,谓占卜到宜于下葬的月日。

②祖载:将葬之际,以柩载车上行祖祭之礼。此指灵车。陆机《挽歌》三首其一:"死生各异伦,祖载当有时。"李周翰注:"祖载,谓移柩车为行之始。"

③斯须:片刻。此指短暂停留。杜甫《哀王孙》:"不敢长语临交衢,且为王孙立斯须。"

④国南门:长安城南门。元蘋葬万年县少陵原,原在长安东南。

⑤云造:到达。云,语词。

⑥"晨迁"二句:玄庐,犹玄堂,坟墓。陆机《挽歌》三首其二:"重阜何崔嵬,玄庐窜其间。"吕向注:"玄庐,谓墓也。"遑遑,惊恐匆忙,心神不定。

⑦潜翳:潜藏蔽翳,谓埋藏地下。潘岳《悼亡诗》三首其三:"奈何悼淑俪,仪容永潜翳。"

⑧"俯仰"二句:俯仰,犹言转眼间。封树,封土植树。此指墓地。《礼记·王制》:"庶人县封,葬不为雨止,不封不树,丧不贰事。"

⑨"即事"二句:意谓临事时还显得忙碌匆促(顾不上悲恸思念),时间越久越令人难以忘怀。苍卒,遑遽急迫,元修本、递修本、活字本、《丛刊》本、《全唐诗》本作"仓卒"。

【汇评】

宋刘辰翁:哀伤如此,岂有和声哉。而低(一本作惨)黯条达,愈缓愈长。(张习本)

明顾璘:苏州可谓刻意《选》体、大入堂奥者矣。(朱墨本)

除　日

思怀耿如昨,季月已云暮①。忽惊年复新,独恨人成故。冰池始泮绿,梅援还飘素②。淑景方转延③,朝朝自难度。

【题解】

此诗于大历十一年(776)除夕为悼念亡妻而作。诗中"忽惊年复新"二句,强烈对比过往与今朝,从而深化了人生无常之感。也因此,在万家欢聚、春景延伸之时,思怀如昨的诗人才会尤其觉得朝朝难度。

【注释】

①季月:每季的最后一月。此指农历十二月。

②梅援:即梅楥,梅柳。援,一作"梢",递修本、《丛刊》本作"楥"。《尔雅·释木》:"楥,柜柳。"元稹《生春二十首》其十:"何处生春草,春生梅援中。"

③"淑景"句:淑景,美景。此谓春日。鲍照《代悲哉行》:"羁人感淑景,缘感欲回辙。"转延,变化延长。

【汇评】

宋刘辰翁:不知何能自述其奄奄者如此。(张习本)

明袁宏道:浑似六朝之遗选。(参评本)

[日]近藤元粹评订《韦苏州集》:真情真诗。

对芳树

迢迢芳园树,列映清池曲。对此伤人心,还如故时绿。风条洒余霭①,露叶承新旭。佳人不再攀,下有往来躅。

此诗于大历十二年(777)春为悼念亡妻作。芳树,《乐府诗集》卷一六引《古今乐录》:"汉鼓吹铙歌十八曲,……十一曰《芳树》。"卷一七录韦应物此诗。《乐府题解》云:"(《芳树》)古词中有云:'妒人之子愁杀人,君有他心,乐不可禁。'若齐王融'相思早春日',谢朓'早玩华池阴',但言时暮,众芳歇绝而已。"韦应物此诗但睹物思人,恐非乐府旧题。本篇纯用比兴之体,字面均写对园中碧树清池的喜爱、依恋之情,而处处流露对亡妻的痛悼、恋旧之思。睹物思人,以不离不即之法出之,读来倍感真挚。

【注释】

①风条:风中的枝条。

【汇评】

宋刘辰翁:亦何尝用意刻削,正自不可复堪。(张习本)

明顾璘:岂不务去陈言,自是老成。(朱墨本)

清沈德潜《唐诗别裁》卷三:亦悼亡作。

月　夜

皓月流春城,华露积芳草。坐念绮窗空,翻伤清景好。清景终若斯,伤多人自老。

【题解】

此诗于大历十二年(777)春为悼念亡妻作。诗中如水月华,承露芳草,本是良辰美景依旧,但因绮窗已空,所以始终笼着淡淡愁雾,显得冷落凄清,与作者沉静感伤的情绪融为一体,有一种动人心魄的艺术魅力。

【汇评】

宋刘辰翁:悲哉似不能言者。(张习本)

[日]近藤元粹评订《韦苏州集》:近世菅茶山翁悼亡诗云:"独酌无人为温酒,一池新月自良宵。"与此同一哀情。案:菅茶山(1737—1817),江户时期日本著名汉诗人。

叹杨花

空蒙不自定,况值暄风度。^①旧赏逐流年^②,新愁忽盈素。才萦下苑曲,稍满东城路。人意有悲欢,时芳独如故。

【题解】

此诗大历十二年(777)春为悼念亡妻作。这首仄韵五律以漂浮不定的杨花,比喻人生之无奈,衬托忧怀之沉重。末二句,看似试图以时芳如故消解人世的悲欢离合,所谓"此事古难全",但却事实上进一步加重了悲怆意绪及其文学表达。

【注释】

①"空蒙"二句:空蒙,即空濛,迷茫貌。杜甫《渼陂西南台》:"仿像识鲛人,空蒙辨鱼艇。"暄风,和风,指春风。

②流年:如水般流逝的光阴。鲍照《登云阳九里埭》:"宿心不复归,流年抱衰疾。"

【汇评】

宋刘辰翁:容易愀然。(张习本)

过昭国里故第

不复见故人,一来过故宅。物变知景暄,心伤觉时寂。池荒野筠合,庭绿幽草积。风散花意谢,鸟还山光夕^①。宿昔

346

方同赏,讵知今念昔。缄室在东厢,遗器不忍觑。②柔翰全分意,芳巾尚染泽。③残工委筐箧,余素经刀尺。④收此还我家,将还复愁惕⑤。永绝携手欢,空存旧行迹。冥冥独无语,杳杳将何适。唯思今古同,时缓伤与戚⑥。

【题解】

此诗于大历十二年(777)春末夏初为悼念亡妻作。昭国里,长安中坊里名,据《唐两京城坊考》卷三,在朱雀门大街东第三街从北第十坊。韦应物为京兆府功曹时居此。值得注意的是诗中"物变知景暄"二句的艺术效果,以乐景写哀,一倍增其哀。由眼前景物所引发的今昔对照、物是人非之感,就悼亡而言应该算是很克制的,但读者从中仍不难体会诗人难以平息的悲怆情绪。

【注释】

①还:一作"啼"。

②"缄室"二句:缄,封闭。东厢,东面的偏房。据韦应物《元蘋墓志》,元蘋卒于"功曹东厅内院之官舍"。遗器,指女主人生前用过的器物,即《元蘋墓志》中提到的香奁粉囊等"器用百物"。觑,看视。

③"柔翰"二句:柔翰,毛笔。左思《咏史》八首其一:"弱冠弄柔翰,卓荦观群书。"刘良注:"柔翰,笔也。"泽,化妆用的膏脂。屈原《大招》:"粉白黛黑,施芳泽只。"蒋骥注:"泽,膏脂也。"

④"残工"二句:残工,未完成的女工。余素,剩余的布帛。经刀尺,经裁剪。

⑤愁惕:忧惧。

⑥缓:放松,排解。

夏 日

已谓心苦伤,如何日方永。无人不昼寝,独坐山中静。

悟淡将遣虑,学空庶遗境。^①积俗易为侵^②,愁来复难整。

【题解】

此诗约于大历十三年(778)夏为悼念亡妻作。诗写昼寝无奈至极,缘自挥之难去的悲怀。

【注释】

①"悟淡"二句:悟淡,谓领悟恬淡寡欲之道。遣虑,排遣思念的忧伤。学空,学佛。佛教谓一切色相世界俱是虚妄,以空为入道之门,故云。孔稚珪《北山移文》:"谈空空于释部。"遗境,忘记自身的处境,遗忘万物。

②"积俗"句:积俗,长期因袭形成的习俗。侵,侵袭,搅扰。

【汇评】

宋刘辰翁:此《夏日》诗,其尤苦也。(张习本)

端居感怀

沉沉积素抱,婉婉属之子。^①永日独无言,忽惊振衣起。方如在帏室^②,复悟永终已。稚子伤恩绝,盛时若流水。暄凉同寡趣,朗晦俱无理。^③寂性常喻人,滞情今在己。^④空房欲云暮,巢燕亦来止。夏木遽成阴,绿苔谁复履。感至竟何方,幽独长如此。

【题解】

此诗于大历十二年(777)夏为悼念亡妻作。时间虽然已经过去了很久,但诗人的丧妻之痛并未平复。大恸长号已然不再,无言的悲伤却更让人感觉到痛苦的煎熬。虽然试图以理性来排解忧伤之情,但道理总是说给别人听的,于己全无效果,正诗中"寂性常喻人"二句所云。

【注释】

①"沉沉"二句:沉沉,沉重貌。指忧思。王建《将归故山留别杜侍御》:"沉沉百忧中,一日如一生。"素抱,犹幽抱。陶渊明《饮酒》二十首其十五:"若不委穷达,素抱深可惜。"婉婉,柔顺貌,和顺貌。

②帏室:张挂帷幔的内室。

③"暄凉"二句:暄凉,暖和与寒冷,指夏天与冬天。朗晦,晴朗与阴晦,指晴天和阴雨天。无理,没有条理,无心打理家务,生活起居失去常态。也可以理解为没有道理,不讲道理。

④"寂性"二句:寂性,空寂之心性。喻人,晓谕他人。滞情,执着,不能忘情。

悲纨扇

非关秋节至,讵是恩情改。^①掩嚬人已无^②,委箧凉空在。何言永不发,暗使销光彩。^③

【题解】

此诗于大历十二年(777)秋为悼念亡妻作。纨扇,细娟制成的扇子。在韦应物借物抒怀的悼亡之作中,大多是用静物,比如此诗中的纨扇来抒情。纨扇是古代爱情诗歌中的经典意象,主要用于表达对爱情前景的忧虑。韦诗反其意而写之,谓不是因为秋日的到来或者恩义的断绝,只是因为使用纨扇的人去世了,它才会被孤零零地委弃在箧筒中。感怆悲怆之意,写来更形诚朴真实。

【注释】

①"非关"二句:秋节,泛指秋季。沈约《从军诗》五首其二:"凉风厉秋节,司典告详刑。"

②掩嚬:犹掩面。嚬,通"颦",皱眉。王建《调笑令》:"团扇,团扇,美人

病来遮面。"

③"何言"二句：意谓明知总也不打开箧笥，箧中的纨扇也暗暗地褪去了颜色。言，料想，知道。发，打开。光彩，指纨扇的颜色。

【汇评】

[日]近藤元粹评订《韦苏州集》：亡后一事一物，无不伤心，多情诚实之人总如是。

闲斋对雨

幽独自盈抱，阴淡亦连朝。空斋对高树，疏雨共萧条。巢燕翻泥湿，蕙花依砌消。端居念往事，倏忽苦惊飙。

【题解】

此诗于大历十二年(777)秋为悼念亡妻作。秋雨连阴，本就特别容易伤感，何况是别有怀抱的伤心人。秋夜静寂，雨声滴沥，沉浸在对妻子的思念中，加以眼见得"巢燕翻泥湿，蕙花依砌消"，自然幽独感伤，写来格外深沉感人。

【汇评】

明袁宏道：苏州意想，时时如此。（参评本）

[日]近藤元粹评订《韦苏州集》：托物寓意，足见其真情。

林园晚霁

雨歇见青山，落日照林园。山多烟鸟乱①，林清风景翻。提携唯子弟，萧散在琴言。②同游不同意③，耿耿独伤魂。寂寞钟已尽，如何还入门。

此诗于大历末、建中初为悼念亡妻作。韦应物的悼亡诗重在对景伤怀,篇中偶尔闪现的生活细节,往往被自己"跳跃的感怀"(郭自虎《元稹与元和文体新变》)遮蔽和分散了,让人了解和感受的主要是诗人凄清忧伤的内心,而亡妻的形象与品性,却因细节的缺乏难以给人留下鲜明的印象。这首诗正是如此。这是跟元稹两者兼顾的悼亡诗有所不同的地方。

【注释】

①多:《唐诗品汇》卷一五作"夕"。

②"提携"二句:提携,携带。萧散,凄凉萧索。在,王锳《诗词曲语辞例释》:相当于"任"、"随",动词。琴言,琴音表达的思想感情。储光羲《山居贻裴迪》:"霜卧眇兹地,琴言纷已违。"

③意:《唐诗品汇》本作"赏"。

【汇评】

明钟惺:每于庸常语意着数虚字回旋,便深便警,此陶诗秘法也。(朱墨本)

秋夜二首

庭树转萧萧,阴虫还戚戚。①独向高斋眠,夜闻寒雨滴。微风时动牖,残灯尚留壁。惆怅平生怀,偏来委今夕②。

霜露已凄漫,星汉复昭回③。朔风中夜起,惊鸿千里来。萧条凉叶下,寂寞清砧哀。岁晏仰空宇,心事若寒灰。④

【题解】

此二诗于大历末、建中初为悼念亡妻作。在诗中,一切景语——如第一首所写夜雨,微风动牖,残灯留壁,情景如见;第二首所写秋夜的风霜、惊鸿等——皆情语,凄怆心绪物化为外在的风景。

【注释】

①"庭树"二句:萧萧,树木摇动落叶貌。屈原《九歌·山鬼》:"风飒飒兮木萧萧,思公子兮徒离忧。"阴虫,蟋蟀之类的秋虫。颜延之《夏夜呈从兄散骑车长沙》:"夜蝉当夏急,阴虫先秋闻。"

②委:聚集。

③昭回:光明回转。《诗·大雅·云汉》:"倬彼云汉,昭回于天。"郑玄笺:"云汉,谓天河也。昭,光也。倬然天河水气也,精光转运于天。"

④"岁晏"二句:仰,《唐诗品汇》卷一五作"作"。寒灰,犹死灰,已经冷却的灰烬。

【汇评】

宋刘辰翁:("独向"句)凄然。吾读苏州诗至此,初怪其情近妇人,非靳之也。(张习本)

明袁宏道:"朔风"二句大似玄晖"苍云暗九重,朔风吹万籁",同一高远。(参评本)案:"苍云"二句出自谢朓《答王世子》。

感　梦

岁月转芜漫,形影长寂寥。仿佛觌微梦①,感叹起中宵。绵思霭流月,惊魂飒回飙。谁念兹夕永,坐令颜鬓凋。

【题解】

此诗作于大历末、建中初。诗作悼亡,着重描写梦前的孤寂无奈和梦见后的无限伤感。其醇厚真挚处,较之元稹的悼亡诗也是毫不逊色的。

【注释】

①"仿佛"句:觌,会面。微梦,不是梦。微,非。《诗·邶风·柏舟》:"微我无酒,以敖以游。"

同德精舍旧居伤怀

洛京十载别,东林访旧扉。山河不可望,存没意多违。
时迁迹尚在,同去独来归。还见窗中鸽,日暮绕庭飞。

【题解】

此诗作于建中三年(782),时赴滁州任途经洛阳。同德精舍,在洛阳,
大历八年韦应物罢河南府兵曹参军后曾居此。起首二句"洛京十载别,东
林访旧扉",谓诗人大历八年冬赴长安为京兆功曹参军,至建中三年,前后
十年。庐山有东林寺,此借指佛寺同德精舍。诗作主要通过时间的变化,
来表现对亡妻的恒久思念。寻访遗迹,本为慰藉慰内心难以平息的情怀。
但遗迹虽在却同去独归,以致触目成悲。结末以沉缓之笔展现出一幅荒疏
凄凉的日暮之景,尤其是翩然还巢的鸽子,更是触发万千思绪:无情之物尚
且有栖息之所,而有情之人竟然独自飘零。虽未著一悲伤语,而内心的无
尽伤悲已然透出纸背。

悲故交

白璧众求瑕,素丝易成污。①万里颠沛还,高堂已长暮。②
积愤方盈抱,缠哀忽逾度③。念子从此终,黄泉竟谁诉④。一
为时事感⑤,岂独平生故。唯见荒丘原,野草涂朝露。

【题解】

此诗创作时地未详。诗作伤悼经迁贬而归的故人,然其人亦未详。起
首托物起兴,喻优秀的人才总是遭谗遇嫉。再写友人颠沛流离后返归故

里，又逢亲丧，自己过度悲痛，离开人世。最后的伤悼感慨，不独伤友人，更为伤国事。"唯见荒丘原"末二句，以萧条荒芜之景达哀婉凄凉之情，语短情长，意蕴丰厚。

【注释】

①"白璧"二句：瑕，玉上疵病。求瑕，吹毛求疵。《后汉书·黄琼传》载李固与琼书："常闻语曰：'峣峣者易缺，皦皦者易污。'"

②"万里"二句：颠沛，狼狈困顿。高堂，指父母。长暮，犹大暮，指地下。此婉言死亡。陆机《挽歌》三首其二："广霄何寥廓，大暮安可晨。"

③"缠哀"句：缠哀，缠绵深重的悲痛。逾度，犹过度。

④黄泉：阴间。王建《寒食行》："三日无火烧纸钱，纸钱那得到黄泉。"

⑤事：《文苑英华》卷三〇三作"所"。

【汇评】

宋刘辰翁：可念吾友。（张习本）

张彭州前与缑氏冯少府各惠寄一篇多故
未答张已云殁因追哀叙事兼远简冯生

君昔掌文翰，西垣复石渠。①朱衣乘白马，辉光照里闾。余时忝南省②，接宴愧空虚。一别守兹郡，蹉跎岁再除。③长怀关河表④，永日简牍余。郡中有方塘，凉阁对红蕖⑤。金玉蒙远贶，篇咏见吹嘘。⑥未答平生意，已没九原居⑦。秋风吹寝门，长恸涕涟如。⑧覆视缄中字，奄为昔人书。发鬓已云白，交友日雕疏⑨。冯生远同恨，憔悴在田庐⑩。

【题解】

此诗作于贞元元年(785)秋，时在滁州。彭州，州治在今四川彭县。张彭州，张薿。《册府元龟》卷一三九："兴元元年……十二月，以……前左庶子张荐为彭州刺史。"缑氏,河南府属县,在今河南偃师东南。少府,唐人对县尉的通称。冯少府,冯著。韦应物与冯著、冯鲁兄弟交游,然贞元五年冯鲁方登进士第,故此冯少府是冯著。张、冯寄韦应物诗当均已亡佚。诗作悼念故友张荐。

【注释】

①"君昔"二句:指张荐建中中以司封郎中知制诰事。西垣,中书省。垣,原作"域",此据元修本、递修本、活字本、《丛刊》本、《全唐诗》本校改。石渠,西汉宫中阁名,为皇家收藏图籍之处。唐人诗文中常借指集贤院。

②南省:尚书省。建中二年韦应物为尚书省比部员外郎。

③"一别"二句:兹郡,指滁州。韦应物建中三年出守滁州,至此整三年,故下云"岁再除"。

④长:《丛刊》本作"常"。

⑤红蕖:红色荷花。蕖,芙蕖,荷花别名。

⑥"金玉"二句:金玉,比喻珍贵美好的事物。此指张荐、冯著的来诗。贶(kuàng),赠送。鲍照《拟古》八首其二:"羞当白璧贶,耻受聊城功。"吹嘘,呼气和吸气。此处比喻称赞,奖掖。杜甫《赠献纳使起居田舍人澄》:"扬雄更有《河东赋》,唯待吹嘘送上天。"

⑦九原:山名,在今山西新绛县北,此代指墓地。

⑧"秋风"二句:寝门,内室之门。涟如,垂泪貌。孙万寿《和周记室游旧京》:"闻君怀古曲,同病亦涟洳。"

⑨雕疏:零落稀疏。雕,古"凋"字。

⑩田庐:指家乡。左思《咏史》八首其一:"功成不受爵,长揖归田庐。"

东林精舍见故殿中郑侍御题诗追旧书情涕泗横集因寄呈阎澧州冯少府

仲月景气佳,东林一登历。中有故人诗①,凄凉在高壁。精思长悬世,音容已归寂。②墨泽传洒余,磨灭亲翰迹。平生忽如梦,百事皆成昔。结骑京华年,挥文箧笥积。③朝廷重英彦,时辈分珪璧④。永谢柏梁陪,独阙金门籍。⑤方婴存没感,岂暇林泉适。⑥雨余山景寒,风散花光夕。新知虽满堂,故情谁能觌。唯当同时友,缄寄空凄戚。⑦

【题解】

此诗作于贞元三年(787)五月,时在江州。东林精舍,庐山东林寺。殿中郑侍御,郑常。阁澧州,阁寀。董侹《阁贞范先生(寀)》:"故授澧州刺史,……星岁七稔。……转吉州刺史。"冯少府,冯著。曾为缑氏尉。诗作悼念故友郑常,回忆与他的交往,赞颂其才华,充满景是人非的伤感。本来是比较个人化的面对过去的经验,不知不觉间,在这里就变成了具有普遍意义的抚今追昔。这种经验,来自诗中所说的"中有故人诗,凄凉在高壁",即在东林寺壁偶然看见亡友留题的墨迹。题壁,是指将有关文字或图画题写在寺壁、驿壁、屋壁、桥梁等建筑物的壁面上,以传播信息、发表言论、发布文学或书法绘画作品等。中唐以降,题壁之风及其相关的形式大盛,包括题写于诗板诗碑、某些植物之上等,成为古代文人生活的一部分。又,郑常以殿中侍御史为申光蔡等州节度使吴少诚判官。本年五月,吴少诚不遵朝命,郑常和杨冀等密谋驱逐吴少诚以听命于朝廷,事泄被吴所杀。当时,吴少诚还没有公然叛乱,所以诗中对郑常的同情表达得十分含蓄。

【注释】

①故人诗:《唐诗纪事》卷三一郑常《送头陀上人自庐山归东溪》:"僧家无住著,早晚出东林。"韦应物所云题壁诗或即指此。

②"精思"二句:悬,一作"怀"。归寂,复归于空寂。佛教称死亡为示寂或归寂。

③"结骑"二句:结骑,犹连骑。京华,指长安。韦应物与郑常、阁寀、冯著结骑京华当在早年入仕前。箧笥(sì),藏物的竹器。杜甫《留别公安太易沙门》:"数问舟航留制作,长开箧笥拟心神。"

④珪璧:古代玉制礼器,朝会时所执佩,以表示等级区别。珪上尖下

方,璧圆而扁平,中有圆孔。分珪璧,谓担任朝廷官职。左思《咏史》八首其三:"临组不肯緤,对珪不肯分。"

⑤"永谢"二句:指郑常一死,永远不能再陪宫廷唱和,终身没有登朝为官。柏梁,西汉长安宫中台名。金门籍,指朝籍。

⑥"方婴"二句:婴,缠绕。存没感,指伤悼死者的情感。林泉适,山林泉石的安逸。此指赏玩庐山的风景。

⑦"唯当"二句:同时友,谓阎宷、冯著。凄戚,悲哀。谢灵运《南楼中望所迟客》:"即事怨睽携,感物方凄戚。"

【汇评】

明袁宏道:常凄妍欲绝。（参评本）

同李二过亡友郑子故第

李与之故,非予所识

客车名未灭,没世恨应长。①斜月知何照,幽林判自芳②。故人惊逝水③,寒雀噪空墙。不是平生旧,遗踪要可伤。④

【题解】

此诗当作于永泰中。诗作悼念友人故旧,凄怆感伤。诗中"故人",是指诗题中"李二",为郑子故人。郑子,未详。李二,陶敏、王友胜《韦应物集校注》疑即李澣。岑仲勉《唐人行第录》谓,韦应物《开元观怀旧寄李二韩二裴四兼呈崔郎中严家令》《送李二归楚州(时李季弟牧楚州,被讼赴急)》、《假中枉卢二十二书亦称卧疾兼讶李二久不访问以诗答书因亦戏李二》三诗与此诗中"李二",是否属于一人,难以确定。

【注释】

①"客车"二句:客车,犹公车。汉时以官车迎送被朝廷征聘或地方举荐的贤士。没世,去世。

②判（pān）：放任。判自，犹本自，自然。张鷟《游仙窟》：“元来不相识，判自断知闻。”

③逝水：喻流逝的时光。

④“不是”二句：平生，往昔。王勃《铜雀妓》：“君王无处所，台榭若平生。”要（yāo），终究。

【汇评】

［日］近藤元粹评订《韦苏州集》：这等之诗不必作。

话　旧

亭中对兄姊话兰陵、崇贤、怀真已来故事，泫然而作①

存亡三十载，事过悉成空。不惜沾衣泪，并话一宵中②。

【题解】

此诗当作于代宗末或德宗朝，时在长安。题注所云“兰陵”“崇贤”“怀真”，均为长安中坊里名。据徐松《唐两京城坊考》，兰陵坊在朱雀门街东从北第六坊，崇贤坊在朱雀门街西第三街从北第八坊，怀真坊在朱雀门街西第二街从北第四坊（怀真，徐书卷四中原作“怀贞”，注云：“武太后以母号太贞夫人讳贞字，改为怀贤坊。神龙元年复旧。”有学者认为系著者误改）。盖因作者先人曾居此数坊，故对兄姊话旧而不禁嘘唏泣下。

【注释】

①泫（xuàn）然：流泪貌。

②并话：一齐说出。

至开化里寿春公故宅

宁知府中吏①，故宅一徘徊。历阶存往敬②，瞻位泣余哀。

废井没荒草,阴牖生绿苔③。门前车马散,非复昔时来。

【题解】

此诗约作于贞元四年(788),时在长安。开化里,长安中坊里名。据《唐两京城坊考》卷二,开化坊在长安朱雀街东从北第二坊。寿春公,黎幹。诗写于黎幹被贬死之后,以故宅荒凉之景,如"废井没荒草"二句所云,抒发物非人非之情。韦应物建中三年出守滁州,至本年方归长安。据《唐故银青光禄大夫尚书兵部侍郎寿春郡开国公黎公墓志铭》:"大历十四祀,诏徙端州,以素疾而终。享年六十四。寻沐鸿恩昭雪,以本官归葬。……至贞元庚午岁(790)十一月廿八日庚寅,迁宅于洛阳翟县清风乡之原,礼也。"知黎氏于大历十四年闰五月除名长流,此时尚未获昭雪归葬。藉此,益知作者对黎氏所怀知遇之恩之深。

【注释】

①府中吏:黎幹为京兆尹时,韦应物为京兆府功曹参军,故自称云。

②历阶:越阶而上。

③阴牖:北窗。

睢阳感怀

豺虎犯天纲①,升平无内备。长驱阴山卒,略践三河地。②张侯本忠烈③,济世有深智。坚壁梁宋间,远筹吴楚利。④穷年方绝输,邻援皆携贰。⑤使者哭其庭⑥,救兵终不至。重围虽可越,藩翰谅难弃。⑦饥喉待危巢,悬命中路坠。⑧甘从锋刃毙,莫夺坚贞志。⑨宿将降贼庭,儒生独全义。⑩空城唯白骨,同往无贱贵⑪。哀哉岂独今,千载当歔欷⑫。

此诗创作时地未详。睢阳,郡名,即宋州,州治在今河南商丘南。《旧唐书·地理志》:"天宝元年,改宋州为睢阳郡。乾元元年,复为宋州。"据两《唐书·张巡传》,安史乱中,张巡与许远同守睢阳,被围经年,城中粮尽,援兵不至,至德二年十月,城陷,张巡、许远为贼所执,被害。诗即咏此事。全篇运用对比手法塑造了张巡、许远等的高大形象,高度赞扬他们誓死抗击叛军、精忠报国的精神,其实也是对朝廷"升平无内备"的无情批判。与韩愈的《张中丞传后叙》诗文互见,异曲同工。

【注释】

①"豺虎"句:豺虎,喻指安史叛军。王粲《七哀诗》:"豺虎方遘患。"天纲,朝廷纲纪。

②"长驱"二句:阴山,今河套以北、大漠以南诸山脉的统称。阴山卒,谓安史叛军,时安禄山盘踞幽州,身兼范阳、平卢、河东节度使,三镇均在阴山南。略践,攻掠占领。三河,河南、河北、河东三道的统称。据《旧唐书·唐玄宗纪》,天宝十四年十一月,安禄山以诛杨国忠为名,率兵十余万南下,十二月,攻占洛阳。

③张侯:张巡。据两《唐书》本传,安史乱起时,张巡为真源令,时守将令狐潮欲以雍丘降贼,巡逐之,守雍丘,又以雍丘小邑,难以固守,遂与许远同守睢阳。

④"坚壁"二句:坚壁,坚守壁垒。谓张巡固守睢阳。梁、宋,汴州(大梁)及宋州,今河南郑州至商丘一带,此即指宋州睢阳郡。颜延之《北使洛》:"涂出梁宋郊,道由周郑间。"吴、楚,春秋二国名。此指淮南、江南等道,为唐王朝提供财赋、粮食的主要地区。韩愈《张中丞传后叙》:(张巡)"守一城,捍天下,以千百就尽之卒,战百万日滋之师,蔽遮江淮,沮遏其势,天下之不亡,其谁之功也?"

⑤"穷年"二句:绝输,指江淮对唐中央王朝的运输线中断。《新唐书·食货志》:"肃宗末年,史朝义分兵出宋州,淮运于是阻绝。"携贰,离散有二心。

⑥"使者"句:使者,指张巡帐下将领南霁云。据《旧唐书·张巡传》,时

贺兰进明以重兵守临淮,巡遣南霁云夜缒出城,求于进明,进明张乐高会,无出师意。霁云泣告,且啮一指为誓,进明终不出师,睢阳城遂陷。

⑦"重围"二句:谓张巡本可突围,但不能弃国土而去。藩翰,原喻国家重臣。此指国家重地。《诗·大雅·板》:"价人维藩,大师维垣,大邦维屏,大宗维翰。"

⑧"饥喉"二句:《旧唐书·张巡传》:"尹子奇攻城既久,城中粮尽,易子而食,析骸而爨,人心危恐,虑将有变。巡乃出其妾,封三军杀之,以飨士卒。"

⑨"甘从"二句:韩愈《张中丞传后叙》:"城陷。贼以刃胁降巡,巡不屈。"坚贞志,节操坚定不变。

⑩"宿将"二句:葛立方《韵语阳秋》卷五:"韦苏州睢阳感怀有诗曰:'宿将降贼庭,儒生独全义。'宿将谓许远,儒生谓张巡也。盖当时物议,以为巡死而远就房,疑远畏死,辞服于贼,故应物云尔。然韩愈尝有言曰:'远诚畏死,何苦守尺寸之地,食其所爱之肉,以与贼抗而不降乎!'斯言得矣。巡死后,贼将生致远于偃师,远亦以不屈死。则是远亦终死贼也。"许远并未降贼,且据《新唐书》本传,远为许敬宗曾孙,亦一儒生,故诗中"宿将"当指安史叛乱时其他投降将领。

⑪贵:原作"责",此据元修本、递修本、活字本、《丛刊》本、《唐诗品汇》卷一五、《全唐诗》本校改。

⑫歔欷:悲泣,叹息。蔡琰《悲愤诗》:"观者皆歔欷,行路亦呜咽。"

【汇评】

明袁宏道:苏州睢阳、柴桑三良、荆轲,皆集中眼目,淡寂未免无雄心。(参评本)

明胡震亨《唐音癸签》卷二三:韦应物《睢阳感怀》诗盛称张巡忠烈,且云"宿将降贼庭,儒生独全义"。儒生谓巡,宿将则谓许远也。当时城陷,巡遇害,贼议生致一人洛阳,乃以远行,远卒不屈,中途死。巡子去疾,欲专为父功,上书谓远心有向背,请追夺官爵。诏下尚书省,以二人忠烈并著,不可妄轻重,议乃罢。然时论犹纷纭不齐。至元和中,韩愈为文力辩之,始定。苏州此诗,正作于议论未定之前,不可为二人定评也。

清乔亿《剑溪说诗》又编:("豺虎"二句)所以潼关失守。("坚壁"二句)兼叙守睢阳功。("使者"句)以申包胥况南八。("救兵"句)此专指贺兰。("重围"二句)句句可证《新书》。("饥喉"句)叙事中着此五字,妙。("宿将"句)指哥舒翰一辈。古今共推韦诗冲淡,而韦之分量未尽也。如《睢阳感怀》《经函谷关》,并大有关系之作,尚得以冲淡不冲淡论耶?《唐文粹》《文苑英华》不录此二首,独《品汇》收入,可称巨眼。李翰所撰《张中丞传》,今有无莫据。其《进传表》见《文粹》,《新书》翰本传亦载全文,稍截其字句耳。韦此诗相为表里,感愤叹息,可当传赞。退之所书,后出也,欧阳文忠谓与翰互有得失。顾中丞大节以翰而白,恤典亦云优至,独何以缺谥?当即取诗中"忠烈"二字追谥之,百世下谁曰不然。

广德中洛阳作

生长太平日,不知太平欢。今还洛阳中,感此方苦酸。饮药本攻病,毒肠翻自残。①王师涉河洛,玉石俱不完。②时节屡迁斥③,山河长郁盘。萧条孤烟绝,日入空城寒。蹇劣乏高步,缉遗守微官。④西怀咸阳道,踯躅心不安。⑤

【题解】

此诗作于广德中,时洛阳新收复之后来此。广德,唐代宗的第一个年号(763—764)。诗写洛京收复后的情况,以及乱离之后自长安初到洛阳任县丞的感慨。前者如"王师涉河洛,玉石俱不完""萧条孤烟绝,日入空城寒"等,据亦知"饮药本攻病"二句有由果及因,批评肃宗借兵平乱、反受其祸之意。证以史实,颇见辛辣与深刻:"初,回纥至东京,以贼平,恣行残忍,士女惧之,皆登圣善寺及白马寺二阁以避之。回纥纵火焚二阁,伤死者万计,累旬火焰不止。及是朝贺,又纵横大辱官吏。以陕州节度使郭英义权知东都留守。时东都再经贼乱,朔方军及郭英义、鱼朝恩等军不能禁暴,与

362

回纥纵掠坊市及汝、郑等州,比屋荡尽,人悉以纸为衣,或有衣经者。"(《旧唐书·回纥传》)后者如"蹇劣乏高步"四句等,此中所谓"咸阳"在唐人诗中往往指代长安。

【注释】

①"饮药"二句:即饮鸩止渴之意。指唐玄宗任用胡人安禄山等为边地节度使以备边,后唐肃宗又借用回纥军队平定安史之乱,结果均反受其祸。

②"王师"二句:言官军收复河洛,但这一地区已遭到极大破坏。

③迁斥:推移。

④"蹇劣"二句:蹇劣,跛而驽劣,喻自己缺乏才能。缉(jī)遗,谓聚集安抚残余百姓。微官,指洛阳丞。

⑤"西怀"二句:咸阳,秦都,此代指长安。踟蹰,徘徊不进貌。《古诗为焦仲卿妻作》:"金车玉作轮,踟蹰青骢马。"

【汇评】

[日]近藤元粹评订《韦苏州集》:慷慨之情,溢于楮表。

阊门怀古

独鸟下高树,遥知吴苑园。凄凉千古事,日暮倚阊门。

【题解】

此诗作于贞元五年(789)左右,时在苏州。阊门,苏州西门。诗作将阊门跟"吴苑"联系起来,以发思古之幽情,而写来古风盎然,古淡可人。适如胡应麟所评:"中唐五言绝,苏州最古,可继王、孟。《寄丘员外》《阊门》《闻雁》等作皆悠然。"(《诗薮》内编卷六)

感　事

霜雪皎素丝,何意坠墨池。青苍犹可濯,黑色不可移。女工再三叹,委弃当此时^①。岁寒虽无褐,机杼谁肯施。^②

【题解】

此诗创作时地未详。诗作疑为惋惜友人误入逆党而作,通篇采用比拟手法,或因有所避忌,然其人其事均未详。

【注释】

①委弃:弃置,舍弃。白居易《折剑头》:"缺落泥土中,委弃无人收。"

②"岁寒"二句:褐,粗布衣。《诗·豳风·七月》:"无衣无褐,何以卒岁。"机杼,织布机。施,施行,指将丝织成布。

感　镜

铸镜广陵市,菱花匣中发。^①宿昔尝许人^②,镜成人已没。如冰结圆器,类璧无丝发^③。形影终不临^④,清光殊不歇。一感平生言,松枝挂秋月^⑤。

【题解】

此诗为伤悼友人而作,创作时地未详。诗写作者曾以镜许人,镜成,朋友竟死。然而生死之谊,如镜上松枝图案,长青不凋。诗作因镜思人,表达深厚的悲痛之情,而所悼者不详(或为某一女子)。诗中"菱花匣中发"句,赞美作为铜镜著名产地的扬州,铜镜制作工艺的精美,一个"发"字把铜镜写活了。

①"铸镜"二句:广陵,即扬州。《唐国史补》卷下:"扬州旧贡江心镜,五月五日扬子江中所铸也。或言无有百炼者,或至六七十炼则已,易破难成,往往有自鸣者。"菱花,铜镜背面花纹。据《飞燕外传》,赵飞燕初上大号,班婕妤献七尺菱花镜一奁。刘禹锡《和乐天以镜换酒》:"把取菱花百炼镜,换他竹叶十旬杯。"

②宿:《全唐诗》本作"夙"。

③"类璧"句:璧,圆而扁平的玉。丝发,形容细微,此指细微的瑕疵。

④不临:不临照镜子。

⑤"松枝"句:谓将镜挂在友人坟头的松枝上。《史记·吴太伯世家》:"季札之初使,北过徐君。徐君好季札剑,口弗敢言。季札心知之,为使上国,未献。还至徐,徐君已死,于是乃解其宝剑,系之徐君冢树而去。从者曰:'徐君已死,尚谁予乎?'季子曰:'不然。始吾心已许之,岂以死倍吾心哉!'"挂,原作"树",此据《丛刊》本校改。秋月,喻指镜。

叹白发

还同一叶落,对此孤镜晓。丝缕乍难分①,杨花复相绕。时役人易衰,吾年白犹少。

【题解】

此诗当为中年后初见白发而作。诗中"丝缕""杨花",均喻白发。

【注释】

①丝缕:蚕丝、线缕之类的统称。

【汇评】

宋刘辰翁:推而不近,然愈迫矣。善怨非自宽也。(和刻本)

第十编　登眺

登高望洛城作

高台造云端,遐瞰周四垠。雄都定鼎地^①,势据万国尊。河岳出云雨,土圭酌乾坤。^②舟通南越贡,城背北邙原。^③帝宅夹清洛,丹霞捧朝暾。^④葱茏瑶台榭,窈窕双阙门。^⑤十载构屯难,兵戈若云屯。^⑥膏腴满榛芜,比屋空毁垣。^⑦圣主乃东眷,俾贤拯元元^⑧。熙熙居守化,泛泛大府恩。^⑨至损当受益^⑩,苦寒必生温。平明四城开^⑪,稍见市井喧。坐感理乱迹^⑫,永怀经济言。吾生自不达,空鸟何翩翻^⑬。天高水流远,日晏城郭昏。徘徊讫旦夕,聊用写忧烦。

【题解】

此诗作于永泰中,时在洛阳。孙望《韦应物诗集系年校笺》认为作于永泰元年(765)为洛阳丞时。全篇触景伤情,感怀今昔,表达忧时伤乱之意。诗作所抒发的感慨,即诗末所谓"忧烦"之情,正是借追述"安史之乱"前后洛阳的兴衰之状而出之。

【注释】

①"雄都"句:雄都,雄伟城邑,指洛阳。定鼎,定都。

②"河岳"二句:河岳,指黄河、嵩山。云雨,双关帝王的恩泽。土圭,古代用以测日影、正四时并测量土地的工具。酌,度量。乾坤,天地。

③"舟通"二句:通,一作"盈"。南越,古国名,此指今粤、桂等省地。北邙,山名,在洛阳北。

④"帝宅"二句:帝宅,指京师。清洛,洛水,横贯洛阳。朝暾(tūn),初

升的太阳。孟郊《抒情因上郎中二十二叔监察十五叔兼呈李益端公柳缜评事》:"明明三飞鸢,照物如朝暾。"

⑤"葱茏"二句:瑶台,玉台。屈原《离骚》:"望瑶台之偃蹇兮,见有娀之佚女。"窈窕,幽深貌。

⑥"十载"二句:屯(zhūn)难,艰难。谢灵运《撰征赋》:"民志应而愿税,国屯难而思抚。"韦应物广德中来洛阳,自天宝十四载安史叛军占领洛阳,至广德二年,已有十年。兵戈,代指军队、战争。若,一作"久"。云屯,如云之屯聚,极言其多。

⑦"膏腴"二句:膏腴,指土地肥沃。榛芜,荒芜。比屋,众多相连的房屋。

⑧元元:百姓。陈子昂《感遇》三十八首其十九:"圣人不利己,忧济在元元。"

⑨"熙熙"二句:《汉书·礼乐志》:"众庶熙熙,施及夭胎;群生啿啿,唯春之祺。"颜师古注:"熙熙,和乐貌也。"居守,留守。此指东都留守。泛泛,广大貌。张说《离会曲》:"何处送客洛桥头,洛水泛泛中行舟。"大府,指河南府。大,原作"太",此据递修本校改。

⑩当:一作"方"。

⑪平明:犹黎明。李白《游太山》六首其三:"平明登日观,举手开云关。"

⑫乱迹:指动乱之事。

⑬翩翩:上下飞动貌。王昌龄《灞上闲居》:"庭前有孤鹤,欲啄常翩翩。"

【汇评】

[日]近藤元粹评订《韦苏州集》:登高感慨能赋,前贤所谓海内文章落布衣者,非乎?

同德寺阁集眺

　　芳节欲云晏,游邀乐相从。高阁照丹霞,飔飔含远风①。寂寥氛氲廓,超忽神虑空。②旭日霁皇州,岩峣见两宫③。嵩少多秀色④,群山莫与崇。三川浩东注,瀍涧亦来同。⑤阴阳降大和⑥,宇宙得其中。舟车满川陆⑦,四国靡不通。旧堵今已葺⑧,庶氓亦已丰。周览思自奋,行当遇时邕⑨。

【题解】

　　此诗作于大历八年(773)左右,时在洛阳。同德寺,在洛阳城东隅。诗写正逢局势暂时太平安定,高阁登览,心中不由得升腾起奋发有为的强烈意愿,如末二句"周览思自奋,行当遇时邕"所云。算得上是循吏的韦应物,跟大多数积极入世的唐代士人一样,是有着兼济苍生的淑世情怀的。这一点,跟李白、杜甫等人不同,空有高才大志却不能在现实政治生活中哪怕是多多少少地发挥其才干。

【注释】

　　①飔飔:风吹貌。刘长卿《杂咏上礼部李侍郎·幽琴》:"飔飔青丝上,静听松风寒。"

　　②"寂寥"二句:氛氲,雾气盛貌。廓,廓清,消散。超忽,神情高逸貌。

　　③"岩峣"句:岩峣,高峻貌。两宫,东汉洛阳有南北二宫。唐洛阳亦有洛阳宫及上阳宫。

　　④嵩少:即嵩山,有太室、少室二山。

　　⑤"三川"二句:三川,指黄河、洛水、伊水,均流经洛阳。瀍(chán)涧,二水名,均在洛阳,同注入河。

　　⑥大和:指阴阳交会和合的元气。

　　⑦川陆:水陆。潘岳《西征赋》:"凭高望之阳隈,体川陆之污隆。"

⑧已:递修本作"既"。

⑨时邕:天下太平。张协《七命》:"六合时邕,巍巍荡荡。"

【汇评】

明袁宏道:("群山"二句)古意缤纷。(参评本)

[日]近藤元粹评订《韦苏州集》:("飔飔"句)"含远风"三字甚妙,其高绝可想。(前半首)句句皆使人现像其高。

登宝意寺上方旧游

寺在武功,曾居此寺

翠岭香台出半天,万家烟树满晴川。诸僧近住不相识,坐听微钟记往年①。

【题解】

此诗疑作于大历十年(775)左右,时在京兆府功曹参军任上使武功。诗写登览宝意寺,回忆旧游,也即昔日的寺庙寄居生活。美国学者宇文所安所著《盛唐诗》认为,这种回忆是向后凝视,即将盛唐时代描绘成灿烂辉煌而一去不复返的过去,使用的音调比杜甫更为悲哀。这样,也就在自然永恒中体现出了人生短暂的主题。

【注释】

①微:一作"岩"。

【汇评】

宋刘辰翁:凡语言天趣者皆实历,无趣者虽有味亦短。(张习本)

369

登乐游庙作

　　高原出东城,郁郁见咸阳①。上有千载事,乃自汉宣皇②。颓墙久凌迟③,陈迹翳丘荒。春草虽复绿,惊风但飘扬④。周览京城内,双阙起中央⑤。微钟何处来,暮色忽苍苍⑥。歌吹喧万井,车马塞康庄。⑦昔人岂不尔,百世同一伤⑧。归当守冲漠,迹寓心自忘。⑨

【题解】

　　此诗疑作于大历十年(775)左右,时在京兆府功曹参军任上。乐游庙,在长安东乐游原上。诗作纪游乐游庙。末二句"归当守冲漠,迹寓心自忘"揭示出,韦应物之所以成为一位典型的冲淡诗人,主要就在于极力追求淡泊旷达的心境,知足保和,处穷晏如。而山水、田园作为冲淡美的载体,其自身本就带有恬淡平和的特征,这也是它之所以更多地成为冲淡诗人描绘对象的原因。

【注释】

　　①咸阳:京兆府属县,今属陕西。秦都咸阳,此代指长安。

　　②汉宣皇:汉宣帝刘询(前73—前49在位)。《三辅黄图》卷五:"宣帝庙,号乐游,在杜陵西北。神爵三年,宣帝立庙于曲池之北,号乐游。按其处则今呼乐游阙是也,因乐游苑得名。"

　　③"颓墙(ruán)"句:墙,宫庙内墙以外、外墙以内的空地。凌迟,衰败,败坏。陈子昂《上军国利害事·牧宰》:"不以才能任职,所以天下凌迟。"

　　④惊风:猛烈、强劲的风。孟郊《感怀》八首其一:"秋气悲万物,惊风振长道。"

　　⑤双阙:唐长安大明宫含元殿前有栖凤、翔鸾二阙。

　　⑥苍苍:迷茫。岑参《裴将军宅芦管歌》:"海树萧索天雨霜,管声寥亮

月苍苍。"

⑦"歌吹"二句:歌吹,歌乐声。康庄,四通八达的大道。

⑧伤:一作"场"。

⑨"归当"二句:冲漠,虚寂恬静。迹寓,寄足。

【汇评】

[日]近藤元粹评订《韦苏州集》:气格苍然。

登西南冈卜居遇雨寻竹浪至澧壖
萦带数里清流茂树云物可赏

登高创危构,林表见川流。微雨飒已至,萧条川气秋。下寻密竹尽,忽旷沙际游。纤直水分野,绵延稼盈畴。①寒花明废墟,樵牧笑榛丘②。云水成阴淡③,竹树更清幽。适自恋佳赏④,复兹永日留。

【题解】

此诗作于大历十四年(779),时初罢栎阳令居澧上。卜居,选择居住地。澧,澧水。壖,水边地。诗写登西南冈卜居遇雨,末二句"适自恋佳赏,复兹永日留"的感慨,是说原本出于无心而碰上的佳景颇为可赏、可恋,说明了情、景会心之处贵在各人能够自取的道理。

【注释】

①"纤直"二句:纤直,曲直。高适《自淇涉黄河途中作》:"东流黄河水,茫茫泛纤直。"盈畴,布满田野。王粲《登楼赋》:"华实蔽野,黍稷盈畴。"

②樵牧:泛指乡野之人。李白《古风》五十九首其五八:"荒淫竟沦没,樵牧徒悲哀。"

③"云水"句:成,一作"交"。阴淡,阴暗,暗淡。

④"适自"句:一作"适自惬心赏"。

371

【汇评】

清王夫之《唐诗评选》卷二：涯际朕兆，既已臻化。如"微雨飒已至，萧条川气秋"，崝嵘萧瑟，兼不可以言至。谁得谓静者无英雄之气？

清王尧衢《唐诗合解笺注》：制题已有诗意，分解顺题写去，可悟长题作法。（起四句）此解是"登西南冈卜居遇雨"。言登高冈而创造，形势既高，所见亦远，故于林外而见川流。此时秋风飒然，吹雨而至，便不觉萧条秋气从水面上而来也。（次四句）此解是"寻竹浪至澧壖，萦带数里"。下高冈而寻竹浪，至密竹行尽，乃至澧水之壖。忽旷然平沙，因在沙际游赏，见曲直之水，分流于野，绵延之稼，盈满田畴，萦带数里，皆是水稻也。（复次四句）此解是"清流茂树，云物可赏"。秋花色寒，明于废墟。樵夫牧子，笑傲于榛丘之上。云色水光，互成阴淡，竹林树木，更带清幽。此皆数里中所见，深可玩赏。（末二句）二句特作收结，结题中"赏"字。"适自"二字妙，适然逢着，全出无心。有佳赏之可恋，复永日以相留，故知会心处原不在远，贵人能自取之耳。

澧上与幼遐月夜登西冈玩花

置酒临高隅，佳人自城阙。[①]已玩满川花，还看满川月。花月方浩然[②]，赏心何由歇。

【题解】

此诗作于建中元年(780)春，时在澧上闲居。幼遐，李儋。诗写退居期间与友人月夜登山赏花所感。悦目赏心，此乐何极。其"已玩"二句中"满川"属二叠对，即一联之中两个同字相互对举的格式。相互对举的同一字词，或是在一句之中并列连用，或是间隔使用，后者如卢照邻《长安古意》："楼前相望不相知，陌上相逢讵相识。"二叠对，明费虞《雅伦》卷一〇又称之为"二叠格"，以与一叠对——如张说《再使蜀道》："鱼游恋深水，鸟迁恋乔木"——相区别。

【注释】

①"置酒"二句:高隅,高山的一角。鲍照《行乐至城东桥》:"蔓草缘高隅,修杨夹广津。"佳人,指君子贤人,即友人李儋。屈原《九章·悲回风》:"惟佳人之永都兮,更统世而自贶。"

②浩然:广大壮阔貌。李白《日出行》:"吾将囊括大块,浩然与溟涬同科。"

【汇评】

[日]近藤元粹评订《韦苏州集》:章法整然。

台上迟客

高台一悄望①,远树间朝晖。但见东西骑,端令心赏违。②
始霁郊原绿,暮春啼鸟稀。徒然对芳物,何能独醉归。

【题解】

此诗作于建中元年(780)春,时在澧上闲居。迟(zhì),等待。诗中"心赏违"即谓因"东西骑"都不是自己等待的客人,而心情不舒畅。

【注释】

①悄望:一作"聊望"。

②"但见"二句:东西骑,东来西往的骑马人。端,确实,的确。

【汇评】

明袁宏道:("始霁"二句)琢语自然,天趣无限。(参评本)

登　楼

兹楼日登眺,流岁暗蹉跎①。坐厌淮南守②,秋山红树多。

此诗作于建中三年(782)或四年(783)秋,时在滁州。滁州属淮南道,故诗中谓"淮南守"。诗写登楼眺望所感。后二句谓,满山的红叶让不愿蹉跎的诗人暂时忘却了官场的郁闷,物我一体地表现矛盾而又无奈的心境,不着痕迹。

【注释】

①"流岁"句:流岁,谓流逝的时光。蹉跎,虚掷光阴。
②坐:因为。《陌上桑》:"来归相怨怒,但坐观罗敷。"

善福寺阁

残霞照高阁,青山出远林①。晴明一登望,潇洒此幽襟。

【题解】

此诗作于建中初,时闲居善福精舍。诗写退居之所的幽静佳境,借以表现幽栖的襟怀。在具体写法上,学王维而深有所得,善于融入绘画技法,不仅展现出丰富的色彩映衬,而且景物远近层次分明,富于空间感和绘画美。

【注释】

①"青山"句:青,原作"清",此据元修本、递修本、活字本、《丛刊》本、《全唐诗》本校改。出,高出。王铤《登越王楼见乔公诗偶题》:"云架重楼出郡城,虹梁雅韵仲宣情。"

楼中月夜

端令倚悬槛,长望抱沉忧。宁知故园月,今夕在兹楼。

衰莲送余馥,华露湛新秋。坐见苍林变,清辉怆已休。^①

【题解】

此诗疑作于建中末,时在滁州。诗写楼中望月所感。其"衰莲送余馥"句中的"余"意象,因为融入了诗人高雅闲淡的心态、情志,所以余而觉其有生机,清朗而不失温润。这一点,与大历诗人的类似作品大为相异。

【注释】

①"坐见"二句:坐见,犹云坐视,即徒然视之无从设法。休,一作"收"。

【汇评】

宋陆游《老学庵笔记》卷三:岑参在安西幕府,诗云:"那知故园月,也到铁关西。"韦应物作郡时,亦有诗云:"宁知故园月,今夕在西楼。"语意悉同,而豪迈、闲淡之趣,居然自异。案:"那知"二句出自岑参的《宿铁关西馆》。

[日]近藤元粹评订《韦苏州集》:("衰莲"二句)颈联清新可喜。

寒食后北楼作

园林过新节,风花乱高阁。遥闻击鼓声,蹴鞠军中乐^①。

【题解】

此诗疑作于建中末,时在滁州。诗写寒食节时,军兵们伴着鼓乐之声,在兵营中玩蹴鞠,阵阵欢声被春风远远吹送过来。《舆地纪胜》卷四二:"韦苏州自左司刺滁,有诗。后李绅为刺史,和《登北楼》诗:'君怆风月夕,余当童稚年。闲窗读书罢,偷咏左司篇。'"所和当即此诗,而存句止此。

【注释】

①蹴鞠:古代军中踢球之戏,唐时演变为蹴球。

西　楼

高阁一长望,故园何日归。烟尘拥函谷①,秋雁过来稀。

【题解】

此诗作于建中四年(783)秋,时在滁州。据《旧唐书·德宗纪》,建中四年正月,李希烈陷汝州,肃宗以哥舒曜为东都畿汝节度使,东讨李希烈,八月,李希烈攻哥舒曜于襄城。诗作慨叹思归不得。登楼更有此感,尤其是战火在故园纷飞。末谓问信既无期,即雁度犹为难,惆怅之状如在眼前。

【注释】

①"烟尘"句:烟尘,尘埃。代指战争。拥,壅蔽,一作"在"。函谷,关名,故关在今河南灵宝东北。

夜　望

南楼夜已寂,暗鸟动林间。不见城郭事,沉沉唯四山。

【题解】

此诗当作于兴元元年(784)左右,时在滁州。诗作显出一种渊泊、闲静的状态,包括夜幕中的林鸟,境界虚空清静,文字平淡从容。

晚登郡阁

怅然高阁望,已掩东城关。春风偏送柳,夜景欲沉山。

此诗当作于兴元、贞元间,时在滁、江、苏三州刺史任上。郡阁,州署中高阁。诗写夜之安息的美。这是一首对式五绝,"掩""风"失粘。

【汇评】

[日]近藤元粹评订《韦苏州集》:第三已奇,第四最奇。近人有"夜山低语",世以为新奇,而比是首,在数等之下。

登重玄寺阁

时暇陟云构①,晨霁澄景光。始见吴都大②,十里郁苍苍。山川表明丽,湖海吞大荒。③合沓臻水陆,骈阗会四方。④俗繁节又暄,雨顺物亦康。禽鱼各翔泳,草木遍芬芳。于兹省氓俗,一用劝农桑。诚知虎符忝⑤,但恨归路长。

【题解】

此诗作于贞元六年(790)左右,时在苏州。重玄寺,在苏州长洲县。诗作热情讴歌江南形胜苏州的繁荣富足和秀丽风光。末四句回笔写郡守之责任,表达尽心尽职的热切愿望;又因景生情,流露出思乡之情,亦可谓曲终雅奏。

【注释】

①云构:高入云端的建筑。此指重玄寺。

②都,一作"郡"。

③"山川"二句:明丽,明净美丽。鲍照《飞白书势铭》:"珪角星芒,明丽烂逸。"大荒,《山海经·大荒西经》有大荒之山、大荒之野,后以泛指辽阔原野或边远地区。李白《渡荆门送别》:"山随平野阔,江入大荒流。"

④"合沓"二句:合沓,重叠。谢灵运《登庐山绝顶望诸峤》:"峦陇有合沓,往来无踪辙。"水陆,谓水陆产品。左思《蜀都赋》:"水陆所凑,兼六合而

交会焉。"骈阗,亦作"骈田",聚会连属。张衡《西京赋》:"麏鹿麌麌,骈田逼仄。"

⑤虎符:此代指己刺史身份。

【汇评】

[日]近藤元粹评订《韦苏州集》:孔子登东山而小鲁,今苏州则登高阁大吴都,复与孔子异。"山川"十字,壮语,可与老杜《岳阳楼》句相颉颃。案:老杜句,谓杜甫《登岳阳楼》中"吴楚东南坼,乾坤日夜浮"二句。

第十一编 游览

观早朝

伐鼓通严城,车马溢广躔。①煌煌列明烛,朝服照华鲜。金门杳深沉②,尚听清漏传。河汉忽已没,司阍启晨关③。丹殿据龙首,崔嵬对南山。④寒生千门里⑤,日照双阙间。禁旅下成列,炉香起中天。⑥辉辉睹明圣,济济行音航俊贤。⑦愧无鸳鹭姿,短翮空飞还。⑧谁当假毛羽,云路相追攀。

【题解】

此诗当作于天宝中未仕或为右千牛时。诗作描述当年庄严肃穆的早朝景象。稍早前,贾至也写过一首《早朝大明宫呈两省僚友》:"银烛朝天紫陌长,禁城春色晓苍苍。千条弱柳垂青锁,百啭流莺绕建章。剑佩声随玉墀步,衣冠身惹御炉香。共沐恩波凤池上,朝朝染翰待君王。"因颇见盛世气象,而引来岑参、王维、杜甫等人的唱和。

【注释】

①"伐鼓"二句:伐鼓,击鼓。鼓,街鼓。严城,宵禁之城。广躔(chán),犹广衢。躔,足迹。

②金门:金马门,代指宫门。

③司阍(hūn):即阍人,掌管宫门的官员。

④"丹殿"二句:丹殿,红色宫殿,指大明宫含元殿,时为朝会之所。龙首,龙首原。崔嵬,高峻貌。南山,终南山之别名。

⑤千门:指宫殿。

⑥"禁旅"二句:禁旅,禁军。成,原作"城",此据递修本校改。中天,高空中。杜甫《后出塞》:"中天悬明月,令严夜寂寥。"

⑦"辉辉"二句:辉辉,光辉貌。庾信《灯赋》:"辉辉朱烬,焰焰红荣。"明圣,明达圣德,指皇帝。济济,众多貌。行,排列成行。俊贤,才德出众的人。杜甫《承闻河北诸道节度入朝口号绝句》十二首其九:"紫气关临天地阔,黄金台贮俊贤多。"

⑧"愧无"二句:鸳鹭,喻朝官班列。短翮,短羽,指小鸟。

陪元侍御春游

何处醉春风,长安西复东。不因俱罢职,岂得此时同。赊酒宣平里,寻芳下苑中。①往来杨柳陌,犹避昔年骢。

【题解】

此诗作于大历初,时在长安。元侍御,未详,与《早春对雪寄前殿中元侍御》中所言当为一人。诗写罢洛阳丞、归长安后与友人春游事。"赊酒""寻芳",不无放逸之态;"犹避"云云,用东方朔典事,实有调侃之意:即戏谓友人虽也已罢职,但御史霜威仍在,故行人皆避昔年所乘之马。

【注释】

①"赊(shì)酒"二句:赊酒,赊酒。赊,赊欠。骆宾王《艳情代郭氏赠卢照邻》:"掷果河阳君有分,赊酒成都妾亦然。"宣平里,长安中坊里名,在朱雀门街东第四街。下苑,即曲江池。

【汇评】

宋刘辰翁:("不因"句)有风有味。(和刻本)

明袁宏道:诗中具记事,此类是也。(参评本)

[日]近藤元粹评订《韦苏州集》:三、四鄙俗,《西清诗话》所谓时有野态者,盖此等类欤?案:"时有野态",出自蔡絛《蔡百衲诗评》(胡仔《苕溪渔隐丛话》后集卷三三引):"韦苏州诗,如浑金璞玉,不假雕琢成妍,唐人有不能到;至其过处,大似村寺高僧,奈时有野态。"

游龙门香山泉

山水本自佳,游人已忘虑。碧泉更幽绝,赏爱未能去①。潺湲写幽磴,缭绕带嘉树。②激转忽殊流,归泓又同注③。羽觞自成玩④,永日亦延趣。灵草有时香,仙源不知处⑤。还当候圆月,携手重游寓⑥。

【题解】

此诗作于大历七年(772)左右,时在洛阳。龙门,在洛阳南。香山泉,当即在香山。诗写放情山水,为香山泉美景所陶醉,怡然自乐,并与朋友相约,月圆时再来游赏,风格闲淡清雅。这类作品可以称之为"吏隐型"的山水诗,即借助自然景色与社会拉开心理距离,以期保持心态的平衡,尤其是在心态失衡时。

【注释】

①未:一作"不"。

②"潺湲(chán yuán)"二句:潺湲,水流貌。屈原《九歌·湘夫人》:"慌忽兮远望,观流水兮潺湲。"写,同"泻",水向下急流。磴,石级。带。一作"对"。

③泓:水澄清貌,此指水潭。

④"羽觞"句:羽觞,左右带有耳子形如鸟翼的酒器。成,一作"伐"。

⑤仙:一作"山"。

⑥游寓:游历、居住。

【汇评】

[日]近藤元粹评订《韦苏州集》:("灵草"二句)佳句,神韵缥缈。

龙门游眺

凿山导伊流①,中断若天辟。都门遥相望,佳气生朝夕②。素怀出尘意,适有携手客。精舍绕层阿,千龛邻峭壁。③缘云路犹缅,憩涧钟已寂④。花树发烟华,淙流散石脉⑤。长啸招远风,临潭漱金碧。⑥日落望都城,人间何役役。⑦

【题解】

此诗作于大历七年(772)左右,时在洛阳。诗作描绘龙门山水风景之胜和佛寺建筑之奇,抒发出尘离世、向往自然的情怀。诗中"花树发烟华"二句,霏微绮丽,乃谢灵运所长,足证陆时雍"六朝余绚"(《唐诗镜》卷三〇)之评为不虚。又,杜甫早前写过一首《游龙门奉先寺》:"已从招提游,更宿招提境。阴壑生虚籁,月林散清影。天阙象纬逼,云卧衣裳冷。欲觉闻晨钟,令人发深省。"钱谦益笺谓:韦氏此诗中"凿山导伊流"二句及其另一首《再游龙门怀旧侣》中"两山郁相对",可为此首杜诗"注脚"(《钱注杜诗》卷一)。

【注释】

①伊流:即伊水,源出河南卢氏县东南,北流经嵩县、伊川、洛阳,至偃师注入洛水。相传大禹治水,凿龙门以通伊水,故龙门亦名凿龙山。

②佳气:帝王祥瑞之气。

③"精舍"二句:精舍,佛寺。绕,《丛刊》本作"缭"。层阿,重叠的山峦。千龛,指龙门石窟。自北魏宣武帝至唐末,历代帝王及达官在龙门山阙口东西两山所凿,共有窟龛二千一百余座,造佛像九万七千余尊。邻,《丛刊》本作"鳞"。

④钟:原为墨钉,此据递修本、活字本、《丛刊》本、《唐诗品汇》卷一五、《全唐诗》本校补。

⑤"淙流"句:淙流,瀑流。石脉,石上的纹理。

⑥"长啸"二句:啸,《唐诗品汇》本作"笑"。金碧,金石。此指泉水,谓水中蕴藏金玉珍宝。裴迪《金屑泉》:"潆渟淡不流,金碧如可拾。"

⑦"日落"二句:一作"徘徊怅还驾,城阙多物役"。役役,劳作不息貌。

【汇评】

清王尧衢《唐诗合解笺注》:龙门中开,内通伊流,若天辟者。从此遥望都门,不觉佳气自生于朝夕。此叙龙门之由。以下叙游眺也。言我素怀出世之想,适有同行之客,携手相将,历览尽兴。见僧家精舍绕于层阿,千佛龛邻近峭壁,真奇境也。缘云而行,其路犹远。憩息涧壑,钟声寂然。奇花异树,发烟中之华,淙淙流泉,散为石脉,真令人一步一清心也。登高而巘,长啸可招远风;临潭而漱,碧流可清心目。游兴之适如此,可谓得尘外之乐矣。日暮而望都城,嚣尘喧杂,悉皆役役之人,何其劳而不知息也。从尘外视之,则都城为人间矣。

洛都游寓

东风日已和,元化亮无私①。草木同时植,生条有高卑。罢官守园庐,岂不怀渴饥。②穷通非所干③,蹢躅当何为。佳辰幸可游,亲友亦相追。朝从华林宴④,暮返东城期。掇英出兰皋,玩月步川坻。⑤轩冕诚可慕,所忧在縶维。⑥

【题解】

此诗约作于大历八年(773)春,时在洛阳。诗写洛都游寓的悠游自在,表达辞官归隐后的乐趣。有意思的是,韦应物有时会说出一些与他的高士形象不相称的话,如诗末二句"轩冕诚可慕,所忧在縶维",日本学者近藤元粹斥为"未免鄙劣"。其实,作为一个少年骄纵、横行朝市的回头浪子,像这首早期少年气盛时的作品中,"没有一点鄙劣才是怪事"(蒋寅《大历诗人研究》)。

【注释】

①元化:造化,大自然的变化。元,古代哲学中指万物之本。陈子昂《感遇》三十八首其六:"古之得仙道,信与元化并。"

②"罢官"二句:罢官,辞官弃职。杜甫《立秋后题》:"罢官亦由人,何事拘形役。"渴饥,比喻强烈的出仕愿望。应瑒《侍五官中郎将建章台集》:"凡百敬尔位,以副饥渴怀。"

③"穷通"句:穷通,穷困与通显,此偏指通显。干,求取。

④华林:洛阳园名。

⑤"掇英"二句:兰皋,长有兰草的水边高地。屈原《离骚》:"步余马于兰皋兮,驰椒丘且焉止息。"川坻,河岸。王粲《从军诗》五首其一:"陈赏越丘山,酒肉逾川坻。"

⑥"轩冕"二句:轩冕,古代卿大夫的轩车与冕服,代指官爵。絷(zhí)维,束缚维系。《诗·小雅·白驹》:"皎皎白驹,食我场苗。絷之维之,以永今朝。"

【汇评】

[日]近藤元粹评订《韦苏州集》:(末二句)未免鄙劣。

再游龙门怀旧侣

尝与窦黄州、洛阳韩丞、渑池李丞、密郑二尉同游

　　两山郁相对,晨策方上干。①霭霭眺都城,悠悠俯清澜。邈矣二三子,兹焉屡游盘。良时忽已周,独往念前欢。好鸟始云至,众芳亦未阑。遇物岂殊昔,慨伤自有端②。

【题解】

　　此诗约作于大历八年(773)春,时在洛阳。旧侣,指题注中窦、韩、李、

密、郑等人。除韩丞与韦应物诗《送洛阳韩丞东游》中"韩丞"当为同一人外,余均未详。诗写独游龙门而引发的景是人非之叹。所谓"人非",是指题注所云曾与数位友人同游龙门的情形:"尝与窦黄州、洛阳韩丞、渑池李丞、密郑二尉同游。"

【注释】

①"两山"二句:两山,指龙门与香山,隔伊水相对。策,手杖。此指柱杖。上干,上犯,形容山的高耸。此指登山。徐悱《古意酬到长史溉登琅玡城》:"修篁壮下属,危楼峻上干。"

②端:原因,原委。

庄严精舍游集

良游因时暇,乃在西南隅①。绿烟凝层城,丰草满通衢。②精舍何崇旷,烦蹐一弘舒。架虹施广荫,构云眺八区。③即此尘境远,忽闻幽鸟殊。新林泛景光,丛绿含露濡。④永日亮难遂,平生少欢娱。谁能遽还归,幸与高士俱⑤。

【题解】

此诗约作于大历十年(775),时在长安。庄严精舍,即大庄严寺,在长安永阳坊。诗写暇时与人游集庄严精舍的欢娱之情,聊以缓解"难遂""遽还归"的心愿所带来的遗憾。

【注释】

①西南隅:长安城西南角。永阳坊在长安皇城西第三街最南坊。

②"绿烟"二句:层城,神话中城,此泛指京城。《水经注·河水》:"昆仑之山三级:下曰樊桐,一名板桐;二曰玄圃,一名阆风;上曰层城,一名天庭,是为太帝之居。"通衢,四通八达的道路。陶渊明《始作镇军参军经曲阿作》:"时来苟冥会,宛辔憩通衢。"

③"架虹"二句:架虹,与"构云"均指庄严寺佛塔。广荫,双关语,佛教谓佛法如云,荫覆世界。构云,即云构。八区,八方。扬雄《解嘲》:"天下之士,雷动云合,鱼鳞杂袭,咸营于八区。"

④"新林"二句:林,一作"秋"。濡,原作"嬬",此据递修本、《丛刊》本、《全唐诗》本校改。

⑤与:一作"得"。

【汇评】

[日]近藤元粹评订《韦苏州集》:善写雨后景者。

府舍月游

官舍耿深夜①,佳月喜同游。横河俱半落,泛露忽惊秋②。散彩疏群树,分规澄素流③。心期与浩景,苍苍殊未收。④

【题解】

此诗约作于大历十年(775)秋,时在长安。府舍,即京兆府官舍,时韦应物当在京兆府功曹任上。诗写秋夜府舍月下独自游观,心与景会,逸思难收。

【注释】

①"官舍"句:官舍,一作"官寺"。耿,光明。屈原《离骚》:"跪敷衽以陈辞兮,耿吾既得此中正。"

②惊秋:秋令蓦地来到。

③"分规"句:分规,规,正圆之称,此代指月光。素流,清澈的水流。

④"心期"二句:心期,心中相许。陶渊明《酬丁柴桑》:"实欣心期,方从我游。"苍苍,盛貌。《诗·秦风·蒹葭》:"蒹葭苍苍,白露为霜。"毛传:"苍苍,盛也。"

【汇评】

明袁宏道:闲旷不求工。(参评本)

任鄠令渼陂游眺

野水滟长塘,烟花乱晴日。氛氲绿树多①,苍翠千山出。游鱼时可见,新荷尚未密。屡往心独闲,恨无理人术②。

【题解】

此诗作于大历十三年(778)春末夏初,时在鄠县令任上。鄠令,鄠县令。鄠县,今陕西户县。渼陂(bēi),在鄠县西。诗写渼陂游眺。前六句写景,清新秀雅。末二句的感叹,蕴含"独乐乐不如众乐乐"之意,显出诗人心系民瘼,游览中不忘县政。

【注释】

①氛氲:云烟弥漫貌。鲍照《冬日》:"烟霾有氛氲,精光无明异。"

②理人:治理百姓。张九龄《郡内闲斋》:"理人无异绩,为郡但经时。"

【汇评】

[日]近藤元粹评订《韦苏州集》:起手最妙。又,谓之五言仄律亦可。

西郊游瞩

东风散余沍,陂水淡已绿。①烟芳何处寻,杳蔼春山曲②。新禽哢暄节,晴光泛嘉木③。一与诸君游,华觞欣见属④。

【题解】

此诗作于大历十四年(779)早春,时在鄠县令任上。诗写西郊游观,颇富闲适之趣。

①"东风"二句:余冱(hù),余冰。冱,冻结。绿,一作渌。

②杳霭:幽深渺茫貌。李商隐《圣女祠》:"杳霭逢仙迹,苍茫滞客途。"

③嘉木:美好的树木。张衡《西京赋》:"嘉木树庭,芳草如积。"

④属:随。此指携酒。

【汇评】

明袁宏道:("新禽"二句)宋、齐律祖。(参评本)

[日]近藤元粹评订《韦苏州集》:晴景明丽。弄暄节、字甚新。

再游西郊渡

水曲一追游,游人重怀恋。①婵娟昨夜月②,还向波中见。惊禽栖不定,流芳寒未遍③。携手更何时,伫看花似霰④。

【题解】

此诗作于大历十四年(779)春,时在鄠县令任上。诗写月夜冶游,月影在水,花色朦胧,美不胜收。之前,诗人曾与友人游西郊渡,留下了美好的回忆,并作有《乘月过西郊渡》。此次再游西郊渡,因有"婵娟昨夜月,还向波中见"之句,更有留恋向往、来日相期之意,写来和雅平淡。

【注释】

①"水曲"二句:水曲,水流曲折处,曲折的水滨。追游,结伴游乐。刘禹锡《酬郑州权舍人见寄二十韵》:"追游蒙尚齿,惠好结中肠。"怀恋,怀念依恋。

②婵娟:美好貌。孟郊《婵娟篇》:"月婵娟,真可怜。"

③流芳:花散发的香气,此借指花。曹植《洛神赋》:"践椒涂之郁烈,步蘅薄而流芳。"

④"伫看"句:伫看,观看。霰,雪子。沈约《奉和竟陵王郡县名》:"阳泉

濯春藻,阴邱聚寒霰。"

月溪与幼遐君贶同游

时二子还城

岸篠覆回溪,回溪曲如月。沉沉水容绿,寂寂流莺歇①。浅石方凌乱②,游禽时出没。半雨夕阳霏,绿源杂花发。明晨重来此,同心应已阙。

【题解】

此诗作于大历末、建中初,时在澧上闲居。幼遐,李儋。君贶,元锡。诗写寓居佛寺清静闲散的生活,不但显示出对幽静景物之美的敏感,细腻而形象地对之加以表现的才能,而且有一种凄清寂寞之感渗透全诗,是真情实感的流露。因为不是虚拟的田园生活与高情逸韵,所以堪称本色。

【注释】

①流莺歇:一作"莺初歇"。流莺,鸣声婉转的黄莺。

②凌乱:杂乱无序。鲍照《舞鹤赋》:"轻迹凌乱,浮影交横。"

【汇评】

宋刘辰翁:("寂寂"句)"语"不如"歇"。善点景,并得语后之趣。(张习本)

[日]近藤元粹评订《韦苏州集》:("半雨"二句)名句自天外来。

与幼遐君贶兄弟同游白家竹潭

清赏非素期①,偶游方自得。前登绝岭险,下视深潭黑②。密竹已成暮,归云殊未极。春鸟依谷暄,紫兰含幽色。已将芳景遇,复款平生忆。终念一欢别,临风还默默。

【题解】

此诗作于大历末、建中初,时在澧上闲居。诗写与友人同游白家竹潭,因为是偶然的发现,所以更见自得之意。又因极为尽兴满足,所以才有末二句"终念一欢别,临风还默默"的淡淡离忧。

【注释】

①素期:平素所期望的。刘禹锡《马大夫见示浙西王侍御赠答诗因命同作》:"秣陵从事何年别,一见琼章如素期。

②深:《唐诗品汇》卷一五作"春"。

【汇评】

明袁宏道:起处数语,已括柳州小记。(参评本)

[日]近藤元粹评订《韦苏州集》:("密竹"四句)春景写出有味。

秋夕西斋与僧神静游

晨登西斋望,不觉至夕曛①。正当秋夏交,原野起烟氛②。坐听凉飙举,华月稍披云。③漠漠山犹隐,滟滟川始分④。物幽夜更殊,境静兴弥臻⑤。息机非傲世,于时乏嘉闻。⑥究空自为理⑦,况与释子群。

【题解】

此诗作于大历末、建中初,时在澧上闲居。神静,当是善福寺释子。诗写秋夕与僧神静游西斋,表达恬淡自适之趣。

【注释】

①夕曛:落日的余辉。戴叔伦《晚望》:"山气碧氤氲,深林带夕曛。"

②烟氛:烟霭云雾。杨炯《送李庶子致仕还洛》:"原野烟氛匝,关河游

望赊。"

③"坐听"二句:凉飙,秋风。王勃《易阳早发》:"复此凉飙至,空山飞夜萤。"披云,拨开云层。

④滟滟:水波闪动貌。张若虚《春江花月夜》:"滟滟随波千万里,何处春江无月明。"

⑤兴:原作"与",此据元修本、递修本、活字本、《丛刊》本、《全唐诗》本校改。

⑥"息机"二句:息机,息灭机巧之心。杜甫《将赴成都草堂途中有作先寄严郑公》五首其五:"侧身天地更怀古,回首风尘甘息机。"嘉闻,亦作"嘉问",美名。

⑦究空:探求佛教空寂之理。

【汇评】

[日]近藤元粹评订《韦苏州集》:夜半微云漏月之时,常有是景,写出宛然在眼。

观田家

微雨众卉新,一雷惊蛰始。田家几日闲,耕种从此起。丁壮俱在野,场圃亦就理。①归来景常晏②,饮犊西涧水。饥劬不自苦,膏泽且为喜。③仓廪无宿储,徭役犹未已。④方惭不耕者,禄食出闾里⑤。

【题解】

此诗作于大历末、建中初,时在沣上闲居。诗写因看到田家终岁劳作却不得温饱,徭役又没完没了,而对之深表同情,并引起为官者不劳而获的惭愧与自责。

【注释】

①"丁壮"二句:丁壮,指到达兵役年龄的少壮男子。白居易《观刈麦》:

"随饷田去,丁壮在南冈。"俱,原为墨钉,此据元修本、递修本、活字本、《丛刊》本、《全唐诗》本、《文苑英华》卷三一九校补。就理,整理就绪。

②"归来"句:景,日光。晏,晚。

③"饥劬"二句:饥劬,饥饿劳苦。陶渊明《和刘柴桑》:"谷风转凄薄,春醪解饥劬。"膏泽,滋润作物的雨水。曹植《赠徐干》:"良田无晚岁,膏泽多丰年。"

④"仓廪"二句:仓廪,贮藏米谷的仓库。宿储,积储的物资。多指粮食。徭役,古代官方规定的平民(主要是农民)成年男子在一定时期内或特殊情况下所承担的一定数量的无偿社会劳动。一般有力役、军役和杂役。犹,《文苑英华》本作"独"。

⑤禄食:俸禄。

【汇评】

宋刘辰翁:苏州是知耻人,为郡常有岂弟之思。(张习本)

明谭元春:体贴人情之言。又,明钟惺:"惭"字入得厚。(朱墨本)

明邢昉《唐风定》:与太祝《田家》仿佛,而各一风气,并臻至极。

清沈德潜《唐诗别裁》卷三:韦诗至处,每在淡然无意,所谓天籁也。

园亭览物

积雨时物变,夏绿满园新。残花已落实,高笋半成筠。①守此幽栖地,自是忘机人。②

【题解】

此诗作于大历末、建中初,时在澧上闲居。诗写园亭览物所感。

【注释】

①"残花"二句:落实,结出果实。庾信《枯树赋》:"开花建始之殿,落实睢阳之园。"筠,竹。钱起《赋得池上丁香树》:"黛叶轻筠绿,金花笑菊秋。"

392

②"守此"二句:幽栖,隐居。杜甫《范二员外邈吴十侍御郁特枉驾阙展待聊寄此》:"幽栖诚简略,衰白已光辉。"忘机,消除机巧之心。李白《下终南山过斛斯山人宿置酒》:"我醉君复乐,陶然共忘机。"

【汇评】

［日］近藤元粹评订《韦苏州集》:有宕逸之气。

观澧水涨

夏雨万壑凑,澧涨暮浑浑。①草木盈川谷,澶漫一平吞②。槎梗方瀰泛,涛沫亦洪翻。③北来注泾渭,所过无安源。④云岭同昏黑,观望悸心魂。舟人空敛棹,风波正自奔。

【题解】

此诗作于大历末、建中初,时在澧上闲居。诗写盛夏暴雨过后澧水上涨的壮观景象,句句写实,气势不凡。

【注释】

①"夏雨"二句:《广韵》:"凑,水会也,聚也。"涨,一作"流"。浑浑,滚滚,大水流貌。陶渊明《命子》:"浑浑长源,蔚蔚洪柯。"

②澶(chán)漫:宽长貌,广远貌。杜甫《承闻河北诸道节度入朝欢喜口号绝句》十二首其八:"澶漫山东一百州,削成如案抱青丘。"

③"槎梗"二句:槎梗,树杈子。瀰(mí)泛,大水弥漫。洪翻,波涛翻滚。

④"北来"二句:泾、渭,二水名。泾水与澧水均注入渭水。安源,犹安流,舒缓平稳地流动。杜甫《雨不绝》:"眼边江舸何忽促,未待安流逆浪归。"

【汇评】

［日］近藤元粹评订《韦苏州集》:(起首数句)句亦有平吞川谷之势。

393

陪王卿郎中游南池

　　鹓鸿俱失侣①,同为此地游。露浥荷花气②,风散柳园秋。烟草凝衰屿③,星汉泛归流。林高初上月,塘深未转舟。清言屡往复,华樽始献酬。④终忆秦川赏,端坐起离忧。⑤

【题解】

　　此诗作于建中三年(782),时在滁州。王卿,盖尝在朝为卿寺佐贰及郎中,后坐事贬来滁州者。陶敏、王友胜《韦应物集校注》据《新唐书·宰相世系》及岑仲勉《郎官石柱题名新著录》载统曾为司勋郎中、太常少卿,疑为王统:"然诗无一语及统兄王维,未知是否。"南池,未详何地。诗写陪友人游南池。

【注释】

　　①"鹓鸿"句:鹓鸿,鹓雏、鸿雁飞行有序,比喻朝官班行。庾肩吾《九日侍宴乐游苑应令》:"雕材滥杞梓,花绶接鹓鸿。"失侣,失群,失去伴侣。杜甫《寄岳州贾司马六丈巴州严八使君》:"他乡饶梦寐,失侣自迍邅。"

　　②荷花气:类于荷香,又有区别。骆宾王《夏日游德州赠高四》:"柳阴低築水,荷气上薰风。"

　　③"烟草"句:烟草,烟雾中的草木。凝,原作"疑",此据递修本、活字本、《丛刊》本、《全唐诗》本校改。

　　④"清言"二句:清言,高雅的言论。陶渊明《咏二疏》:"问金终寄心,清言晓未悟。"献酬,谓饮酒时主客互相敬酒。《诗·小雅·楚茨》:"献酬交错,礼仪卒度,笑语卒获。"郑玄笺:"始主人酌宾为献,宾既酌主人,主人又自饮酌宾曰酬。"

　　⑤"终忆"二句:秦川,渭水南北平原,为秦故地,故称。徐陵《关山月》二首其一:"关山三五月,客子忆秦川。"端坐,安坐。

明袁宏道：排偶俱似老谢。（参评本）

［日］近藤元粹评订《韦苏州集》：眼前风物，触手玲珑。又，曲折入微。

南园陪王卿游瞩

　　形迹虽拘检①，世事淡无心。郡中多山水，日夕听幽禽。几阁文墨暇②，园林春景深。杂花芳意散，绿池暮色沉。君子有高蹰③，相携在幽寻。一酌何为贵，可以写冲襟。

【题解】

　　此诗作于建中末，时在滁州。王卿，当即前一首诗中的"王卿郎中"，未详具体为何人。游瞩，犹游观。诗写陪友人游观南园所见所感。

【注释】

　　①"形迹"句：陶渊明《始作镇军参军经曲阿》："真想初在襟，谁谓行迹拘。"形迹，行为表现。拘检，拘束。

　　②几阁：几格，橱架。

　　③高蹰：高尚的行为。颜真卿《临淮武穆王李公神道碑铭》："体浑元之正性，秉弘毅之高蹰。"

【汇评】

　　明袁宏道：自是唐人古诗，而非子昂、昌龄所及。（参评本）

游西山

　　时事方扰扰，幽赏独悠悠。①弄泉朝涉涧，采石夜归州。挥翰题苍峭，下马历嵌丘。②所爱唯山水，到此即淹留③。

【题解】

此诗作于建中四年(783)左右,时在滁州。西山,指滁州州西诸山。诗写时局纷乱中的一次西山独游。

【注释】

①"时事"二句:"时事"句,盖谓当时河北、淮南诸镇叛乱,争战不息。扰扰,纷乱貌。幽赏,幽雅的欣赏情趣。李白《春夜宴桃李园序》:"幽赏未已,高谈转清。"

②"挥翰"二句:苍峭,苍翠陡峭的山峰。嵌丘,峻峭小山。

③淹留:滞留。屈原《离骚》:"时缤纷其变易兮,又何可以淹留?"

春游南亭

川明气已变,岩寒云尚拥。^①南亭草心绿,春塘泉脉动^②。景煦听禽响,雨余看柳重。逍遥池馆华,益愧专城宠。^③

【题解】

此诗约作于建中四年(783)春,时在滁州。南亭,未详。诗写南亭初春景象。

【注释】

①"川明"二句:明,《文苑英华》卷三一五校"一作晴"。岩寒云,《文苑英华》本、《唐文粹》卷一六作"岩寒雪",《文苑英华》本校云"《集》作'谷寒雪'"。

②泉脉:地下伏流的泉水。谢朓《赋贫民田》:"察壤见泉脉,觇星视农正。"

③"逍遥"二句:池馆,原作"池塘",递修本作"地馆",此据活字本、《丛刊》本、《文苑英华》本、《全唐诗》本校改。专城,指任主宰一城的州牧、太守

等地方长官。此谓自己为刺史。白居易《忠州刺史谢上表》:"岂意天慈,忽加诏命,特从佐郡,宠授专城。"

【汇评】

清沈德潜《唐诗别裁》卷三:人知作诗在句中炼字,而不知炼在韵脚。篇中"拥"字、"动"字、"重"字,妙处全在韵脚也。他诗可以类推。

[日]近藤元粹评订《韦苏州集》:"草心"、"泉脉",奇对。

再游西山

南谯古山郡,信是高人居。①自叹乏弘量,终朝亲簿书。②于时忽命驾,秋野正萧疏。积逋诚待责③,寻山亦有余。测测石泉冷,暖暖烟谷虚。④中有释门子,种药结茅庐。⑤出身厌名利,遇境即踌躇⑥。守直虽多忤,视险方晏如。⑦况将尘埃外,襟抱从此舒。⑧

【题解】

此诗作于建中末、贞元中,时在滁州。诗作主要反省自己过去治郡不能做到举重若轻,终日沉埋于簿书之间,对南谯古山郡的山水胜景领略不多。

【注释】

①"南谯"二句:南谯,梁大同二年所立州名,即滁州。高人,高尚之人,隐士或僧道,此处当指李幼卿等。

②"自叹"二句:弘量,弘廓胸襟。终朝,整天。《诗·小雅·采绿》"终朝采绿"毛传:"自旦及食时为终朝。"簿书,计簿文书等官府简牍。亲簿书,即处理官府文书。

③"积逋"句:积逋,积年拖欠赋税。索取,征收。责,索取、征收。

④"测测"二句:测测,寒冷貌。暖暖,迷蒙隐约貌。

397

⑤"中有"二句：释门子，即释子，僧人。药，原作"勇"，此据活字本、《丛刊》本、《全唐诗》本校改。元修本、递修本作"果"。

⑥踟蹰：徘徊不前貌。此指为山水胜境所吸引，或在仕与隐之间犹豫徘徊。宋玉《九辩》："塞淹留而踟蹰。"

⑦"守直"二句：守直，保持正直的品德。白居易《薛中丞》："中丞薛存诚，守直心甚固。"多忤，多乖违，谓与时不合。晏如，安然自若貌。

⑧"况将"二句：况将，况且。尘埃，尘世，人间。襟抱，胸怀，抱负。杜甫《奉持严大夫》："身老时危思会面，一生襟抱向谁开。"

【汇评】

[日]近藤元粹评订《韦苏州集》：未脱簿书羁绊，故诗亦乏高致。

游灵岩寺

始入松路永，独欣山寺幽。不知临绝槛，乃见西江流①。吴岫分烟景，楚甸散林丘。②方悟关塞眇，重轸故园愁。③闻钟戒归骑，憩涧惜良游。地疏泉谷狭，春深草木稠。兹焉赏未极，清景期杪秋④。

【题解】

此诗作于贞元五年或六年(790)，时在苏州。灵岩寺，在苏州西灵岩山上。诗作纪春深良游，主要写山寺之幽，登山望远所见景色之美，如"吴岫分烟景"二句，是韦诗本色。后来，赵嘏也写过一首《灵岩寺》，读来别有情趣："馆娃宫伴千年寺，水阁云多客到稀。闻说春来更惆怅，百花深处一僧归。"

【注释】

①西江：苏州去长江已远，作者所见当为太湖或吴江，甚或根本就是想象之辞。

②“吴岫”二句：吴岫，犹吴山，吴地的山。谢朓《休沐重还道中》：“云端楚山见，林表吴岫微。”烟景，云烟缭绕之景。楚甸，犹楚地。甸，古代指郊外的地方。刘希夷《江南曲》：“潮平见楚甸，天际望维扬。”

③“方悟”二句：关塞，边关，边塞。杜甫《伤春》五首其一：“关塞三千里，烟花一万重。”轸，聚集。杜甫《秋日夔府咏怀奉寄郑监审李宾客之芳一百韵》：“宵旰忧虞轸，黎元疾苦骈。”

④“清景”句：清景，一作“清淡”。杪秋，晚秋。魏征《暮秋言怀》：“首夏别京辅，杪秋滞三河。”

【汇评】

［日］近藤元粹评订《韦苏州集》：（“吴岫”二句）气象远大。

与卢陟同游永定寺北池僧斋

　　密竹行已远，子规啼更深。①绿池芳草气，闲斋春树阴。晴蝶飘兰径②，游蜂绕花心。不遇君携手，谁复此幽寻。

【题解】

　　此诗约作于贞元六年（790）春，时在苏州。卢陟，韦应物甥。永定寺，在苏州。僧斋，《文苑英华》卷二三六作“僧舍”。诗写与外甥卢陟同游永定寺，饱览春日僧院花草树木之美，不由得发出末二句的叹赏。

【注释】

　　①“密竹”二句：密竹，《文苑英华》本作“密径”。子规，即杜鹃。《禽经》：“江介曰子规，蜀右曰杜宇。”张华注：“望帝修道，处西山而隐，化为杜鹃鸟，或云化为杜宇鸟，亦曰子规鸟，至春则啼，闻者凄恻。”

　　②晴蝶：《文苑英华》本作“暗丝”。

【汇评】

　　宋刘辰翁：首二句情景至处，又要次第合。有一诗内次第，一句内次

第。（张习本）

明袁宏道:造句入自然之妙。（参评本）

游　溪

野水烟鹤唳①,楚天云雨空。玩舟清景晚②,垂钓绿蒲中。落花飘旅衣③,归流淡清风。缘源不可极,远树但青葱。④

【题解】

此诗当作于任滁、江、苏等州刺史时。诗作纪游,以"溪"为中心,以人物活动为主线,多层次描绘了淡雅清丽的景物,融愉悦之情与外界之景为一体。

【注释】

①唳:鹤鸣声。

②清:项氏翻宋本、嵩山堂本作"轻"。

③旅衣:旅途中穿的服装。岑参《巴南舟中思陆浑别业》:"镜里愁衰鬓,舟中换旅衣。"

④"缘源"二句:缘,嵩山堂本注曰:刘本作"绿"。青葱,翠绿色。

【汇评】

[日]近藤元粹评订《韦苏州集》:("野水"二句)气机自畅。

游开元精舍

夏衣始轻体,游步爱僧居。①果园新雨后,香台照日初。绿阴生昼静,孤花表春余。②符竹方为累,形迹一来疏③。

【题解】

此诗当作于任滁、江、苏等州刺史时。开元精舍,即开元寺。各州均置。精舍,道士、僧人修炼居住之所。诗写夏日漫游佛寺的感受。

【注释】

①"夏衣"二句:轻体,使身体轻快。游步,漫步,《文苑英华》卷二三六作"远步"。陆云《与陆典书书》十首其六:"游步八素之林,逍遥德化之囿。"

②"绿阴"二句:昼静,《文苑英华》本作"昼寂"。春余,春天将尽未尽时。孟浩然《山中逢道士云公》:"春余草木繁,耕种满田园。"

③形迹:踪迹。陶渊明《答庞参军》:"情通万里外,形迹滞江山。"

【汇评】

宋叶梦得《石林诗话》卷中:读古人诗多,意所喜处,诵忆之久,往往不觉误用为己语。"绿阴生昼静,孤花表春余。"此韦苏州集中最为警策,而荆公诗乃有"绿阴生昼寂,幽草弄秋妍"之句。

宋曾季狸《艇斋诗话》:刘梦得"神林社日鼓,茅屋午时鸡",温庭筠"鸡声茅店月,人迹板桥霜",皆佳句,然不若韦苏州"绿阴生昼静,孤花表春余"。又,春晚景物说得出者,惟韦苏州"绿阴生昼静,孤花表春余"最有思致。如杜牧之"晚花红艳静,高树绿阴初",亦甚工,但比韦诗无雍容气象尔。至张文潜"草青春去后,麦秀日长时"及"新绿染成延昼永,烂红吹尽送春归",气亦非不佳,但刻画见骨耳。案:"神林"二句出自刘禹锡《秋日送客至潜水驿》;"鸡声"二句出自温庭筠《商山早行》;"晚花"二句出自杜牧《春末题池州弄水亭》;"草青"二句出自张耒《离建雄途中》,前一句作"草深春已后";"新绿"二句出自张耒《春日遣兴二首》其一。

宋刘辰翁评:"孤花"句便不及上句。(张习本)

明袁宏道:落花无言,人淡如菊。(参评本)

明钟惺:最深最细,细极则幽。又,"孤花表春余",妙语妙情。韦有"残莺知夏浅",可谓妙对。又,明谭元春:"表"字思路入微。(朱墨本)

清王夫之《唐诗评选》卷二:腴。

清屈复《唐诗成法》:首句游理游情,中四皆从首句生出。三、四可游之时,五、六写游,承前四无痕,写景不泛,得清静之味。结率。

清沈德潜《唐诗别裁》卷三:"绿阴"二语,写初夏景入神,"表"字尤见作意。

[日]近藤元粹评订《韦苏州集》:说得平淡,身分越高。

襄武馆游眺

州民知礼让①,讼简得遨游。高亭凭古地,山川当暮秋。是时秔稻熟,四望尽田畴。②仰恩惭政拙,念劳喜岁收。淡泊风景晏,缭绕云树幽。节往情恻恻,天高思悠悠。嘉宾幸云集,芳樽始淹留。还希习池赏,聊以驻鸣驺。③

【题解】

此诗当作于任滁、江、苏等州刺史时。襄武馆,驿馆名,其地未详。《元和郡县志》卷三九"陇右道·渭州"有襄武县,然韦应物未至该地为官。值得注意的是,诗中"仰恩惭政拙"二句,表示自己缺乏必要的才干,不免心中有愧。

【注释】

①礼让:守礼谦让。

②"是时"二句:秔(jīng)稻,粳稻。田,《丛刊》本作"平"。

③"还希"二句:"还希"句,一作"还喜曲池滨"。习池,习家池,在襄阳。《太平寰宇记》卷一四五:"习郁池,在县东南十五里。《襄阳记》云,岘南八百步西下道百步,有习家鱼池。习郁将死,敕其长子葬于池侧,池中起钓台,尚在。按习郁即凿齿之兄也。"鸣驺(zōu),古代随从显贵出行并传呼喝道的骑卒。高适《东平旅游奉赠薛太守二十四韵》:"歌谣随举扇,旌旆逐鸣驺。"

【汇评】

宋刘辰翁:("节往"二句)旷恨何尽。(参评本)

明袁宏道:("州民"二句)此景象安得旦暮遇之。(参评本)

秋景诣琅琊精舍

屡访尘外迹,未穷幽赏情。高秋天景远,始见山水清。上陟岩殿憩,暮看云壑平①。苍茫寒色起,迢递晚钟鸣。意有清夜恋,身为符守婴②。悟言缁衣子③,萧洒中林行。

【题解】

此诗作于建中末,时在滁州。琅琊精舍,即琅琊寺,在滁州琅琊山。《大明一统志》卷一八:"琅琊寺,在琅琊山,旧名开化寺,唐大历中刺史李幼卿与僧法深建。"诗写秋日登山,风格极为淡雅。这是由于作者在许多可以描绘的独特物色中,着力刻画了苍茫寒色与迢递晚钟笼罩下的精舍,从而突出了清远的意境。

【注释】

①云壑:云气遮覆的山谷。孔稚珪《北山移文》:"诱我松桂,欺我云壑。"

②"身为"句:符守,受符为郡守。谢瞻《于安城答灵运》:"幸会果代耕,符守江南曲。"婴,缠绕。屈原《天问》:"白蜺婴茀,胡为此堂。"

③"悟言"句:悟言,一作"方爱"。缁衣子,僧人。缁衣,浅黑色僧服。

【汇评】

[日]近藤元粹评订《韦苏州集》:高古。

同韩郎中闲庭南望秋景

朝下抱余素①,地高心本闲。如何趋府客,罢秩见秋山。②

疏树共寒意,游禽同暮还。因君悟清景,西望一开颜③。

【题解】

此诗作于大历末,时在长安。韩郎中,当即韩质。诗写观山所得,即远山所蕴涵的真意。有学者认为,这首诗在精神上和词句上都受到了陶渊明"南山"诗的深刻影响,尽管其中"望"和"见"是并存的。另有学者则认为,诗中前六句无论立意还是取境,都明显脱化自陶渊明《饮酒》二十首其五中的"结庐在人境"等六句。

【注释】

①余素:余情,余志。素,平素的行为修养及志趣、愿望。

②"如何"二句:趋府客,韦应物前此当为京兆府功曹参军,故如此自称。罢秩,罢官。

③开颜:高兴貌。谢灵运《酬从弟惠连》:"末路值令弟,开颜披心胸。"

【汇评】

明袁宏道评:小句子亦非晚境可拟议。(参评本)

慈恩精舍南池作

清境岂云远,炎氛忽如遗①。重门布绿阴,菡萏满广池②。石发散清浅,林光动涟漪。③缘崖摘紫房,扣槛集灵龟。④泡泡余露气⑤,馥馥幽襟披。积喧欣物旷,耽玩觉景驰⑥。明晨复趋府,幽赏当反思⑦。

【题解】

此诗作于大历十年左右,时在长安。慈恩精舍,即慈恩寺。《唐两京城坊考》卷三:"大慈恩寺,隋无漏寺之地。武德初废。贞观二十二年二月二十四日,高宗在春宫,为文德皇后立寺,故以'慈恩'为名,仍选林泉形胜之所。……寺有南池,韦应物有《慈恩寺南池秋荷咏》,司空曙有《早春游慈恩南池》诗,赵嘏有《春尽独游慈恩寺南池》诗。"诗作描绘慈恩寺胜景,林深池广,石秀水清,绿竹摇曳,红莲飘馥,令人流连忘返,念念难忘。

【注释】

①炎氛:暑气。储光羲《行次田家隩梁作》:"田家俯长道,邀我避炎氛。"

②菡萏:荷花花苞。《诗·陈风·泽陂》:"彼泽之陂,有蒲菡萏。"

③"石发"二句:周处《风土记》:"石发,水苔也,青绿色,皆生于石也。"林光,透过树林的阳光。许敬宗《奉和秋日即目应制》:"鹊度林光起,凫没水文圆。"涟漪,被风吹起的水面波纹。《诗·魏风·伐檀》:"坎坎伐檀兮,置之河之干兮,河水清且涟漪。"

④"缘崖"二句:紫房,紫色果实。此指莲房,即莲蓬。槛,栏杆。王勃《滕王阁诗》:"阁中帝子今何在,槛外长江空自流。"灵龟,龟。《礼记·礼运》:"麟凤龟龙,谓之四灵。"

⑤浥浥:润湿貌。

⑥耽玩:专心研习,深切玩赏。

⑦反思:追忆。

【汇评】

[日]近藤元粹评订《韦苏州集》:平淡中有奇气,是这老惯手。(诗末)趋府频频入诗,使人索然。

雨夜宿清都观

灵飙动阊阖,微雨洒瑶林。①复此新秋夜,高阁正沉沉。旷岁恨殊迹,兹夕一被襟。②洞户含凉气,网轩构层阴。③况自展良友④,芳樽遂盈斟。适悟委前妄,清言怡道心。岂恋腰间绶⑤,如彼笼中禽。

此诗作于大历末,时在长安京兆府功曹参军任上。清都观,在长安永乐坊。清都,道教谓为天帝所居宫阙,因以名观。《唐两京城坊考》卷二:"清都观,隋开皇七年,道士孙昂为文帝所重,常自开道,特为立观。本在永兴坊,武德初徙于此地,本隋宝胜寺。"诗写在清都观与道士对谈的情景。

【注释】

①"灵飙"二句:灵飙,神风。阊阖,天门,此指清都观之门。屈原《离骚》:"吾令帝阍开关兮,倚阊阖而望予。"王逸注:"阊阖,天门也。"瑶林,犹琼林,道观中树木的美称。陆云《九愍·纡思》:"怀瑶林之珍秀,握兰野之芳香。"

②"旷岁"二句:旷岁,长年。陶渊明《感士不遇赋》:"虽仅然于必知,亦苦心而旷岁。"殊迹,车迹不同。陆云《答兄机》:"衡轨若殊迹,牵牛非服箱。"被(pī)襟,敞开衣襟。宋玉《风赋》:"有风飒然而至,王乃披襟而当之曰:'快哉此风!'"

③"洞户"二句:洞户,犹洞房,幽深的内室。徐陵《咏织妇》:"檐前初月照,洞户朱帷垂。"网轩,装饰有网状雕刻花纹的门窗。沈约《应王中丞思远咏月诗》:"网轩映珠缀,应门照绿苔。"

④况:原作"沉",此据《全唐诗》校改。

⑤绶:系印丝带。

【汇评】

宋刘辰翁评:首二句,上句异。(张习本)

[日]近藤元粹评订《韦苏州集》:已知笼禽之困,何不决然学柴桑先生?

善福精舍秋夜迟诸君

广庭独闲步,夜色方湛然①。丹阁已排云,皓月更高悬。②
繁露降秋节,苍林郁芊芊③。仰观天气凉,高咏古人篇。抚己亮无庸④,结交赖群贤。属予翘思时⑤,方子中夜眠。相去隔城阙,佳期屡徂迁⑥。如何日夕待,见月三四圆。

【题解】

此诗作于大历十四年(779)或建中元年(780)秋,时在澧上善福精舍闲居。诗写思念友人。先写寺院秋景,再写朋友之谊和思念之情,末云见面之期屡被推迟,已有三四个月,溢期待之意于言表。

【注释】

①湛然:清澈貌,澄明貌。白居易《李都尉古剑》:"湛然玉匣中,秋水澄不流。"

②"丹阁"二句:丹阁,宫殿中的楼阁。窦叔《漏赋》:"亘千门兮连万户,左彤阶兮右丹阁。"排云,排开云层。多形容高。沈约《咏孤桐》:"龙门百尺时,排云少孤立。"更,一作"正"。

③芊芊:草木茂盛貌。张聿《余瑞麦》:"仁风吹靡靡,甘雨长芊芊。"

④无庸:无劳。《国语·晋语》:"无功庸者,不敢居高位。"

⑤翘思:悬想。曹植《杂诗》六首其一:"翘思慕远人,愿欲托遗音。"

⑥迁:一作"徂",递修本校"一作阻"。

【汇评】

明袁宏道:兰亭诸篇后,少有此怀此语。(参评本)

东 郊

吏舍跼终年①,出郊旷清曙。杨柳散和风,青山淡吾虑。依丛适自憩,缘涧还复去。微雨霭芳原,春鸠鸣何处。乐幽心屡止,遵事迹犹遽②。终罢斯结庐,慕陶真可庶。③

此诗当作于大历末,时在长安京兆府功曹任上。诗题中"东",《唐诗品汇》卷一五作"京"。诗写终年局促吏舍之中,春游之际,格外怡悦。

【注释】

①"吏舍"句:吏舍,官吏居住或办公的房子。跼(jú),拘束。

②"遵事"句:遵事,遵命从事。遽,匆忙。

③"终罢"二句:斯,一作"期"。慕陶,向往陶渊明。可庶,可期,可望。庶,庶几,接近。

【汇评】

宋刘辰翁:("青山"句)自以为得。又,("缘涧"句)游兴各自写。(参评本)

明钟惺:与"药饵同所正","正"字同想。(朱墨本)

清章燮《唐诗三百首注疏》:(首四句)景中寓情。一解,以春日郊游起。散、淡二字,凝练极。(次四句)二解,写东郊赏览也。(末四句)三解,有惰于仕进也。盖言乐趣在幽,既已心焉泂溯,无奈不如所愿,每遭中止之虞,何也?因王事靡盬,身为之役,所以形迹间犹有急遽之情也。虽然,中心所慕,素仰渊明,吾终罢官,即于斯境结其庐,抚孤松,临清流,庶几可得陶潜之风趣矣乎?

清闻人倓《古诗笺》:(末四句)言当此之时,心以幽事为乐,而辄复中止者,盖遽以隐遁为高,则犹嫌骤耳,然终当罢官而结庐也。平生企慕陶公,今而后,其庶几乎?

[日]近藤元粹评订《韦苏州集》:风韵特胜。

秋郊作

清露澄境远,旭日照临初①。一望秋山净,萧条形迹疏。登原欣时稼②,采菊行故墟。方愿沮溺耦③,淡泊守田庐。

【题解】

此诗当作于大历末,时在长安京兆府功曹任上。诗写对隐居生活的欣慕。

【注释】

①临:《唐诗品汇》卷一五作"林"。

②时稼:应时的作物。王维《宿郑州》:"主人东皋上,时稼绕茅屋。"

③"方愿"句:《论语·微子》:"长沮、桀溺耦而耕,孔子过之,使子路问津焉。"钱穆《论语新解》:"(长沮、桀溺)两隐者,姓名不传。沮,沮洳。溺,淖溺。以其在水边,故取以名之。"后常以"沮溺"借指避世隐士。耦,耦耕,两人合耕。

【汇评】

[日]近藤元粹评订《韦苏州集》:宛然陶家遗范。

行宽禅师院

北望极长廊,斜扉映丛竹。①亭午一来寻②,院幽僧亦独。唯闻山鸟啼,爱此林下宿。

【题解】

此诗创作时地未详。孙望《韦应物诗集系年校笺》疑作于澧东闲居期间。诗写禅寺深幽清寂的环境,于中寄托自己的幽独情怀。

【注释】

①"北望"二句:极,尽头。《孟子·梁惠王上》:"何使我至于此极也!"映,一作"掩"。

②亭午:正午。

【汇评】

宋刘辰翁:偏得于此。(张习本)

神静师院

青苔幽巷遍,新林露气微。经声在深竹,高斋独掩扉。
憩树爱岚岭,听禽悦朝晖。方耽静中趣,自与尘事违。

【题解】

此诗,陶敏、王友胜《韦应物集校注》疑作于大历末、建中初,时在沣上闲居。孙望《韦应物诗集系年校笺》疑作于建中元年春。神静,僧人名,当即韦应物《秋夕西斋与僧神静游》中之"僧神静"。诗写禅院的静中之趣。

【汇评】

[日]近藤元粹评订《韦苏州集》:语颇洒脱,无一点烟火气。

精舍纳凉①

山景寂已晦,野寺变苍苍。夕风吹高殿,露叶散林光。
清钟始戒夜②,幽禽尚归翔。谁复掩扉卧,不咏南轩凉。

【题解】

此诗创作时地未详。诗作以"凉"为线索,紧扣寺庙夜晚幽寂清凉的特色,淡淡着墨,使人如置身其中,韵味简淡高古。

【注释】

①纳凉:乘凉。徐陵《内园逐凉》:"纳凉高树下,直坐落花中。"
②戒夜:报夜。佛寺夜击钟以报时。

[日]近藤元粹评订《韦苏州集》：超妙不可言。

蓝岭精舍

石壁精舍高，排云聊直上。佳游惬始愿①，忘险得前赏。崖倾景方晦，谷转川如掌②。绿林含萧条，飞阁起弘敞③。道人上方至④，深夜还独往。日落群山阴，天秋百泉响。⑤所嗟累已成，安得长偃仰。⑥

【题解】

此诗疑作于大历十一年(776)秋。蓝岭，据《类编长安志》卷六，当即蓝田山，在蓝田县东南三十里，其地有蓝谷、蓝溪等。岭，《文苑英华》卷二三六作"田"。韦应物本年左右在京兆府功曹任时曾使蓝田，诗或即作于出使时。诗写蓝岭精舍高踞崖巅，崇楼飞阁，映衬一派秋山奇景，早有游览之愿，至此才得实现。登高而眺，飞瀑流泉，萧萧绿林，景色怡人。可惜此身为官职所累，牵绊于尘俗之事，不能长居此间，偃仰自适，长久地安享山林游乐之清福。

【注释】

①始愿：夙愿，最初的愿望。

②如掌：沈佺期《长安道》："秦地平如掌，层城出云汉。"

③弘敞：高大宽敞。

④"道人"句：道人，僧人。上方，佛寺的方丈，主持僧所居。解琬《奉和九月九日登慈恩寺浮图应制》："瑞塔临初期，金舆幸上方。"

⑤"日落"二句：日，《文苑英华》本作"月"。泉，《文苑英华》本校"一作聚"。

⑥"所嗟"二句：累，尘俗的牵累，忧思。偃仰，俯仰。

明桂天祥：有缓疾，有转折，眼前景，眼前事，大妙。（朱墨本）

明陆时雍《唐诗镜》：有得景会心际。古来登览游眺，唯谢灵运最穷其趣。韦苏州得趣而未畅。如杜子美非不能言，但只写得怀抱感慨，于所遇之趣无与也。

清王夫之《唐诗评选》卷二：心力格色无不得、无不到者。唐三百年，五言古体不下万首，即以此压卷，亦何让焉！

清沈德潜《唐诗别裁》卷三：人谓左司学陶而风格时近小谢。

［日］近藤元粹评订《韦苏州集》：笔端有灵。结末寓慨，似有千篇一律之病。

道晏寺主院

北邻有幽竹，潜筠穿我庐①。往来地既密，心乐道者居。残花回往节，轻条荫夏初。闻钟北窗起，啸傲永日余。②

【题解】

此诗创作时地未详。孙望《韦应物诗集系年校笺》认为作于沣上退居时期。道晏，僧人名，未详。寺主，方丈、主持等一寺之主。诗写与有道者相邻而居，邻院之竹根也潜从地下穿庐而来。初夏之时，花已残，绿荫成，悠闲度日，其乐无穷。

【注释】

①潜筠：竹子地下横生的根茎，俗称竹鞭。

②"闻钟"二句：《晋书·陶潜传》："夏月虚闲，高卧北窗之下；清风飒至，自谓羲皇上人。"啸傲，放歌长啸，傲然自得。郭璞《游仙》十九首其八："啸傲遗世罗，纵情在独往。"

义演法师西斋

结茅临绝岸①,隔水闻清磬。山水旷萧条,登临散情性。稍指缘原骑,还寻汲涧径。长啸倚亭树②,怅然川光暝。

【题解】

此诗创作时地未详。孙望《韦应物诗集系年校笺》认为作于大历十四年(779)初到沣上时期。义演,僧人名,未详。法师,对僧侣的敬称。诗人视游赏山水为拉开与社会的距离的手段,如诗中"山水旷萧条"二句所云,从而借助"独处"取得心态上的某种平衡,诗作也因此而呈现出一种冲淡之美。可以说,这正是韦应物从佛学与山水中找到的"退行"之路。

【注释】

①"结茅"二句:结茅,编茅为屋。谓建造简陋的屋舍。绝岸,断崖。杜甫《白沙渡》:"畏途随长江,渡口下绝岸。"

②长啸:撮口发出悠长清越的声音。古人常以此述志。曹植《美女篇》:"顾盼遗光采,长啸气若兰。"

澄秀上座院

缭绕西南隅①,鸟声转幽静。秀公今不在,独礼高僧影②。林下器未收,何人适煮茗③。

【题解】

此诗创作时地未详。孙望《韦应物诗集系年校笺》疑作于沣东闲居期间。澄秀,僧人名,余未详。上座,寺院最高的职位(和尚受戒一年为一夏,从无夏至九夏为下座,十夏至十九夏为中座,二十夏至四十九夏是上座),统督寺内僧众,办理寺务,以年长德高者充任。亦用作僧人敬称。诗写访高僧不遇,但见林下茶具尚在,不知方才何人在此品茗。

【注释】

①"缭绕"句:缭绕,回环盘旋。隅,原作"偶",此据递修本、活字本、《丛刊》本、《文苑英华》卷二三六、《全唐诗》本校改。

②影:画像。

③煮茗:煮茶。

【汇评】

宋刘辰翁:政似不必经意,何往无诗。(张习本)

明钟惺:幽事写得深,便无清态。(朱墨本)

至西峰兰若受田妇馈

攀崖复缘涧,遂造幽人居。鸟鸣泉谷暖,土起萌甲舒①。聊登石楼憩,下玩潭中鱼。田妇有嘉献,泼撒新岁余②。常怪投钱饮,事与贤达疏。③今我何为答,鳏寡欲焉如④。

【题解】

据诗中淮南方言"泼撒",陶敏、王友胜《韦应物集校注》谓其或作于滁州刺史任上。兰若(rě),梵语"阿兰若"之省,意为寂静无苦恼烦乱之处,泛指寺院。诗写入山访友,游赏之际有妇人献佳酿。因受到田妇宴饮款待,而联想到郑弘投钱得酒的传说:"沈酿者,汉郑弘为灵文乡啬夫,行官京洛,未至,宿一埭,埭名沈酿。于埭逢故旧友人,四顾荒郊,村落远绝,酤酒无处,情抱不伸。乃以钱投水中,依口而饮,饮尽酣畅,皆得大醉,因更为沈酿川。"(崔豹《古今注》卷下)为自己凭空得到饮食深感不安。

【注释】

①萌甲:植物初生的芽。《说文》:"甲,东方之孟,阳气萌动。从木戴孚

414

甲之象。"《六书故》:"甲,象草木戴种而出之形。"

②泼撒:即泼散。朱翌《猗觉寮杂记》卷上:"淮人岁暮家人宴集曰泼散。"

③"常怪"二句:投钱饮,谓清介、不妄取。《风俗通》卷三:"太原郝子廉,饥不得食,寒不得衣,一介不取诸人。曾过姊饭,留十五钱,默置席下去。每行饮水,常投一钱井中。"《艺文类聚》卷九三引《三辅决录》:"安陵有项仲山,每饮马渭水,常投三钱。"《太平御览》卷四二六引《风俗通》:"颍川黄子廉者,每饮马,投钱于水中。"贤达,有才德有声望的人。

④鳏寡:老而无妻或无夫,引申为老弱孤苦者。

昙智禅师院

高年不复出,门径众草生①。时夏方新雨,果药发余荣②。疏淡下林景,流暮幽禽情③。身名两俱遣,独此野寺行。

【题解】

此诗创作时地未详。孙望《韦应物诗集系年校笺》疑作于澧东闲居期间。诗作在清冷荒寂之境中表现幽独的心境,如"身名两俱遣"句所谓身名两忘,超然物外。

【注释】

①径:《丛刊》本作"桯"。

②余荣:晚开的花。

③流暮:暮色渐降。

【汇评】

宋刘辰翁:("门径"句)著在第一句,故自佳。皆是实趣,人人以为无道者,误则唯恐失之。(张习本)

明钟惺:非不幽,幽不足以言之。(朱墨本)

起度律师同居东斋院

释子喜相偶,幽林俱避喧①。安居同僧夏②,清夜讽道言。
对阁景恒晏,步庭阴始繁。逍遥无一事③,松风入南轩。

【题解】

此诗创作时地未详。起度,《文苑英华》卷二二〇作"超渡"。律师,精
熟戒律的僧人。《涅槃经·金刚身品》:"如是能知佛法所作,善能解说,是
名律师。"诗写与起度律师避开尘世的喧嚣,同居东斋院,在树下谈论佛法
禅理,面对清幽的夏夜景致,感受到人生的逍遥,而此时松风入怀,恰与本
心自然契合。

【注释】

①俱:《文苑英华》本作"多"。

②僧夏:僧人坐夏。古天竺僧人依释迦遗法,每年于雨季三个月中入
禅静坐,称安居、夏坐或坐腊。我国僧徒于农历四月十六日至七月十五日
安居,因时在夏季,故称坐夏。

③无一事:即无事,禅宗语,谓大彻大悟后的境界。《景德传灯录》卷一
五:德山宣鉴说:"于己无事则勿妄求,妄求而得亦非得也。汝但无事于心,
无心于事,则虚而灵,空而妙。"

【汇评】

宋刘辰翁:(末句)语有仙风道骨。(张习本)

元方回《瀛奎律髓》:淡而有味。

游琅琊山寺

受命恤人隐,兹游久未遑。①鸣驺响幽涧②,前旌耀崇冈。

青冥台砌寒,绿缛草木香。③填壑踦花界,叠石构云房。④经制随岩转⑤,缭绕岂定方。新泉泄阴壁,高萝荫绿塘。攀林一栖止,饮水得清凉。物累诚可遣,疲氓终未忘。⑥还归坐郡阁,但见山苍苍。

【题解】

此诗作于建中末,时在滁州。琅琊山寺,当即琅琊寺,大历中刺史李幼卿助建。诗写自己受命为官,无暇游览,忙中偷闲,到琅琊山寺一游。山寺景色虽佳,怎奈心中始终难以忘怀治下的百姓,仍不能遣"物累"而乐逍遥。

【注释】

①"受命"二句:人隐,即民隐,人民的疾苦。唐人避太宗李世民讳而改。遑,空暇。《诗·召南·殷其雷》:"何斯违斯,莫敢或遑。"

②涧:《丛刊》本作"谷"。

③"青冥"二句:青冥,青苍幽远,指青天。此谓台砌高入云天。李白《长相思》:"上有青冥之高天,下有渌水之波澜。"绿缛,草木茂盛。

④"填壑"二句:花界,莲花界之省称,指佛寺。元稹《与杨十二李三早入永寿寺看牡丹》:"晓入白莲宫,琉璃花界净。"云房,僧道或隐者所居住的静室。

⑤经制:原指典制。此指经营建造,建筑的结构。

⑥"物累"二句:累,原作"类",此据《全唐诗》校改。物累,外物给予人的拖累。杜甫《发同谷县》:"奈何迫物累,一岁四行役。"疲氓,疲困之民。

【汇评】

[日]近藤元粹评订《韦苏州集》:鸣驺前旌,何等鄙俗!当时无稚圭之《移文》,幸焉耳。

同越琅玡山

赵氏生辟疆

石门有雪无行迹,松壑凝烟满众香①。余食施庭寒鸟下,破衣挂树老僧亡。

【题解】

此诗作于建中末,时在滁州。琅玡山,在滁州西南。赵辟疆,韦应物甥。诗写山寺荒凉破败的景象,恰似安史乱后世乱年荒的缩影。

【注释】

①凝烟:浓密的雾气。刘铄《歌诗》:"凝烟泛城阙,凄风入轩房。"

【汇评】

宋刘辰翁:不厌寒陋如此。(张习本)

[日]近藤元粹评订《韦苏州集》:凄寂之境如见。

诣西山深师

曹溪旧弟子①,何缘住此山。世有征战事②,心将流水闲。扫林驱虎出,宴坐一林间③。藩守宁为重,拥骑造云关。④

【题解】

此诗作于建中、兴元中,时在滁州。西山,即琅玡山。深师,释法深。诗写深师道行高深,超然世外,藩守位尊势重,犹屈尊拜访。诗作表达倾慕向往隐逸之思,跟诗中宣扬佛法,极力称赞曹溪旧弟子,是二而一的关系。

①曹溪:在韶州曲江县(今属广东)。唐初,释慧能于曹溪宝林寺传法,开禅宗南宗一支,被尊为禅宗南宗六祖,因为禅宗别号。

②征战:出征作战。

③宴坐:佛经中指修行者静坐,安坐,即坐禅。《维摩诘经·弟子品》:"心不往内,亦不在外,是为宴坐。"

④"藩守"二句:藩守,太守,谓其可屏藩王室。唐时刺史相当于汉之太守。云关,云门。此指寺门。李白《游泰山》六首其三:"平明登日观,举手开云关。"

【汇评】

宋刘辰翁:("扫林"句)同是僧境,又何壮也。(张习本)

[日]近藤元粹评订《韦苏州集》:高绝。

寻简寂观瀑布

蹑石欹危过急涧①,攀崖迢递弄悬泉。犹将虎竹为身累,欲付归人绝世缘。②

【题解】

此诗作于贞元三年(787),时在江州。简寂观,在庐山。陈舜俞《庐山记》卷三:"由先天至太虚简寂观二里,宋陆先生之隐居也。先生名静修,吴兴东迁人。元嘉末,因市药京邑,文帝素钦其风,作停霞宝辇,使左仆射徐湛宣旨留之。先生固辞,遂避江汉。……大明五年,始置馆庐山。……赐谥简寂先生,始以故居为简寂观。"又,陈简寂祠堂之西有白云楼,"西涧悬瀑,落于庑前。韦应物之为刺史也,游其下,故其诗卒章曰:'旷岁怀兹赏,行春始重寻。聊将横吹笛,一写山水音。'其北别有瀑水,下与西涧合。白云楼坐见此二瀑。"下一首中所谓"重寻",指的就是诗人曾经作过这首《寻简寂观瀑布》。

【注释】

①敧危:歪斜不平貌。杜甫《江畔独步寻花七绝句》其二:"稠花乱蕊裹江滨,行步敧危实怕春。"

②"犹将"二句:谓于仕途已感厌倦。犹,已,已经。世缘,俗缘,人世间事。钱起《过桐柏山》:"投策谢归途,世缘从此遣。"

简寂观西涧瀑布下作

淙流绝壁散①,虚烟翠涧深。丛际松风起,飘来洒尘襟②。窥萝玩猿鸟,解组傲云林。茶果邀真侣,觞酌洽同心。③旷岁怀兹赏,行春始重寻。聊将横吹笛,一写山水音④。

【题解】

此诗作于贞元三年(787)春,时在江州。诗作细写飞瀑流泉,猿鸟争鸣,品茗烹茶的乐趣,表现酷爱自然的情怀、寄傲云林的逸志以及恬畅闲雅的心境。

【注释】

①淙:递修本、《丛刊》本作"深"。

②尘襟:世俗的胸襟。张九龄《出为豫章郡途次庐山东岩下》:"迨兹刺江郡,来此涤尘襟。"

③"茶果"二句:真侣,谓道侣,同心向道之友人。李栖筠《张公洞》:"稽首谢真侣,辞满归崆峒。"觞酌,饮酒。陶渊明《饮酒》二十首其十四:"父老杂乱言,觞酌失行次。"

④山水音:左思《招隐》二首其一:"非必丝与竹,山水有清音。"

【汇评】

宋刘辰翁:("虚烟"句)是谓炼成。(张习本)

[日]近藤元粹评订《韦苏州集》：水声松籁，涌出毫端矣。

游南斋

池上鸣佳禽，僧斋日幽寂。高林晚露清，红药无人摘①。春水不生烟，荒冈筠翳石。不应朝夕游，良为蹉跎客。

【题解】

此诗创作时地未详。诗写南斋所见，竹林秀石，水木清华，清幽一片，意趣横生。

【注释】

①红药：芍药。谢朓《直中书省》："红药当阶翻，苍苔依砌上。"白居易《伤宅》："绕廊紫藤架，夹砌红药栏。"

【汇评】

明袁宏道：选体中有此丽句，无此闲致。（参评本）

南　园

清露夏天晓，荒园野气通。水禽遥泛雪，池莲迥披红①。幽林讵知暑，环舟似不穷②。顿洒尘喧意③，长啸满襟风。

【题解】

此诗创作时地未详。孙望《韦应物诗集系年校笺》认为约作于建中四年（783）孟夏，时在滁州。诗写夏日南园景致，荒寂之境，使人顿生洒落尘嚣之意。

【注释】

①迥:远。《文苑英华》卷三一七作"拂"。

②环舟:汇集舟船。《汉书·邹阳传》:"大王不忧,臣恐救兵之不专,胡马遂进窥于邯郸,越水长沙,还舟青阳。"颜师古注引张晏曰:"还舟,聚舟船也。"

③尘喧:尘世的烦扰。《周氏冥通记》卷三:"刘曰:'高下未必可定,伊犹沉滞尘喧,共启悟之耳,何高之有?'"

【汇评】

［日］近藤元粹评订《韦苏州集》:"泛雪"、"披红"字甚新,对甚确。

西 亭

亭宇丽朝景,帘牖散暄风①。小山初构石,珍树三然红②。弱藤已扶榬③,幽兰欲成丛。芳心幸如此,佳人时不同。

【题解】

此诗创作时地未详。孙望《韦应物诗集系年校笺》认为作于贞元六年(790),时在苏州刺史任上。诗写春日西亭闲淡景致。

【注释】

①暄风:暖风。陶渊明《九日闲居》:"露凄暄风息,气澈天象明。"

②三然红:三度花开。三,元修本、《全唐诗》本作"正"。然,"燃"之本字。

③扶榬(yuán):攀上篱笆。榬,篱笆,活字本作"援",《全唐诗》本作"树"。

【汇评】

［日］近藤元粹评订《韦苏州集》:闲淡有味。

夏景园庐

群木昼阴静,北窗凉风多①。闲居逾时节,夏云已嵯峨②。搴叶爱繁绿③,缘涧弄惊波。岂为论夙志,对此青山何④。

【题解】

此诗创作时地未详。孙望《韦应物诗集系年校笺》认为作于建中元年(780)夏间。诗写园庐夏景。

【注释】

①风:递修本作"气"。

②嵯峨:形容盛多。陆机《前缓声歌》:"长风万里举,庆云郁嵯峨。"刘良注:"嵯峨,云盛貌。"

③搴:原作"塞",此据递修本、活字本、《丛刊》本、《全唐诗》本校改。

④何:递修本、活字本、《丛刊》本、《全唐诗》本作"阿"。

【汇评】

[日]近藤元粹评订《韦苏州集》:山水清音,悠然自远。

夏至避暑北池

昼晷已云极,宵漏自此长。①未及施政教②,所忧变炎凉。公门日多暇,是月农稍忙。高居念田里,苦热安可当。亭午息群物,独游爱方塘。门闭阴寂寂,城高树苍苍。绿筠尚含粉,圆荷始散芳。③于焉洒烦抱④,可以对华觞。

此诗,据其中"未及施政教",陶敏、王友胜《韦应物集校注》认为似作于滁、江、苏等州刺史任上。诗中所写,如"绿筠尚含粉"数句,尽管比较从容淡缓,仍可以看出作者是为了消虑涤烦而走向自然的。其中所包含的无可奈何成分,近乎无往而不在。

【注释】

①"昼晷(guǐ)"二句:夏至日昼最长,此后昼渐短,夜渐长。晷,日影,测日影以定时刻的仪器。昼晷极,谓日最长。宵漏,夜晚的漏刻,指代夜间。漏,古代利用铜壶滴水来计时的仪器。

②政教:政治与教化。

③"绿筠"二句:王维《山居即事》:"绿竹含新粉,红莲落故衣。"

④"于焉"句:于焉,于此。顾况《塞上曲》:"酣战祈成功,于焉罢边衅。"烦抱,烦乱的心绪。

题从侄成绪西林精舍书斋

栖身齿多暮,息心君独少。①慕谢始精文②,依僧欲观妙。冽泉前阶注,清池北窗照。果药杂芬敷,松筠疏蒨峭。③屡跻幽人境,每肆芳辰眺。采栗玄猿窟④,撷芝丹林峤。纻衣岂寒御,蔬食非饥疗。虽甘巷北单,岂塞青紫耀。⑤郡有优贤榻,朝编贡士诏。⑥欲同朱轮载,勿惮移文诮。⑦

【题解】

此诗作于贞元三年(787),时在江州。成绪,韦应物从侄。韦应物为江州刺史,春巡行属县,成绪曾陪游,中道别去。西林精舍,西林寺,在庐山。陈舜俞《庐山记》卷一:"乾明寺在凝寂塔之西百余步,旧名西林,兴国中赐今额。晋惠永禅师之道场也。"据《记》所载欧阳询《西林道场碑》,寺建于晋太和二年。韦应物一生的各个生活阶段,与特定的寺院有着一定的对应关系,也有许多诗句表达佛门幽远高旷的寂静趣味。但韦应物实际上并没有真正地超脱,他只是在努力超脱。在向往隐逸、抒发高蹈出世之志的同时,内心一直萦回着对功名利禄的肯定和留恋。从早年的《观早朝》等诗一直到晚年的这首《题从侄成绪西林精舍书斋》,都是如此。这种心口不一的现象,贯穿了他的一生。

【注释】

①"栖身"二句:栖身,谓归隐。齿暮,年老。齿,一作"始"。息心,谓勤修善法,息灭恶行。

②"慕谢"句:谢,当指谢灵运。精文,《丛刊》本作"文精"。

③"果药"二句:芬敷,即纷敷,犹纷披,茂盛貌。潘岳《西征赋》:"华实纷敷,桑麻条畅。"蒨峭,茂盛挺拔。蒨,草盛貌。左思《吴都赋》:"夏晔冬蒨。"

④栗:原作"粟",此据元修本、递修本、活字本、《全唐诗》本校改。

⑤"虽甘"二句:单,一作"箪",竹制食器。青紫,汉制,丞相、太尉金印紫绶,御史大夫银印青绶,故以青紫代称高官厚禄。

⑥"郡有"二句:优贤榻,为优礼贤者而设。贡士,乡贡进士。《唐摭言》卷一:由学馆出身者曰生徒,由州县选拔者曰乡贡。

⑦"欲同"二句:同,一作"求"。朱轮,朱红漆轮的车子,汉代公卿列侯及二千石以上高官所乘。王勃《临高台》:"朱轮翠盖不胜春,叠榭层楹相对起。"移文,文体之一种,多用以责备别人的错误言论或行动。南齐名士周顒隐居钟山,后应诏出为海盐县令,孔稚珪代钟山山灵作《北山移文》以诮之。

【汇评】

[日]近藤元粹评订《韦苏州集》:(结处)劝奖他功名心,可笑又可鄙。

题郑弘宪侍御遗爱草堂

居士近依僧①,青山结茅屋。疏松映岚晚,春池含苔绿。
繁华冒阳岭②,新禽响幽谷。长啸攀乔林③,慕兹高世躅。

【题解】

此诗创作时地未详。郑弘宪,未详。遗爱草堂,当在庐山香炉峰北遗
爱寺西。诗写到朋友的别墅游玩,见环境清新,心生羡慕。中唐以来,上层
文人园林唱和题赠诗的书写内容和形式都发生了变化。初盛唐上层文人
那种多人参与的大型宴集聚会的和酬几乎没有了,但个人之间关于园林的
唱和题赠,无论规模与数量却都要大得多也多得多。从内容上讲,初盛唐
那种出于应酬而对园林豪华宏大的关注与夸赞逐渐衰减,但对于园林幽致
风光以及文人飘逸潇洒超脱的人格精神的书写,则进一步增强了。如韦应
物此诗,参以刘长卿、钱起、刘禹锡诸人之作,即可为明证。(详参徐志华
《唐代园林诗述略》)

【注释】

①居士:在家奉佛者。释慧远《维摩义记》:"居士有二:一、广积资产,
居财之士,名为居士;二、在家修道,居家道士,名为居士。"

②冒阳岭:冒,复蔽,盖蒙。阳岭,山的南面。

③乔林:树木高大的丛林。曹植《赠白马王彪》:"归鸟赴乔林,翩翩厉
羽翼。"

同元锡题琅琊寺

适从郡邑喧,又兹三伏热①。山中清景多,石罅寒泉洁。

花香天界事②,松竹人间别。殿分岚岭明,磴临悬壑绝③。昏旭穷陟降,幽显尽披阅。④嶔骇风雨区,寒知龙蛇穴。⑤情虚淡泊生,境寂尘妄灭⑥。经世岂非道,无为厌车辙。⑦

【题解】

此诗约作于建中四年(783),时在滁州。诗写城中喧闹炎热,山里却清爽宜人,别有幽境。寒泉潺潺,沁人心脾,花香竹翠,如登天界。这次与友人来游,庙宇明丽,位势险绝,幽晦变化,景色多奇,因而诗兴勃发,题诗纪游。诗末"经世岂非道"二句,是对友人的勉励。

【注释】

①三伏:初伏、中伏和末伏的统称。

②天界:佛经所说天。佛经谓天道分三界,凡二十八重,总称三界二十八天。

③悬:一作"玄"。

④"昏旭"二句:陟(zhì)降,升降,上下。《诗·大雅·文王》:"文王陟降,在帝左右。"披阅,犹游观。

⑤"嶔(qīn)骇"二句:嶔,一作"岭",高峻貌。王延寿《王孙赋》:"生深山之茂林,处崭岩之嶔崎。"风雨区,神人出没之所。龙蛇穴,形容山之神深。

⑥尘妄:佛教语,谓世俗的虚妄、杂念。白居易《题座隅》:"平生荣利心,破灭无遗余。犹恐尘妄起,题此于座隅。"妄,原作"安",此据元修本、递修本、活字本、《丛刊》本、《全唐诗》本校改。

⑦"经世"二句:经世,经国治世。车辙,一作"归辙",犹轮鞅,指世俗交往。陶渊明《归园田居》五首其二:"野外罕人事,穷巷寡轮鞅。"

【汇评】

[日]近藤元粹评订《韦苏州集》:冲淡闲远,自是王、孟一派。

427

题郑拾遗草堂

借地结茅栋①,横竹挂朝衣。秋园雨中绿,幽居尘事违。阴井夕虫乱,高林霜果稀。②子有白云意,构此想岩扉。③

【题解】

此诗创作时地未详。郑拾遗,未详。拾遗,谏官名,从八品上,左右各六人,分属门下、中书二省,掌供奉讽谏,大事廷议,小则上封事。韦应物诗"清而润"(胡应麟《诗薮》外编卷四)的特征,在大历时期是比较特殊的。这一时期的诗歌普遍具有追求冷寂的倾向,于自然景物善传荒寂之景,于心灵感受则怀抱荒寂之余感,读之给人以气骨顿衰的感觉。

【注释】

①结:《文苑英华》三一四作"建"。

②"阴井"二句:阴井,井,阴,一作"凉"。卢纶《春日陪李庶子遵善寺东院晓望》:"阳峰高对寺,阴井下通云。"霜果,经霜成熟的果实。孙逖《送越州裴参军充使入京》:"霜果林中变,秋花水上残。"

③"子有"二句:白云意,隐居之意。《太平广记》卷二〇二引《谈薮》:陶弘景隐居山中,齐高帝诏问山中何所有,弘景答曰:"山中何所有,岭上多白云。只可自怡悦,不堪持赠君。"岩扉,山中庐舍之门。孟浩然《夜归鹿门歌》:"岩扉松径长寂寥,惟有幽人自来去。"

【汇评】

明袁宏道:"秋园雨中绿",即一句,暗中摸索,知是韦诗。(参评本)

[日]近藤元粹评订《韦苏州集》:雅淡清真,得彭泽意趣。

第十二编　杂兴

咏　玉

乾坤有精物,至宝无文章。^①雕琢为世器,真性一朝伤^②。

【题解】

此诗创作时地未详。诗作谓玉因为经由天地间精气炼成,故能以天然质地显现灵性,温润细腻,珍贵非凡。这是以诗的语言表达对玉的自然属性的一种由来已久的价值认同。当然,在不断的解读和演绎之下,如以玉的质地、纹理、声音、品性和形态象征仁、义、智、勇、洁等五德的所谓"比德说",玉又具有更为丰富的文化内涵。从这首咏物诗的末句"真性一朝伤"来看,也还可以理解成是以玉譬人,譬喻那些有"真性"的人才,体现出对其"一朝伤",即失去本性,随波逐流的悲剧命运的同情之意。

【注释】

①"乾坤"二句:乾坤,天地。文章,错杂的色彩或花纹。

②"真性"句:真性,自然本性。伤,原作"阳",此据递修本、活字本、《丛刊》本、《万首唐人绝句》卷七、《全唐诗》本校改。

【汇评】

[日]近藤元粹评订《韦苏州集》:蒙庄意思。

咏露珠

秋荷一滴露,清夜坠玄天^①。将来玉盘上^②,不定始知圆。

此诗创作时地未详。原本脱此首四句诗及后诗《咏水精》之诗题,误将《咏水精》诗置于此题下,此据递修本、活字本、《丛刊》本、《万首唐人绝句》卷七、《全唐诗》本补正。诗写秋荷上的一滴露珠,"清夜""玄天"的背景衬托,显出了它的高洁清新,而置于"玉盘"的想象,则又写出了它的圆润晶莹。

【注释】

①玄天:天空。玄,天青色。

②将来:取来。将,活字本作"擎"。

咏水精

映物随颜色,含空无表里①。持来向明月,的皪愁成水。

【题解】

此诗创作时地未详。诗题原夺,误置于《咏露珠》诗下,此据递修本、活字本、《丛刊》本、《万首唐人绝句》卷七、《全唐诗》本补正。其中"水精",即水晶,无色透明之石英,一名水玉。诗作表达出对晶莹透明的水晶的赞赏和喜爱。

【注释】

①"含空"句:空,《万首唐人绝句》作"情"。表里,内外。宋之问《称心寺》:"泄云多表里,惊潮每昏旦。"

【汇评】

宋刘辰翁:吾又疑苏州有痴绝者,于咏水精、露珠尤佳。今人始不能痴也。

咏珊瑚

绛树无花叶，非石亦非琼。①世人何处得，蓬莱石上生②。

【题解】

此诗创作时地未详。珊瑚，热带、亚热带海洋中一种腔肠动物，其骨骼及分泌物堆积形成珊瑚礁，颜色美丽，形如树枝。诗作先写珊瑚的自然属性，突出其奇特、瑰丽，再突发奇想，谓其产于蓬莱仙境，世人得之不易，因而更显珍贵。相比而言，清人钱銮的一首《珊瑚》则特写其光怪陆离："石家擎出独称高，七尺玲珑映绮寮。不识琼枝来海底，却疑火树灿元宵。"

【注释】

①"绛树"二句：绛树，神话传说中的仙树。此指珊瑚。琼，美玉。《诗·卫风·木瓜》："投我以木瓜，报之以琼琚。"

②"蓬莱"句：蓬莱乃传说海上三仙山之一，珊瑚生海中，故云。

咏琉璃

有色同寒冰，无物隔纤尘。①象筵看不见，堪将对玉人。②

【题解】

此诗创作时地未详。琉璃，亦作璧流离、流离，宝石名。诗写琉璃的人工制品，即后世之玻璃，赞赏其透明度极高，又是如此之纯净，可以让人从不同的角度欣赏到不同的色泽，其风采诱人处堪与"玉人"媲美。

【注释】

①"有色"二句：冰，原作"水"，此据元修本、递修本、活字本、《丛刊》本、

431

《万首唐人绝句》卷七、《全唐诗》本校改。纤尘，微尘。张若虚《春江花月夜》："江天一色无纤尘，皎皎空中孤月轮。"

②"象筵"二句：象筵，筵席之美称。玉人，玉琢美人。

咏琥珀

曾为老茯神①，本是寒松液。蚊蚋落其中，千年犹可觌。②

【题解】

此诗创作时地未详。琥珀，松柏树脂的化石，色红褐者为琥珀。《博物志》卷一："松柏脂入地，千年化为茯苓，茯苓化为琥珀。"诗作生动地描述了琥珀凝固远古时光的奇观，是对琥珀成因的正确论述和由衷赞美。事实上，唐宋骚客中为琥珀的美丽所折服者大有人在。又如杜甫的"春酒杯浓琥珀薄，冰浆碗碧玛瑙寒"（《郑驸马宅宴洞中》），李白的"兰陵美酒郁金香，玉碗盛来琥珀光"（《客中行》），刘禹锡的"琥珀盏红疑漏酒，水晶帘莹更通风"（《刘驸马水亭避暑》），白居易的"荔枝新熟鸡冠色，烧酒初开琥珀香"（《荔枝楼对酒》），李贺的"琉璃钟，琥珀浓，小槽酒滴真珠红"（《将进酒》），冯延巳的"歌阑赏尽珊瑚树，情厚重斟琥珀杯"（《抛球乐》），李清照的"莫许杯深琥珀浓。未成沉醉意先融。疏钟已应晚来风"（《浣溪沙》），等等。

【注释】

①茯神：即茯苓。《太平御览》卷九八九引《本草经》："茯苓，一名茯神，味甘平，生山谷。"

②"蚊蚋（ruì）"二句：蚊蚋，蚊子。项斯《遥装夜》："蚊蚋已生团扇急，衣裳未了剪刀忙。"觌，见。

仙人祠

苍岑古仙子,清庙閟华容。①千载去寥廓,白云遗旧踪。归来灞陵上,犹见最高峰。

【题解】

此诗当作于长安,然未详何年及祠祀何人。孙望《韦应物诗集系年校笺》疑作于大历十、十一年(775、776)间。诗写游观山中仙人祠有感,可见其慕道之心。

【注释】

①"苍岑"二句:苍,原作"仓",此据元修本、递修本、活字本、《丛刊》本、《全唐诗》本校改。苍岑,青山。陈子昂《南山家园林木交映盛夏五月幽然清凉独坐思远率成十韵》:"轩窗交紫霭,檐户对苍岑。"閟(bì),闭,藏。华容,华丽的姿容。此指塑像或画像。

【汇评】

[日]近藤元粹评订《韦苏州集》:余音袅袅。

咏　晓

军中始吹角,城上河初落。①深沉犹隐帷,晃朗先分阁②。

【题解】

此诗创作时地未详。可与下一首结合起来看,表达的是诗人对昼夜交替的思考,并明显蕴含着对人生有限而宇宙无穷的深沉感叹。

【注释】

①"军中"二句：角，古乐器，出于西北游牧民族。《太平御览》卷五八四引《宋书·乐志》："角长五尺，形如竹筒，本细末稍大，未详所起。今卤簿及军中用之，或以竹木，或以皮为之，无定制。"沈佺期《关山月》："将军听晓角，战马欲南归。"河，银河。

②晃朗：明亮貌。潘岳《秋兴赋》："天晃朗以弥高兮，日悠阳而浸微。"

咏　夜

明从何处去，暗从何处来。但觉年年老，半是此中催。

【题解】

此诗创作时地未详。金末诗人赵秉文曾有《拟和韦苏州》二十首，其中的第六首《拟咏夜》和第七首《拟咏声》分别是："明从暗中去，暗从明中来。流光不待晓，暗尽玉炉灰。""万籁静中起，犹是生灭因。隐几以眼听，非根亦非尘。"虽侧重说理，但读来却像是对韦作的应答，颇得韦诗旨趣、神髓，置于韦集中，几可乱真。

【汇评】

宋刘辰翁：上句似禅，下似刻漏。（张习本）

［日］近藤元粹评订《韦苏州集》：轻轻着笔，却有无限感怆。

咏　声

万物自生听，太空恒寂寥。①还从静中起②，却向静中消。

【题解】

此诗创作时地未详。诗作反映出对世界与宇宙现象的辩证思考：尽管

434

世间万物各自在发出音响,高高的太空中却永远是无边的静谧。声音总是由静默中发出,又终归于静默的。这是一个动与静相互转化的过程。

【注释】

①"万物"二句:"万物"句,一作"万物自此听"。太,原作"大",此据《唐音》卷六、《唐诗品汇》卷四一、《全唐诗》本校改。寂寥,寂静无声。

②从:一作"应"。

【汇评】

宋葛立方《韵语阳秋》卷一:韦应物诗平平处甚多,至于五字句,则超然出于畦径之外。如《游溪》诗:"野水烟鹤唳,楚天云雨空。"《南斋》诗:"春水不生烟,荒冈筠翳石。"《咏声》诗:"万物自生听,太空常寂寥。"如此等句,岂下于"兵卫森画戟,燕寝凝清香"哉!故白乐天云:"韦苏州五言诗,高雅闲淡,自成一家之体。"东坡亦云:"乐天长短三千首,却爱韦郎五字诗。"

宋刘辰翁:其资近道,语此渐超。(张习本)

明顾璘:造理之言。胜《咏夜》之作远甚。(朱墨本)

清乔亿《剑溪说诗》又编:此乃静坐功深,领得无始气象,又在希夷、康节前也。较陶靖节"纵浪大化中,不喜亦不惧",更入玄通。案:"纵浪"二句出自陶渊明《神释》。

任洛阳丞请告一首

方凿不受圆①,直木不为轮。揉材各有用②,反性生苦辛。折腰非吾事,饮水非吾贫。③休告卧空馆,养病绝器尘④。游鱼自成族,野鸟亦有群。家园杜陵下,千岁心氛氲⑤。天晴嵩山高,雪后河洛春。乔木犹未芳,百草日已新。著书复何为,当去东皋耘⑥。

【题解】

此诗作于永泰二年(766)春,时在洛阳。孙望《韦应物诗集系年校笺》

435

认为当作于大历二年(767)春间。请告,请求休假。唐制,职事官请假满百日,即合停官。韦应物永泰中任洛阳丞,见讼于居守,故有此作。从诗中可以看到,作者入仕之后便确立了宁可贫困、不能不正的治政原则和处世态度,所谓"折腰非吾事,饮水非吾贫",同时也体会到了官场的污浊。在此后的生活中,诗人始终坚持这样的思想原则,并写出了不少名篇,成为了解其思想、政治方面的资料佐证。

【注释】

①"方凿"句:方凿,方形榫眼。圆,圆形榫头。

②揆材:量度才能。《诗·鄘风·定之方中》:"揆之以日,作于楚室。"

③"折腰"二句:折腰,指为低级官吏。饮水,用颜渊安贫乐道事。

④嚣尘:纷扰的尘世。谢朓《之宣城出新林浦向版桥》:"嚣尘自兹隔,赏心于此遇。"

⑤氛氲:盛貌。此处谓思绪缭乱。陈子昂《入东阳峡》:"仙舟不可见,遥思坐氛氲。"

⑥东皋:水边向阳高地。也泛指田园、原野。

【汇评】

[日]近藤元粹评订《韦苏州集》:起得警动。又,已云折腰非吾事,则何不直挂冠而区区请告之为哉!又,诗大佳,虽然,未免为虚喝之言,可笑。

县　斋

仲春时景好,草木渐舒荣。①公门且无事,微雨园林清。决决水泉动②,欣欣众鸟鸣。闲斋始延瞩,东作兴庶氓。③即事玩文墨,抱冲披道经④。于焉日淡泊,徒使芳樽盈。

【题解】

此诗约作于大历十年(775)春,时权摄高陵县令。诗写春日县斋延瞩及所感,如"决决水泉动"二句的水流汩汩及众鸟欢欣之貌,"东作兴庶氓"句的田夫春耕忙碌碌景象,描述公务闲暇之际的生活情趣,抒发淡泊之怀。

【注释】

①"仲春"二句:时景,指春景。刘商《送王永》二首其二:"绵衣似热夹衣寒,时景虽和春已阑。"舒荣,孳生蕃茂。

②决决:水流貌。原作"泱泱",此据元修本、递修本、活字本、《丛刊》本、《全唐诗》本校改。王建《山店》:"登登石路何时尽,决决溪泉到处闻。"

③"闲斋"二句:延瞩,引颈瞩目。东作,春耕。庶氓,平民百姓。唐玄宗《赐崔日知往潞州》:"妙旌循吏德,持悦庶氓心。"

④"抱冲"句:抱冲,胸怀虚静,守其本真,不为物欲所惑。道经,道家或道教的经典。

晚出府舍与独孤兵曹令狐士 曹南寻朱雀街归里第

分曹幸同简,联骑方惬素。①还从广陌归②,不觉青山暮。翻翻鸟未没③,杳杳钟犹度。寻草远无人,望山多枉路④。聊参世士迹,尝得静者顾。⑤出入虽见牵,忘身缘所晤。⑥

【题解】

此诗约作于大历十一年(776),时在京兆府功曹参军任上。独孤兵曹令狐士曹,韦应物任京兆府功曹参军时的同僚,余未详。士曹,《丛刊》本作"工曹"。朱雀街,唐长安皇城正南门朱雀门所对大街,以此街为界,分长安为东西两部分,街东五十四坊及东市属万年县,街西五十四坊及西市属长安县。诗写与二位友人晚出寻归里第,成为"静者""忘身"的一个难得的机缘。

【注释】

①"分曹"二句:分曹,官署分部治事。同简,同被简选。惬素,快心,惬

于素心,实现宿愿。

②广陌:大路。此谓朱雀街东西宽一百步,道路宽阔。陶渊明《咏荆轲》:"素骥鸣广陌,慷慨送我行。"

③翻翻:翻飞。刘桢《赠徐干》:"轻叶随风转,飞鸟何翻翻。"

④枉路:弯曲的道路。马戴《送韩校书江西从事》:"遥程随水阔,枉路倒帆频。"

⑤"聊参"二句:世士,用世之士,当代的贤士。此指诗题中所提及之独孤、令狐二人。静者,深得清静之道、超然恬静之人。杜甫《送孔巢父谢病归游江东兼呈李白》:"蔡侯静者意有余,清夜置酒临前除。"顾,访问。

⑥"出入"二句:出入,谓出入公府。见牵,为世务牵缠。所,一作"明"。

休暇东归

由来束带士,请谒无朝暮①。公暇及私身,何能独闲步。摘叶爱芳在,扪竹怜粉污。岸帻掩东斋,夏天清晓露。怀仙阅真诰②,贻友题幽素。荣达颇知疏③,恬然自成度。绿苔日已满,幽寂谁来顾。

【题解】

此诗作于大历十一年至十三年(776-778),时在京兆府功曹参军任上。东归,元修本、递修本、活字本、《丛刊》本、《全唐诗》本作"东斋",似是。诗写休暇闲恬之乐。

【注释】

①请谒:请求谒告。此谓请示谒见上级官员。

②真诰:道书名,陶弘景著,意为"真人口授之诰",系杨羲、许谧、许翙等人的通灵记录。

③荣达:位高显达。此谓荣达之人。张九龄《郡舍南有园畦杂树聊以永日》:"荣达岂不伟,孤生非所任。"

【汇评】

[日]近藤元粹评订《韦苏州集》:造语幽绝,寂历之境,宛然在目。

夜直省中

河汉有秋意^①,南宫生早凉。玉漏殊杳杳,云阙更苍苍。^②华灯发新焰,轻烟浮夕香。^③顾迹知为忝,束带愧周行^④。

【题解】

此诗作于建中三年(782)七月,时在长安比部员外郎任上。直,值班。省,尚书省。诗写夜直省中情状。在淡淡地描摹景物之后,结末二句略发感慨,谓束带为官,自愧不如列位。

【注释】

①意:《文苑英华》卷一九一作"气"。

②"玉漏"二句:玉漏,玉制漏刻,此处指漏刻滴水声。苏味道《正月十五夜》:"金吾不禁夜,玉漏莫相催。"杳杳,渺茫幽远。更,《丛刊》本作"夏"。苍苍,苍茫。王无竞《巫山高》:"雾云无处所,台馆晓苍苍。"

③"华灯"二句:焰,《文苑英华》本作"照"。轻,一作"炉"。

④周行:周官的行列。《诗·周南·卷耳》:"嗟我怀人,寘彼周行。"后用以泛指同列之朝官。

【汇评】

明袁宏道:佳境多得之玄晖,气色故自异唐人浅调。(参评本)

[日]近藤元粹评订《韦苏州集》:华丽之状,亦叙来有淡味。

郡内闲居

　　栖息绝尘侣,屩钝得自怡。①腰悬竹使符,心与庐山缁。②永日一酣寝③,起坐兀无思。长廊独看雨,众药发幽姿④。今夕已云罢,明晨复如斯。何事能为累,宠辱岂要辞⑤。

【题解】

　　此诗当作于贞元初,时在江州。诗写身为官吏,不为俗务所牵,或醉寝,或赏花,世俗的宠辱都不能动心。其中,"腰悬竹使符"二句就是韦应物的仕隐观。这与魏晋时人等同山林、庙堂的"吏隐",初盛唐士人以仕为隐,以及王维对仕与隐"无可无不可"的态度完全一致。

【注释】

　　①"栖息"二句:尘侣,俗客。屩钝,屩弱迟钝。

　　②"腰悬"二句:竹使符,刺史信符。与,一作"如"。庐山缁,庐山僧人。

　　③酣寝:熟睡。

　　④药:原作"乐",此据元修本、递修本、活字本、《丛刊》本、《全唐诗》本校改。

　　⑤要辞:指核实的供词。《书·康诰》"要囚"孔颖达疏:"得其要辞,以断其狱。"

【汇评】

　　宋刘辰翁:意思宽洁。(和刻本)

　　[日]近藤元粹评订《韦苏州集》:身世之感,常以淡语出之,是此老长技。

燕居即事

萧条竹林院,风雨丛兰折。幽鸟林上啼,青苔人迹绝。
燕居日已永,夏木纷成结。几阁积群书,时来北窗阅。

【题解】

此诗创作时地未详。燕居,闲居。诗写北窗读书,夏木繁茂,却又写竹
林萧条、丛兰摧折、幽鸟啼林、青苔布地,清幽闲淡中洋溢着自足自得的雅
趣,也不免透出一种凄凉之气。

【汇评】

宋刘辰翁:句句实状。(张习本)

[日]近藤元粹评订《韦苏州集》:妙在淡然不着痕迹。

幽　居

贵贱虽异等,出门皆有营①。独无外物牵,遂此幽居情。
微雨夜来过,不知春草生。青山忽已曙,鸟雀绕舍鸣。时与
道人偶②,或随樵者行。自当安蹇劣,谁谓薄世荣。③

【题解】

此诗创作时地未详。幽居,隐居。诗写隐居之乐,心境平和,如末二句
"自当安蹇劣,谁谓薄世荣"所云,谓自己只是安于不佳的境遇,并非有意鄙
薄人世的荣耀,是韦应物学习陶渊明诗中写得比较好的一首。

【注释】

①皆:《唐诗品汇》卷一四作"虽"。

441

②偶：共处。

③"自当"二句：骞劣，驽钝，拙劣。此处谓境遇困顿。劣，一作"拙"。薄，鄙薄，不屑。世荣，世俗的荣华富贵。

【汇评】

宋刘辰翁：古调本色。"微雨夜来过，不知春草生"，似亦以痴得之。（张习本）

明顾璘：（"独无"句）说得透。（"微雨"句）好。（"谁谓"句）不炫。（朱墨本）

明钟惺：（"微雨"二句）胸中元化。（朱墨本）

明唐汝询《唐诗解》卷一〇：此隐居自乐，绝外慕也。言贵贱虽异，谋生则同，孰不营营世务者？我独不为外物所牵，遂此幽居之情，亦足矣。既忘情事变，即草之生亦不复知；鸟之鸣，任其循集；道人樵者，非有意从避，亦适相值耳。然此皆安我之骞劣，非以薄世荣而不为也。又，《汇编唐诗十集》：不以幽人骄人，何等浑厚！史称韦苏州鲜食寡欲，所居焚香扫地而坐，读此诗其风致可想。

明桂天祥：身世俱幻，情景两忘。（朱墨本）

明陆时雍《唐诗镜》卷三〇：渊明陶然欣畅，应物淡然寂寞，此其胸次可想。

清张揔《唐风怀》：南村曰：天然生意，较"池塘生春草"更佳。

清王尧衢《唐诗合解笺注》：（前四句）作者注意在幽居，先将贵贱之不能幽居者作引。贵者于朝营名，贱者在市营利，人虽异等，有营则同，有营则不得不出门矣。此皆因外物来牵，不能摆脱，所以不能幽居。韦公是学道人，内既无营，外亦无物，故独能不为物牵，而幽居之情得遂也。（中四句）既无外物牵引，此心昼夜安闲，无思无算，无累无拘，莫说机械不生，能使见闻都泯，夜来微雨，吾不知有微雨也。至晓知有微雨，而微雨已过。草经雨而生，吾忘吾生，而安知草之生。夜间冥心，何意忽曙，盖见山之青而始知天色不觉已晓。却又于何得知山青？盖先闻鸟雀之鸣声绕舍而知之。夫微雨春草、青山鸟雀，悉皆外物，一有容心，即有所牵。此诗纯是化机，正妙在不经意。（后四句）吾于幽居既无所营，少不得也。要出门，吾亦随时任意,或与道人为偶,或偕樵者同行,彼固无营,吾亦忘物。吾非薄人世之显荣而不为也,盖自知蹇劣,以此自安耳,谁谓薄世荣而然哉!学道人口气,恬退自抑如此。又,明何良俊:左司性情闲逸,最近风雅。其发恬淡之趣,不减陶靖节。唐人中五言古诗有陶、谢遗韵者,独左司一人。

清陆次云《唐诗善鸣集》:韦似陶,有奥于陶处。字字和平,此最相近。

清徐增《而庵说唐诗》卷二:"贵贱虽异等"。作幽居诗,瞥然从贵贱起。天下人境遇,只有此二种,故以此二种该括天下人。贵,是有爵位者,居于朝,是不能幽居者也。贱,是无爵位者,则处于市,而亦不能幽居。故此诗以贵、贱起。夫贵贱之异等,人皆知之,而下一"虽"字。"虽"字,是我之意有在,尚未说明,且把前件顿住,以伸吾之所欲言之字也。此句中,"虽"字神情,自俗眼看去,有似把世间贱人,颠斥簸两的一般,而不知作者意在幽居上,不好便从幽居下手,停笔凝思,特借贵贱装一引子,不是与他作较量,他不能幽居,我独能幽居也。韦公是个学道人,生平由贱至贵,在在处处,无不留心省察,于二种人境界,如火照火,不作幽居诗时,何尝提起他一字。今虽为作幽居诗,故特地双提出来,终不使天下贵贱人面热眼跳也。韦公口中说贵贱,如吹出云来一般,勿看作重坠也。"出门皆有营",此又似体贴他。日出事生,不得不有营,有营不得不出门。贵者营之于朝,贱者营之于市。功名在前,饥寒在后,孳孳汲汲,驰逐不了,一身桎梏,安知红尘滚滚外,别有无事国在耶!内既有我,外见有物,拘来时摆脱不得,有反恨物之牵者。韦公学道人,心地如水,幽居是其本等,内既无营,外有何物之牵,乃曰:"独无外物牵,遂此幽居情。"从来学道人,不欲求异于世情,开口只是平易,若谓我,幸外物不来牵我,而得遂此幽居之情。彼贵贱者,岂无幽居之情,而不能遂,只是被外物所牵耳。忠恕之道,如此而已,是为第一解。"微雨夜来过,不知春草生。青山忽已曙,鸟雀绕舍鸣。"学道人于世间过日,不外此二六时中。此二六时中,世人于此造恶,为事所迫,有人日间不耐烦,已到夜间,又有人夜间思算,等不得到天明者。学道人无事于心,只顾逐刻逐刻过去,夜由它去夜,日由它自日,微雨刻,吾不知有微雨也,早起来,始知夜来有微雨,而微雨已过矣。草犹是草也,草是易生之物,经微雨,则生尤速,吾忘吾生,而并忘草之生,故不知也。是幽居夜间无事于心之验。夜间既无事,睡去便了,然夜尽朝来,而青山忽已曙矣。"忽已",是不知不觉之谓,吾那里晓得天曙。于山之青而始知是曙。又那里晓得山青?则闻鸟雀之声绕于舍之前后,而青山曙却在鸟雀鸣上见。纯是化机。盖微雨过,则春草生,春草自为春草之事,然细雨不为春草之生而过,则微雨亦自为微雨之事。青山曙,则鸟雀鸣,鸟雀自为鸟雀之事,然青山不为鸟雀之鸣而曙,则青山亦自为青山之事。由此观之,世间何处而非外物?即微雨、春草、青山、鸟雀,孰非牵我之物?只是细雨由它去过,春草由它去生,青山由它去曙,鸟雀由它去鸣,便不为其所牵。此四句一解,实证"独无外物牵"句也。"时与道人偶,或随樵者行。白当安蹇劣,谁谓薄世荣?"我虽得遂幽居,日间亦少不得出门去,然吾只是一个任运:时遇道人,则便与道人为偶;或遇樵者,则随樵者而行。道人是无营者,樵即有营,总不出于山间林下,伐木负薪之事,其亦异于贵贱之所营矣。此二句,不免处己太高,人便以为我薄世荣,不知吾安吾蹇劣耳。行而不前谓之蹇,无美可彰谓之劣。韦公身既幽居,深自贬抑,又唯恐人知其幽居者。大凡学道人最不喜名,不然,与"终南捷径"何异! 若韦公者,真可以隐居矣。此四句一解,反"出门各有营"句也。合而言之,总不出"遂此幽居情"一句。此首诗,起四句冒,后双开成章,譬如吙琉璃轮,双轮互旋,不分光影也。

清沈德潜《唐诗别裁》卷三:("微雨"二句)中有元化。每过闾阎门时,诵首二句,为之哑然。

清宋宗元《网师园唐诗笺》:("微雨"二句)天籁悠然。

野居书情

世事日可见,身名良蹉跎。尚瞻白云岭,聊作负薪歌[①]。

【题解】

此诗疑作于罢滁州刺史后闲居时。野居,居于郊野。诗写闲居逸志。

①负薪:背负柴草。用朱买臣典事。杜甫《负薪行》:"十有八九负薪归,卖薪得钱应供给。"

郊居言志

负暄衡门下①,望云归远山。但要樽中物,余事岂相关。②交无是非责,且得任疏顽③。日夕临清涧,逍遥思虑闲。出去唯空屋,弊箦委窗间④。何异林栖鸟,恋此复来还。世荣斯独已,颓志亦何攀。唯当岁丰熟⑤,闾里一欢颜。

【题解】

此诗疑作于罢滁州刺史后闲居时。诗题中"志",一作"思"。诗写退居西涧后的生活、志向和情怀,有逍遥,有困窘,也有失意。其中,"世荣斯独已,颓志亦何攀"二句,正是作者人生转轨的独特表达方式;末二句,更是在对平淡自然的田园生活的描绘中,透示出对农民生活的关切。

【注释】

①"负暄"句:负暄,曝背取暖。包佶《近获风痹之疾题寄所怀》:"唯借南荣地,清晨暂负暄。"衡门,指居室简陋。

②"但要"二句:樽中物,酒。相关,关连,牵涉。陶渊明《庚戌岁九月中于西田获早稻》:"遥遥沮溺心,千载乃相关。"

③疏顽:懒散顽钝。

④弊箦(zé):破旧的竹席。

⑤丰熟:丰收。

【汇评】

宋刘辰翁:("但要"二句)不曰效陶,实自真意。(张习本)

[日]近藤元粹评订《韦苏州集》:字字清远,句句雅淡,妙在意言之余。

又,有一种高逸之致,柴桑正适。

夏景端居即事

北斋有凉气,嘉树对层城①。重门永日掩,清池夏云生。遇此庭讼简,始闻蝉初鸣。逾怀故园怆,默默以缄情②。

【题解】

此诗疑作于滁州刺史任上。诗写夏日独居,刑轻讼简,怀乡之情不觉暗生。

【注释】

①嘉树:美树。刘禹锡《早夏郡中书事》:"华堂对嘉树,帘庑含晓清。"

②缄情:犹含情。元稹《小胡笳引》:"吞恨缄情乍轻激,故国关山心历历。"

始至郡

溢城古雄镇,横江千里驰。①高树上迢递,峻堞绕敧危。②井邑烟火晚,郊原草树滋。洪流荡北阯,崇岭郁南圻。③斯民本乐生,逃逝竟何为④。旱岁属荒歉,旧逋积如坻。⑤到郡方逾月,终朝理乱丝⑥。宾朋未及宴,简牍已云疲。昔贤播高风,得守愧无施。⑦岂待干戈戢⑧,且愿抚惸嫠。

【题解】

此诗作于贞元元年(785)秋,时初至江州。诗作具体描述江州的地位形势,江州人民的疾苦以及下车伊始政务繁忙的情况。

①"湓（pén）城"二句：湓城，即湓口城，隋置湓城县，为江州治所。镇，原作"郡"，此据活字本、《丛刊》本校改。驰，《丛刊》本作"池"。

②"高树"二句：迢递，高峻貌。陶渊明《读山海经》十三首其三："迢递槐江岭，是为玄圃丘。"峻堞，高峻城墙。堞，城墙上齿状的矮墙。欹危，险峻貌。

③"洪流"二句：洪流，指长江。荡，一作"薄"。崇岭，指庐山。郁，丛集，阻塞。南圻，南部地区。

④逃逝：逃亡，逃跑。

⑤"旱岁"二句：荒歉，荒年歉收。旧逋，前此拖欠的赋税。如坻（chí），犹如山。《诗·秦风·蒹葭》："宛在水中坻。"

⑥乱丝：喻政事纷乱无绪。

⑦"昔贤"二句：昔贤，过去的贤人，如陶侃、庾亮、谢尚、王羲之等，均曾在江州为官。得守，谓自己为刺史（太守）。无施，无所作为。

⑧干戈戢：战争平息。《诗·周颂·时迈》："载戢干戈。"时淮西李希烈叛乱尚未平定。

【汇评】

［日］近藤元粹评订《韦苏州集》：一意勤劳于民政，这老固与寻常素餐之徒异矣。

郡中西斋

似与尘境绝①，萧条斋舍秋。寒花独经雨，山禽时到州。清筋养真气，玉书示道流。②岂将符守恋，幸已栖心幽③。

【题解】

此诗疑作于建中、兴元间，时在滁州。西斋，与韦应物《偶入西斋院示

447

释子恒璨》中之"西斋"均当指滁州之西斋。这首郡斋诗以近乎白描的笔法,刻画秋日的寒花、闯入郡斋的山禽,烘托一种萧瑟幽僻的氛围,表现其隐逸情怀与闲适情趣。

【注释】

①尘境:佛教以色、声、香、味、触、法为六尘,因称现实世界为"尘境"。司空曙《寄卫明府》:"翠竹黄花皆佛性,莫教尘境误相侵。"

②"清斶"二句:真气,真元之气。玉书,即《黄庭内景经》。亦泛指道书。常建《张天师草堂》:"时节开玉书,宿映飞天言。"

③栖心:犹寄心。

【汇评】

宋刘辰翁:("山禽"句)人人有此等语,但此自是苏州语耳。(张习本)

明袁宏道:苏州极得意之作,惜无人拈出。(参评本)

[日]近藤元粹评订《韦苏州集》:萧散清逸,翛然意远。

新理西斋

方将泯讼理①,久翳西斋居。草木无行次,闲暇一芟除。②春阳土脉起,膏泽发生初。③养条刊朽桥,护药锄秽芜。④稍稍觉林耸,历历欣竹疏。始见庭宇旷,顿令烦抱舒。兹焉即可爱,何必是吾庐。⑤

【题解】

此诗作于贞元六年(790)春,时在苏州。西斋,韦应物在苏州有西斋,其《复理西斋寄丘员外》诗所云,即指此诗所述理西斋事。这是韦应物郡斋诗中的代表作。诗写荒芜已久的郡守斋舍,经开春时锄去芜秽,清出朽枝,居然成了陶渊明式的园田居。

【注释】

①泯讼:百姓的诉讼案件。

②"草木"二句：行次，次序。陶渊明《饮酒》二十首其十四："父老杂乱言，觞酌失行次。"芟（shān）除，除草，刈除。

③"春阳"二句：土脉起，谓春日土壤解冻松动，如人身脉动。膏泽，雨水滋润。发生，萌发，滋长。杜甫《春夜喜雨》："好雨知时节，当春乃发生。"

④"养条"二句：刊，砍削。朽栉（niè），枯枝。栉，枝条。秽，一作"荒"。

⑤"兹焉"二句：陶渊明《读山海经》十三首其一："孟夏草木长，绕屋树扶疏。众鸟欣有托，吾亦爱吾庐。"

【汇评】

［日］近藤元粹评订《韦苏州集》：平平叙去，不必深刻，风骨自异。

晓坐西斋

冬冬城鼓动，稍稍林鸦去。①柳意不胜春②，岩光已知曙。寝斋有单褋，灵药为朝茹。③盥漱欣景清，焚香澄神虑。公门自常事，道心宁易处④。

【题解】

此诗约作于贞元六年（790）春日，时在苏州。诗写西斋晓坐所见所感，真正体现了"苏州语"（刘辰翁语）的美学特征：写景得清静之味，造句入自然之妙。

【注释】

①"冬冬"二句：城鼓，城中入夜及破晓所击之鼓，报更的鼓声。稍稍，鸟飞貌。孟云卿《伤怀赠故人》："稍稍晨鸟翔，淅淅草上霜。"

②柳意：柳丝飘拂的情韵。

③"寝斋"二句：单褋（dì），单绸衣。褋，一作"茅"，《丛刊》本作"绨"。朝茹，早上服食。

④易：一作"异"。

宋刘辰翁:("柳意"二句)丽直是丽,未尝不淡。(张习本)

明袁宏道:清丽,然非江、鲍所能办。(参评本)

[日]近藤元粹评订《韦苏州集》:楚楚有风神。

郡斋卧疾绝句

香炉宿火灭,兰灯宵影微①。秋斋独卧病,谁与覆寒衣。

【题解】

此诗为悼念亡妻而作,时在滁、江、苏等州刺史任上。诗写郡斋卧病,秋夜难眠,香炉火灭,兰灯影微,无人为之添被加衣,倍觉凄惨。后来,贺铸《半死桐》结末"谁复挑灯夜补衣"的细节描写,沉痛表达出对亡妻相濡以沫之情的深切怀念,与本诗"谁与覆寒衣"句同一机杼,承接的正是潘岳悼亡诗强化的自《诗·邶风·绿衣》所创始的抒情范式。

【注释】

①兰灯:燃烧兰膏的灯烛。《楚辞·招魂》:"兰膏明烛,华容备些。"王逸注:"兰膏,以兰香炼膏也。"《南齐书·刘祥传》:"故坠叶垂荫,明月为之隔辉;堂宇留光,兰灯有时不照。"

寓居永定精舍

苏州

政拙欣罢守,闲居初理生。家贫何由往,梦想在京城。野寺霜露月,农兴羁旅情。聊租二顷田①,方课子弟耕。眼暗文字废，身闲道心精。即与人群远，岂谓是非婴^②。

【题解】

此诗作于贞元六年(790)罢刺史任在苏州闲居时。永定精舍，即永定寺。诗写罢官后的闲适生活。后半直言悟道参禅，对待万物的超然态度，描绘出心甘淡泊的自我形象。

【注释】

①二顷田：指供温饱的田产。或用作归隐之词。《史记·苏秦列传》："苏秦喟然叹曰：'此一人之身，富贵则亲戚畏惧之，贫贱则轻易之，况众人乎！且使我有雒阳负郭田二顷，吾岂能佩六国相印乎！'"

②"岂谓"句：谓，通"为"，被。婴，缠绕。陆机《赴洛道中作》："借问子何之，世网婴我身。"

【汇评】

明钟惺：真人真事真话。（朱墨本）

明胡震亨《唐音癸签》卷二五：王绩之诗曰："有客谈名理，无人索地租。"隐如是，可隐也。陶潜之诗曰："饥来驱我去，叩门拙言辞。"如是隐，隐未易言矣。白乐天之诗曰："冒宠已三迁，归朝始二年。囊中贮余俸，园外买闲田。"如是罢官，官亦可罢也。韦应物之诗曰："政拙欣罢守，闲居初理生。聊租二顷田，方课子弟耕。"罢官如是，恐官正未易罢耳。韦与陶千古并称，岂独以其诗哉？案："有客"二句出自王绩《独坐》；"饥来"二句出自陶渊明《乞食》，中间脱去二句"不如竟何之，行行至斯里"；"冒宠"二句出自白居易《新昌新居书事四十韵因寄元郎中张博士》。

［日］近藤元粹评订《韦苏州集》：清廉可钦。

永定寺喜辟疆夜至

子有新岁庆，独此苦寒归。夜叩竹林寺，山行雪满衣。

深炉正燃火,空斋共掩扉。还将一樽对,无言百事违①。

【题解】

此诗作于贞元六年(790)罢刺史任在苏州闲居时。辟彊,赵辟彊,韦应物甥。诗写身世之感。孤寺雪夜,亲友来访,倍感欣慰。然人生多违,对酒无言,不成欢会。

【注释】

①百事违:事事不如意。

【汇评】

[日]近藤元粹评订《韦苏州集》:结法与前首同,俱寓身世之感。

野　居

结发屡辞秩,立身本疏慢。①今得罢守归,幸无世欲患。栖止且偏僻②,嬉游无早晏。逐兔上坡冈,捕鱼缘赤涧。高歌意气在,贳酒贫居惯。时启北窗扉③,岂将文墨间。

【题解】

此诗作于贞元元年(785)罢滁州刺史或贞元六年(790)罢苏州刺史闲居时。诗写虽然"立身苦不早"(《古诗十九首》),但今又罢官,却正合我意。或猎或渔,高歌独酌,逍遥自在,不再为公务所牵缠。

【注释】

①"结发"二句:辞秩,辞官。韦应物永泰中辞洛阳丞,大历末辞栎阳令。疏慢,放纵狂傲。

②且:《唐诗品汇》卷一四作"但"。

③启:《丛刊》本作"起"。

［日］近藤元粹评订《韦苏州集》：萧疏淡远，神仙境涯。

同褒子秋斋独宿

山月皎如烛，风霜时动竹。夜半鸟惊栖，窗间人独宿。

【题解】

此诗作于兴元元年(784)秋，时在滁州。褒子，沈全真，韦应物外甥，兴元元年与韦应物同在滁州。诗写寒夜寂静，秋斋凄凉，独宿难眠。诗作景中寓情，以动衬静，表达出一种孤寂闲适的虚空心境。或者以为此诗乃悼亡之作，可备一说。后来，赵秉文写过一首《和秋斋独宿》，为《拟和韦苏州》二十首中的第十首，深得韦诗三昧："冷晕侵残烛，雨声在深竹。惊鸟时一鸣，寒枝不成宿。"

【汇评】

宋刘辰翁：不可多念。（和刻本）

明顾璘：语未甚工而调古。（朱墨本）

［日］近藤元粹评订《韦苏州集》：淡静。

饵黄精

灵药出西山①，服食采其根。九蒸换凡骨，经著上世言。②候火起中夜③，馨香满南轩。斋居感众灵，药术启妙门。④自怀物外心⑤，岂与俗士论。终期脱印绶，永与天壤存⑥。

【题解】

此诗创作时地未详。黄精，多年生草本植物。道家谓其得坤土之精粹,故名。嵇康《与山巨源绝交书》:"又闻道士遗言:饵术、黄精,令人久寿。意甚信之。"李善注引《本草经》:"术黄精,久服轻身延年。"宗教是古代文人在特定情形下求得精神慰藉,逃避内心痛苦的一条途径。诗写在与道士交往后,作者开始信奉道家的服食导引之术,并极力赞美黄精的神奇功效。当然,这也只是希望在仕与隐之间找到排遣忧烦的法门,求得一种心理平衡而已。

【注释】

①西山:指西山药,传说中能使人长生不老的仙药。沈约《宿东园》:"若蒙西山药,颓龄倘能度。"

②"九蒸"二句:九蒸,多次蒸制。九蒸九晒,是古人炮制黄精的一种方法。换凡骨,脱胎换骨,谓成仙。刘禹锡《华山歌》:"能令下国人,一见换凡骨。"经,相传神农所作《本草经》。上世,上古时代。左思《蜀都赋》:"夫蜀都者,盖兆于上世,开国于中古。"

③候火:察视火的情况,犹火候。白居易《天坛峰下赠杜录事》:"河车九转宜精炼,火候三年在好看。"

④"斋居"二句:斋居,家居,闲居,斋戒别居。居,原作"君",此据活字本、《丛刊》本、《全唐诗》本校改。妙门,众妙之门,谓道。

⑤物外:世外,谓超脱于尘世之外。众灵,诸神。曹植《洛神赋》:"众灵杂遝。"张铣注:"众灵,众神也。"

⑥天壤:天地。壤,原作"坏",此据元修本、递修本、活字本、《丛刊》本、《全唐诗》本校改。

昭国里第听元老师弹琴

竹林高宇霜露清,朱丝玉徽多故情①。暗识啼乌与别鹤,只缘中有断肠声。②

此诗当作于大历十一年（776）元蘋亡故后再至昭国里故宅时。昭国里，长安坊里名，在朱雀门东第三街从南第四坊。韦应物曾与妻元蘋居此。老师，指教授技艺的乐工。元老师，未详。诗写听琴的环境和感受，竹林高宇之中，寒霜清露之夜，琴师拨动朱弦，同时也拨动了诗人的心弦。琴声悲怆凄恻，令人断肠，细听来原是两支著名的古曲。

【注释】

①"朱丝"句：朱丝，红色琴弦。鲍照《白头吟》"直如朱丝绳"李善注："朱丝，朱弦也。"徽，琴面上指示音节的标识。故情，旧情。王昌龄《李四仓曹宅夜饮》："霜天留饮故情欢，银烛金炉夜不寒。"

②"暗识"二句：啼乌、别鹤，均指乐曲。《新唐书·音乐志》："《乌夜啼》，宋临川王义庆所作也。元嘉十七年，徙彭城王义康于豫章，义庆时为江州，至镇，相见而哭，为帝所怪，征还宅，大惧。妓妾夜闻乌啼声，扣斋阁云：'明日应有赦。'其年更为南兖州刺史，作此歌。"崔豹《古今注》卷中："《别鹤操》，商陵牧子所作也。娶妻五年而无子，父兄将为之改娶，妻闻之，中夜起，倚户而悲啸。牧子闻之，怆然而悲，乃歌曰：'将乖比翼隔天端，山川悠远路漫漫，揽衣不寝食忘餐。'后人因为乐章焉。乌，原作"鸟"，此据活字本、《丛刊》本、《全唐诗》校改。断肠声，谓乐声勾起了对亡妻的思念。元稹《听妻弹别鹤操》："别鹤声声怨夜弦，闻君此奏欲潸然。"

野次听元昌奏横吹

立马莲塘吹横笛，微风动柳生水波。北人听罢泪将落，南朝曲中怨更多①。

【题解】

此诗创作时地未详。横吹，横吹曲，军中之乐，出自北方。《乐府诗集》

卷二一："横吹曲，其始亦谓之鼓吹，马上奏之，盖军中之乐也。北狄诸国，皆马上作乐，故自汉已来，北狄乐总归鼓吹署。其后分为二部，有箫笳者为鼓吹，用之朝会、道路，亦以给赐。汉武帝时，南越七郡，皆给鼓吹是也。有鼓角者为横吹，用之军中，马上所奏者是也。"隋有《大横吹曲》二十九曲、《小横吹曲》十二曲，乐器均有笛。诗作以对比手法，凸显出横笛曲中的历史哀怨之情，"北人"因此在笛声中油然而生思乡之情，禁不住潸然泪下。

【注释】

①南朝曲：当谓清商乐。《乐府诗集》卷二六："后魏孝文、宣武用师淮、汉，收其所获南音，谓之清商乐。相和诸曲，亦皆在焉。所谓清商正声，相和五调伎也。"

【汇评】

宋刘辰翁：此时亦有此句。去年看此，不如今年之悲也。（张习本）

楼中阅清管

山阳遗韵在①，林端横吹惊。响迥凭高阁②，曲怨绕秋城。浙沥危叶振，萧瑟凉气生。③始遇兹管赏，已怀故园情。④

【题解】

此诗创作时地未详。管，乐器，以竹为之。《风俗通》卷六引《礼乐记》："管，漆竹，长一尺，六孔，十二月之音也。象物贯地而牙，故谓之管。"诗写听吹笛的感受，故园情起，主要是从清厉哀怨的笛声所引发的萧瑟之气入手刻画，全诗因而呈现出素淡的风貌与格调。

【注释】

①山阳：县名，故城在今河南修武西北。

②迥：《丛刊》本、《文苑英华》卷二一二作"回"。

③"浙沥"二句：浙沥，形容落叶的声音。乔知之《定情篇》："碧荣始芬

敷,黄叶已渐沥。"气,《文苑英华》本作"风"。

④"始遇"二句:李白《春夜洛城闻笛》:"此夜笛中闻折柳,何人不起故园情。"兹,元修本作"弦",《文苑英华》本作"丝"。

【汇评】

［日］近藤元粹评订《韦苏州集》:无限情语。

寒　食

　　晴明寒食好,春园百卉开。彩绳拂花去,轻球度阁来。①
长歌送落日,缓吹逐残杯。非关无烛罢,良为羁思催。

【题解】

此诗创作时地未详。寒食,节日名,在清明前一二日。《荆楚岁时记》:"冬至后一百五日,谓之寒食,禁火三日。"诗写羁旅之思。谓寒食晴明,群芳斗艳,众人游乐,岂不快哉。而当日落杯残之际,乡思一起,便觉心口无言,乐极而悲。

【注释】

①"彩绳"二句:彩绳,指秋千。王仁裕《开元天宝遗事》卷下:"天宝宫中,至寒食节,竞树秋千,令宫嫔辈戏笑,以为宴乐。"轻球,指蹴鞠之戏。与秋千并为寒食节娱乐活动。王维《寒食城东即事》:"蹴鞠屡过飞鸟上,秋千竞出垂杨里。"

【汇评】

宋刘辰翁:欲似晋人语而极难。兰亭诗自不佳。此结语有情,殆胜《选》体。(张习本)

七　夕

人世拘形迹①，别去间山川。岂意灵仙偶，相望亦弥年。②
夕衣清露湿，晨驾秋风前。临欢定不住，当为何所牵。

【题解】

此诗创作时地未详。七夕，农历七月七日夜，相传牛郎、织女此夕渡河
相会。如《续齐谐记》即谓："桂阳成武丁，有仙道，常在人间，忽谓其弟曰：
'七月七日，织女当渡河，诸仙悉还宫。吾向已被召，不得停，与尔别矣。'弟
问曰：'织女何事渡河？去当何还？'答曰：'织女暂诣牵牛。吾后三年当
还。'明日失武丁。至今云，织女嫁牵牛。"诗写七夕所感，也是借写七夕而
抒发一己别情。

【注释】

①形迹：礼法，规矩。张鷟《游仙窟》："亲则不谢，谢则不亲。幸愿张
郎，莫为形迹。"

②"岂意"二句：偶，原作"隅"，此据元修本、递修本、活字本、《丛刊》本、
《全唐诗》本校改。弥年，经年，终年。

九　日

今朝把酒复惆怅，忆在杜陵田舍时。明年九日知何处，
世难还家未有期①。

【题解】

据诗中"世难还家未有期"，陶敏、王友胜《韦应物集校注》疑其作于安

史乱中避难居扶风时。九日,农历九月九日,重阳节。古人于此日登高,饮菊花酒。诗写重九乱中,独自在外,把酒思亲,又有感于时事未卜,难以还家,因而倍增惆怅。诗作绾结过去、现在和未来,写来朴实而又沉痛。

【注释】

①世难:时世多难。刘长卿《哭张员外继》:"世难愁归路,家贫缓葬期。"

【汇评】

宋刘辰翁:可悲。隔(一本作伤)世与予同患,亦似同吟。(张习本)

秋 夜

暗窗凉叶动,秋斋寝席单。①忧人半夜起,明月在林端。一与清景遇②,每忆平生欢。如何方恻怆,披衣露更寒③。

【题解】

此诗创作时地未详。诗题,《文苑英华》卷一五八作"秋夜作"。诗写秋夜之景,寥寥数语,而瑟瑟秋风、如水凉夜、高悬皓月、难寐忧人等景象如在目前,白描之法的运用可谓独具风致。或者以为此首乃悼亡之作,可备一说。

【注释】

①"暗窗"二句:凉叶,秋天的树叶。江淹《杂体》三十首其二十八《谢光禄庄郊游》:"凉叶照沙屿,秋荣冒水浔。"斋,原作"天",校云"一作斋",此据《丛刊》本、《文苑英华》本校改。

②清:《唐诗品汇》卷一四作"秋"。

③"如何"二句:恻怆,哀伤。更,《文苑英华》作"转"。

【汇评】

宋刘辰翁:("忧人"二句)何必思索,动见本怀。(张习本)

清黄周星《唐诗快》：实情实景，惟幽人半夜知之，然幽人非诗人亦不能知。

清沈德潜《唐诗别裁》卷三：("一与"二句)情深人知之。

秋夜一绝

高阁渐凝露，凉叶稍飘闱。忆在南宫直，夜长钟漏稀①。

【题解】

此诗作于建中三年(782)秋，时在滁州。诗写秋夜忆往，即昔日在尚书省值夜的情形。前两句写滁州郡斋景致，以反映其时悲凉心绪，也是之所以忆往的缘由。

【注释】

①钟漏：宫中计时之器。亦代指时间。阎朝隐《夜宴安乐公主新宅》："半醉徐击珊瑚树，已闻钟漏晓声传。"

【汇评】

[日]近藤元粹评订《韦苏州集》：风调清迥，颇似王摩诘。

滁城对雪

晨起满闱雪，忆朝阊阖时。①玉座分曙早，金炉上烟迟。飘散云台下，凌乱桂树姿。厕迹鸳鹭末，蹈舞丰年期。②今朝覆山郡，寂寞复何为。

【题解】

此诗作于建中三年(782)冬，时在滁州。诗题中"滁城"，《文苑英华》卷一五四作"滁州"。诗写滁城赏雪,回想在朝为官,百官群舞,庆贺瑞雪的情景。这与钱起《禁闱玩雪寄薛左丞》中"为报诗人道,丰年颂圣猷"的意思是一致的。

【注释】

①"晨起"二句:闱,《文苑英华》本作"帐"。朝,《文苑英华》本作"在"。阊阖,宫门,代指宫殿。

②"厕迹"二句:厕迹,置身。鸳鹭,喻指朝官班行。蹈舞,犹舞蹈。臣下朝贺时对皇帝表示敬意的一种仪节。白居易《贺雨》:"蹈舞呼万岁,列贺明庭中。"

雪　中

　　空堂岁已晏,密室独安眠。①压篠夜偏积,覆阁晓逾妍。②连山暗古郡,惊风散一川。此时骑马出,忽省京华年③。

【题解】

此诗,据"连山暗古郡"句知当作于建中三年(782)冬,时在滁州。诗写因赏雪而思及京华旧事的感触,但重在描绘眼前雪景,其中"连山暗古郡"二句尤可谓壮阔而形象。

【注释】

①"空堂"二句:晏,《文苑英华》卷一五四作"成",校云《集》作'安'"。安眠,安然熟睡。元结《石宫四咏》其四:"晨光静水雾,逸者犹安眠。"

②"压篠"二句:篠,《文苑英华》本作"条"。逾,《文苑英华》本作"愈"。

③"忽省"句:省,《丛刊》本、《文苑英华》本作"忆"。张相《诗词曲语辞汇释》:"省,犹记也,忆也。"京华,京城之美称,因京城是文物、人才汇集之地。郭璞《游仙诗》十四首其一:"京华游侠窟,山林隐遁栖。"

【汇评】

[日]近藤元粹评订《韦苏州集》:古诗之成律体者。琢句清雅。

咏春雪

徘徊轻雪意，似惜艳阳时^①。不悟风花冷，翻令梅柳迟。

【题解】

此诗创作时地未详。诗作咏雪，先扬后抑。前两句描绘春雪漫舞轻飘的神态，一"徘徊"一"惜"，读来似有绵绵不舍的情意。后二句谓初春时节的乍暖还寒天气反而使得梅花晚开，绿柳迟茂，既写出了时令特征，又表现出呼唤春光早至的迫切心情。

【注释】

①"似惜"句：惜，原作"借"，此据元修本、活字本校改。艳阳，艳丽明媚，多指春天。鲍照《学刘公干体》："艳阳桃李节，皎洁不成妍。"

【汇评】

［日］近藤元粹评订《韦苏州集》：清冷逼人。

对春雪

萧屑杉松声^①，寂寥寒夜虑。州贫人吏稀^②，雪满山城曙。春塘看幽谷，栖禽愁未去。开闱正乱流^③，宁辨花枝处。

【题解】

此诗，据"州贫""山城"等语知当作于建中四年(783)春，时在滁州刺史任上。诗写春雪夜落，杉松有声，天明时已雪满山城，开窗所见，行人稀少，栖鸟未去，雪中难辨花枝，咏雪而实际上流露出"穷年忧黎元"的深切关怀之意。

【注释】

①萧屑:亦作骚屑,形容凄凉而细碎的声音。李咸用《惊秋》:"莺转才间关,蝉鸣旋萧屑"。

②人吏:百姓与吏胥。韩愈《顺宗实录一》:"勇于杀害,人吏不聊生。"

③乱流:水流纷乱。此指雪花纷乱飞舞。

【汇评】

［日］近藤元粹评订《韦苏州集》:清境可想。

对残灯

独照碧窗久,欲随寒烬灭。①幽人将遽眠,解带翻成结②。

【题解】

此诗创作时地未详。诗写"幽人"深夜独对残灯,解带将眠的情景。末句"解带翻成结"的细节描写,实谓欲求解脱反而更加纠结难解,进一步突出了幽人的孤寂之感。后来,贺铸《生查子》词末二句"欲遽就床眠,解带翻成结"正从此处化出。

【注释】

①"独照"二句:碧窗,绿色的纱窗。李白《寄远》十一首其八:"碧窗纷纷下落花,青楼寂寂空明月。"寒烬,灰烬。

②结:带结与心思郁结之双关语。

【汇评】

宋刘辰翁:此十字写出临寐景意宛然,情浓意苦,别近妇女(一本作儿)。(张习本)

明顾璘:此篇细琐可意。(朱墨本)

明杨慎《升庵诗话》卷一〇:梁沈氏满愿《残灯》诗云:"残灯犹未灭,将尽更扬辉。惟余一两焰,犹得解罗衣。"韦诗实出于沈,然韦有幽意而沈淫矣。

对芳樽

对芳樽,醉来百事何足论。遥见青山始一醒,欲着接离还复昏^①。

【题解】

此诗创作时地未详。诗借对酒而表现出某种情绪,诗末"欲着接离还复昏"句的难得糊涂之意,也能说明这一点。这首"三七言"杂体,是对律诗由于字数完全相同的过分整齐的外形律的修正。如果这又是一首"送酒著辞"(王昆吾《唐代酒令艺术》)的话,那么,类似的作品也很有可能是即席创造出的新的诗体。孟郊的一首《望夫石》也属此体,可录以参读:"望夫石,夫不来兮江水碧。行人悠悠朝与暮,千年万年色如故。"

【注释】

①接离:亦作接篱、接䍦,以白鹭羽为饰的帽子。杜甫《陪郑广文游何将军山林》十首其八:"醉把青荷叶,狂遗白接䍦。"

【汇评】

宋刘辰翁:迭宕沉至。他牵缀绮丽,何足语此。(张习本)

夜对流萤作

月暗竹亭幽,萤光拂席流。还思故园夜,更度一年秋。自惬观书兴,何惭秉烛游。^①府中徒冉冉,明发好归休。^②

此诗,据"府中徒冉冉"句知当作于滁、江、苏等州刺史任上。诗写夜对流萤,感事伤怀。面对流萤,心事浩茫,诗人却只就其中忆流年、伤故园两点着笔,重点突出,又极易动人。

【注释】

①"自惬"二句:《晋书·车胤传》:"车胤恭勤不倦,博学多通,家贫不常得油,夏月则练囊盛数十萤火以照书,以夜继日焉。"《古诗十九首》:"书短苦夜长,何不秉烛游。"

②"府中"二句:冉冉,渐进貌。《陌上桑》:"盈盈公府步,冉冉府中趋。"王维《春夜竹亭赠钱少府归蓝田》:"羡君明发去,采蕨轻轩冕。"

【汇评】

明杨慎《升庵诗话》卷八:此二诗绝佳,予爱之。比之杜子美,则杜似太露。案:"二诗"指此诗与《夜对流萤作》。

对新篁

新绿苞初解,嫩气笋犹香。①含露渐舒叶,抽丛稍自长。清晨止亭下,独爱此幽篁。

【题解】

此诗创作时地未详。篁,竹的一种,此处泛指竹。诗作描述脱箨不久、笋香犹闻的新竹,末二句谓清晨游园时止步欣赏,可见其情有独钟。

【注释】

①"新绿"二句:苞,指箨,即竹笋及新竹外表的壳。嫩气,娇嫩的神态。

【汇评】

[日]近藤元粹评订《韦苏州集》:清脱无尘气,此君知音。

夏花明

夏条绿已密,朱萼缀明鲜。炎炎日正午,灼灼火俱燃。
翻风适自乱,照水复成妍。归视窗间字,荧煌满眼前①。

【题解】

此诗创作时地未详。诗作形象描绘出置身夏花间的多种美妙感受。
夏日花开,如火如荼,随风摆簸,映水鲜艳。归视窗间字迹,仿佛也像花朵
一样荧煌耀眼。

【注释】

①荧煌:辉煌。李白《明堂赋》:"崇牙树羽,荧煌葳蕤。"

对萱草

何人树萱草,对此郡斋幽。本是忘忧物,今夕重生忧。①
丛疏露始滴②,芳余蝶尚留。还思杜陵圃,离披风雨秋。

【题解】

此诗,据"对此郡斋幽"句知当作于滁、江、苏等州刺史任上。诗写触物
而生思乡之情。古人认为,植萱草可以忘忧。但诗人见萱草而想到家乡的
园圃,反生忧愁。

【注释】

①"本是"二句:萱草,又名忘忧草、金针花、宜男草、鹿葱。《诗·卫
风·伯兮》:"焉得谖草,言树之背。"毛传:"谖草令人忘忧。"夕,一作"日"。
②始:元修本作"如"。

宋刘辰翁:(三、四句)众人意,非众人语。(张习本)

[日]近藤元粹评订《韦苏州集》:因物寓意,诗亦清婉温雅。

见紫荆花

杂英纷已积,含芳独暮春。还如故园树,忽忆故园人。

【题解】

此诗创作时地未详。紫荆,豆科落叶乔木或灌木。《太平御览》卷九五九引周景式《孝子传》:"古有兄弟,忽欲分异,出门,见三荆同株,接叶连阴,叹曰:'木犹欣然聚,况我殊哉。'遂还,为雍和。"诗写见到紫荆花开而思故乡之树,借以表达对故园之人的回忆、思念之情,淡淡笔墨间蕴含无尽温情。

【汇评】

宋刘辰翁:不动声色,不能无情。(张习本)

[日]近藤元粹评订《韦苏州集》:圆活有情趣。

玩萤火①

时节变衰草②,物色近新秋。度月影才敛,绕竹光复流。

【题解】

此诗创作时地未详。诗写秋夜赏玩萤火虫的情景,写出了萤火虫形体虽小却发光熹微的特点,语言流畅,笔调清新。"度月影才敛,绕竹光复流"二句,是说流萤的微光在月光下似乎收敛了,到竹丛中又显现出来,刻画尤为逼真。

【注释】

①诗题,直到清代,还有人专门捕捉萤火虫来卖。李斗《扬州画舫录》卷一一:"北郊多萤,土人制料丝灯,以线系之,于线孔中纳萤。其式方、圆、六角、八角及画舫、宝塔之属,谓之火萤虫灯。近多以蜡丸爇之,每晚揭竿首鬻卖,游人买作土宜。亦间取西瓜皮镂刻人物、花卉、虫鱼之戏,谓之西瓜灯。近日城内多用料丝作大山水灯片,薛君采诗云'霏微状蝉翼,连娟侔网丝'谓此。"

②"时节"句:崔豹《古今注》卷中:"萤火,……腐草为之,食蚊蚋。"

对杂花

朝红争景新,夕素含露翻。妍姿如有意,流芳复满园。单栖守远郡①,永日掩重门。不与花为偶,终遣与谁言。

【题解】

此诗,据"单栖守远郡"句知当作于滁、江、苏等州刺史任上。诗写一种远宦他乡无可与言的孤独感,经由遭遇类似境遇却又斗艳争芳的园中杂花所引发。

【注释】

①单栖:单独栖息,独宿。梁简文帝《乌夜啼》:"羞言独眠枕下泪,托道单栖城上乌。"

【汇评】

宋刘辰翁:(结二句)怨外之怨。(张习本)

[日]近藤元粹评订《韦苏州集》:文彩鲜丽,娟净可爱。

种　药

好读神农书①,多识药草名。持缣购山客,移莳罗众英。②
不改幽涧色,宛如此地生。汲井既蒙泽,插楥亦扶倾。③阴颖
夕房敛④,阳条夏花明。悦玩从兹始⑤,日夕绕庭行。州民自
寡讼,养闲非政成⑥。

【题解】

此诗作于建中末,时在滁州刺史任上。诗写将买来的几种药草种在官
舍里,从此开始了天天照顾和欣赏它们的闲雅生活。诗末却一转,表明是
因为州民淳朴,讼事不兴,才过上如此愉快的生活,而不是因为自己善于
施政。

【注释】

①“好读”句:神农,即炎帝。神农书,即《神农本草经》,原书三卷,收药
三百六十五种。今仅存辑本。

②“持缣”二句:缣,双丝织成微带黄色的细绢。山客,隐居山中者。移
莳(shì),犹移植。

③“汲井”二句:蒙泽,蒙受恩泽。扶倾,扶持倾危。

④“阴颖”句:阴颖,背阴的枝条。颖,带芒的谷穗。房,果实,如莲房
之类。

⑤悦玩:欣赏把玩。

⑥“养闲”句:养闲,在闲静中养生。政成,施政取得显著成效。岑参
《尹相公京兆府中棠树降甘露》:“相国尹京兆,政成人不欺。”

【汇评】

明袁宏道:苏州集中不可无此题,此题不可无此诗。(参评本)

明钟惺:“不改”二语,不独言种植之法,兼得其趣其理。又,明谭元春:

有情有兴,在"从兹始"三字。(朱墨本)

清王夫之《唐诗评选》卷二:平善不替典型。又,一结简逸。

[日]近藤元粹评订《韦苏州集》:妍秀绮丽,一幅着色花园图。

西涧种柳

宰邑乖所愿,黾俯愧昔人①。聊将休暇日,种柳西涧滨。置锸息微倦②,临流睇归云。封壤自人力,生条在阳春。③成阴岂自取,为茂属他辰。④延咏留佳赏,山水变夕曛。

【题解】

此诗,据"宰邑乖所愿"句,疑作于鄠县令任上。诗写做官非所愿,能力亦不如人,闲暇时在涧水之滨栽植柳树,绿柳成荫,将造福后人。诗中既有辛苦劳动的具体情形,也有欣慰、坦然等心理感受的描写,语朴情真。

【注释】

①黾俯:即黾勉,尽力。

②锸(chā):铁锹,掘土的工具。

③"封壤"二句:谋事在人成事在天之意。封壤,培土,指植树。壤,原作"坏",此据递修本、活字本、《丛刊》本、《全唐诗》本校改。阳春,春天,指大自然,一作"王春"。

④"成阴"二句:前人栽树后人乘凉之意。他辰,他日。

【汇评】

[日]近藤元粹评订《韦苏州集》:高古闲淡,于王、孟外又开一境。("临流"句)"睇"字最新。

470

种 瓜

　　率性方卤莽,理生尤自疏。① 今年学种瓜,园圃多荒芜。
众草同雨露,新苗独翳如②。直以春捃迫③,过时不得锄。田
家笑枉费④,日夕转空虚。信非吾侪事⑤,且读古人书。

【题解】

　　此诗创作时地未详。孙望《韦应物诗集系年校笺》认为作于建中二年
(781)春间,时退居于澧上。诗写学习种瓜,因不懂农事,致使园圃荒芜,而
被农家所笑。描摹完令人忍俊不禁的、士子的无奈,末尾以自嘲收结,谓我
辈只好仍去读书。

【注释】

　　①"率性"二句:率性,循其本性。此处指本性。卤莽,粗疏轻率。杜甫
《空囊》:"世人共卤莽,吾道属艰难。"理生,料理生计。

　　②"新苗"句:新苗,新生的禾苗。此指瓜苗。陶渊明《时运》:"有风自
南,翼彼新苗。"翳如,湮灭无闻。此指瓜苗弱小,为杂草所掩蔽。陶渊明
《和刘柴桑》:"去去百年外,身名同翳如。"

　　③捃(jùn)迫:犹窘迫,谓忙碌无闲暇。

　　④枉费:白费,空费。枉,原作"柱",此据元修本、递修本、活字本、《丛
刊》本、《全唐诗》本校改。

　　⑤吾侪:我辈。

【汇评】

宋刘辰翁:亦自有意。(张习本)

明谭元春:心口无饰。(朱墨本)

喜园中茶生

洁性不可污，为饮涤尘烦。^①此物信灵味，本自出山原。^②
聊因理郡余，率尔植荒园。喜随众草长^③，得与幽人言。

【题解】

此诗，据"聊因理郡余"句知当作于滁、江、苏等州刺史任上。诗写公务之余在院中种茶，居然生长，意有所感。

【注释】

①"洁性"二句：洁性，性洁。此指韦应物性好洁。污，原作"汗"，此据元修本、递修本、活字本、《丛刊》本、《全唐诗》本校改。尘烦，烦恼。戴叔伦《留宿罗源西峰寺示辉上人》："一宿西峰寺，尘烦暂觉清。"

②"此物"二句：灵味，美味。孟郊《与王二十一员外涯游枋口柳溪》："灵味荐魴瓣，金花屑橙蓥。"山原，山陵与原野。王勃《滕王阁诗序》："山原旷其盈视，川泽纡其骇瞩。"

③喜：《文苑英华》卷三二七作"嘉"。

移海榴

叶有苦寒色，山中霜霰多。^①虽此蒙阳景，移根意如何。

【题解】

此诗创作时地未详。诗写欲将海石榴从山中移栽至涧边有阳光处，不知效果如何。写来好像是在跟海榴软语商量，生怕有所闪失，颇有意趣。

【注释】

①"叶有"二句：苦寒，为严寒所苦。陆机《苦寒行》："剧哉行役人，慊慊

恒苦寒。"霜霰,霜和霰。杜甫《青阳峡》:"魍魉啸有风,霜霰浩漠漠。"

郡斋移杉

擢干方数尺^①,幽姿已苍然。结根西山寺^②,来植郡斋前。新含野露气,稍静高窗眠。虽为赏心遇,岂有岩中缘。

【题解】

此诗作于建中、兴元中,时在滁州。诗写从西山寺移栽于郡斋前的水杉树,高才数尺,幽姿已成,虽有知音者赏识,毕竟离开了自然生长的环境。

【注释】

①擢干:树干挺生,耸拔。擢,拔,抽。此处引申为植物滋长。
②西山寺:当指滁州西南琅琊山寺。

【汇评】

[日]近藤元粹评订《韦苏州集》:淡淡着笔,寓意托深。

花　径

山花夹径幽,古甃生苔涩^①。胡床理事余^②,玉琴承露湿。朝与诗人赏,夜携禅客入。自是尘外踪,无令吏趋急。

【题解】

此诗创作时地未详。诗写公事之余,在花径间弹琴作诗,与骚人禅客往还,自是一乐。从表面上看,写的是作为"理事"之余好去处的山中幽径,但从"自是尘外踪,无令吏趋急"二句等来看,实际上写的还是诗人力求达成的仕隐同一的吏隐状态。

①甃:砖。

②胡床:又称交床、交椅、绳床,一种可折叠的轻便坐具。东汉末年传自西域,故称胡床。《风俗通》:"(汉)灵帝好胡服、胡帐、胡床,京师皆竞为之。"隋炀帝更名交床。

慈恩寺南池秋荷咏

对殿含凉气,裁规覆清沼①。衰红受露多,余馥依人少。萧萧远尘迹,飒飒凌秋晓。节谢客来稀,回塘方独绕。

【题解】

此诗创作时地未详。慈恩寺,在长安。诗写荷花已衰,香气亦消,游客渐稀,只有自己绕塘独赏。诗作描摹寺院荷池之景的萧瑟凄美,感慨残荷既远离尘世,又迫近秋晓,故备受冷落。咏物即是写人,字里行间透露出一种不遇于时的落寞情怀。

【注释】

①裁规:指裁为圆形,谓荷叶。

【汇评】

宋刘辰翁:一往有情。(张习本)

[日]近藤元粹评订《韦苏州集》:("裁规"句)警句。

题桐叶

参差剪绿绮,萧洒覆琼柯。①忆在澧东寺,偏书此叶多。

此诗创作时地未详。桐叶,梧桐树叶,圆而大,可以书字。韦应物此诗写桐叶满枝,参差如绿绮,回想在澧上时,多以桐叶题诗书字。其中所谓题诗于叶的"偏书此叶多",更多表现的似乎是一种闲情逸致,而不是像以上《本事诗》所云为了某种浪漫的传播。

【注释】

①"参差"二句:剪绿绮,谓桐叶如绿色织锦剪成。绿绮又为琴名,梧桐为制琴之最佳材质,故语意双关。萧洒,姿态自然。元稹《画松》:"纤枝无萧洒,顽干空突兀。"琼柯,似玉的枝干。桐树枝干挺拔青翠而光洁,故云。

【汇评】

宋刘辰翁:此等无情憔悴语,他不多见。(张习本)

题石桥

远学临海峤,横此莓苔石。^①郡斋三四峰,如有灵仙迹^②。方愁暮云滑,始照寒池碧。自与幽人期,逍遥竟朝夕^③。

【题解】

此诗,据"郡斋三四峰"知当作于滁、江、苏等州刺史任上。诗作题写石桥,从末二句"自与幽人期,逍遥竟朝夕"来看,作者试图表达的仍然是仕与隐的纠结。

【注释】

①"远学"二句:临海峤,海边山峰。此指天台山,山上有石桥。莓苔,青苔胡令能《小儿垂钓》:"蓬头稚子学垂纶,侧坐莓苔草映身。"

②仙:一作"山"。

③逍遥:悠游自得。

宋刘辰翁:("方愁"句)高虚可爱。(张习本)

池 上

郡中卧病久,池上一来赊①。榆柳飘枯叶,风雨倒横查②。

【题解】

此诗作于滁、江、苏等州刺史任上。诗写久病之后来到池边,但见秋色萧瑟,满眼狼藉,内心的惆怅、凄凉不言自明。诗中的物色描绘与诗人的心理状态适相对应,也可以理解为当时特定情感的外在投射。

【注释】

①赊:稀少,迟缓。韩愈《次邓州界》:"商颜暮雪逢人少,邓鄙春泥见驿赊。"

②横查:即横楂,横木。

滁州西涧

独怜幽草涧边生,上有黄鹂深树鸣。①春潮带雨晚来急,野渡无人舟自横。

【题解】

此诗作于建中、兴元中,时在滁州。西涧,即乌土河。这是韦应物山水诗的代表作。诗作主要描写春雨过后无人野渡的幽静之美,加上莺啼、水声的衬托,颇具画意、诗情与理趣。或者以为该诗有所寓托,可备一说。后来,寇准《春日登楼怀归》中"野水无人渡,孤舟尽日横",即点化自本篇后二句。宋宫廷画院更取"野渡无人舟自横"句作为画题,一时传为佳话,也堪称"诗中有画"之又一力证。

【注释】

①"独怜"二句:幽,一作"芳"。生,一作"行"。深,《才调集》卷一作"绕"。

【汇评】

唐范摅《云溪友议》卷中:刘禹锡:白二十二好余《秋水咏》云:"东屯沧海阔,南瀼洞庭宽。"余自知不及韦苏州"春潮带雨晚来急,野渡无人舟自横"。

宋欧阳修:滁州城西乃是丰山,无西涧,独城北有一涧,水极浅不胜舟,又江潮不到,岂诗人务在佳句而实无此景邪。又,宋谢枋得:幽草黄鹂,比君子在野,小人在位。"春潮带雨晚来急"犹季世危难多如日之已晚,不复光明也。末句谓宽闲寂寞之滨,必有贤人如孤舟之横渡者,特君不能用耳。此诗人感时多故而作,又何必滁之果如是也。(明高棅《唐诗品汇》卷四九引)

宋刘辰翁:(末二句)此语自好,但韦公体出,数字神情又别,故贵知言,不然不免为野人语矣。好诗必是拾得,此绝先得后半,起更难似,故知作者用心。(张习本)

明敖英《唐诗绝句类选》:沉密中寓意闲雅,如独坐看山,淡然忘归,诗之绝佳者。谢公曲意取譬,何必乃尔!

明高棅《唐诗正声》:明吴逸一曰:野兴错综,故自胜绝。明郭濬曰:冷处着眼,妙。

明杨慎《升庵诗话》卷八:韦苏州诗"春潮带雨晚来急,野渡无人舟自横。"此本于《诗》"泛彼柏舟"一句,其疏云:"舟载渡物者,今不用而与众物泛泛然俱流水中,喻仁人之不见用。"其余尚多类此。《三百篇》为后世诗人之祖,信矣。又,韦苏州诗:"独怜幽草涧边生。"古本"生"作"行","行"字胜"生"十倍。案:"其疏"谓郑玄之笺。

明周敬《唐诗选脉会通评林》:一段天趣,分明写出画意。

明胡应麟《诗薮》外编卷四:韦苏州诗:"春潮带雨晚来急,野渡无人舟自横。"宋人谓滁州西涧,春潮绝不能至,不知诗人遇兴遣词,大则须弥,小则芥子,宁此拘拘?痴人前政自难说梦也。

清王士禛《唐人万首绝句选凡例》:宋赵章泉、韩涧泉选唐诗绝句,其评注多迂腐穿凿。如韦苏州《滁州西涧》一首,"独怜幽草涧边生,上有黄鹂深树鸣"以为君子在下,小人在上之象,以此论诗,岂复有风雅邪!又,《带经堂诗话》卷一三:西涧在滁州城西,……昔人或谓西涧潮所不至,指为今六合县之芳草涧,谓此涧亦以韦公诗而名,滁人争之。余谓诗人但论兴象,岂必以潮之至与不至为据?真痴人前不得说梦耳!

清王尧衢《唐诗合解笺注》:(首句)言西涧之幽,芳草可爱,我独怜之,而散步至此。(次句)春虽暮矣,尚有黄鹂深树里啼啭,物情尽堪留恋。(第三句)此时春水泛滥,雨后之潮,晚来更急。(第四句)春雨水涨,渡头过渡者稀少,故有无人之舟因水泛而自横耳。此偶赋西涧之景,不必有所托意也。

清顾嗣立《寒厅诗话》:寇莱公化韦诗"野渡无人舟白横"句为"野水无人渡,孤舟尽日横",已属无味。

清黄生《唐诗摘抄》卷四:全首比兴,首喻君子在野,次喻小人在位。三、四盖言宦途利于奔竞,而己则如虚舟不动而已。

清朱之荆《增订唐诗摘抄》:《太清楼帖》中公手书,"生"作"行","上"作"尚",若"行""尚"二字是,则黄解似未合。

清沈德潜《唐诗别裁》卷二〇:起二句与下半无关。下半即景好句。元人谓刺君子在下,小人在上,此辈难与言诗。又,明何良俊曰:《太清楼帖》中刻有韦公手书,"涧边行",非"生"也;"尚有",非"上"也。其为传刻之讹无疑。稍胜于"生"字、"上"字。

清章燮《唐诗三百首注疏》:怜其被雨水所侵也。黄鹂居高,且栖深稳,所以独得而鸣也。潮大助雨,则江山鼎沸矣。晚来人心已急,更加风波之急,斯时惊畏为何如也。晚字有伤时意。欲渡者,俱畏风波而止,无人立在渡头也。斯时舟人亦畏风波而去,渡船横在渡口,任风飘荡而不顾也。幽草空含碧,黄鹂漫啭声,风波相畏处,谁惜一舟横。盖言幽草近水,被其所侵。黄鸟居高,所以无恙。际此春潮正涨,兼带雨声,且在日暮时,则情势交急之处,俱怀畏避之心,何人在此思济耶? 只得将舟抛掉,自横于风波之内矣。彼遇乱世而能扶社稷、靖国难者,有几人哉!

清黄叔灿《唐诗笺注》:闲淡心胸,方能领略此野趣。所难尤在此种笔墨,分明是一幅画图。

清宋顾乐《万首唐人绝句选评》:写景清切,悠然意远,绝唱也。

西塞山

势从千里奔,直入江中断。岚横秋塞雄,地束惊流满①。

【题解】

此诗疑作于贞元三年(787),时自江州入朝经西塞山。西塞山,在今湖北大冶东。这是一首气势雄浑奔放的五绝。诗写西塞山山势之雄奇,不仅节奏独特,气韵生动,而且炼字出奇,堪与刘禹锡发思古幽情之作交相辉映。

【注释】

①惊流:激流。谢灵运《登临海峤初发彊中作与从弟惠连可见羊何共和之》四首其二:"隐汀绝望舟,骛棹逐惊流。"

山耕叟

萧萧垂白发①,默默讵知情。独放寒林烧②,多寻虎迹行。暮归何处宿,来此空山耕。

【题解】

此诗创作时地未详。诗作对底层劳苦大众寄予了深切的同情,开始自责并反思作为基层官僚的职能和责任。诗中的"空山",因而也就不再是王维笔下的禅慧空灵之地,而是年迈的劳动者不得不驱虎烧荒,终日劳作的地方。

【注释】

①萧萧:头发花白稀疏。

②烧:烧畲。范成大《劳畲耕序》:"畲田,峡中刀耕火种之地也。春初斫山,众木尽蹶。至当种时,伺有雨候,则前一夕火之,借其灰以粪。明日雨作,乘热土下种,即苗盛倍收。无雨反是。"杜甫《戏作俳谐体遣闷二首》其二:"瓦卜传神语,畲田费火耕。"

上方僧

见月出东山,上方高处禅。空林无宿火,独夜汲寒泉。^①不下蓝溪寺,今年三十年。^②

【题解】

此诗,孙望《韦应物诗集系年校笺》认为作于大历十年(775)秋。上方,佛寺的方丈,住持僧所居。诗写僧人远离红尘,寡欲清心的生活。诗人以简淡之笔勾勒数个典型场景,便形象生动地展现出寺院清寂幽静的环境,渲染出一种空寂的禅境。

【注释】

①"空林"二句:宿火,隔夜未熄之火。独,《文苑英华》卷二二〇作"烛"。

②"不下"二句:蓝溪,即蓝谷水,灞水之源。今年,《丛刊》本作"今来"。

烟际钟

隐隐起何处,迢迢送落晖。苍茫随思远,萧散逐烟微①。秋野寂云晦②,望山僧独归。

【题解】

此诗创作时地未详。诗写欣赏遥远的钟声,加上钟鸣晚景,句句扣题,令人遐想无限。

【注释】

①逐:一作"入"。

②云:一作"方"。

【汇评】

清张谦宜《絸斋诗谈》卷五:字字是题,妙在象外。

[日]近藤元粹评订《韦苏州集》:一幅水墨山水。

始闻夏蝉

徂夏暑未晏,蝉鸣景已曛。①一听知何处,高树但侵云。响悲遇衰齿,节谢属离群。②还忆郊园日,独向涧中闻③。

【题解】

此诗当作于滁、江、苏诸州刺史任上。诗写闻蝉而自伤身世。

【注释】

①"徂(cú)夏"二句:徂夏,初夏。晏,盛。《诗·小雅·四月》:"四月维夏,六月徂暑。"蝉鸣,《文苑英华》卷三三〇作"鸣蝉"。

②"响悲"二句：衰齿，年老。离群，离开众人。

③涧：《文苑英华》本作"此"。

【汇评】

[日]近藤元粹评订《韦苏州集》：寄讽微婉。

射　雉

走马上东冈，朝日照野田。野田双雉起，翻射斗回鞭①。虽无百发中，聊取一笑妍。②羽分绣臆碎，头弛锦鞲悬。③方将悦羁旅，非关学少年。弢弓一长啸，忆在灞城阡。④

【题解】

此诗当作于滁、江、苏诸州刺史任上。雉，野鸡。诗作描写自己亲身经历的射猎活动及其感受，情感变化和心理活动都表现得细致入微。本来是武职出身的诗人，弯弓射雉却只是为了排遣旅愁；本不欲仿效少年猎手，但诗中中年以后豪勇英武的自我形象展示，却依然不减早年长安时的英姿，均颇耐人寻味。

【注释】

①"翻射"句：斗，同"陡"，突然。回鞭，打马回旋。

②"虽无"二句：《战国策·西周策》："楚有养由基者，善射，去柳叶百步而射之，百发百中。"潘岳《射雉赋》："昔贾氏之如皋，始解颜于一箭。"李善注："《左氏传》曰：昔贾大夫恶，娶妻，三年不言不笑。御以如皋，射雉，获之，其妻始笑始言。"

③"羽分"二句：羽分，羽毛分披。绣臆，羽毛如锦绣的前胸。头弛，谓雉死后头颈松弛，不复昂起。头，一作"颈"。鞲，盛箭革囊。锦鞲悬，悬于锦鞲旁。

④"弢弓"二句：弢弓，藏弓入套。弢，弓套。灞城，即霸城，在长安东。

阡,田间小路。柳宗元《田家》三首其一:"蓐食徇所务,驱牛向东阡。"

【汇评】

明袁宏道:韦集中须此等题点缀。(参评本)

夜闻独鸟啼

失侣度山觅,投林舍北啼①。今将独夜意,偏知对影栖。

【题解】

此诗创作时地未详。孙望《韦应物诗集系年校笺》认为作于丧偶后。诗写独鸟夜啼呼侣,咏物言情。诗人影只形单的悲苦哀情,尽显于声声啼唤中。

【注释】

①投林:谓鸟兽入林。杜甫《独坐》:"仰羡黄昏鸟,投林羽翮轻。"

【汇评】

宋刘辰翁:("今将"句)苦涩。

[日]近藤元粹评订《韦苏州集》:亦竹头木屑耳。

述园鹿

野性本难畜,玩习亦逾年。①麂班始力直,麑角已苍然。②仰首嚼园柳,俯身饮清泉。见人若闲暇,蹶起忽低骞③。兹兽有高貌,凡类宁比肩④。不得游山泽,跼促诚可怜。

【题解】

此诗创作时地未详。园鹿,驯养之鹿。诗借咏园鹿,以伤人之为爵禄

483

所羁,不得遂其真性。

【注释】

①"野性"二句:野性,难以驯服的天性。畜,驯化。玩习,习惯,习以为常。

②"麑(ní)班"二句:麑,幼鹿。麚(jiā),雄鹿。

③"蹶起"句:蹶起,跳起。骞,飞。

④比肩:并列,居于同等地位。

闻　雁

故园眇何处,归思方悠哉①。淮南秋雨夜,高斋闻雁来。

【题解】

此诗,陶敏、王友胜《韦应物集校注》据诗中"淮南秋雨夜"句,认为当作于建中、兴元中,时在淮南道滁州。刘学锴《唐诗选注评鉴》认为当作于建中四年(783)深秋。诗写游宦他乡的诗人,在寂寥的秋雨之夜,听到凄清的雁声,从而引发的浓浓思乡之情。

【注释】

①悠哉:思念。哉,语气助词。

【汇评】

宋刘辰翁:更不须语(一本无此字)言。(朱墨本)

明高棅《唐诗正声》:明吴逸一曰:转摺清峭。又,明桂天祥曰:省此不复言,极苦。归思无着时,更值夜雨闻雁,谁能送此怀抱?(朱墨本)

明凌宏宪《唐诗广选》:明蒋一葵曰:更不说愁,愁自不可言。

明黄叔灿《唐诗笺注》:高斋雨夜,归思方长,忽闻鸿雁之来,益念故园之切。闲闲说来,绝无斧凿痕也。末句为归思添毫。

明唐汝询《汇编唐诗十集》:说破"归思",以"雁"作结,便有无限含蓄。

清沈德潜《唐诗别裁》卷一九:"归思"后说"闻雁",其情自深。一倒转说,则近人能之矣。

清李瑛《诗法易简录》:前二句先说归思,后二句点到闻雁便住,不说如何思归,而思归之情弥深。

钱振锽《摘星诗说》:"淮南秋夜雨,高斋闻雁来"、"山空松子落,幽人应未眠",两诗俱清绝,奇在音调悉同。

[日]近藤元粹评订《韦苏州集》:妙味宜于言外领取。

俞陛云《诗境浅说续编》:此诗秋宵闻雁,有归去之思。凡客馆秋声,最易感人怀抱。

子规啼

　　高林滴露夏夜清,南山子规啼一声。邻家孀妇抱儿泣,我独展转何时明①。

【题解】

此诗或为大历末丧妻后作。子规,即杜鹃鸟。诗作以子规啼泣引出邻家孀妇啼泣,又合于一己辗转反侧、苦待天明之情,由人及己,推己及人,触景而生忧怀。

【注释】

①何时明:《丛刊》本、《万首唐人绝句》卷七作"何为情"。

【汇评】

宋刘辰翁:此必悼亡之后作,次第可怜(一本作可见)。(朱墨本)

明顾璘:凄凉有况。(朱墨本)

明叶廷秀《诗谭》卷四:("邻家"二句)可见恻隐之心,人皆有之。利人济物,随感而动。江湖廊庙,随遇而施可矣。案:此诗,《诗谭》误为孟浩然作,题作《闻规啼》,末句作"我独展转为何情"。

始建射侯

　　男子本悬弧,有志在四方。①虎竹忝明命,熊侯始张皇。②宾登时事毕③,诸将备戎装。星飞的屡破,鼓噪武更扬。曾习邹鲁学,亦陪鸳鹭翔。④一朝愿投笔⑤,世难激中肠。

【题解】

　　此诗疑作于建中末、兴元中,时在滁州。射侯,箭靶。侯,用兽皮或布做成的靶子。诗写一腔热血,甚至想要投笔从戎,为国靖难。

【注释】

　　①"男子"二句:弧,弓。古风尚武,家中生男则挂弓一张于门左,后因称生男为悬弧。《礼记·内则》:"子生,男子设弧于门左,女子设帨于门右。"包何《相里使君第七男生日》:"他时干蛊声名著,今日悬弧宴乐酣。"

　　②"虎竹"二句:虎竹,铜虎符、竹使符,刺史信物。熊侯,古代饰以熊皮的箭靶。张皇,犹张设。

　　③登:《丛刊》本作"客"。

　　④"曾习"二句:邹鲁学,谓孔、孟儒学。邹,春秋邾国,战国时为驺,今山东邹县。孟子邹人。鲁,春秋时国名,都今山东曲阜。孔子生于鲁昌平乡陬邑。《庄子·天下》:"其在于诗、书、礼、乐者,邹鲁之士、搢绅先生多能明之。"陪鸳鹭翔,谓在朝为官。

　　⑤投笔:弃文就武。魏征《述怀》:"中原初逐鹿,投笔事戎轩。"

第十三编　歌行

长安道

汉家宫殿含云烟，两宫十里相连延。^①晨霞出没弄丹阙，春雨依微自甘泉^②。春雨依微春尚早^③，长安贵游爱芳草。宝马横来下建章，香车却转避驰道。^④贵游谁最贵，卫霍世难比^⑤。何能蒙主恩，幸遇边尘起^⑥。归来甲第拱皇居，朱门峨峨临九衢。^⑦中有流苏合欢之宝帐，一百二十凤凰罗列含明珠。^⑧下有锦铺翠被之粲烂，博山吐香五云散。^⑨丽人绮阁情飘飘，头上鸳鸯双翠翘。^⑩低鬟曳袖回春雪，聚黛一声愁碧霄。^⑪山珍海错弃藩篱，烹犊炰羔如折葵。^⑫既请列侯封部曲，还将金印授庐儿。^⑬欢荣若此何所苦，但苦白日西南驰^⑭。

【题解】

此诗，孙望《韦应物诗集系年校笺》疑作于大历十、十一年(775、776)间，时在长安为京兆府功曹参军。《长安道》，乐府旧题，汉横吹曲十八曲之一。诗作以乐府旧题写时事，借汉代外戚卫青、霍去病恃功得宠的故事，穷形尽相地描绘了权贵们穷奢极欲的腐朽生活，揭露、讽刺和批判之意较为明显。所谓时事，当是指早前天宝末年，唐玄宗用杨贵妃从兄杨国忠为相，"姊妹弟兄皆列士"(白居易《长恨歌》)，外任安禄山、史思明等胡人为将，骄横跋扈。

【注释】

①"汉家"二句：汉家宫殿，汉长安城中有长乐、未央、建章等宫。连延，《文苑英华》卷一九二校"一作'联延'"。

②"春雨"句：依微自，《文苑英华》本作"霏微似"。依微，细微，轻微。甘泉，汉宫名。

③春雨：《文苑英华》本作"甘泉"。

④"宝马"二句：建章，汉长安宫名。驰道，御道，皇帝驰走车马的正道。

⑤卫霍：卫青、霍去病。张说《药园宴武洛沙将军》："文学引王枚，歌钟陈卫霍。"

⑥边尘：指战争。戴叔伦《送耿十三湋复往辽海》："野迥边尘息，烽消戍垒空。"

⑦"归来"二句：甲第，最上等的第宅。拱，环绕，拱卫。皇居，皇宫。朱门，红色大门。古代达官贵人住宅门漆成朱红色，以示尊贵。峨峨，高貌。九衢，京城中四通八达的道路。汉长安中有八街九陌。

⑧"中有"二句：流苏、合欢，均帐上装饰。流苏，羽毛或彩色丝线制成的穗子。合欢，连成合欢花形的网格状图案。凤凰，传说中神鸟。此亦当是指帐上图案。

⑨"下有"二句：锦铺，《文苑英华》本作"金铺"。博山，博山炉，铸造镂刻成重叠山形的香炉。《西京杂记》卷一："长安巧工丁缓者……又为卧褥香炉，一名被中香炉。……为机环转运四周，而炉体常平，可置之被褥，故以为名。又作九层博山香炉，镂为奇禽怪兽，穷诸灵异，皆自然运动。"五云，五色云气。此指香烟。

⑩"丽人"二句：飘飘，《文苑英华》、《乐府诗集》卷二三作"飘飘"。鸳鸯，递修本、《文苑英华》本、《乐府诗集》本作"鸳钗"。翠翘，翠鸟羽毛，此指妇女头上形如鸟羽的首饰。

⑪"低鬟"二句：回春雪，形容舞姿的美妙。曹植《洛神赋》："仿佛兮若轻云之蔽月，飘飘兮若流风之回雪。"聚黛，凝眉。黛，画眉的青黑色颜料。愁碧霄，形容歌声的美妙。

⑫"山珍"二句：海错，各种海产的统称。折葵，摘取园中葵菜，极言得来之易。刘桢《赠从弟》三首其一："岂无园中葵，懿此出深泽。"

⑬"既请"二句：列侯，最高的封爵。秦制，爵位二十级，彻侯位最高，后避汉武帝名改为通侯，或称列侯。部曲，此指部下。卫青裨将及校尉封侯

者九人,为特将者十五人,霍去病部下校尉吏有功封侯者六人,为将军者二人。庐儿,奴仆。《汉书·鲍宣传》:"苍头庐儿,皆用致富。"颜师古注引孟康曰:"汉名奴为苍头。诸给殿中者所居为庐,苍头侍从,因呼为庐儿。"

⑭"但苦"句:但苦,《文苑英华》本作"所苦"。曹植《名都篇》:"白日西南驰,光景不可攀。"

【汇评】

明袁宏道:清词丽句,灼灼动人。(参评本)

明顾璘:苏州尚古,故能为乐府遗音。(朱墨本)

明周珽《唐诗选脉会通评林》:首八句言长安辇毂之下贵游之盛。"卫霍世难比"以下,申言贵游,由承恩获宠,致所居所享极其富贵侈丽,且假权私植,无不遂意,但识欢荣,何知忧苦!末句有唯日不足之思,含讥寓讽,言外意深。

[日]近藤元粹评订《韦苏州集》:一起壮丽浑雅,声击金石,王、孟亦恐避三舍。("贵游"数句)忽插短句,更生气势,甚妙。("中有"数句)至此又插入长句,用隔句对法,如涛浪汹涌,从风激昂。("丽人"一段)更叙丽人一段,笔致横生,意境俱佳。(诗末)一结有多少情趣。

行路难

荆山之白玉兮,良工雕琢双环连,月蚀中央镜心穿。①故人赠妾初相结,恩在环中寻不绝。②人情厚薄苦须臾,昔似连环今似玦。③连环可碎不可离,如何物在人自移。上客勿遽欢④,听妾歌路难。旁人见环环可怜,不知中有长恨端。

【题解】

此诗创作时地未详。诗题,一作《连环歌》。《乐府诗集》卷七〇引《乐府题解》:"《行路难》,备言世路艰难及离别悲伤之意,多以'君不见'为首。"

今存最早的是鲍照《拟行路难》十八首。不过,既直标"拟",则亦知并非鲍照新创乐曲。《乐府诗集》又引《陈武别传》曰:"'武常牧羊,诸家牧竖有知歌谣者,武遂学《行路难》。'则所起亦远也。"诗作描写女子对"故人"的思念之情,哀怨凄婉,部分地合于乐府旧题所包含的伤别之恨的声情特征。

【注释】

①"荆山"三句:荆山,和氏璧的产地。雕,原作"凋",此据元修本、递修本、活字本、《丛刊》本、《文苑英华》卷二〇〇、《全唐诗》本校改。"月蚀"句,谓玉环中心镂空,状如月亮中心被蚀一样。镜心,喻明洁之物的中心。此指玉环中心。

②"故人"二句:故人,女子指称其夫婿、前夫、情人等。《古诗为焦仲卿妻作》:"怅然遥相望,知是故人来。"寻,连续不断。

③"人情"二句:厚薄,犹亲疏。玦(jué),玉玦,有缺口之玉。"玦"、"决"同音,故古人每赠玉玦以示决绝之意。

④上客:贵客。谢朓《金台聚》:"渠碗送佳人,玉杯邀上客。"

【汇评】

[日]近藤元粹评订《韦苏州集》:第三单句。又,连环可碎一解,为前后枢纽,笔力千斤。又,一结有无限情趣。首尾回应,诗亦如连环无端。

横塘行

妾家住横塘,夫婿郫家郎①。玉盘的历矢白鱼,湘簟玲珑透象床。②象床可寝鱼可食,不知郎意何南北。岸上种莲岂得生,池中种槿岂得成③。丈夫一去花落树,妾独夜长心未平④。

【题解】

此诗,孙望《韦应物诗集系年校笺》疑作于苏州刺史任上。横塘,地名,在今南京西南。一说在今苏州吴县西南。诗词中常以横塘指女子所居之处。如崔颢《长干行》:"君家在何处,且住在横塘。"诗写闺怨,虽为寻常题材,但以两句五言带八句七言,句式整齐而又灵活,有助于意境的自由铺叙发挥。又善用比兴与修辞手法,成功表现出深厚而强烈的感情。

诗中尤其是"岸上种莲岂得生"二句的写法,按照钱锺书先生的理解,是以"错乱颠倒之象"寓"世事反经失常"之意,而文学艺术,正是借助这些"不可能之事",也即有悖于外在社会现实的虚拟现象,以传达内心的独特感受。换言之,文学艺术中对"不可能之事"的呈示,实质上是通过对外在真实性的颠覆以传达内在的真实性。这在情诗中体现得尤为明显,如《上邪》以及敦煌曲子词《菩萨蛮》(枕前发尽千般愿)等,其中的盟誓,即是"以不可能之事示心志之坚挚"(《管锥编·楚辞洪兴祖补注》)。

【注释】

①郗(xī)家郎:当指郗鉴族中人。郗鉴官至司空、侍中,子愔、昙,愔子超,昙子恢,均至显官。

②"玉盘"二句:的历,即的皪。矢,陈列。湘簟,湘妃竹编成的席。湘,递修本作"宝"。玲珑,空明,明彻。鲍照《中兴歌》十首其四:"白日照前窗,玲珑绮罗中。"象床,以象牙为饰的床。鲍照《代白纻舞歌辞》四首其二:"象床瑶席镇犀渠,雕屏匼匝组帷舒。"

③槿:木槿,落叶灌木,花紫红色或白色。

④夜长:《丛刊》本、《唐诗品汇》卷三三作"长夜"。

【汇评】

宋刘辰翁:(末二句)却是怨意。(张习本)

明顾璘:声声乐府。(朱墨本)

明邢昉《唐风定》:高雅质素,野火之气更无着处,犹是五言妙境。

明周珽《唐诗选脉会通评林》:章法古,易;无一句不古,难。句法如此,手眼可夺鬼工。

清吴瑞荣《唐诗笺要》:岸莲、池槿,巧思已开晚唐门径。

[日]近藤元粹评订《韦苏州集》:奇语冲吻出,第三解(指"岸上"以下四句)最妙绝,姿态横生。

贵游行

汉帝外家子,恩泽少封侯。^①垂杨拂白马,晓日上青楼^②。上有颜如玉,高情世无俦。^③轻裾含碧烟,窈窕似云浮^④。良时无还景,促节为我讴。^⑤忽闻艳阳曲,四坐亦已柔。宾友仰称叹,一生何所求。平明击钟食^⑥,入夜乐未休。风雨愆岁候,兵戈横九州。^⑦焉知坐上客,草草心所忧^⑧。

【题解】

此诗疑作于乾元中,时在长安。贵游,王公贵族子弟之无官职者。《周礼·地官·师氏》:"掌国中失之事以教国子弟,凡国之贵游子弟学焉。"郑玄注:"贵游子弟,王公之子弟。游,无官司者。"诗作描绘皇帝外戚贵游子弟恃宠跋扈、游宴无度的享乐生活。

【注释】

①"汉帝"二句:外家,外祖父母家,舅家。皇帝外家,即指后族外戚。"恩泽"句,谓无功而以后族恩宠封侯者。

②青楼:原指女子所居,后多指妓院。

③"上有"二句:颜如玉,美女。《诗·召南·野有死麕》:"白茅纯束,有女如玉。"世无俦,一作"非无俦"。

④窈窕:妖冶貌。

⑤"良时"二句:还景,还光,谓时光倒流。促节,急促的节拍。陆机《拟东城一何高》:"长歌赴促节,哀响逐高徽。"

⑥击钟食:钟鸣鼎食。

⑦"风雨"二句:愆岁候,谓岁序失调。兵戈,代指战争。九州,古代中国的地理区划,诸说不同,《书·禹贡》以冀、豫、雍、扬、兖、徐、梁、青、荆为九州。此泛指中国。

⑧草草:忧貌。李白《闺情》:"织锦心草草,挑灯泪斑斑。"

【汇评】

宋刘辰翁:末二句可感。(张习本)

酒肆行

豪家沽酒长安陌,一旦起楼高百尺。碧疏玲珑含春风,银题彩帜邀上客。①回瞻丹凤阙,直视乐游苑。②四方称赏名已高,五陵车马无近远③。晴景悠扬三月天,桃花飘俎柳垂筵。繁丝急管一时合,他垆邻肆何寂然④。主人无厌且专利,百斛须臾一壶费⑤。初醲后薄为大偷⑥,饮者知名不知味。深门潜酝客来稀,终岁醇醲味不移⑦。长安酒徒空扰扰,路傍过去那得知。⑧

【题解】

此诗,孙望《韦应物诗集系年校笺》疑作于大历十、十一年(775、776)间在长安为京兆府功曹参军时。诗作描写商人奸诈投机、贪得无厌和以次充好等"专利"之举,富于揭露和批判的现实意义。

【注释】

①"碧疏"二句:碧疏,碧窗。袁宏《拟古》:"文幌曜琼扇,碧疏映绮棂。"银题,银字匾额。彩帜,彩色酒帘。

②"回瞻"二句:丹凤阙,即丹凤门,此指皇宫。乐游苑,在长安东乐游原上。

③五陵:汉代皇帝的五座陵墓。西汉皇帝陵墓均在长安附近,且迁王公贵族及各地豪家于陵墓附近居住,故以五陵代指豪贵聚居之地。

④邻:《文苑英华》卷三三六作"酒"。

⑤"百斛"句:谓此酒肆中一壶之费,可于他处购百斛酒。须臾一壶费,

壶,一作"囊",《文苑英华》本作"一酿斯须美"。

⑥后:原作"厚",此据递修本、活字本、《丛刊》本、《文苑英华》、《全唐诗》本校改。

⑦醇醲:酒味浓厚甘美。

⑧"长安"二句:扰扰,纷乱貌。过去,《文苑英华》本作"过者"。

【汇评】

宋刘辰翁:为况甚切。(和刻本)

[日]近藤元粹评订《韦苏州集》:("初醲"二句)有名无实以为大偷者,天下岂一酒肆哉！噫！

相逢行

二十登汉朝,英声迈今古。适从东方来,又欲谒明主。犹酎新丰酒,尚带灞陵雨。^①邂逅两相逢,别来问寒暑^②。宁知白日晚,暂向花间语。忽闻长乐钟^③,走马东西去。

【题解】

此诗,孙望《韦应物诗集系年校笺》认为作于建中二年(781)任比部员外郎时。相逢行,乐府相和歌辞。诗作以乐府旧题写新意,谓与友人邂逅,晤谈至暮,又要分别。

【注释】

①"犹酎"二句:新丰,汉县名,故城在今陕西临潼东北。王维《少年行》:"新丰美酒斗十千,咸阳游侠多少年。"

②问:《乐府诗集》卷三四作"间"。

③长乐:汉长安宫名。钱起《赠阙下裴舍人》:"长乐钟声花外尽,龙池柳色雨中深。"

【汇评】

宋刘辰翁:极似(一本作有)侠意,又如鬼语。(和刻本)

明桂天祥：犹酤新丰酒、便侠。（转引自孙望《韦应物诗集系年校笺》）

乌引雏

　　日出照东城，春乌鸦鸦雏和鸣。雏和鸣，羽犹短。巢在深林春正寒，引飞欲集东城暖。群雏离褷睥睨高①，举翅不及坠蓬蒿。雄雌来去飞又引，音声上下惧鹰隼②。引雏乌，尔心急急将何如。何得比日搜索雀卵啖尔雏③。

【题解】

　　此诗创作时地未详。诗写雌雄乌鸦带着幼雏迁徙趋暖，情景欢跃。后半首担心鹰隼觅卵啖雏的心理活动描写，尤为出色。诗作明显针对以强凌弱的社会现象而发，通过淋漓尽致地暴露统治阶级的残暴野蛮，寄寓了自己深沉的感情。

【注释】

　　①"群雏"句：离褷(shī)，毛羽始生貌。李白《雉朝飞》："锦衣绮翼何离褷，犊牧采薪感之悲。"睥睨，城上短墙，女墙。杜甫《南极》："睥睨登哀柝，蟾弧照夕曛。"

　　②鹰隼：老鹰与鹞鹰两种猛禽，搏击凡鸟。

　　③"何得"句：何得，怎会，怎能。杜甫《最能行》："若道士无英俊才，何得山有屈原宅。"比日，连日，近来。搜索雀卵啖尔雏，此指鹰隼。

【汇评】

宋刘辰翁：意好句得。（张习本）

[日]近藤元粹评订《韦苏州集》：(篇首)突起甚警拔。(篇末)群乌啖雀卵，而鹰隼又攫乌雏，出乎尔者，反乎尔者也，独无奈群雀细禽之可悯，何也？

鸢夺巢

　　野鹊野鹊巢林梢，鸱鸢恃力夺鹊巢①。吞鹊之肝啄鹊脑，窃食偷居常自保②。凤凰五色百鸟尊③，知鸢为害何不言。霜鹯野鹞得残肉，同啄膻腥不肯逐。④可怜百鸟生纵横⑤，虽有深林何处宿。

【题解】

　　此诗创作时地未详。诗作无情地揭露鸢"吞鹊之肝啄鹊脑"的残暴行径，愤怒地谴责凤凰对鸢的放任纵容以及鹯鹞的甘当帮凶，对于受鸢侵凌而"纷纵横"的百鸟，则寄寓无限的同情与哀怜。

【注释】

　　①"鸱鸢"句：鸢，鸷鸟名，即鸱，俗称鸱鹰、老鹰，以蛇、鼠、小鸟等为食。此比喻残害百姓的豪强官吏、藩镇等。鹊，鸟名，善筑巢。此以喻善良百姓。

　　②常：递修本作"还"。

　　③凤凰：传说中的神鸟名。此以喻朝中执政者。

　　④"鹯鹞（zhān yào）"二句：鹯鹞，均猛禽，古人以逐鸟雀之鹰鹯喻职掌弹劾之官吏。膻腥，荤腥。高适《送郭处士往莱芜兼寄苟山人》："身上未曾染名利，口中犹未知膻腥。"

　　⑤"可怜"句：生，递修本作"纷"。纵横，多貌。鲍照《代放歌行》："冠盖纵横至，车骑四方来。"

【汇评】

　　[日]近藤元粹评订《韦苏州集》：前后数篇皆六义中比体，托讽深远而指意自跃然于言外。（"霜鹯"二句）方今得残肉同啄膻腥者谁，读者不可不考一考。

燕衔泥

衔泥燕，声喽喽，尾涎涎。^①秋去何所归，春来复相见^②。岂不解决绝高飞碧云里^③，何为地上衔泥滓。衔泥虽贱意有营，杏梁朝日巢欲成^④。不见百鸟畏人林野宿，翻遭网罗俎其肉，未若衔泥入华屋。燕衔泥，百鸟之智莫与齐。

【题解】

此诗创作时地未详。诗人描写燕子的形象，概括它的习性，认为正是因为寄人檐下而不似一般禽鸟林野远栖，它才最终得以保全。诗作通过貌似"赞赏"燕子险中求稳、全身避祸的生存智慧，实际上是嘲讽阿谀攀附之徒，表现出了一定的哲理性和思辨性。

【注释】

①"声喽喽"二句：喽喽，声多貌。涎(diàn)涎，光泽貌，《丛刊》本、《全唐诗》本作"涎涎"。《汉书·五行志》："成帝时童谣曰：'燕燕尾涎涎，张公子，时相见……'其后帝为微行出游，常与富平侯张放俱称富平侯家人，过阳阿主作乐，见舞者赵飞燕而幸之，故曰'燕燕尾涎涎'，美好貌也。"

②来：《文苑英华》卷三二九作"还"。

③决绝：坚定地，断然地。

④杏梁：文杏为梁，指华丽屋宇。谢朓《杂咏三首·烛》："杏梁宾未散，桂宫明欲沉。"

【汇评】

宋刘辰翁：(喽喽)何似喃喃。(涎涎)音甸，美好貌。末二句未用《庄子》一句，高甚(一作不如《庄子》一句高)。(张习本)

[日]近藤元粹评订《韦苏州集》：单句起，奇想奇格。("未若"句)未若七字单句，笔力劲拔。又，方今出入华屋以营其巢者谁，读者亦宜考一考。

497

鼙鼓行

　　淮海生云暮惨淡,广陵城头鼙鼓暗。寒声坎坎风动边,
忽似孤城万里绝,^①四望无人烟。又如房骑截辽水,胡马不食
仰朔天。^②座中亦有燕赵士^③,闻鼙不语客心死。何况鳏孤火
绝无晨炊,独妇夜泣官有期。^④

【题解】

　　此诗,孙望《韦应物诗集系年校笺》疑作于大历八年(773)冬淮海客游
期间在广陵时。鼙鼓,军中小鼓。诗写广陵城头听鼙鼓的感受,充分表现
乱离之悲,深刻反映战争带给人民的深重灾难与无尽痛苦。

【注释】

　　①"寒声"二句:坎坎,鼓声。《诗·小雅·伐木》:"坎坎鼓我,蹲蹲舞
我。"孤城,边远的孤立城寨或城镇。王昌龄《从军行》七首其四:"青海长云
暗雪山,孤城遥望玉门关。"

　　②"又如"二句:又,原作"人",此据递修本、《文苑英华》卷三三五校改。
辽水,即辽河,东辽河、西辽河会合于辽宁昌图,南流至盘中注入渤海。朔,
活字本作"愬"。

　　③燕赵:战国时二国名,此泛指今河北、山西一带。

　　④"何况"二句:鳏独,孤苦无告的人。鳏,无妻。独,无父母。期,
期限。

【汇评】

　　[日]近藤元粹评订《韦苏州集》:形容惨淡杀气,垒涌于纸上矣。又,主
旨在末解。

古剑行

千年土中两刃铁,土蚀不入金星灭①。沉沉青脊鳞甲满②,蛟龙无足蛇尾断。忽欲动③,中有灵。豪士得之敌国宝,仇家举意半夜鸣④。小儿女子不可近⑤,龙蛇变化此中隐。夏云奔走雷阗阗,恐成霹雳飞上天。⑥

【题解】

此诗创作时地未详。诗人曾于天宝年间宫闱出入,游幸扈从,这样特殊的经历加上他身上本就赋有的某种豪侠秉性,使得其诗时时葆有一种盛唐的气格,如《骊山行》《温泉行》等抒写人世沧桑之慨的长篇歌行,鲜丽的色彩,流转的音调以及饱满的激情,尤能表现出"才丽"的特征。

【注释】

①金星:指剑身星状小点,犹如闪烁之火花。李端《度关山》:"拂剑金星出,弯弧玉羽鸣。"

②"沉沉"句:沉沉,昏暗貌。脊,《文苑英华》卷三四七作"剑"。鳞甲,喻指锈蚀的斑纹。

③欲动:《文苑英华》本作"欲动时",《全唐诗》本作"欲飞动"。

④"仇家"句:《拾遗记》卷一:"有曳影之剑,腾空而舒,若四方有兵,此剑则飞起指其方,则克伐。未用之时,常于匣里,如龙虎之吟。"举,《文苑英华》本作"有"。

⑤可:《文苑英华》本作"敢"。

⑥"夏云"二句:阗阗,形容声音洪大。此指雷声。刘敬叔《异苑》卷二:"晋惠帝太康五年,武库火,烧汉高祖斩白蛇剑、孔子履、王莽头等三物。中书监张茂先惧难作,列兵陈卫,咸见此剑穿屋飞去,莫知所向。"

金谷园歌

　　石氏灭[①]，金谷园中水流绝。当时豪右争骄侈，锦为步障四十里。[②]东风吹花雪满川，紫气凝阁朝景妍[③]。洛阳陌上人回首，丝竹飘飖入青天。晋武平吴恣欢燕，余风靡靡朝廷变。[④]嗣世衰微谁肯忧，二十四友日日空追游。[⑤]追游讵可足，共惜年华促。祸端一发埋恨长[⑥]，百草无情春自绿。

【题解】

　　此诗，孙望《韦应物诗集系年校笺》认为当作于任洛阳丞时。金谷园，故址在今河南洛阳西。诗盖游金谷后有感于石家史事而作，虽有年华似水之叹，感慨功名富贵不足为贵，但浓缩复杂的历史画面于尺幅之间，展示历史规律的无情，要在借古讽今，较为含蓄地揭露当时豪右的穷奢极欲。

【注释】

　　①石氏：石崇，字季伦，渤海南皮人，晋初功臣石苞之子，官至散骑常侍、侍中，为孙秀矫诏所杀。

　　②"当时"二句：豪右，豪强大族，世家大户。此指石崇、王恺等。《后汉书·明帝纪》："滨渠下田，赋与贫人，无令豪右得固其利。"右，原作"石"，此据元修本、递修本、活字本、《丛刊》本、《文苑英华》卷三四三、《全唐诗》本校改。步障，用以遮蔽风尘或障隔内外的屏幕。曹植《妾薄命》二首其二："华灯步障舒光，皎若日出扶桑。"

　　③气：《文苑英华》本作"氛"。

　　④"晋武"二句：晋武，司马炎。泰始元年代曹魏为帝，太康元年平定孙吴，统一中国。靡靡，相随顺貌。

　　⑤"嗣世"二句：嗣世，承嗣。衰微，衰败。《贾谧传》："渤海石崇、欧阳建，荥阳潘岳，吴国陆机、陆云，兰陵缪征，京兆杜斌、挚虞，琅邪诸葛诠，弘

500

农王粹，襄城杜育，南阳邹捷，齐国左思，清河崔基，沛国刘瑰，汝南和郁、周恢，安平牵秀，颖川陈畛，太原郭彰，高阳许猛，彭城刘讷，中山刘舆、刘琨皆傅会于谧，号曰'二十四友'，其余不得预焉。"

⑥祸端：灾祸的开端、根源。据《晋书·石崇传》，贾谧诛，石崇坐党与免官。崇有妓绿珠美艳，孙秀使人求之，崇不许。秀怒，乃劝赵王伦诛崇。崇亦与潘岳劝淮南王允、齐王冏以图伦、秀。秀乃矫诏收崇、岳等，杀之。

【汇评】

[日]近藤元粹评订《韦苏州集》：可以锻炼，语皆警峭，气局亦宽然有余。（"东风"一解）第三解画亦不及。（"晋武"数句）战胜余弊，后人宜警戒。又，字句长短错综，控纵自如。（诗末结处）一结余音绕梁，三日不绝。

温泉行

出身天宝今年几，顽钝如鎚命如纸。①作官不了却来归②，还是杜陵一男子。北风惨惨投温泉，忽忆先皇游幸年。身骑厩马引天仗，直入华清列御前。③玉林瑶雪满寒山，上升玄阁游绛烟④。平明羽卫朝万国，车马合沓溢四鄽。⑤蒙恩每浴华池水，扈猎不蹂渭北田。⑥朝廷无事共欢燕，美人丝管从九天。一朝铸鼎降龙驭，小臣髯绝不得去。⑦今来萧瑟万井空⑧，唯见苍山起烟雾。可怜蹭蹬失风波⑨，仰天大叫无奈何。弊裘羸马冻欲死，赖遇主人杯酒多。

【题解】

此诗疑作于大历初，时罢洛阳丞后归长安途经骊山。温泉，温泉宫，即华清宫，在骊山，以有温泉华清池得名。天宝中韦应物曾侍从华清宫，又有故居在骊山。诗作纪事兼抒情。曾经参与扈从的诗人如今重游温泉，方能写出如许今昔之感。诗作将安史乱后国势的衰微与个人的沉沦结合在一起,浓重悲凉的历史沧桑之感弥漫全篇。在曾几何时的辛酸回味中,谅亦隐含有对玄宗荒唐的微词。

【注释】

①"出身"二句:出身,委身事君。鲍照《代东武吟》:"仆本寒乡士,出身蒙汉恩。"韦应物天宝中为三卫。顽钝,愚鲁呆笨。鎚,一作"铅"。

②了:了结官事。

③"身骑"二句:厩马,御厩中马。天仗,皇帝的仪仗。沈佺期《白莲花亭侍宴应制》:"九日陪天仗,三秋幸禁林。"华清,华清宫,在骊山。

④玄阁:当指华清宫朝元阁。

⑤"平明"二句:羽卫,仪仗队,仪仗多以羽毛为饰。江淹《杂体》三十首其二十七《袁太尉淑从驾》:"羽卫蔼流景,彩吹震沉渊。"鄽,俗"廛"字,市中陈物处。此泛指人口密集处。

⑥"蒙恩"二句:华池,华清池,递修本作"欲"。"扈猎"句,谓狩猎不践踏田中庄稼。蹂,蹂躏践踏。

⑦"一朝"二句:言玄宗之死。《史记·封禅书》:"黄帝采首山铜,铸鼎于荆山下。鼎既成,有龙垂胡须迎黄帝,黄帝上骑,群臣后宫从上者七十余人,龙乃上去。余小臣不得上,乃悉持龙须,龙须拔,坠,坠黄帝之弓。"

⑧"今来"句:萧瑟,荒凉冷落。瑟,一作"索"。

⑨蹭蹬:失势貌。木华《海赋》:"或乃蹭蹬穷波,陆死盐田。"

【汇评】

宋刘辰翁:结处俶荡语,惟少陵有之。(参评本)

[日]近藤元粹评订《韦苏州集》:("一朝"句以下一段)至此不胜今昔之感,叙得悲壮。

学仙二首

昔有道士求神仙,灵真下试心确然。①千钧巨石一发悬,卧之石下十三年。存道忘身一试过,名奏玉皇乃升天。云气

502

冉冉渐不见，留语弟子但精坚②。

　　石上凿井欲到水，惰心一起中路止。③岂不见，古来三人俱弟兄④，结茅深山读仙经。上有青冥倚天之绝壁，下有飓飔万壑之松声。仙人变化为白鹿，二弟玩之兄诵读。读多七过可乞言，为子心精得神仙。可怜二弟仰天泣，一失毫厘千万年⑤。

【题解】

　　此组诗创作时地未详。诗题"学仙二首"，《文苑英华》卷三三三录第一首，题作《学仙难》。两首诗通过讲述两个学仙的故事，从正反两个方面清楚明白地揭示出了学仙"但精坚"，也即"存道忘身"的苦修诚炼的主题。

【注释】

　　①"昔有"二句：道士，指刘伟道。《真诰》卷五："昔中山刘伟道，学仙在潘冢山，积十二年，仙人试之以石，重十万斤，一白发悬之，使伟道卧其下。伟道颜无变色，心安体悦，卧在其下，积十二年。仙人数试之，无所不至，已皆悟之，遂赐其神丹而白日升天。"灵真，仙人，得道的真人。

　　②弟子：《文苑英华》本作"子弟"。

　　③"石上"二句：《历世真仙体道通鉴》卷二四载杨羲语："学道当如穿井，井愈深，土愈难出，非坚其心正其行，岂得见泉源耶？"

　　④三人：谓周君兄弟三人。《真诰》卷五："昔周君兄弟三人，并少而好道，在于常山中积九十七年，精思无所不感。忽见老公，……出素书七卷，以与诵之，兄弟三人俱精读之。奄有一白鹿在山旁，二弟放书观之，周君读之不废。二弟还，周君多其弟七过。……周君诵之万过，二弟诵得九千七百三十三过。周君翻然飞仙。二弟取书诵之石室，忽有石爆成大火，烧去书，二人遂不得仙。"

　　⑤"一失"句：《礼记·经解》："《易》曰：'君子慎始，差若毫厘，缪以千里。'"毫厘，比喻极微细。

宋刘辰翁评第二首:此与后《遇神女歌》等皆托意甚严。(张习本)

清沈德潜《唐诗别裁》卷七:二章总言求道贵专。

[日]近藤元粹评订《韦苏州集》:("上有"句)李白《蜀道难》句法与此同。(篇末)似有为而发。

广陵行

雄藩镇楚郊,地势郁岧峣。双旌拥万戟,中有霍嫖姚。^①海云助兵气,宝货益军饶^②。严城动寒角^③,晚骑踏霜桥。翕习英豪集^④,振奋士卒骁。列郡何足数,趋拜等卑寮。^⑤日晏方云罢,人逸马萧萧。忽如京洛间,游子风尘飘。归来视宝剑,功名岂一朝^⑥。

【题解】

此诗当作于大历五年(770)左右,时在扬州。广陵,郡名,即扬州,时为淮南节度使治所。诗咏广陵行胜,兵马雄健,远在列郡之上,然其意却并不在于尽此"天下乐国"(葛立方《韵语阳秋》卷一三)之美。如诗末"忽如京洛间"四句所云,虽不无失意飘零之憾,却始终怀抱青云求索之志。

【注释】

①"双旌"二句:双旌,节度使的仪仗。霍嫖姚,霍去病。此借指淮南节度使。

②军饶:军队丰富的物资供应。韩愈《崔评事墓志铭》:"连岁大穰,军食以饶。"

③严城:戒严之城。此指驻军之城。

④翕习:盛貌。刘希夷《将军行》:"献凯归京都,军容何翕习。"

⑤"列郡"二句:列郡,众多州郡,此指各州刺史。大历中,淮南节度使

辖扬、楚、滁、和、庐、舒、光、安、申、沔等十州。数,比拟,数说。卑寮,下级官吏。

⑥岂一朝:谓非一朝一夕可得。岂,《唐诗品汇》卷一四作"非"。左思《咏史》八首其二:"地势使之然,由来非一朝。"

萼绿华歌

有一人兮升紫霞,书名玉牒兮萼绿华①。仙容矫矫兮杂瑶佩②,轻衣重重兮蒙绛纱。云雨愁思兮望淮海,鼓吹萧条兮驾龙车。世淫浊兮不可降,胡不来兮玉斧家。③

【题解】

此诗创作时地未详。萼绿华,女仙名。《真诰》卷一载《萼绿华》诗,并云:"萼绿华者,自云是南山人,不知是何山也。女子,年可二十上下,青衣,颜色绝整。以升平三年十一月十日夜降,……赠此诗一篇,并致火浣布手巾一枚,金玉条脱各一枚。……访问此人,云是九嶷山中得道女罗郁也,宿命时曾为师母毒杀乳妇,元洲以先罪未灭,故今谪降于臭浊,以偿其过。"《集仙录》所载与之稍异:"罗郁,九疑山中得道女,梁简文帝时降黄门郎羊权家。"亦省称"萼绿"。如白居易《霓裳羽衣歌》即云:"上元点鬟招萼绿,王母挥袂别飞琼。"后来,李商隐的一首《重过圣女祠》中也有所涉及:"萼绿华来无定所,杜兰香去未移时。"本来,按照《真诰》中定下的行文基调,萼绿华是仙女下降人间与凡男子相好,并教导凡男子修行成仙的典型代表。而韦诗中却说"世淫浊兮不可降",明显流露出对恶浊的社会的不满。这说明作者意在寄慨时事,表述个人情志。

【注释】

①玉牒:玉制简册。此指仙人名籍。

②矫矫:出众貌,卓然不群貌。

③"世淫浊"二句:淫浊,污浊混乱。玉斧,许翙小名。此盖以许翙自比。《真诰》卷二〇《真胄世谱》:"(许迈)小男名翙,字道翔,小名玉斧。正生,幼有珪璋标挺,长史器异之。郡举上计掾、主簿,并不赴。清秀莹洁,糠秕尘务。居雷平山下,修业勤精,恒愿早游洞府,不欲久停人世。"又,据韦应物《元蘋墓志》:"男生数月,名之玉斧,抱以主丧。"其子庆复小名亦为玉斧。

王母歌

众仙翼神母,羽盖随云起。①上游玄极杳冥中②,下看东海一杯水。海畔种桃经几时,千年开花千年子。③玉颜眇眇何处寻,世上茫茫人自死。

【题解】

此诗创作时地未详。诗题,一作《玉女歌》。其中"王母",神话中女神,即西王母。传说周穆王西游,觞王母于瑶池之上。又汉武帝时,西王母来降。成为游仙诗创作主题的重要道教传说,大致有沧海桑田传说、刘晨阮肇传说、王乔吹笙传说、丁令威化鹤传说以及此诗中涉及的西王母传说。诗人在饱经人世沧桑之余,油然而生对神仙的羡慕之情。所以,诗中所描绘的神仙境界,就成为了"象征着超越生命的意象"(葛兆光《道教与中国文化》),这是对生的无限憧憬。当然,如果跟李、杜的同主题七言歌行之作相比,韦诗就显然要逊色得多,甚至可说是神气全非。

【注释】

①"众仙"二句:翼,羽翼,簇拥。神母,即谓王母。《汉武帝内传》:王母来降时,"殿前有似鸟集,或驾龙虎,或乘白麟,或乘轩车,或乘天马。群仙数千,光耀庭宇。"羽盖,以鸟羽为饰的车盖。此指仙人车驾。

②玄极杳冥:极悠远处。此指天最高处。

③"海畔"二句:《汉武帝内传》:王母降汉武帝,"又命侍女更索桃果。须臾,以玉盘盛仙桃七颗,大如鸭卵,形圆,青色,以呈王母。母以四颗与帝,三颗自食。桃味甘美,口有盈味。帝食,辄收其核。王母问帝,帝曰:'欲种之。'母曰:'此桃三千年一生实。中夏地薄,种之不生。'帝乃止。"

【汇评】

明袁宏道:结语冷痛,绝似长吉。(参评本)

马明生遇神女歌

学仙贵功亦贵精①,神女变化感马生。石壁千寻启双检,中有玉堂铺玉簟。②立之一隅不与言,玉体安稳三日眠。③马生一立心转坚,知其丹白蒙哀怜④。安期先生来起居,请示金铛玉佩天皇书。⑤神女呵责不合见,仙子谢过手足战。⑥大瓜玄枣冷如冰,海上摘来朝霞凝。⑦赐仙复坐对食讫,颔之使去随烟升。⑧乃言马生合不死,少姑教敕令付尔⑨。安期再拜将生出,一授素书天地毕⑩。

【题解】

此诗创作时地未详。马明生,本姓和,字君实(一作贤),少为县吏,捕盗,为盗所伤,殆死。遇太真夫人,出一丸药,服之立愈。君实乃易姓名,自号马明生,随夫人执役,后亦得道仙去。唐朝关于道教的诗歌,大体上讲,一类是像李白的少数作品,发挥老庄哲学,敝屣富贵功名。其余的基本上是借助仙山楼阁的缥缈之境,来写人间的种种安逸享乐生活。韦诗则与这两类诗歌有所不同,其写作目的不完全在于羡慕神仙的长生久视,而是通过讲述慕道求仙的通俗故事,阐明修仙成败的关键首先在于专诚精一,坚贞不移。

【注释】

①功:《文苑英华》卷三三一校"《集》作'工'"。

②"石壁"二句:检,封检。此指仙人对其居室所加的禁制。堂,《丛刊》本、《文苑英华》本作"床"。

③"立之"二句:立,递修本作"粒"。安稳,原作"安隐",此据《文苑英华》本校改。

④知其:《文苑英华》本作"知无"。

⑤"安期"二句:安期先生,一作安期生,古仙人名。《列仙传》卷上:"安期先生者,琅琊阜乡人也。卖药于东海边,时人皆言千岁翁。秦始皇东游,请见,与语三日三夜,赐金璧,度数千万。出于阜乡亭,皆置去,留书,以赤玉舄一双为报,曰:'后数年求我于蓬莱山。'"起居,问安。杜甫《奉送蜀州柏二别驾将中丞命赴江陵起居卫尚书太夫人因示从弟行军司马位》:"迁转五州防御使,起居八座太夫人。"金铛玉佩天皇书,道书。

⑥"神女"二句:呵责,犹呵斥。仙子,此当指安期生。据《太平广记》卷五七引《神仙传》,安期生曾向神女叩问"玉胎琼膏之方",并求见《九天太真道经》,为神女所拒,以为非下才可得仰瞻。

⑦"大瓜"二句:大瓜玄枣,传说中所谓仙果。《史记·封禅书》:"臣尝游海上,见安期生,安期生食巨枣大如瓜。安期生仙者,通蓬莱中,合则见人,不合则隐。"霞,《文苑英华》本作"暮"。

⑧"赐仙"二句:讫,《文苑英华》本作"了"。使去随烟升,一作"使随玄烟升",《文苑英华》本作"使去随云升"。

⑨"少姑"句:姑,《文苑英华》本作"顷"。教敕,《文苑英华》本作"敕教"。

⑩"一授"句:素书,道书。据《历世真仙体道通鉴》卷一三,马明生从安期生周游天下二十年,勤苦备尝,安期生乃授以太清金液神丹方。地,《文苑英华》本校"一作章"。

【汇评】

宋刘辰翁:然首尾太质。(张习本)

石鼓歌

　　周宣大猎兮岐之阳,刻石表功兮炜煌煌。①石如鼓形数止十,风雨缺讹苔藓涩②。今人濡纸脱其文③,既击既扫白黑分。忽开满卷不可识,惊潜动蛰走云云。喘逶迤,相纠错,乃是宣王之臣史籀作。④一书遗此天地间,精意长存世冥寞。秦家祖龙还刻石,碣石之罘李斯迹。⑤世人好古犹法传,持来比此殊悬隔。⑥

【题解】

　　此诗,孙望《韦应物诗集系年校笺》认为当作于大历十年(775)再莅扶风、武功时。石鼓,鼓形石刻,七世纪初发现于陕西雍县,共十枚,每石各刻四言诗一首,纪田猎之事。《元和郡县图志》卷二:"石鼓文,在(天兴)县南二十里,石形如鼓,其数有十,盖纪周宣王畋猎之事,其文即史籀之迹也。"今人多以为秦代刻石。石鼓原物今存北京故宫博物院。诗作吟咏石鼓,一个很重要的贡献,是初步判断其为"周宣大猎兮岐之阳"时所制,而文字"乃是宣王之臣史籀作"。后来,韩愈在作同题《石鼓歌》时,虽然与韦诗一样精彩地描绘了石鼓文的风采,同时又在写法上将石鼓与自己的命运结合了起来,从而与韦诗面貌有所不同,但还是基本上沿用了这一说法。

【注释】

　　①"周宣"二句:周宣,周宣王。岐之阳,岐山之南。炜(wěi)煌煌,光彩炫耀貌。王延寿《鲁灵光殿赋》:"濯濩燐乱,炜炜煌煌。"

　　②缺讹:指减少和变动。杜甫《石犀行》:"嗟尔三犀不经济,缺讹只与长川逝。"杨伦笺注:"缺谓损其数,讹谓易其处。"

　　③脱:用脱胎的方法复制。此指椎拓。

　　④"喘逶迤"三句:喘,字有夺误,义未详,《丛刊》本"喘"下有一墨钉。

逶迤,谓笔划蜿蜒曲折。纠错,谓笔划纠结交错。史籀,相传周宣王时太史。

⑤"秦家"二句:祖龙,指秦始皇。李白《古风》五十九首其三十一:"璧遗镐池君,明年祖龙死。"碣石,山名,在今河北昌黎西北。曹操《观沧海》:"东临碣石,以观沧海。"之罘(fú),山名,在今山东烟台北。

⑥"世人"二句:法,《全唐诗》本作"共"。悬隔,相隔很远,相差很大。

【汇评】

清乔亿《剑溪说诗》卷上:诗与题称乃佳。如《石鼓歌》三篇,韩、苏为合作,韦左司殊未尽致。

[日]近藤元粹评订《韦苏州集》:长篇大作,竟不得不让一步于韩、苏。(末四句)抑客扬主,亦好手段。虽然,未足以餍人意也。

宝观主白鸲鹆歌

鸲鹆鸲鹆,众皆如漆,尔独如玉。鸲之鹆之,众皆蓬蒿下,尔自三山来音梨。①三山处子下人间,绰约不妆冰雪颜。②仙鸟随飞来掌上,来掌上③,时拂拭。人心鸟意自无猜,玉指霜毛本同色。④有时一去凌苍苍,朝游汗漫暮玉堂⑤。巫峡雨中飞暂湿⑥,杏花林里过来香。日夕依人全羽翼,空欲衔环非报德。⑦岂不及阿母之家青鸟儿⑧,汉宫来往传消息。

【题解】

此诗创作时地未详。宝观主,当是一女道观观主。鸲鹆(qú yù),鸟名,俗名八哥。诗作吟咏白鸲鹆,驰骋想象,以突出所咏之物的特点,彰显"人心鸟意"。

【注释】

①"众皆"二句:蓬蒿下,指斥鷃等小鸟。三山,海中蓬莱、方丈、瀛洲三

仙山。音梨,原作"音裂",《丛刊》本作"音黎",此据递修本校改。

②"三山"二句:处子,未婚少女。此指宝观主。绰约,柔美貌。妆,递修本作"装"。

③来掌上:活字本此三字不重。

④"人心"二句:无猜,没有疑虑。李白《上崔相百忧章》:"冶长非罪,尼父无猜。"指,原作"诣",此据递修本、《丛刊》本、《全唐诗》本校改。本,原作"之",此据递修本、《丛刊》本、《全唐诗》本校改。

⑤"朝游"句:汗漫,广大,漫无边际。玉堂,指仙人所居。左思《吴都赋》:"玉堂对霤,石室相距。"

⑥巫峡:长江三峡之一。此暗用巫山神女事。

⑦"日夕"二句:依人,原作"夜仁",《全唐诗》本作"依仁",此据递修本、《丛刊》本校改。空,原作"立",此据递修本、《丛刊》本、《全唐诗》本校改。

⑧"岂不及"句:阿母,即王母。《山海经·大荒西经》:"沃之野有三青鸟,赤首黑目,……一名曰青鸟。"郭璞注:"皆西王母所使也。"

【汇评】

宋刘辰翁:误字既不可辨,大抵无味。(张习本)

弹棋歌

圆天方地局,二十四气子。①刘生绝艺难对曹,客为歌其能,请从中央起。②中央转斗破欲阑,零落势背谁能弹。③此中举一得六七,旋风忽散霹雳疾。履机乘变安可当,置之死地翻取强。不见短兵反掌收已尽,唯有猛士守四方④。四方又何难,横击上缘边⑤。岂如昆明与碣石⑥,一箭飞中隔远天。神安志惬动十全,满堂惊视谁得然⑦。

【题解】

此诗创作时地未详。弹棋,古代博戏的一种。《后汉书·梁冀传》李贤注引《艺经》："弹棋,两人对局,白黑棋各六枚,先列棋相当,更相弹也。其局以石为之。"至魏改用十六棋,唐又增为二十四棋。王涯《宫词》三十首其十九有云:"向晚移灯上银擎,丛丛绿鬓坐弹棋。"后因失传与象棋的盛行而逐渐衰落,故此诗中语亦多费解。全篇在赞美刘生棋艺高绝的同时,似乎又言及棋理。

【注释】

①"圆天"二句:谓棋局方形象地,其中隆起呈圆形象天,有二十四枚棋子,象二十四节气。李顾《弹棋歌》:"蓝田美玉清如砥,白黑相分十二子。"

②"刘生"三句:绝艺,技艺极为高超。此谓刘生为当时弹棋高手。白居易《代书诗一百韵寄微之》:"征伶皆绝艺,选妓悉名姬。"中央,指棋局中心隆起点。

③"中央"二句:破,《文苑英华》卷三四八作"颇"。能,《文苑英华》本作"敢"。

④四方:指棋局四周方直处。汉高祖《大风歌》:"大风起兮云飞扬,威加海内兮归故乡,安得猛士兮守四方。"

⑤上:《文苑英华》本作"且"。

⑥"岂如"二句:如《文苑英华》本作"知"。昆明,古国名,汉武帝欲伐之,作昆明池以象其国中之滇池。此处指棋局四周边远处。李顾《弹棋歌》:"缘边度陇未可嘉,鸟跂星悬危复斜。"

⑦得:《文苑英华》本校"一作能"。

【汇评】

宋刘辰翁:弹棋法绝,竟亦不省何语也。(和刻本)

听莺曲

　　东方欲曙花冥冥,啼莺相唤亦可听。乍去乍来时近远,才闻南陌又东城。忽似上林翻下苑,绵绵蛮蛮如有情。①欲嗾不啭意自娇,羌儿弄笛曲未调②。前声后声不相及,秦女学筝指犹涩③。须臾风暖朝日暾,流音变作百鸟喧。谁家懒妇惊残梦,何处愁人忆故园。伯劳飞过声蹢躅,戴胜下时桑田绿。④不及流莺日日啼花间,能使万家春意闲⑤。有时断续听不了,飞去花枝犹袅袅⑥。还栖碧树锁千门,春漏方残一声晓。

【题解】

此诗创作时地未详。听莺曲,《文苑英华》卷三四五作"听莺歌"。这是一首咏物佳作。全篇以拟人化的手法着力描绘春莺啼鸣之悦耳,加上用懒妇惊梦、旅人思国等进行烘托,写来绘声绘色、流畅自然。

【注释】

①"忽似"二句:似,《唐诗品汇》卷三三作"往"。上林,秦汉时苑囿名。绵绵蛮蛮,鸟声。《诗·小雅·绵蛮》:"绵蛮黄鸟,止于丘阿。"或指小鸟。

②羌:古代西方少数民族,相传笛自羌族传入。

③"秦女"句:筝,相传为秦地的乐器。指涩,指法生涩不熟练,声音不流畅。

④"伯劳"二句:伯劳,鸟名,一名博劳。《东飞伯劳歌》:"东飞伯劳西飞燕,黄姑织女时相见。"《尔雅翼》卷一四:"《易通卦验》云:'博劳性好单栖,其飞翔,其声嘎嘎,夏至应阴而鸣,冬至而止。……其鸣为将寒之候。'"戴胜,鸟名,首有金黄色羽冠,如饰花胜,故名。王建《戴胜词》:"可怜白鹭满绿池,不如戴胜知天时。"

⑤闲:《唐诗品汇》本作"阑"。

⑥犹:《丛刊》本作"尤"。

【汇评】

宋吴开《优古堂诗话》:钱内翰希白《昼景》诗云:"双蜻上帘额,独鹊袅庭柯。""袅"字最其所用意处也。然韦苏州《听莺曲》云:"有时断续听不了,飞去花枝犹袅袅。"赵㧑诗云:"语风双燕立,袅树百劳飞。"钱意韦、赵已先用。张文潜亦有"啄雀踏枝飞尚袤"之句。案："语风"二句为赵嘏断句，"啄雀"句出自张耒《和即事》。

宋刘辰翁：（"东方"句）望而知为本色人也。（张习本）

明袁宏道：末四句甚佳，然余犹惜其类词耳。（参评本）

明桂天祥：观太白《新莺百啭歌》，便觉韦诗烦剧。（朱墨本）

明顾璘：形容好。（朱墨本）

明徐用吾《精选唐诗分类评释绳尺》：丽句新意，迭迭逼人。

明邢昉《唐风定》：与太白《新莺》篇齐美。中唐有此，尤罕绝也。

清张谦宜《絸斋诗谈》卷五：极袅娜，骨格却清挺。

清沈德潜《唐诗别裁》卷七：（"东方"句）须知是听莺起法。

清贺裳《载酒园诗话》卷一：（"欲啭"四句）不惟形容莺语入妙，即说筝笛亦得个中三昧。

［日］近藤元粹评订《韦苏州集》：流丽宛转，曲尽心手之妙，亦自如娇莺啭花间也。

王闿运《手批唐诗选》：一绝句可了，乃演为长篇。

白沙亭逢吴叟歌

龙池宫里上皇时，罗衫宝带香风吹。[1]满朝豪士今已尽[2]，欲话旧游人不知。白沙亭上逢吴叟[3]，爱客脱衣且沽酒。问之执戟亦先朝[4]，零落艰难却负樵。亲观文物蒙雨露[5]，见我昔年侍丹霄。冬狩春祠无一事，欢游洽宴多颁赐[6]。尝陪夕月竹宫斋，每返温泉灞陵醉。[7]星岁再周十二辰，尔来不语今为君。[8]盛时忽去良可恨，一生坎壈何足云[9]。

【题解】

此诗作于大历五年（770）左右，时在扬州。白沙，镇名，属扬州扬子县，

514

今江苏仪征。诗作咏叹老臣吴叟遭遇的不幸。先谓开、天盛世并慨叹其一去难返,所言深切。以下二句点题,又明言与同系天涯沦落之故人的相见之喜。"亲观文物蒙雨露"句以下,写吴叟回首往昔的美好记忆。结末二句的感叹之词,关合诗人与吴叟双方,抚今追昔,诸般滋味尽在不言中。

【注释】

①"龙池"二句:龙池宫,即兴庆宫。上皇,为唐玄宗。香,《文苑英华》卷三四三校"一作'春'"。

②豪士:豪杰侠士,仁人志士。

③逢:《文苑英华》本校"一作'遭'"。

④执戟:谓手执武器为宫廷侍卫。韦应物天宝中为右千牛。

⑤"亲观"句:文物,礼乐典章制度。雨露,比喻帝王的恩泽。

⑥欢洽:欢乐和洽。高适《九曲词》:"到处尽逢欢洽事,相看总是太平人。"

⑦"尝陪"二句:夕月,祭月。《国语·周语》:"古者先王既有天下,又崇立于上帝明神而敬事之,于是乎有朝日、夕月以教民事君。"韦昭注:"以春分朝日,秋分夕月,拜日于东门之外,然则夕月在西门之外也。"竹宫,竹,《文苑英华》本作"行"。汉祠宫名。《三辅黄图》卷三:"竹宫,甘泉祠宫也。以竹为宫,天子居中。《汉书仪》云,竹宫去坛三里。"斋,祭祀前整洁身心,以示诚敬。温泉,指骊山华清宫,原名温泉宫。

⑧"星岁"二句:星岁,代指岁月。乔知之《和李侍郎古意》:"调丝独弹声未移,感君行坐星岁迟。"此处谓星纪。古人以岁星(木星)纪年,岁星由西向东十二年绕天一周为一纪。星岁再周,即二十四年。今,原作"个",此据元修本、递修本、活字本、《丛刊》本、《文苑英华》、《全唐诗》本校改。

⑨"一生"句:生,《文苑英华》本作"身"。坎壈(lǎn),坎坷,不顺。杜甫《丹青引》:"但看古来盛名下,终日坎壈缠其身。"

【汇评】

[日]近藤元粹评订《韦苏州集》:有话旧感慨之意,然诗则未足为绝调。

送褚校书归旧山歌

握珠不返泉,匣玉不归山。^①明皇重士亦如此,忽怪褚生何得还。^②方称羽猎赋,来拜兰台职。^③汉箧亡书已暗传,嵩丘遗简还能识。^④朝朝待诏青锁闱,中有万年之树蓬莱池。^⑤世人仰望栖此地,生独徘徊意何为。故山可往薇可采^⑥,一自人间星岁改。藏书壁中苔半侵^⑦,洗药泉中月还在。春风饮饯灞陵原,莫厌归来朝市喧。不见东方朔,避世从容金马门。^⑧

【题解】

此诗作于长安,未详何时。褚校书,未详。校书,校书郎。校,《文苑英华》卷三四一作"秘"。《新唐书·百官志》:"校书郎十人,正九品上。……掌雠校典籍,刊正文章。"诗送友人,藉以表达自己试图在思想层面上调和仕与隐的矛盾的努力,并力求视出、处为同一,正如诗末"不见东方朔"二句所云。

【注释】

①"握珠"二句:比喻贤才得到任用,不会重归山林薮泽而被埋没。握珠,握中之珠,宝珠。泉,当作"渊",避唐高祖李渊讳改。匣玉,宝玉。

②"明皇"二句:皇,《文苑英华》本、《唐诗品汇》卷三三作"时"。怪,原作"得",此据《文苑英华》本校改。

③"方称"二句:羽猎赋,扬雄所作。来,原作"未",《文苑英华》本作"昨",校云"《集》作'来'",此据以校改。兰台,汉代宫廷藏书处,置兰台令史,掌书奏。

④"汉箧"二句:箧,竹箱,此指盛书的箧笥。亡书,散失的书籍。嵩丘,即嵩山,一名嵩高山。王维《过乘如禅师萧居士嵩丘兰若》:"无着天亲弟与兄,嵩丘兰若一峰晴。"

⑤"朝朝"二句:青锁闱,即青琐闱,雕刻青色连琐花纹的门。此代指宫中。万年之树,一说即冬青。谢朓《直中书省》:"风动万年枝,日华承露掌。"蓬莱池,在长安大明宫中。杜甫《幽人》:"洪涛隐语笑,鼓枻蓬莱池。"

⑥薇可采:薇,蕨类植物,可食。采薇,此指隐居。《诗·召南·草虫》:"陟彼南山,言其采薇。"王绩《野望》:"相顾无相识,长歌怀采薇。"

⑦"藏书"句:藏书壁,指藏有经传典籍的孔子宅壁。汉鲁共王坏孔子宅,于壁中得《古文尚书》等多种经传典籍。见《汉书·艺文志》。后因用为典实。壁中,中,《文苑英华》本、《唐诗品汇》本作"上"。"壁中"二字上,《文苑英华》本有"夫君"二字,《唐诗品汇》本有"当年"二字。

⑧"不见"二句:东方朔,字曼倩,平原厌次人。汉武帝时官至太中大夫。《史记·东方朔传》:"时坐席中,酒酣,据地歌曰:'陆沉于俗,避世金马门。宫殿中可以避世全身,何必深山之中,蒿庐之下。'金马门者,宦者署门也。门旁有铜马,故谓之金马门。"

【汇评】

宋刘辰翁:书壁苔侵,药泉月在,似禅僧老衲苦吟中句。(参评本)

[日]近藤元粹评订《韦苏州集》:比喻起。在六义中为反兴。又,第三解说其所以归山之缘由。

五弦行

美人为我弹五弦,尘埃忽静心悄然。古刀幽磬初相触,千珠贯断落寒玉①。中曲又不喧②,徘徊夜长月当轩。如伴流风萦艳雪③,更逐落花飘御园。独凤寥寥有时隐,碧霄来下听还近。燕姬有恨楚客愁④,言之不尽声能尽。末曲感我情,解幽释结和乐生。⑤壮士有仇未得报⑥,拔剑欲去愤已平,夜寒酒多愁遽明。

此诗创作时地未详。五弦,乐器名。《新唐书·礼乐志》:"五弦,如琵琶而小,北国所出,旧以木拨弹。乐工裴神符初以手弹。"与白居易、元稹的同题新乐府作品《五弦弹》重在言外之意有所不同,此诗的写法更为接近《琵琶行》,集中描写美人弹奏五弦琵琶的听觉感受,因其非常强大的艺术感染力,所以以多种情绪最后都被激发出来。同时,从中也可以约略知晓五弦琵琶的音色,所弹奏的整个乐曲三段式的结构,及其所表现出的流畅中稍显忧郁的声情特征。可惜,因为种种原因,五弦琵琶在宋代被四弦琵琶所最终取代。

【注释】

①贯:串珠的丝绳。

②中曲:《文苑英华》卷三三五上有"五弦"二字。

③"如伴"句:如,《文苑英华》本校"一作'始'"。流风,原作"风流",此据《文苑英华》本、《唐诗品汇》拾遗卷三校改。

④"燕姬"句:燕姬,燕地美女。李白《幽歌行上新平长史兄粲》:"赵女长歌入彩云,燕姬醉舞娇红烛。"有,《文苑英华》本作"万"。

⑤"末曲"二句:末曲,《文苑英华》本作"末有几曲"。和,《文苑英华》本作"我"。

⑥壮:原作"庄",此据《文苑英华》本、《唐诗品汇》本校改。

【汇评】

明袁宏道:磊落英多,却复情至。(参评本)

[日]近藤元粹评订《韦苏州集》:写弦声,比之白乐天《琵琶行》别有奇气,明净简练,犹是盛唐口吻。("夜寒"句)单句结,有欢乐极、哀情生之慨。

骊山行

君不见开元至化垂衣裳,厌坐明堂朝万方。①访道灵山降圣祖,沐浴华池集百祥。^②千乘万骑被原野,云霞草木相辉光^③。禁仗围山晓霜切,离宫积翠夜漏长。^④玉阶寂历朝无事,碧树萋蕤寒更芳。^⑤三清小鸟传仙语,九华真人奉琼浆。^⑥下元昧爽漏恒秋,登山朝礼玄元室。^⑦翠华稍隐天半云,丹阁先明海中日。^⑧羽旗旄节憩瑶台^⑨,清丝妙管从空来。万井九衢皆仰望,彩云白鹤方徘徊。凭高览古嗟寰宇^⑩,造化茫茫思悠哉。秦川八水长缭绕,汉氏五陵空崔嵬。^⑪乃言圣祖奉丹经^⑫,以年为日亿万龄。苍生咸寿阴阳泰^⑬,高谢前王出尘外。英豪共理天下晏,戎夷詟伏兵无战^⑭。时丰赋敛未告劳^⑮,海阔珍奇亦来献。干戈一起文物乖^⑯,欢娱已极人事变。圣皇弓剑坠幽泉^⑰,古木苍山闭宫殿。缵承鸿业圣明君,威震六合驱妖氛。^⑱太平游幸今可待,汤泉岚岭还氛氲。

【题解】

此诗当作于广德二年(764),时出任洛阳丞自京赴洛途经骊山。骊山,在今陕西西安东。诗写骊山之行所感。其中"海阔珍奇亦来献"句及以上,述开元及天宝之初唐王朝全盛时事;"干戈一起文物乖"二句,指安禄山乱起及太子李亨即位灵武诸事;"圣皇弓剑坠幽泉"二句,谓李隆基及肃宗李亨相继去世,并写骊山汤泉荒芜冷落之景;"缵承鸿业圣明君"二句,云代宗李豫继位并平乱复国事。孙望《韦应物诗集系年校笺》即依据以上各句诗意以系年。末二句,是顺势以美好祝愿作结。

【注释】

①"君不见"二句:开元,唐玄宗的第二个年号(713—741)。至化,极美好的教化。垂衣裳,衣裳下垂,谓端坐不动,无为而治。明堂,古代帝王宣明政教之所。万方,指万国,各地诸侯。

②"访道"二句:圣祖,谓老子李耳。唐代统治者尊李耳为始祖,高宗乾封元年,追尊老子为太上玄元皇帝,玄宗天宝元年,陈王府参军田同府言

"玄元皇帝降见于丹凤门之通衢",二年,追上尊号为大圣祖玄元皇帝。华池,即华清池。百祥,各种吉祥的事物,众神。李峤《汾阴行》:"回旌驻跸降灵场,焚香奠醑邀百祥。"天宝七年玄元皇帝见于华清宫降圣阁。

③"云霞"句:霞,《文苑英华》卷三四二作"烟"。相,递修本、《文苑英华》本作"生"。

④"禁仗"二句:禁仗,皇帝仪仗。郑嵎《津阳门诗》:"其年十月移禁仗,山下栉比罗百司。"切,《文苑英华》本、《唐诗品汇》拾遗卷三作"劲"。离宫,正宫之外供帝王出巡时居住的宫室。

⑤"玉阶"二句:寂历,寂静。江淹《灯赋》:"冬膏既凝,冬箭未度。惆连冬心,寂历冬暮。"萎蕤,葳蕤,茂盛貌。潘岳《橘赋》:"既翁茸而萎蕤,且参差而櫹蠹。"

⑥"三清"二句:三清,道家谓神仙所居之所。《灵宝太乙经》:"四人天外曰三清境,玉清、太清、上清,亦名三天。"小鸟,谓黄雀、青鸟之类。九华真人,仙人名。琼浆,玉浆,仙药。曹操《气出倡》三首其一:"仙人玉女,下来翱游,骖驾六龙饮玉浆。"

⑦"下元"二句:下元,农历十月十五日。道教徒于此日举行斋醮。昧爽,拂晓,黎明。漏,《丛刊》本作"编"。恒秩,常祭。对山川依次进行祭祀称"秩"。玄元室,玄元皇帝庙,即老子祠宇。此指骊山华清宫朝元阁。

⑧"翠华"二句:翠华,以翠鸟羽毛为饰的旗幡,代指皇帝车驾。陈鸿《长恨歌传》:"潼关不守,翠华南幸。"先明,原作"光明",此据《文苑英华》本、《唐诗品汇》本校改。

⑨瑶台:玉台,传说中神仙所居。此为台阁美称。

⑩览古:《文苑英华》本作"一望"。

⑪"秦川"二句:秦川八水,谓长安附近八条河流。崔嵬,高大貌。东方朔《七谏·初放》:"高山崔巍兮,水流汤汤。"

⑫"乃言"句:奉,《文苑英华》本作"授"。丹经,记载方士炼丹术之类的书籍。

⑬咸:原作"感",此据递修本、《文苑英华》本、《唐诗品汇》本校改。

⑭詟(zhé)伏:畏伏,因恐惧而不敢动弹。

⑮赋敛:《文苑英华》本作"薄赋"。

⑯"干戈"句:干戈,代指战争,此指安史之乱。文物,指礼乐制度等,原作"文武",此据《文苑英华》本、《唐诗品汇》本校改。

⑰弓剑:用黄帝事,陶敏、王友胜《韦应物集校注》认为是指玄宗之死。《列仙传》卷上:"(黄帝)卒,还葬桥山。山崩,柩空无尸,唯剑在焉。"

⑱"缵(zuǎn)承"二句:缵承,继承。《诗·鲁颂·閟宫》:"奄有下土,缵禹之绪。"六合,天地四方。

【汇评】

[日]近藤元粹评订《韦苏州集》:("厌坐"句)"压"字是玄宗病根。("禁伏"一节)深沉幽细,雕琢整炼,而参以流动,自是一种妙手。("凭高"一节)句句锻炼,语语警峭,气局亦绰有余裕,白氏《长恨歌》徒觉丽艳耳。("乃言"四句)长吟寄慨后,忽以二句一解重叠接之,缓急有节奏。("干戈"一段)干戈以下换韵为正体,盛唐人往往有此变例,后人不模仿为是。又,末解有居乱希治之意。

汉武帝杂歌三首

汉武好神仙,黄金作台与天近。①王母摘桃海上还,感之西过聊问讯。②欲来不来夜未央,殿前青鸟先回翔。③绿鬓紫云裙曳雾④,双节飘飖下仙步。白日分明到世间,碧空何处来时路。玉盘捧桃将献君,踟蹰未去留彩云。海水桑田几翻覆,中间此桃四五熟。⑤可怜穆满瑶池燕⑥,正值花开不得荐。花开子熟安可期⑦,邂逅能当汉武时。颜如芳华洁如玉,心念我皇多嗜欲⑧。虽留桃核桃有灵,人间粪土种不生。由来在道岂在药,徒劳方士海上行。⑨掩扇一言相谢去,如烟非烟不知处⑩。

金茎孤峙兮凌紫烟⑪,汉宫美人望杳然。通天台上月初出,承露盘中珠正圆⑫。珠可饮,寿可永。武皇南面曙欲分,从空下来玉杯冷⑬。世间彩翠亦作囊,八月一日仙人方⑭。仙方称上药,静者服之常绰约。⑮柏梁沉饮自伤神,犹闻驻颜七十春。⑯乃知甘醴皆是腐肠物,独有淡泊之水能益人。⑰千载金盘竟何处⑱,当时铸金恐不固。蔓草生来春复秋,碧天何言空坠露。

汉天子,观风自南国⑲。浮舟大江屹不前⑳,蛟龙索斗风波黑。春秋方壮雄武才,弯弧叱浪连山开。㉑愕然观者千万众,举麾齐呼一矢中。死蛟浮出不复灵,舳舻千里江水清㉒。鼓鼙余响数日在,天吴深入鱼鳖惊㉓。左有伏飞落霜翮,右有孤儿贯犀革。㉔何为临深亲射蛟,示威以夺诸侯魄㉕。威可畏,皇可尊,平田校猎书犹陈,㉖此日从臣何不言。独有威声振千古,君不见后嗣尊为武。㉗

【题解】

此组诗创作时地未详,孙望《韦应物诗集系年校笺》疑其乃长安仕宦时期所作。汉武帝杂歌三首,分咏西王母降汉武帝、汉武帝服食求仙以及浔阳射蛟三事。其中,唐代文人之所以津津乐道于西王母下凡赠汉武帝瑶池蟠桃的故事,是由于长久以来阴阳五行观念和方士道术之说的发展,桃因而被赋予种种神秘色彩,在人们的思想意识和文化心理中逐渐积淀了下来。同时,这一故事既反映了他们内心深处的羡仙意识与慕道心理,又往往可以借以讽刺、批判帝王求仙的愚昧行为。

【注释】

①"汉武"二句:汉武好,《文苑英华》卷三三二作"汉武帝好"。《三辅黄图》卷五:"通天台,武帝元封二年作甘泉通天台。《汉旧仪》云:通天者,言此台高通于天也。《汉武故事》:筑通天台于甘泉,去地百余丈,望云雨悉在其下,望见长安城。……亦曰候风台,又曰望仙台,以候神明,望神仙也。"

②"王母"二句:摘桃海上,《文苑英华》本作"海上摘桃"。过,《文苑英华》本校"一作'遇'"。

③"欲来"二句:未央,未尽,未明。《诗·小雅·庭燎》:"夜如何其,夜未央。"毛传:"央,旦也。"

④裾:《文苑英华》本作"裙"。

⑤"海水"二句:《神仙传》:"麻姑自说:'接侍以来,见东海三为桑田。向到蓬莱,水乃浅于往者会将略半也,岂将复为陵陆乎'方平笑曰:'圣人皆言海中行复扬尘也。'""中间"句,《文苑英华》本作"此桃中间三四熟"。

⑥"可怜"句:穆满,周穆王,名满。瑶池,神话中西王母所居。

⑦安可:《文苑英华》本作"焉可"。

⑧我皇:《文苑英华》本作"武皇"。

⑨"由来"二句:在道,一作"德"。方士,方术之士,古代从事求仙、炼丹,自言可长生不死者。

⑩如烟非烟:吉祥的云气。

⑪金茎:铜柱。

⑫珠:谓露珠。

⑬下:《文苑英华》本作"将"。

⑭"世间"二句:彩翠,指彩色丝线。《荆楚岁时记》:"《述征记》云:八月一日作五明囊,盛取百草头露,洗眼,令眼明也。《续齐谐记》云:弘农邓绍,尝八月旦入华山采药,见一童子,执五彩囊,承柏叶上露,皆如珠满囊。绍问用此何为,答曰:赤松先生取以明目。言终便失所在。今世人八月旦作眼明袋,此遗象也。"

⑮"仙方"二句:仙方,《文苑英华》本作"仙人"。上药,《文苑英华》本作"上方"。静者,此指向往山林隐逸生活的人。常,《文苑英华》本作"恒"。绰约,柔美貌。

⑯"柏梁"二句:《三辅黄图》卷五:"柏梁台,武帝元鼎二年春起此台,在长安城中北阙内。《三辅旧事》云:以香柏为梁也。帝尝置酒其上,诏群臣和诗,能七言者乃得上。太初中台灾。"沉饮,痛饮。七十春,谓武帝活到七十岁。七,《文苑英华》本作"八"。

⑰"乃知"二句：甘醲，谓甘甜肥腻、味浓可口的食物。醲，《文苑英华》本作"醴"。泊，《丛刊》本作"薄"。水，《文苑英华》本作"冰"。

⑱金盘：指承露盘。

⑲观风：视察风俗民情，了解施政得失。颜延之《应诏观北湖田收》："观风久有作，陈诗愧未妍。"

⑳舟：原作"世"，此据递修本、活字本、《丛刊》本、《文苑英华》本、《全唐诗》本校改。

㉑"春秋"二句：春秋方壮，谓正当壮年。元封五年射蛟时，武帝年已五十二岁。弧，原作"狐"，此据《文苑英华》本校改。

㉒舳舻(zhú lú)千里：形容船之多。

㉓天吴：水神。《山海经·海外东经》："朝阳之谷，神曰天吴，是为水伯。"

㉔"左有"二句：伙(cì)飞，掌射的武官名。少府属官有左弋，太初元年更名为伙飞，掌弋射，有九丞两尉。霜翮，白色翎毛。孤儿，当为弓弩手之属。贯犀革，谓箭可穿透犀甲。

㉕示威：显示威力。

㉖"威可畏"三句：威，《文苑英华》本校"一作蛟"。平田，平坦原野。校猎，设栅栏圈围野兽，以便猎取。书，谓司马相如《谏猎书》，载《文选》。陈，《文苑英华》本作"谏"。

㉗"独有"二句：千古，《文苑英华》本作"前古"。武，汉武帝刘彻谥号。

【汇评】

宋刘辰翁：("独有"句)实语可警也。（张习本）

[日]近藤元粹评订《韦苏州集》：(第一首)一起清拔。又，写出王母下降之状，华丽典重，间有雍容宽度之态，书画不能及。又，"多嗜欲"三字是汉武病根，一语喝破，甚劲拔。又，一结烟波渺然，读者亦飘飘欲仙矣。(第二首)长短错综，如珠跳盘中。("乃知"句)突然插入长句，正论堂堂，使得秦皇汉武辈读之心胆冷却。又，结得浑朴，意味无穷，此笔尤不易得。(第三首)短句突起，有气势。又，有天风鼓荡，笔势奔腾之概。("何为"等句)忽入议论，锐锋不可当。又，司马长卿辈不得不愧死。又，一结自天外来，

奇想奇格。

棕榈蝇拂歌

棕榈为拂登君席,青蝇掩乱飞四壁①。文如轻罗散如发,马尾氂牛不能絜②。柄出湘江之竹碧玉寒,上有纤罗萦缕寻未绝③。左挥右洒繁暑清④,孤松一枝风有声。丽人纨素可怜色,安能点白还为黑。⑤

【题解】

此诗创作时地未详。棕榈,木名,叶簇生干顶,状似蒲葵,皮中毛缕如马之鬃鬣,错综如织,剥取缕解,可织衣帽褥垫等。蝇拂,驱拂蚊蝇及除尘的工具,实即拂尘,一名麈尾。诗咏棕榈蝇拂,能不滞于物又于诗末略为发挥。

【注释】

①掩:一作"撩"。

②"马尾"句:絜,通"洁"。此谓马尾、氂(máo)牛尾蝇拂不能与棕榈蝇拂比洁。

③萦缕:盘绕的丝线。刘令娴《答唐娘七夕所穿针诗》:"连针学并蒂,萦缕作开花。"

④繁暑:盛暑。元季川《泉山雨后作》:"风雨荡繁暑,雷息佳霁初。"

⑤"丽人"二句:纨素,洁白精致的细绢。柳恽《捣衣诗》:"念君方远徭,望妾理纨素。"《诗·小雅·青蝇》:"营营青蝇,止于樊,岂弟君子,无信谗言。"郑玄笺:"蝇之为虫,污白使黑,污黑使白,喻佞人变乱善恶也。"

【汇评】

明袁宏道:当与少陵作并传,而苏州更俊韵,增人怜爱。(参评本)

[日]近藤元粹评订《韦苏州集》:("左挥"二句)清绝,警绝。

信州录事参军常曾古鼎歌

　　三年纠一郡,独饮寒泉井。江南铸器多铸银,罢官无物唯古鼎。雕螭刻篆相错蟠①,地中岁久青苔寒。左对苍山右流水,云有古来葛仙子②。葛仙埋之何不还,耕者镪然得其间③。持示世人不知宝,劝君炼丹永寿考④。

【题解】

　　此诗,孙望《韦应物诗集系年校笺》认为作于大历十、十一年(775、776)间,时在京兆府功曹参军任上。信州,州治在今江西上饶。录事参军,州府属官,掌正违失,莅符印。常曾,常衮从兄弟,常鲁之兄,大历十年官至弘农令。其为信州录事参军约在大历末、建中中。鼎,三足炊具,方士用以炼丹。诗写常曾古鼎之珍贵,也可以从中多少见出信州一地古朴的民俗。其中"独饮寒泉井"句,言及常氏清廉为官,亦堪称"世人不知"之一宝。

【注释】

　　①"雕螭"句:螭,传说中无角的龙。刻篆,雕刻的文字、花纹等。刘长卿《朱放自杭州与故里相使君立碑回因以奉简吏部杨侍郎制文》:"鹏集占书久,鸾回刻篆新。"

　　②葛仙子:葛玄。《晋书·葛洪传》:"从祖玄,吴时学道得仙,号曰葛仙公。"《太平寰宇记》卷一〇七:"葛仙观在(弋阳)县东二十里。……按《鄱阳记》云,葛玄得道弋阳县北黄石山古坛是也","葛仙公(山)在县东一十五里,葛玄居此求仙。山有石桥,长二十步,有捣药石臼,旁有石井,水甚美。天宝七年,敕置坛洒扫"。

　　③镪然:即锵然。此指金属农具撞击古鼎声。

　　④寿考:长寿。《诗·大雅·棫朴》:"周王寿考,遐不作人。"郑玄笺:"文王是时九十余矣,故云寿考。"

[日]近藤元粹评订《韦苏州集》:其词清腴,其调高雅,后来高季迪喜学这样格。

夏冰歌

出自玄泉杳杳之深井,汲在朱明赫赫之炎辰。[①]九天含露未销铄[②],阊阖初开赐贵人。碎如坠琼方截璐,粉壁生寒象筵布。玉壶纨扇亦玲珑,座有丽人色俱素。[③]咫尺炎凉变四时,出门焦灼君讵知。肥羊甘醴心闷闷,饮此莹然何所思[④]。当念阑干凿者苦,腊月深井汗如雨。

【题解】

此诗,孙望《韦应物诗集系年校笺》认为作于大历末、建中初,时在长安。夏冰,古代冬日藏冰,至夏而出之,以颁赐群臣。诗作借以极写统治阶级骄奢淫逸,不闻其"凿者"之苦。全篇在揭露与批评的同时,也表达了对劳动人民的同情。立意深刻处,与作者另外的一首《冰赋》可谓桴鼓相应,也可与其《采玉行》并读。

【注释】

①"出自"二句:玄泉,深泉。朱明,夏日。《尔雅·释天》:"夏为朱明。"《汉书·礼乐志》:"朱明盛长,敷与万物。"赫赫,炎热貌。《诗·大雅·云汉》:"旱既太甚,则不可沮。赫赫炎炎,云我无所。"

②销铄:融解。孟郊《送卢汀侍御归天德幕》:"古雪无销铄,新冰有堆积。"

③"碎如"四句:琼、璐,皆为美玉。

④莹然:形容冰水光洁之状。

宋刘辰翁:清绮绝伦,非他浅浅浮艳可到。(参评本)

[日]近藤元粹评订《韦苏州集》:叙事稳实,立意浑大。("咫尺"四句)正论刺骨,骄奢之人,宜书一通置座右。(结处)"腊月"字最妙,苍老浑劲,老杜口吻。

凌雾行

秋城海雾重,职事凌晨出。浩浩合元天,溶溶迷朗日。①才看含鬓白,稍视沾衣密②。道骑全不分,郊树都如失。霏微误嘘吸,肤腠生寒慄。③归当饮一杯,庶用蠲斯疾。④

【题解】

此诗疑作于贞元中,时在苏州。凌雾,冒雾,犯雾。诗写雾天出行,天地失色,著发沾衣,寒入肌肤,归时当饮酒以御其病。诗作刻画清晨行路遇见大雾的情景,简淡自然。尤其是雾中行路身受之况味,如"霏微误嘘吸"二句,非常真切细腻。

【注释】

①"浩浩"二句:元天,元,原作"无",此据元修本、递修本、活字本、《丛刊》本、《文苑英华》卷一五六、《全唐诗》本校改。疑当作"玄"。溶溶,盛多貌。此处指云。卢照邻《怀仙引》:"回首望群峰,白云正溶溶。"朗,元修本、递修本校"一作'朝'",《文苑英华》本校《集》作'朝'"。

②视:一作"似"。

③"霏微"二句:霏微,迷濛貌。王僧孺《侍宴诗》二首其二:"散漫轻烟转,霏微商云散。"肤腠(còu),即皮肤,也作肤凑。肤,表皮。腠,表皮与肌肉之间。寒慄,冷得发抖而生鸡皮疙瘩。

④"归当"二句:归当,《文苑英华》本作"当归"。庶,但愿,希望。用,因

此。蠲，除去。白居易《杜陵叟》："十家租税九家毕，虚受吾君蠲免恩。"

乐燕行

　　良辰且燕乐，乐往不再来。赵瑟正高张^①，音响清尘埃。一弹和妙讴^②，吹去绕瑶台。艳雪凌空散，舞罗起徘徊^③。辉辉发众颜，灼灼叹令才^④。当喧既无寂，中饮亦停杯^⑤。华灯何遽升，驰景忽西颓^⑥。高节亦云立，安能滞不回。

【题解】

　　此诗创作时地不详。诗作抒发郁郁不得志的情怀。如起首二句"良辰且燕乐，乐往不再来"，体现的正是诗人以有涯之身面对无止境之时空的失落、寻求和思考，而且首句中的尾字"乐"与次句的首字"乐"紧密相联，更加深了这种情怀。不过，诗末"高节亦云立"二句又能以反思稍稍振起，谓当立志节，不可因试图消解某种"期于效命"而不得的情绪，而长久地迷失于乐宴中不知自拔。

【注释】

　　①"赵瑟"句：赵瑟，谓赵地女子所奏之瑟。鲍照《代白纻舞歌辞》："雕屏匼匝组帷舒，秦筝赵瑟挟笙竽。"高张，调紧琴弦。颜延之《秋胡诗》："高张生绝弦，声急由调起。"

　　②妙讴：美妙的歌声。讴，歌唱。

　　③舞罗：舞衣。罗，指罗衣或罗裙。孟浩然《宴张记室宅》："玉指调筝柱，金泥饰舞罗。"

　　④"辉辉"二句：辉辉，光辉，光耀。杜甫《不寐》："翳翳月沉雾，辉辉星近楼。"灼灼，鲜明貌。《诗·周南·桃夭》："桃之夭夭，灼灼其华。"

　　⑤中饮：犹半酣。谢灵运《拟魏太子邺中集诗八首·徐干》："中饮顾昔心，怅焉若有失。"张铣注："中饮，谓半酣也。"

⑥"驰景"句：驰景，谓日光。《乐府诗集》卷五五《晋白纻舞歌诗》："羲和驰景逝不停，春露未晞严霜寒。"西颓，西下。潘岳《寡妇赋》："四节流兮忽代序，岁云暮兮日西颓。"

采玉行

官府征白丁①，言采蓝溪玉。绝岭夜无家，深榛雨中宿。②
独妇饷粮还，哀哀舍南哭。③

【题解】

此诗，孙望《韦应物诗集系年校笺》认为作于大历十年（775）京兆府功曹任上，时使蓝田。诗写白丁在蓝田山采玉之苦况，简言叙事。诗中"蓝溪"，源出蓝田县蓝田山，为灞水之源。

沈德潜所评"以简出之"之"简"，主要是指此诗未说明"饷粮还"的"独妇"何以"哀哀""哭"，留不尽之意，令人思索。

【注释】

①白丁：未隶兵籍的丁壮。

②"绝岭"二句：绝岭，险绝难攀的山岭。家，《唐文粹》卷一六作"人"。深榛，幽深的草木丛。

③"独妇"二句：独妇，孤单的妇人。此指采玉者之妇。饷粮，送饭。哀哀，悲伤不已貌，一作"田荒"。《诗·小雅·蓼莪》："哀哀父母，生我劬劳。"

【汇评】

宋刘辰翁：韦、柳本色语。（参评本）

清沈德潜《唐诗别裁》卷三：苦语却以简出之。

[日]近藤元粹评订《韦苏州集》：雅炼。

难　言

掬土移山望山尽，投石填海望海满。①持索捕风几时得，将刀斫水几时断。②未若不相知，中心万仞何由款。③

【题解】

此诗创作时地不详。诗题"难言"，即咏"难"，语多夸饰，为俳谐之一体。《唐音癸签》卷二九："唐人杂体诗见各集及诸稗说中者，有……大言、小言、了语、不了语：宋玉有《大言》《小言》赋，晋人效之，为《了语》《危语》。唐颜真卿有《大言》《小言》，雍裕之有《了语》《不了语》。真卿又有《乐语》《馋语》《滑语》《醉语》诸联句。昼公更有《暗思》《远意》《乐意》《恨意》，亦此类也。"《世说新语·排调》中所举诸例，也可以有助于侧面理解本诗，兹录以附读："桓南郡与殷荆州语次，因共作《了语》。顾恺之曰：'火烧平原无遗燎。'桓曰：'白布缠棺竖旒旐。'殷曰：'投鱼深渊放飞鸟。'次复作《危语》。桓曰：'矛头淅米剑头炊。'殷曰：'百岁老翁攀枯枝。'顾曰：'井上辘轳卧婴儿。'殷有一参军在坐，云：'盲人骑瞎马，夜半临深池。'殷曰：'咄咄逼人！'仲堪眇目故也。"相比而言，韦诗似已失却相当部分的俳谐体特征。

【注释】

①"掬土"二句：掬土，以手捧土。移山，《列子·汤问》中有愚公移山的寓言。尽，一作"迁"，元修本校一作"还"。投石填海，《山海经·北山经》中有精卫填海的寓言。

②"持索"二句：《汉书·郊祀志》："听其言，洋洋满耳，若将可遇；求之，荡荡如系风捕景，终不可得。"李白《宣州谢朓楼饯别校书叔云》："抽刀断水水更流，举杯消愁愁更愁。"

③"未若"二句：相知，相互了解，知心。屈原《九歌·少司命》："悲莫悲兮生别离，乐莫乐兮新相知。"万仞，八尺曰仞。此以万仞高山喻两心阻隔。

款,款襟,款颜,谓欢叙,交流。

【汇评】

〔日〕近藤元粹评订《韦苏州集》:奇论奇结。

易　言

洪炉炽炭燎一毛,大鼎炊汤沃残雪。^①疾影随形不觉至,千钧引缕不知绝。^②未若同心言,一言和同解千结。^③

【题解】

此诗创作时地不详。诗题"易言",即咏"易",与上首一样,亦为俳谐之一体。写法上也与上一首完全相同,通过列举具体事例,起于事而终于人,譬喻、论证抽象之理,言外之意似有若无。

【注释】

①"洪炉"二句:洪炉,大火炉。汤,沸水。沃,浇。

②"疾影"二句:《庄子·渔父》:"人有畏影恶迹而去之走者,举足愈数而迹愈多,走愈疾而影不离身,自以为尚迟,疾走不休,绝力而死,不知处阴以休影,处静以息迹,愚亦甚矣。"千钧,三十斤为一钧。此极言其重。缕,丝线。

③"未若"二句:同心,心思相同。和同,和睦同心。

【汇评】

〔日〕近藤元粹评订《韦苏州集》:愈出愈奇。

诗拾遗

答畅参军

秉笔振芳步,少年且吏游①。官闲高兴生,夜直河汉秋②。念与清赏遇,方抱沉疾忧。嘉言忽见赠③,良药同所瘳。高树起栖鸦,晨钟满皇州④。凄清露华动,旷朗景气浮⑤。偶宦心非累,处喧道自幽。空虚为世薄⑥,子独意绸缪。

【题解】

此首据熙宁丙辰校本添,当作于贞元三年(787)秋,时在长安左司郎中任上。孙望《韦应物诗集系年校笺》疑作于建中二年(781)比部员外郎任上。畅参军,或为畅当,时当为河中府参军。诗写自己病中得到友人的赠诗,如得良药。又称颂对方身在闹境而道心自静。结尾说自己怀抱空虚,为世所薄,只有畅参军是知音。这实际上也是借机酬答友人,肯定和强调了这样的思想:只要做到不仅不以出仕为累,反而能够处"喧"若"幽",仕与隐的矛盾就未必不可调和。

【注释】

①吏游:游于官,出仕。

②夜直:此指尚书省郎官夜间当直。王湾《秋夜寓直即事怀赠萧令公裴侍郎兼通简南省诸友人》:"金省方秋作,瑶轩直夜凭。"

③嘉言:美言。

④皇州:帝都,指长安。鲍照《侍宴覆舟山》二首其二:"繁霜飞玉阁,爱景丽皇州。"

⑤"旷朗"句:旷朗,开阔明亮。张协《七命》八首其一:"天清泠而无霞,野旷朗而无尘。"景气,景象,景致。杜审言《泛舟送郑卿入京》:"酒助欢娱洽,风催景气新。"

⑥空虚:虚寂无为。

南池宴钱子辛赋得科斗

临池见科斗,美尔乐有余。①不忧网与钩,幸得免为鱼。且愿充文字,登君尺素书。②

【题解】

此首据熙宁丙辰校本添,创作时地未详。钱子辛,不详。这首寓言诗戏咏蝌蚪,谓其虽生水中,不似鱼之畏网与钩;而古文字有状如蝌蚪者,正可书于书简之中。诗作饶有谐趣的另一方面,则在于其中似乎包含有人与蝌蚪对话的戏剧意味:前四句是韦应物语蝌蚪,后二句是蝌蚪答韦应物。

此诗,《全唐诗》卷一九八云岑参作。李嘉言《岑诗系年》所言可参:"此诗重见《全唐诗》卷七(案:当为卷一九五)韦应物集中,题作《南池宴钱子辛赋得科斗》,俱失注。案公虢州诗多用‘南池’字,此南池盖亦谓虢州南池,作韦应物者疑误。"

【注释】

①"临池"二句:科斗,即蝌蚪。韩愈《峡石西泉》:"闻说旱时求得雨,只疑科斗是蛟龙。"美尔,岑参诗作"羡尔"。

②"且愿"二句:充文字,古文字有科斗文,以其笔画似科斗,故名。尺素书,书信。古人书信以长一尺左右的素绢书写。

咏徐正字画青蝇

误点能成物,迷真许一时。①笔端来已久,座上去何迟。②顾白曾无变,听鸡不复疑。③讵劳才子赏,为入国人诗④。

此首据熙宁丙辰校本添,创作时地未详。徐正字,未详。正字,官名。据《新唐书·百官志》,秘书省有正字,正九品下,掌雠校典籍,刊正文章。集贤殿书院亦有正字,从九品上。诗作明言画蝇,暗讽小人谗言,含而不露。画家将青蝇入画当无贬意,而诗人复将画入诗,则为有感而发。

【注释】

①"误点"二句:张彦远《历代名画记》卷四:"曹不兴,吴兴人也。孙权使画屏风,误落笔点素,因就成蝇状。权疑其真,以手弹之。"

②"笔端"二句:《太平御览》卷九四四引《魏略》:"王思,正始中为大司农。性急,尝执笔作书,蝇集笔端,驱去复来,如是再三。思怒,自趁逐蝇,不能得,还取笔掷地,踏坏之。"《汉书·成帝纪》:"建始元年……六月,有青蝇无万数,集未央宫殿中朝者坐。"

③"顾白"二句:《论衡·累害篇》:"清受尘,白受垢,青蝇所污,常在练素。"《诗·齐风·鸡鸣》:"鸡既鸣矣,朝既盈矣。匪鸡则鸣,苍蝇之声。"毛传:"苍蝇之声,有似远鸡之鸣。"

④国人诗:谓《诗·小雅·青蝇》。诗小序:"青蝇,大夫刺幽王也。"

虞获子鹿

并序

虞获子鹿,悯园鹿也。遭虞之机张,见畜于人,不得遂其天性焉。①

虞获子鹿,畜之城陬②。园有美草,池有清流。但见蹢躅,亦闻呦呦。③谁知其思,岩谷云游④。

【题解】

此首据熙宁丙辰校本添,创作时地未详。孙望《韦应物诗集系年校笺》

推测与《述园鹿》为后先之作，其间相去一年有余。这也是一首寓言诗，写一只误入机关而被关进园子的小鹿，虽有美草清流，可它依旧向往岩谷间自由自在的生活。作者另一首诗《述园鹿》所写，与此同一喻意，同样可以见出作者想要摆脱官职羁縻，回归山野田园的志趣。

【注释】

①诗序中“虞”，虞人，古代掌管山泽苑囿田猎的官员。此指猎人。子鹿，幼鹿。机张，捕兽机括之张设。天性，谓其“思长林而志在丰草”之性。

②城陬：城之一角。陬，角落。

③“但见”二句：蹶蹶，跳起貌，疾行貌。司空图《杂言》：“乌飞飞，兔蹶蹶，朝来暮去驱时节。”呦呦，鹿鸣声。《诗·小雅·鹿鸣》：“呦呦鹿鸣，食野之苹。”

④云游：一作“之游”，如云彩飘动浮游，比喻生活得自由自在。

陪王郎中寻孔征君

俗吏闲居少，同人会面难。①偶随香署客，来访竹林欢。②暮馆花微落，春城雨暂寒。瓮间聊共酌，莫使宦情阑。③

【题解】

此首据绍兴壬子校本添，当作于大历末，时在京兆府功曹参军任上。王郎中，未详。征君，被朝廷礼聘而不应命者。《后汉书·黄宪传》：“友人劝其仕，宪亦不拒之，暂到京师而还，竟无所就。年四十八终，天下号曰征君。”孔征君，孔述睿。《新唐书》本传：“述睿少与兄充符、弟克让笃孝，已孤，偕隐嵩山。而述睿资嗜学。大历中，刘晏荐于代宗，以太常寺协律郎召，擢累司勋员外郎、史馆修撰。述睿每一迁，即至朝谢。俄而辞疾归，以为常。”诗写春雨中陪同王郎中寻访孔述睿，相见共饮，所谈大约是劝其出仕的话头。

【注释】

①"俗吏"二句：俗吏，指才智平庸的官吏。郭震《寄刘校书》："俗吏三年何足论，每将荣辱在朝昏。"同人，《易·同人》："同人于野，亨。"孔颖达疏："同人，谓和同于人。"引申为志同道合的朋友或同事、同行。陈子昂《偶遇巴西姜主簿序》："逢太平之化，寄当年之欢，同人在焉，而我何叹？"

②"偶随"二句：香署客，指王郎中。香署，指尚书省。《汉官仪》卷上："尚书郎奏事明光殿，省中皆胡粉涂壁，具边以丹漆地，故曰丹墀。尚书郎含鸡舌香，伏其下奏事。"竹林，用阮籍、嵇康等为竹林之游事。欢，《文苑英华》卷二三〇作"贤"。

③"瓮间"二句：瓮间，犹瓮下。李商隐《咏怀寄秘阁旧僚二十六韵》："瓮间眠太率，床下隐何卑。"宦，原作"官"，此据元修本、递修本、活字本、《丛刊》本、《全唐诗》本校改。宦情，做官的志趣。阑，衰退，消减。白居易《咏怀》："白发满头归得也，诗情酒兴渐阑珊。"

【汇评】

宋吴曾《能改斋漫录》卷一一：二篇皆佳作，而韦集逸去。案："二篇"指此诗及《和晋陵陆丞早春游望》。

宋刘辰翁：（"暮馆"二句）"暮"字、"微"字、"暂"字，参差才足。（转引自孙望《韦应物诗集系年校笺》）

明袁宏道：致幽而淡。（参评本）

［日］近藤元粹评订《韦苏州集》：（首二句）未免鄙陋。

送宫人入道

舍宠求仙畏色衰，辞天素面立天墀。①金丹拟驻千年貌，宝镜休匀八字眉。②公主与收珠翠后，君王看戴角冠时。③从来宫女皆相妒，说着瑶台总泪垂④。

此首据绍兴壬子校本添。入道,度为道士。诗作前四句写宫人因"畏色衰"而"舍宠求仙",入道后服食金丹,就可以驻颜不变了。再谓收起珠翠而戴上道士角冠,是入道宫人百感交集的时刻。最后表达宫人入道对其他同伴所造成的强烈震撼。

此诗出韦庄《又玄集》卷中,然《文苑英华》卷二二九、《全唐诗》卷四九一作张萧远诗。萧远为张籍从弟,登元和进士第。《全唐诗》张籍、王建、于鹄、项斯均有七律《送宫人入道》,萧远与诸人同时。陶敏、王友胜《韦应物集校注》因谓:诗当张萧远作,辑韦诗者误辑。

【注释】

①"舍宠"二句:《韩非子·说难》:"昔者弥子瑕有宠于卫君。……及弥子色衰爱弛,得罪于君,君曰:'是固尝矫驾吾车,又尝啖我以余桃。'故弥子之行未变于初也,而以前之所以见贤而后获罪者,爱憎之变也。"辞天,拜辞皇帝。素面,谓不施粉黛。

②"金丹"二句:金丹,仙药。八字眉,宫中流行的画眉样。据高承《事物纪原》卷三,汉武帝曾令宫人画八字眉。后历代相沿习,尤盛行于中、晚唐时期,以其双眉形似"八"字而得名。眉尖上翘,眉梢下撇,眉尖细而浓,眉梢广而淡。

③"公主"二句:公,《又玄集》卷中作"师"。角冠,道冠。王建《赠王屋道士赴诏》:"玉皇符到下天坛,玳瑁头簪白角冠。"

④"说着"句:着,《又玄集》本作"向"。瑶台,玉台,此处美称宫中台阁。

和晋陵陆丞早春游望

独有宦游人,偏惊物候新。云霞出海曙,梅柳渡江春。淑气催黄鸟,晴光照绿蘋。①忽闻歌苦调,归思欲沾巾。②

【题解】

此首据绍兴壬子校本添。晋陵,常州属县,今江苏常州。陆丞,陆姓晋陵县丞,余未详。其原唱亦恐已散佚。诗作承陆丞诗意,仍写早春游望及所感。先言在外宦游者往往能敏锐地感觉到自然界的物候变化,以一"新"字总摄下文景语。再具体刻画江南早春景色,无处不含"新"意。末尾加上友人诗作的触发,自然更容易惹动绵绵归思。

此诗,《全唐诗》卷六二作杜审言诗,《文苑英华》卷二四一、《咸淳毗陵志》二二、明铜活字本《杜审言集》卷上收作杜诗,胡应麟《诗薮》内编卷四推为初唐五律第一。《丛刊》本题下注云:"此首见《杜审言集》,不录。"然吴曾《能改斋漫录》卷一一引《陪王郎中寻孔征君》及此诗,云:"二篇皆佳作,而韦集逸去。余家有顾陶所编《唐诗》有之,故附见于此。"则晚唐顾陶所编《唐诗类选》已收作韦应物诗。是其归属实难遽定。

【注释】

①"淑气"二句:淑气,温和之气。柳道伦《赋得春风扇微和》:"青阳初入律,淑气应春风。"绿蘋,浮萍。江淹《咏美人春游》:"江南二月春,东风转绿蘋。"

②"忽闻"二句:苦调,忧伤悲凉的声调。苦,《全唐诗》卷六二作"古"。沾巾,泪水沾湿手巾。王勃《送杜少府之任蜀川》:"无为在岐路,儿女共沾巾。"

九　日

一为吴郡守,不觉菊花开。始有故园思,且喜众宾来。

【题解】

此诗作于贞元五年(789),时在苏州刺史任上。元修本、递修本、《丛刊》本有题下注:"乾道辛卯(1171)校本添。"诗写异地为官,又逢菊花盛开,不觉起思乡之情，于是与友朋一道欢度佳节。诗盖用从对面着笔的江总《于长安归还扬州九月九日行薇山亭赋韵》韵："心逐南云逝，形随北雁来。故乡篱下菊，今日几花开。"二者写法上的不同之处，又在于他人于此往往喜言独处，而韦应物此诗则"且喜众宾来"，以乐景写哀情，更显内心之孤寂与思亲之深切。

当年有两位平江府学教授参与重刊《韦江州集》，其中之一的胡观国撰《乾道书刊韦集后》，在叙述嘉桔本、绍兴本刊刻过程后，盛赞"韦公道德之旨，发于情性；警策之妙，曲终奏雅。惟丞相取而表出之，其亦鉴拔斯文，一隆正论，为后人标准之意，岂小补哉"，并未言及《九日》一诗。崔敦礼则在所撰《乾道平江校韦集十卷并拾遗七篇跋尾》中明确写道："以葛繁本为正，参以诸本，是正凡三百处而赢，又得《九日》一诗，附于卷末。"

542

韦应物 |
诗附录

鹧 鸪

可怜鹧鸪飞，飞向树南枝。南枝日照暖，北枝霜露滋。露滋不堪栖，使我夜常啼。愿逢云中鹤，衔我向寥廓。愿作城上乌，一年生九雏。何不旧巢住，枝弱不得去。不意道苦辛，客子常畏人。

【题解】

此诗，载活字本《韦苏州集》卷七。一作李峤诗，见《全唐诗》卷五七，明铜活字本《李峤集》未载。《文苑英华》卷三二九所收，作韦应物《鹧鸪啼》，次李峤《雉诗》后。姑附于此。

鼋山神女歌

鼋头之山直上洞庭连青天，苍苍烟树闭古庙，中有蛾眉成水仙。水府沉沉行路绝，蛟龙出没无时节。魂同魍魉潜太阴，身与空山长不灭。东晋永和今几代，云发素颜犹盼睐。阴深灵气静凝美，的砾龙绡杂琼佩。山精木魅不敢亲，昏明向像如有人。蕙兰琼茅积烟露，碧窗松月无冬春。舟客经过奠椒醑，巫女南音歌激楚。碧水冥冥空鸟飞，长天何处云随雨。红蕖绿蘋芳意多，玉灵荡漾凌清波。孤峰绝岛俨相向，鬼啸猿鸣垂女萝。皓雪琼枝殊异色，北方绝代徒倾国。云没烟销不可期，明堂翡翠无人得。精灵变态状无方，游龙宛转惊鸿翔。湘妃独立九疑暮，汉女菱歌春日长。雅知仙事无不有,可惜吴宫空白首。

【题解】

此诗,载活字本《韦苏州集》卷八。原出《文苑英华》卷三三二,题作《鼋头山神女歌》。诗作于贞元中苏州刺史任上。鼋(yuán)头山,据《大明一统志》卷八,在苏州太湖中,为洞庭西山之支岭。日本学者近藤元粹认为此诗为韦应物作,并评"舟客经过奠椒醑"二节云:"语语脱洒,咫尺而有万里之势。"姑附于此。

寇季膺古刀歌

古刀寒锋青械械,少年交结平陵客。求之时代不可知,千痕万穴如星离。重叠泥沙更剥落,纵横鳞甲相参差。古物有灵知所适,貂裘拂之横广席。阴森白日掩云虹,错落池光动金碧。知君宝此夸绝代,求之不得心常爱。厌见今时绕指柔,片锋折刃犹堪佩。高山成谷苍海填,英豪埋没谁所捐。吴钩断马不知处,几度烟尘今独全。夜光投人人不畏,知君独识精灵气。酬恩结义心自知,死生好恶不相弃。白虎司秋金气清,高天寥落云峥嵘。月肃风凄古堂净,精芒切切如有声。何不跨蓬莱,斩长鲸。世人所好殊辽阔,千金买铅徒一割。

【题解】

此诗,载活字本《韦苏州集》卷八。原出《文苑英华》卷三四七。近藤元粹认为此诗为韦应物作,并评曰:"笔势劲健""插入单句结束,有力"。姑附于此。

赠孙征时赴云中

　　黄骢少年舞双戟，目视旁人皆辟易。百战曾夸陇上儿，一身复作云中客。寒风动地气苍芒，横吹先悲出塞长。敲石军中传夜火，斧冰河畔汲朝浆。前锋直指阴山外，虏骑纷纷剪应碎。匈奴破尽看君归，金印酬功如斗大。

【题解】

　　此诗，载活字本《韦苏州集》卷八。《全唐诗》卷一八九题作《送孙征时赴云中》。此诗一作韩翃《送孙泼赴云中》，见明铜活字本《韩君平集》卷上、《全唐诗》卷二四三。《文苑英华》卷三四一收韦应物诗，其后即为韩翃《送客之江宁》诗，诗或因此而误。近藤元粹认为此诗为韦应物作，并评曰："风格雄浑，犹存盛唐人口吻。"姑附于此。

韦应物 |

词

调　笑^①

　　胡马^②。胡马。远放燕支山下^③。跑沙跑雪独嘶^④。东望西望路迷。迷路。迷路。^⑤边草无穷日暮。

【题解】

　　早期文人词创作，因为没有明确的词体意识，大抵是把词当作可歌的诗，如夏承焘先生所云："词之初起，若刘、白之《竹枝》、《望江南》，王建之《三台》、《调笑》，本蜕自唐绝，与诗同科。"（《唐宋词字声之演变》）正因为如此，往往会兴之所之，表现诗歌中的主题和常用的题材。如此首《调笑》，写边塞题材，通过胡马迷路的焦急状态，曲折表现征人孤独、烦忧的心绪。

【注释】

　　①调笑：又名《古调笑》。《乐府诗集》本作"宫中调笑"，《韦江州集》卷一〇作"调啸词二首"，《全唐诗》卷八九〇作"调笑令"。《乐府诗集》卷八二引《乐苑》曰："《调笑》，商调曲也。戴叔伦谓之《转应词》。"《乐苑》入双调。白居易《代书诗一百韵寄微之》："打嫌《调笑》易，饮讶《卷波》迟。"自注："抛打曲有《调笑令》，饮酒曲有《卷白波》。"调凡四仄韵，两平韵，两叠韵。平仄韵递转，难在平韵再转仄韵时，二言叠句必须用上六言的最后两字倒转为之，所以也名为《转应曲》。

　　②胡马：西域所产良马。杜甫《房兵曹胡马》："胡马大宛名，锋棱瘦骨成。竹批双耳峻，风入四蹄轻。"

　　③燕支山：亦称焉支山、胭脂山，在今甘肃永昌西，绵延于祁连山和龙首山之间。

　　④"跑（páo）沙"句：跑沙跑雪，《乐府诗集》作"咆沙咆雪"，非。跑，兽蹄扒土。刘商《胡笳十八拍》："马饥跑雪衔草根，人渴敲冰饮流水。"

　　⑤"迷路"二句：《四部备要》本《韦苏州集》卷一〇作"路迷。路迷。迷路"三句。

清曹锡彤《唐诗析类集训》卷一〇：燕支山在匈奴界。跑，足跑地也。此笑北胡难灭之词。

[日]近藤元粹评订《韦苏州集》：圆活自在，可谓笔端有舌。

调　笑

河汉。河汉。晓挂秋城漫漫①。愁人起望相思。江南塞北别离。离别。离别。②河汉虽同路绝③。

【题解】

这首词借物以写"愁人"相思。词作巧妙构思，所望之"河汉"，是相思的缘起，又成为相逢无期的象征，所谓"愁人起望相思"；还抒发了思念之凄苦无望，所谓"河汉虽同路绝"。

【注释】

①漫漫：长远貌。屈原《离骚》："路漫漫其修远兮，吾将上下而求索。"

②"离别"二句：《韦苏州集》本作"别离。别离。离别"三句。

③路绝：泛指通道阻塞。

【汇评】

清王奕清等《钦定词谱》卷二：此词凡三换韵，起用叠句，第六、七句，即倒叠第五句末二字，转以应之，戴叔伦所谓"转应"者，意盖取此。

[日]近藤元粹评订《韦苏州集》：炼锻精洁。

俞陛云《唐五代两宋词选释》：上首言胡马东西驰突，终至边草路迷，犹世人营扰一生，其归宿究在何处？下首言人虽南北遥暌，而仰视河汉，千里皆同。有少陵"依斗望京"，白傅"共看明月"之意。而河汉在空，人天路绝，下视尘寰，尽痴男騃女，诉尽离愁，固不值双星一笑。此二词见韦苏州托想之高。

三　台^①

一年一年老去,来日后日花开^②。未报长安平定,万国岂得衔杯^③。

【题解】

这首词及下一首均应作于兴元元年(784)春,盖建中四年(783)十月西京叛乱,自本年五月始收复。此首言时局如是,即词中所谓"未报长安平定",自然不宜台宴。

【注释】

①三台:唐教坊曲名。李匡乂《资暇录》:三台,今之啐酒三十拍促曲。啐,送酒声也。张表臣《珊瑚钩诗话》:乐部中有促拍催酒,谓之三台。沈括词名《开元乐》,因结有"翠华满陌东风"句,名《翠华引》。《韦江州集》卷一〇、《韦苏州集》卷一〇、《万首唐人绝句》卷二六作"三台词二首"。

②来日:明日,次日。《韦江州集》本、《韦苏州集》本作"明日"。

③衔杯:口含酒杯,饮酒。李白《广陵赠别》:"系马垂杨下,衔杯大道间。"

【汇评】

宋刘辰翁评:警痛可诵。(张习本)

明胡震亨《唐音癸签》卷一三:古今解《三台》者不一。冯鉴《续事始》曰:汉蔡邕三日之间周历三台。乐府以邕晓音律,为制此曲。刘禹锡《嘉话录》曰:邺中有曹公铜雀、金虎、冰井三台。北齐高洋毁之,更筑金凤、圣应、崇光三台。宫人拍手呼上台送酒,因名其曲为《三台》。李氏《资暇录》曰:《三台》,三十拍促曲名。昔邺中有三台,石季龙常为宴游之所,而造此曲以促饮。《乐苑》云:唐《三台》,羽调曲。

清王奕清等《钦定词谱》卷一:此亦六言绝句,平仄不拘。按王建集有

《宫中三台》《江南三台》之分,大约如《竹枝词》,有蜀中、江南、渔父之目,各随其所咏之事而名之也。

清沈雄《古今词话·词辨》上卷:《三台》舞曲,自汉有之。唐王建、刘禹锡、韦应物诸人,有"宫中""上皇""江南""突厥"之别。

三　台

冰泮寒塘水渌,雨余百草皆生。①朝来门巷无事②,晚下高斋有情。

【题解】

这首词可以跟上一首结合起来看,意谓江南政局稳定,很少受到战乱影响,即词中所谓"朝来门巷无事"。时局既如此,物我亦同欣,则举杯小酌似乎也无妨。

【注释】

①"冰泮"二句:冰泮,冰冻融解。也指农历二月冰融之时。水渌,《韦江州集》本、《韦苏州集》本、《乐府诗集》卷七五、《万首唐人绝句》本作"始绿"。雨余,多雨的四月。余,农历四月的别称。《尔雅·释天》:"四月为余。"郝懿行《义疏》:"四月万物皆生枝叶,故曰余。余,舒也。"

②门巷:门庭里巷。杜甫《遣兴》五首其四:"客子念故宅,三年门巷空。"毛本《尊前集》作"衡门",《韦江州集》本、《韦苏州集》本作"门闾",《乐府诗集》本、《万首唐人绝句》本作"门阁"。

【汇评】

清曹锡彤《唐诗析类集训》卷一〇:前首言台宴非宜,次首言台宴仅可。贞元初,韦应物为苏州刺史,此词盖在苏州作。

[日]近藤元粹评订《韦苏州集》:二首俱辞气甚古。

图书在版编目（CIP）数据

韦应物诗全集：汇校汇注汇评 / 谢永芳编著．--
武汉：崇文书局，2019.7（2024.10 重印）
ISBN 978-7-5403-5320-9

Ⅰ．①韦… Ⅱ．①谢… Ⅲ．①唐诗－注释 Ⅳ．
① I222.742

中国版本图书馆 CIP 数据核字（2019）第 107320 号

选题策划　王重阳
项目统筹　程可嘉
责任编辑　李　娜
责任校对　董　颖
封面设计　甘淑媛
责任印制　李佳超

韦应物诗全集【汇校汇注汇评】
WEIYINGWU SHI QUANJI

出版发行　长江出版传媒　崇文书局
地　　址　武汉市雄楚大街 268 号 C 座 11 层
电　　话　(027)87679712　邮政编码　430070
印　　刷　中印南方印刷有限公司
开　　本　880mm×1230mm　　1/32
印　　张　18.25
字　　数　420 千
版　　次　2019 年 7 月第 1 版
印　　次　2024 年 10 月第 2 次印刷
定　　价　75.00 元
（如发现印装质量问题，影响阅读，由本社负责调换）

中国古典诗词校注评丛书

（已出书目）

诗经全集	韩偓诗全集
汉乐府全集	李煜全集
曹操全集	花间集笺注
曹丕全集	林逋诗全集
曹植全集	张先诗词全集
陆机诗全集	欧阳修词全集
谢朓全集	苏轼词全集
庾信诗全集	秦观词全集
陈子昂诗全集	周邦彦词全集
孟浩然诗全集	李清照全集
王维诗全集	陈与义诗词全集
高适诗全集	张元幹词全集
杜甫诗全集	朱淑真词全集
韦应物诗全集	辛弃疾诗词全集
刘禹锡诗全集	姜夔词全集
元稹诗全集	吴文英词全集
李贺全集	草堂诗馀
温庭筠词全集	王阳明诗全集
李商隐诗全集	纳兰词全集
韦庄诗词全集	龚自珍诗全集
晏几道词全集	